# Bewegtes Wissen

## Laban/Bartenieff-Bewegungsstudien verstehen und erleben

Antja Kennedy (Hrsg.)

Zeichnungen: Elisabeth Howey

1. Teil: Bewegtes Wissen – eine praktische Theorie
11 Kapitel von A. Kennedy

2. Teil: Bewegtes Wissen – in Aktion
27 Beiträge von Experten

3. Teil: Bewegtes Wissen – visuell
DVD zum Text

Logos Verlag, Berlin

Bibliografische Information der Deutschen Nationalbibliothek

Die Deutsche Nationalbibliothek verzeichnet diese Publikation in der Deutschen Nationalbibliografie; detaillierte bibliografische Daten sind im Internet über http://dnb.d-nb.de abrufbar.


Zweite überarbeitete Auflage.


ISBN 978-3-8325-2263-6

Satz & Layout:
Textfeder GbR
Internet: http://www.textfeder.de

Logos Verlag Berlin GmbH
Comeniushof, Gubener Str. 47,
10243 Berlin
Tel.: +49 (0)30 42 85 10 90
Fax: +49 (0)30 42 85 10 92
INTERNET: http://www.logos-verlag.de

# Inhaltsverzeichnis

## 1. Teil: Bewegtes Wissen – eine praktische Theorie

## 2. Teil: Bewegtes Wissen - in Aktion

*2. Teil: Bewegtes Wissen – in Aktion*

# 1. Teil: Bewegtes Wissen
# – eine praktische Theorie

*von Antja Kennedy*

# Einleitung

Leben ist Bewegung. Als Baby kommunizieren wir mit Bewegungen und Lauten. Als Kinder haben wir einen uneingeschränkten Bewegungsdrang und begreifen die Welt durch Bewegung. Als Heranwachsende können wir unsere Bewegungen verfeinern und selbst sportliche Hochleistungen erreichen, was uns Bestätigung verschafft und unser Selbstwertgefühl steigert. Als Erwachsene können wir viele neue Bewegungen dazu lernen und unserem Alterungsprozess mit Bewegung entgegen wirken. Wir bewegen uns unser ganzes Leben lang – bis zu unserem letzten Atemzug. Daher müsste Descartes' Aussage *„Ich denke, also bin ich"*[1] um *„Ich bewege mich, also bin ich"* ergänzt werden.

Unserer Bewegung mehr Aufmerksamkeit zu schenken, ist heute dringender als je zuvor, da wir durch die modernen Technologien immer mehr in Bewegungsarmut verfallen. Viele Krankheiten sind auf einen Mangel an Bewegung zurückzuführen, da unser Körper evolutionär für bewegte Aktivitäten erschaffen wurde. Er braucht für seine Gesunderhaltung täglich Bewegung. Wir können durch Bewegung nicht nur Krankheiten vorbeugen, sondern auch Heilung unterstützen. Bewegung kann uns ein vitaleres Lebensgefühl geben und die gesunden Tage unseres Lebens vervielfachen. Wir benötigen Bewegung wie die Luft zum Atmen.[2]

Dabei geht es nicht nur darum, dass wir uns bewegen, sondern auch darum, wie wir uns bewegen. Jeder weiß, dass eine „falsche" Bewegung zu Schmerzen führen kann. Bewegen ohne jeden „Sinn und Verstand" dient daher nicht der Gesundheit. Die mannigfaltigen Bewegungsmöglichkeiten unseres Körpers zu ergründen, ist eine komplexe Aufgabe, mit der sich Rudolf von Laban und seine Schüler beschäftigten. Von diesen vielen Möglichkeiten wiederum die ökonomischen und effizienten Bewegungsausführungen herauszufiltern, ist eine Zusatzaufgabe, mit der sich Irmgard Bartenieff und ihre Schüler befassten.

Nicht nur das Funktionale, sondern auch das Expressive in der Bewegung ist bedeutsam für unsere Vitalität, eine ganzheitliche Sicht, die jede Bewegung zum Tanz und jeden Menschen zum Tänzer deklariert. Für Laban und Bartenieff war der Übergang von Bewegung zum Tanz fließend. Beide kamen aus dem Tanz, interessierten sich jedoch für das umfassendere Phänomen Bewegung. Ihre Buchtitel bezeugen dies: „Körperbewegung" (*Body Movement*), „Sprache der Bewegung" (*Language of Movement*) und „Das Meistern der Bewegung" (*Mastery of Movement*).

Die Gesundheit des Körpers stellt ein wesentliches Fundament dar, auf dem sich der menschliche Geist entfalten kann. Der kreative und freie (Ausdrucks-)Tanz – wie Laban ihn prägte – sollte vor allem die „spontanen Fähigkeiten des Menschen" pflegen.[3] Das Schulen kreativer Fähigkeiten im Bewegungs- und Tanzunterricht, auf eine spielerische und freie Art, fördert zusätzlich reichhaltiges Reaktionsvermögen und Flexibilität.

Um Kreativität freizusetzen, brauchen wir paradoxerweise aber auch Grenzen und Regeln, gegen die wir ankämpfen oder mit denen wir bereitwillig arbeiten. Strukturelle Grenzen vermögen Spontaneität zu entzünden und Intensität zu fördern. In der Praxis beobachten wir immer wieder, wie kreativ Menschen, auch ohne Tanzhintergrund, mit den Themen der Laban/Bartenieff-Bewegungsstudien (LBBS) in ihren Bewegungen werden können. Kreativität ist die entscheidende menschliche Ressource, die wir haben, um die riesigen, komplexen und verschlüsselten Herausforderungen, mit denen wir heute konfrontiert sind, zu meistern.

Körperliche Bewegung und Haltung sind nicht nur die erste und elementarste Art zu kommunizieren, sondern sie begleiten im Alltag immerzu das gesprochene Wort. Das Wort repräsentiert nur einen Bruchteil dessen, was kommuniziert wird. Wenn wir Bewegung besser verstünden, dann könnten wir auch die verschlüsselten Botschaften des bewegten Körpers klarer deuten.

## Dieses Buch

In jedem Einführungskurs zu Laban/Bartenieff-Bewegungsstudien (LBBS), den ich seit 1984 gehalten habe, tauchte immer die Frage auf: „Gibt es auf Deutsch Literatur zu diesem Thema?" Leider ist die deutsche Literatur veraltet oder im Falle der *Bartenieff Fundamentals* gar nicht vorhanden. Ich möchte mit diesem Buch die Lücke schließen. Es ist klar, dass dieser Text die praktischen Erfahrungen eines Kurses nicht ersetzen kann. Er soll aber neugierig machen auf die praktische Arbeit oder, falls Erfahrungen schon vorhanden sind, diese verfeinern bzw. auf der kognitiven Ebene ergänzen.

Dieses Buch „Bewegtes Wissen" besteht aus drei Teilen.

Der erste Teil: „Bewegtes Wissen – eine praktische Theorie", beschreibt die umfangreiche Arbeit Rudolf von Labans und die Weiterentwicklung durch Irmgard Bartenieff und ihre Schüler. Dieser Teil behandelt den neuesten Stand der Laban/Bartenieff-Bewegungsstudien (LBBS) und führt systematisch durch sechs Kategorien. Prinzipien und Begriffe werden erklärt sowie deren Zusammenhänge dargestellt. Die verwendeten Fachwörter werden definiert und durch kurze prägnante Beispiele ergänzt. Die Beobachtung von Bewegung anhand der Laban-Kategorien wird in einem Kapitel mit Beispielen aus der vereinfachten Notation eingeführt. Ebenso erläutert dieser Abschnitt in den letzten zwei Kapiteln theoretisch und praktisch die dazugehörige Körperarbeit: die Bartenieff Fundamentals. Dieser 1. Teil des Buches, der einer Enzyklopädie ähnelt, gibt einen vertieften Überblick über die aktuellen LBBS.

Der zweite Teil: „Bewegtes Wissen – in Aktion", zeigt erstmalig viele Beispiele der praktischen Umsetzung der LBBS in verschiedenen Anwendungsgebieten. 24 Experten verdeutlichen in kurzen Beiträgen das breite Spektrum der Anwendungsmöglichkeiten der LBBS vom Alltag über den professionellen Tanz und Sport bis zur Pädagogik, Therapie und Kunst. Zusätzlich werden zwei angrenzende Gebiete (*Movement Pattern Analysis* und *Labanotation*) in ihrem Bezug zu den LBBS dargestellt.

Der ausführliche Anhang weist nicht nur Labans und Bartenieffs Werdegang in tabellarischer Form auf, sondern auch die Kurzbiografien und Kontaktadressen der Autoren.

Der dritte Teil: „Bewegtes Wissen – visuell", präsentiert sich in Form einer DVD. Als Ergänzung zum Text stellt die DVD einige Grundlagen der LBBS bewegt und visuell vor. Die Kapitel und Unterkapitel sind schriftlich markiert, sodass der Betrachter mit den Fachbegriffen durch das Register die entsprechenden Textabschnitte im Buch finden kann. Umgekehrt wird auch im ersten Teil des Buchs mit dem Symbol ☼ auf eine bewegte, visuelle Ergänzung durch die DVD verweisen. Ein Inhaltsverzeichnis der DVD befindet sich am Ende des Buches. Auf der DVD wird die Bewegung „pur" gezeigt, meist ohne Musik und Kommentar, damit sich der Betrachter voll auf die Bewegung konzentrieren kann. Der inhaltliche Schwerpunkt sind die Laban-Bewegungsstudien (ohne die Bartenieff-Fundamentals–Übungen). Unter „Kurzbiografie" werden die schriftlichen Kurzbiografien im Buch durch audio-visuelle Biografien der Mitwirkenden der DVD ergänzt.

Buch und DVD wollen helfen, den Zusammenhang zwischen Praxis und Theorie zu erkennen und zu verweben. Sie ergeben gemeinsam ein umfassendes Werk zu diesem Thema und ermöglichen auch das Erfassen von Bewegung auf unterschiedliche Art und Weise. Es wird dem Leser/Betrachter freigestellt, in welcher Reihenfolge er sein Wissen über Bewegung ergänzen möchte. Für manche ist es vielleicht am besten, mit der DVD zu beginnen und dann den zweiten Teil des Buches vor dem ersten zu lesen. In diesem Fall sollte der Leser die Erklärung der ihm unbekannten, *kursiv geschriebenen Fachbegriffe* im Register oder Inhaltsverzeichnis suchen. Es gibt viele Querverweise, auch innerhalb der Textabschnitte, die zu anderen Teilen führen – so kommt Bewegung in den sonst linearen Ablauf des Lesens! Die beschriebenen Bewegungsaspekte können praktisch ausprobiert werden – das rundet das *Bewegte Wissen* ab.

Das „Bewegte Wissen" entwickelt sich immer weiter. Laban hat das Fundament gelegt, auf dem Bartenieff, ihre Schüler (wie Peggy Hackney) und deren Schüler – zu denen auch ich gehöre – aufbauen. Dieses Buch ist das Ergebnis meiner über 25-jährigen Entdeckungsreise mit den LBBS. Der Wunsch, die mobile Bewegung in stabile schriftliche Form zu bringen, bezieht mit ein, dass es von dieser Stabilität aus wieder in die Mobilität geht – also die Bewegung weiter zu erforschen und zu entdecken. Diese offene und lebendige Einstellung (der amerikanischen Kollegen) schätze ich sehr und möchte dem Leser mit auf den Weg geben, so an die Inhalte heranzutreten.

## Anmerkung zum Text

Ich habe mich entschlossen, wegen der besseren Lesbarkeit nur die männliche Form zu verwenden, auch wenn mir bewusst ist, dass viele der Autoren und Leser weiblich sind. Die männliche Form soll hier (wie bisher üblich) die weibliche Form einschließen. Ich habe, so weit wie möglich, die im Englischen gebräuchlichen Fachbegriffe ins Deutsche übersetzt. In manchen Fällen werden die englischen Originaltermini einmal erwähnt – besonders, wenn keine wirklich befriedigende Übersetzung existiert. Bei den anatomischen Begriffen habe ich mich für die deutschen Begriffe entschieden. Für Leser, die mit den lateinischen Begriffen mehr vertraut sind, werden diese bei erster Nennung in Klammern erwähnt.

Bei den Beiträgen im zweiten Teil wurde darauf geachtet, Fachbegriffe einheitlich zu verwenden, trotzdem kann es sein, dass verschiedene Autoren aus unterschiedlichen amerikanischen und deutschen Lehrgängen leicht unterschiedliche deutsche Begrifflichkeiten verwenden. Jeder Autor hat zusätzlich seine eigene Art zu schreiben. Diese Unterschiede in Stil und Aufbau des Textes zeigen eindrücklich die Vielfalt in der Anwendung der LBBS als gemeinsames Thema auf.

Bewegung in Worte zu fassen, stellt sich allgemein als Konflikt dar. Alle Autoren versuchen ihr Bestes. Trotzdem wird für den Leser vielleicht am Ende immer noch die Frage bleiben: Wie wird diese Bewegung praktisch ausgeführt? Oder wie sieht sie in der Realität aus? Dieses Dilemma kann nur entschärft werden, indem noch andere Medien hinzugezogen werden, die helfen, das Kinästhetische ins Visuelle zu übersetzen. Wo Worte nicht ausreichen, wird der Text durch unterschiedliche Grafiken unterstützt. Außerdem soll die beiliegende DVD eine weitere Perspektive eröffnen, sich der Bewegung anzunähern. Dessen ungeachtet kann kein anderes Medium die Bewegung selbst ersetzen. Daher ist ein vertieftes Verständnis nur durch die Praxis möglich.

## Danksagung

Ich möchte allen meinen Lehrern, Kollegen und Studenten danken, die mir geholfen haben, die Begriffe ins Deutsche zu übersetzen und die Konzepte weiterzuentwickeln. Vor allem danke ich meinen Lehrerinnen und Kolleginnen Peggy Hackney und Carol-Lynne Moore dafür, dass sie ihre Erfahrungen mit mir teilten und für ihre Ermutigungen. Außerdem danke ich all jenen, die direkt oder indirekt dieses Projekt mitgetragen haben, vor allem Katrin Bär, Dorothea Brinkmann, Holger Brüns, Christel Büche, Silvia Dietrich, Susanne Eckel, Ute Lang, Bernd Gotthardt und Elisita Smailus. Zusätzlich möchte ich meinem Mann, Bernd Oberländer, und meiner Tochter, Nora, für ihre Geduld und tägliche Ermunterung danken.

Durch das einjährige Studium an der Gaia Action Learning Academy (ehemals Gaia University) erfuhr ich eine wunderbare Unterstützung, auch durch meine Lehrer, Mentoren und Mitstudenten. Dadurch vertiefte sich die Verbindung zu Barbara Moravec, die als Fachfrau in den LBBS die ersten Textkorrekturen durchführte, und es entstand der Kontakt zu Irene Sieben, die mir mit ihrem journalistischen Wissen zur Seite stand. Beide unterstützten mich mit ihrer Arbeit über die Studienzeit hinaus.

Das DVD-Projekt wurde durch die Gaia Action Learning Academy angeregt und von EURO-LAB e. V. finanziell unterstützt. Vielen Dank an alle Beteiligten, die ehrenamtlich mitgemacht haben, und vor allem Dank an Claudia Boukatouh-Stüwe, die Kameraführung, Schnitt und DVD realisierte. Vielen Dank auch an Elisabeth Howey für ihre Bereitschaft, die Grafiken durch das „Action Learning"-Modell so detailgetreu zu produzieren. Zusätzlichen Dank für die finanzielle Unterstützung für einige Grafiken durch den Nachlass von Hildegard Oberländer.

*Last, but not least*: Noch ein großes Dankeschön an alle Autoren (und ihre Helfer), die zum zweiten Teil des Buches beitragen haben. Durch ihre unentgeltliche Mitarbeit haben sie dieses Buchkonzept erst realisierbar gemacht!

Wir (alle Autoren) wollen nicht nur über das „Bewegte Wissen" der Laban/Bartenieff-Bewegungsstudien schreiben, sondern freuen uns, wenn einiges, was auf diesen Seiten steht, auch in die Tat umgesetzt wird. Deshalb, liebe Leser: Gönnen Sie sich beim Lesen in regelmäßigen Abständen eine bewegte Pause! Lassen Sie sich von den Themen inspirieren, sich (mal ganz anders) zu bewegen. Bekanntermaßen ist Platz (zum Bewegen) in der kleinsten Hütte.

# Kapitel 1: Laban/Bartenieff-Bewegungsstudien im Überblick

## Geschichtlicher Abriss

Rudolf von Laban (1879–1958) war Tänzer, Choreograf, Maler und Bewegungsforscher. Er beschäftigte sich auch mit Architektur, Geometrie, Mathematik und anderen Wissenschaften (tabellarischer Lebenslauf s. Anhang). Laban wollte Bewegung in ihrer Gesamtheit erfassen. Dazu unterschied er vor allem die räumlichen und die dynamischen Aspekte einer Bewegung und untersuchte ihr Zusammenwirken. In den zwanziger und dreißiger Jahren des vorigen Jahrhunderts wirkte Laban vor allem im deutschsprachigen Raum. 1927 zählte man 24 Schulen im Verband der Laban-Schulen.[4] Laban immigrierte 1937 nach England, wo er bis zu seinem Lebensende seine Arbeit weiterentwickelte – im Unterricht und in seinen Publikationen.

Laban gilt als „geistiger Vater“ dieses Bewegten Wissens, Irmgard Bartenieff, geb. Dombois (1900–1981), als „geistige Mutter“ (Lebenslauf s. Anhang). Sie entwickelte nach ihrer Immigration in die USA (1936) Labans Arbeit weiter und machte diese als „Laban Movement Analysis“ bekannt. Sie entwickelte außerdem aus Labans bewegungsanalytischen Theorien und ihrer Erfahrung als Tänzerin, Tanz- und Physiotherapeutin eine Körperarbeit, die „Bartenieff Fundamentals“ (im Folgenden Fundamentals genannt). Das Institut, das Bartenieff 1978 in New York mit ihren Mitstreitern gründete, und weitere Ausbildungsstätten an verschiedenen Standorten in den USA, bildeten bis heute an die 1.000 „Certified Movement Analysts“ in diesem Bewegten Wissen aus. Dabei wird die Ganzheitlichkeit („Holism“) und Lebendigkeit („Aliveness“) der Arbeit in den Vordergrund gestellt.

Nach dem Zweiten Weltkrieg war im deutschsprachigen Raum das Bewegte Wissen von Laban nur noch in wenigen Schulen vertreten und von der Ganzheitlichkeit und Lebendigkeit der ersten Jahrzehnte war nicht mehr viel zu spüren. Der emotionale, expressive und von innen nach außen dringende Anteil lebte in dem Tanzstil des Tanztheaters weiter und der rationale, verstandesmäßige und von außen beobachtende Anteil in der Notation (Symbolschrift).

In den achtziger Jahren des vorigen Jahrhunderts erhielten die Laban/Bartenieff-Bewegungsstudien (im Folgenden LBBS genannt) durch Lehrer, die in den USA studiert haben, Einzug in den deutschsprachigen Raum. Diese Lehrer und Therapeuten haben sich – auch durch die Initiative der Herausgeberin – 1988 zum „Europäischen Verband für Laban/Bartenieff-Bewegungsstudien (EUROLAB)“ zusammengefunden. Sie übersetzten diese Erneuerungen des Bewegten Wissens ins Deutsche und entwickelten diese, wie in vielen anderen Ländern der Welt, im Geiste von Laban und Bartenieff ganzheitlich und praxisnah weiter.

Was in der Praxis heute in Deutschland immer lebendiger wird, soll sich jetzt durch dieses Buch auch in Schriftform niederschlagen. Bisher fehlte eine aktuelle Darstellung der umfangreichen Grundlagenforschung von Laban sowie die Weiterentwicklung Bartenieffs und die ihrer Schüler in deutscher Sprache. Der erste Teil des Buches soll diese Lücke schließen. Im zweiten Teil wird zum ersten Mal die praktische Umsetzung der LBBS in verschiedenen Anwendungsgebieten aufgezeigt und zu angrenzenden bewegungsanalytischen Gebieten vorgestellt.

## Die Kategorien der Bewegung

Laban wollte das Bewusstsein für Bewegung und das „Denken in Bewegungsbegriffen“[5], das sich an der inneren Welt des Menschen orientiert und sein Ventil in der Bewegung findet, stärken. Dies stellte er dem „Denken in Wortbegriffen“ gegenüber. Gleichzeitig suchte er eine Verbindung zwischen Bewegungs- und Wortdenken „damit letztendlich beide Denkweisen zu einer neuen Form integriert werden können“[6], wobei dieses „Denken“ ein Erfahren der Bewegungsbegriffe voraussetzt, um das Körperbewusstsein in der Bewegung zu steigern.

„Das komplexe Gefühl, das wir haben, wenn wir eine Bewegung sehen oder ausführen, kann nicht mit Worten beschrieben werden. Es ist jedoch möglich, den wesentlichen Willensakt, der in einer Bewegung enthalten ist, zu beschreiben.“[7]

Um Bewegung zu erfassen, hat Laban die verschiedenen Komponenten voneinander getrennt: zuerst die körperliche Funktion vom räumlichen (Choreutik) und vom dynamischen (Eukinetik) Aspekt einer Bewegung. Die Trennung ist in Wirklichkeit „ein Ding der Unmöglichkeit“[8], dient jedoch als Hilfsmittel, um die Komplexität der Bewegung in überschaubare Komponenten aufzugliedern. Wie ein Architekt mindestens zwei Ansichten braucht, um auf dem zweidimensionalen Papier ein dreidimensionales Haus darzustellen, so benutzen wir verschiedene Kategorien, um die „lebendige Architektur“[9] der Bewegung aus unterschiedlichen Perspektiven zu veranschaulichen.

Heute werden in den LBBS sechs Kategorien unterschieden, die folgende Fragen beantworten:

## Körper

- Welche Bewegung wird körperlich ausgeführt? Welche Teile sind beteiligt?

Der Blick auf die Bewegung einzelner Körperteile und ihr Verhältnis zueinander schaffen die Voraussetzung zum Erkennen von Körperstruktur und -organisation. Dabei werden die *Körperaktionen* sowie die Körperteile, die die Bewegung initiieren, anführen oder dominieren, erfasst. Dies dient einerseits dem Verständnis von körperlichen Präferenzen und ermöglicht andererseits eine größtmögliche Objektivität bei der Beobachtung körperbezogener Themen.

## Raum

- Wohin geht die Bewegung?

Mit der *Raumharmonielehre* erschließt Rudolf von Laban das Verhältnis des Menschen zu dem ihn umgebenden *Raum*. Diesen strukturiert er, ähnlich wie in der Architektur, ein-, zwei- und dreidimensional und verwendet dazu die platonischen Körper (z. B. den *Würfel*) als Modelle für den persönlichen Umraum (die *Kinesphäre*). Die innerhalb dieser Modelle von ihm geschaffenen *Skalen* in Bewegung – vergleichbar mit musikalischen Tonleitern – folgen genau beschriebenen Raumwegen. Sie trainieren und vermitteln ein harmonisches Raumgefühl und fordern dazu heraus, sich auch in bisher unbekannten Bereichen der eigenen *Kinesphäre* zu bewegen. Dadurch werden Wachheit für die Raumnutzung und ein größeres dreidimensionales Bewegungsrepertoire erreicht.

## Antrieb

- Wie wird die Bewegung ausgeführt – mit welcher energetischen Qualität?

Laban gelang es, die Dynamik von Bewegung, von ihm als *Antrieb* bezeichnet, mit objektiven Begriffen zu erfassen. Der individuelle Bezug der Bewegung zu den Faktoren: *Gewicht, Fluss, Raum(-aufmerksamkeit)* und *Zeit* sowie zu deren zahlreichen Kombinationsmöglichkeiten resultiert in einer Vielfalt möglicher Ausdruckweisen. Die Analyse des *Antriebs* ist ein wichtiges Handwerkszeug, um die Qualität des nonverbalen Ausdrucks wahrzunehmen und zu benennen. Je nach innerer Verfassung, persönlicher Bewegungspräferenz oder äußerem Kontext ändert sich der *Antrieb,* der in einer Bewegung zum Ausdruck kommt.

## Form

- Wie wird die Bewegung ausgeführt – mit welcher plastischen Formveränderung?

Die plastische *Form* des menschlichen Körpers ändert sich bei jeder Bewegung in Beziehung zu sich selbst und zu seiner Umwelt. Beobachtet man den Formaspekt der Bewegung, geht es darum, den Prozess der plastischen *Formveränderung* des Körpers im *Raum* zu beschreiben. Dem liegt die ursprünglichste Veränderung der Form des Körpers zugrunde: die Atmung. Sowohl über die Körperhaltung als auch über die *Formveränderung* im *Raum* wirkt die Formung unseres Körpers als starke nonverbale Komponente auf unsere Kommunikation.

## Phrasierung

- Wie ist der zeitliche Ablauf der Bewegung?

Erst die *Phrasierung* einer Bewegung in Bezug auf die oben genannten vier Bewegungskategorien (*Körper, Raum, Antrieb* und *Form*) bringt das Charakteristische im Bewegungsverhalten eines Menschen zum Vorschein. Damit ist die Art und Weise gemeint, Bewegungen zeitlich zu strukturieren und zu betonen. Die Phrasierungspräferenzen, als individuelles Bewegungsmuster, können nach einiger Zeit der Beobachtung erkannt werden.

## Beziehung

- Wie setzt sich die Bewegung zu etwas oder jemanden in Beziehung?

In dieser Kategorie wird die *Beziehung* einzelner Körperteile zueinander, von der sich bewegenden Person zu Gegenständen oder zu anderen Personen betrachtet. Wie eine Person körperlich in Bewegungen sein Gegenüber anspricht, sich ihm nähert, es berührt oder unterstützt, unterscheidet, welche *Abstufung der Beziehung* verwendet wird. Die bewegte *Beziehung* kann von beiden Seiten gleich oder ungleich aktiv sein. Betrachtet wird außerdem die Art und Weise, wie sich die *Körperfronten* zueinander positionieren.

**Kategorien der Laban/Bartenieff-Bewegungsstudien**

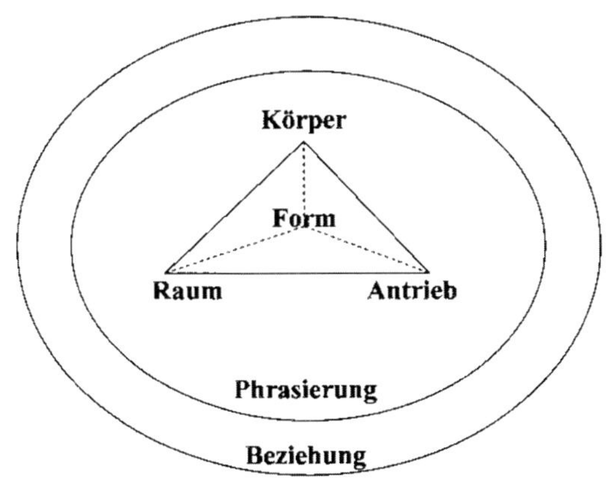


Abb. 1-1

Innerhalb der sechs Kategorien gibt es etwa 60 Parameter, um verschiedenste Aspekte einer Bewegung zu differenzieren. Diese Auffächerung ergibt unterschiedliche Perspektiven auf ein und dasselbe „Gebäude“: die menschliche Bewegung. Am Ende des Prozesses der Differenzierung ist die Synthese der Parameter wichtig. Eingebettet in den Kontext, erlaubt sie das Analysierte in einen Sinnzusammenhang zu stellen und eine adäquate Interpretation der Bewegung (s. Beobachtung). Trotz aller Möglichkeiten der Differenzierung und Analyse sollten wir „nie vergessen, dass jede Geste und Handlung unseres Körpers ein tief verwurzeltes Mysterium ist“[10].

## Notation/Symbolschrift

Einen wichtigen Beitrag zur Analyse und Dokumentation einer Bewegung bilden die von Laban entwickelten Symbole für die verschiedenen Aspekte der Bewegung und deren grammatikalische Ausformulierung in verschiedenen Schriftarten. Anhand grafischer Zeichen können die einzelnen Elemente (und verschiedene Kombinationen) der Kategorien *Körper, Antrieb, Raum, Form, Phrasierung* und *Beziehung* aufgezeichnet werden.

Dieses grundlegende Handwerkszeug, welches in der Musik heutzutage selbstverständlich ist, entwickelte Laban für Bewegung. Es ging ihm vor allem darum, den Bewegungsprozess in zentralen Aspekten zu dokumentieren und nicht die nach der Bewegung eingenommenen Positionen. Die Notation mit Symbolen ermöglicht das schnelle Notieren des Geschehens. Sie schafft eine Basis, um verfeinert und nachvollziehbar die Bewegung zu dokumentieren und sie später zu reflektieren.

Zum größten Teil stammen die Symbole von Laban selbst bzw. von seinen wichtigsten Mitstreitern auf diesem Gebiet, Albrecht Knust und Ann Hutchinson. Laban entwickelte mindestens zwei komplette Schriften, bevor er die Grundlagen der heutigen Notation auf dem Tänzerkongress 1928 in Essen vorstellte. Diese hielt er dann 1956 in „Principles of Dance and Movement Notation“[11] fest. Die Symbole wurden von Laban und seinen Schülern in unterschiedlichen Schriftarten verwendet: *Phrasenschrift*, *Motivschrift* (Engl.: Motif Description) und Kinetographie Laban (Engl.: *Labanotation*).

In den folgenden Kapiteln zu den verschiedenen Kategorien von LBBS werden die Symbole, die in jeder Art von Schrift verwendet werden können, mit der Definition der einzelnen Parameter eingeführt. *Phrasen-* und *Motivschrift* werden im Beobachtungskapitel im ersten Teil exemplarisch vorgestellt. Die *Labanotation* wird im zweiten Teil zusammenfassend erläutert.

## Ziele

Die LBBS schaffen eine theoretische Grundlage, die es ermöglicht, quantitativ und qualitativ Körperbewegung in der Ausführung, Beobachtung, Beschreibung und Aufzeichnung zu differenzieren. Die LBBS sind ein wesentliches Handwerkszeug für jede Art von Arbeit mit Bewegung, Sport und Tanz in pädagogischen, künstlerischen oder therapeutischen Bereichen. Praktische Bewegungserfahrungen und theoretische Auseinandersetzung mit den LBBS fördern die Bewegungskompetenz und das analytische Verständnis von Bewegung über Disziplingrenzen hinaus. Sie ermöglichen bewusstes Bewegungserleben und gesteigerte Ausdrucksfähigkeit. Zentrales Anliegen ist es, sowohl den Bewegungsprozess als auch die Qualität einer Bewegung zu erfassen.

LBBS bieten die Möglichkeit:

- das komplexe Bewegungsgeflecht der Bewegungsmöglichkeiten auf überschaubare Komponenten zu reduzieren,
- Parameter für Bewegungsbeobachtung zu erarbeiten,
- über Bewegung die analytischen und kreativen Fähigkeiten zu erweitern,
- eigene Bewegungspräferenzen zu entdecken,
- objektiver über Bewegung zu kommunizieren,
- Bewegungsabläufe ökonomischer und effektiver zu gestalten.

Die Liste könnte noch weitergeführt werden – es geht jedoch um den Kern: LBBS bieten eine experimentelle und theoretische Basis für Bewegung, von der aus vieles möglich ist; vor allem Bewegung zu erleben, zu beobachten, zu verstehen und zu gestalten.

# Kapitel 2: Körper – der sich bewegende Mensch

Laban war sehr wohl mit der Anatomie vertraut, aber es interessierte ihn nicht, die Innenansicht zu differenzieren. Er meinte, das Erklären der rein körperlichen Funktionen des Beugens, Streckens und Drehens beschränke das Bewusstsein auf mechanische Abläufe.[12] Bewegung kann zwar durch mechanistische Theorien erklärt werden, aber diese Theorien überzeugten Laban nicht – da Menschen nicht unbeseelte Objekte sind. Laban sah den Körper als Medium des Ausdrucks von innen nach außen: Jede Geste eines Körperteils „enthüllt etwas von unserem Inneren"[13]. Deswegen wollte er den Körper zu einem „Instrument des Ausdrucks heranbilden"[14].

In LBBS differenzieren wir drei Körperaspekte, die von Laban stammen: die *Körperteile*, die *Körperaktionen* und die *Körperhaltung*. Die Kategorie *Körper* wurde durch Bartenieff enorm erweitert. Ihre Beiträge werden in einem separaten Kapitel, dem Kapitel *Bartenieff Fundamentals,* erörtert. In ihrer Körperarbeit bezieht sich Bartenieff aber auch auf andere Kategorien von Laban, weshalb diese zuerst vorgestellt werden.

## Körperteile

Um die Frage: „Welcher Teil des Körpers bewegt sich?", zu beantworten, richten wir unseren Blick auf die einzelnen Körperteile. Wie ein heranwachsendes Kind sich alle Möglichkeiten spielerisch bewusst macht,[15] werden alle Teile erst grob, dann immer feiner differenziert. So können jene, die die Bewegung initiieren, anführen oder dominieren, präzise erfasst werden.

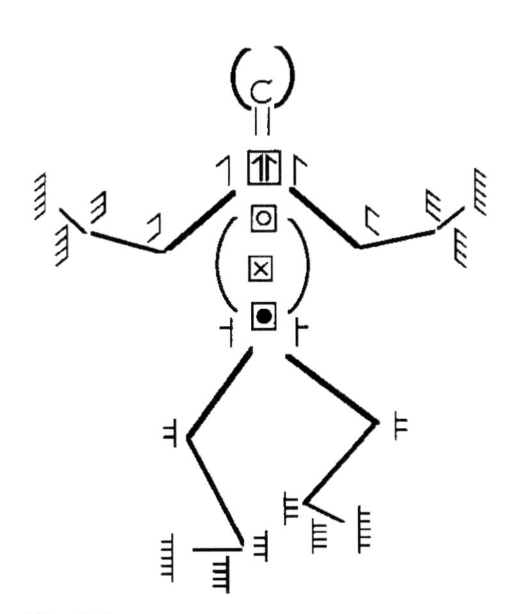

Abb. 2-1

| Kopf | | | |
|---|---|---|---|
| Schultern | | | |
| Brustkorb | | | |
| Taille | | | |
| Becken | | | |
| | | | |
| | Links | Beide | Rechts |
| Arme | | | |
| Schulter | | | |
| Ellbogen | | | |
| Handgelenk | | | |
| Hand | | | |
| Finger | | | |
| | | | |
| Beine | | | |
| Hüftgelenk | | | |
| Knie | | | |
| Sprunggelenk | | | |
| Fuß | | | |
| Zehen | | | |

Tab. 2-1

Die Hauptunterteilung des Körpers geschieht durch den Rumpf und die Gelenke der rechten und linken Seite. Der Rumpf wird in drei Körperzentren aufgeteilt:

- das Becken als Schwerezentrum oder *Gewichtszentrum*,
- die Taille oder das Bauchnabelzentrum,
- der Brustkorb als Leichtezentrum[16] oder *Leichtigkeitszentrum*.

Der Kopf z. B. gehört bei einer axialen Drehung eher zum Zentrum, beim Nicken allerdings wird er als distales, also rumpffernes Körperteil, eingesetzt.

Die Gelenke werden vom Zentrum nach Außen differenziert. Die proximalen (rumpfnahen) Gelenke, Schulter und Hüfte, werden als erstes Gelenk angesehen und mit einem Strich gekennzeichnet. Dies wird systematisch durch alle Gelenke fortgesetzt (z. B. Ellbogen: zwei Striche, Handgelenk: drei Striche, Hand: vier Striche, Finger: fünf Striche). Die Hand ist zwar kein Gelenk, kann sich aber durch die Handwurzelknochen auch bewegen. Der Unterschied von oberer und unterer Extremität besteht im Symbol darin, dass bei der oberen Extremität schräge und bei der unteren Extremität waagerechte Striche verwendet werden. (s. Abb.2-1).

Wenn wir statt der Gelenke mehr die Gliedmaßen an sich betrachten, z. B. den gesamten Unterarm, dann wird in der Symbolik der vertikale Strich um einen weiteren ergänzt, zum Beispiel:

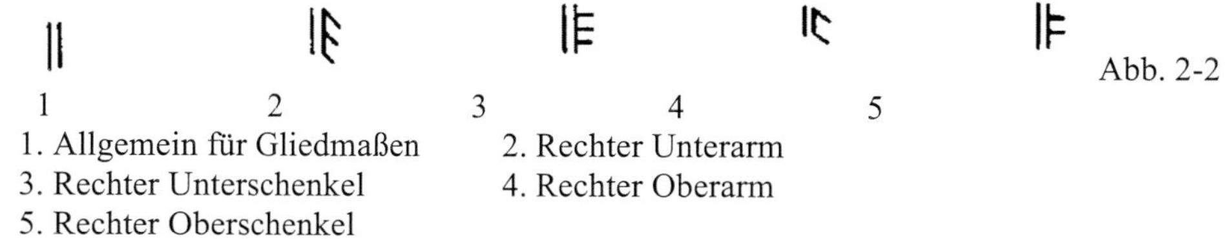


Abb. 2-2

1. Allgemein für Gliedmaßen
2. Rechter Unterarm
3. Rechter Unterschenkel
4. Rechter Oberarm
5. Rechter Oberschenkel

Der Körper könnte natürlich noch weiter, bis ins kleinste Detail, differenziert werden. Dies ist je nach Anwendungsgebiet durchaus sinnvoll und wird unterschiedliche Grade annehmen.

Beispiele:
Alltag: Bei einer Begrüßung, in der sich Personen aus einer Distanz zuwinken, wird meist die Hand aktiv. Tanz: Wenn der Kopf eine Rumpfbewegung zur Seite einleitet, gibt es einen feinen Unterschied, ob dies vom Ohr oder vom Kopfscheitelpunkt aus geschieht.

Ein Körperteil kann

- die Bewegung *anführen* – dann wird dieser für eine Zeit als Hauptinitiator die Bewegung leiten;
- die Bewegung (nur) *initiieren* – dann wird nach dem Bewegungsansatz die Bewegung zu einem anderen Körperteil weitergeleitet;
- durch den wiederholten Gebrauch sehr *dominant* wirken;
- durch unüblichen Gebrauch *hervorgehoben* werden.

Beispiele:
*Anführen:* Beim Begrüßen durch Händeschütteln führt die Hand in allen Phasen die Bewegung an.
*Initiieren:* Beim Armschwung (z. B. im Modern Dance) können die Fingerspitzen den Schwung initiieren, der sich dann durch den ganzen Oberkörper fortsetzt.
*Dominant:* Beim Handball dominieren die Hände, beim Fußball die Füße.
*Hervorgehoben:* Normalerweise wird eine Tüte mit den Händen geöffnet, unüblicherweise können aber auch die Zähne dafür benutzt werden.

Verschiedene Körperteile können *gleichzeitig* oder *nacheinander* bewegt werden (s. *Phrasierung*). Körperteile können isoliert oder in Verbindung zueinander beobachtet werden. Bartenieff war mehr an den Verbindungen der Körperteile zueinander interessiert und schaffte dadurch die Voraussetzung zur Erfassung von Körperorganisation und Körperintegration (s. *Fundamentals*).

## Körperhaltung

Laban erkannte, dass in bewegenden Augenblicken des Lebens – da, wo manchmal Worte fehlen – eine Haltung das Ungesagte zum Ausdruck bringen kann.[17] Bei der Körperhaltung geht es um eine sich ständig wiederholende oder dauerhafte Einstellung des Körpers, welches als charakteristisches Verhaltensmuster eines Menschen bezeichnet werden könnte.[18] Die Körperhaltung als „Resultat vorausgegangener Bewegung oder die Ankündigung kommender Bewegung“[19], steht immer in Beziehung zum Prozess der Bewegung.

Bartenieff bezog in der *Stilanalyse* der Bewegungen verschiedener Kulturen die Körperhaltung ein, da sie sich dazu eignet, Kulturen zu identifizieren.[20] Judith Kestenberg sah Körperhaltung als *Beziehung* der Körperteile zueinander, die sich in favorisierten Positionen ausdrücken, oder als häufig genutzte Qualitäten der Bewegung, die im Körper einen „Abdruck“ hinterlassen können.[21] Laban betrachtete auch die Körperhaltung in Bezug auf die stillen Formen (s. *Form*).[22] Alle diese Erwägungen können als Parameter für die Körperhaltung dienen:

- die fortwährend gehaltenen oder nicht genutzten Körperteile (s. o.),
- die Art und Weise, den Torso zu bewegen: als eine Einheit oder in zwei/mehreren Einheiten,
- die Weite des Stands,
- die Aufrichtung – Beziehung zur vertikalen Achse oder andere räumliche Betonungen (s. *Raum*),
- die gehaltene Form im Rumpf
- eine Stille Form (s. *Form*) z. B. nadelartige
- konvexe oder konkave Form (☼),
- die im Körper fixierten dynamischen Qualitäten (s. *Antrieb*).

Beispiele:
Schauspiel: Charlie Chaplin: mit weitem Stand, ausgedrehten Beinen; Tanz: im Ballett häufig eine vertikale räumliche Betonung der Haltung nach oben; Sport: beim Basketball „blocken“, d. h. eine räumliche Betonung der *vertikalen Fläche*.

## Körperaktion

„*Körperaktionen* bewirken Veränderungen der Stellung des Körpers – oder seiner Teile – im *Raum*. Jede dieser Veränderung braucht eine gewisse Zeit und einen bestimmten Aufwand an Muskelenergie.“[23]

### Vorhandensein oder Abwesenheit von Bewegung[24]

Eine Bewegung ist eine *Aktion* des Körpers – im Gegensatz zu einer Pause/Stille, in der keine sichtbare Bewegung geschieht. Eine Balance – z. B. eine Standwaage oder *Arabesque* – wird als *aktive Stille* bezeichnet, in der der Körper sich in einer labilen Position stabilisiert, während eine passive/entspannte Haltung als eine *Pause* bezeichnet wird.

| Stille | Aktion | | Geste | Veränderung der Unterstützung | Sprung | Rotation /Drehung | Fortbewegung |
|---|---|---|---|---|---|---|---|
| ○ | | | | | | | |

Abb. 2-3 (Alle *Körperaktion*ssymbole werden von unten nach oben gelesen.)

Die Tätigkeiten des Körpers, die *Körperaktionen,* werden auf fünf wesentliche Bewegungsideen reduziert, um dann ihre Kombinations- und Variationsmöglichkeiten zu betrachten. Die fünf grundlegenden Aktionen des Körpers sind: Geste, Veränderung der Unterstützung (Gewichtsverlagerung), Fortbewegung, Rotation (Drehung) und Sprung (Abb. 2-3).

## Geste ☼

Eine Geste ist eine isoliert erscheinende Bewegung, da ein Teil des Körpers sich bewegt und ein anderer still/stabil ist. Es gibt Alltagsgesten oder tänzerische Gesten. Sie können mit jedem Körperteil ausgeführt werden, manchmal sogar mit zwei oder drei Körperteilen zugleich, aber es wird immer eine Körperregion bewegungslos sein.

Beispiele:
Alltag: winken, zeigen, rühren; Tanz: „Ronde de jambes" (Ballett), Rumpfisolation (Jazztanz); Sport: Beinkick (Kung Fu).

## Veränderung der Unterstützung/Gewichtsverlagerung ☼

Eine Aktion, die in einer *Veränderung der Unterstützung* des Gewichts auf andere Körperteile endet, könnte ein Schritt, ein Fallen zum Boden oder ein Aufstehen sein. Das Gewicht wird vollständig von einem Körperteil zu einem anderen verlagert. Von und zu welchem Körperteil sich die Gewichtsverlagerung oder die Veränderung der Unterstützung entwickelt, kann spezifiziert werden oder bleibt offen (s. Abb. 2-3).

Beispiele:
Alltag: gehen, hinsetzen, aufstehen, Treppensteigen; Tanz: Ebenenwechsel, auf der tiefen Ebene der Wechsel des Körperteils, welches den Körper unterstützt; Sport: Handstand, Brücke.

## Sprung

Jeder Sprung hat drei Phasen: eine Absprungphase, einen Luftmoment und eine Landephase. Das Sprungsymbol (welches von unten nach oben gelesen wird) stellt alle drei Phasen da. Man unterscheidet Sprünge nach Absprung- und Landebein. Daraus ergeben sich die fünf Grundsprungarten (Tab.2-2) Diese können ganz genau oder verallgemeinert im Symbol dargestellt werden (Abb.2-4).

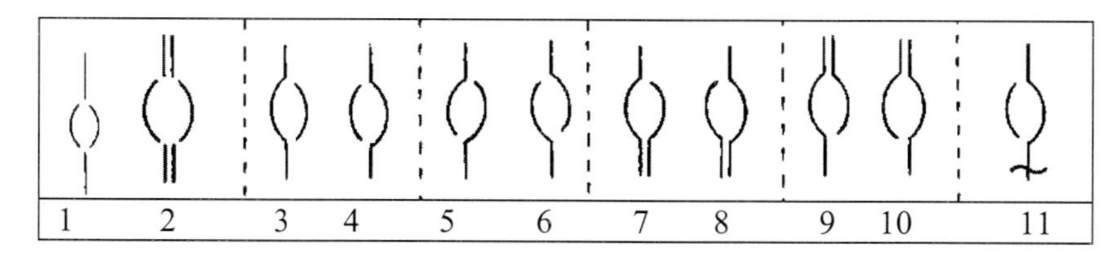


Abb. 2-4[25]

| Nr. | Beschreibung: | Ballettbe-zeichnung | Allg. Bezeichnung |
|---|---|---|---|
| 1 | allgemein ein Sprung – egal welcher Art | | |
| 2 | von zwei Füßen auf zwei Füße | sauté | Standsprung oder Hocksprung |
| 3 und 4 | von einem Fuß auf denselben<br>3 = linker Fuß; 4 = rechter Fuß | levé | Hüpfer |
| 5 und 6 | von einem Fuß auf den anderen<br>5 = vom rechten auf linken Fuß;<br>6 = vom linken auf rechten Fuß | jeté | Laufsprung |
| 7 und 8 | von beiden Füßen auf einen Fuß<br>7 = auf links; 8 = auf rechts | sissonne | Startsprung |
| 9 und 10 | von einem Fuß auf beide Füße<br>9 = von links; 10 = von rechts | assemblé | Schlusssprung |
| 11 | von einem Fuß auf denselben Fuß – wie 3 & 4, aber egal von welcher Seite | | (Hüpfer) |

Tab. 2-2

Beispiele:
Alltag: vor Freude in die Luft springen, über eine Pfütze springen; Tanz: alle Sprungarten – vor allem bei den Männern im Ballett; Sport: Weit- und Hochsprung, Volleyball, Basketball.

## Rotation (Drehung) ☼

Eine *Rotation* ist eine Drehung des Körpers als Ganzes in einer Fläche um eine Achse. Da drei Flächen existieren (die *horizontale*, die *vertikale* und die *sagittale Fläche,* (s. *Raum*), ergeben sich drei verschiedene Rotationsarten (s. Abb. 2-5).

| Rotationen | | | | | |
|---|---|---|---|---|---|
| Beliebige Rotation | | | | | |
| Rotation in der horizontalen Fläche = Drehung | | nach links, gegen den Uhrzeigersinn | | nach rechts, mit dem Uhrzeigersinn | |
| Rotation in der sagittalen Fläche z.B. Purzelbaum | | vor | | rück | |
| Rotation in der vertikalen Fläche z.B. Rad schlagen | | nach links | | nach rechts | |

Abb. 2-5

Eine im normalen Sprachgebrauch bezeichnete „Drehung" ist eine Rotation in der *horizontalen Fläche* (um die *vertikale* Achse), z. B. eine Pirouette. Bei LBBS ist dies eine Reibungsdrehung, da sich ein Körperteil am Boden reibt. Im Gegensatz zu einer Drehung mit Schritten am Platz (was dann mit einem kurvigen *Fortbewegungsweg* beschrieben wird).

Viele Rotationen in der Gymnastik nutzen die *sagittale Fläche* (Rotation um die *horizontale* Achse), z. B. beim „Purzelbaum“, Handstandüberschlag, Flickflack und Salto. „Rad schlagen“ geschieht hingegen in der *vertikalen Fläche* (Rotation um die *sagittale* Achse).

Wenn eine Rotation nur in einem Körperteil stattfindet, kann dies durch das entsprechende Körperteilzeichen davor beschrieben werden.

## Fortbewegung

Eine *Fortbewegung* ist eine Bewegung, mit der man sich von der Stelle, auf der man steht, wegbewegt und dadurch einen Weg durch den *allgemeinen Raum* beschreibt. In diesem Falle ist nicht die Fortbewegungsart festgelegt, sondern nur der Fortbewegungsweg. Wohin dieser Weg führt, wird auch nicht beschrieben – dazu bräuchte man zusätzliche Informationen (durch die Kategorien *Raum* oder *Beziehung*). Die zwei grundsätzlichen Fortbewegungswege – *gerade* und *kurvig* – werden in der beliebigen Kombination dann zu *mäandern*. Der *kurvige* Fortbewegungsweg kann die Richtung offen lassen oder klar die Richtung mit oder gegen den Uhrzeigersinn festlegen (s. Abb. 2-6).

| Irgendein Fortbewegungsweg | Mäandern (als Fortbewegungsweg) | Gerader Fortbewegungsweg | Kurviger Fortbewegungsweg; Richtung ist offen | Kurviger Fortbewegungsweg; gegen den Uhrzeigersinn | Kurviger Fortbewegungsweg; mit dem Uhrzeigersinn |
|---|---|---|---|---|---|
| | | | | | |

Abb. 2-6

Beispiele:
Alltag: gerade Fortbewegung in der Stadt, mäandernd im Park; Tanz: gerade Fortbewegung durch die Diagonale im *allgemeinen Raum*, kurvige Fortbewegung im Kreis; Sport: mäandernde Fortbewegung um Mitspieler herum, bspw. in einem Ballspiel, oder gerade Fortbewegung zum Sprungkasten.

## Kombinationen von Körperaktionen

Wenn zwei oder drei *Körperaktionen* gleichzeitig stattfinden, werden sie entweder nebeneinander geschrieben oder in einem Symbol zusammengefasst (Beispiele für die Symbole s. Abb. 2-7).

### Rollen

Eine Rolle über den Boden verbindet eine Rotation mit einer Veränderung der Unterstützung. Rollen geht am einfachsten in der *horizontalen Fläche* (vom Körper aus gesehen) – wie ein Baustamm rollt der ganze Körper über den Boden, z. B. sich im Schlaf umdrehen. In der *sagittalen Fläche* ausgeführt, setzt eine Rolle am Boden eine gewisse Beweglichkeit der Wirbelsäule voraus, z. B. bei einem Purzelbaum. Eine Rolle in der *vertikalen Fläche* ist eher unwahrscheinlich.

Ein Rolle durch verschiedene Flächen (also 3-D) könnte beim Rollen über den Rücken eines Partners auftreten z. B. in der „Contact Improvisation".

**Drehsprung**

Rotieren (Drehen) wird gleichzeitig mit Springen kombiniert und wird so zum Drehsprung. Drehsprünge sind sehr akrobatisch, sie nutzen häufig dreidimensionale Raumwege (nicht pur eine Fläche) und bewegen sich fort dabei, z. B. Akrobaten im Zirkus.

**Verwringung/Gegenbewegung**

Eine Verwringung oder Gegenbewegung entsteht bei einer Rotation in einem Körperteil oder einer Körperregion, während ein anderer Körperteil/eine Körperregion still bzw. bewegungslos bleibt. Bspw.: im Alltag, wenn man im Auto sitzt und nach hinten schaut, um rückwärts zu fahren, oder der „Twist" beim Tanz . Im Sport gibt es beim Stabhochsprung eine Verwringung im Sprung.

**Fortbewegungswege mit Rotation**

Ein kurviger Fortbewegungsweg mit Rotation bedeutet, sich drehend auf einem kreisförmigen Raumweg fortzubewegen. Z. B. bei manchen Folkloretänzen oder im modernen Tanz der „Barrelturn" – ein Drehsprung gleich einem Fass, welches sich durch den Raum fortbewegt (Abb.2-7).

| **Kombinationen** | **mit Rotationen** | **in einem Symbol** | |
|---|---|---|---|
| Rollen | Drehsprung | Verwringung/ Twist | Drehen beim Fortbewegen |
| Beliebige Rolle über den Boden | Beliebiger Drehsprung | Beliebige Verwringung | Beliebiger Fortbewegungsweg mit beliebiger Drehung |
| | | | |
| z.B. Ganzkörperrolle über den Boden im Uhrzeigersinn | z.B. irgendein Drehsprung im Uhrzeigersinn (nach rechts) | Z.B. Verwringung im Uhrzeigersinn (nach rechts) | z.B. kurviger Fortbewegungsweg mit Drehung im Uhrzeigersinn (nach rechts) |
| | | | |

Abb. 2-7

**Fortbewegungswege mit Gesten**

Fortbewegung mit Gesten kombiniert ist sehr geläufig, da dies häufig im Alltag geschieht.

**Fortbewegungswege mit Sprüngen**

Fortbewegungswege können mit einem Sprung oder mehreren Sprüngen kombiniert werden, z. B. ein Kind, welches sich hüpfend die Straße herunter fortbewegt oder im Sport einen Hürdenlauf bewältigt.

### Spiralische Fortbewegungswege

Für Fortbewegung auf spiralischen Wegen im *allgemeinen Raum* existieren zwei Betrachtungsweisen: entweder die der *Körperaktion* oder die des Raums. Beide geben leicht unterschiedliche Informationen. Bei der *Körperaktion* wird die Drehrichtung und die Beziehung zum Mittelpunkt betrachtet. Dadurch, dass zwei verschiedene Drehrichtungen (im Uhrzeigersinn und gegen den Uhrzeigersinn) existieren, sowie zwei mögliche Beziehungen zum Mittelpunkt, „zum oder weg vom Fokuspunkt" (s. auch *Beziehung*), ergeben sich insgesamt vier verschiedene Möglichkeiten (s. Abb. 2-8). Die spiraligen Darstellungen darunter sind Visualisierungshilfen und können auch als Bodenskizze (s. *Raum*) verstanden werden, wenn die Spiralen mittig im Raum stattfinden.

| Spiralischer | Fortbewegungsweg | | |
|---|---|---|---|
| Im Uhrzeigersinn, vom Fokuspunkt nach außen | Im Uhrzeigersinn, vom Fokuspunkt nach innen | Gegen den Uhrzeigersinn, vom Fokuspunkt nach außen | Gegen den Uhrzeigersinn, vom Fokuspunkt nach innen |
|  |  |  | 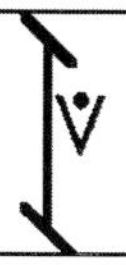 |
| 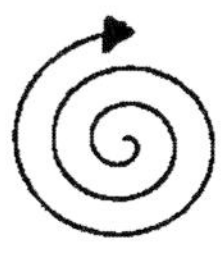 | 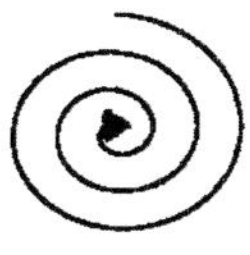 | 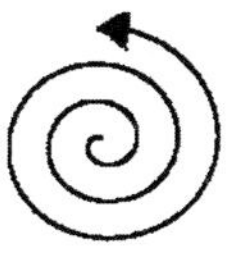 | 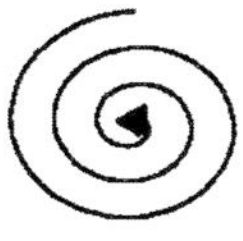 |

Abb. 2-8

## Fazit

Die Parameter der drei Körperaspekte: die Körperteile, die *Körperaktionen* wie auch die *Körperhaltung*, können dem Verständnis körperlicher Präferenzen dienen, Bewegungsgewohnheiten erweitern und eine annähernde Objektivität in der Beobachtung körperbezogener Themen ermöglichen. Es ging Laban nicht nur um die Differenzierung dieser Aspekte, sondern auch um die Ausdrucksmöglichkeiten, die aus den verwendeten Aspekten resultieren.

# Kapitel 3: Raum – der Weg der Bewegung

Laban forschte über Jahrzehnte praktisch und theoretisch an den Gesetzmäßigkeiten von Bewegung im Raum. Er experimentierte mit seinen Schülern und beobachtete, wie sie seine Vorgaben in Bewegung umsetzten. Er studierte die altgriechischen Philosophen und bezog sich vor allem auf Platon. Die Ergebnisse seiner Experimente und Recherchen der frühen Jahre legte er in seinem Buch „Choreographie" 1926 (auf Deutsch) nieder. In den ersten Jahren in England (1937–1940) arbeitete er noch weiter an seiner Raumharmonielehre des Tanzes und schrieb das Buch „Choreutik", welches erst nach seinem Tod zunächst auf Englisch publiziert (1966) und dann von Claude Perrottet (1990) ins Deutsche übersetzt wurde.

Im Vorwort von „Choreutik" schreibt Laban, dass sich alles um die „Weisheit der Kreise" oder „Choreosophia" dreht (*choros* = Kreis und *sophia* = Weisheit). Für Laban war „Raum ein wichtiges Symbol für die Ganzheit ..."[26] In der Heiligen Geometrie ist der Kreis (und in der Dreidimensionalität die Kugel) das Symbol für Ganzheit und Vollkommenheit. Laban meint weiter, dass es drei Zweige des Wissens um die „Kreise" gibt: „Choreografie", „Choreologie" und „Choreutik". Die „Choreografie" war zuerst das Zeichnen und Beschreiben der Kreise, welches dann später als Festlegung der Bewegung galt. Die „Choreologie" ist das (heilige und ganzheitlich angelegte) Geometriestudium, in der „Motion und Emotion, Form und Inhalt, Körper und Geist untrennbar verbunden sind".[27] Die „Choreutik" ist das praktische Studium, welches – wenn es einmal erfahren und verstanden ist – „die eigentliche Substanz der Weisheit von den Kreisen"[28] darstellt.

Als Erstes unterscheidet Laban zwischen dem *allgemeinen Raum* und der Raumkugel des Tänzers, der *Kinesphäre*. Wenn eine Person nur an einem Platz steht und sich dort bewegt, findet die Bewegung in der *Kinesphäre* statt. Wenn jemand durch den *allgemeinem Raum*, z. B. das Studio, läuft (mit minimaler Armbewegung), dann ist die Bewegung primär im *allgemeinen Raum*. Damit war der Weg frei, diese beiden Raumaspekte, die immer beide zu einem gewissen Anteil vorhanden sind, erst einmal getrennt voneinander zu betrachten.

Laban hat sich vor allem der *Kinesphäre* angenommen und diesen dreidimensionalen Kreis, die Kugel um den menschlichen Körper, mit den Modellen der Platonischen Körper so aufgeteilt, dass der Tänzer Anhaltspunkte im Raum hat. Diese Signalpunkte dienen der Orientierung. In der Kinesphäre entwickelte er viele Bewegungsabfolgen, die *Skalen*, die auf harmonischen Prinzipien aufgebaut sind. Das wesentliche Prinzip: Jede *Skala* stellt einen Ring dar, in dem das Ende zum Anfang zurückkehrt. Dies ist die offensichtlichste Bezugnahme zur „Wissenschaft der Kreise". Viele andere harmonische Prinzipien in den *Skalen*, wie z. B. Spiegelung, sind auf Labans Geometriekenntnisse durch sein Kunststudium zurückzuführen. Die praktische Ausführung der *Skalen* in der Laban-Tradition bezieht immer das theoretische Studium der Choreologie mit ein. Somit sind Körper und Geist als Ganzheit immer angesprochen.

In diesem Buch kann vor allem das theoretische Wissen über die *Raumharmonielehre* mit Text und Grafiken geklärt werden. Auf der beigefügten DVD werden viele *SkalSkalen* visuell-bewegt dargestellt. Das praktische Studium vermag jeder Leser selbst auszuprobieren. Bei allen Raumsymbolen geht Laban von dem Standpunkt des Menschen aus, der sich bewegt. Die Notation ist somit eine gute Stütze, um die Bewegungen ohne den Spiegelungseffekt (rechts–links), wie meist bei Videoaufnahmen, nachzuvollziehen. Die Autorin hat sich entschieden, die Menschen in den folgenden Grafiken in der *Kinesphäre* von hinten darzustellen, sodass die Notationsrichtung mit der Körperrichtung des Tänzers und des Betrachters der Grafiken übereinstimmt.

Zuerst ein Überblick über die Kategorie *Raum* (Abb.3-1). Die Wege durch den *allgemeinen Raum* werden häufig auch als „Bodenwege" bezeichnet, im Gegensatz zu den Wegen in der Kinesphäre, die Laban „Spurformen" nannte. Beim *allgemeinen Raum* wird zwischen der Art und dem Bereich des Raumes, in der die Bewegung stattfindet, sowie der Front oder Ausrichtung des Tänzers in Bezug zu seinem reellen oder imaginärem Publikum unterschieden. Bei der *Kinesphäre* bestehen drei grundlegende Unterscheidungen: die Ebene, die Reichweite der Bewegung sowie die Herangehensweise an die *Kinesphäre.* Im Folgenden werden die Aufteilung im *allgemeinen Raum* kurz erläutern, um dann ausführlicher die Wege durch den persönlichen Raum, die *Kinesphäre*, zu beschreiben.

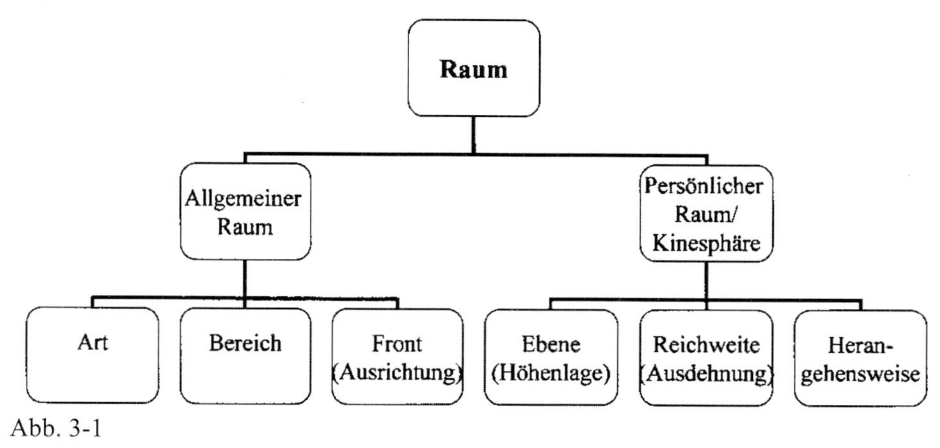


Abb. 3-1

## Allgemeiner Raum

### Raumwege/Bodenwege

Im Alltag bewegen wir uns überall – in jedem Raum – sei es in der Natur, in der Stadt oder in einer Wohnung. Der größte zur Verfügung stehende Umraum ist die Natur selbst. In der Natur können wir uns frei bewegen – zumindest in den Zwischenräumen der Pflanzen. Wiederholt gegangene Wege werden auch in der Natur sichtbar, z. B. im Wald, wo weniger Laub auf den Trampelpfaden liegt. In der Stadt prägen Stadtplanung und Architektur die Art und Weise, wie wir uns durch sie hindurch bewegen. Die Wege durch den öffentlichen Raum der Stadt sind häufig abgesteckt oder markiert, z. B. durch Bepflasterung. Die tatsächlichen Wege, die Menschen nehmen, sind manchmal andere, z. B. sichtbar im Winter durch die Spuren im Schnee. In umbauten Räumen, z. B. Wohnungen, spielen Möbelstücke eine wichtige Rolle in Bezug auf den Weg, der eingeschlagen wird. Häufig verwendete Wege zeigen sich nach einiger Zeit auch hier durch Spuren im Fußbodenbelag.

Zum Tanzen werden große, leere Räume benutzt, um sich auf vielen verschiedenen Raumwegen fortzubewegen, ohne anzuecken. Manche Raumwege haben Namen wie z. B. „durch die Diagonale", aber generell sind sie nicht bezeichnet. Daher wird zur räumlichen Bewusstmachung der Lehrer/Choreograf entweder die Wege durch den *Raum* demonstrieren oder aufzeichnen. Hutchinson beschreibt, dass schon im Barock (um 1700) in der Feuillet-Notation die Wege durch den *allgemeinen Raum* aus der Vogelperspektive aufgezeichnet wurden.[29]

Auch bei Laban wird aus der Perspektive von oben der Wege auf dem Boden skizziert (wie in der Architektur der Grundriss). Zusätzlich werden die vier Wände eines Raumes in einer Bodenwegskizze um eine Wand verringert, um aus der Perspektive der sich bewegenden Person zu zeigen, in welcher Richtung „vorne" ist. Bei einer Guckkastenbühne öffnet sich der Raum in Richtung Publikum. Die Bodenwege, die über die Zeit ein Bodenmuster ergeben, werden mit Pfeilen in Bewegungsrichtung in die Bodenwegskizze eingezeichnet (Abb. 3-2)

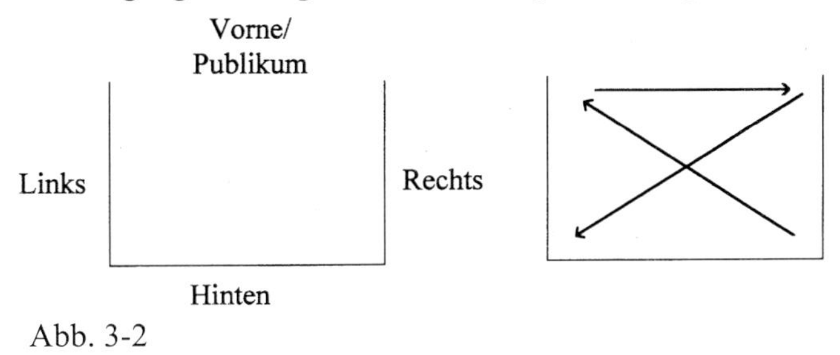


Abb. 3-2

Wenn der Raum, in dem die Bewegung stattfindet, nicht eine Bühne ist, dann müssen andere Verabredungen getroffen werden, um die allgemeine Orientierung zu gewährleisten, z. B. der Nordpfeil bei Skizzen in der Natur. Das Prinzip, den Bodenweg aus der Vogelperspektive zu zeichnen, ist aber davon unberührt.

## Bereiche im allgemeinen Raum

Zur Orientierung und Kommunikation werden verschiedenen Bereiche in der Natur und in der Stadt (Wälder, Straßen, usw.) Namen gegeben. Im privaten umbauten Raum werden Bereiche nach Funktionen oder Personen, die sie nutzen, benannt (Küchenzeile, Kinderzimmer, usw.). Da es in einem leeren Raum keine Anhaltspunkte gibt, ist es wichtig, die Bereiche zu benennen.

Für ein Publikum ist es von Bedeutung, *wo* sich ein Darsteller auf der Bühne befindet, weil er dort dem Publikum „erscheint"[30]. Durch die Perspektivverschiebung wirkt alles im hinteren Bühnenbereich kleiner als im vorderen. Die neun Hauptbereiche der Bühne[31] werden aus der Darstellerperspektive benannt (Abb. 3-3). Diese sind meistens ausreichend für die Definition und Benennung der Bühnenbereiche sowie für die Verständigung zwischen Choreograf und Darsteller.

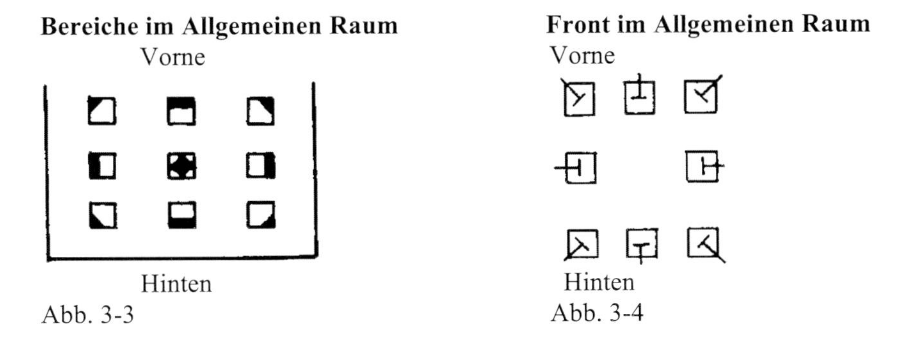


Abb. 3-3

Abb. 3-4

## Front (Ausrichtung)

In vielen Alltagssituationen steht die Ausrichtung der Körperfront in Beziehung zur Tätigkeit oder zu einer Person (s. *Beziehung*). Dies ist auf der Bühne auch der Fall. Zusätzlich sollte sich der Darsteller im leeren Bühnenraum seiner Ausrichtung der Körperfront zum Publikum bewusst sein. Es werden acht verschiedene Körperfront-Richtungen zum Publikum unterschieden.[32] (Abb.3-4). Die Ausrichtung einer Bewegung entscheidet, ob sie für das Publikum in Erscheinung tritt oder nicht.[33] Zusätzlich deuten wir eine Bewegung anders, wenn sie z. B. mit dem Rücken oder mit dem Gesicht zum Publikum vorgeführt wird. Auch wenn das Publikum die Möglichkeit hat, sich um die Tänzer herum zu bewegen, ändert es nichts an der Tatsache, dass es diese acht

Ausrichtungen gibt, nur: Das Publikum kann selbst entscheiden, welche Körperfront es betrachtet.

Die oben genannten Aspekte, Bereiche und Front, sollten auch in ihrer Kombinationswirkung betrachtet werden. Auf einem Raumweg durch die Diagonale vom rechten hinteren zum linken vorderen Bereich wirkt die Front nach vorne anders, als wenn sie zur linken vorderen Diagonalen ausgerichtet ist. Um die Front in die rechte hintere Diagonale auszurichten, müsste der Darsteller sich rückwärts bewegen – was wiederum auf demselben Raumweg eine ganz andere Wirkung hätte.

## Kinesphäre (Persönlicher Raum)

Die „*Kinesphäre* ist die Raumkugel um den Körper“[34] – der persönliche Bewegungsraum von 360° (Abb.3-5). Durch die Fortbewegung durch den *allgemeinen Raum* bewegt sich die *Kinesphäre* mit. Beim Drehen dreht sie mit, beim Springen steigt sie mit hoch. Die *Kinesphäre* ist immer da, ob sie bewusst genutzt wird oder nicht.

Assoziationen: in einer Seifenblase oder in einem Luftballon.

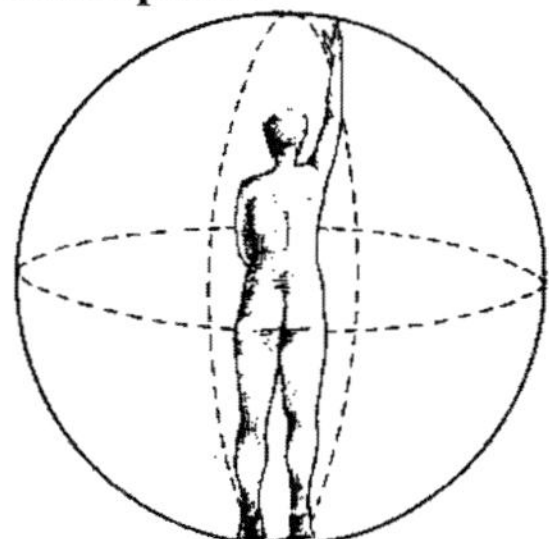

Abb. 3-5

**Spurform**

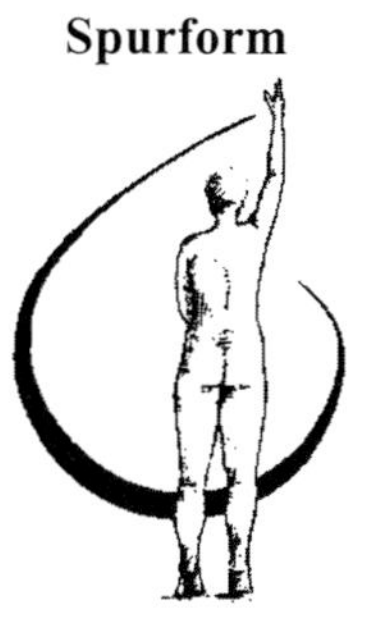

Abb. 3-6

### Spurform (Weg durch die Kinesphäre)

Genauso wie der Weg durch den *allgemeinen Raum*, kann der Weg durch den persönlichen Umraum eine meist unsichtbare Spur hinterlassen. Im Dunkeln kann durch ein Licht die Spur in der *Kinesphäre* sichtbar gemacht werden (Abb.3-6). Eine Langzeitfotografie von Bewegungsphrasen in verschiedenen Raumrichtungen wird die Formen der Spuren erscheinen lassen. Vielleicht nannte Laban den Weg durch die *Kinesphäre* deshalb *Spurform*[35].
Assoziationen: wallende Tücher oder Bänder, Lichter in der Hand im Dunkeln.

Es folgt nun eine Ausdifferenzierung der Spurenformen in der Kinesphäre: die Reichweite, die Ebenen, die Herangehensweise an die Kinesphäre.

### Reichweite (Ausdehnung/Raummaß)

Die Größe der *Kinesphäre* wird durch die *Reichweite* der Bewegungen definiert. Es wird zwischen einer weiten, mittleren und engen *Reichweite* der Bewegung in der *Kinesphäre* vom Körperzentrum aus unterschieden (Abb.3-7).

#### Weite Kinesphäre

Die weite *Kinesphäre* wird dann genutzt, wenn der größtmögliche Raum um sich, meist mit ausgestreckten Armen und Beinen, mit Bewegung gefüllt wird, ohne den Platz zu verlassen.

Um sich in der weiten *Kinesphäre* zu bewegen, hilft die Vorstellung, sich in einer großen Kugel auszudehnen.
Assoziationen: expandieren, erobern, einnehmen, ausprobieren, aber auch: sich verausgaben.

### Mittlere Kinesphäre

Die mittlere Entfernung wird meist mit gebeugten Gliedmaßen oder mit dem Einsatz vor allem der Mittelgelenke (Knie, Ellbogen) aufgezeigt. Im Alltag oder bei der Arbeit bewegen wir uns häufig in der mittleren *Kinesphäre*, deswegen wird sie auch als „normale“ *Reichweite* beschrieben.
Assoziationen: freundlich, verspielt, leicht, alltäglich, langweilig, Energie sparend.

### Enge Kinesphäre

In der engen *Reichweite* ist die *Kinesphäre* wie implodiert. Körpernahe Bewegungen oder sogar am Körper entlang, z. B. das Ausstreichen und Abklopfen, geschehen in der engen *Reichweite.*
Assoziationen: intim, bei sich sein, empfindlich, zentriert, in einer Menschenmenge sein.

**Reichweite**

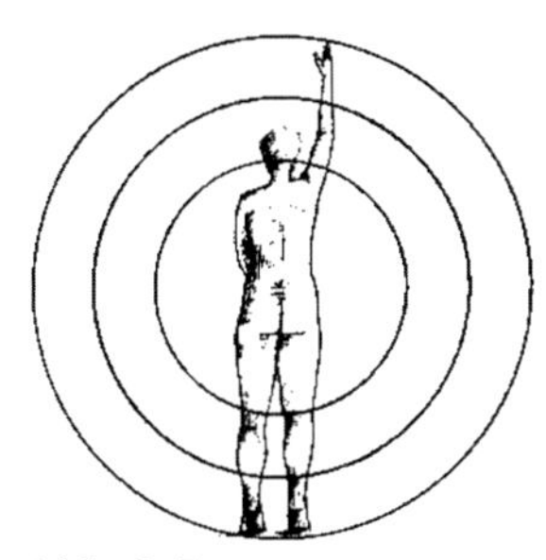

Abb. 3-7

**Ebene**

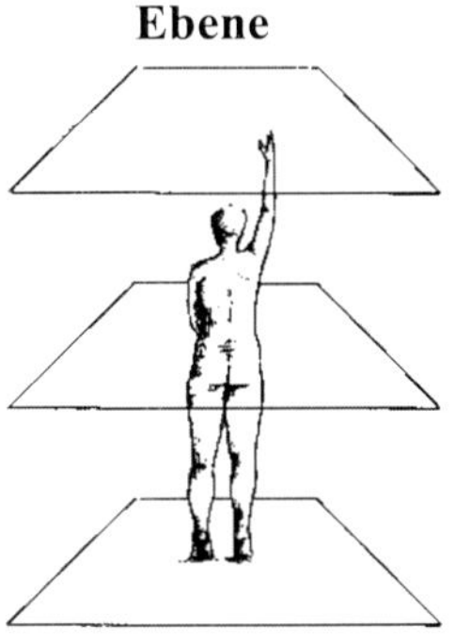

Abb. 3-8

## Raumebene (Höhenlage)

Die drei *Raumebenen* können sowohl in der *Kinesphäre* als auch im *allgemeinen Raum* betrachtet und untersucht werden. Im *persönlichen Umraum* geht es um die Höhenlage der Bewegung am Platz (Abb.3-8).

### Hohe Raumebene

Wenn sich die Arme nach oben, über Schulterhöhe, strecken oder der Mensch auf Zehenspitzen geht, dann sprechen LBBS von einer Bewegung auf der hohen *Ebene.* Die meisten Sprünge gehen durch die hohe *Ebene.*
Assoziationen: Riese, Giraffe.

### Mittlere Raumebene

Wenn im normalen Stand agiert wird und die Arme sich zwischen Schulter und Hüfthöhe bewegen, wird von der mittleren *Ebene* gesprochen.
Assoziationen: erwachsener Mensch, Alltag.

### Tiefe Raumebene

Wenn Bewegung unter Hüfthöhe, bodennah oder auf dem Boden sowie stark gebeugt stattfinden, ist das auf der tiefen *Ebene.*
Assoziationen: Zwerg, Katze, Salamander, Babys.

Die tiefe *Ebene* ist die stabilste, dort fängt auch die Entwicklungsmotorik des Kindes an. Die hohe *Ebene* ist die labilste. Das Stehen auf den Zehenspitzen und Springen meistert das Kind erst zum Schluss der motorischen Entwicklung. Den Wechsel der *Ebenen* mühelos und leicht mit dem *Körper* herzustellen, war ein besonderer Fokus Bartenieffs (s. Kapitel *Bartenieff Fundamentals*).

### Herangehensweise an die Kinesphäre

Die generelle Herangehensweise an die *Kinesphäre* beschreibt drei verschiedene Möglichkeiten der Spurform innerhalb der *Kinesphäre*: *zentral, peripher* und *transvers* (Abb.3-9).

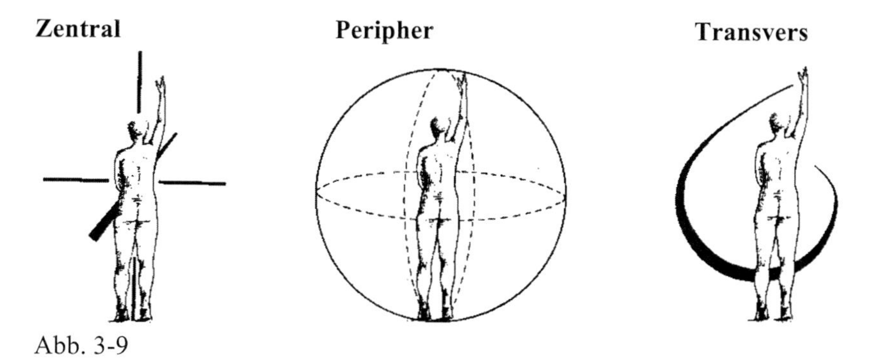


Abb. 3-9

#### Zentral

Bewegungen vom Zentrum weg oder zum Zentrum hin; auch durch das Zentrum durch.
Assoziationen: Strahlen nach außen und zurück, Sonne, Radspeichen.

#### Peripher

Den Rand der *Kinesphäre* definieren, zeigen, hervorheben. Eine Grenze der *Kinesphäre* wird kreiert. Die Distanz zwischen Zentrum und Rand wird betont. Die Angrenzung kann mit allen Körperteilen veranschaulicht werden, aber distale Körperteile werden eher eingesetzt.
Assoziationen: Grenze markieren, Abstand halten, Raum abstecken.

#### Transvers

Den *Raum* zwischen Peripherie und Zentrum zeigen, offenbaren. Der Zwischenraum wird von der Bewegung verdichtet. Es handelt sich dabei meist um eine dreidimensionale Bewegung.
Assoziationen: rühren, verspielt, durchkneten, vermengen, Spiralen.

| Herangehensweise an die Kinesphäre | Symbol |
|---|---|
| Zentral | |
| Peripher | |
| Transvers | |

## Orientierung in der Kinesphäre – Die fünf platonischen Körper

Als Ausgangspunkt seiner Forschung in der *Kinesphäre* griff Laban vieles von Platon auf.[36] Die platonischen Körper sind regelmäßige Polyeder, die Laban für die Orientierung in der *Kinesphäre* nutzte. Die fünf regelmäßigen platonischen Körper sind: *Tetraeder*, *Oktaeder*, *Hexaeder* oder *Würfel*, *Ikosaeder* und *Dodekaeder* (s. Abb. 3-10 – in der aufgeführten Reihenfolge). Alle fünf

Polyeder sind in sich harmonisch: sie besitzen jeweils eine Grundform (3-, 4- oder 5-Eck) als Fläche, und viele reguläre Symmetrien, sodass sie in allen Achsen gespiegelt werden können. Außerdem können alle platonischen Körper ineinander gesetzt werden.[37]

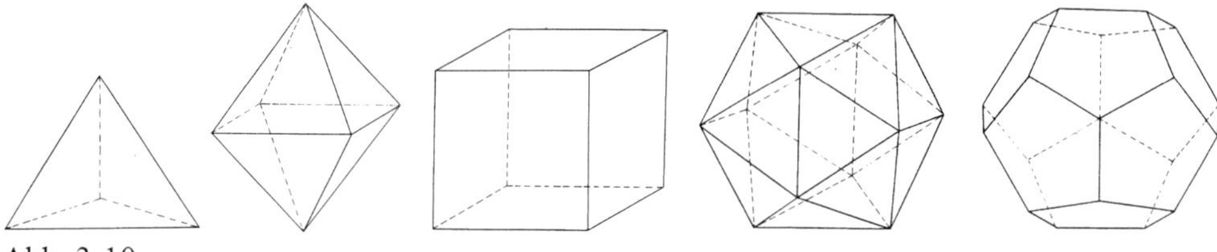

Abb. 3-10

Laban stellte sich den menschlichen Körper in den platonischen Polyedern vor – der Mensch stehe mitten in diesen Sphären (s. Abb.3-11). Dabei hat Laban nur drei der fünf platonischen Körper explizit verwendet: *Oktaeder*, *Hexaeder (Würfel)* und *Ikosaeder*. Jedes Polyeder dient als Modell für verschiedene Bewegungsmöglichkeiten in der *Kinesphäre*. Im Folgenden werden diese drei Raummodelle betrachtet. Die platonischen Körper stellen zunächst die *peripheren* Verbindungen dar. Die *zentralen* Bewegungsmöglichkeiten werden darin definiert. Im besonderen Fokus steht dabei das *Ikosaeder*, weil es der Kugelform, der menschlichen Anatomie und Bewegung am nächsten kommt sowie viele harmonische Prinzipien beinhaltet.

## Oktaeder und Dimensionen

Platon war an den acht (griechisch: *ochta*) Flächen interessiert, was die Namensgebung beeinflusste. Laban dagegen war von den sechs Ecken inspiriert. Er stellt das *Oktaeder* auf eine Ecke, so ausgerichtet, dass der Mensch, der innerhalb steht, in jeder der sechs Ecken einen *Signalpunkt*[38] der sechs Richtungen *hoch, tief, vor, rück, rechts* und *links* vorfindet.

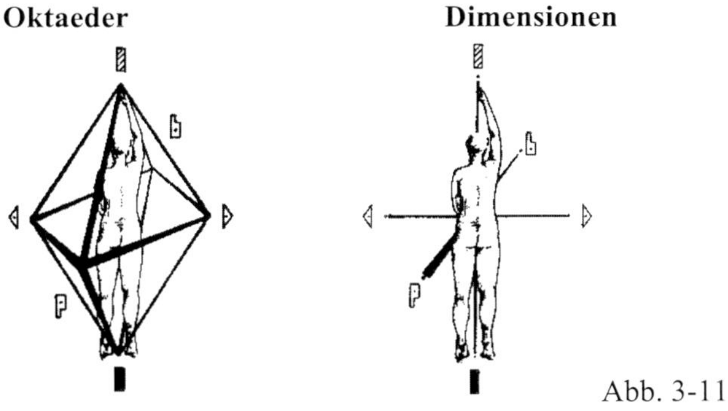


Abb. 3-11

Verbindet man die Ecken des *Oktaeder*s durch die Mitte, entstehen *zentrale* Bewegungen, welche die drei *Dimensionen* oder auch das dimensionale *Achsenkreuz* kreieren (Abb.3-11). Die drei *Dimensionen* stehen im rechten Winkel zueinander. Der Treffpunkt der zentralen Verbindungen ist die Mitte, die ca. in Bauchnabelhöhe liegt. Da jede der drei *Dimensionen* zwei gegensätzliche Richtungen besitzt, sind alle sechs Grundrichtungen des Raumes in den Ecken des *Oktaeder*s vertreten.

| **Dimension** | **Richtung** | **Beispiele** |
|---|---|---|
| Vertikale Dimension | hoch/tief | auf dem Platz hüpfen |
| Sagittale Dimension | vor/rück | jemandem gegenüber die Hand geben |
| Horizontale Dimension | rechts/links | eine Schiebetür aufmachen |

Körperlich, also anatomisch gesehen, ist es fast unmöglich, sich eindimensional zu bewegen. Die räumliche eindimensionale *Spurform* kann diese durch das Fokussieren und Konzentrieren auf eine Dimension hervorheben. Eindimensionale Bewegungen sind im Alltag relativ selten. Laban sah die *Dimensionen* als stabile *Spurformen* an (im Gegensatz zu den *Diagonalen* s. u.).

Assoziationen: Einschränkung, Klarheit, Ausrichtung des Körpers, streng, stabil, konzentriert, schlicht, unnatürlich, beruhigend, pur.

*Spurformen* des *Oktaeders* werden häufig im klassischen Ballett als Signalpunkte zur klaren Orientierung und als Ende einer Bewegungsphrase verwendet. Die Bewegungen können durch eine *zentrale* Herangehensweise an die *Kinesphäre*, durch die *Dimension* oder durch eine *periphere,* an den äußeren Linien des *Oktaeders orientierten Herangehensweise* ausgeführt werden. Es könnten auch mehrere Extremitäten gleichzeitig in verschiedene Richtungen geführt werden, wie in einem *Akkord*, z. B. in einer Arabesque (Standwaage).

## Ikosaeder, Flächen und Diametralen

Platon benannte das *Ikosaeder* nach den 20 Flächen (Triangel), Laban dagegen interessierten die 12 Ecken. Diese 12 Ecken sind gleichzeitig die Ecken der drei rechteckigen *Flächen*, die innerhalb des *Ikosaeders* aufgespannt werden können (Abb.3-12). Laban stellte die drei *Flächen*, bzw. das *Ikosaeder*, so auf, dass die unterste Kante der *vertikale Fläche* auf dem Boden liegt. Um zu vereinfachen, betrachten wir zuerst die *Flächen* und kommen dann später auf das *Ikosaeder* zurück.

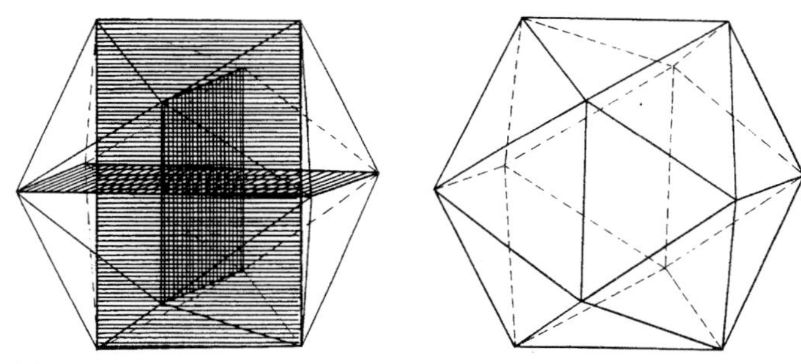

Abb. 3-12

Jede der drei rechteckige *Flächen* hat vier Ecken. In jeder Fläche können die jeweils gegenüberliegenden Ecken durch die Mitte – also *zentral* – verbunden werden (Abb. 3-13). Dies nannte Laban die *Diametralen*. Jede *Diametrale* besitzt zwei Richtungen, somit sind vier Signalpunkte (oder Ecken) in jeder Fläche definiert. Jede Fläche kann auch *peripher* verbunden werden – so entstehen Rechtecke (oder ovale Kreise).

### Die vertikale Fläche

Diese Fläche wird auch die „Türfläche" genannt, weil der Tänzer sich in der *vertikalen Fläche* „platt" wie in einem Türrahmen bewegt. Wenn der Tänzer sich in der *vertikalen Fläche* bewegt, dann breitet er sich mehr aus als in der *vertikalen Dimension*. Die *vertikale Fläche* beinhaltet die *vertikale Dimension* (hoch/tief) und die *horizontale Dimension* (rechts/links), wobei die *vertikale* stärker vertreten ist, da unsere menschliche Anatomie einfach höher als breit ist.

| **Vertikale Fläche** | **Sagittale Fläche** | **Horizontale Fläche** |
|---|---|---|
| hoch-links hoch-rechts | rück-hoch vor-hoch | links-vor rechts-vor |
| 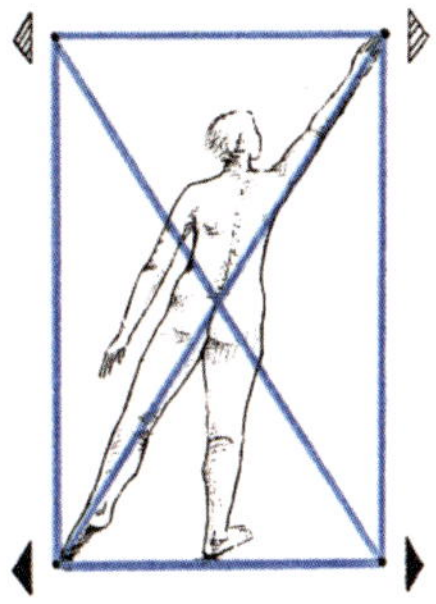 | 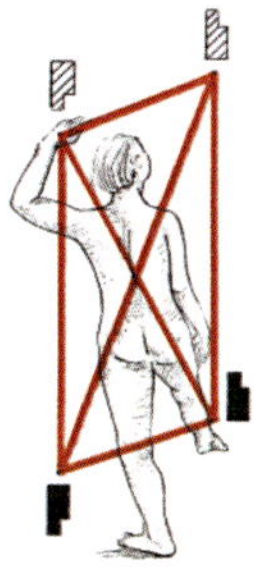 | 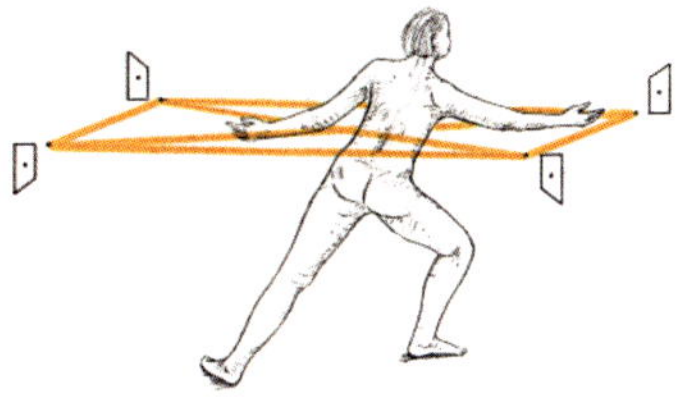 |
| tief-links tief-rechts | rück-tief vor-tief | links-rück rechts-rück |

Abb. 3-13

Somit setzt sich jede *Diametrale* aus *Raumzügen* von zwei *Dimensionen* zusammen. Ein *Raumzug* ist vom Körperzentrum aus gesehen ein (imaginärer) Zug in den Raum. Die zwei Raumzüge einer *Diametralen* sind jedoch ungleich stark, weil die Flächen Rechtecke und nicht Quadrate sind. Dies bezog Laban in seiner Namensgebung (und der Notation) gleich mit ein. Z. B. *hoch-links* setzt sich aus den *Raumzug hoch*, der *vertikalen Dimension,* und *links*, der *horizontalen Dimension* zusammen, wobei der *Raumzug hoch* stärker ist als *links* und daher an erster Stelle benannt wird. Die zwei Raumzüge *hoch-links* ergeben eine Raumrichtung oder einen *Signalpunkt* in der Kinesphäre.

Wenn man die jeweiligen Eckpunkte durch das Zentrum verbindet, dann ergeben sich die *Diametralen* der *vertikalen Fläche:*
*hoch-rechts ↔ tief-links* *hoch-links ↔ tief-rechts*

Assoziationen: Präsentation, stabil, Fenster putzen, Radschlag in der Gymnastik, Charlie Chaplin, Ballett, Hampelmann.
In der Anatomie wird diese Körperebene „frontal“ oder „koronal“[39] genannt.

**Die sagittale Fläche**

Diese Fläche wird auch „Radfläche“ genannt, weil der Tänzer sich in der *sagittalen Fläche* wie ein Rad am Wagen bewegt. Es ist die Fläche für den Ebenenwechsel, weil die *sagittale Fläche* die *sagittale Dimension* (vor/rück) und die *vertikale Dimension* (hoch/tief) beinhaltet, wobei die *sagittale* stärker vertreten ist. In der *diametralen* Bewegung eines Arms nach *vor- hoch* wird spürbar, dass die Hand in der Endposition weiter *vor* als *hoch* ist.

Die *Diametralen* der sagittalen Fläche:
*vor-hoch ↔ rück-tief* *rück-hoch ↔ vor-tief*

Assoziationen: Begegnung und Konfrontation, hinsetzen und aufstehen, treten beim Radfahren, viele sportliche Aktivitäten z. B. Flickflack und Purzelbaum.
In der Anatomie wird diese Körperebene „Median“ und die „sagittale Körperebene“ genannt.[40]

**Die horizontale Fläche**

Diese Fläche wird auch „Tischfläche“ genannt, weil der Tänzer sich mit den Armen in der *horizontalen Fläche* wie über einen imaginären Tisch bewegt. Die *horizontale Fläche* beinhaltet die *horizontale Dimension* (rechts/links) und die *sagittale Dimension* (vor/rück), wobei die *horizon-*

*tale Dimension* stärker vertreten ist. Im Vergleich ist die Länge des Arms auf Bauchnabelhöhe zur Seite geöffnet länger als nach vorne, da die Hälfte des Brustkorbes noch dazugerechnet wird.

*Diametralen* der *horizontalen Fläche*:
*rechts-vor ↔ links-rück* *rechts-rück ↔ links-vor*

Assoziationen: Kommunikation, Tisch abwischen, Suppe rühren, Drehungen im Tanz.
In der Anatomie wird diese Körperebene „transversal"[41] oder auch horizontal genannt.

## Ikosaeder und der Goldene Schnitt

Werden alle drei *Flächen* im *Raum* ineinander verschachtelt, dann entsteht der platonische Körper des Ikosaeders (Abb. 3-14).

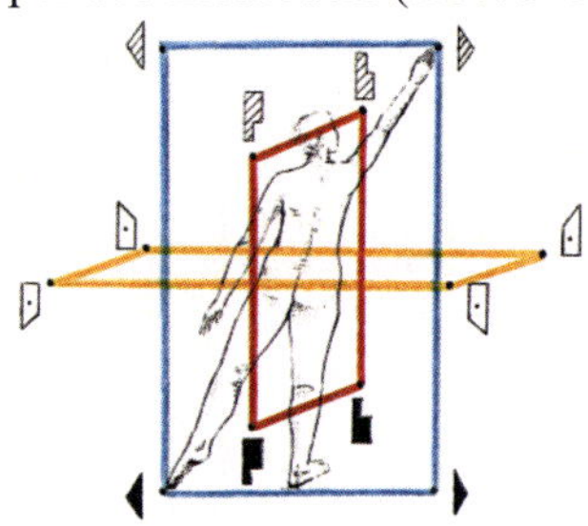

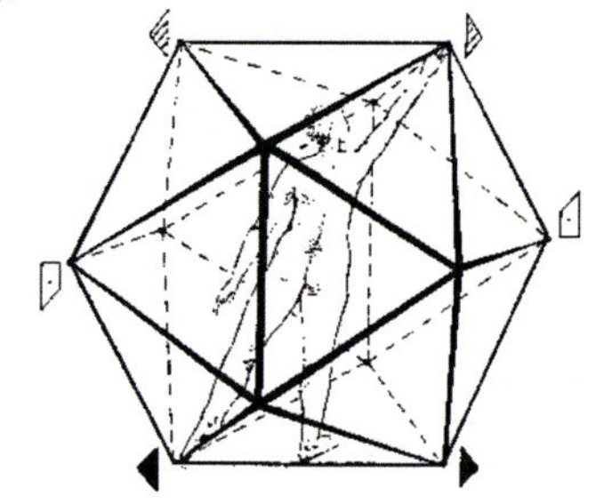

Abb. 3-14

Laban beobachtete, dass wir uns im alltäglichen Leben hauptsächlich im Ikosaeder bewegen, denn der menschliche Körper lenkt gern die labilen *Diagonalen* in Richtung der stabilen *Dimensionen* ab, d. h. hin zu den *Flächen* und *Diametralen.* Im *Ikosaeder* können alle drei Herangehensweisen an die *Kinesphäre* (*zentral*, *peripher* und *transvers*) mit den zwölf Signalpunkten verdeutlicht werden. Ferner berücksichtigt es am stärksten die menschliche Anatomie, wie schon bei den Flächen erwähnt. Zusätzlich besitzt das *Ikosaeder* als regelmäßiger platonischer Körper viele Harmonien, z. B. den *Goldenen Schnitt* von seinen inneren Rechtecken[42] (bei Laban die *Flächen*). Da der Goldene Schnitt häufig in der Architektur und Kunst thematisiert wird, war er Laban durch sein Kunststudium bekannt.

Der Goldene Schnitt ist ein bestimmtes Verhältnis zweier Größen zueinander: Eine größere Strecke verhält sich zu einer kleineren Strecke, wie die Summe der beiden Strecken zu der größeren Strecke. d. h. wenn a die größte Strecke ist: *a* verhält sich zu *b* wie *a+b* zu *a.* Er zeichnet sich auch durch eine Reihe mathematischer Eigenschaften aus, auf die ich hier aber nicht näher eingehen werde. Bildlich lässt sich die Proportion des Golden Schnitts leichter erfassen (Abb. 3-15). Ein Rechteck mit dem Goldenen Schnitt lässt sich stets in ein kleineres Rechteck derselben Proportion und in ein Quadrat zerlegen.

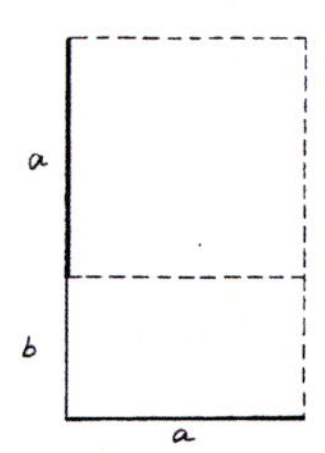


Abb. 3-15

Der Goldene Schnitt wird häufig als ideale Proportion und als Verkörperung von Ästhetik und Harmonie angesehen. Dieses Verhältnis tritt in der Natur in Erscheinung, z. B. bei einem Schneckengehäuse. Zusätzlich lässt sich der Goldene Schnitt auch im menschlichen Körper finden. Diese Proportion wird von der Heiligen Geometrie als „kreative Dualität im Einssein" bezeichnet.[43]

Beim Ikosaeder entsprechen die Längen der Seiten der rechteckigen Flächen (*vertikale, horizontale* und *sagittale Fläche*) alle der des Goldenen Schnitts (s. Abb. 3-12). Das Ikosaeder, in dem alle Ecken, Kanten und Flächen untereinander gleichartig sind, hat zusätzlich ein hohes Maß an Symmetrie (es ist 2-, 3- und 5-faltig sowie zentralsymmetrisch/Punktspiegelung am Mittelpunkt). Der Symmetriegedanke war auch für Laban in seinen *Skalen* (s. u.) wesentlich.

## Würfel (Hexaeder) und Diagonalen

Der *Hexaeder* mit seinen sechs viereckigen Außenflächen ist der uns vertrauteste platonische Polyeder. Nicht nur, weil jedes Kind mit Würfeln spielt, sondern auch weil unsere Architektur dem Kubus am meisten entspricht. Auch hier interessierte sich Laban überwiegend für die acht Ecken des *Hexaeders*.

Die *zentralen* Bewegungen, die jeweils die sich gegenüberliegenden Ecken des *Würfels* verbinden, nennt Laban die *Diagonalen* (Abb.3-16). Diagonalbewegungen sind sehr mobilisierend oder auch labil, da alle drei *Dimensionen* gleichzeitig und gleich stark auf den Körper wirken. Somit besitzt jede Diagonale Raumrichtung drei gleich starke *Raumzüge*. Im Gegensatz zu den *Diametralen* in den Flächen bezeichnete Laban die *Diagonalen* als „reine Schrägen“.

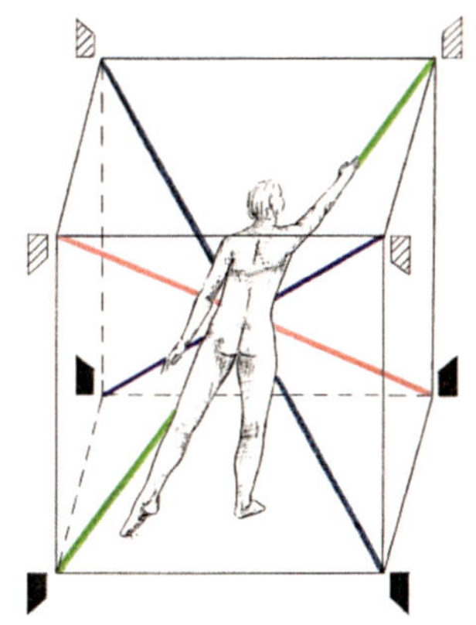

Abb. 3-16

Diagonalen im Würfel (Hexaeder):

*rechts-vor-hoch* ↔ *links-rück-tief* (rot)
*links-vor-hoch* ↔ *rechts-rück-tief* (blau)
*links-rück-hoch* ↔ *rechts-vor-tief* (grün)
*rechts-rück-hoch* ↔ *links-vor-tief* (violett)

Assoziationen: fliegen und fallen, Bewegung eines Betrunkenen.
Die *peripheren* Bewegungen am *Würfel* können an den Außenkanten entlang führen – diese sind dann eindimensional. Laban verbindet auch die Ecken durch Schrägen an der Außenfläche des *Würfels,* diese sind wiederum zweidimensional.

## Alle Raumrichtungen/Signalpunkte

Wenn wir uns alle *zentralen* Verbindungen vorstellen

- die drei *Dimensionen* im Oktaeder
- die sechs *Diametralen* im Ikosaeder
- die vier *Diagonalen* im Würfel

mit ihren jeweils zwei Richtungen, dann hat Laban insgesamt 13 zentrale Verbindungen mit insgesamt 27 Signalpunkte (inklusive der Mitte) definiert. Hier eine Darstellung der 27 Signalpunkte in den drei *Ebenen:* hoch, mittel, und tief (Abb.3-17).

**Dimensionen**

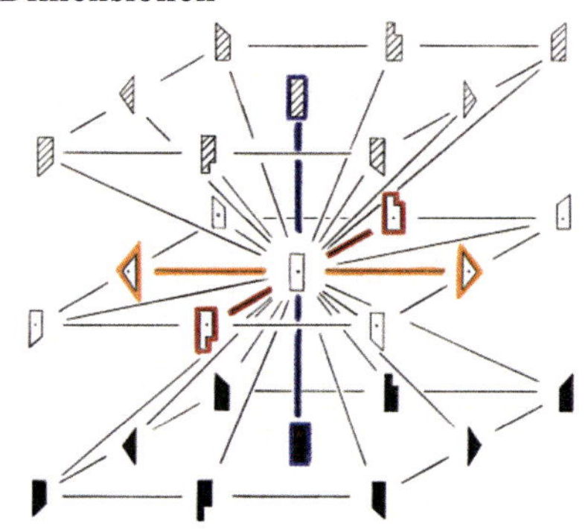

**Diametralen**

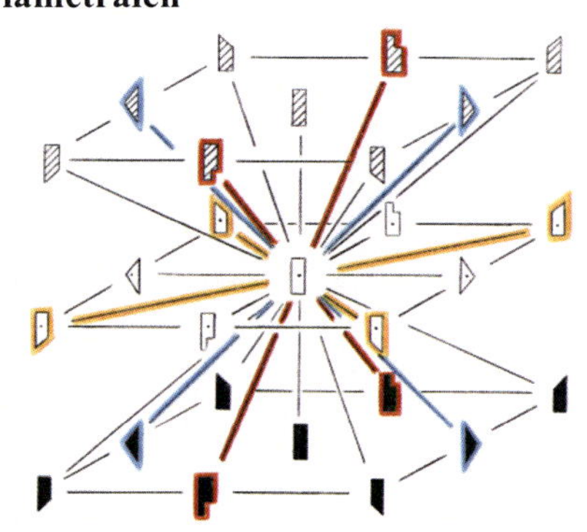

**Diagonalen**

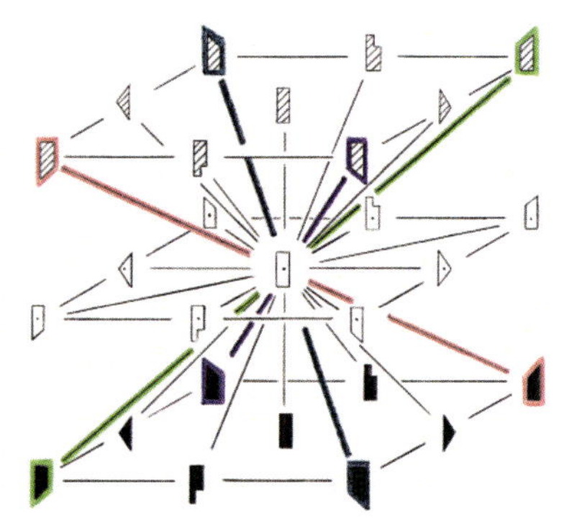

**Alle 13 zentralen Verbindungen**

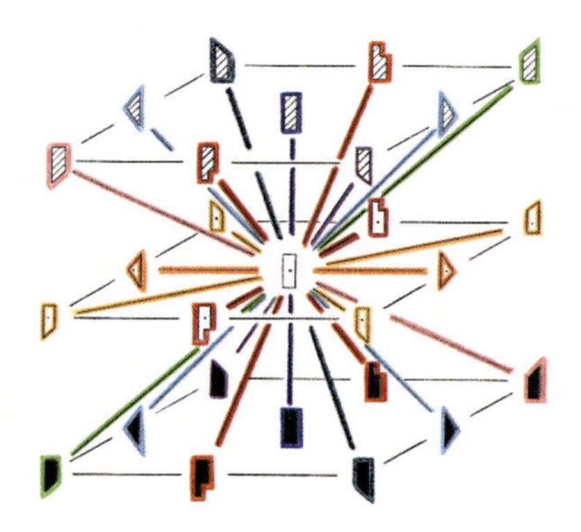

Abb. 3-17

Von der Mitte aus gesehen können die übrigen 26 Punkte in der engen, mittleren oder weiten *Reichweite* sein, d. h. daraus ergibt sich ein Gerüst von 79 Signalpunkten. Um diese zu differenzieren, werden die 26 Symbole der engen *Kinesphäre* mit einem „X“ und die der weiten *Kinesphäre* mit einem „И“ gekennzeichnet.[44] Wenn nichts vermerkt ist, geht man davon aus, dass es sich um die mittlere oder normale *Reichweite* handelt. Natürlich können weitere Raumrichtungen unendlich ausdifferenziert werden, die sich zwischen diesen Hauptrichtungen befinden, wenn es erforderlich oder wünschenswert ist. Diese 79 Signalpunkte reichen aber in der Regel aus, um Bewegungen im dreidimensionalen *Raum* zu beschreiben.

## Raumharmonie/Skalen in der Kinesphäre

Laban war der festen Überzeugung, dass harmonische Beziehungen in der Abfolge von Sequenzen im *Raum* existieren. Ob ein Film vorwärts oder rückwärts läuft, wird für den Betrachter aus der Übereinstimmung der Bewegung mit der Abfolge deutlich. Genauso wie wir den Zusammenklang in der Musik hören, sehen, fühlen oder empfinden wir Stimmigkeit in der Abfolge einer Bewegungssequenz. Diese Stimmigkeit ergibt sich aus der Anatomie des Körpers und seinen Bewegungsmöglichkeiten im *Raum*.

Um Muster in Bewegungsabfolgen zu entdecken, beobachtete Laban sehr viel: in alltäglichen sowie tänzerischen Bewegungssequenzen. Auf der Suche nach Ordnung übernahm er Prinzipien anderer Bewegungsstile und Künste. Er hatte Einblicke in das Fechten, welches die Abwehrbewegungen zu einer Sequenz ordnet.[45] Als Maler hatte er entsprechende Erfahrungen mit Proportion und Symmetrie. Durch sein informelles Musikstudium (er komponierte selbst), hatte er Kenntnisse über Zusammenklänge in zeitlicher Abfolge. All dieses Wissen trug dazu bei, die Harmonien in der Bewegung zu ergründen. Die resultierenden Bewegungsabfolgen, die *Skalen* sind als Abstraktion seiner ursprünglichen Beobachtungen zu verstehen.

Bezogen auf die *Raumharmonie* besitzt die Analogie zwischen Harmonie in der Musik und im Tanz „nicht nur eine oberflächliche Ähnlichkeit, sondern eine strukturelle Übereinstimmung“[46]. Die *Skalen* von Laban sind nach harmonischen Prinzipien, ähnlich der musikalischen Tonleiter, entwickeltet. Sie bieten die Möglichkeit, Bewegungen im *Raum* strukturiert zu üben, sodass keine Raumrichtung favorisiert oder ausgelassen wird.

Daher verfolgen harmonischen *Skalen* von Laban gewisse Gesetzmäßigkeiten und besitzen ein hohes Maß an Symmetrie, die innerhalb der Bewegungsabfolge für Ausgleich sorgt. Beispielsweise werden Signalpunkte in der Abfolge zu ihren gegenüberliegenden Punkten „reflektiert“. Zusätzlich gibt es immer einen regelmäßigen Rhythmus in der Abfolge, der eine gewisse *Verausgabungs-* und *Erholungsphrasierung* hervorruft. Beispielsweise wechseln sich *zentrale* und *periphere Herangehensweisen* an die *Kinesphäre* ab.

Außerdem werden alle *Skalen* zum „Ring“ geschlossen, in dem der letzte Signalpunkt in der Abfolge wieder zurück zum Anfang führt. Daher hat bezeichnete eine Schülerin von Laban, Valerie Preston Dunlop, alle Skalennamen mit dem englischen Wort „ring“[47] bezeichnet. Ein Ring muss mindestens drei Punkte verbinden, um dann wieder zum Anfang zurückzukehren. Maximal kann die Skala alle Signalpunkte des Raummodels verwenden (in sehr seltenen Fällen sogar zweimal). Beispielweise im *Ikosaeder* existieren Skalen mit drei Punkten, die dann bei Preston Dunlop *3-Ringe* genannt werden, und Skalen mit 12 Punkten, die dann *12-Ringe* heißen. Die Metapher zum Ring, im alltäglichen gebraucht, endet dort, – weil die *Skalen* nicht unbedingt kreisförmige Gebilde im Raum darstellen. Die kreisförmigen *Skalen* wie die *3-Ringe* und der *periphere 6-Ring* im *Ikosaeder* (s. u.) sind eher die Ausnahme. Ich werde die Nomenklatur von Preston Dunlop übernehmen, um eine gewisse Systematisierung der *Skalen* zu erreichen. Diese wird mit den sonst gebräuchlichen Namen der Skalen in der Laban-Tradition eingeführt.

Die innere Logik der *Skalen* kann zwar theoretisch geklärt werden, aber das erlebte harmonische Gefühl lässt sich schlecht in Worten vermitteln. Weshalb in diesem Fall gilt: „Probieren geht über studieren“. Um die *Skalen* auszuführen, gibt es bestimmte Normen. Die Bewegung geschieht meist im aufrechten Stand. Ein Arm führt in die angegebene Richtung und der Körper folgt. Die Bewegung im *Raum*, *Spurform* genannt, entsteht auf dem kürzesten Weg zwischen mindestens zwei Richtungen oder „Signalpunkten“.[48] Manche Spurformen sind aber nur theoretisch auf dem kürzesten Weg möglich, weil z. B. unsere Anatomie es uns nicht ermöglicht, den Arm hinter dem Körper ganz herumzuführen. Hier ist ein kleiner Umweg erlaubt.

In der Regel wird die *Standardreferenz* verwendet – in der *hoch* und *tief* mit der Schwerkraftlinie und *vor* und *rück*, wie auch *rechts* und *links,* auf den Körper bezogen sind. Es ist darauf zu achten, dass der Körper beim Ausüben der *Skalen* mit seiner Front in einer Richtung bleibt. Sonst kann es passieren, dass ich mit dem rechten Arm zwar nach *links- rück-tief* möchte, wobei sich mein Körper verschrauben sollte, ich aber ungewollt *vor-tief* lande, weil ich stattdessen eine Vierteldrehung gemacht und somit meine Front verändert habe.

All diese Normen können natürlich mit kreativer Gestaltung variiert werden (s. Ende des Kapitels). Zuerst ist es wichtig, die *Skala* an sich zu realisieren, um sich möglicherweise neue Raumwege zu erschließen. Trotz dieser Normen bleibt viel Spielraum. Die Bewegung muss nicht so aussehen, wie sie Laban in seiner Zeit gemacht hat, sondern kann im persönlichen (auch zeitgemäßen) Stil ausgeführt werden.

Innerhalb der oben genannten drei Raummodelle gibt es sehr viele Variationen verschiedener *Skalen*, die entwickelt werden könnten. Laban stellte 15 verschiedene *Skalen* in seinem Buch „Choreutik" dar. Eine Schülerin, Valerie Preston-Dunlop, veröffentlichte 27.[49] Diese *Skalen* dienen dazu, nicht nur das Bewegungsrepertoire zu erweitern, sondern auch als „Prototypen", um Bewegung im *Raum* zu unterscheiden.

Im Folgenden wird eine Auswahl von *Skalen* in den oben genannten drei Raummodellen beschrieben: drei *Skalen* im *Oktaeder*, zwei im *Würfel* und fünf (mit Variationen) im *Ikosaeder*, die alle in harmonischer Beziehung zueinander stehen. Zum Schluss werden kreative Möglichkeiten, die *Skalen* zu verändern, dargestellt. Denn obwohl Laban immer auf der Suche nach Ordnung war, warb er gleichzeitig für den kreativen und freien Tanz, der sich vor allem den „spontanen Fähigkeiten des Menschen" widmen sollte.[50]

## Skalen im Oktaeder

Die sechs Signalpunkte vom des Oktaeders werden auf unterschiedlichster Art miteinander verbunden. Im Folgenden werden die drei *Skalen* bildlich dargestellt, dann im Text beschrieben und zum Schluss verglichen.

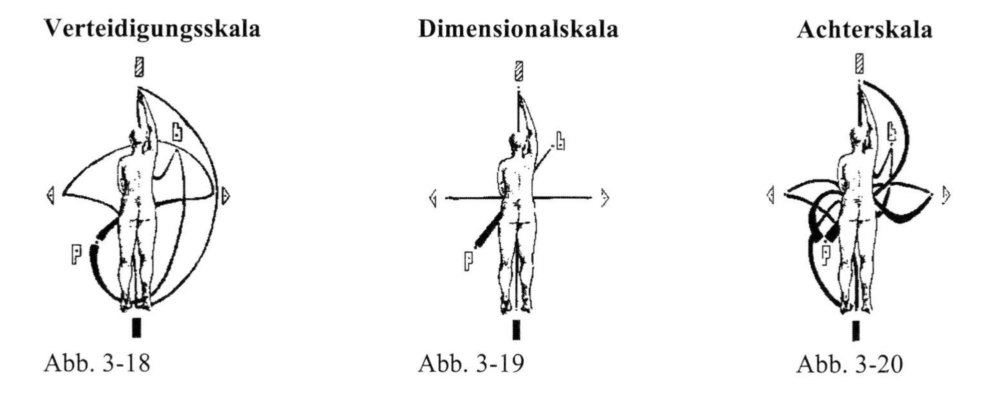

**Verteidigungsskala** Abb. 3-18 — **Dimensionalskala** Abb. 3-19 — **Achterskala** Abb. 3-20

### Der zentral-periphere 6-Ring: Die Verteidigungsskala ☼

Auf der fundamentalsten Ebene der menschlichen Existenz geht es ums Überleben. Laban beobachtete in vielen Alltagshandlungen (der vorindustriellen Gesellschaft) ein Sich-Abmühen mit den Naturgewalten, Gegenständen und Materialien – eine Anstrengung wie im Kampf.[51] Außerdem beobachtete er als Sohn eines Offiziers in seiner Jugend häufig Kampfgeschehen.

Wenn es im Kampf um Leben und Tod geht, wird der Körper die ökonomischste Art der Bewegungsausführung verwenden. Laban beobachtete eine Abfolge von sechs Bewegungen, um die verwundbarsten Körperteile im Schwertkampf zu schützen, die den „grundlegenden Orientierungen im *Raum* ziemlich genau entsprechen"[52] (s. *Dimensionen*).

Laban beobachtete auch das Fechten, insbesondere das Säbelfechten.[53] Inspiriert von der Fechtkunst, entwickelte er eine Abstraktion dieses Kampfgeschehens – die *Verteidigungsskala* (s. Abb. 3-18). Diese *Skala* hat abwechselnd *zentrale* und *periphere* Bewegungen in allen drei *Dimensionen*.

*Verteidigungsskala* mit dem rechten Arm führend:

| **Geschütztes Körperteil** | **Bewegung** | **Herangehensweise** | **Richtung** |
|---|---|---|---|
| Kopf | aufwärts | zentral | hoch |
| rechte Flanke | abwärts | peripher (über rechts) | tief |
| linke Schlagader | einwärts | zentral | links |
| rechte Schlagader | auswärts | peripher (über vor) | rechts |
| linke Flanke | rückwärts | zentral | rück |
| Bauch | vorwärts | peripher (über tief) | vor |

Tab. 3-1

Die Abfolge der Richtungen:
*//hoch (über rechts); tief (über Mitte); links (über vor); rechts (über Mitte); rück (über unten;) vor (über Mitte); hoch //*

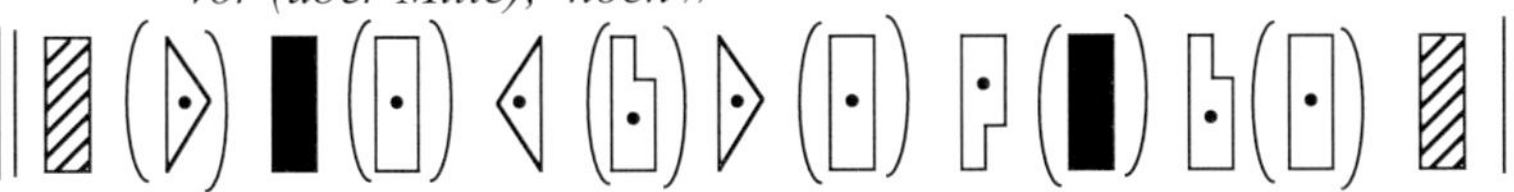

(Die Abfolge wird in der horizontalen *Motivschrift* von rechts nach links geschrieben. Die Doppelstriche bedeuten Anfang und Ende der *Skala.* )

Assoziationen: Abwehr durch Schwünge in alle Raumrichtungen, wohltuender Wechsel der Herangehensweise, Angriff der Körperteile erwidert durch diese *Skala.*

## Der zentrale 6-Ring: Die Dimensionalskala ☼

Die *Dimensionalskala* (Abb. 3-19) hat Ähnlichkeiten mit der *Verteidigungsskala*, da sie dieselbe Reihenfolge und dieselben Richtungen verwendet. Sie unterscheiden sich in der Herangehensweise, die bei der *Dimensionalskala* ausschließlich *zentral* verläuft. Als weitere Abstraktion oder theoretische Möglichkeit ist sie unkompliziert für den Kopf – aber körperlich schwer exakt zu bewegen und im Alltag selten in purer Form zu beobachten. Deswegen sollte der Tänzer in der Ausführung darauf achten, so genau wie möglich die eindimensionalen Achsen im *Raum* zu „zeichnen".

*Dimensionalskala* mit dem rechten Arm führend:
*//hoch; tief (über Mitte); links; rechts (über Mitte); rück; vor (über Mitte); hoch //*

 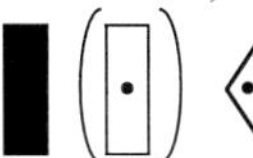 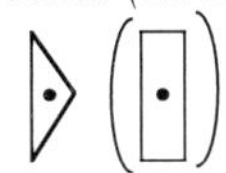  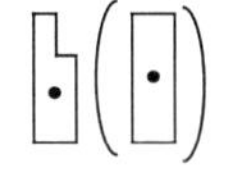 

(Wenn nichts in Klammern steht, dann ist es immer der kürzeste Weg von einem zum andern Signalpunkt; in diesem Fall durch die Mitte. Die Lücken in der Notation zeigen, wo die *peripheren* Übergänge der *Verteidigungsskala* waren.)

Assoziationen: unnatürlich, daher anstrengend, schön, meditativ, klar, schlicht, stabil

## Der transverse 6-Ring im Oktaeder: Die Achterskala

In der praktischen Laban-Tradition ist eine tänzerische Variante mit Schwüngen überliefert. Diese frei fließende *Skala* erinnert an Schleifen eines Geschenks mit mehreren Achterfiguren, die sich alle in der Mitte treffen (Abb. 3-20). Sie ist eine Variante, die genau wie die *Verteidigungsskala* schon die zweidimensionalen Flächen einbezieht, diesmal eher *transvers.* Die Übergänge sind *zentral* oder durch den Schwung auch *transvers.*

*Achterskala* mit dem rechten Arm führend:
*//hoch; (über rechts-hoch); Mitte (über links-tief); tief (über Mitte); links (über links-vor); Mitte (über rechts-rück); rechts (über Mitte); rück (über rück-hoch); Mitte (über vor-tief); vor (über Mitte); hoch//*

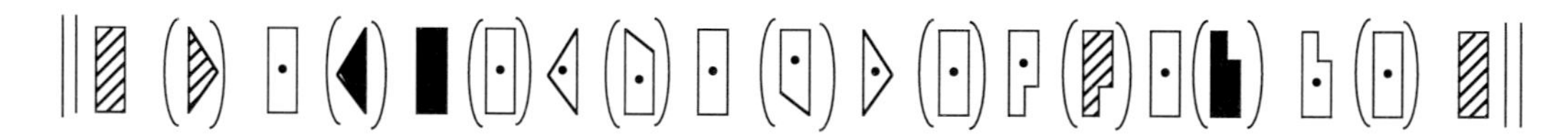

### Vergleich der *Skalen* im *Oktaeder*

In den drei *Skalen* oben werden drei grundsätzlich verschiedene Wege von einem Signalpunkt (z. B. hoch) zum anderen (z. B. tief) verdeutlicht. Jede der *Skalen* ist ein Prototyp für eine Art der Spurform:

- *zentral*, durch die *Dimensionalskala*, z. B. von *hoch* zu *tief* durch die Mitte,
- *peripher*, durch die Bögen der *Verteidigungsskala*, z. B. von *hoch* zu *tief* über *rechts,*
- *transvers*, durch die Schlaufen der *Achterskala*, z. B. von *hoch* zu *tief* durch die Mitte über den *oberen rechten* wie auch den *unteren linken Raum.*
-

## Skalen im Würfel

Die acht Signalpunkte des Würfels werden miteinander unterschiedlich verbunden, sodass zwei Ringe entstehen: einer mit nur zentralen Übergängen und einen mit zentralen und peripheren Übergängen.

### Der zentrale oder zentral-periphere 8-Ring: Die Diagonalskala ☼

Eine *Diagonale*, die „reine Schräge" in der *Kinesphäre*, verbindet eine Ecke des *Würfels* mit der gegenüberliegenden Ecke. Die Reihenfolge der *Diagonalskala* ist von der *Verteidigungsskala* abgeleitet. Die ersten sechs *zentralen* Bewegungen – um drei *Diagonalen* – sind *die Ablenkungen* der Richtungen von der *Verteidigungsskala.* Die vierte *Diagonale* muss logischerweise angehängt werden, um das Prinzip des *Ringes* – welches sich durch alle Laban-*Skalen* durchzieht – zu wahren.

**Diagonalskala** (nur zentrale Übergänge)

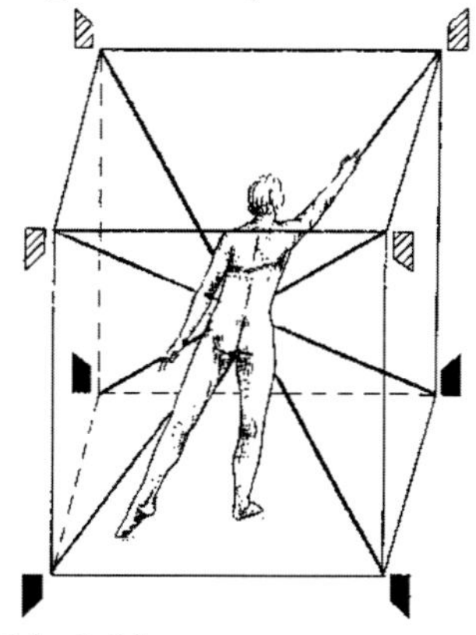

Abb. 3-21

Es gibt zwei Versionen der *Diagonalskala*, da es zwei Möglichkeiten der Übergänge gibt:

**1. Der zentral-periphere 8-Ring im Würfel**

nimmt den kürzesten Weg, *peripher* schräg an der Außenfläche des *Würfels* entlang, um von einer *Diagonalen* zur anderen zu gelangen.

*//rechts-vor-hoch; links-rück-tief; links-vor-hoch; rechts-rück-tief; links-rück-hoch; rechts-vor-tief; rechts-rück-hoch; links-vor-tief; rechts-vor-hoch//*

**2. Der zentrale 8-Ring im Würfel**

nimmt den Weg durch die Mitte, sodass alle Bewegungen der *Skala zentrale* Herangehensweisen sind (s. Abb. 3-21).

*//rechts-vor-hoch; links-rück-tief (über Mitte); links-vor-hoch; rechts-rück-tief (über Mitte); links-rück-hoch; rechts-vor-tief (über Mitte); rechts-rück-hoch; links-vor-tief (über Mitte); rechts-vor-hoch//*

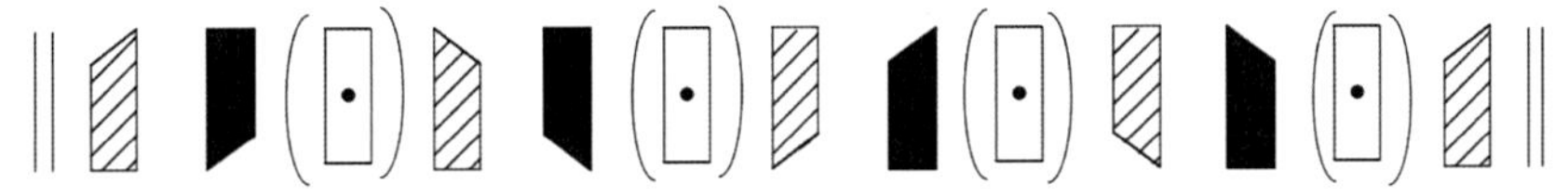

Assoziationen: sehr schräg, labil, fliegen und fallen möglich, eine weitere „tänzerische Version der *Verteidigungsskala*".[54]

**Weitere Skalen im Würfel**

Denkbar sind auch noch *periphere* oder *transverse Skalen* im *Würfel.* In den veröffentlichten Werken von Laban sind diese nicht beschrieben, aber es gibt Hinweise in seinen Notizen, dass er auch daran gearbeitet hat. Carol-Lynne Moore fand Zeichnungen in den Archiven, die belegen, dass ihn wohl besonders die peripheren Verbindungen im Würfel in Bezug zu den *Antriebsaffinitäten* (s. Kapitel *Affinitäten*) interessierten.[55]

## Skalen im Ikosaeder

Die 12 Signalpunkte im Ikosaeder werden auf verschiedensten Wegen, aber auch mit unterschiedlicher Anzahl der Punkte verbunden. Im Folgenden werden die *3-, 4-, 6-* und *12-Ringe* beschreiben. Es existieren noch weitere *Skalen* im *Ikosaeder*, wie die *2-Ringe*[56], sowie die *5-* und *7-Ringe*[57], auf die hier (aus Platzgründen) nicht eingegangen wird.

Im *Ikosaeder* gibt es zusätzlich zu den *zentralen* Verbindungen (den *Diametralen)* und den *peripheren* Verbindungen (am Rand des Ikosaeders) auch noch ganz bestimmte *transverse* Bewegungen, die *Transversalen* heißen. *Transversalen* gehen nicht durch das Zentrum und auch nicht am Rand entlang, sondern befinden sich im Zwischenraum. Genau gesagt: Eine *Transversale* bewegt sich von einer Fläche *transvers* zu einer zweiten und durchquert die dritte Fläche. Zum Beispiel: Um von *hoch- rechts* in der vertikalen Fläche zu *rück-tief* in der *sagittalen Fläche* zu gelangen, wird die *horizontale Fläche* durchquert.

Die Reihenfolge fast aller *transversen Skalen* geht von der *vertikalen* zur *sagittalen* zur *horizontalen Fläche.* Die Abfolge der Bewegung wird bestimmt durch die Raumrichtung, die vorher gefehlt hat. In der *vertikalen Fläche* fehlt die *sagittale Dimension.* Deshalb ist die Reihenfolge von der *vertikalen Fläche transversal* zur *sagittalen Fläche,* weil dort die *sagittale Dimension* dominant ist. Durch diesen ständigen Wechsel entsteht ein Verausgabungs- und Erholungsrhythmus, wobei jede Fläche zuerst die Erholung der davor liegenden und dann die Verausgabung für die folgende wird. Laban unterschied in Richtungen und Neigungen[58] des Raumweges.

Bei den *Transversalen* werden die Neigungen wie folgt charakterisiert:

- von der *horizontalen Fläche* zur *vertikalen Fläche* sind es *flache* Transversalen („flat"),
- von der *vertikalen Fläche* zur *sagittalen Fläche* sind es *steile* Transversalen („steep"),
- von der *sagittalen Fläche* zur *horizontalen Fläche* sind es *schwebende* Transversalen („suspended").

Durch die Besonderheit der transversalen Bewegungen im Ikosaeder steigen die Variationsmöglichkeiten der *Skalen* in diesem Modell rasant an. Im Folgenden wird nur eine Auswahl von Skalen im *Ikosaeder* beschrieben.

## Harmonische Skalen um die Urskala *(„Primary Scale")* im Ikosaeder

Eine bestimmte *Skala* im *Ikosaeder* nannte Laben die *Urskala*[59] oder *periphere Grundskala*[60], weil sie „die Grundelemente fast aller in der Bewegung verwendbaren Spurformen darstellt"[61]. Dieser *periphere 12-Ring* kann in verschiedene Abschnitte geteilt werden. Zuerst werden die *3-*, *4-*, *6-* und *12-Ringe* vorgestellt und zum Schluss die harmonischen Beziehungen der vier *Skalen* zur *Urskala* beleuchtet.

Die *Skalen* um die *Urskala* haben immer jeweils eine Achse – eine der vier *Diagonalen des Würfels*. Daher besitzt jede *Skala* (oder jeder *Ring*) insgesamt vier Variationen. Um die Darstellung der folgenden *Skalen* etwas zu komprimieren, wird jeder *3-*, *4,* und *6-Ring* nur um eine *diagonale* Achse und der *transverse 12-Ring* um zwei *diagonale* Achsen beispielhaft beschrieben.

### Die 3-Ringe ☼

Es werden nur 3 der 12 Signalpunkte im Ikosaeder zu einem Ring verbunden. Es gibt zwei *periphere* und zwei *transverse 3-Ringe* um eine diagonale Achse. Wenn alle vier 3-Ringe betrachtet werden – dann sind alle 12 Signalpunkte im Ikosaeder besetzt worden.

**Periphere 3-Ringe**

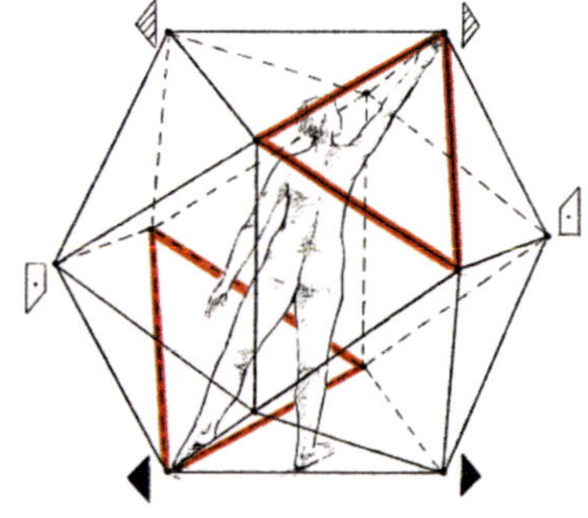

Abb. 3-22

**Transverse 3-Ringe**

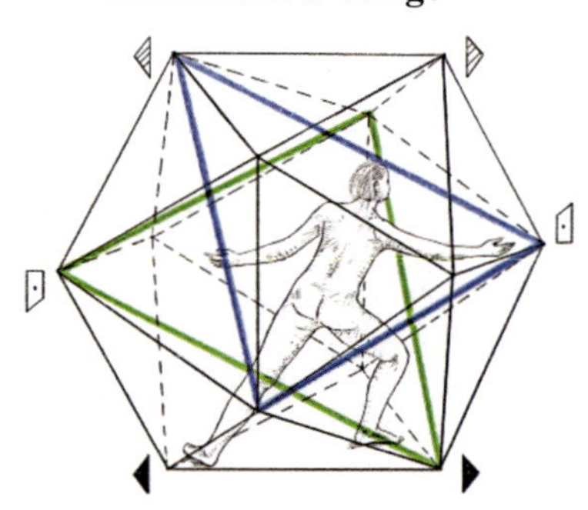

Abb. 3-23

### Die peripheren 3-Ringe

Der *periphere 3-Ring* (Abb. 3-22) liegt wie ein Dreieck direkt auf den Linien des *Ikosaeders* und verbindet die drei umliegenden Richtungen von je einer Fläche, die sich am nächsten zur *Diagonalen* befindet. So durchsticht die *Diagonalachse* die zwei Dreiecke in der Mitte (braun). Um mit der *Urskala* in eine harmonische Beziehung zu treten, ist die Reihenfolge der *peripheren 3-*

*Ringe: vertikale (V), horizontale (H), sagittale (S) Fläche,* erforderlich. Sonst können die *peripheren 3-Ringe* (rot) auch in die andere Richtung bewegt werden.

*Periphere 3-Ringe um die Diagonalachse* links-vor-tief ↔ rechts-rück-hoch 

1.*//hoch-rechts; rechts-rück; rück-hoch; hoch-rechts//* (dunkler rot)

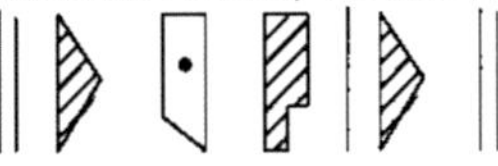

2.*//vor-tief; tief-links; links-vor; vor-tief//* (heller rot)

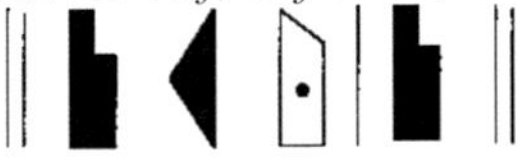

Assoziationen/Kommentare: rechte kleine Triangel weit weg vom Zentrum, einmal jede Fläche verbunden an der Peripherie, die Dreiecke des Ikosaeders nachzeichnen.

**Die transversen 3-Ringe**

Die *transversen 3-Ringe* (Abb. 3-23) werden mit den übrig gebliebenen sechs Raumrichtungen gebildet: jeweils aus drei unterschiedlichen Flächen. Diese Dreiecke liegen nicht an den Außenkanten des *Ikosaeders*, sondern gehen mitten hindurch, daher *transvers* – sogar *transversal.* Jeder *transverse 3-Ring* hat jeweils nur eine *schwebende*, eine *steile* und eine *flache Transversale.*

*Transverse 3-Ringe um die Diagonalachse* links-vor-tief ↔ rechts-rück-hoch 

1. *//rechts-vor; rück-tief; hoch-links; rechts-vor//* (blau)

2. *//tief-rechts; links-rück; vor-hoch; tief-rechts//* (grün)

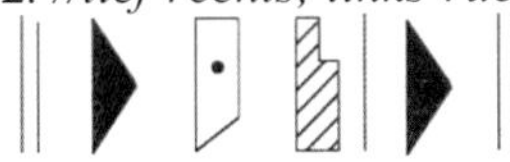

Um mit der *Urskala* in eine harmonische Beziehung zu treten, ist die Reihenfolge der transversen 3-Ringe wichtig: *vertikale (V), horizontale (H), sagittale (S) Fläche.* Das oben erwähnte Ordnungsprinzip der *transversen Skalen* (*flach, steil schwebend*) gilt in diesem Falle nicht für die transversen 3-Ringe. In der Praxis werden allerdings beide Reihenfolgen (bzw. Kreisrichtungen) verwendet. Um jede der vier *Diagonalachse* können sich zwei *polare* und zwei *transverse 3-Ringe* bilden, daher befinden sich im gesamten *Ikosaeder* acht *polare* und acht *transverse 3-Ringe.*

Assoziationen: größere *Ringe*, die sich mehr um den gesamten Körper herum bewegen; manchmal ist der Körper „im Weg"; *graduelle Rotation* im Schultergelenk (s. *Fundamentals*-Kapitel).

**Die 4-Ringe** ☼

Bei diesen Ringen werden jeweils vier Signalpunkte mit einender verbunden, daher existieren drei Ringe für die 12 Punkte im Ikosaeder.

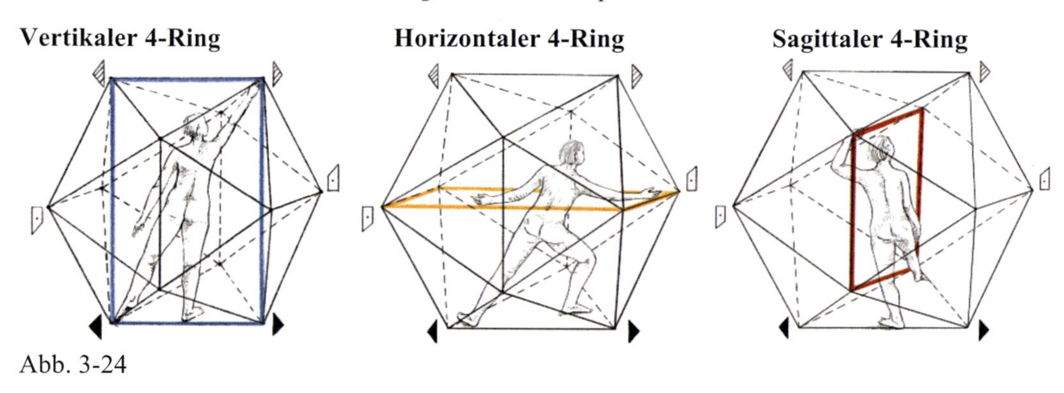


Abb. 3-24

Diese drei *4-Ringe* bilden den Rand der *Flächen,* da die vier Signalpunkte hintereinander zum Rechteck verbunden werden. Obwohl sie eine *periphere Raumspannung* erzeugen, sind nur zwei der vier Bewegungen im *Ikosaeder* wirklich *peripher*, nämlich die kürzeren. Die anderen zwei sind *transvers*, aber nicht *transversal*, weil sie in derselben Fläche bleiben.

Bei der körperlichen Ausführung dieser *4-Ringe* werden sie wegen der *graduellen Rotation* in den Globalgelenken eher zu Kreisen als zu Rechtecken. Die Reihenfolge im *4-Ring* ist so gewählt, um später die harmonische Beziehung zur *Urskala* darzustellen. Ansonsten können sie auch in der entgegengesetzten Richtung bewegt werden. Übrigens: Diese *4-Ringe* sind für jede Diagonalachse gleich!

*Vertikaler 4-Ring* (Abb.3-24 – blau)
*//hoch-rechts; tief-rechts; tief-links; hoch-links; hoch-rechts//*

*Horizontaler 4-Ring* (Abb.3-24 - gelb)
*//rechts-vor; rechts-rück; links-rück; links-vor; rechts-vor//*

*Sagittaler 4-Ring* (Abb.3-24 - rot)
*// vor-tief; rück-tief; rück-hoch; vor-hoch; vor-tief//*

Assoziationen: zweidimensionale Kreise, peripheres Gefühl, jede Fläche für sich, klar, übersichtlich.

## Die 6-Ringe im Ikosaeder ☼

Der *transverse 6-Ring* (*Achsenskala*) ist das harmonische Gegenstück zum *peripheren 6-Ring* (*Äquatorskala*). Während die *Achsenskala* die sechs Signalpunkte, die nahe an einer *Diagonalen* liegen, *transvers* verbindet, vereinigt die *Äquatorskala* die sechs entfernten Signalpunkte *peripher*. Der *transverse 6-Ring* wird als energetische, männliche *Skala* bezeichnet, während der *periphere 6-Ring* als fließende, wallende und weibliche *Skala* betrachtet wird.[62]

**Äquatorskala/6-Ring (peripher)**

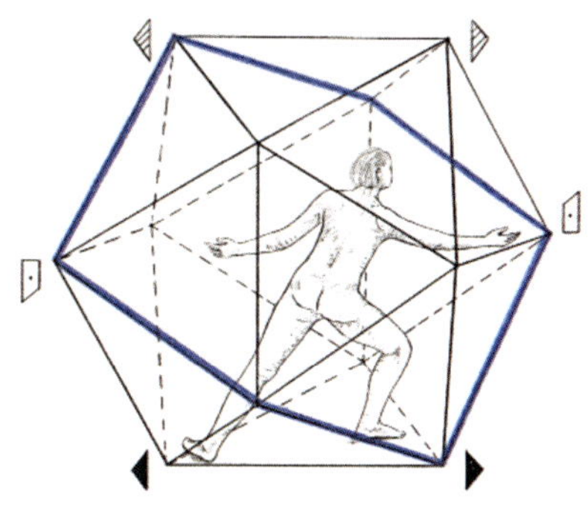

Abb. 3-25

**Achsenskala/6-Ring (transvers)**

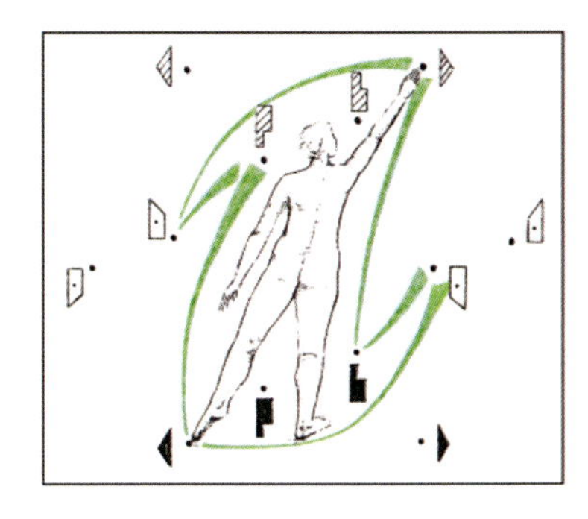

Abb. 3-26

### Der periphere 6-Ring: Die Äquatorskala (Kette des Gürtels) ☼

Der Äquator der Erde hat eine Achse, die leicht gekippt ist. Im *Ikosaeder* gibt es zu jeder gekippten Diagonalachse eine *Äquatorskala*, die mit sechs Oberflächenlinien des Ikosaeders gebildet wird (Abb.3-25). Dadurch liegt jede der vier *Äquatorskalen* wie ein leicht geschlängelter *Ring* unterschiedlich schräg im *Raum*. Die Reihenfolge der Flächen beim *peripheren 6-Ring* ist: *vertikal, sagittal und horizontal.*

*Die Äquatorskala um die Diagonalachse links-vor-tief ↔ rechts-rück-hoch*
//rechts-vor; tief-rechts; rück-tief; links-rück; hoch-links; vor-hoch; rechts-vor//

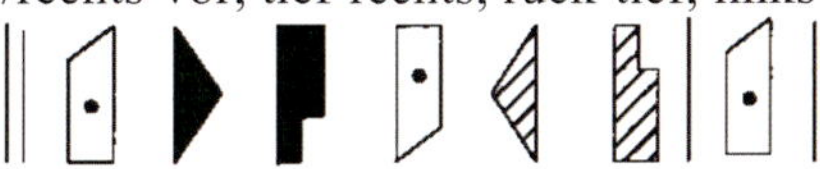

Assoziationen: großer wellenförmiger Kreis auf einer schrägen Ebene um den gesamten Körper, flüssig, wache, willkürliche Bewegungen, betonende oder nachdrücklich unterstreichende Gesten.[63]

### Der transverse 6-Ring: Die Achsenskala (Kette des Bündels) ☼

Die *Achsenskala* verbindet *transvers* die sechs Ablenkungen einer Diagonalachse (Abb.3-26). Die *transversalen* Bewegungen gehen von einem polaren Dreieck zum gegenüberliegenden in ähnlicher Neigung wie die *Diagonale*. Die Reihenfolge des *transversen 6-Rings* ist: von der *vertikalen Fläche* zur *sagittalen Fläche* und dann zur *horizontalen Fläche* oder die charakteristische Neigung von *flach, steil* zu *schwebend.* Wenn ich die *Transversalen* in den *Skalen* bewege, kann ich sie mir besser durch diese Charakterisierung merken.

Die Achsenskalen um die Diagonale *links-vor-tief ↔ rechts-rück-hoch*
*//hoch-rechts; vor-tief; rechts-rück; tief-links; rück-hoch; links-vor; hoch-rechts//*

Assoziationen: schwankender, torkelnder Charakter wie Betrunkener, Tiere in Gefangenschaft, eher unbewusste und unwillkürliche Bewegungen.[64]

## 12-Ringe

Der *12-Ring* bewegt sich einmal zu jedem Signalpunkt im *Ikosaeder*. Laban nannte den *peripheren 12-Ring* die *„äußere Grundskala“* und den *transversen* die *„innere Grundskala“*[65], welches zugleich ihre harmonische Beziehung beschreibt.

### Der periphere 12-Ring: Die Urskala (Die äußere Grundskala) ☼

*Urskala* im Sinne von *ur*sprünglich – aus der alle anderen hier erwähnten *Skalen* sich ableiten lassen (s. u.). Wenn der *periphere* und der *transverse 6-Ring* um dieselbe Diagonalachse im Wechsel verknüpft werden, entsteht ein *12-Ring*: die *Urskala.* Der *transverse 6-Ring* wird *peripher* ausgebeult oder der *periphere 6-Ring* wird um einige Raumrichtungswechsel ergänzt. Das Resultat ist ein *peripherer 12-Ring,* der sich einmal um das gesamte *Ikosaeder* windet (Abb.3-27). Die Reihenfolge bei dem *peripheren 12-Ring* oder der *Urskala* ist: von der *vertikalen Fläche* zur *horizontalen Fläche* und dann zur *sagittalen Fläche.* Dies ist genau die umgekehrte Reihenfolge als die der transversen Ringe.

Urskala

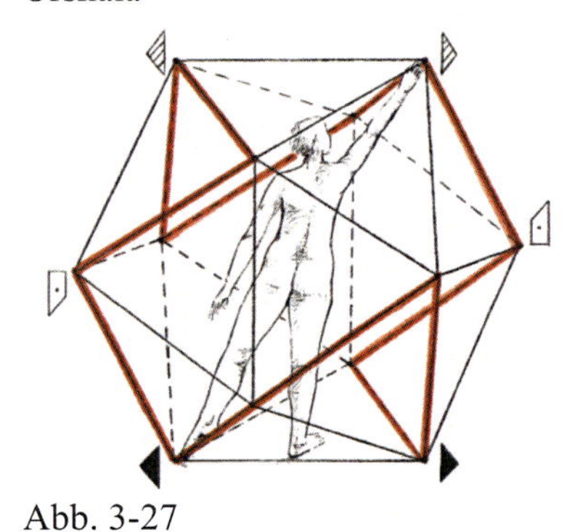

Abb. 3-27

*Urskala um die Diagonalachse* links-vor-tief ↔ rechts-rück-hoch

(Die Signalpunkte des *transversen 6-Rings,* der *Achsenskala,* sind unterstrichen.)
*//hoch-rechts; rechts-vor; vor-tief; tief-rechts; rechts-rück; rück-tief; tief-links; links-rück; rück-hoch; hoch-links; links-vor; vor-hoch; hoch-rechts//*

Assoziationen: ungewohnt, umherwandern mit Richtungswechsel, bleibt draußen, verschnörkelt, unregelmäßiger Raumrhythmus.

### Der transverse 12-Ring: Die A- oder B-Skalen (Die innere Grundskala) ☼

Der *transverse 12-Ring* ist wie eine sternförmige Kette. In diesem Fall hat Laban alle vier diagonalen Achsen betrachtet und zwei diagonale Achsen der rechten und zwei der linken Körperseite zugeordnet. Bei den *Skalen* führt meistens der Arm, wobei auch andere Körperteile der jeweiligen Körperseite führen können. Wenn im Tanz eine Bewegungsfolge von der rechten auf die linke Körperseite transponiert wird, geschieht das durch die Spiegelung der Bewegung durch die *sagittale Fläche* (sodass alle *Formqualitäten* auf der anderen Körperseite beibehalten werden). Laban verwendet in diesem Fall genau dasselbe Prinzip.

Die Achse, die bisher betrachtet wurde (*links-vor-tief* zu *rechts-rück-hoch)*, ist die der sogenannten *A-Skala-Rechts* – also mit rechter Körperseite geführt. Die Achse der *A-Skala- links* ist dementsprechend: *rechts-vor-tief* zu *links-rück-hoch.* Die beiden übrig gebliebenen *Diagonalen* sind die Achsen der *B-Skalen* und werden nach demselben Prinzip in rechts und links aufgeteilt (s. Tab. 3-2).

| **Transverse 12-Ringe** | | | | | |
|---|---|---|---|---|---|
| Namen | Diagonalachse | | Namen | Diagonalachse | |
| A- Skala-Rechts | links-vor-tief ↔ rechts-rück-hoch | | B- Skala-Rechts | links-rück-tief ↔ rechts-vor-hoch | |
| A- Skala-Links | rechts-vor-tief↔ links-rück-hoch | | B- Skala-Links | rechts-rück-tief ↔ links-vor-hoch | |

Tab. 3-2

Alle *transversen 12-Ringe* können mit zwei verschiedenen *Phrasierungen* in *Spitzen* bewegt werden, welche steiler und enger schwingen, oder in *Voluten*, die weicher, kurviger, „plastisch gewölbter“[66] schwingen. Entscheidend ist, an welcher Stelle in der Reihenfolge die *Skala* angefangen wird:
für *Spitzen* – in der horizontalen Fläche, z. B. *links-rück*
für *Voluten* – in der vertikalen Fläche, z. B. *hoch-rechts*

Die zwei verschiedenen Phrasierungen derselben Reihenfolge fühlen sich in Bewegung so unterschiedlich an, als ob sie unterschiedliche *Skalen* wären. (Somit könnte man meinen, es gäbe acht *transverse 12-Ringe*!) Um nicht zu ausufernd zu werden, werden hier nur die zwei sehr gegensätzlichen *transversen 12-Ringe* dargestellt: *A-Skala* und *B-Skala* jeweils mit Rechts geführt, aber die *A-Skala* in *Spitzen* (Abb.3-28) und die *B-Skala* in *Voluten* (Abb.3-29).

**A-Skala-Rechts - in Spitzen**

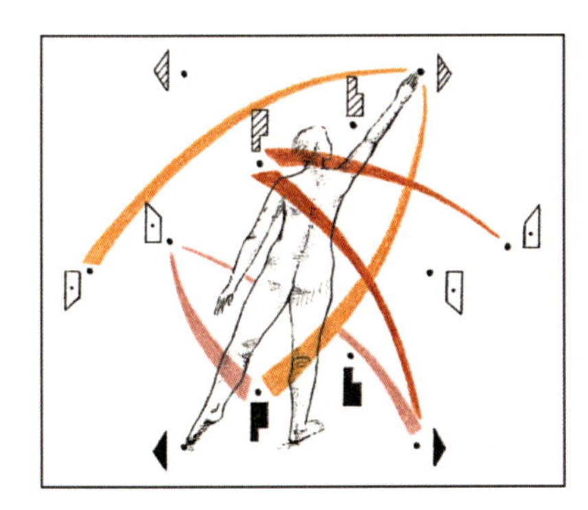

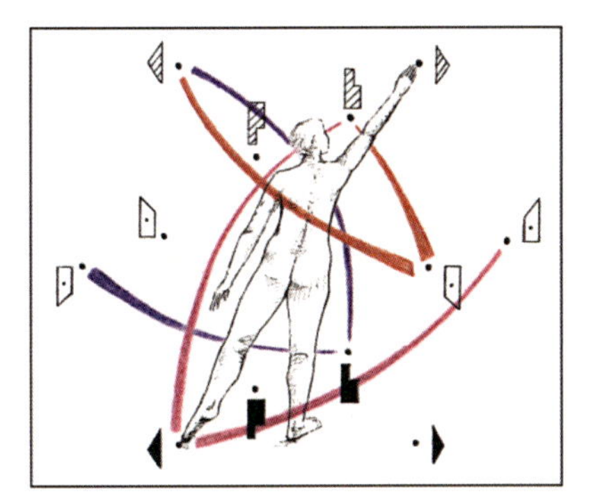

Abb. 3-28
A-Skala in Spitzen, mit der rechten Hand führend, um die Diagonalachse

*links-vor-tief* ↔ *rechts-rück-hoch*

*//links-rück; hoch-rechts; rück-tief; links-vor; tief-rechts; rück-hoch; rechts-vor; tief-links; vor-hoch, rechts-rück; hoch-links; vor-tief; links-rück//*

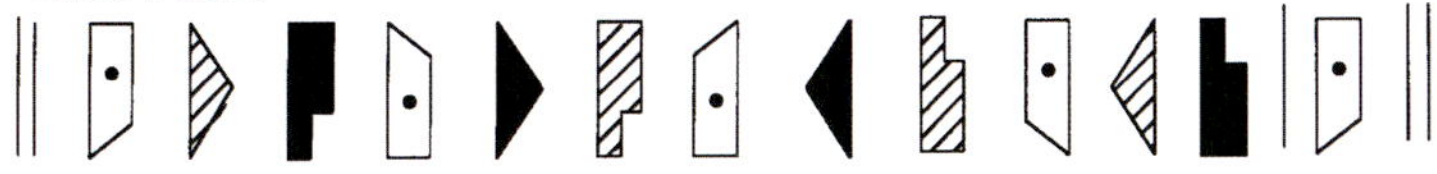

Die Reihenfolge der *A-* und *B-Skalen* ist wie in allen *transversen Skalen* (s. o.). Bevor Laban sich für diese Notation entschied, nummerierte er zuerst die Neigungen der *A-Skala* rechts in *Spitzen* und stellte dann alle anderen *Skalen* mit diesem Nummerierungssystem dar.[67] Da dies aber sehr verwirrend war, verwarf er später dieses System, um es in seinem Buch „Choreutik" klarer mit der Notation von den Signalpunkten aus darzustellen.[68] Wichtig ist trotzdem, nicht zu vergessen, dass die Signalpunkte an sich nicht im Vordergrund stehen, sondern die Bewegung, die zwischen zwei Signalpunkten stattfindet.

**B-Skala-Rechts - in Voluten**

B-Skala in Voluten, mit der rechten Hand führend, um die Diagonalachse

*links-rück-tief ↔ rechts-vor-hoch*

*//hoch-links; vor-tief; rechts-rück; tief-links; vor-hoch; links-rück ; tief-rechts; rück-hoch; links-vor; hoch-rechts; rück-tief; rechts-vor; hoch-links//*

Assoziationen: *A-Skalen*: Verteidigung, weiblich. *B-Skalen*: Angriff, kräftig, männlich. *Voluten*: ausschweifende Schwünge. *Spitzen*: Spitze Schwünge um die *Diagonalen.*

(Bei den Spitzen ist die Reihenfolge dieselbe, nur man fängt ein Punkt früher an – in der Horizontalen Fläche bei *rechts-vor* – dadurch bekommen die Schwünge einen „spitzen" Charakter.)

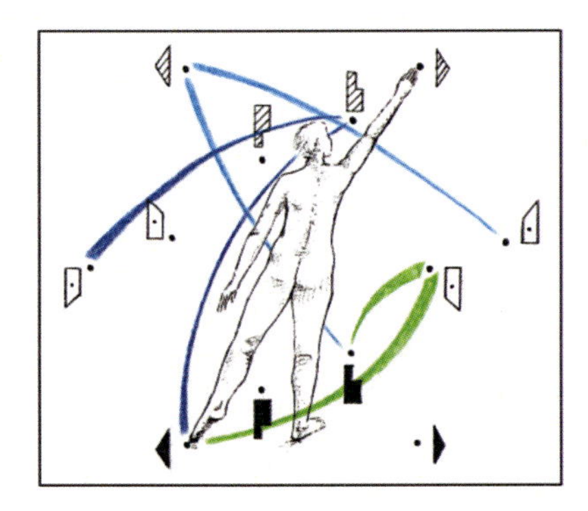

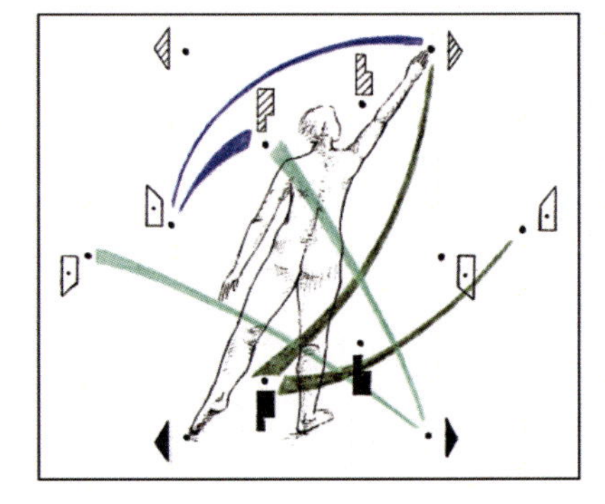

Abb. 3-29 B-Skala-Rechts – in Spitzen

**Raumharmonie in Bezug zu den A-und B-Skalen**

Nach Labans Meinung sind die *transversen 12-Ringe* für „das Üben harmonischer Bewegung von großer Bedeutung".[69] Plausible Begründungen sind:

- Das *Ikosaeder* hat in sich schon als regelmäßiger platonischer Körper viele Harmonien, z. B. den *Goldenen Schnitt* seiner inneren Rechtecke[70] (bei Laban die *Flächen*) und 2-, 3- und 5-faltige Symmetrien des Modells an sich[71] (s. o. *Ikosaeder*).
- Die *transversalen* Bewegungen sind für den Körper am leichtesten auszuführen, da sie mit den spiralischen Muskelfasern korrespondieren.
- Die Schwünge des *transversalen 12-Rings* folgen dem harmonischen Ordnungsprinzip (Reihenfolge V, S, H) aller *transversen Skalen* (s. *3-Ring*).
- Die *A-* und *B-Skalen* schwingen jeweils um drei *Diagonalen.* Somit ist dieser *12-Ring* der vielfältigste der *transversen* Abfolgen. (Die nicht verwendete *Diagonale* ist die Achse der *Skala.*)

- Die erste Hälfte der *A-Skala-rechts* in *Voluten* hat eine unmittelbare Beziehung zu der *Verteidigungsskala*[72], sie wird mit der rechten Körperseite geführt. (*A-Skala -rechts* in *Voluten* mit den dimensionalen Signalpunkte unterstrichen: *hoch-rechts; rück-tief; links-vor; tief-rechts; rück-hoch; rechts-vor ...*)
- Die zweite Hälfte des *transversen 12-Rings* spiegelt harmonisch die erste Hälfte (Punktspiegelung durch die Mitte, sodass man auf der anderen Seite des Diameters landet).
- Die *A-Skalen* fallen mehr nach hinten, da zwei der drei verwendeten *Diagonalachsen* nach hinten absinken. Dadurch bekommen sie den Charakter des sich Zurückziehens/Verteidigens.
- Die *B-Skalen* fallen mehr nach vorne, da zwei der drei verwendeten *Diagonalen* nach vorne sinken. Dadurch erhalten sie einen angreifenden Charakter und werden als „*Angriffskalen*“ bezeichnet.[73]
- Die *Skalen* spiegeln sich harmonisch rechts und links: *A-rechts* zu *A-links*, *B-rechts* zu *B-links*.
- Die Vor-/Rückspiegelung der gesamten *Skalen* (durch die *vertikale Fläche*) beschrieb Laban als „echoähnlichen“[74] Charakter (☼). Wenn zwei Menschen *A-rechts* und *B-rechts* zueinander gewandt im selben Rhythmus tanzen, dann sieht der eine wie der Spiegel des andern aus.

## Raumharmonische Beziehung zwischen den Skalen um die Urskala

Laban sah die oben genannten *Skalen* in „harmonischer Wechselbeziehung“[75], da von der *Urskala* alle weiteren *Skalen* um dieselbe Diagonalachse abstammen. Um die Ableitung und den Vergleich zu ermöglichen, sind alle *3-, 4-* und *6-Ringe* um die gleiche diagonale Achse in Notation in Abb. 3-30 dargestellt.

Diagonalachse *links-vor-tief* ↔ *rechts-rück-hoch*

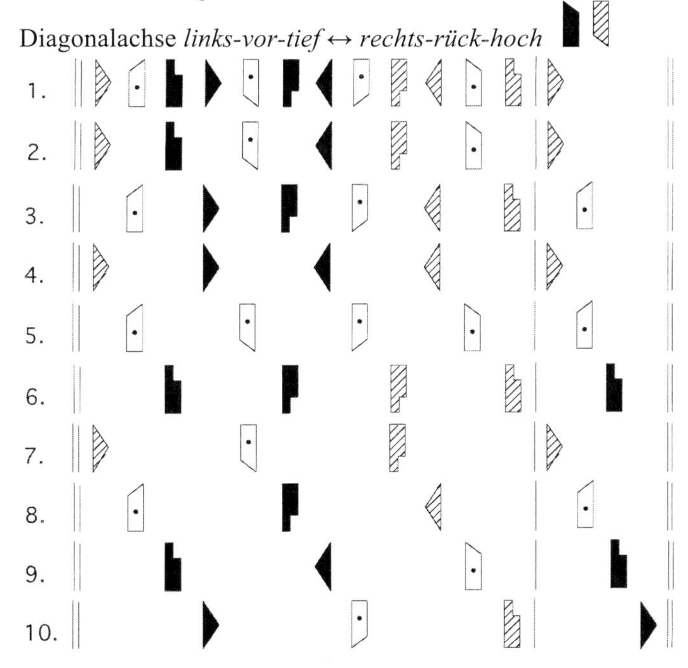


1. Die Urskala
2. Die Achsenskala
3. Die Äquatorskala
4. Vertikaler 4-Ring
5. Horizontaler 4-Ring
6. Sagittaler 4-Ring
7. Peripherer 3-Ring
8. Transverser 3-Ring
9. Peripherer 3-Ring
10. Transverser 3-Ring

Abb. 3-30

Um die oben erwähnten *3-, 4-,* und *6-Ringe* um dieselbe Diagonalachse abzuleiten, müssen die Signalpunkte der *Urskala* (in der Notation die 1. *Skala*) folgendermaßen abgezählt werden:

- jeder 2. Punkt: Zwei *6-Ringe* beschreiben jeweils eine *Achsen-* (2. *Skala*) und eine *Äquatorskala* (3. *Skala*) (Welche der beiden sich ableitet, wird von der Anfangsrichtung bestimmt.)
- jeder 3. Punkt: drei 4-Ringe: jeweils eine in jeder Fläche: Vertikale (4. Skala), Horizontale (5. Skala), Sagittale (6. Skala)
- jeder 4. Punkt: vier *3-Ringe*: zwei *periphere* (die 7. und 9. *Skala*) und zwei *transverse Dreiecke* (die 8. und 10. *Skala*),
- jeder 5. Punkt: ein *transverser 12-Ring*: entweder *A-* oder *B-Skala*, rechts oder links – das kommt auf die *diagonale* Achse an.[76] In diesem Fall: *A-Skala- rechts (s. o.)*.

Wenn alle *Skalen* um die *Urskala* in ein *Ikosaeder* hineingefädelt und diese von einer Ecke aus betrachtet werden, dann erscheint inmitten des *Ikosaeders* das *Dodekaeder*. Laban hat demnach nicht explizit das *Dodekaeder* (12-flächige platonische Körper mit fünfeckigen Flächen) als Raummodel verwendet, es aber durch die Bewegung in den *Skalen* um die *Urskala* impliziert.

## Kreatives Gestalten mit Skalen

Genau wie die Musikharmonie als Rahmen für eine Komposition verwendet wird, soll die *Raumharmonie* in der Arbeit mit Bewegung und Tanz als Sprungbrett für Kreativität dienen. Jeder kann innerhalb der *Skala* alle kreativen Möglichkeiten nutzen, die Regeln der *Skala* erweitern, mit ihnen brechen oder sie transformieren.

Die *Skalen* können durch die LBBS-Kategorien einzeln oder in verschiedenen Kombinationen verändert werden:

- *Körper*, z. B. verschiedene *Körperaktionen* oder Körperteile
- *Antrieb*, z. B. verschiedene Antriebskombinationen
- *Form,* z. B. andere Arten der Formveränderung
- *Phrasierung,* z. B. andere Akzentuierung
- *Raum*, z. B. andere Reichweite verwenden

Die weiteren Kapitel dieses Buches können verwendet werden, um die weiteren Veränderungsmöglichkeiten zu nutzen.

Die Regeln der *Skalen* zu erweitern oder zu brechen, bedeutet:

- andere Übergänge zu nutzen,– z. B. alles zentral, obwohl es eine *periphere Skala* ist,
- die Abfolge verändern, – z. B. wie ein Film, der rückwärts läuft,
- verschiedene Teile wiederholen,
- die *Skala* auseinandernehmen oder fragmentieren,
- die Reihenfolge irgendwo unterbrechen und einen Teil einer anderen *Skala* einfügen,
- verschiedene *Skalen* mit unterschiedlichen Körperteilen gleichzeitig ausführen.

Die Regel der *Skalen* zu transformieren, besagt:

- statt die Spurform zu hinterlassen – den Körper als Form verwenden,
- die *Skalen* zwischen zwei Tänzern hin- und hergehen lassen,
- das Zentrum der *Kinesphäre* in verschiedene Körperteile setzen,
- das Zentrum außerhalb der *Kinesphäre* verschieben,
- das Zentrum zwischen verschiedene Tänzer setzen.

Alle diese kreativen Gestaltungsmöglichkeiten können kombiniert werden. Diese Liste ist nicht unbedingt vollständig, da unser kreatives Potenzial unbegrenzt ist!

## Referenzsysteme

Durch das *räumliche Referenzsystem* kann die Beziehung zwischen *Raum* und *Körper* verändert werden.[77] Statt der üblichen *Standardreferenz* können andere *Referenzsysteme* wie *Körperreferenz* oder eine konstante *Raumreferenz* verwendet werden (Tab. 3-3). Im Stand mit einer klaren Raumausrichtung sind *Standard-, Körper-* und *Raumreferenz* gleich. Aber mit der Ausgangsstellung in einer Ecke des Raumes in Rückenlage auf dem Boden liegend wird es schon kompliziert. Eine Raumrichtungsangabe, wie z. B. „nimm die Arme nach oben", wird durch die verschiedenen Referenzsysteme unterschiedliche Bewegungen hervorrufen: In der *Standard-* und *Raumreferenz* bedeutet diese Ansage, meine Arme zur Decke zu heben, während ich in der *Körperreferenz* meine Arme über dem Kopf auf den Boden ablege.

In der Regel wird die *Standardreferenz* verwendet, wenn nichts anderes festgelegt wird. Manche modernen Choreografen verwenden die *Raumreferenz* in Bezug zu den 26 Orientierungspunkten von Laban und daraus entstehen interessante Sequenzen. In der Körperarbeit wird häufig die *Körperreferenz* verwendet. In einer Tanzklasse, in der sich die Bewegung am Boden abspielt, wird häufig durch Demonstration das Referenzsystem verdeutlicht (manchmal wechselt es unbemerkt innerhalb einer Sequenz). Im Aufschreiben von Tanzschritten auf der tiefen *Ebene* muss genau darauf geachtet werden, welches System am klarsten die Bewegung beschreibt. Auf jeden Fall sollte das Wissen um diese verschiedenen Referenzsysteme bei jedem Tanzenden vorhanden sein.

| **Die Richtungen - bedeuten:** | | **Standardreferenz oder im allgemeinen Achsenkreuz**[78] | **Körperreferenz oder im Körper-Achsen-Kreuz**[79] | **Raumreferenz oder im konstanten Achsenkreuz**[80] |
|---|---|---|---|---|
| Hoch | | von der Schwerkraft weg (im Stand: himmelwärts) | über dem Kopf | zur Decke |
| Tief | | zur Schwerkraft hin (im Stand: bodenwärts) | Richtung Füße | zum Boden |
| Rechts | | zur rechten Körperseite hin | zur rechten Körperseite hin | auf die rechte Seite des Raumes zu |
| Links | | zur linken Körperseite hin | zur linken Körperseite hin | auf die linke Seite des Raumes zu |
| Rück | | hinter dem Rücken | hinter dem Rücken | auf den Hintergrund des Raums zu |
| Vor | | vom Körperzentrum nach vorne | vom Körperzentrum nach vorne | auf den Vordergrund des Raum zu |

Tab. 3-3

Eine weitere Möglichkeit ist die *Fixpunktreferenz*[81]: Es gibt einen definierten Punkt und daraus ergeben sich alle anderen: z. B. *Hoch* zur Deckenleuchte oder *vor* ist immer nach Norden. Eine andere Möglichkeit der *Fixpunktereferenz* ist: Jeder Orientierungspunkt wird an einem bestimmten Punkt definiert.

## Fazit

In der *Raumharmonie* hat Laban sich mit den Beziehungen zwischen der Architektur des menschlichen Körpers und der Raumstruktur der *Kinesphäre* auseinandergesetzt.[82] Mit drei platonischen Körpern (*Okta-, Hexa-* und *Ikosaeder*) definierte er 27 grundlegende Signalpunkte in der *Kinesphäre* zur Orientierung. Mit diesen Signalpunkten im Raum entwickelte er harmonische *Skalen* (Abfolgen). Diese können zum praktischen Üben sowie als Prototypen für die Beobachtung verwendet werden. Wenn diese Signalpunkte noch um die drei *Reichweiten* erweitert werden, hat Laban eigentlich 79 Signalpunkte ausdifferenziert.

Mit diesem „Raumgerüst" können sehr viele Bewegungen im *Raum* – ob *zentral, peripher, transvers* oder Mischformen – beschrieben werden. Wenn noch mehr Detailgenauigkeit gewünscht wird, z. B. bei einer Rekonstruktion, dann sollte sich der Leser mit der *Labanotation* beschäftigen.[83]

# Kapitel 4: Antrieb – die Dynamik der Bewegung

In der Mechanik ist *Antrieb* der innere Motor, ein Impuls, der auf ein Objekt übertragen wird. Bei Laban bedeutet *Antrieb* die dynamische, expressive Qualität der Bewegung, die – mit einer inneren Einstellung – durch die Bewegung zum Ausdruck kommt. Auch wenn auf äußere Gegebenheiten reagiert wird, geschieht die motorische Steuerung, bewusst oder unbewusst, von innen. Aber welche Emotion oder welches Motiv die innere Einstellung hervorruft, kann von außen nicht wahrgenommen werden. Ein Betrachter erkennt nur die Veränderung der energetischen Qualität (und evtl. die diffizil wahrzunehmende, sich verändernde Muskelspannung): Dies nannte Laban *Antrieb*. Die daraus entwickelte *Antriebslehre* bleibt bis heute eine innovative Art, menschliche Bewegungsdynamik zu beschreiben.

Wie in der Chemie, in der die Moleküle meist aus verschiedenen Elementen bestehen, so besteht jede Bewegung aus einer Kombination von *Antriebselementen.*[84] Die Antriebskombination unterstützt die Funktion der Handlung wie auch den Ausdruck. Es gibt häufig eine Bandbreite von Möglichkeiten, die alle funktional sind. Welche dann Verwendung findet, hängt von den Präferenzen, der Tagesform und dem Ausdruck ab. Die Bandbreite von Antriebskombinationen, die wir für eine Handlung zur Verfügung haben, lernen wir von Kind auf durch wiederholte Versuche, bis wir die Tat gemeistert haben. Auch wenn wir alle Antriebskombinationen im Grundsatz schon kennen, wird bei jeder neuen Bewegungsart dieser Vorgang wiederholt – unser ganzes Leben lang.

Wenn es nicht um Tätigkeiten geht, sondern um Bewegungen, die etwas ausdrücken wollen, besteht mehr Freiheit in der Auswahl der *Antriebe* – solange die Botschaft (bewusst oder unbewusst) kommuniziert wird. Gerade in diesem Fall werden Präferenzen und Vorgeschichten häufig die Wahl des *Antriebs* bestimmen. Bei Wiederholung derselben Tätigkeit oder desselben Ausdrucks werden oft andere Antriebskombinationen verwendet. Das lässt den *Antrieb* sehr „flüchtig" erscheinen und schwierig festzuhalten. Um dieser Schwierigkeit Herr zu werden, hat Laban Begriffe für die Dynamik der Bewegung etabliert und damit den Weg für die Beantwortung der Frage bereitet: „Wie ist die energetische Qualität der Bewegung?" In der *Raumlehre* sind die grundlegende Begriffe zum größten Teil gesellschaftlich schon definiert – jedes Kind lernt rechts und links zu unterscheiden. Diesen Schritt musste Laban bei der *Antriebslehre* zuerst vollziehen.

## Entwicklung der Antriebslehre

Laban wollte die gesamte Palette der Möglichkeiten des *Antriebs* ergründen und forschte mehrere Jahrzehnte seines Lebens daran. Obwohl er sich zuerst der *Raumharmonie* oder Choreutik widmete, war er immer parallel dabei, Ausdruck, Eukinetik[85], *Antrieb* oder Effort[86] zu erforschen. Für Laban waren *Raum* und *Antrieb* nicht voneinander trennbar und er führte sie in seiner „Dynamosphäre"[87] wieder zusammen (s. *Affinitäten*).

Der Ausdruck wurde ab ca. 1925 in verschiedene Zeit- und Kraftbetonungen unterteilt und um die Gebärden (u. a. Stoß, Druck, Zug und Schlag) erweitert.[88] Fast zeitgleich unterteilte er die dynamischen Nuancen in *Gewicht, Zeit, Raum)* und *Fluss* (oder „fließend bewegt").[89] Diese wurden in zwei Gegensatzpaaren dargestellt und in mehrere Intensitätsgrade unterteilt.[90] In der mündlichen Überlieferung der Eukinetik spielte *Fluss* aber eine eher untergeordnete Rolle. Ab ca. 1945 formulierte Laban in England bei Beobachtungen in der Industrie seine Theorie über *Antrieb* („effort") *Gewicht* („weight"), *Raum* („space"), *Zeit* („time") und *Fluss* („flow") weiter aus. 1947 veröffentlichte er diese in seinem Buch „Effort".[91] Hier definiert er die acht Kombinationsmöglichkeiten der drei Faktoren *Gewicht, Zeit* und *Raum* als Aktionen bei industriellen Aktivitäten. Nebenbei erwähnt er, dass diese sich mit *Fluss* oder auch „Kontrolle" („control") verändern. Ab ca. 1950 kam durch seine Beschäftigung mit dem Schauspiel *Fluss* als gleichwertiger vierter Bewegungsfaktor dazu, sodass die Anzahl der Antriebsmöglichkeiten sich wesentlich erhöhte.[92]

Am Ende seines Lebens war die *Antriebslehre* schon sehr ausdifferenziert. Bartenieff und ihre Schüler ergänzten noch weitere Schattierungen beim *Gewichtsantrieb* und vergrößerten somit die Palette nochmals.

## Die Faktoren und Elemente

### Äußere Faktoren

„Den *Antrieb* fasste Laban als ein dynamisches, universelles Grundgesetz auf, von dem Mensch und Natur durchdrungen werden."[93] Die natürlichen Gegebenheiten auf diesem Planeten wirken wie äußere Faktoren auf unsere Bewegung:

- Zeit als Geschwindigkeit[94] oder Dauer[95] eines Phänomens,
- Schwerkraft oder Erdanziehung auf der Erde allgegenwärtig,
- Raum vor allem außerhalb, aber auch innerhalb des Körpers[96],
- Fluss als Strömen, welches „entweder andauernd weitergeht oder vollständig anhält"[97] (wie bei flüssigen Substanzen).

### Die Bewegungsfaktoren

Aus der inneren Einstellung des Menschen zu den äußeren Faktoren ergeben sich die unterschiedlichen Energiequalitäten einer Bewegung.[98]

- Die Beziehung, die wir zur Schwerkraft eingehen, wird durch unsere innere Einstellung die Verwendung unseres *Gewichts* (Engl.: „force"[99]) prägen.
- Die Beziehung zum Ausmaß des Raums wird durch unsere *Raumaufmerksamkeit* hergestellt.
- Die innere Einstellung zur *Zeit* ist die Empfindung zur vorhandenen Zeit.
- Die innere Einstellung zum *Fluss* ist das Gefühl zur Kontinuität der Bewegung.

Die unterschiedlichen Einstellungen zu jedem Bewegungsfaktor können sich laut Laban (in Lisa Ullmanns Übersetzung von 1981) in der Bandbreite zwischen den beiden Extremen „erspüren" und „ankämpfen"[100] bewegen. Der hingebende, auskostende, *schwelgende* Pol steht dem *kämpfenden*, bündelnden, komprimierenden gegenüber. Ich bevorzuge die Wörter *schwelgend* und *komprimierend*, um diesen Gegensatz zu beschreiben. Wörter haben immer einen wertenden Beigeschmack, aber „ankämpfen" klingt zunächst nicht so positiv wie „erspüren". Und „erspüren" kann schnell mit dem *Gewicht* spüren („weight sensing") (s. u.) verwechselt werden.

Auf jeden Fall sah Laban die beiden Seiten aber nicht wertend, sondern betrachtete stattdessen, ob der *Antrieb* der Situation angemessen ist. Zum Beispiel sind in einer Angriffs- oder Verteidigungssituation *ankämpfende Antriebe* eher passend als *schwelgende Antriebe*. Die Fachbegriffe (kursiv) sind bestmögliche Umschreibungen der energetischen Qualitäten der Bewegung. Bei Laban steht das erlebte oder beobachtete Phänomen der Bewegung im Vordergrund. Da die Wörter immer nur eine Annäherung an das Erlebte sind,[101] werden unten weitere Synonyme genannt, um den vielen Schattierungen des *Antriebs* so weit wie möglich gerecht zu werden. Außerdem werden die Symbole eingeführt, die in der Beschreibung neutraler sind und den Vorteil haben, die Kombinationen auf einen Blick darzustellen.

Jeder der vier Bewegungsfaktoren des *Antriebs: Fluss, Gewicht, Zeit* und *Raum(-aufmerksamkeit)*, hat folglich ein *schwelgendes* und ein *ankämpfendes* Element, die Gegensätze darstellen. In der Tabelle 4-1 ein Überblick über die Faktoren und deren Antriebselemente:

| **Bewegungs-faktoren** | **schwelgendes/ erspürendes Element** | **komprimierendes/ ankämpfendes Element** |
|---|---|---|
| Fluss | frei | gebunden |
| Gewicht | leicht | kraftvoll |
| Zeit | verzögernd, verlangsamend | plötzlich, beschleunigend |
| Raum (Aufmerksamkeit) | flexibel, indirekt | direkt |

Tab. 4-1

Zwischen diesen beiden Polen gibt es viele Nuancen oder Intensitätsgrade. Die Elemente können in verschiedenen „Antriebsladungen“, also in *Zweier-*, *Dreier-* und *Vierer-Kombinationen* auftreten, die dann gleichzeitig oder hintereinander erfolgen (s. *Phrasierung*). Sie können in jedem Körperteil – manchmal in mehreren gleichzeitig – als verschiedene *Antriebszonen* wirken (s. u.). Den ganzen Körper als einen Antriebsausdruck zu gestalten, ist manchmal nicht einfach, aber nur so wird der *Antrieb* eindeutig. Alle Elemente können in jeder Raumrichtung ausgeführt werden, obwohl Laban hier auch harmonische Zusammenhänge hergestellt hat (s. *Affinitäten*). Alle diese Aspekte ergeben die Vielfalt der Bewegungsqualitäten.

Im Folgenden wird jeder *Antriebsfaktor* mit seinen Elementen besprochen: die innere Einstellung, Definitionen der Begriffe, ihre häufig verwendeten Synonyme sowie ein paar Beispiele und assoziierte Qualitäten. Laban selbst beschäftigte sich um 1950 mit Carl G. Jung und brachte seine vier Bewegungsfaktoren mit der Ideenwelt von Jung in Verbindung.[102] Diese, wie auch die assoziierten Elemente, sind eine Übersimplifizierung, können für den Einstieg jedoch nützlich sein.

**Antriebsfaktor: Fluss ☼**

Wie ist meine Einstellung zu der Kontinuität der Bewegung?

- Ist die Einstellung zum *Fluss* schwelgend d. h. *frei fließend*, loslassend, ausströmend, mitgehend
- oder komprimierend, d. h. *gebunden*, kontrolliert, zurückhaltend, vorsichtig?

Der *Antriebsfaktor Fluss* stellt eine aktive Beziehung und Einstellung zum Fortschreiten[103] der Bewegung dar. Im *gebundenen Fluss* wird die Bewegung so kontrolliert, dass sie jederzeit angehalten werden könnte. Jemand, der ein Tablett mit sehr vollen Kaffeetassen trägt und gegen das Überschwappen des Kaffees ankämpft, wird seinen *Fluss* binden. Im Tanz ist es, als ob ich mit einem inneren Widerstand arbeite. Hier wird (stark vereinfacht gesagt) die aktive Muskelgruppe, die die Muskelkontraktionen ausführt (die Agonisten), von ihren Gegenspielern (Antagonisten) in ihrer Aktivität so stark gebremst, dass die Agonisten mehr Kontraktionsarbeit leisten müssen.

Im Gegensatz dazu wird eine frei fließende Bewegung nur schwer in einem unvorbereiteten Moment anzuhalten sein. Jemand, der seine Arme vor Freude im *freien Fluss* ausbreitet, wird schwer seine Bewegung stoppen können, wenn ein Hindernis auftaucht. Im Tanz ist es so, als ob ich viel ungebremste Energie hemmungslos hinausströmen lasse. In diesem Fall (auch stark vereinfacht) dehnen sich die antagonistischen Muskelgruppen bereitwillig, sodass die agonistischen Muskelgruppen weniger Kontraktionsarbeit leisten müssen.

Der *Antriebsfaktor Fluss* sollte nicht mit dem „Bewegungsfluss“ verwechselt werden, der als Ausgangspunkt jeder Bewegung gilt. Wenn wir keinen Bewegungsfluss haben, kann auch keine Bewegung stattfinden. Aber Bewegung kann ohne nennenswerten *Fluss* stattfinden.

Assoziationen: Progression, Entwicklung,[104] Kontinuität, Flüssigkeit, Genauigkeit, Identifikation, Affekt Regulation;[105] C. G. Jung: (emotionales) Gefühl;[106] Element: Wasser.

**Antriebsfaktor: Gewicht**[107] ☼

Wie wirke ich auf meine Umgebung? Mit wie viel Kraft beeinflusse ich meine Umgebung?

- Ist die Einstellung zum Gewicht schwelgend, d. h. *leicht*, zart, sanft
- oder komprimierend, d. h. *kraftvoll*, stark, gewichtig, fest?

Mit einer (aktiven) Einstellung zum *Gewicht* oder auch durch Kraftanspannung[108] kann ein Objekt oder eine Person mit sehr wenig *Gewicht – leicht –* oder mit sehr *viel Gewicht – kraftvoll –* berührt werden. Natürlich kann der *Gewichtsfaktor* auch ohne ein Gegenüber eingesetzt werden. Dies empfinden wir körperlich etwas anders, weil es dann von außen keinen Widerstand gibt, sondern eher von den Gegenspielern der Muskeln. Laban brachte den *Gewichtsfaktor* mit der Fähigkeit des Menschen in Verbindung, mit Absicht[109] an der Bewegung teilzunehmen.

Mit Champagnergläsern anzustoßen oder einem Baby über die Wange zu streicheln, erfordert Leichtigkeit – also wenig Kraft. Im Stil des Balletts bei den Frauen ist der leichte *Gewichtsantrieb* vorherrschend. Tanzen mit dem Bild: leicht wie eine Feder. Dagegen wird ein Stück Holz hacken kraftvoller Bewegungen bedürfen. Viele Kampfsportarten wie z. B. Kung Fu verwenden den *kraftvollen Gewichtsantrieb.*

Claude Perrottet übersetzte den englischen Begriff „weight“ in allen Büchern mit „Schwerkraft“, was für mich keinen Sinn ergibt, weil die Schwerkraft einen äußeren, unveränderbaren Faktor darstellt, den man nicht in der Bewegung verändern kann. Die Einstellung zum *Gewicht* hängt insofern mit der Schwerkraft[110] zusammen, als es einfacher ist, *kraftvolle* Bewegungen mit der Schwerkraft, nach unten statt nach oben, auszuführen (s. *Affinitäten*).

Assoziationen: Intentionalität, Bestimmtheit,[111] Wirkung, Präsenz; C. G. Jung: (physisches) Spüren;[112] Element: Erde.

**Antriebsfaktor: Zeit** ☼

Wie ist mein Zeitempfinden?

- Ist die Einstellung zu der Zeit schwelgend, d. h. *verzögernd*, verlangsamend, allmählich, gemächlich, verweilend, hinauszögernd, abwartend
- oder komprimierend, d. h. *plötzlich,* beschleunigend, abrupt, blitzartig, eilig, hastig?

Der *Antriebsfaktor Zeit* beschreibt die innere Einstellung des sich Bewegenden, die durch plötzliche oder *verzögernde* Bewegungen zum Ausdruck kommt. Die Einstellung zur Zeit wird sozusagen in der Bewegung verkörpert.[113] Wenn jemand ruhig ist, dann wird sich das in *verzögernden* Bewegungen ausdrücken, z. B. durch das *verzögernde* Ausdrücken einer Zigarette. Wenn man hingegen innere Unruhe spürt, dann wird sich das in plötzlichen Bewegungen äußern, um sich eilig in Bewegung zu setzen. Das Fangen einer Mücke benötigt *plötzlichen Zeitantrieb.* Laban sah im *Zeitantrieb* die Fähigkeit der Entscheidung.[114]

Es geht dabei nicht um Puls, Tempo oder Zeitdauer. Je nach innerer Einstellung könnte sich jemand in derselben Dauer *verzögernd* oder plötzlich bewegen.

Assoziationen: Beschleunigung, Entscheidung, Zeitnot oder Abwarten,[115] Timing in der Kommunikation;[116] C. G. Jung: Intuition;[117] Element: Feuer.

**Antriebsfaktor: Raum (Aufmerksamkeit)** ☼

Wie bewege ich mich im Raum?

- Ist die Einstellung zum Raum schwelgend, d. h. *flexibel*, indirekt, multifokal, umschweifend, überblickend, umfassend
- oder komprimierend, d. h. *direkt*, fokussiert, kanalisiert, auf einen Punkt?

Der *Antriebsfaktor Raum* beschreibt die Aufmerksamkeit[118], die wir dem Raum sowie Objekten und Menschen im Raum geben. Ohne die *Raumaufmerksamkeit* wäre es nicht möglich, eine Beziehung zu etwas außerhalb von mir selbst aufzubauen.[119] Schenkt man nur einem Punkt im Raum seine Aufmerksamkeit, resultiert daraus eine direkte Bewegung. Ein Schneider versucht einen Faden direkt in ein Nadelöhr einzufädeln oder jemand zeigt punktgenau auf etwas. Bezieht man mehrere Bereiche oder Objekte im Umraum mit ein, ist es eine flexible *Raumaufmerksamkeit.* Ein Vortragender wird alle im Publikum ansprechen, wenn er seinen Blick und seine Bewegungen flexibel im Raum schweifen lässt. Beim Streuselkuchenbacken wird der Streusel flexibel über den Kuchen gestreut.

Bei den meisten Menschen wird der *Antriebsfaktor* direkt viel deutlicher in der Bewegung als flexibel, da unsere westliche Kultur den *direkten Raumantrieb* mehr schätzt. In anderen Kulturen, wie z. B. in Äthiopien, wird flexibel als *Raumaufmerksamkeit* mehr wertgeschätzt.[120]

Der Begriff *Raum(-aufmerksamkeit)* im *Antrieb* kann leicht mit dem *Raum* in der *Kinesphäre* oder dem *allgemeinen Raum* verwechselt werden. Die *Antriebslehre* beantwortet die Frage, „wie", und die *Raumlehre* die Frage, „wohin" sich jemand im *Raum* bewegt. Außerdem sollte eine flexible *Raumaufmerksamkeit* nicht mit „spaced out" – in der gar keine *Raumaufmerksamkeit* vorhanden ist – verwechselt werden. Wenn ich flexibel bin, dann werde ich Hindernisse umschiffen, wenn ich aber „spaced out" bin, werde ich wahrscheinlich gegen sie stoßen.

Assoziationen: Aufmerksamkeit, Orientierung, Ausbreitung; C. G. Jung: Denken,[121] mentale Perspektive;[122] Element: Luft.

## Alle Faktoren und mögliche Antriebskombinationen

Wenn alle *Antriebselemente* in einer Darstellung zusammengefasst werden, dann wird erkennbar, dass jeder Faktor mit seinen zwei Elementen einen bestimmten Platz im Gesamtzusammenhang einnimmt. Aus der Erfahrung in der Beobachtung wird deutlich, dass die vier genannten Bewegungsfaktoren selten allein, sondern eher in verschiedenen Kombinationen auftreten. Welche Kombinationen wir in der Bewegung verwenden, geschieht in einem ständigen bewussten oder unbewussten Entscheidungsprozess, um die bestmögliche *Antriebsqualität* für unsere beabsichtigten Aktionen oder den Ausdruck herauszufinden.[123]

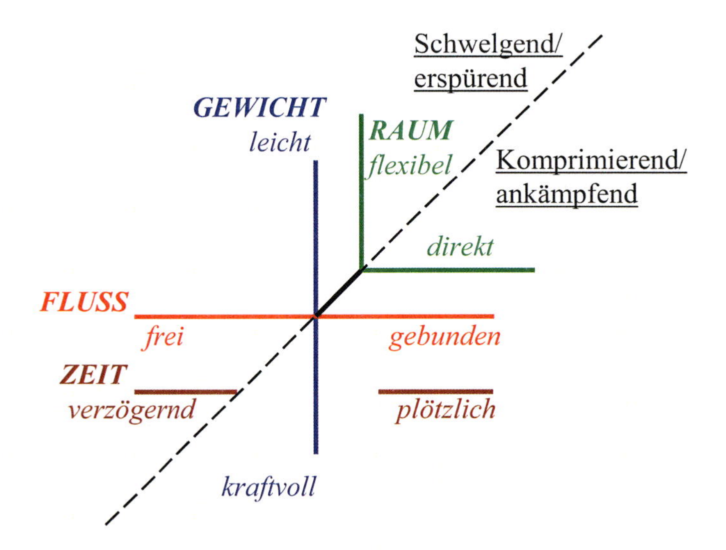


Abb. 4-1

Logischerweise gibt es drei verschiedene Kombinationsmöglichkeiten der vier Bewegungsfaktoren:

- *Zweier-Kombinationen*: von Laban, geschichtlich bedingt, zuerst als unvollständige *Antriebsaktionen*[124] bezeichnet, von Bartenieff als „inner states". [125] Es würde, direkt übersetzt, „innere Zustände, *Stimmungen* oder Haltung" bedeuten. Später wurden die *Zweier-Kombinationen* als „states" bezeichnet. Die LBBS-Praktizierenden in Deutschland verwenden den Begriff: *Stimmungen*.

- *Dreier-Kombinationen*: von Laban als „drives"[126] bezeichnet, von Claude Perrottet als *Bewegungstriebe*[127] übersetzt. Sie sind in der Ladung der *Antriebsfaktoren* um einen Bewegungsfaktor mehrschichtiger als die *Stimmungen*, dadurch wirken sie stärker.

- *Vierer-Kombinationen*: werden in Englisch „full effort" oder „complete drives"[128] genannt. In Deutschland verwenden wir den Begriff: *volle Antriebe*. Diese hoch geladenen Antriebskombinationen wirken am stärksten von allen Ladungsmöglichkeiten, sie sind daher recht selten.

Im Folgenden ein detaillierter Überblick über das gesamte Spektrum der *Antriebslehre*, ausgehend von den vier Faktoren (*Fluss, Gewicht, Zeit* und *Raum*) und ihren acht Elementen. Zusammenfassend gibt es 80 Variationen des *Antriebs*, die sich folgendermaßen systematisieren:

- 4 *Bewegungsfaktoren* – mit jeweils 2 Elementen,
- 6 *Zweier-Kombinationen/Stimmungen* – mit jeweils 4 verschiedenen Kombinationen,
- 4 *Dreier-Kombinationen/Bewegungstriebe* – mit jeweils 8 verschiedenen Kombinationen,
- 1 *Vierer-Kombination/volle Antriebe* – mit 16 verschiedenen Kombinationen.

Hier werden die *Zweier-* und *Dreier-Kombinationen* recht ausführlich behandelt – die *Vierer-Kombinationen* nur allgemein, da sie im Alltag, wegen ihrer Heftigkeit, nicht so oft zu beobachten sind. Zusätzlich zu den Kombinationsmöglichkeiten der Elemente werden Anhaltspunkte zu den charakteristischen Haltungen und häufig auftretenden Assoziationen gegeben.

Das Verständnis für eine Antriebskombination wächst am besten durch ein Abgleichen des eigenen Bewegungserlebens (der Innenansicht) mit der Beobachtung (der Außenansicht) eines Fachkundigen. Nur dieses Abgleichen, und nicht das Lesen eines Textes, schafft eine verlässliche Aussage, ob die Bewegung in einer bestimmten Antriebskombination ausgeführt wurde.

Nach dem systematischen Abriss der Kombinationsmöglichkeiten wird auf eine weitere Differenzierung des *Gewichtsfaktors* und weitere Aspekte von *Antrieb* (Intensitätsgrade, Antriebswechsel, verschiedene Zonen des *Antriebs* im Körper, Schattenbewegungen) sowie kurz auf die kreativen Möglichkeiten mit *Antrieb* eingegangen.

## Zweier-Kombinationen/Stimmungen

Es gibt sechs mögliche Zweier-Kombination der Faktoren. Jede *Stimmung* hat vier Kombinationsmöglichkeiten der vier Elemente. Im Folgenden (Tab. 4.1) werden die *Stimmungen* als Gegensatzpaare geordnet:

Zweier-Kombinationen/Stimmungen:

| | |
|---|---|
| **Träumerisch**<br>Gewicht und Fluss | **Wach**<br>Zeit und<br>Raum(-aufmerksamkeit) |
| **Stabil**<br>Gewicht und<br>Raum(-aufmerksamkeit) | **Mobil**<br>Zeit und Fluss |
| **Rhythmisch/Nah**<br>Gewicht und Zeit | **Entrückt/Fern**<br>Fluss und<br>Raum(-aufmerksamkeit) |

Tab. 4-2

Die Namen für die gesamte *Stimmung* sind Versuche, diese annähernd zu umschreiben – wie Metaphern – und sie sind nicht immer für alle Elementkombinationen gleichermaßen zutreffend.

### Träumerische Stimmung („Dream State") ☼

Zweier-Kombination: Gewichts- und Flussantriebe

| | | | |
|---|---|---|---|
| kraftvoll-gebunden | leicht-gebunden | kraftvoll-frei | leicht-frei |

Tab. 4-3

In der *träumerischen Stimmung* ist man sich nur seiner selbst gewahr – als ob man kontinuierlich selbstbezogen seine innersten Absichten spüren möchte. Dies ist die innerlichste aller *Stimmungen*, da sie weder ein Element der *Raumaufmerksamkeit* noch ein Element der *Zeit* beinhaltet.

Charakteristische Haltung: Ich fühle meine Absicht, ich spüre und fühle mich, kraftvolle Spannung bis fließende Leichtigkeit.
Assoziationen: Pusteblume oder Seifenblase in der Hand, tanzende Schneeflocke

### Wache Stimmung („Awake State") ☼

Zweier-Kombination: Zeit- und Raumantriebe

| plötzlich-direkt | plötzlich-flexibel | verzö-gernd-direkt | verzö-gernd-flexibel |
|---|---|---|---|

Tab. 4-4

Die *wache Stimmung* hat Bewusstheit, „die plötzlich oder allmählich und allumfassend oder konzentriert aufkommt"[129]. Die schnelle Anpassung an die äußeren Gegebenheiten kann hier ebenso gefragt sein wie eine verlangsamte Untersuchung der Umstände.

Charakteristische Haltung: Ich bin nach außen gerichtet, ich entscheide mich, wohin ich meine Aufmerksamkeit lenke.
Assoziationen: Kinderspiel „Du bist", im Dschungel, Mücken verscheuchen, hektisch, geschäftig, etwas suchen und finden, „Da", Faden einfädeln, Geistesblitz

### Stabile Stimmung („Stable State") ☼

Zweier-Kombination: Gewichts- und Raumantriebe

| kraftvoll-direkt | leicht-direkt | kraftvoll-flexibel | leicht-flexibel |
|---|---|---|---|

Tab. 4-5

Die *stabile Stimmung* zeigt eine Standhaftigkeit, die entschlossen oder feinfühlig aufnahmebereit für alles sein kann. Sie kann punktgenau oder umschweifend sein. Sie kann resolut und mächtig wirken bis hin zu sanfter Rundumausstrahlung.

Charakteristische Haltung: Ich bin präsent nach außen, ich offenbare „Standfestigkeit"[130], ich präsentiere Entschlossenheit.
Assoziationen: Riesen oder Feen, eine Autoritätsperson, Ballerina, Fels in der Brandung, Würde, königlicher Befehl, sich entschleiern, Bodybuilder, großer Bär, Türsteher

### Mobile Stimmung („Mobil State") ☼

Zweier-Kombination: Zeit- und Flussantriebe

| plötzlich-gebunden | plötz-lich-frei | verzö-gernd-gebunden | verzö-gernd-frei |
|---|---|---|---|

Tab. 4-6

Die *mobile Stimmung* beinhaltet eine „Anpassungsfähigkeit, die bereitwillig oder zäh sein kann, sich langsam entwickelnd oder abrupt wechselnd"[131]. Diese Stimmung kann „Gedrängtsein", eine Ruhelosigkeit, bis hin zu vorsichtiger, kontrollierter Zurückhaltung ausdrücken.

Charakteristische Haltung: Ich folge meinem intuitiven Gefühl, ich entscheide über die Kontinuität meiner Bewegung, ich bin jederzeit bereit, zu wechseln.
Assoziationen: Blatt im Wind, Wasser fließt über Steine, träger Fluss, Impuls nehmen und weiter fließen lassen, erschrecken, rege, gemächlich faule Beweglichkeit, abrupte Wechsel der Kontinuität

### Rhythmische Stimmung („Rhythm State") ☼

Zweier-Kombination: Gewichts- und Zeitantriebe

| kraftvoll-plötzlich | leicht-plötzlich | kraftvoll-verzö-gernd | leicht-verzö-gernd |
|---|---|---|---|

Tab. 4-7

Die aktive *rhythmische Stimmung* beinhaltet eine spürbare pulsierende Lebendigkeit und kann eine „starke Bindung oder oberflächlichen Kontakt ausdrücken"[132]. Die klarste rhythmische Stimmung ist ein unregelmäßiger Rhythmus – wie im Free Jazz, wo sich die Zeitimpulse verändern. Die entstehende rhythmische Stimmung kann hörbar, wie beim Klatschen, oder still sein. Die *rhythmische Stimmung* wurde von Laban auch „nahe" Stimmung genannt.[133]

Charakteristische Haltung: Ich entscheide mich, ich bin nahe bei mir, ich spüre meine Intuition.
Assoziationen: lebendig, energisch, lebenskräftig, Ballprellen, steppen, afrikanischer Tanz, an die Tür klopfen

### Entrückte Stimmung („Remote State") ☼

Zweier-Kombination: Fluss- und Raumantriebe

| gebunden-direkt | frei-direkt | gebunden-flexibel | frei-flexibel |
|---|---|---|---|

Tab. 4-8

Laban stellte die *entrückte Stimmung* wie folgt dar: „ein distanziertes Auf-sich-selbst-Bezogensein, mit Zurückhaltung/Beherrschung oder selbstvergessener Hingabe."[134] Diese sehr meditative Stimmung, welche fern von eigenen Absichten ist, kann auch wirken, als ob der Mensch fernbestimmt sei. Die *Entrückte Stimmung* wurde auch von Laban „ferne" Stimmung genannt[135]. Somit ergeben die „ferne" und die „nahe" Stimmung auch ein Gegensatzpaar.

Charakteristische Haltung: Ich fühle, wohin meine Bewegung geht, ich habe eine reservierte Aufmerksamkeit, ich bin mit Bedacht umsichtig.
Assoziationen: Wassertiere, sphärisch, außerweltlich, jenseits, flüssiges Dehnen, Haus in die Luft zeichnen, endloses Drehen mit Armbewegungen (wie die Derwische)

## Dreier-Kombinationen/Bewegungstriebe

Wenn die vier *Antriebsfaktoren Zeit, Gewicht, Raum* und *Fluss* in *Dreier-Kombinationen* zusammenfügt werden, ergeben sich vier mögliche Bewegungstriebe: Visionstrieb, Leidenschaftstrieb, Zaubertrieb und Aktionstrieb (Tab. 4-9). Die *Bewegungstriebe* haben meistens mehr Wirkungsstärke im Ausdruck als die *Stimmungen*, weil sie drei statt zwei Faktoren gleichzeitig beinhalten – sie sind stärker geladen. Der größeren Ladung ist es geschuldet, dass das Bewegen in einem Trieb mehr Energie verbraucht als das Bewegen in einer Stimmung. Es gibt acht mögliche *Dreier-Kombinationen* in jedem *Bewegungstrieb*, diese werden nur für den Aktionstrieb ausführlich und für alle *Bewegungstriebe* weiter unten in Tab. 4-10 dargestellt.

| AKTIONSTRIEB Gewicht, Raum und Zeit | LEIDEN-SCHAFTSTRIEB Fluss, Gewicht, und Zeit | ZAUBERTRIEB Fluss, Gewicht, und Raum | VISIONSTRIEB Fluss, Raum und Zeit |
|---|---|---|---|

Tab. 4-9

## Visionstrieb – Fluss-, Raum- und Zeitantriebe ☼

Der *Visionstrieb* wird häufig von Pantomimen, die ohne Worte das Beabsichtigte darstellen, verwendet. Auch im Ballett – vor allem im Adagio – wird er oft eingesetzt, um eine „gewichtslose“ Illusion zu verbreiten.[136] Mit *Fluss, Raum(-aufmerksamkeit)* und *Zeit* hat der *Visionstrieb* eine meditative, visionäre Qualität, wobei das eigene „Ich“ in den Hintergrund tritt (*Gewicht* ruht). Die innere Vorbereitung zum *Visionstrieb*: allen Möglichkeiten Aufmerksamkeit zu schenken, die Entscheidung lebendig werden zu lassen mit dem Gefühl der inneren Anteilnahme. Der *Visionstrieb* beinhaltet Mobilität im *Raum*, einen pulsierenden sphärischen Zustand und eine gefühlte Wachheit.

Assoziationen: bewegen zu gregorianischem Gesang, imaginäre Welt offenbaren, dirigieren, Erscheinungen enthüllen, moderner Tanz im Cunningham-Stil, einen Traum darstellen, in einem Geisterhaus, gefühlvoll mit Bändern in der Luft zeichnen, Vision einer Landschaft sichtbar machen.

## Leidenschaftstrieb – Fluss-, Gewichts- und Zeitantriebe ☼

Der *Leidenschaftstrieb* ist häufig im Modernen Tanz, hitzigen Diskussionen oder einer besänftigenden Berührung zu sehen. Mit *Gewicht, Fluss* und *Zeit* ist der *Leidenschaftstrieb* sehr emotional und gefühlsbetont. Absicht, Gefühl[137] und Entscheidung sind die inneren Vorbereitungen, während die *Raumaufmerksamkeit* ruht. Die *Raumaufmerksamkeit* tritt bei diesem emotionalen Ausbruch so weit in den Hintergrund, dass man aus Versehen jemanden/etwas anrempeln könnte. Der *Leidenschaftstrieb* ist wie eine kraftvolle Mobilität, ein fließender Rhythmus oder pulsierender Traum.

Assoziationen: sehnsuchtsvoll, zärtlich, gefühlvoll, schwärmerisch, romantisch, ekstatisch, rauschhaft, wild, wutentbrannt, berauscht, begeistert, entfesselnd, mitreißend, lustvoll, Aggression, sinnlich, enthemmt, intim, Moderner Tanz im Graham-Stil, Feuertanz

## Zaubertrieb – Fluss-, Gewichts-, und Raumantriebe ☼

Der *Zaubertrieb* besitzt Überzeugungs- oder Verführungskraft und wird häufig bei Menschen gesehen, die eine überzeugende Rede halten. Um von den Klischees der Zauberei wegzukommen, ist es wichtig, die Begeisterung für etwas mit einem Kraftfeld hinaus in die Welt zu strahlen. Mit der Kombination von *Gewicht, Raum(-aufmerksamkeit)* und *Fluss* geht es um „verzaubern“, und nicht darum, unter dem Einfluss eines Zauberspruchs zu stehen. Absicht, Aufmerksamkeit mit Gefühl sind die inneren Charakteristika, während die *Zeit* ruht – es wirkt „zeitlos“. Der *Zaubertrieb* ist wie eine fließende Stabilität, ein gewichtiger sphärischer Zustand oder ein raumaufmerksamer Traum.

Assoziationen: unnachgiebig, hypnotisierend, unendlich, prophetisch, unausweichlich, verführerisch, sicher ein Resultat zu erzielen, eine gefühlvolle aufmerksame Absicht, hypnotische Konzentration, dominieren, alles beeinflussen wollen, unsichere Zurückhaltung, seinen Einfluss überall leicht hinschicken, orientalischer Tanz, Beschwörung, archaisch.

## Aktionstrieb – Gewichts-, Raum- und Zeitantriebe ☼

Der *Aktionstrieb* ist häufig bei der täglichen Hausarbeit und am Arbeitsplatz der vor- und industriellen Gesellschaft (z. B. am Fließband) zu sehen. Der *Aktionstrieb* mit *Gewicht, Raum(-aufmerksamkeit)* und *Zeit* ist für sachliche Tätigkeiten, ohne beeinträchtigende Gefühle, da der *Flussantrieb* im neutralen Bereich bleibt. Laban schrieb: „Der „*Fluss* ruht.“[138] „Aufmerksamkeit, Absicht und Entscheidung sind Phasen der inneren Vorbereitung einer äußeren körperlichen Aktion.“[139] Ausgehend von den *Stimmungen* um den *Aktionstrieb*, könnte er so betrachtet werden: eine Stabilität, die zeitlich angetrieben wird; ein raumaufmerksamer Rhythmus oder eine kraftvolle Wachheit.

Assoziationen: *Schweben* beim Polieren eines dünnen Glases, *stoßen* gegen eine Tür mit Schnapper; *gleiten* über die feine Bügelwäsche; *peitschen*, um das Staubtuch auszuschütteln; *tupfen*, um einen Punkt auf das „i“ zu setzen; *wringen*, um das Wasser aus dem Handtuch heraus zu bekommen; *flattern* wie Staubwedeln; *drücken*, um eine schwere Kiste zu schieben.

### Kombinationen der Elemente in den Bewegungstrieben

Laban hat sehr früh in seinen Überlegungen zu *Antrieb* die acht „elementaren *Antriebsaktionen*“[140], die acht Variationen des *Aktionstriebs*, definiert (Tab. 4-10). Die acht Kombinationen des *Aktionstriebs* sind am häufigsten im Alltagsleben und bei der Arbeit zu beobachtenden. Viele der elementaren *Antriebsaktionen* sind am besten mit den Händen und Armen auszudrücken, aber sie können in allen Körperteilen erlebt werden. Es sollte beim Ausprobieren darauf geachtet werden, die Aktion in verschiedene Raumzonen zu richten sowie auf unterschiedliche *Raumebenen*, d. h. im Stehen wie auch kniend, sitzend oder liegend. Es gibt bestimmte Raumzonen, in denen sie leichter auszuführen sind (s. *Affinitäten*).

Viele der Aktionen sind mit einem konkreten Objekt (oder einer Person) sogar besser auszuführen, da Widerstand gespürt wird und sich dadurch die Empfindung in den Muskelgruppen beim *kraftvollen Antrieb* klärt. Ohne einen äußeren Widerstand muss der Körper den Widerstand selbst erzeugen und der *kraftvolle Antrieb* erscheint mehr als *gebundener Fluss*. In Tabelle 10 sind die acht *Antriebsaktionen* in Gegensatzpaare mit ihren primären Begriffen (kursiv) und anderen assoziativen Wörtern geordnet, die helfen sollen, den Blick für andere Möglichkeiten dieser Kombination zu erweitern.

Erst im letzten Jahrzehnt seines Lebens hat Laban sich mit dem Faktor *Fluss* beschäftigt. Ausgehend vom Aktionstrieb waren die drei *Bewegungstriebe* mit *Fluss* in seinen Augen „Mutationen“[141], deren jeweils acht Kombinationsmöglichkeiten er jedoch sprachlich nicht weiter ausdifferenzierte. Daher sprechen wir über diese Kombinationen als Zusammensetzung der drei Elemente – mit drei Wörtern oder Symbolen. Tabelle 4-11 gibt einen Überblick über alle Kombinationen der vier *Bewegungstriebe*.

| **8 Kombinationen im Aktionstrieb** | |
|---|---|
| leicht-flexibel-verzögernd<br>Schweben („Float“)<br><br>Assoziationen: fliegen, wedeln, schwanken, streuen, leicht umrühren, streicheln, mit Gas gefüllte Ballons, Astronauten auf dem Mond, „allmählich ziehender Rauch“.[142] | kraftvoll-direkt-plötzlich<br>Stoßen („Punch“)<br><br>Assoziationen: boxen, stoßen, stechen, stochern, plötzlich ziehen, hämmern, klopfen, ohrfeigen, hauen, stampfen, hacken, Kampfsport. |
| leicht-direkt-verzögernd<br>Gleiten („Glide“)<br><br>Assoziationen: glätten, strecken, wischen, plätten, polieren, salben, ebnen, ölen, wachsen, Glasränder mit Flüssigkeit tönen lassen. | kraftvoll-flexibel-plötzlich<br>Peitschen („Slash“)<br><br>Assoziationen: schlagen, werfen, um sich hauen, schleudern, schmettern, wegschleudern, zerreißen, planschen, Lappen ausstauben. |
| leicht-direkt-plötzlich<br>Tupfen („Dab“)<br><br>Assoziationen: tippen, schütteln, pflücken, leicht klopfen, expressionistischer Maler. | kraftvoll-flexibel-verzögernd<br>Wringen („Wring“)<br><br>Assoziationen: schrauben, biegen, wühlen, aushöhlen, winden, auswalzen, nasse Wäsche auswringen. |
| leicht-flexibel-plötzlich<br>Flattern („Flick“)<br><br>Assoziationen: leicht schlagen, klapsen, zucken, aufgescheuchte Vögel, Staubwedeln über Gläser. | kraftvoll-direkt-verzögernd<br>Drücken („Press“)<br><br>Assoziationen: pressen, schneiden, quetschen, zusammendrücken, walken, klemmen, sägen, Liegestützen machen, schwere Möbelstücke rücken. |

Tab. 4-10

| **AKTIONSTRIEB Gewicht, Raum und Zeit (Fluss ruht)** | **LEIDEN-SCHAFTSTRIEB Gewicht, Fluss und Zeit (Raum ruht)** | **ZAUBERTRIEB Gewicht, Raum und Fluss (Zeit ruht)** | **VISIONSTRIEB Fluss, Raum und Zeit (Gewicht ruht)** |
|---|---|---|---|
| leicht-flexibel-verzögernd <br>Schweben | leicht-frei-verzögernd  | leicht-flexibel-frei  | frei-flexibel-verzögernd  |
| leicht-direkt-verzögernd 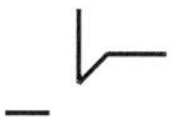<br>Gleiten | leicht-gebunden-verzögernd 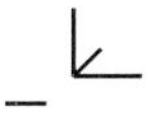 | leicht-direkt-frei  | frei-direkt-verzögernd 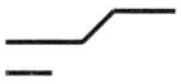 |
| leicht-flexibel-plötzlich <br>Flattern | leicht-frei-plötzlich 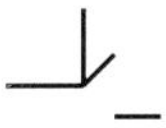 | leicht-flexibel-gebunden  | frei-flexibel-plötzlich 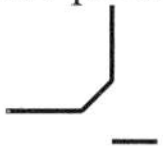 |
| leicht-direkt-plötzlich 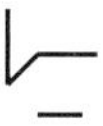<br>Tupfen | leicht-gebunden-plötzlich  | leicht-direkt-gebunden  | frei-direkt-plötzlich 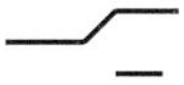 |
| kraftvoll-flexibel-verzögernd <br>Wringen | kraftvoll-frei-verzögernd  | kraftvoll-flexibel-frei 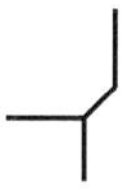 | gebunden-flexibel-verzögernd  |
| kraftvoll-flexibel-plötzlich <br>Peitschen | kraftvoll-frei-plötzlich 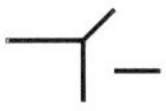 | kraftvoll-flexibel-gebunden  | gebunden-flexibel-plötzlich 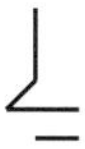 |
| kraftvoll-direkt-verzögernd 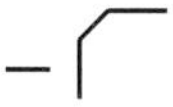<br>Drücken | kraftvoll-gebunden-verzögernd 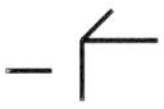 | kraftvoll-direkt-frei 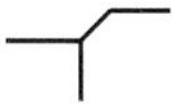 | gebunden-direkt-verzögernd  |
| kraftvoll-direkt-plötzlich <br>Stoßen | kraftvoll-gebunden-plötzlich 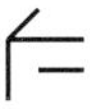 | kraftvoll-direkt-gebunden  | gebunden-direkt-plötzlich 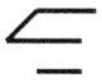 |

Tab. 4-11

## Vierer-Kombinationen/volle Antriebe

Bei den *vollen Antrieben* wird nicht ein Faktor vom *Aktionstrieb* mit *Fluss* ersetzt wie bei den *Bewegungstrieben*, sondern dazu geladen – zu einer gefühlten Aktion, die mehr Heftigkeit enthält. Die Kombinationen aller vier Bewegungsfaktoren werden selten beobachtet, außer jemand ist „außer sich" oder virtuos. Es gibt theoretisch 16 verschiedene Kombinationsmöglichkeiten, von denen wahrscheinlich nur ein paar im Repertoire eines einzelnen Menschen existieren (Tab.4-12). Auf der einen Seite sind alle erspürenden, *frei-flexibel verzögernd-leicht*, wie ein frei fließendes Schweben, auf der anderen Seite alle ankämpfenden Elemente *gebunden-direkt-plötzlich-kraftvoll*, wie ein gebundenes Boxen.

Wenn das Boxen mit Fluktuationen von gebundenem zu *freiem Fluss* weiter aufgeladen und dadurch sehr gefühlvoll wird, kann es sehr gewalttätig werden. Bartenieff meinte, ein so extrem geladener Zustand könnte einen Verlust an Grenzen mit sich bringen.[143] Auf der anderen Seite können Vierer-Kombinationen auch in Momenten sehr virtuoser Aufführungen von Sport oder Tanz geschehen, z. B. bei den Akrobaten/Tänzern der Peking-Oper.[144] Ein frei fließendes Schweben einer Tänzerin könnte so schwelgend und gefühlsgeladen erscheinen, dass der Eindruck entsteht, sie ginge in der Aktion über die Form hinaus.[145] In allen Variationen der *vollen Antriebe* ist ein totales „Involviert-sein" im Geschehen die Voraussetzung – bewusst oder unbewusst.

| **Volle** | **Antriebe** | | |
|---|---|---|---|
| | | | |
| leicht-flexibel-verzögernd-frei | leicht-flexibel-verzögernd-gebunden | kraftvoll-flexibel-verzögernd-gebunden | kraftvoll-flexibel-verzögernd-frei |
| | | | |
| leicht-direkt-verzögernd-frei | leicht-direkt-verzögernd-gebunden | kraftvoll-direkt-verzögernd-gebunden | kraftvoll-direkt-verzögernd-frei |
| | | | |
| leicht-flexibel-plötzlich-frei | leicht-flexibel-plötzlich-gebunden | kraftvoll-flexibel-plötzlich-gebunden | kraftvoll-flexibel-plötzlich-frei |
| | | | |
| leicht-direkt-plötzlich-frei | leicht-direkt-plötzlich-gebunden | kraftvoll-direkt-plötzlich-frei | kraftvoll-direkt-plötzlich-gebunden |

Tab. 4-12

## Weitere Differenzierung des Gewichts

Laban betrachtete den *Gewichtsantrieb* hauptsächlich aktiv. Bartenieff unterschied *aktiven, passiven* und *neutralen Gewichtsantrieb.*[146] Hackney fügte noch das *erspürende Gewicht* („weight sensing")[147] hinzu.

### Der neutrale Gewichtsantrieb

Der Mensch muss eine gewisse Kraft aufwenden, um sein Körpergewicht gegen die Schwerkraft aufzurichten. Diese aufzuwendende Kraft wird nicht als aktiver *Gewichtsantrieb* betrachtet, sondern als „neutral".[148] Das ist die „Nullstellung" des *Gewichts*, die wir brauchen, um überhaupt aufrecht zu stehen.

### Das Gewicht spüren

Um das Körpergewicht überhaupt zu spüren, muss eine Beziehung zur Schwerkraft hergestellt werden. Dies geschieht im Säuglingsalter durch den „tonischen Labyrinth-Reflex", der dem Baby hilft, den Tonus des Körpers durch die Erdanziehung zu regulieren.[149] Abhängig davon, auf welcher Körperseite das Baby liegt, wird die der Erde zugewandte Seite toniert. Diese Bindung („bonding") mit der Erde ist Voraussetzung für das *Gewicht spüren* und das *Erden* (s. *Fundamentals*). Das Spüren des Körpergewichts ist wiederum Voraussetzung für das *Nachgeben* gegenüber der Schwerkraft (s. *Fundamentals*) sowie das Aktivieren des *Gewichtsfaktors.*

### Der passive Gewichtsantrieb

Wenn das *Gewicht* passiv eingesetzt wird, wird das Gewicht des Körpers der Schwerkraft überlassen. Es kann kraftlos oder müde wirken. Ein betrunkener oder ein depressiver Mensch hat viel *Schwere* oder *passives Gewicht.*[150] Im Tanz wird Schwere beim Schwingen benötigt, wie z. B. beim „Release" in der Limon-Technik. Auf der anderen Seite gibt es eine passive, leichte Kraftlosigkeit („limp").[151] Wenn jemand z. B. ganz schlapp eine Person streichelt, wird die Bewegung in einer leichten Kraftlosigkeit ausgeführt.
Beispiele:
Baumeln der Arme oder Beine, schliddern, taumeln, stolpern, tätscheln, tapsen, erschöpft, wankelmütig, labil, schwindelig, schlabberig, entkräftet.

Alle Zweier- und *Dreier-Kombinationen*, die mit dem *aktiven Gewicht* möglich sind, könnten auch durch *erspürendes* oder *passives Gewicht* ersetzt werden. Ich beobachte sogar recht häufig, dass die passiven und aktiven Anteile des *Gewichtsantriebs* in einer *Phrasierung* nahtlos ineinander fließen. Z. B. lasse ich mich mit *passivem Gewicht-freiem Fluss* fallen, um mich dann *kraftvoll-plötzlich* aufzurichten.

## Weitere Aspekte des Antriebs

### Intensitätsgrade

Zusätzlich zur Ladung – d. h. wie viele Elemente zeitgleich zusammenkommen – kann jedes Element für sich unterschiedliche Intensitäten aufweisen. Zwischen den beiden Polen eines Faktors entsteht ein Kontinuum der Intensität. In der Mitte ist ein neutraler Bereich, in dem dieser *Antrieb* nicht wahrnehmbar ist, dann gibt es schwächere, normale, stärkere und extrem starke Intensitäten auf jeder Seite. Die Abweichungen vom Normalen werden in der Notation mit einem Minus oder Plus (bzw. zwei Plus) gekennzeichnet, z. B. bei *Fluss*:

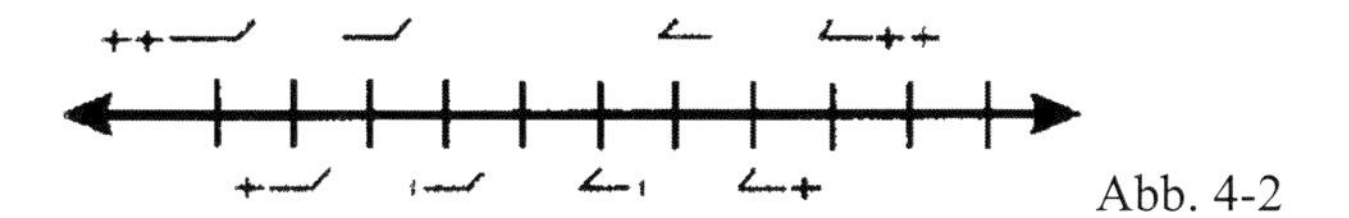

Abb. 4-2

**Extremer Flussantrieb**

Extrem frei wird verstreut oder zerstreut führt zur Auflösung; extrem gebunden wird übervorsichtig, führt zur Verkrampfung; ständiger neutraler *Flussantrieb* kann zu gleichmäßiger Kontinuität führen – alles wird zäh.

**Extremer Raumantrieb**

Extrem flexibel wird diffus und zerstreut, führt zur Verwirrung; extrem direkt wird zur Überfokussiertheit, führt zum Tunnelblick; ständiger neutraler *Raumantrieb* („spaced-out") kann zum Zusammenstoß führen.

**Extremer Zeitantrieb**

Extrem *verzögernd* wird lahm, führt zu Trägheit; extrem plötzlich wird fahrig, führt zu Hast; ständiger neutraler *Zeitantrieb* kann zu Gleichheit in einem Tempo führen, z. B. „Slow Motion".

**Extremer Gewichtsantrieb**

Extrem leicht wird schwerelos, führt zur Erweichung; extrem kraftvoll wird zu starr, führt zur Verhärtung; ständiger neutraler *Gewichtsantrieb* kann zu Bewegung ohne Tatkraft oder zur Teilnahmslosigkeit führen.

Unterschiedliche Grade der Intensität können auch in den Kombinationen auftreten, z. B. wird aus einem *Stoßen* ein Stochern, wenn der *Zeit- und Gewichtsantrieb* schwache Intensität besitzen. Eine stärkere Intensität kann sich bei praktischen Handlungen eher nachteilig auswirken, aber beim Bühnentanz könnte es vorteilhaft sein, um in einem Saal mit tausend Menschen auch die hintersten Rängen zu erreichen. Alle Extreme führen über längere Zeit zur Erschöpfung, besonders dann, wenn drei Elemente in einer Dreier-Kombination extrem intensiv ausgeführt werden.

Für einen effizienten Energieeinsatz des *Körpers* ist es von großer Bedeutung, den angemessenen Grad der Intensität der *Antriebselemente* zu finden.[152] Das gilt für Alltagsbewegungen wie für Tanz, Theater oder Sport. In jeder Lernsituation müssen durch viel Übung nicht nur die angemessenen *Antriebe*, sondern auch der adäquate Grad an Intensität gefunden werden. Das gilt für ein Kind, welches gerade anfängt, schreiben zu lernen, genauso wie für einen ungeübten Basketballspieler, der den Ball in den Korb befördern möchte.

## Antriebswechsel

„Für das Antriebsverhalten eines Lebewesens sind natürlich mehr die Sequenzen zusammengesetzter *Antriebe* charakteristisch, nicht seine Einstellung zu einem einzelnen Bewegungsfaktor."[153] Die beschriebene Ladung und Intensitätsgrade der einzelnen Antriebskombinationen werden nun im zeitlichen Ablauf in einer Sequenz, im Wechsel der *Antriebe*, untersucht.

Einen Wechsel innerhalb des *Bewegungstriebs* nannte Laban eine *Modifikation*[154] und den Wechsel von einem zum anderen *Bewegungstrieb* eine *Transformation.*[155] Auch wenn nur ein Element ausgetauscht wird, hat es jeweils eine andere Wirkung. Zum Beispiel: Wenn ich von *boxen (kraftvoll-direkt-plötzlich)* zu *peitschen (kraftvoll-flexibel-plötzlich)* übergehe, ist das eine *Modifikation* innerhalb des *Aktionstriebes*. Wenn ich aber von dem *Aktionstrieb,* z. B. *boxen* mit *kraftvoll-direkt-plötzlich*, zum *Leidenschaftstrieb*, z. B. *kraftvoll-frei-plötzlich* übergehe, dann ist das eine *Transformation*.

Bartenieff beobachtete zwischen den *Bewegungstrieben* mit *Fluss* (*Zauber-, Visions- und Leidenschaftstrieb*) häufig einen fließenden Wechsel und nannte deshalb diese drei die „Transformationstriebe".[156] Die *Transformation* von einem zu einem anderen *Bewegungstrieb* kann in Bruchteilen einer Sekunde geschehen und zwar so fließend, dass ein Beobachter den Wechsel kaum wahrnimmt.

Innerhalb eines *Bewegungstriebes* können folgende *Modifikationen* stattfinden:
- schrittweiser[157] Austausch eines Elements – primär miteinander verwandt
- Austausch von zwei Elementen – sekundär miteinander verwandt[158]
- abrupter[159] Austausch von drei Elementen – zum Gegensatz.

Zum Beispiel sind beim Aktionstrieb *boxen* mit *kraftvoll-direkt-plötzlich* folgende Modifikationen möglich:
- schrittweiser Austausch von einem Element zu *drücken* mit *kraftvoll-direkt-verzögernd*
- Austausch von zwei Elementen zu *gleiten* mit *leicht-direkt-verzögernd*
- abrupter Austausch von drei Elementen zu *schweben* mit *leicht-flexibel-verzögernd.*

Der abrupte Wechsel ist der schwierigste, weil er ohne Übergang ausgeführt wird.

Bei den *Zweier-Kombinationen/Stimmungen* verhält es sich ähnlich wie oben, nur dass die schrittweise *Modifikation* mit nur einem Element einsetzt und die abrupte schon ab zwei Elementen. Das Wechseln innerhalb einer Stimmung nannte Laban einen gradmäßigen Wechsel, im Gegensatz zu einem artgemäßen[160] Wechsel zu einer anderen Stimmung.

Die Charakterisierung der Sequenzen des *Antriebs* wird im Kapitel *Phrasierung* näher beleuchtet.

### Verschiedene Antriebszonen im Körper

Wenn unterschiedliche Körperteile oder Körperregionen unterschiedliche *Antriebe* aufweisen, wird von verschiedenen *Antriebszonen* gesprochen. Diese können unterschiedlichen Funktionen gewidmet sein oder den Ausdruck von zweierlei Zuständen widerspiegeln. Z. B. bewegen sich im Flamencotanz die Beine in der *rhythmischen Stimmung* (*Gewichts-* und *Zeitantriebe*), während die Arme in der *entrückten Stimmung* (*Raum-* mit *Flussantriebe*) sind. Wenn jemand nicht ganz sicher ist, kann sich sein innerer Widerspruch durch zwei *Antriebszonen* im Körper ausdrücken. In der Notation werden die beobachteten *Antriebe* den entsprechenden Körperteilen oder Regionen zugeordnet und so dargestellt, dass sie gleichzeitig stattfinden.

### Schattenbewegungen

Manche *Antriebszonen* im Körper sind so klein, dass sie wie ein Schatten die Hauptaktion begleiten, z. B. das Zucken einer Hand oder das Wippen einer Ferse.[161] Die Schattenbewegungen können der Haupthandlung vorausgehen, sie begleiten oder ihr folgen.[162] Es können auch Vorbereitungen zu einer niemals ausgeführten Aktion sein – so etwas wie fehlgeschlagene *Antriebe*. Antriebsvorlieben werden oft wiederholt, Schattenbewegungen eher selten, da sie meist unbewusst vollzogen werden. Ein Schauspieler kann sich dieses Wissen zunutze machen, um den inneren Konflikt eines Charakters subtil darzustellen.

## Kreatives Gestalten mit Antrieben

Alle *Antriebselemente* und ihre Kombinationsmöglichkeiten können durch systematische Anordnung der unterschiedlichen Qualitäten „trainiert“ werden, sodass Schüler ein möglichst vollständiges Bewegungsrepertoire für alle Lebenssituationen erhalten und damit auch kreativ werden können. Laban war der Meinung, dass *Antrieb* wichtig ist, um die „schöpferische Ausdruckskraft“[163] zu fördern.

Eine *Antriebsanalyse* kann den Einfallsreichtum im kreativen Prozess in jeder Phase unterstützen. Je nach persönlicher Präferenz oder Themenstellung wird der Choreograf oder Regisseur im kreativen Prozess bei den *Antrieben* anfangen oder sie später dazu nehmen (s. Beitrag: Persönliche Bewegungspräferenz und Entstehungsprozess einer Choreografie). Bestimmte *Antriebe* zu den gewünschten Themen oder Charakteren in Bezug zu setzten, verwandelt gedankliche Assoziationen gleich in Bewegungsbegriffe und bahnt den Übergang in die kinästhetische Umsetzung. Zusätzlich ist die *Antriebsanalyse* im kreativen Prozess aus mindestens drei Gründen hilfreich. Erstens vermag die Analyse die Erinnerung an das im Prozess Gefundene zu fördern. Zweitens schafft sie, durch das gemeinsame Vokabular, eine verbesserte Kommunikation zwischen dem Choreografen und den Tänzern über die dynamischen Faktoren. Drittens kann sie helfen zu überprüfen, ob Idee und Ausführung übereinstimmen. (s. Beitrag zum Choreografischen Coaching).

Vor allem im Tanz, aber auch in anderen Bewegungsbereichen, kann *Antrieb* bewusst trainiert werden. Zuerst bauen Metaphern und Bilder zu den recht abstrakten Antriebsbegriffen Brücken. Nach einer gewissen Einführung können dann die *Antriebsbegriffe* an sich bewusst verwendet und damit die dynamische Qualität der Bewegung präziser bestimmt, hergestellt und gestaltet werden. Laban schreibt: „Der Mensch besitzt die Fähigkeit, das Wesen dieser Qualitäten zu begreifen, die Rhythmen und Strukturen in ihrer Abfolge zu erkennen. Er hat die Möglichkeit und den Vorteil, durch bewusstes Training seine Antriebsgewohnheiten verändern und erweitern zu können, selbst unter ungünstigen äußeren Bedingungen.“[164] Eine Fähigkeit, wie Laban meint, die im Tierreich uns Menschen von vielen Tieren unterscheidet.[165]

Durch die Abstraktion kann die energetische Qualität leichter auf andere Situationen übertragen werden. Wenn jemand beispielsweise das *Drücken* (eines schweren Gegenstandes) erlebt hat, kennt er dadurch die *kraftvoll-direkt-verzögerte Antriebsqualität* in der *Dreier-Kombination*. Dann kann er diese auch in einer Situationen anwenden, die diese Qualität benötigt, aber nicht mit „Drücken“ direkt beschrieben wird, wie beispielsweise der Zug beim Tauziehen. Der Laie sagt: „Wieso? Drücken oder ziehen, Das ist doch etwas ganz anderes“. Durch LBBS erkennen wir aber, dass diese zwei Situationen dieselbe *Antriebsqualität* beinhalten – nur bezogen auf eine andere Raumrichtung. Häufig machen wir dies ganz unbewusst, wie die Kinder im Spiel, aber mit der Differenzierung der LBBS können wir diese Zusammenhänge bewusst herstellen.

## Fazit

Jede Bewegung kann in den Bewegungsbegriffen von *Raum-, Gewichts-, Zeit-* und *Flussantrieben* ausgedrückt werden. Der dynamische Aspekt der Bewegung ist nicht an das Situative gebunden, sondern erfährt durch die Begriffe des *Antriebs* und die dahinterstehende Bewegungsqualität eine gewisse Abstraktion. Durch die Begriffsbildung des *Antriebs* bei Laban kann die energetische und dynamische Qualität der Bewegung „objektiver“ und präziser beschrieben werden. Das Aufzeigen des gesamten Spektrums der *Antriebslehre* eröffnet detaillierte Differenzierungsmöglichkeiten der Bewegungsdynamik, die vorher nicht möglich waren.

# Kapitel 5: Form – die Plastizität der Bewegung

Form ist der sichtbare Umriss eines Volumens. Die Form des Körpers und die äußere Gestalt oder Plastizität der Bewegung waren ein Ausgangspunkt für Labans Bewegungsrecherchen. Er schreibt in den 1920er Jahren: „Wie eine Form sich aufbaut, wie sie abgebaut wird, auf welche Weise sie in verwandte Formen hinübergeleitet und über verwandte Formen zu fremderen gelangt, kann erforscht werden.“[166] In Labans erstem Beruf, als visueller Künstler, hielt er die menschliche Gestalt auf Papier fest. Daher wundert es nicht, wenn er zuerst Bewegung als „Form zu Form“[167] sich entwickeln sieht und sie als „eine Folge von Formverwandlungen“[168] beschrieb. Laban beobachtet Symmetrien und Proportionen in den Formen und wollte deshalb die Gesetze der „Formwandlungen“[169] ergründen.

In seinem Buch „Choreographie“ unterscheidet er zwischen „statischen“ Formen und „dynamischen“ Formveränderungen in Bewegungen.[170] Dort erläutert er in der sogenannten „Formlehre“ die Grundzüge der gesamten LBBS vor dem Hintergrund „dauernd vorhandener plastischer Spannungen“[171]. Auch wenn er später hauptsächlich die räumliche Spannung darlegt, erinnert er uns gelegentlich an „die Drei-Dimensionalität (Plastik) unseres Körpers“[172].

In Labans späteren, auf Englisch veröffentlichten Büchern werden die Kategorien *Raum* und *Antrieb* weiter aufgefächert, *Form* verliert an Bedeutung. Im „Modernen Ausdruckstanz“ wird bei 16 Bewegungsthemen nur noch beiläufig das Thema „Plastizität des Körpers“[173] als Unterkapitel von „Themen zum Bewusstsein des Flusses von Körpergewicht in Raum und Zeit“[174] behandelt. Darin beschreibt er, wie Kinder zu einer Statue erstarren, wenn sie den Bewegungsfluss anhalten. Beim letzten Thema zum „Ausdrucks- und Stimmungsgehalt einer Bewegung“[175] kommt er auf die „Stellung des Körpers im Raum“[176] – also die plastische *Form* – zurück. Hier betont er, dass es nicht die Stellung allein ist, die den Ausdruck beeinflusst, sondern die Art, wie man in diese Stellung gelangt. Dies führt Laban nicht weiter aus. „Shape“[177] wird in die Kategorie *Raum* einbezogen.

Nach 1946 lernte Warren Lamb, als Schüler bei Laban, „Shape“ für Bewegungsbeobachtung kennen.[178] Die Veränderung der Form in den drei Flächen wurde vor allem mit der konkaven und konvexen Form des Rumpfes in Verbindung gebracht. Lamb entwickelte daraus sein „Action Profile“, welches heute *Movement Pattern Analysis* heißt (s. 2. Teil).

Judith Kestenberg und Irmgard Bartenieff bilden sich etwa um 1950 bei Lamb in „Shape“ fort und hielten über die nächsten Jahre mit ihm Kontakt. Bartenieff und Kestenberg entwickelten zusammen mit Warren Lamb, wie auch jeder für sich in seinem Anwendungsgebiet, *Form* weiter.[179] Kestenberg, als Psychoanalytikerin, untersuchte die psychologische und motorische Entwicklung von Babys.[180] Das daraus resultierende „Kestenberg Movement Profile“ betrachtet *Form* in seiner motorischen Entwicklung und unter psychologischen Gesichtspunkten.[181]

Bartenieff übernahm vieles von Lamb und Kestenberg und entwickelte es in ihrem Verständnis von Labans Arbeit weiter. Das Ausbildungsprogramm von Bartenieff (ab ca. 1965) hieß „Effort/Shape“, obwohl sie auch viel *Raum* unterrichtete. In ihrem einzigen Buch schreibt sie von *Form* in Bezug zu *Raum* und als *Affinität* zu den anderen drei Kategorien, aber nicht als eigenständige Kategorie.[182] Aber alle Bartenieff-Schüler sind sich einig, dass *Form* als eigenständige Kategorie angesehen werden kann.[183]

Peggy Hackney entwickelte nach dem Tod von Bartenieff die Kategorie *Form* weiter und stellt diese Entwicklungen in den 1980er Jahren der LBBS Community vor. Nach Jahren kontroverser

Diskussion unter den Bartenieff-Schülern haben sich einige Themen geklärt. Ich werde hier die Version Hackneys vorstellen, da sie mit der gesamten LBBS-Theorie besser übereinstimmt.

Die Kategorie *Form* nach Laban ist die Plastizität der körperlichen Gestalt als stille Figur oder wie die Form sich in der Bewegung verändert. Hackney unterscheidet in der Bewegung zwischen der *Art der Formveränderung*[184], den *Formqualitäten*[185] und der *Formfluss-unterstützung*[186]. Diese drei Varianten der bewegten Form können getrennt voneinander und auch zusammen betrachtet werden – je nach Situation. Zur Veranschaulichung werden sie zuerst getrennt vorgestellt und dann in ihrem Zusammenwirken. In der Abbildung 5-1 ein Überblick:

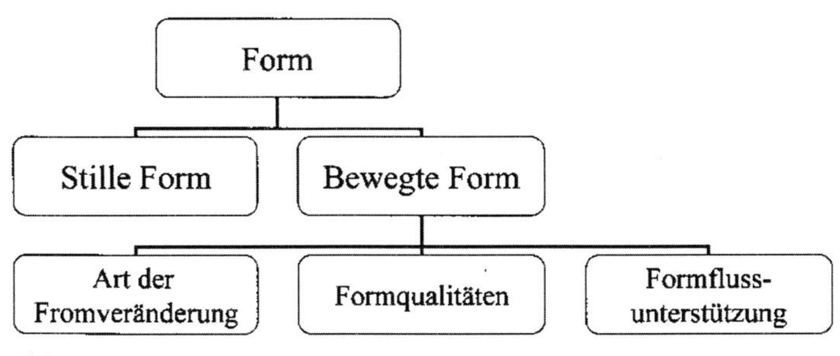


Abb. 5-1

## Stille Form

In der stillen Form geht es vor allem um die Form der Körpermasse, wie Knetmasse, die unterschiedlich modelliert werden kann. Laban schreibt in seinem ersten Buch: „*Die Form selbst ist linear, flächenhaft oder plastisch.*"[187] Diese „statischen Formen", wie Laban sie zuerst nannte, wurden in England als „Body Shapes" mit den Begriffen „Pin, Ball, Wall, Screw"[188] unterrichtet. Hackney erweiterte die *stillen Formen* um eine weitere *Form:* den *Tetraeder*. Im Folgenden meine Begriffe für alle *stillen Formen* in Anlehnung an Hackney:[189]

- linear wie eine *Nadel* ☼
- flach wie eine *Wand* ☼
- kugelförmig wie ein *Ball* ☼
- verdreht, spiralisch wie eine *Schraube* ☼
- dreidimensional eckig wie ein *Tetraeder* (s. Raum) oder eine Pyramide

Gesamtkörperlich gesehen gibt es einige Varianten der stillen Formen. Eine *lineare, nadelförmige stille Form* verkörpert sich in der *vertikalen Dimension* recht einfach, aber sobald sie davon abschweift, wird es schon schwerer, eine Linie von Kopf bis Fuß durchzuhalten. Eine *flache, wandähnliche stille Form*, wie ein Stück Papier, könnte symmetrisch wie ein X oder asymmetrisch wie ein F dargestellt werden. Eine *Kugel* oder *ballartige stille Form* ist am einfachsten über die Vorderseite des Körpers darzustellen oder aber auch über die Rückseite. Eine *spiralige* oder *verschraubte stille Form* wird mit Rotation um eine Achse verkörpert. Eine Meditationshaltung im Schneidersitz bildet eine *dreidimensional eckige stille Form* oder ein *Tetraeder*, wobei die Basis ein Dreieck bildet und der Kopf zu den drei unteren Punkten (beide Knie und Steißbein) die anderen drei Dreiecke darstellt.

Alle diese *stillen Formen* können in verschiedenen Körperregionen auftreten, sodass sie einzeln definierbar bleiben, aber insgesamt im Körper „Mischformen" ergeben. Diese treten sogar sehr häufig auf, z. B. das aufrechte Sitzen (*lineare stille Form* im Oberkörper) mit gleichzeitig übereinandergeschlagenen Beinen (*verschraubte stille Form* im Unterkörper). *Stille Formen* im Theater können sehr gut einen Charakter porträtieren (s. *Körperhaltung*).

Bei der folgenden Aufgabenstellung werden sich die stillen Formen wahrscheinlich mit Bewegung mischen:
1. das Bewegen mit der Absicht, eine *stille Form* zu kreieren, sich wieder davon lösen, um eine neue *Stille Form* zu schaffen;
2. die *stille Form* weitgehend beizubehalten und damit in die Fortbewegung zu gehen.

## Die bewegte Form

Eine Form muss sich durch die Bewegung verändern, sonst bleibt sie eine Plastik oder Statue. In der Bewegung betrachtet Laban allgemein, dass sich eine Form *verkleinern* („flex“) oder *vergrößern* („extend“) kann.

### Art der Formveränderung

Laban benannte schon 1926 die „*Formen* der Bewegung“[190]. Diese Begriffe prägte er auf Französisch, in seinen frühen deutschen, wie auch in den späteren englischen Texten:

„droit“ = gerade,
„ouvert“ = gebogen/offen,
„rond“ = gerundet/kreisförmig,
„tortillé“ = gewrungen.

In Anlehnung daran haben Bartenieff und Kestenberg die *Art der Formveränderung* entwickelt. In der Tabelle 5-1 ein Überblick über die drei *Arten der Formveränderung* nach Bartenieff und Kestenberg mit den Symbolen von Hackney.

| **Art der Formveränderung** | | | |
|---|---|---|---|
| **Formfluss** | | | |
| **Zielgerichtet** | | | |
| | | **geradlinig** | |
| | | **bogenförmig** | |
| **Modellierend** | | | |

Tab. 5-1

Es gibt durchaus Parallelen zwischen der Art der Formveränderung und den „Formen der Bewegung“ von Laban: *Zielgerichtet gradlinig* zu „droit“, *bogenförmig* zu „ouvert“ und, wenn der Bogen sich schließt, zu „rond“ sowie *modellierend* zu „tortillé. Nur der *Formfluss* taucht bei Laban nicht auf, wahrscheinlich weil er Babybewegungen nicht so intensiv untersuchte wie Kestenberg.

Kestenberg beobachtete, dass in der Entwicklungsmotorik Babys sich zuerst im *Formfluss* bewegen (in der Sportwissenschaft auch „ungerichtete Massenbewegung“[191] genannt). Erst danach entwickeln sich die *zielgerichtete Formveränderung* und das *Modellieren* der Form. Interessant ist, dass es eine Phase in der kindlichen Entwicklung gibt, in der ein Kind einen Ball zwar haben möchte, auch *zielgerichtet* zu ihm hinsteuert, aber ihn nicht zu fassen bekommt, weil das *Modellieren* der Hand noch nicht gesteuert werden kann. Als Erwachsener verfügen wir in der Regel über alle drei *Arten der Formveränderung.* Sie stehen uns für die unterschiedlichen Anforderungen des Alltags zur Verfügung.

**Formfluss ☼**

*Im Formfluss* verändere ich meine Form den inneren Bedürfnissen entsprechend, um mich wohlzufühlen, z. B. das Herumrücken auf einem Stuhl oder das Ausschütteln eines Körperteils. Es geht in der Bewegung nur um mich – mein Unwohlsein oder Wohlbefinden. Die Körperteile bewegen sich in Beziehung zueinander. Babys bewegen sich spontan viel im *Formfluss,* Erwachsene dagegen weniger (und meist eher unbewusst). *Formfluss* kann als expressives Medium im Tanz eingesetzt werden, wie etwa bei Choreografien von Twyla Tharp und Pina Bausch zu beobachten ist.

Assoziationen: gemütlich strömend, pulsierend, mühelos formend, nach innen gekehrt, einssein, absichtslos, innig, intim, wohlig, gemächlich fließend, labend

**Zielgerichtete Formveränderung ☼**

Bei der *zielgerichteten* Formveränderung beziehe ich mich auf meine Umwelt: Ich verändere meine Form, um zu einem Ziel zu gelangen, z. B. jemandem die Hand zu reichen. Dies könnte ich *zielgerichtet gradlinig* von meiner Mitte aus gestalten oder *bogenförmig,* indem ich den Arm nach außen schwinge. Ich baue mit meiner Formveränderung eine Brücke zwischen mir und meiner Umwelt. Diese Bewegungen sind sehr häufig im Alltag zu sehen: beim Heranziehen oder Wegdrücken von Gegenständen eher *geradlinig*, beim Werfen und Fangen eher *bogenförmig* als zielgerichtete Formveränderung.

Assoziationen: klar, schneidend, zielbewusst, unmittelbarer Bezug zur Umwelt, zielsicher, intentional, zweckorientiert, punktgenau, geradewegs

**Modellieren ☼**

Bei der *modellierenden* Formveränderung beziehe ich mich auf die Umwelt, indem ich mich drei-dimensional formend einem Volumen anpasse, es verforme oder die Konturen zeige. Die Angleichung meiner Körperform an eine andere reale oder imaginäre Form. Zum Beispiel jemanden umarmen oder einen großen Ball umfassen. Kestenberg stellte fest: Das *Modellieren* repräsentiert die komplexe Natur der sich verändernden Beziehungen.[192]

Assoziationen: plastisch, formend, voluminös, umschließend, anschmiegend, knetend, vermengend, massierend

Jede Formveränderung kann im ganzen Körper oder in seinen Teilen stattfinden. Für ein *Modellieren* der Hand könnte es ein Tennisball sein, den ich umfasse; für ein *Modellieren* des ganzen Körpers müsste es ein größerer Gymnastikball sein.

## Formqualitäten ☼

Die *Formqualitäten* geben Auskunft über den sich formenden Charakter der Bewegung.[193] Laban verwendete die Begriffe von *schöpfen* und *streuen* in seinem Buch „Gymnastik und Tanz“. Später definierte er *schöpfen* als Bewegungen, „die etwas zur Körpermitte heranholen“ und *streuen* als Bewegungen, „die etwas von der Körpermitte entfernen“.[194] Diese werden heute von Hackney für die allgemeine Art der *Formqualität* verwendet, da sie nichts darüber aussagen, in welche räumliche Zone sie sich hineinformen.

Alle anderen *Formqualitäten* sagen etwas über die Raumzone aus, zu der sich die plastische Gestalt der Bewegung verformt, da diese *Raumspannung* den Ausdruck der Bewegung färbt.[195] Benannt wird der Formungsprozess der Bewegung, nicht das Ankommen in der bestimmten Form oder Raumrichtung.

Die elementaren *Formqualitäten* in Gegensatzpaaren geordnet:
*steigen* ↔ *sinken*
*ausbreiten* ↔ *schließen*
*vorstreben* ↔ *zurückziehen*

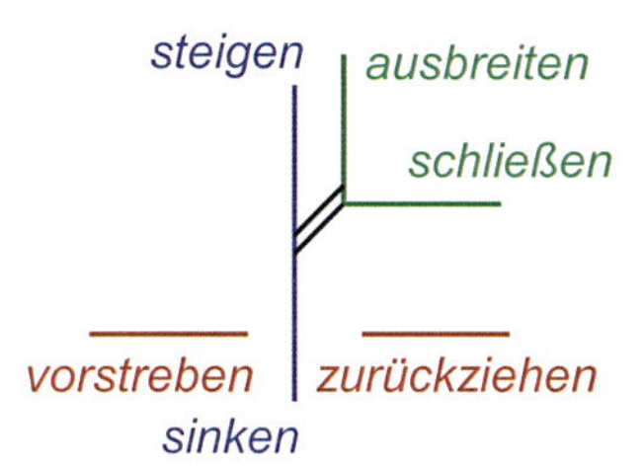


Abb. 5-2

Die Notation (Abb.5-2) erinnert an die der *Antriebe*, nur werden bei den *Formqualitäten* zwei Schrägstriche in der Mitte verwendet. Wie die *Antriebselemente*, kommen die *Formqualitäten* selten allein vor, sondern häufig in *Zweier-* und *Dreier-Kombinationen*. In der Tabelle 5-2 sind die 12 möglichen Zweier-Kombinationen in Gegensatzpaaren geordnet. In der Tabelle 5-3 die acht *Dreier-Kombinationen* dargestellt.

**Zweier-Kombination der Formqualitäten** ☼

| steigen-<br>ausbreiten | sinken-<br>ausbreiten | steigen-<br>schließen | sinken-<br>schließen |
|---|---|---|---|
| vorstreben-<br>ausbreiten | zurückzie-<br>hen-<br>schließen | zurückzie-<br>hen-<br>ausbreiten | vorstreben-<br>schließen |
| vorstreben-<br>steigen | vorstreben-<br>sinken | zurückzie-<br>hen-sinken | zurückzie-<br>hen-<br>steigen |

Tab. 5-2

**Dreier-Kombination der Formqualitäten**

| steigen-<br>ausbreiten-<br>vorstreben | steigen-<br>ausbreiten-<br>zurückzie-<br>hen | steigen-<br>schließen-<br>zurückzie-<br>hen | steigen-<br>schließen-<br>vorstreben |
|---|---|---|---|
| sinken-<br>schließen-<br>zurückzie-<br>hen | sinken-<br>schließen-<br>vorstreben | sinken-<br>ausbreiten-<br>vorstreben | sinken-<br>ausbreiten-<br>zurückzie-<br>hen |

Tab. 5-3

Laban gebrauchte in seinen frühen Werken die Begriffe *steigen* und *sinken*, verwendete sie später aber nicht weiter.[196] Diese wurden dann von Bartenieff in Englisch wieder aufgegriffen und jetzt ins Deutsche zurückübersetzt.

## Formflussunterstützung

Der Begriff *Formflussunterstützung* wurde von Hackney geprägt[197], weil er den anderen *Arten der Formveränderungen (zielgerichtet* und *modellierend)* unterliegt und damit unterstützend wirkt. Bei Ganzkörperbewegungen sollte sich der Rumpf an der Formveränderung des Körpers beteiligen. Es fördert den Prozess der Integration in der Bewegung, wenn bei *zielgerichteten* und *modellierenden* Bewegungen der *Formfluss* vor allem die Formveränderung im Rumpf *unterstützt.* Dieser Prozess passiert im besten Fall automatisch mit dem Atem – ein *Wachsen* und *Schrumpfen* der Form im Rumpf. Es gibt eine Kongruenz zwischen ausatmen mit *schrumpfen* und einatmen mit *wachsen.* Leider tritt aber in diesem Zusammenhang häufig eine Störung auf. Allzu oft befinden sich Menschen in Situationen, in denen der Atem nicht frei fließt und die *Formflussunterstützung* nicht stattfindet.

Diese allgemeine *Formflussunterstützung* (*Wachsen* und *Schrumpfen)* kann noch weiter ausdifferenziert werden in *verlängern* und *verkürzen*, *verbreitern* und *verschmälern*, sowie *auswölben* und *aushöhlen* (Tab. 5-4). Bartenieff verwendet oft das *Aushöhlen* des Rumpfs als Vorbereitung für ihre Sequenzen (s. *Fundamentals* „Hüftbeugen"). Diese *Formflussunterstützungen* können im Rumpf alle unipolar oder bipolar erfolgen – also zu einem Pol oder gleichzeitig zu zwei Polen sich hin entwickeln. Ich könnte meine Wirbelsäule in beiden Richtungen oder in nur in eine Richtung (kopfwärts oder steißwärts) *verlängern.* Diese Ausdifferenzierung wird auch im Kestenberg Movement Profile verwendet.[198]

| **Bipolarer** | **Formfluss** | **Unipolarer** | **Formfluss** |
|---|---|---|---|
| verbreitern (nach rechts und links) | verschmälern (nach rechts und links) | laterales Verbreitern nach rechts | mediales Verschmälern nach rechts |
| | | laterales Verbreitern nach links | mediales Verschmälern nach links |
| verlängern (nach oben und unten) | verkürzen (nach oben und unten) | verlängern nach oben | verkürzen nach oben |
| | | verlängern nach unten | verkürzen nach unten |
| auswölben (nach vorn und hinten) | aushöhlen (nach vorn und hinten) | auswölben nach vorn | aushöhlen nach vorn |
| | | auswölben nach hinten | aushöhlen nach hinten |

Tab. 5-4

## Zusammenwirken der bewegten Formveränderung

In jeder Bewegung sind *Formqualitäten* und *Arten der Formveränderung* vorhanden. In der Version von Hackney ist es möglich, je nach Belieben in der Ausführung wie auch in der Beobachtung diese Perspektiven einzeln zu fokussieren oder sie zusammenzusetzen und gemeinsam zu beschreiben.

Beispiele für die Zusammenstellung von *Formqualitäten* und *Art der Formveränderung*:
- *Formfluss* mit *steigen-ausbreiten*, wenn ich merke, ich brauche eine Erholung vom Schreiben am Computer;
- *zielgerichtet* mit *steigen-ausbreiten*, wenn ich mich mit dem rechten Arm zu einem Buch auf dem obersten Regal strecke, welches *rechts-hoch* von mir steht;
- *modellierend* mit *steigen-ausbreiten*, wenn ich auf dem Weg zum Buch auf dem obersten Regal mich um eine Stehlampe herum formen muss.

## Weitere Aspekte von Form

### Formintensitäten

Wie beim *Antrieb* kann sich eine Qualität mehr ausgeprägt zeigen als die anderen. Dies wird wieder mit plus (+) und minus (-) gekennzeichnet. Besonders, wenn ich mich dreidimensional spiralisch bewege, sind diese Kennzeichnungen wichtig. Diese *transversen* Bewegungen hat Laban hauptsächlich im *Ikosaeder* definiert, wobei sie auch in andern Raummodellen stattfinden können.

Wenn ich mich beispielsweise in einer *Transversalen* von *hoch-rechts* nach *rück-tief* bewege, dann werde ich hauptsächlich *sinken* (plus), etwas *zurückziehen* und wenigstens *schließen* (minus). Die größte Formveränderung (mit plus) merke ich am deutlichsten. Die kleinste Formveränderung (mit minus) verstehe ich erst, wenn ich mich daran erinnere, dass alle *Flächen* im *Ikosaeder* rechteckig und nicht quadratische Formen annehmen. Wenn ich mich von der *vertikalen Fläche* zur *sagittalen Fläche* beim *Sinken* auch *zurückziehe,* dann um die Hälfte der *Kinesphäre.* Das gleichzeitige *Schließen* durchquert aber weniger als die Hälfte der *Kinesphäre*, da die *vertikale Fläche* hochkant steht und *hoch-rechts* näher zur Mittelachse liegt – daher ist es nur ca. 1/3 der *Kinesphäre*, die durchquert wird. (s. Abb.5-3).

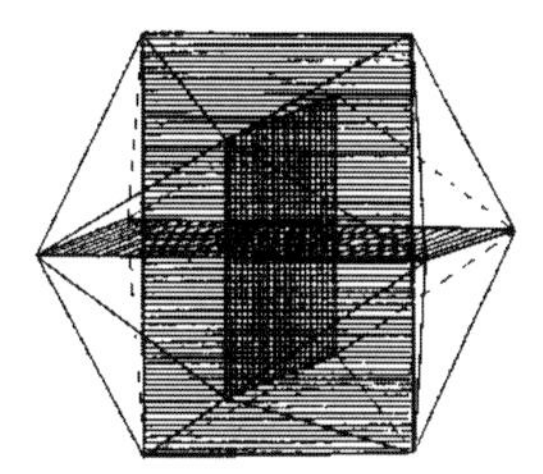

Abb. 5-3

Die unterschiedlichen Intensitäten in der *Form* sind vor allem bei der *Achsenskala* interessant, weil wir ständig dieselben zwei *Dreier-Kombinationen* der *Formqualitäten* verwenden, um die *diagonale* Achse hoch und wieder herunter zu umschweifen, nur jeweils in ungleichen Intensitäten. Wenn wir die dritte *Transversale* von *rechts-vor* nach *tief-links* mit den *Formqualitäten* untersuchen, ist diese nämlich auch *sinken, zurückziehen* und *schließen* – nur diesmal ist das *Schließen* plus und das *Zurückziehen* minus. Dies geschieht aus genau denselben Gründen, wie oben schon erwähnt. Bei der fünften *Transversalen* haben wir wieder dieselben *Formqualitäten* – aber in der letztmöglichen Intensitätszusammensetzung. Durch die ungleichen Intensitäten können wir wiederum dieselben *Formqualitäten* unterschieden.

### Formwechsel

Die Möglichkeiten des Formwechsels sind ähnlich wie beim *Antrieb*: Eine, zwei oder drei Qualitäten können sich schrittweise oder abrupt verändern. Diese Varianten wurden bei *Form* bisher noch nicht theoretisch ausdifferenziert.

Die Beobachtung zeigt, dass die *Formqualitäten* sich rasch verändern. Wenn ich z. B. von einem Stuhl aufstehe und einen Schritt in den *Raum* gehe, dann wechselt die *Formqualität* innerhalb von einigen Sekunden von *vorstreben-steigen* zu nur *vorstreben.* Das heißt, so ähnlich wie bei *Antrieb* ist das körperliche Nachempfinden der Bewegung hilfreich für die Benennung der schnell wechselnden *Formqualitäten.*

## Formzonen im Körper

Um den Formprozess detailliert analysieren zu können, müssen die unterschiedlichen *Formqualitäten*, die gleichzeitig in den verschiedenen Körperregionen geschehen, aufgeteilt werden. Schon beim einfachen Gang formen sich in einem Moment rechter Arm (und Schulter) und linkes Bein (und Beckenhälfte) *vorstrebend,* während linker Arm (und Schulter) und rechtes Bein (und Beckenhälfte) sich *zurückziehen.* Im nächsten Moment erscheint es genau anders herum.

Diese Art der detaillierten Bewegungsanalyse ist je nach Situation sinnvoll. Beobachte ich ein Kleinkind, wie es laufen lernt, werden die Veränderungen der *Form* im Vordergrund stehen – da das Kind sich noch ganz mit dem Prozess der Bewegung beschäftigt. Auch in der Rehabilitation nach einem Unfall könnte es wichtig sein, in dieser Weise detailliert zu analysieren. Geht jemand aber „normal", sodass sich der Prozess der Bewegung nicht in den Vordergrund schiebt, spielt die *Form* eine untergeordnete Rolle. Veränderungen der *Form* kommen in jeder Bewegung vor, sie sind jedoch nicht immer wichtig zu analysieren.

## Formenzeichnen im Raum

Hutchinson beschreibt in ihrem Kapitel über Gesten das Formenzeichnen im Raum („Design Drawing").[199] Dabei werden mit einem Körperteil die Umrisse eines Objekts, ähnlich wie bei der Pantomime, in die Luft gezeichnet.

Beispiel:
Zwei Hände zeichnen in der Luft die beiden Hälften eines Herzens von *vor-hoch* nach *vor-tief.* (In Abb. 5-4 die Notation dazu, die von unten nach oben gelesen wird.)

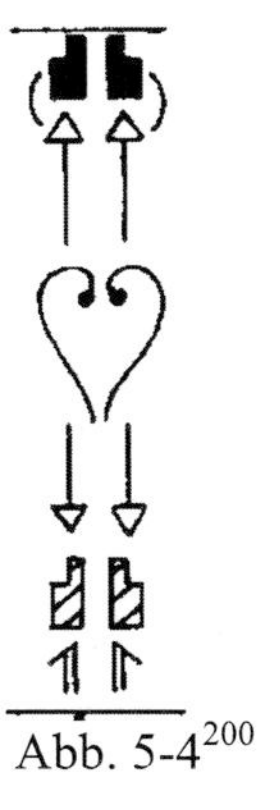

Abb. 5-4[200]

## Fazit

Obwohl es historisch ein langer Weg war, die *Form*-Kategorie von den anderen Kategorien zu differenzieren, ist dieser Prozess – zumindest in den USA – gelungen. Trotzdem herrscht auch heute noch keine Einigkeit unter den Bartenieff-Nachfolgern, sodass in verschiedenen Institutionen leicht unterschiedliche *Form*-Versionen unterrichtet werden. In der Praxis jedoch sind kaum Unterschiede zu erkennen – die Kontroverse geht vielmehr um die Begriffsdefinitionen und die dazugehörige Symbolbeschreibung.

In der New Yorker Version werden die *Art der Formveränderung* und die *Formqualität* zusammen (als Kombination) beschrieben, mit jeweils einem Fachbegriff und einem dazugehörigen Symbol. Dadurch können die verschiedenen Perspektiven der *Art der Formveränderung* und der *Formqualität* nicht unabhängig voneinander beschrieben werden.[201] Wie schon oben veranschaulicht, ist es bei der *Form*-Version von Hackney dagegen möglich, diese Perspektiven einzeln zu fokussieren (also elementar) oder sie zusammenzusetzen (als Kombination) und gemeinsam zu beschreiben. Es werden zwar mehr Wörter (oder Symbole) gebraucht, aber es entstehen dadurch mehr Möglichkeiten der Beschreibung.

Nach jahrelanger Recherche kommt die Autorin zu der Überzeugung, dass die hier beschriebene Version von Hackney sich langfristig durchsetzen wird. Diese Version geht nicht nur eher konform mit der restlichen Laban-Theorie, sondern bietet zusätzlich mehr Möglichkeiten in der Beschreibung und bei einer Aufgabenstellung, da sie elementarer ist und dadurch flexibler einzusetzen.

# Kapitel 6: Beziehung – sich beziehen in Bewegung

Aus der Beobachterperspektive und ohne Wertung wird hier die Frage gestellt: Wie setzt sich die Person in *Beziehung* zu etwas oder zu jemandem? Es geht nicht in erster Linie um Liebes- oder soziale Beziehungen, wobei auch diese durch pure Bewegungsbeobachtung untersucht werden können.

Für Laban war der Beziehungsaspekt in der Bewegung von Anfang an ein innewohnender Teil der praktischen Arbeit (s. Bilder von Labans Bewegungsexperimenten auf dem Monte Verità[202]). Dieser floss dann in den 1920er Jahren gleich in die Notation mit ein z. B. der Aspekt der Berührung von Körperteilen untereinander und zu anderen Menschen.[203] Somit wurden manche der heutigen Aspekte der eigenständigen Kategorie *Beziehung* („Relationship“) gleich von Anfang an mitbedacht, aber erst in die 1950er Jahre explizit herausgezogen und separat betrachtet.

In „Kunst der Bewegung“ gibt es ein kurzes Kapitel zu *Beziehung*, in dem Laban schreibt: „Wenn wir uns bewegen, schaffen wir wechselnde Beziehung zu irgendetwas.“ [204] Er unterscheidet die bewegte *Beziehung* zu den folgenden drei „Gegenüber“:

- einem Gegenstand (☼),
- einer Person (☼) oder mehreren Personen,
- einem Teil unseres eigenen Körpers.[205] (☼)

## Veränderung des Abstandes in Beziehungen

Es gibt naturgemäß nur zwei Richtungen, den Abstand in einer *Beziehung* zu verändern: entweder hin oder weg vom Gegenüber. Die Symbole sind hier eindeutig: Auf jemanden oder etwas hin wird mit einem Crescendo und von jemandem oder etwas weg mit einem Decrescendo beschrieben (Tab. 6-1). Die Veränderung des Abstands kann in der *Kinesphäre* oder im *allgemeinen Raum* stattfinden. In der *Kinesphäre* wird der Abstand am Platz verändert: hauptsächlich zwischen Körperteilen, aber auch zu Gegenständen oder Personen, die schon in *Reichweite* sind. Für Objekte oder Menschen, die außerhalb der großen *Reichweite* sind, muss die Person sich durch den *allgemeinen Raum* fortbewegen, um den Abstand zu verändern.

| **Veränderung des Abstands** | |
| --- | --- |
| hin („towards“) | weg („away“) |
| V | Λ |

Tab. 6-1 (Symbole von unten nach oben lesen.)

Beispiele:
In der *Kinesphäre*: beim Klatschen (der Abstand der beiden Hände zueinander verändert sich), pumpen mit einer Luftpumpe (hier verändert sich der Abstand von der aktiven Hand zur Pumpe), jemandem auf die Schulter klopfen (der Abstand zwischen der Hand von Person A und der Schulter von Person B verändert sich).
*Im allgemeinen Raum*: etwas vom Regal gegenüber holen und zu meinem ursprünglichen Platz zurückkehren (die Person geht hin und weg vom Regal, durch den *allgemeinen Raum*), jemanden an der Tür begrüßen und dann gehen.

## Abstufung der Beziehung

Wenn ein Beobachter nur eine Aussage über die *Beziehung* und nicht über den *Raumweg*, die *Antriebsqualität* oder *Formveränderung* machen möchte, dann kann die *Abstufung der Beziehung* zu einer allgemeinen Betrachtung der *Beziehung* etwas beisteuern. Laban ging es primär um das Sichtbare in der Beziehung: das physische Mit-etwas-in-Kontakt-Treten – mit „berühren, gleiten, übertragen des Gewichtes, tragen und halten“[206]. Wobei er gleichzeitig einräumt, dass eine tatsächliche Berührung für eine Beziehung nicht notwendig sei.[207]

Ann Hutchinson hat eine Systematik entwickelt, in der sie generell *Beziehung* in Bewegung aufschlüsselt: Die *Abstufung der Beziehung* unterscheidet, ob der Tänzer sich eines Gegenübers *gewahr ist, es anspricht, in der Nähe* bleibt, *es berührt* oder *unterstützt.*[208] (Tab 6-2) Die Stufe, die noch davor steht, in der sich eine Person in keiner bewussten Bezugnahme zu irgendetwas befindet, gibt es selten – aber es gibt sie. Bei Babys sowieso, weil sie noch viel im *Formfluss* sind. Erwachsene sind seltener im *Formfluss* und ohne *Beziehung* zu ihrer Umwelt. Manchmal brauchen auch Erwachsene eine Erholung, in der sie im wachen Zustand „abschalten“, also sich nicht mit etwas in Beziehung setzen.

| Abstufung der Beziehung | Grundsymbol |
|---|---|
| Gewahr sein | |
| Ansprechen | |
| In der Nähe sein | |
| Berühren | |
| Unterstützen | |

Tab. 6-2

Die Beziehungsaspekte bauen in der Regel so aufeinander auf, wie die Stufen einer Treppe: Beim Zusammenkommen gehen wir sie in dieser Reihenfolge „hinauf“ und beim Auseinandergehen wieder „hinunter“. Außerdem deuten die Stufen darauf hin, dass die räumliche Distanz zwischen der Person und ihrem Gegenüber verändert wird.

### 1. Stufe: gewahr sein/Beziehen durch Aufmerksamkeit ☼

Auf der ersten Stufe ist sich eine bewegende Person ihrer Körperteile über die räumliche Distanz zu entfernten Objekten oder Personen gewahr. Es geht darum, die Wahrnehmung für das Gegenüber zu öffnen und es durch diese Aufmerksamkeit zu bemerken. Dies zeigt sich oft nur in veränderten Spannungszuständen des Körpers (z. B. Muskeltonus, Drüsentätigkeit oder Herzschlag) oder in kleinen Bewegungen (z. B. Augen, Gesicht oder Atmung). Erwachsene bewegen sich in der Regel mindestens in der Stufe des *gewahr sein* durch ihre Umwelt. Wenn sie „träumen“ oder abgelenkt sind, kann es passieren, dass sie den Abstand zu einem Gegenüber verändern und evtl. ungewollt jemanden oder etwas anstoßen. Dann haben sie gar keine Beziehung, nicht mal ein Gewahrsein, zu ihrer Umwelt.

Beispiele:
In kleinen Bewegungen zeigt sich, dass ich spüre, wenn jemand in den Raum kommt oder beim Überqueren einer nicht belebten Straße die Distanz eines sich nähernden Autos wahrnehme, ohne direkt hinzuschauen.

### 2. Stufe: Ansprechen/Zuwenden ☼

Genau genommen müsste es „an-bewegen“ heißen, da wir es hier nicht mit ansprechen im verbalen Sinn zu tun haben – wir tun es im übertragenen Sinn mit dem Körper. Wenn wir uns im Alltag in der Bewegung aktiv auf einen Menschen beziehen, schauen wir oft das Gegenüber beim *Ansprechen* auch an. Im Tanz kommen aber auch Gesten vor, in denen dies nicht geschieht. In beiden Situationen könnte sich die Person mit dem ganzen Körper dem Gegenstand oder Gegenüber zuwenden.

Beispiele:
Gesten: kurzes Winken im Vorbeigehen; ständiges Hinweisen auf einen Gegenstand; beim Fortbewegen, jemanden auf sich aufmerksam machen.
Ganzer Körper: flüchtiges Hindrehen, wenn jemand durch die Tür kommt; andauerndes Zuwenden mit Augenkontakt, wenn ich einem Kind etwas erkläre.

### 3. Stufe: in der Nähe sein/einen nahen Abstand halten ☼

Das *Verändern des Abstandes* (s. o.) hin zum Gegenüber führt logischerweise zu einer Nähe. Diese Nähe erscheint relativ. Bei allen Bewegungen, die so nahe sind, dass sie zu einer Berührung führen könnten, gibt es meist keinen Zweifel, dass sie *in der Nähe sind.* Aber wenn sich der Zwischenraum vergrößert, entsteht die Frage: Wo hört *Nähe* auf? Das zu definieren, ist viel schwieriger. Hier wird meist unbewusst das Kriterium des möglichen Abstands verwendet – im Vergleich zum gewählten Abstand. Bewegungen *in der Nähe* können aneinander vorbeigleiten, sich umgarnen, umringen, umranden oder auch durch Zwischenräume hindurchführen.

Beispiele:
Beim Vorbeigleiten, Haarspray auftragen; in der Disco den Partner umgarnen; ein Star, der von seinen Fans umringt wird; ein Kind umrundet den Tisch mit Süßigkeiten; sich durch eine Menschenmenge in einer schmalen Gasse schlängen, ohne etwas oder jemanden zu berühren.

### 4. Stufe: Berühren ☼

Der Kontakt eines Körpers zu sich selbst, zu einem Gegenstand oder zu einer anderen Person ist taktil nachvollziehbar. Im Alltag berührt oft die Hand den eigenen Körper, die Gegenstände des täglichen Gebrauchs oder die Personen, mit denen wir in Kontakt kommen. Im Tanz erweitert sich das Repertoire auf andere Körperteile – je nach Tanzstil. Im Sport gibt es oft die Berührung eines Gegenstandes, eher selten werden andere Personen berührt – außer z. B. beim Paarlauf im Eiskunstsport. Wie die Berührung vollzogen wird, kann mit den anderen Kategorien der LBBS bestimmt werden – hier geht es zunächst um die *Stufe der Beziehung.*

Beispiele:
Über einen Stoff streichen; die Hände aneinander reiben; eine Tasse umschließen; eine Person umarmen; die Finger verflechten; die Arme verschränken; einen Pullover anziehen (mit Berührung durchdringen).

### 5. Stufe: Unterstützen ☼

Beim *Unterstützen* wird das Gewicht oder ein Teilgewicht des Körpers auf einen anderen Körperteil, einen anderen Gegenstand oder eine andere Person übertragen. Oder die Person unterstützt/trägt den Gegenstand oder eine andere Person. Zwei Personen können auch jeweils gleichwertig ihr Gewicht abgeben und sich gegenseitig unterstützen.

Beispiele:
Die aktive Person unterstützt etwas/jemanden: eine Kiste mit den umschlossenen Armen tragen, einem Kleinkind unter die Arme greifen und es hochheben.

Die aktive Person wird unterstützt von etwas/jemanden: Ein winkendes Kind wird von seiner Mutter getragen; ein Kind, das in ein „Bällebad" eintaucht und versucht, es zu durchdringen.
Zwei aktive Personen: Beide Personen versuchen, sich gegenseitig wegzudrücken.

## Dauer der Beziehung

In jeder Abstufung kann die *Beziehung* grundsätzlich von *kurzzeitiger, vorübergehender* oder *anhaltender* Dauer sein. Diese Abschätzung der Dauer ist in manchen Fällen hinreichend. Natürlich kann diese Angabe mit einer quantitativen Analyse präzisiert werden. In der Notation, in der Anfang und Ende der *Beziehung* gekennzeichnet wird, muss die Dauer der *Beziehung* in Bezug zur Dauer der sonstigen Aktionen gesetzt werden.

Beispiele:
*Kurzzeitig*: flüchtiges Wegschnipsen eines Fussels auf der Haut, schnelles Antippen der Schulter einer Person, um sich bemerkbar zu machen; eiliges Wegstellen von Sachen.
*Vorübergehend*: die Arme verschränken; jemanden umarmen; ein Tablett tragen.
*Anhaltend*: Beine überkreuzen beim Sitzen; Hand in Hand durch den Park schlendern; auf einem Bett liegen.

## Art der Beziehung

In jeder *Abstufung der Beziehung* kann das Gegenüber gleich aktiv sein oder einer ist aktiver, dann wird der andere automatisch passiver. Beim „Führen und Folgen" – meistens im Duett – ist der Führende aktiv und der Folgende passiv oder reaktiv. Bei Gegenständen entsteht häufiger eine Aktiv-passiv-*Beziehung*: Ich trage den Gegenstand oder der Gegenstand unterstützt mich. Nur wenige Gegenstände können „aktiv" sein, z. B. kann ein Ball auf mich zurollen – er verändert aktiv den *Abstand* und endet in einer anderen *Abstufung der Beziehung*. Es gibt selten *Beziehungen*, in der ein Gegenstand und eine Person gleich aktiv sind – außer z. B. ich renne hin zum Ball, während er gerade auf mich zurollt.

Beispiele:
*Aktiv/passiv*: Ein Kind schubst das andere; ein Körperteil kratzt einen anderen Körperteil; eine Person wendet sich dem Tisch zu.
*Gleich passiv*: Zwei Personen haben die Arme verschränkt und bewegen sich mit ihrem Gewichtszentrum voneinander weg, somit unterstützten sie gegenseitig ihr Gewicht gleich passiv.
*Gleich aktiv*: eine Gebetshaltung einnehmen, in der sich beide Hände gleich aktiv berühren; eine Person rennt auf ein Auto zu, welches Schritt fährt, und am Ende befinden sich beide in der Nähe zueinander.

Die oben genannten Aspekte der *Abstufung, Dauer und Art der Beziehung* können alle miteinander kombiniert werden, um die *Beziehung* noch präziser darzustellen – auch in der Symbolik. Unabhängig davon kann das räumliche Verhältnis von Körperfronten zueinander betrachtet werden.

## Körperfront in der Beziehung von Personen

Die Körperfront ist beim aufrechten Stand dort, wohin das Gesicht zeigt – daher heißt es auch im Englischen „Facing". Allerdings geschieht es nicht selten, dass der Körper sich etwas verdreht oder das Gesicht in eine andere Richtung schaut. Dann wird die Körperfront durch die Taille bzw. das Gewichtszentrum definiert. In einer *Beziehung* ist es interessant zu beobachten, wie die Körperfronten zweier (oder mehrerer) Personen in der Bewegung einander zugewandt sind. In der Tabelle 6-3 sind die grundsätzlichen Möglichkeiten zweier Personen dargestellt, die stehend oder sitzend ihre Körperfronten zueinander positionieren:

| Nebeneinander ⊥⊥ | |
|---|---|
| Hintereinander ⊥ ⊥ | Schräg hintereinander ⊥ ⊥ |
| Zueinander T ⊥ | Schräg zueinender T ⊥ |
| Entgegengesetzt ⊥ T | Schräg entgegengesetzt ⊥ T |
| 90°-Winkel | 45°-Winkel |

Tab. 6-3

Mögliche Aussagen über die *Beziehungen*: Gleichheit (z. B. nebeneinander), Dominanz (z. B. hintereinander), Ablehnung (z. B. entgegengesetzt), usw.[209] Diese sind stets im jeweiligen Kontext zu prüfen.

## Antriebsbeziehung

Wenn dieselben *Antriebe* innerhalb einer Gruppe bewegt werden, können sie mehr bewirken, als wenn ein Einzelner sie allein durchführt. Die energetische Qualität wird durch die Gruppe verstärkt. Aber jeder *Antriebsfaktor* fordert die Gruppe unterschiedlich heraus. Valerie Preston-Dunlop erwähnt diese *Antriebsbeziehungen* in ihrem Buch „A Handbook for Modern Educational Dance“ im Kapitel „Gruppengefühl und Gruppenkomposition“[210].

### Zeitantriebsbeziehung

Die spezifische Art der *Beziehung*, die aus dem *Zeitantrieb* entspringt, ist die der „Synchronisierung“.[211] Unterschiedliche Aktionen sollen nicht nur gleichzeitig ablaufen, sondern sich in der Einstellung zum *Zeitfaktor* im selben Moment innerhalb der Gruppe synchron verändern.

Beispiele:
Wenn alle Gruppenmitglieder in einem *verzögernden* Moment darauf achten, wann jemand *plötzlich* wird und alle mit Plötzlichkeit reagieren. Alle könnten zu einem verabredeten Signal die Bewegung, in der sie sich gerade befinden, simultan *verzögern.*

### Gewichtsantriebsbeziehung

Innerhalb einer Gruppe, die den *Gewichtsantrieb* fokussiert, entsteht eine sogenannte „Konsolidierung“[212]. Die Sicherung der *Beziehung* durch Festigung und Verdichtung mit *kraftvollem* oder *leichtem Gewichtsantrieb* erfolgt am besten über *Berührung* und *Unterstützung.* Aus Berührung mit *leichtem Gewicht* resultiert mehr Mobilität als aus *kraftvollem Berühren.*

Beispiele:
Wenn die gesamte Gruppe eine Pyramide aus Körpern bauen möchte, ist eine *kraftvolle* Verankerung notwendig. Mit einem rollenden Gewichtspunkt, in dem sich der Kontakt über die Körperteile ständig verändert, kann ich mit *kraftvollem Gewicht* auch Mobilität erreichen.

### Raumantriebsbeziehung

Aus der *Raumaufmerksamkeit* entsteht die „Formation“[213] der Gruppe. Es kann viele räumliche Formationen geben: von einer strengen Struktur bis hin zu einem ungeordneten Haufen. Mit *direkter* oder *flexibler* Aufmerksamkeit *kann die* Position innerhalb der Gruppe geklärt werden. Es geht um das Verorten, das Bewahren des räumlichen Verhältnisses, um es dann wieder entweder auf *direktem* oder *indirektem* Wege zu verändern. Wenn jemand aus Versehen „aus der Reihe tanzt“, hat er nur unzureichend die *Raumantriebsbeziehung* innerhalb der Gruppe genutzt.

Beispiele:
Fünf Menschen bewegen sich in einer V-Formation durch den *allgemeinen Raum*; ein Haufen Menschen bewegt sich in Schlangenlinien über die Bühne.

### Flussantriebsbeziehung

Mit dem *Flussantrieb* strömt innerhalb der Gruppe eine Art *Beziehung*, die als „Kommunikation“[214] bezeichnet werden könnte. Der *freie Fluss,* der nach außen und über die eigene *Kinesphäre* hinausströmt, verstärkt die Bindung in der Gruppe. Der *gebundene Fluss* zeigt – mit etwas Vorsicht oder Gebremstheit – immer noch den Willen zur Kommunikation.

Beispiel:
Wenn eine Bewegung wie eine Welle durch die Gruppe fließen kann, dann kommuniziert die Gruppe durch den *Fluss*.

Wenn ein Mitglied der Gruppe sehr wenig *Antrieb* in seinem Repertoire hat, dann wird es die *Beziehung* zur Gruppe mit anderen *Antrieben* eingehen, z. B. zeigt jemand mit sehr wenig *Fluss* wenig Empathie und Identifikation mit der Gruppe. Den Kontakt zur Gruppe wird er dann über eine *Gewichts-, Raum-* oder *Zeitantriebsbeziehung* eingehen. Mit einer neuen Gruppe ist es interessant, in Bewegung herauszufinden, welche Art der *Antriebsbeziehung* sie bevorzugt.

## Beziehung zum Publikum

Eine Art der *Beziehung* zum Publikum wird durch die Positionierung des Körpers im Bühnenraum hergestellt, sodass der wichtigste Teil der Bewegung für das Publikum sichtbar wird. Hinzu kommt die Frage, in welche Richtung die Körperfront zum Publikum zeigt (s. *allgemeiner Raum*).

Bei Gruppenstücken werden diese beiden Beziehungsaspekte zum Publikum von den oben genannten Faktoren, den *Stufen der Beziehung* zu den andern Tänzern und den *Antrieben* innerhalb der Gruppe überlagert. In verschiedenen Tänzen wird diesen *Beziehungen* unterschiedliche Priorität gegeben. Wenn sich Tänzer seitlich aufeinander zu bewegen, um die Körperfront zum Publikum beizubehalten, betont dies die *Beziehung* zum Publikum. Wenn eine Gruppe im Kreis mit der Körperfront zum Mittelpunkt steht, betont es die *Beziehungen* innerhalb der Gruppe.
Durch den *Fluss* wird das Publikum zum Mitfühlen angeregt – somit ist diese Qualität fast eine Voraussetzung für den Tanz. Tanz ohne *Flussantrieb* zeigt zwar eine Aktion nach der nächsten,

lässt aber das Publikum „kalt". Ein mitreißender Tänzer schafft es, seinen *Fluss* in den Bühnenraum zu projizieren, egal in welcher Intensität oder Kombination.

## Beziehung in den LBBS-Kategorien

Weitergehend kann die individuelle Bewegung der einzelnen Personen unter den Kategorien *Körper, Raum, Antrieb, Form* und *Phrasierung* analysiert werden. Durch die Analyse mit den LBBS-Kategorien, die am besten in Tanzschrift festgehalten wird, können die beobachteten Parameter zueinander in Relation gesetzt werden, um die *Beziehung* zu beschreiben. Dadurch kann der Beobachter mithilfe der obigen Begriffen detaillierte Aussagen machen.
Kernfragen einer Beobachtung könnten sein: Wie wird die *Beziehung* hergestellt, durch welche Kategorie(n) und innerhalb einer Kategorie durch welche Parameter? Was sind Ähnlichkeiten und was sind Unterschiede, z. B. wird ähnlich phrasiert? Wann ist die Bewegung synchron oder wann versetzt? Wird Bewegung gespiegelt?

## Weitere Beziehungsaspekte zwischen Personen

Es gibt noch viele weitere Aspekte der *Beziehung* in verschiedenen Anwendungsgebieten, auf die ich hier zwar nicht detailliert eingehen kann, die jedoch unter LBBS-Gesichtspunkten noch genauer differenziert werden können. Zum Beispiel wird in der Tanzimprovisation wie auch in der Therapie mit Spiegelungen gearbeitet. Da wir selten alle Aspekte der Bewegungen hundertprozentig spiegeln können, besteht die Frage, was wir in Bezug zu den LBBS-Kategorien wirklich spiegeln. Spiegeln wir nur *Körper, Raum* und *Form* oder auch den *Antrieb* und die *Phrasierung?*
Genauso kann beobachtet werden, wenn Bewegung kontrastiert wird: Sind alle Kategorien gegensätzlich oder nur einige? Durch diese weitere Differenzierung ergibt sich eine zusätzliche Klarheit, die diese allgemeinen Beziehungsaspekte noch konkreter darstellen kann.

### Fazit

Labans impliziter Bezug zu der Kategorie *Beziehung* wird durch seine vielen Gruppenstücke belegt. Vor allem seine Erfindung eines neuen Tanzgenres für Laien – der *Bewegungschor* (S. 2. Teil) – basiert auf der ausgiebigen Auseinandersetzung mit dieser Kategorie. Albrecht Knust, ein Schüler Labans, versuchte daher schon in den 1930er Jahren verschiedene Gruppenformationen und -wege in seinen „Beiträgen zur Orthographie von Bewegung"[215] zu unterscheiden. Seine Benennung, wie „Schwenken", „Einzelwege" oder „Verschiebung", hat sich zwar nicht durchgesetzt, ist aber in der choreografischen Praxis mit Gruppen noch heute anzutreffen.

Dass *Beziehung* heute eine explizit eigenständige Kategorie in LBBS ist, wurde maßgeblich durch die Autorin angestoßen. „Relationship" ist in England schon mindestens seit 1980 eine eigene Kategorie, da Valerie Preston-Dunlop diese in ihrem Buch „A Handbook for Modern Educational Dance" mit drei Themen von 16 mit einbezieht (z. B. die erwähnten *Antriebsbeziehungen*). Ähnlich wie Knust definiert auch sie Gruppenformationen. Begriffe wie „lineare", „dichte", „fragmentierte" oder „unregelmäßige" Gruppenformationen sind aber im Tanz heutzutage so allgemein üblich, dass ich sie hier nicht als Laban-spezifisch erläutern möchte. Wie die bildliche Dokumentation von Labans Choreografie zeigt, wurden aber gerade diese Gruppenformationen in seinen Choreografien häufig verwendet.

# Kapitel 7: Phrasierung – der zeitliche Ablauf der Bewegung

Bewegung geschieht in Phrasen. Die Phrasen strukturieren den zeitlichen Ablauf der Bewegung. Phrasen sind eine Sinneinheit,[216] ein Bewegungsgedanke. Laban schreibt in „Gymnastik und Tanz“: „Wenn man die menschliche Bewegung beobachtet, fällt einem vor allem ein regelmäßiger Wechsel in derselben auf. Es ist ein Wechsel zwischen Anschwellen und Abschwellen der Kraftanspannung, zwischen der An- und Abspannung, die den Körper dehnt und zusammenzieht, hebt und senkt, der die ganze Bewegung einer Art Pulsschlag, einer Atmung unterwirft.“[217]

Ähnlich wie eine musikalische Phrase hat eine Bewegungsphrase einen Anfang, eine Mitte und ein Ende[218], unabhängig vom Takt. Laban schreibt in „Choreographie“: „Jede Bewegung hat ihren Beginn in einem Stillstand, einen Weg, der zu einem neuen Stillstand führt und den zweiten Stillstand als Abschluss.“[219] Wenn der Bewegungsfluss unterbrochen wird, signalisiert das in vielen Fällen das Ende der Phrase. Es kann, muss aber nicht mit der Atemphrasierung zusammenhängen.

Wie in der Musik werden in der Motiv-Notation auch Phrasierungsbögen verwendet, um die Phrasen zu kennzeichnen. Da die horizontale Schreibweise sich besser in den Text integrieren lässt, habe ich mich in diesem Kapitel für die *Phrasenschrift* entschieden. Es ist auch möglich, die Phrasierungsbögen mit denselben Prinzipien in der vertikalen *Motivschrift* zu verwenden (s. *Beobachtung*).

## Phrasenlängen

Phrasen können sehr kurz sein, nur eine Bewegung beinhalten oder sehr lang sein, indem mehrere Bewegungen, die hintereinander folgen, ineinander fließen. Bei längeren Phrasen kann es noch eine Unterteilung in verschiedene Phasen der Phrase geben, und manchmal wiederum eine Unterteilung in verschiedene Bewegungen. Verglichen mit Sprache ist eine Bewegung wie ein Wort, eine Phase wie ein Teil eines Satzes und eine Phrase wie ein Satz. Wenn man dieses weiterführt, würden mehrere Phrasen eine Sequenz oder, sprachlich gesehen, einen Absatz ergeben.

### Kurze Phrasen

Genauso wie bei der Sprache kann eine kurze Phrase identisch mit der Phase (und der Bewegung) sein, z. B. „Halt!“

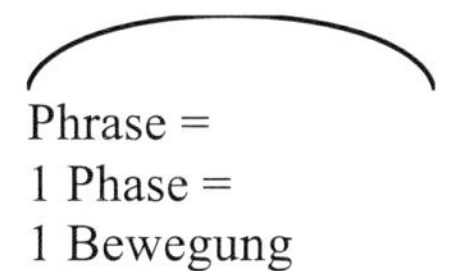


### Phrasen mit zwei Phasen

Eine Phrase mit zwei Phasen nannte Laban zuerst „Anspannungen und Abspannungen“[220], später Verausgabung und Erholung. Diese Art Phrasen lassen sich gut wiederholen. Sie sind aber über längere Zeit, wenn sie in genau derselben Form ausgeführt werden, ermüdend.

Beispiele: Beim Holzhacken ist die Verausgabung das Hacken und die Erholung das Hochziehen.

Phrasen mit zwei Phasen können auch einlullend sein, wenn z. B. eine Mutter ihr Baby hin und her wiegt. Therapeuten verwenden diese Art der Phrasierung mit ihren Patienten, um sie zu beruhigen.[221]

## Phrasen mit mehr als zwei Phasen

Außerdem gibt es Phrasen, die mehrere Phasen beinhalten: z. B. Vorbereitung, Verausgabung und Erholung. Hier ist die Vorbereitung nicht gleichzeitig die Erholung wie in der Phrase mit zwei Phasen. Außerdem kann die Verausgabung mehrere Aktionen beinhalten.

Beispiel: Wenn ich eine Blume für einen Blumenstrauß pflücken möchte, dann habe ich wahrscheinlich mehr als zwei Phasen: die Blume lokalisieren, mich zu ihr beugen, sie umfassen, abbrechen, zur anderen Hand heranholen, um sie dort zu platzieren.

Diese Phrase müsste ich oft wiederholen, bis ich meinen Blumenstrauß zusammengestellt habe. Sie hat aber nicht denselben ermüdenden Effekt wie eine Phrase mit nur zwei Phasen. Genau diese Erkenntnis hat Laban bei verschiedenen Aufträgen in Fabriken zwischen 1940–1950 in England verwendet, um die Gesamtproduktivität des Tages zu steigern. Obwohl es mehr Zeitaufwand in der einzelnen Phrase bedeutete, konnten die Arbeiter besser durch den Tag ihre Arbeit aufrechterhalten, ohne zu ermüden.[222]

Eine allgemeine Bewegungsphrase hat folgende Bestandteile:[223]

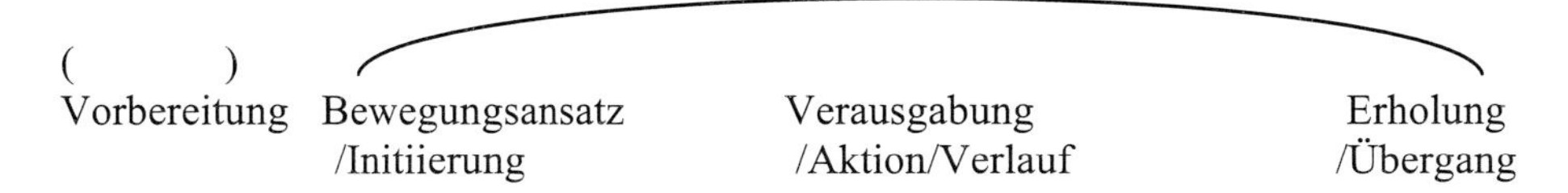


Die Vorbereitung ist meistens eine mentale Klärung der Absicht, wie ein Auftakt. Mit dem *Bewegungsansatz* oder der *Initiierung* beginnt die Bewegung. Danach folgt die Hauptaktion oder der Verlauf der Bewegung. Diese Verausgabung kann unterschiedlich lang sein. Am Ende der Phrase oder kurz danach folgt die Erholung oder der Übergang; dieser kann schon die Vorbereitung für die nächste Phrase sein.

Häufig wird die Aktion in den Mittelpunkt gestellt. Der Rest der Phrasierung geht im Alltag meist unter. Vor allem der Bewegungsvorbereitung wird wenig Bedeutung geschenkt, obwohl sie diese nach Bartenieff verdient. Eine (kurze) Bewegung lässt sich nicht in der Mitte der Phrase korrigieren, sondern nur am Anfang.[224] Z. B. wird beim Sporttraining häufig die Aktion in den Mittelpunkt gestellt und immerzu wiederholt, wobei das Problem vielleicht in der Vorbereitung liegt (s. Volleyballbeitrag). Beim Ballett hingegen wird oft auf die Vorbereitung geachtet, wenn in der sogenannten „Préparation" der Körper in die richtige Anfangsposition gebracht wird, bevor die Hauptbewegung einsetzt (s. Ballettbeitrag).

## Mehrere Phrasierungen

Mehrere Phrasierungen können gleich oder unterschiedlich lange dauern. Sie sind zeitlich hintereinander, gleichzeitig oder überlappend (Tab.7-1). Wenn sich Phrasierungen überlappen, fangen sie versetzt an, enden versetzt oder es geschieht beides.

| | |
|---|---|
| zeitlich hintereinander | |
| gleichzeitig oder simultan | |
| überlappend – versetzt enden und/oder anfangen | |

Tab. 7-1

Diese Phrasierungen können in einer oder mehreren Kategorien finden. Zunächst betrachten wir jede Kategorie separat.

## Phrasierung des Körpers

„Aus klarer Phrasierung folgt Klarheit und Effizienz im körperlichen Umgang."[225]
Bei den *Fundamentals*-Übungen konzentriert sich der Lehrer zuerst auf die Vorbereitung und den Bewegungsansatz, weil diese Phasen den gesamten Verlauf der Bewegung durch den Körper bestimmen (s. Prinzip der Phrasierung). Dies ist ganz unabhängig davon, welche *Körperphrasierung* in der Übung verwendet wird.

Es gibt die Möglichkeit, die *Körperphrasierung* generell zu betrachten, und zusätzlich können die Körperteile noch genauer beobachtet werden. Außerdem können die Aspekte der Entwicklungsmotorik in ihrer Phrasierung betrachtet werden, z. B., wie die *Muster* an sich oder die Aspekte *drücken* und *ziehen* im zeitlichen Ablauf angeordnet werden.

### Körperphrasierung generell

Beim zeitlichen Bewegungsverlauf im Körper entstehen drei grundsätzliche Möglichkeiten der Phrasierung: *simultan, sukzessiv* und *sequenziell.* Mit *simultan* ist die Gleichzeitigkeit mehrerer Körperteilbewegungen gemeint, d. h. mehrere Körperteile fangen die Bewegung gleichzeitig an und kommen gleichzeitig zum Schluss. Sie müssen nicht den gleichen Weg oder die gleiche Strecke in der Zeit bewältigen. Dies wäre eine Betrachtung in der *Raum*-Kategorie. Bei *sukzessiv* läuft die Bewegung nacheinander durch benachbarte Körperteile ab. Bartenieffs *Fundamentals*-Übungen verwenden häufig sukzessive Phrasierung, um die *kinetischen Ketten* im Körper klar zu durchlaufen. Mit einer *sequenziellen* Bewegung bewegen sich die Körperteile zeitlich nacheinander, aber es geht dabei nicht um benachbarte Körperteile.

Beispiele:
*Simultan*: Die „Seestern"-Übung geschieht in einer simultanen *Körperphrasierung*, obwohl alle Extremitäten einen unterschiedlichen Weg in der Zeit durchlaufen.
*Sukzessiv*: Die „X-Rolle" in den *Fundamentals*; eine Körperwelle im afrikanischen Tanz.
*Sequenziell:* Die rechte Hand schlägt die linke an und die linke bewegt sich weiter.

Im Detail beobachtet, können in manchen Bewegungen in unterschiedlichen Körperregionen zwei Körperphrasierungen zur gleichen Zeit vorkommen. Zum Beispiel beim „Buch" (*Körperhälften* in der *horizontalen Fläche*) wird die Körperhälfte *simultan* geöffnet und der Rumpf rollt *sukzessiv* über den Boden.

Um diese generellen Körperphrasierungen zu notieren, müssen die Körperteile benannt werden. Dies entspräche einer Analyse auf einer höheren Detailebene.
Wenn von den verschiedenen Körperteilen eines anfängt und dann das nächste später dazukommt, sind das *überlappende Phrasierungen*, z. B.:

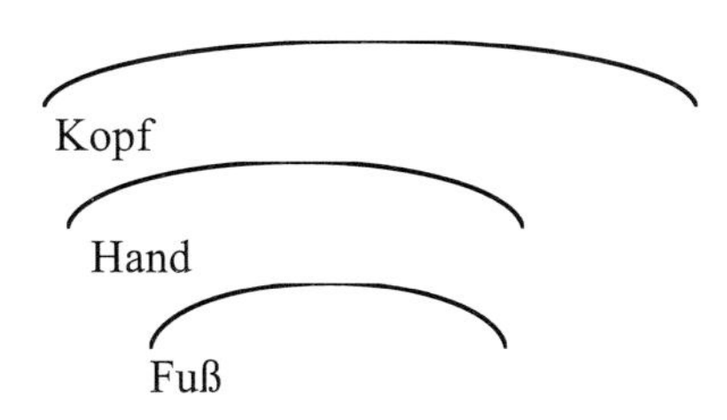


### Phrasierung der Muster

In einer Bewegungsphrase können verschiedene *Ganzkörperorganisationsmuster* (kurz *Muster*, s. *Fundamentals*) nahtlos ineinander übergehen. Meistens wird der Tänzer es überhaupt nicht wahrnehmen, weil die *Muster* schon gut im Bewegungsrepertoire integriert sind. Der Beobachter muss wachsam sein für kleinste Veränderungen im *Muster*, auch in den Übergängen.

Beispiel: Beim Gehen bewegen wir uns überwiegend im *Kontralateralmuster*, aber in der Detailanalyse wird ein Moment im *Homolateralmuster* sichtbar: nämlich an dem Punkt der Phrase, an dem wir beide Arme neben dem Körper haben, auf einem Bein stehen und das andere durchschwingen.

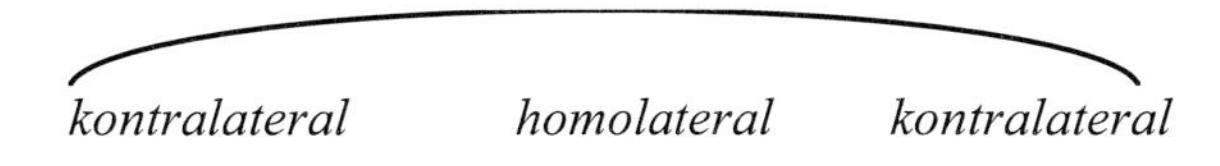


### Phrasierung von Druck und Zug

In den Spinal-, Homolog-, Homolateral- und Kontralateralmustern sind folgende Aspekte zu beobachten:
- *Nachgeben* des Gewichts gegenüber einer Oberfläche („yield") und gegen etwas *drücken („push")* – daraus entsteht eine Stützfunktion oder Stoßkraft.
- *Etwas erreichen wollen* („reach") – daraus entsteht eine Zugkraft („pull").

In der Entwicklungsmotorik taucht als Erstes die Phrasierung *Nachgeben zum Drücken* auf, vor der Phrasierung *Etwas-erreichen-Wollen (oder Ausreichen) zum Ziehen.* Zuerst entwickelt sich dieser Aspekt im Oberkörper und dann im Unterkörper.

Die *Nachgeben-zum-Drücken-Phrasierung* gibt *Erdung* und durch das *erspürende Gewicht* auch den Zugang zum „Ich".[226]

Die *Ausreichen-zum-Ziehen-Phrasierung* schafft die Möglichkeit, über die eigene *Kinesphäre* hinaus Ziele im *Raum* und, im übertragenen Sinne, auch in der Welt, zu erreichen.[227]

Für viele Aktivitäten ist die folgende Phrasierung effektiv:[228]

*Nachgeben und drücken* *Ausreichen und ziehen*

Die *Nachgeben-und-drücken-zum-ausreichen-und-ziehen-Phrasierung* schafft die Möglichkeit, sich im eigenen Selbst zu erden und Ziele zu erreichen.[229] Diese komplette Phrasierung sollte zum Bewegungsrepertoire jedes Menschen gehören, da sie mehr hinausreicht in den *Raum* als nur die *Nachgeben-und-drücken-Phrasierung*. Dieses gilt für Kinder, die sich in der Entwicklung befinden, als auch für Erwachsene, die diese *Muster* nachholen möchten.

Beispiel:
Bei der Übung *Körperhälften robben* kann ich durch das *Nachgeben* den *Druck* vom Unterkörper aufbauen, um in die Fortbewegung zu kommen. Wenn ich aber die Phrasierung *Nachgeben-und-Drücken* vom Unterkörper *zum Ausreichen-und-Ziehen* vom Oberkörper einsetze, geht die Bewegung noch ein Stück weiter in den *Raum* und hat damit an Effizienz gewonnen.

**Atemphrasierung**

Bei der Atemphrasierung erfolgen die Bewegungsphrasierung und das Atmen (Ein- und Ausatmen) gleichzeitig und in gleich langen Phrasen. In vielen Körperarbeitstechniken, auch in den *Fundamentals*, wird oft mit der Atemphrasierung gearbeitet (s. *Fundamentals, Prinzip der Atemunterstützung*). In manchen Fällen muss sich die Atemphrasierung anderen Phrasierungsrhythmen unterordnen.

## Phrasierung des Antriebs

In jeder Aktivität werden die verschiedenen Antriebskombinationen ineinander übergehen; diese Modifikation innerhalb der Phrase wird zum Schluss erläutert. Grundsätzlich können zunächst allgemein unterschiedliche Phrasierungstypen festgestellt werden. Dann kann im Detail beobachtet werden, welche *Antriebe* sich in einer Phrase befinden und wie diese im zeitlichen Ablauf angeordnet werden. Die generelle Betrachtung der Typen kann mit dem Detail kombiniert werden. Es gibt drei unterschiedliche Betrachtungen von Phrasierung beim *Antrieb*: die generelle *Antriebsphrasierung,* die detaillierte *Antriebsphrase* und die *Modifikation* des *Antriebs* innerhalb der Phrase.

### Generelle Typen der Antriebsphrasierungen ☼

Laban schrieb in seinem Buch „Choreographie" über den Verlauf von *Antrieben* in einer *Phrasierung*, dass es bei jedem Element ein „An- oder Abschwellen"[230] oder einen Verlauf „ohne Betonung"[231] geben kann. Laban formulierte in keinem Buch die verschiedenen Möglichkeiten aus. Aber in der Praxis wurde mit Schwüngen und unterschiedlichen Impulsen weitergeforscht.

Heute unterscheiden Peggy Hackney[232] und Vera Maletic[233] acht bis zehn grundsätzlich verschiedene Phrasierungstypen. Beide Sichtweisen haben viel Ähnlichkeit. Sie unterscheiden sich nur in ein paar Details; z. B. fehlt bei Hackney *federnd.* In Tabelle 7-2 habe ich meine zehn Phrasierungstypen in Anlehnung an Hackney und Maletic, mit der Ergänzung „oszillieren", dargestellt.

Die Grundformen sind mit (Anfang-, Mittel- oder End-)Betonung und ohne Betonung sowie zunehmend und abnehmend (oder nach Laban: an- und abschwellend). In der Notation wird bei der Betonung wie auch beim An- und Abschwellen gleich nach der genaueren Variante unterschieden. Das Oszillieren bedeutet ein An- und Abschwellen in einer sehr kurzen Zeitspanne. Zusätzlich gibt es Mischformen, wie z. B. anschwellend mit Betonung.

Wie die Phrasierungstypen die Bedeutung in der Sprache verändern, verändern Phrasierungen auch den Ausdruck der Bewegung. Besonders wenn in einem Tanzstück über einen langen Zeitraum hinweg dieselbe Art der Phrasierung verwendet wird, kann das eine prägende Aussage über ein Stück oder einen Tanzstil schaffen.

| **Antriebsphrasierung** | | | | |
|---|---|---|---|---|
| | **Grundform** | | **Variation** | **Variation** |
| Unbetont | | | Gleichbleibend | |
| Anfangsbetont | | | | |
| Mittelbetont | | | | |
| Endbetont | | | | |
| Akzentuiert; regelmäßig und unregelmäßig | | | | |
| Zunehmend | | | | |
| Abnehmend | | | | |
| Zunehmend zu abnehmend | | Schwung wenn mit Gewicht | | |
| Abnehmend zu zunehmend | | | | |
| Oszillieren | | | Vibrierend, wenn mit Fluss und Zeit | Federnd, wenn mit Gewicht |

Tab. 7-2

Beispiele:
Überwiegend gleichbleibende Phrasierung: Butoh-Tanz
Überwiegend akzentuierte Phrasierung: afrikanischer Tanz

## Detaillierte Antriebsphrasen

Wenn wir ins Detail gehen, können wir die genauen *Antriebe* in ihrem zeitlichen Ablauf bestimmen. Zum Beispiel könnte eine Phrase so aussehen:

*leicht-verzögernd* *kraftvoll-plötzlich-direkt* *leicht-gebunden*

Mit den Antriebskombinationen von:

| *Gewicht und Zeit* | *Gewicht, Zeit und Raum* | *Gewicht und Fluss* |
|---|---|---|
| *rhythmische Stimmung* | *Aktion (Boxen)* | *entrückte Stimmung* |

Dieselben Antriebskombinationen können in einem anderen zeitlichen Ablauf die Phrase sehr verändern. Zum Beispiel:

*kraftvoll-plötzlich-direkt* *leicht-verzögernd* *leicht-gebunden*

Die erste Phrase ist eine *mittelbetonte Phrase*, da sich der plötzliche Akzent mit der Dreier-Kombination in der Mitte befindet. Mit dem Vertauschen der ersten und der zweiten Kombination wird die zweite Phrase zu einer *anfangsbetonten Phrase*. Obwohl die verwendeten drei Antriebskombinationen der ersten und zweiten Phrase sich genau gleichen, ist der zeitliche Ablauf dafür entscheidend, welcher Phrasierungstyp entsteht.

**Modifikation des Antriebs innerhalb der Phrase**

Wenn wir die Veränderung der *Antriebe* innerhalb der Phrase betrachten, wird selten von einem zum anderen Extrem modifiziert, z. B. von *schweben* zu *stoßen*. Eine solch radikale Modifikation, nämlich von gleich drei Elementen, „ist ein Zeichen starker innerer Anspannung und Erregung“[234].

| *leicht-flexibel-verzögernd* | *kraftvoll-direkt-plötzlich* |
|---|---|
| *Schweben* | *Stoßen* |

Eher werden innerhalb einer Phrase ein oder zwei Elemente modifiziert. Eine Veränderung von drei Elementen wird weniger „radikal“, wenn sie in Teilschritten, durch die Veränderung von jeweils nur einem Element, vollzogen wird.; z. B. vom *Schweben* zum *Gleiten* verändert sich *flexibel* zu *direkt;* weiter zum *Drücken* verändert sich *leicht* zu *kraftvoll;* und zum Schluss zum *Stoßen* verändert sich *verzögernd* zu *plötzlich.*

Dies nannte Laban das „Gesetz der Proximität“[235] oder Gesetz der Nähe. Dieses besagt: Aktionen, die sich mehr ähneln und dadurch in der *Dynamosphäre* (s. Wechselwirkung) näher beieinander liegen, bringen eher harmonische Bewegungen hervor als jene, die fern voneinander liegen.

## Phrasierung des Raums

Alle *Skalen* folgen einer räumlich festgelegten Abfolge. Die Phrasierungen in diesen *Skalen* sind aber nicht festgelegt und daher offen für jeden individuellen Ausdruck. Manche dieser kurzen Sequenzen tendieren eher dazu, in einer Phrase bewegt zu werden, wie z. B. ein *3-Ring.* Die längeren Sequenzen tendieren eher dazu, in mehrere Phrasen unterteilt zu werden, wie z. B. die *12-Ringe.* Bei den *6-Ringen* kommt es darauf an, dass sich die Raumrichtungen eher kontrastreich abwechseln. Dieses ist in der *Achsenskala* der Fall, daher entstehen meist mehrere Phrasen. Wenn die Raumrichtungen eher graduell ineinander übergehen, kann daraus eine einzige Phrase entstehen, wie etwa bei der *Äquatorskala.*

Beispiele *Urskala*:
Unter dem Gesichtspunkt Phrasierung bieten die *12-Ringe*, besonders die *Urskala*, die meisten und interessantesten Möglichkeiten. In der *1er-Phrasierung* kommt es bei jedem Signalpunkt zum Ende einer Phrase. Dies entsteht häufig beim Lernen der Abfolge.

*//hoch-rechts; rechts-vor; vor-tief; tief-rechts; rechts-rück; rück-tief; tief-links/*

*/tief-links; links-rück; rück-hoch; hoch-links; links-vor; vor-hoch; hoch-rechts //*

Eine *2er-Phrasierung* ähnelt einer ausgebeulten *Achsenskala* oder einer implodiert verdrehten *Äquatorskala*, je nachdem, bei welchem Punkt begonnen wird. In dem unten genannten Fall wird die ausgebeulte *Achsenskala* phrasiert.

*//hoch-rechts; rechts-vor; vor-tief; tief-rechts; rechts-rück; rück-tief; tief-links/*

*/tief-links; links-rück; rück-hoch; hoch-links; links-vor; vor-hoch; hoch-rechts//*

Eine *3er-Phrasierung* endet viermal in der Fläche, in der begonnen wurde. In diesem Fall wird immer zur *vertikalen Fläche* phrasiert.

*//hoch-rechts; rechts-vor; vor-tief; tief-rechts; rechts-rück; rück-tief; tief-links/*

*/tief-links; links-rück; rück-hoch; hoch-links; links-vor; vor-hoch; hoch-rechts//*

Darüber hinaus besteht noch eine weitere interessante Mischphrasierung für die *Urskala*. Die *1er-, 2er- und 3er-Phrasierung* kann zweimal wiederholt werden. Wenn bei dieser Mischphrasierung am Orientierungspunkt *hoch-rechts* angefangen wird, beleuchtet sie die geometrischen Zacken der *Urskala* in einer besonderen Weise.[236]

*//hoch-rechts; rechts-vor; vor-tief; tief-rechts; rechts-rück; rück-tief; tief-links/*

*/tief-links; links-rück; rück-hoch; hoch-links; links-vor; vor-hoch; hoch-rechts//*

## Phrasierung der Form

Fassen wir noch einmal zusammen, was alles bei der *Form*kategorie phrasiert werden kann:

- drei grundsätzliche *Arten der Formveränderung*, wobei *zielgerichtet* zwei Varianten besitzt (also insgesamt vier Möglichkeiten der Art der Formveränderung)
- sechs grundsätzliche *Formqualitäten* mit ihren Zweier- und *Dreier-Kombinationen* (also insgesamt 38 Möglichkeiten der *Formqualität*)
- sechs Varianten der *Formflussunterstützung,* mit Unipolar- oder Bipolar-Varianten (also insgesamt 12 Möglichkeiten der *Formflussunterstützung*)

Außerdem können wir alle Varianten dieser drei Aspekte in ihrem Zusammenwirken betrachten. Durch diese Vielfalt verwundert es nicht, dass zahlreiche Phrasierungsmöglichkeiten existieren. Obwohl es in vielen Situationen nicht des Details bedarf, kann dies doch manchmal spannend sein, wie folgendes Beispiel zeigt.

Beispiel:
Ich möchte eine Glaskugel herunterholen, die sehr weit oben auf meinem Regal liegt. Im Folgenden beschreibe ich die Phrasierungsmöglichkeiten, die ich wählen würde. Außerdem beantworte ich die Frage, ob es eine Umkehrung der Formaspekte in dieser Phrasierung geben könnte. Für die *Art der Formveränderung*: ein *zielgerichtetes* Ausstrecken der Hand zur Kugel, *modellierend* die Hände um sie legen, um dann die Kugel mit einem *zielgerichteten* Zurückkommen der Hand zum Körper zu bringen.

*zielgerichtet* *modellierend* *zielgerichtet*

Wenn ich zuerst *modellierend* sein würde und meine Hände in dieser Form dann *zielgerichtet* auf die Kugel zugehen, könnte ich sie anstupsen und sie könnte herunterfallen. Ohne weiteres *Modellieren* könnte ich sie nicht greifen.

Als *Formqualitäten* würde ich *steigen* mit ein wenig *vorstreben,* um hoch zu reichen, etwas in die Hand *schließen*, um die Kugel zu greifen, und dann *sinken mit* etwas, *zurückziehen,* um den Körper zu erreichen.

*steigen-vorstreben* *schließen* *sinken-zurückziehen*

Eine andere Abfolge der *Formqualitäten* würde in dieser Aktion und Situation überhaupt keinen Sinn ergeben.

Als *Formflussunterstützung* würde ich beim Hochreichen *unipolares Verlängern* und beim Zurückkommen zum Körper *unipolares Verkürzen* nutzen.

*unipolar verlängern* *unipolar verkürzen*

Es wäre zwar nicht ganz unmöglich, diese Phrasierung umzudrehen, aber es würde dann keine Unterstützung mehr sein, sondern eher eine *Gegenformung*.

## Phrasierung der Beziehung

Viele Aspekte der *Beziehungskategorie* können gleichzeitig stattfinden oder in einer zeitlichen Abfolge hintereinander vorkommen. Laban unterschied in „Kunst der Bewegung" drei Phasen der Beziehung in Bezug auf Berührung, die hintereinander vorkommen können:
„a) Vorbereitung
b) eigentlicher Kontakt
c) Auflösung" [237]

Diese drei Aspekte können heute mit dem Modell der *Abstufungen der Beziehung* weiter ausdifferenziert werden. Wenn ich z. B. zufällig jemandem begegne und mich immer mehr auf diese Person beziehe. Dabei muss es natürlich nicht zwangsläufig bis zur letzten Stufe kommen. Wenn ich aus der *Beziehung* hinausgehe, mich verabschiede, werde ich die Stufen wieder hinuntergehen, also den Kontakt „auflösen", vielleicht sogar bis zur „Stufe Null", in der ich gar keine *Be-*

*ziehung* mehr habe. Dies sagt aber noch nichts über die Phrasierung aus, sondern nur über die zeitliche Abfolge.

Im folgenden Beispiel ist jede Stufe eine Phrase. (Das Verändern des Abstands durch den *allgemeinen Raum* ist in Klammern gesetzt, weil es keine Stufe der Beziehung darstellt.)

1. *Gewahr sein*: Wenn jemand an die Tür klopft, werde ich wahrscheinlich innehalten in dem, was ich gerade mache.
2. *Ansprechen:* Ein Freund kommt durch die Tür, ich hebe meinen Kopf.
*(Abstand verändern*: Ich gehe zur Tür.)
3. *Nah sein:* Ich halte den Abstand und spreche mit ihm.
4. *Berührung:* Ich umarme ihn.
5. *Unterstützung:* Ich lege meinen Kopf auf seine Schulter.
6. Ich hebe meinen Kopf hoch: *Berührung* (aufheben).
7. Ich nehme meine Arme zurück: *Nähe.*
(Ich gehe etwas von ihm weg: *Abstand verändern.)*
8. Ich hebe meine Hand und verabschiede mich: *ansprechen.*
9. Ich drehe mich um und merke, wie er geht: *gewahr sein.*

Jetzt könnte ich auch dieselbe Reihenfolge anders phrasieren, z. B. indem ich die Stufen bis zur Unterstützung ohne Pausen ausführe. Ebenso kann ich die restlichen Stufen „als einen Gedanken“ ausführen, bis er wieder geht. Dann handelt es sich um zwei Phrasen, die jeweils fünf Abstufungen beinhalten.

Wenn wir diese Reihenfolge, besonders bei fremden Menschen, nicht einhalten, nicht einmal in einem flüchtigen Übergang, dann erscheint uns diese *Beziehung* befremdend. Ein Komiker kann daraus Kapital schlagen. Wir können darüber lachen, wenn er z. B., ohne sein Gegenüber in Bewegung anzusprechen, diesem gleich in den Schoß fällt. Diese Phrasierung vom *Gewahrsein* zur *Unterstützung*, ohne jegliche andere Abstufungen dazwischen, wäre grundsätzlich möglich. Wenn das jemand allerdings im Alltag täte, wären wir wohl irritiert.

## Phrasierung der Kategorien

In jeder Bewegung wird in jeder Kategorie phrasiert. Meistens sind alle vier Phrasierungen kongruent, d. h. alle fangen zum gleichen Zeitpunkt an und hören zum gleichen Zeitpunkt auf. Bei der Orchestrierung des Körpers in komplexen Bewegungen passiert es aber auch, dass die Phrasierungen der verschiedenen Kategorien divergent sind, ungleich in ihren Abläufen. Zum Beispiel kann bei einer *A-Skala* mit zwölf Raumrichtungen der *Fluss* die gesamte *Skala* in einer *Antriebsphrasierung* verbinden, obwohl per Definition die *Skala* eine *Raumphrasierung* von sechs Schwüngen durchläuft. Die eine Phrasierungskategorie kann sich in den Vordergrund stellen oder der Betrachter empfindet beide als gleichwertig.

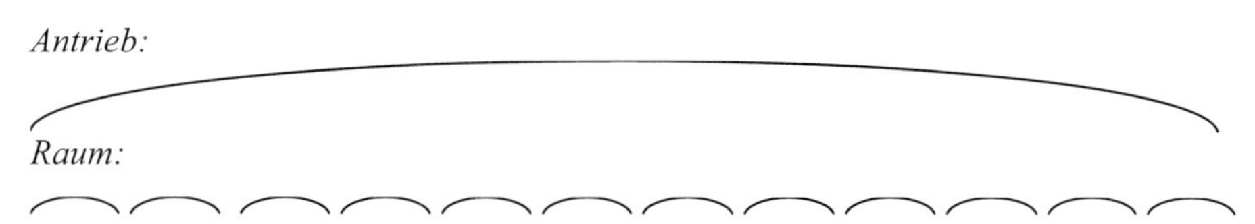


## Fazit

Obwohl Phrasierung als eigenständige Kategorie noch recht „jung“ ist, war sie früher schon in allen Kategorien mit enthalten. Die Autorin findet es spannend, diese Information aus den Kategorien „rauszuziehen“ und sie als eigenständige Kategorie vorzustellen. Das übergeordnete Prinzip der Phrasierung wird dadurch klarer, was sich in der Notation der Phrasierung grafisch niederschlägt.

Das größte Problem bei dieser Kategorie liegt in der Beobachtung, weil klare Phrasierungsgrenzen manchmal nicht einfach zu erkennen sind. Je besser der Beobachter den Stil einer Bewegung kennt, desto verlässlicher kann er die Phrasierungen voneinander abgrenzen. Manchmal hilft es, bei der Beobachtung die Phrasierungen der Bewegung zu singen.

# Kapitel 8: Affinitäten – Wechselwirkung der Kategorien

Wie schon eingangs erwähnt, ist die Trennung der Gesamtgestalt einer Bewegung in die unterschiedlichen Kategorien (mit verschiedenen Aspekten und Elementen) ein Hilfsmittel, um sich in der Komplexität der Bewegung zurechtzufinden. Laban schreibt in „Kunst der Bewegung“: „Bewegung ist jedoch mehr als die Summe aller dieser Faktoren; sie muss als Ganzheit erfahren und verstanden werden.“[238]

In jeder Bewegung sind alle Kategorien in unterschiedlichen Graden vorhanden. Ein Parameter aus einer Kategorie kann sich in einer Bewegung mit jedem anderen Parameter aus einer anderen Kategorie verbinden. Dies ermöglicht eine enorme Vielzahl an Verknüpfungen. Und genau dies wird gebraucht, um die mannigfachen Unterschiede in einer Bewegung zu analysieren.

Laban fragte in diesem Zusammenhang: Wie stehen die einzelnen Kategorien im Verhältnis zueinander? Gibt es gewisse Muster in der Art, wie die verschiedenen Aspekte der Kategorien zusammenkommen? Laban war der Meinung, dass manche Verknüpfungen harmonischer sind als andere. Diese nennen seine Schüler (Bartenieff, Lamb, Maletic) *Affinitäten.*

*Affinität* ist die Neigung verschiedener Parameter, in den jeweiligen Kategorien in der Bewegung vereint aufzutreten. Eine Tendenz – nicht mehr! Die Parameter können auch anders kombiniert werden und häufig werden sie sogar gegensätzlich kombiniert, um dramatische oder spannungsgeladene Situationen auf der Bühne zu erzeugen.

Nachdem Bartenieff die persönliche Eigenheit jedes Einzelnen zum Prinzip erhoben hat, müssen jedem Menschen dessen persönlichen *Affinitäten* zugestanden werden. Diese entstehen aus der individuellen Lebensgeschichte, Sozialisation und dem jeweiligen Kontext. Im Folgenden werden die allgemeinen *Affinitäten* nach Laban betrachtet, die jeder für sich persönlich überprüfen kann.

## Affinitäten zwischen Körper, Raum, Antrieb und Form

Obwohl heutzutage sechs Kategorien unterschieden werden, beschränke ich mich hier auf die vier Hauptkategorien *Körper, Antrieb, Raum und Form.* Zuerst betrachte ich fünf Möglichkeiten der paarweisen Betrachtung der vier Kategorien:
*Körper und Raum*
*Körper und Antrieb*
*Körper und Form*
*Form und Raum*
*Form und Antrieb*

Dann beschreibe ich zwei Möglichkeiten, um die Wechselwirkung *in Dreiergruppierungen* zu betrachten:
*Körper, Form und Raum*
*Körper, Antrieb und Raum*

Als Letztes beschreibe ich die Wechselwirkung aller vier Kategorien (*Körper, Antrieb, Raum und Form).* Zuerst werden die *Elemente,* dann die *Dreier-Kombinationen* und die *Zweier-Kombinationen* der Elemente in jeder Kategorie betrachtet.

## Affinitäten zwischen zwei Kategorien

### Körper und Raum

Laban erläutert die Zusammenhänge zwischen *Körper* und *Raum* in seiner Diskussion der räumlichen „Zonen", in der sich Körperteile bewegen können. *„Jedes Körperglied hat seine eigene Zone."*[239] Beispielsweise die *Normalzone* des Beins: das Viertel der *Kinesphäre*, das sich mit der Beinbewegung *vor, seit* und *rück* bis zur mittleren *Ebene* ausdehnt. Ein Tänzer, der durch Training sein Bein höher heben kann, verlässt damit die *Normalzone*. Wenn der Rumpf sich mit den Bewegungen der Gliedmaßen verbindet, entsteht eine *Superzone*.[240] Wenn der Rumpf dem Arm in einer Raumrichtung folgt, eröffnet er eine *Superzone*, da der Arm jetzt weiter in den *Raum* reicht als vorher.

Und dennoch gibt es immer noch bestimmte Raumrichtungen, die wir auch mit diesen Superzonen schwer oder gar nicht erreichen können, ebenso *Raumzonen* bei einigen *Skalen*, die Laban vorschlägt, z. B. mit dem rechten Arm von *rück-tief* nach *links-vor*. In diesem Fall besteht die Möglichkeit eines Umwegs, der vor dem Körper entlang führt, oder einer Drehung des Körpers, in der die Hand den Raumpunkt fixiert („Space hold").

### Körper und Antrieb

Es gibt Körperteile, die tendenziell für einige *Antriebe* bevorzugt verwendet werden. Laban macht deutlich, dass es wichtig wäre, über diese *Affinitäten* hinaus mit allen Körperteilen den jeweiligen *Antrieb* zu versuchen.[241] So ist für alle *leichten* Antriebsvariationen eher der Oberkörper und für alle *kraftvollen* eher der Unterkörper die erste „Anlaufstelle". Diese Neigung umzudrehen, erscheint dem Laien manchmal nicht einfach, erweitert jedoch das Bewegungsrepertoire.

Der Tendenz, die *Antriebe* nur mit den Händen und Armen zu aktivieren, sollte durch die Einbeziehung anderer Körperteile entgegengesteuert werden – nicht nur gestisch, sondern ganzkörperlich. Dadurch entwickelt sich eine klarere und tiefere innere Beteiligung.

### Körper und Form

Für viele Menschen verweben sich die Kategorien *Form* mit *Körper*. Laban schreibt dazu: „Form wird durch Bewegung der Körpergliedmaßen hervorgebracht und ist ihrer anatomischen Struktur unterworfen; diese Struktur wiederum erlaubt nur bestimmte Bewegungen, nämlich diejenigen, die sich aus den Funktionen des Beugens, Streckens, Verdrehens und möglicher Kombinationen ergeben."[242] Allerdings ist die anatomische Struktur bei Menschen unterschiedlich. Besonders Sportler, Tänzer und Artisten erweitern diese Begrenzungen durch Training. Somit können andere, stille Formen eingenommen werden, die einem untrainierten Menschen nicht möglich sind. Trotzdem existieren naturgemäß im menschlichen Körper anatomische Einschränkungen. Diese erscheinen noch deutlicher, wenn wir Formen von animierter „menschlicher" Bewegung sehen, die in der Realität gar nicht möglich sind.

Ein klarer Zusammenhang zwischen *Körper* und *Form* sind die *Formqualitäten* an sich, weil sie *Form* auf den *Körper* beziehen. Beim *Ausbreiten* eines Arms weitet und öffnet sich der Körper. Aber Achtung: Wenn sich der Arm dann über die *vertikale Fläche* hinaus nach hinten bewegt, wird aus dem Öffnen ein Schließen, weil der Arm sich wieder zur Mittellinie des Körpers hin bewegt. Das gefühlte *Ausbreiten* der Vorderseite des Körpers zieht gleichzeitig ein *Schließen* der Rückseite – vor allem der Schulterblätter – nach sich. Da dies meistens nicht wahrgenommen wird, entspricht die körperlich gefühlte *Formqualität* nicht immer der von außen beobachtbaren Formveränderung.

Zum Unterschied zwischen den beiden Kategorien *Form* und *Körper*: Bei der Kategorie *Körper* stehen die Körperteile und wie sie sich zueinander koordinieren im Vordergrund, während bei der Kategorie *Form* die plastische Verformung der Körpergestalt den Ausschlag gibt. Bei Menschen, die sich vorwiegend durch die Kategorie *Körper* zeigen, sehe ich das Arrangieren und Rearrangieren von funktionalen Gliedern. Bei Menschen, die sich überwiegend in der Kategorie *Form* aufhalten, sehe ich Prozesse, in welchen die äußere Gestalt beachtenswerter erscheint.

## Form und Raum

Für Laban, wie für viele andere Menschen, sind die Kategorien *Form* und *Raum* unmittelbar miteinander verstrickt. Laban sah die *Formen* der Spuren im *Raum*, daher nannte er sie „*Spurformen*". Interessanterweise wählt Laban in seinen *Skalen Form* als Konstante. Beim Wechseln der Körperseiten wird die *Formqualität* (*einschließen* und *ausbreiten)* und nicht die Raumrichtung (*rechts* oder *links)* konstant gehalten.

Manche Laban-Schüler unterscheiden bis heute nicht zwischen diesen Kategorien, weil sie zwei Seiten einer Medaille sind. Die amerikanischen Bartenieff-Schüler, vor allem Hackney, plädieren aber für eine Unterscheidung dieser Kategorien. Ein Beispiel soll dies verdeutlichen:

1. Fall: Ich bewege mich *hoch* (oder nach oben) im *Raum*, daher *steigt* meine *Form* des Körpers in der Bewegung.
2. Fall: Ich *steige,* ohne dass ich jemals am Ziel *hoch* oben ankomme. Oder ich habe nur das Ziel *hoch* oben vor Augen und es ist mir egal, welche *Formqualität* ich dazu verwende.

Im ersten Fall sind beide Kategorien in *Affinität* und gleichwertig. Im zweiten befindet sich jeweils eine Kategorie im Vordergrund.

Was unterscheidet nun die Kategorien *Form* und *Raum*? Beim *Raum* steht das Hinstreben und Ankommen an einem klar definierten Ziel im Vordergrund, bei der *Form* aber der Prozess der Veränderung. Beim Beobachten von Menschen, die sich klar im *Raum* darstellen, sehe ich definierte Konturen und Räumlichkeiten, aber weniger prägnant die Entwicklung der Körperform, um dorthin zu gelangen. Bei Menschen, die sich primär in der *Form* präsentieren, sehe ich plastische Veränderung der Gestalt und nur sekundär die räumlichen Konturen und Ziele.

## Form und Antrieb

Laban vermischte häufig in seinen frühen Schriften *Form* und *Antrieb*, z. B. wenn er sich über „*plastische Richtungsgruppen*"[243] äußert. Hier verwendet er ein Wortpaar, welches heute als *Formveränderung* definiert wird (*eng* und *weit),* alle weiteren Begriffe veranschaulichen den *Antrieb* (*stark* und *schwach*, *langsam* und *rasch*).[244]

Für manche Menschen ist *Form* mit *Antrieb* unmittelbar verflochten. *Form* und *Antrieb* haben beide etwas Qualitatives in Bezug zur Bewegung. Die energetische Qualität einer Bewegung bringt gleichzeitig formende Aspekte mit sich – sonst würde sie nie zu einer äußerlich sichtbaren Bewegung werden. So schreibt Tara Stepenberg: *„We are patterns of energy in-formation."*[245] Dieser Prozess könnte auch umgekehrt betrachtet werden: Die formende Qualität birgt die energetische in sich.

Der Unterschied zwischen *Form* und *Antrieb*: Beim *Antrieb* steht die energetische, dynamische Qualität im Vordergrund, während sich bei der *Form* die plastische Qualität hervorhebt. Die Menschen, die überwiegend im *Antrieb* klar sind, mit wenig Gefühl für *Form*, wirken energisch, voller Tatkraft und Power, aber ihnen fehlt die Gestaltung dieser Energie. Die Menschen, die sich vorzugsweise durch die Kategorie *Form* ausdrücken, mit wenig *Antrieb*, haben eine Perspektive auf die Aktivitäten und wirken nachgiebig, formbar und anpassungsfähig, aber möglicherweise farb- oder wirkungslos.

## Affinitäten zwischen drei Kategorien

### Körper, Form und Raum

Laban hat mit verschiedenen Formen um den Körper herum im *Raum* experimentiert – sichtbar in seinen Zeichnungen.[246] Vor allem der kleinste platonische Körper – der Tetraeder – wird häufiger dargestellt. Der Tetraeder hat vier dreieckige Seiten und vier Spitzen. Wenn der Tetraeder auf einer Fläche steht, hat er Ähnlichkeit mit einer Pyramide, nur dass die Basis ein Dreieck bildet. Bei Laban steht der Tetraeder mal auf der dreieckigen Fläche, mal auf einer Kante oder auf einer Spitze. In vielen Fällen werden die Seiten des Tetraeders in die Länge gezogen, um sie der Körperform anzupassen.

Beispiele: (Tetraeder in Abb. 8-1)
*1. Die Fläche eines Dreiecks als Basis*: Beim Sitzen im Schneider- oder Yogisitz bilden die beiden Knie und das Steißbein ein Dreieck. Der Kopf formt die vierte Ecke und es laufen von dort aus drei Dreiecke zur Basis. Diese Dreiecke haben nichts mit den Körperflächen zu tun, sondern gehen durch den *Raum.*

*2. Eine Kante als Basis:* Mitten in einem Sprung, in der die Arme *rechts-* und *links-hoch* und die Füße *vor-* und *rück-tief* sind, formen die Enden der Gliedmaßen die Spitzen eines Tetraeders.[247]

*3. Eine Spitze als Basis:* Beim Eiskunstlaufen, wenn ein Läufer auf einem Fuß gleitet und die Arme sowie das zweite Bein in verschiedene Richtung leicht weg streckt, um in der Pose die Balance zu halten.

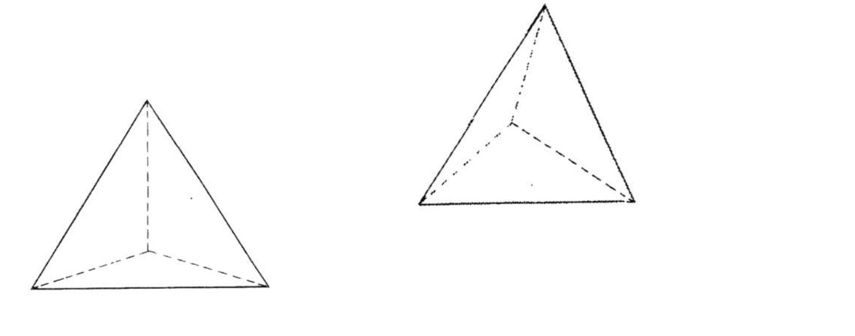

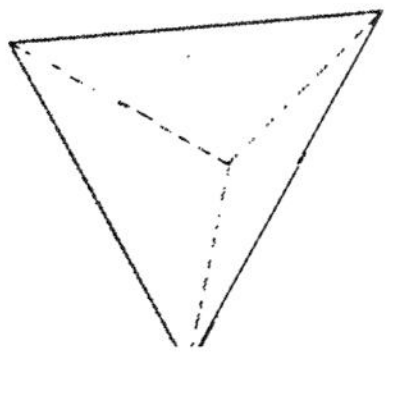

Abb. 8-1 Nr. 1 Nr. 2 Nr. 3

### Körper, Antrieb und Raum

Es war für Laban offensichtlich, dass es nicht nur darum geht, allein den Körper zu bewegen, sondern dass ein Bewegungsimpuls inneren *Antrieben* entspringt und sich in den *Raum* ausbreitet[248], –sodass diese Kategorien in jeder Bewegung zusammengehören. Diese *Affinität*, also die Anziehungskraft oder Verwobenheit, zwischen einzelnen Aspekten von *Körper, Raum* und *Antrieb* hat Laban beobachtet und daraus seine Harmonietheorie für die *Dynamosphäre* abgeleitet.

Die *Dynamosphäre* ist „der Raum, in dem unsere dynamischen Aktionen stattfinden"[249] – natürlich immer in Bezug zu den anatomischen Möglichkeiten. Diese Zusammenhänge zwischen dynamischen Aspekten und räumlichen Richtungen sind in manchen Situationen einleuchtender als in anderen. Es ging Laban bei den *Affinitäten* um die allgemeine Tendenz. So hat er folgende *Affinitäten* gesehen:

- *Leichte* Bewegungen oder „sich leicht machen" haben eine Tendenz aufwärts oder *hoch* nach oben.

Beispiele: Wenn ein Ballon mit leichtem Gas, wie z. B. Helium, gefüllt wird, fliegt er nach oben. Wenn wir uns leicht machen wollen, dann nehmen wir unser Gewicht weg von der Erde – also hoch.

- *Kraftvolle* Bewegungen, „sich fest oder stark machen", haben die Tendenz abwärts oder tief nach unten.

Beispiele: Wenn ich meine ganze Kraft zum Holzhacken brauche, dann bringe ich sie mit Schwung nach unten. Wenn ich mich stark präsentieren möchte, dann verbinde ich mich mit einem Ankerpunkt unter mir und schicke mein *Gewicht* mit der Erdanziehung in den Boden.

- *Direkte* Bewegungen entstehen bei räumlicher Einengung; ein Körperteil wird über das andere gekreuzt oder schließt zur Mittellinie. Somit würde eine direkte Bewegung des rechten Arms nach links führen. Durch die Anatomie der Arme haben wir bei der Adduktion mehr „Kontrolle" über unsere Geradlinigkeit, als wenn wir mit Abduktion öffnen.

Beispiele: Wenn ich einen Faden durch ein Nadelöhr ziehe, dann vollziehe ich eine direkte Bewegung zur Mittellinie. Der bestplatzierte Punkt eines Golfschlags mit einem Schläger ist genau der Mittelpunkt des Schwungs, in dem beide Arme am engsten sind.

- *Flexible* Bewegungen haben eine Affinität zur *Ausbreitung* in den *Raum*, weil die *Raumaufmerksamkeit* dort in alle Richtungen gleichzeitig gesandt werden kann. Die Windungen und Krümmungen einer *flexiblen* Bewegung können sich durch die Freiheit im *Raum* besser entfalten, als wenn sie sich verengen würden.

Beispiele: Wenn ich meine flexible Haltung mit einer flexiblen Geste zu einem Thema mit den Worten „Das ist mir eigentlich egal!" unterstreichen möchte, dann breite ich die Arme aus. Wenn ich etwas suche, dann öffne ich mich flexibel für alle Möglichkeiten im *Raum*.

- *Plötzliche* Bewegungen, vor allem als Reaktion auf etwas, haben die Tendenz, uns reflexartig in die Rückwärtsrichtung zu bringen, wahrscheinlich weil unser Aktionsfeld durch unsere Anatomie und Wahrnehmung hauptsächlich vor dem Körper ist und wir uns dann davor *zurückziehen*.

Beispiele: Wenn ein Geräusch mich plötzlich zusammenschrecken lässt, ziehe ich schlagartig mein Zentrum in der Tendenz zurück. Wenn die Milch überkocht, werde ich plötzlich den Topf wegziehen wollen.

- *Verzögernde* oder verlangsamende Bewegungen entwickeln sich, vor allem in einer defensiven oder vorsichtigen Haltung, nach *vorne*.

Beispiele: Durch das Dickicht taste ich mich mit verlangsamenden Bewegungen, weil ich nichts sehen kann. Wenn ich einen Hund nicht kenne, dann gehe ich mit etwas Verzögerung vorwärts auf ihn zu.

Beim *Zeitantrieb* gibt es nach meiner Erfahrung die meisten persönlichen (oder evtl. kulturellen) Differenzen zu Labans allgemeinen *Affinitäten*. Dies erklärt sich für mich folgendermaßen: Laban ging generell von einer defensiven Haltung aus (s. *Verteidigungsskala*), aber heute nehmen die Menschen häufig eine aggressive Haltung ein, in der sie *plötzlich vorstreben* und sich beim *Verzögern zurückziehen*.

## Affinitäten zwischen vier Kategorien

### Körper, Antrieb, Raum und Form

*Form* befindet sich meines Erachtens sinnvollerweise in der Mitte des LBBS-Tetraeders (Abb.8-2), da *Form* für jeden Menschen eine andere Verbindung zu den Kategorien *Raum, Antrieb* und *Körper* hervorruft. Die jeweilige Verbindung sollte identifiziert und differenziert werden, um den „Wert" jeder Kategorie in der Bewegung zu erfahren. Die Integration aller Kategorien führt schließlich dazu, Bewegung ausdrucksstärker und wirksamer zu verkörpern.

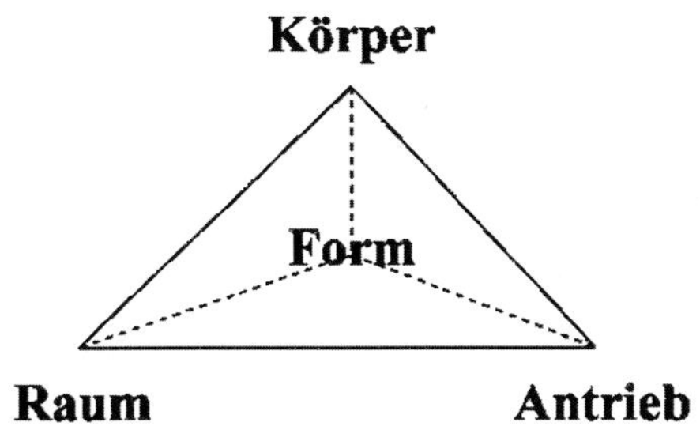


Abb. 8-2

#### Affinitäten der Elemente der vier Kategorien

Laban verwendete das grobe Schema der verschiedenen Wechselbeziehungen als Trainingsgrundlage. Er fasste die *Affinitäten* etwas vereinfacht in einen Bewegungsablauf zusammen, nämlich in der *Dimensionalskala.* Hier betrachten wir die *eindimensionalen* Raumrichtungen, die *Antriebselemente* sowie die *einzelnen Formqualitäten* in Bezug zu einer Körperseite, die die Bewegung anführt.

In der Tabelle 8-1 der *Affinitäten* der Elemente wird das Körperteil, welches führt, nämlich der rechte Arm, die ganze Zeit nicht geändert, daher steht es oben neben der Überschrift. Für den linken Arm gilt alles in dieser Tabelle, außer die Raumrichtungen zur Seite, die dann durch die *sagittale Fläche* gespiegelt werden, z. B. der linke Arm würde nach *rechts* mit *direktem Raumantrieb schließen*.

| **Affinitäten der Elemente (rechter Arm führt)** | | |
|---|---|---|
| ***Raum*** | ***Antrieb*** | ***Form (nach Hackney)*** |
| *hoch* / *Vertikale Dimension* | *leicht* / *Gewichtsfaktor* | *steigen* |
| *tief* / *Vertikale Dimension* | *kraftvoll* / *Gewichtsfaktor* | *sinken* |
| *links* / *Horizontale Dimension* | *direkt* / *Raumfaktor* | *schließen* |
| *rechts* / *Horizontale Dimension* | *flexibel* / *Raumfaktor* | *ausbreiten* |
| *rück* / *Sagittale Dimension* | *plötzlich* / *Zeitfaktor* | *zurückziehen* |
| *vor* / *Sagittale Dimension* | *verzögert* / *Zeitfaktor* | *vorstreben* |

Tab. 8-1

**Affinität der Dreier-Kombinationen der vier Kategorien**

Beim Zusammensetzen der Elemente in die acht *Dreier-Kombinationen* der *Antriebsaktion* sieht Laban die *Affinitäten* näher an den *Diagonalen.*[250] *Drei Antriebselemente* haben jeweils *Affinitäten* mit drei Raumrichtungen. Die Kombination von drei gleich starken Raumrichtungen ergibt die vier dreidimensionalen Schrägen oder *Diagonalen* im *Raum.* Die *Diagonalskala* mit der Affinität zu den acht elementaren *Antriebsaktionen* kann wieder gut zu Trainingszwecken verwendet werden, weil dadurch eine Ordnung herstellt wird. Bei dieser Reihenfolge ist allerdings zu beachten, dass die *Antriebsaktionen* in Gegensatzpaaren bewegt werden, was in der Realität so gut wie nie vorkommt (s. *Antriebsphrasierung*).

Bei der Tabelle 8-2 der *Affinitäten* der *Dreier-Kombinationen* wird das Körperteil, welches führt (der rechte Arm), nicht geändert. Für den linken Arm müssen alle Raumrichtungen durch die *sagittale Fläche* gespiegelt werden, d. h. alle rechten Raumrichtungen werden zu linken Raumrichtungen und umgekehrt. *Form* und *Antrieb* bleiben konstant.

| **Affinitäten der Dreier-Kombinationen (rechter Arm führt)** | | |
|---|---|---|
| ***Raum*** *Diagonalen* | ***Antrieb*** *Antriebsaktionen* | ***Form (nach Hackney)*** |
| *rechts-vor-hoch*  | *flexibel-verzögert-leicht*  *schweben* | *ausbreiten-vorstreben-steigen*  |
| *links-rück-tief*  | *direkt-plötzlich-kraftvoll*  *stoßen* | *schließen-zurückziehen-sinken*  |
| *links-vor-hoch*  | *direkt-verzögert-leicht* 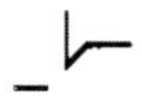 *gleiten* | *schließen-vorstreben-steigen* 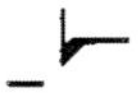 |
| *rechts-rück-tief*  | *flexibel-plötzlich-kraftvoll*  *peitschen* | *ausbreiten-zurückziehen-sinken*  |
| *links-rück-hoch*  | *direkt-plötzlich-leicht*  *tupfen* | *schließen-zurückziehen-steigen*  |
| *rechts-vor-tief*  | *flexibel-verzögert-kraftvoll* 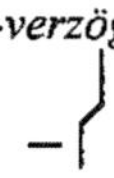 *wringen* | *ausbreiten-vorstreben-sinken*  |
| *rechts-rück-hoch*  | *flexibel-plötzlich-leicht*  *flattern* | *ausbreiten-zurückziehen-steigen*  |
| *links-vor-tief*  | *direkt-verzöget–kraftvoll* 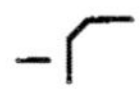 *drücken* | *schließen-vorstreben-sinken*  |

Tab. 8-2

### Affinitäten der Zweier-Kombinationen der vier Kategorien

Laban erwähnt, dass weitere Kombinationen auf demselben Weg in Affinität zueinander gebracht werden können, hat es aber nicht für die *Zweier-Kombinationen* durchdekliniert. Bartenieff zeigt, wie zweidimensionale Bewegungen in den Flächen eine Affinität zu *Zweier-Kombinationen* des *Antriebs* besitzen.[251] So ergeben sich aus den Affinitäten der Elemente die der *Zweier-Kombinationen* (Tab. 8-3).

| **Fläche** | **Beinhaltet Dimensionen** | **Affinität im Antrieb Zweier-Kombination** | **Beinhaltete Faktoren** |
|---|---|---|---|
| Vertikale Fläche („Tür") | Vertikale und horizontale Dimension | Stabil | Gewichts- und Raumantrieb |
| Sagittale Fläche („Rad") | Sagittale und vertikale Dimension | Rhythmus | Zeit- und Gewichtsantrieb |
| Horizontale Fläche („Tisch") | Horizontale und sagittale Dimension | Wach | Raum- und Zeitantrieb |

Tab. 8-3

### Affinitäten vom Flussantrieb

Insgesamt brachte Laban die drei Dimensionen des *Raums* mit den drei *Antriebsfaktoren Gewicht, Zeit* und *Raumaufmerksamkeit* in Affinität. Dem aufmerksamen Leser wird nicht entgangen sein, dass ein *Antriebsfaktor* bei dieser Betrachtung fehlt: nämlich *der Flussantrieb.* Verständlich, wenn man bedenkt, dass die „elementaren *Antriebsaktionen*" und deren Elemente jahrzehntelang als die einzigen galten. *Fluss* wurde erst ab ca. 1950 als *Antrieb* angesehen und erst kurz vor seinem Tod (1955) publizierte Laban die Antriebsvariationen mit *Fluss.*[252] Hier hat er den *Flussantrieb* folgendermaßen grob zugeordnet:
- beim *freien Fluss:* nach außen, von der Körpermitte weg zu den Extremitäten und in den *Raum* strömend
- beim *gebundenen Fluss:* vom *Raum* nach innen, zur „Körpermitte zurückströmend"[253].
Bartenieff brachte dann die *Formaffinität wachsen* mit *freiem Fluss* und *schrumpfen* mit *gebundenem Fluss* passend zu dieser dreidimensionalen, nicht an eine Richtung gebundenen Tendenz in Wechselbeziehung.

## Fazit

In der Entwicklung der LBBS wird immer weiter ausdifferenziert, auch innerhalb der Kategorien. Laban hatte in den zwanziger Jahren des zwanzigsten Jahrhunderts nur zwei Kategorien unterschieden: Choreutik und Eukinetik. Heute unterscheidet Hackney vier Hauptkategorien (*Körper, Antrieb, Raum* und *Form*) und zwei Kategorien (*Beziehung* und *Phrasierung*), die sich daran anschließen.[254] Durch die Differenzierung ergibt sich die Möglichkeit, die Kategorien unterschiedlich zu verbinden und zu gewichten.

Laban sah die Häufigkeit des gemeinsamen Erscheinens einzelner Parameter in den Kategorien als Indikator für *Affinitäten.* Diese Tendenzen betrachtete Laban unter dem großen Ziel, Harmonie in der Bewegung zu ergründen. Die Affinitätstheorie erscheint erst einmal konstruiert, was sie auch in gewisser Weise ist – da sie aus reellen Zusammenhängen herausgenommen und abstrahiert wurde. Obwohl Laban einen universellen Ansatz vertrat, verknüpft sich dieses Modell eng mit Labans Weltanschauung und Zeitgeist.

Je weiter wir uns zeitlich davon entfernen, desto mehr müssen wir in der Praxis prüfen, ob diese Zusammenhänge noch stimmig sind. Z. B. empfinden wir den „Rock 'n Roll" heute als harmonisch, was unsere (Ur-)Großeltern als pure Disharmonie erlebten. Da Laban aber nicht einen Bewegungsstil, sondern Bewegung in all ihren Facetten betrachtete, könnte es sein, dass seine Affinitätstheorie durchaus Bestand hat.

Außerdem lässt dieses Modell auch andere Kombinationsmöglichkeiten zu, nämlich die sogenannten *Disaffinitäten*, die genauen Gegensätze, und auch alle anderen Möglichkeiten, die nicht zur Affinität gehören. So wäre die *Disaffinität* für *hoch kraftvoll* im *Antrieb*, aber eine Bewegung wäre auch mit *direkt-plötzlich* möglich (oder eine der vielen anderen Möglichkeiten). Trotz der Begriffsfindung („Dis-") sollen diese Möglichkeiten nicht abgewertet werden. Aus eben diesen Kombinationen bestehen ja die spannenden Dramen auf der Bühne und im Leben. Auch Laban bediente sich ihrer, als er Bühnenstücke choreografierte.[255]

# Kapitel 9: Beobachtung von Bewegung

## Aspekte, die die Beobachtung von Bewegung beeinflussen

Wir sind ständig dabei, andere Menschen, vor allem ihre Bewegung, bewusst oder unbewusst zu beobachten. Es gibt viele Aspekte, die das Beobachten von Bewegung beeinflussen, angefangen vom Prozess der Beobachtung selbst bis zu den Unterschieden zwischen Live- und Videobeobachtung. Unser Ziel mit den LBBS ist es, in der Schulung der Bewegungsbeobachtung so weit wie möglich die Verlässlichkeit unter den Beobachtern herzustellen („Inter-Observer Reliability"). Im Zusammenspiel zwischen den Sinnen und dem Gehirn gibt es verschiedene Aspekte, die die Beobachtung beeinflussen und die wir berücksichtigen müssen, wenn wir verlässliche Beobachtungen anstreben. Daher haben wir Strategien, Strukturen und Methoden entwickelt, um in dieser „weichen" Wissenschaft vertretbare Resultate zu erzielen.

## Die Sinne

Wir beobachten die Bewegungen anderer außerhalb unserer kinesphärischen Reichweite hauptsächlich mit den Augen. Aber besonders bei der Livebeobachtung spielen noch andere Sinne eine Rolle, wenn auch dem Sehen untergeordnet. Die Ohren hören die Geräusche, die die Bewegung verursacht, z. B. das leise Quietschen des nackten Fußes beim Drehen. Zusätzlich kann der Beobachter manchmal, besonders in einem Tanzstudio mit Schwingfußboden, den Trittschall körperlich spüren. Oder er ist so nah, dass er die Luftbewegung, die die menschliche Bewegung bewirkt, empfindet. Bei einer Videobeobachtung werden diese zusätzlichen Sinneswahrnehmungen durch die Übertragung geschwächt oder verschluckt. Beim Anschauen eines Videos „betrügt" die Art und Weise, wie das Bild auf dem Bildschirm aufgebaut wird, das Auge. Die vielen Punkte, die in Bruchteilen einer Sekunde über den Bildschirm fließen, verstärken minimal die Wahrnehmung des *Flussantriebs* und schwächen geringfügig die Wahrnehmung des *Gewichtsantriebs*. Somit kann es zu leichten Differenzen bei der Live- und Videobeobachtung kommen.

In den Fällen, in denen eine Bewegung in unserer kinesphärischen Reichweite stattfindet, können wir zusätzlich den Tastsinn verwenden. Das Berühren von jemandem in Bewegung setzt voraus, dass wir bereit sind, uns mitzubewegen, um nicht den Kontakt zu verlieren. Bei der Berührung empfangen wir nicht nur Reize, sondern können gleichzeitig Signale senden (s. Beitrag über Osteopathie). Das Beobachten von Bewegung mit dem Tastsinn geschieht häufig im Tanz selbst, z. B. beim Standardtanz oder in der Kontaktimprovisation. Besonders wichtig wird diese Art der Beobachtung von Bewegung bei Menschen mit Sehschwächen oder Blindheit.

Beim Beobachten der eigenen Bewegung nehmen wir unsere motorische Ausführung der Bewegung propriozeptiv (von innen) wie extrozeptiv (von außen) wahr, von außen mit dem Auge, Ohr und Tastsinn und von innen mit dem „kinästhetischen Sinn". Die inneren Rezeptoren oder auch „Propriozeptoren" sind: unser inneres Ohr (Vestibular), Gelenkrezeptoren, Muskelspindeln, Golgirezeptoren, Chemorezeptoren und „Introceptoren" (Rezeptoren der Organe, also visceral). Die Informationen von diesen unterschiedlichen Rezeptoren werden in unserem Gehirn zusammengetragen, sodass wir z. B. deuten können, wie unsere Lage im *Raum* sich während der Bewegung verändert. Tänzer verwenden zu unterschiedlichen Graden mehr die Innen- oder die Außenwahrnehmung, z. B. beim Drehen. Im Ballett wird das „Spotting" (das Schauen auf einen Punkt mit schneller Drehung des Kopfes, um dann wieder zum gleichen Punkt zu schauen) trainiert. Im Mary Wigmans modernem Tanzstil wird die Methode verwendet, sich ganz auf die Füße zu konzentrieren und beim gleichmäßigen Drehen die Augenwahrnehmung weitestgehend auszuschalten.

Die Sinne helfen uns zu beobachten, aber der wesentliche Verarbeiter der hereinströmenden Information ist das Gehirn. Je weiter die Forschung, vor allem die Gehirnforschung, das Wahrnehmen erkundet, desto mehr wird dieser komplexe Vorgang ausdifferenziert. Diese Forschungsergebnisse zu behandeln würde hier den Rahmen sprengen. Im Folgenden ein vereinfachtes Schema zur Orientierung (Abb. 9-1) und einige Punkte, die für das Beobachten von Bewegung eine Rolle spielen.

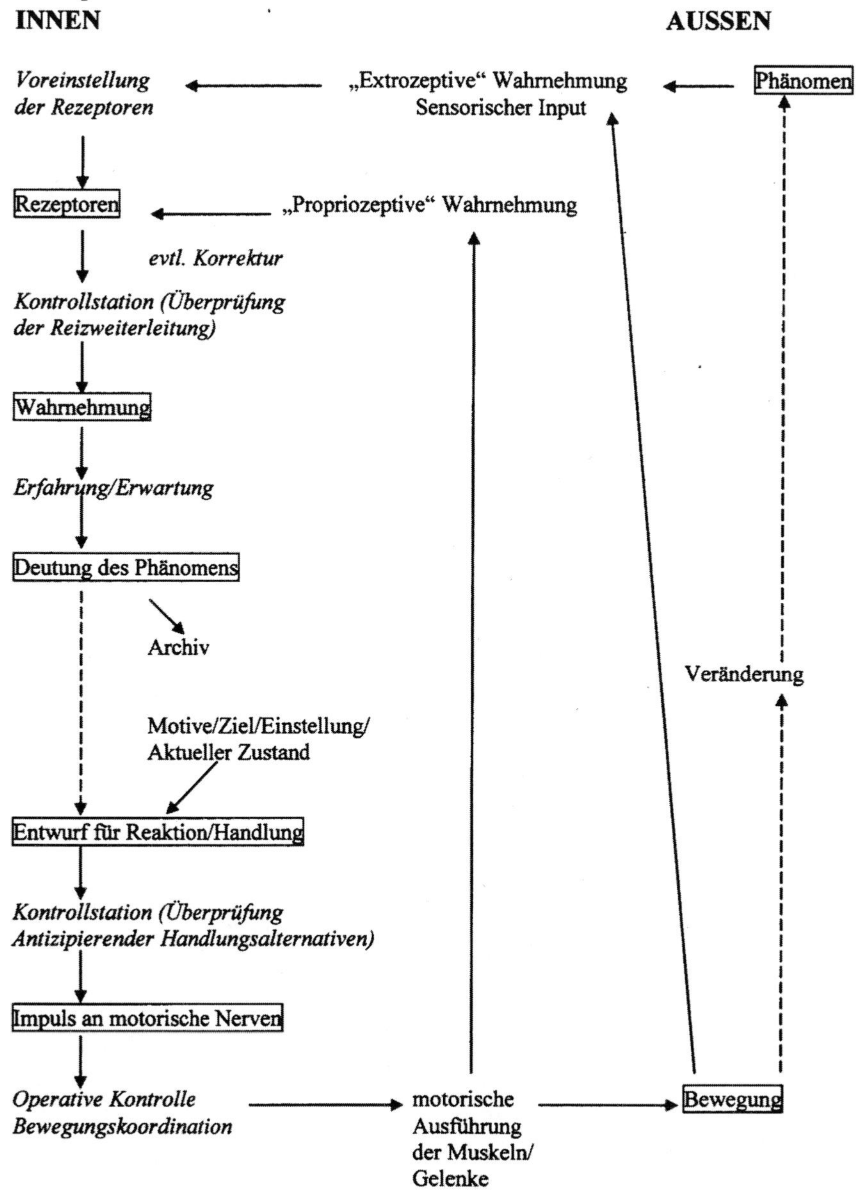


Abb. 9-1

## Extrozeptive Wahrnehmung von Bewegung

Ein äußerliches Bewegungsphänomen wird durch die Rezeptoren mit einer gewissen Voreinstellung wahrgenommen (z. B. das Auge, das sich auf die Distanz fokussiert hat). Der „sensorische Input“ wird von einem Reiz in der äußeren Umwelt durch ein Übergangsmedium zu einem inneren Reiz im Körper. Nimmt z. B. das Auge eine Bewegung von jemand anderem durch Lichtstrahlen wahr, wird diese im Körper zuerst in chemische und dann in elektronische Reize umgewandelt. Die empfangenen Signale werden dann im Gehirn mit zahlreichen Prozessen wie z. B. der Filterung verarbeitet. Verschiedene Kontrollstationen überprüfen, ob der Reiz überhaupt weitergeleitet wird. Der weitergeleitete Reiz wird im Gehirn korrigiert (z. B. aus den zwei Abbildern der einzelnen Augen wird ein 3-D-Bild entwickelt). Sie werden mit Erfahrungen und Erwartungen verbunden, um zu einer Deutung der Beobachtung zu gelangen. Dies kann dann archiviert werden.

Wahrnehmung von Bewegung anderer wird somit im Gehirn „gespiegelt". Dieses Abbild der Außenwelt in unserem Inneren wird durch verschiedene Voreinstellungen der Rezeptoren und der Überprüfungen, die den sensorischen Input filtern, beeinflusst.

Die Deutung der Beobachtung kann auch eine Motivation zu einer eigenen Handlung werden (z. B. sich anders in Bezug zum äußeren Reiz zu positionieren, um die Beobachtung zu verbessern). Um dieses Ziel zu verfolgen, wird eine Handlung im Gehirn entworfen und in einer Kontrollstation überprüft. Der Impuls wird dann an die motorischen Nerven geschickt, es erfolgt eine operative Kontrolle der Bewegungskoordination und nachfolgend die motorische Ausführung durch die Muskeln.

## Wahrnehmungs- und Beobachtungsfilter

Da alle Reize der äußeren Umwelt in unserem Gehirn verarbeitet werden, hat jeder Mensch seinen individuellen Wahrnehmungsfilter. Dieser ist durch die anatomischen Gegebenheiten unserer Sinnesorgane (z. B. Sehstärke, Hörfähigkeit) wie auch durch unsere persönlich und kulturell geprägten Erfahrungen und unseren momentanen Zustand der Aufnahmebereitschaft bedingt. Ein und derselbe äußere Reiz kann durch unseren individuellen Filter Unterschiede in der Wahrnehmung hervorrufen. Durch diese geringfügig abweichenden Empfindungen und Verarbeitungen ist es sogar wahrscheinlich, dass wir alle leicht unterschiedlich unsere Umwelt wahrnehmen.

Wahrnehmen und Beobachten sind sehr eng miteinander verknüpft. Beobachten setzt Wahrnehmen voraus, obendrein ist es aktiver und fokussierter. Beim Beobachten geben wir auf etwas eine zielgerichtete Aufmerksamkeit. Das Beobachten können wir bewusst steuern. Unsere Wahrnehmung hingegen ist schwer bewusst steuerbar. Das merken wir vor allem dann, wenn wir gerne einen äußeren Reiz, z. B. ein uns störendes Geräusch, ausblenden würden, es uns aber nur schwer gelingt. Unbewusst hingegen kann unsere Wahrnehmung auch Reize ausblenden, wie z. B. das ständige, leise Summen des Computers.

Beim fokussierten Beobachten wird der Wahrnehmungsfilter noch verstärkt. Durch das Einschränken der Wahrnehmung auf ein bestimmtes Ziel blenden wir andere Empfindungen aktiv aus. Zum Beispiel beim Kinderspiel „Ich sehe was, was du nicht siehst … und das ist blau!" Dieser Beobachtungsfilter wird eingeschaltet und alles Blaue verstärkt erfasst. Das funktioniert bei Bewegungsbeobachtung ähnlich. Wenn ich mir vornehme, die sich bewegenden Körperteile zu beobachten, dann werde ich diese verstärkt bemerken und andere Aspekte der Bewegung ausblenden.

Häufig ist uns der Beobachtungsfilter für Bewegung, besonders im Alltag, nicht bewusst und dadurch können Missverständnisse entstehen. Nehmen wir an, dass verschiedene Personen dieselbe Bewegung beobachten, zum Beispiel jemanden, der auf dem Bürgersteig fällt, aber nach kurzer Zeit wieder aufsteht und weitergeht. Denselben Vorgang schildern alle Beobachter leicht unterschiedlich. Dies kann an verschiedenen Gründen liegen:

- Es kann sein, dass jeder unbewusst eine andere LBBS-Kategorie als Filter nimmt. Der eine berichtet, dass die Person plötzlich nach vorne ging. Der nächste erzählt, dass sich die Hand ausstreckte, um das Sinken des Körpers aufzuhalten. Alle liegen mit ihren Beobachtungen „richtig", da ja alle Kategorien gleichzeitig in einer Bewegung vorkommen. Die Beobachter werden nur bedingt den anderen Beobachtungen zustimmen, weil sie unbewusst manche Kategorien ausgeblendet haben.

- Es können unterschiedliche persönliche und kulturelle Erfahrungen der Beobachter die Beobachtung der Situation beeinflussen. Der eine hatte selbst letzthin einen schrecklichen Sturz und verbindet seine Beobachtung mit seiner unangenehmen Erfahrung, sodass er gleich das Schlimmste befürchtet und zuerst meint, dies auch zu beobachten. Der nächste ist ein Aikidolehrer und sieht jeden Tag, wie Menschen das Fallen üben. Somit beobachtet er die Situation recht nüchtern und vor allem, welche „Falltechnik" verwendet wurde.

- Auch die Frage: „Hat sich jetzt der Betroffene verletzt?", kann durchaus unterschiedlich eingeschätzt werden. Die Beobachter brauchen ein schnelles Urteil, um zu wissen, wie sie handeln müssen. Ihr Beobachtungsfilter wie auch ihr körperliches Wissen hilft ihnen dabei. Ob die informelle Einschätzung zutrifft, erfahren sie erst später, wenn die Person wieder aufsteht und weitergeht. Laban schrieb: „Dieses unbewusste Einschätzen des Bewegungsverhaltens seiner Mitmenschen praktiziert fast jeder."[256]

## Bewegungserfahrung in Bezug zur Bewegungsbeobachtung

Dass unser Gehirn die aktuellen Beobachtungen immer mit Erfahrungen und Erwartungen abgleicht, ist gleichzeitig unsere Fähigkeit und unser Dilemma. Wir können nur auf dem Hintergrund unserer Bewegungserfahrung beobachten und dieses „Körper-Wissen" stellt gleichzeitig unser „Körper-Vorurteil" dar.[257] Zusätzlich hat jeder Mensch aus seinen vielen Bewegungserfahrungen auch noch seine Bewegungspräferenzen, die seinen Beobachtungsfilter beeinflussen. Daraus folgt: Was wir schon kennen, beobachten wir besser, und was wir nicht kennen, versuchen wir mit dem Vorhandenen zu verbinden. Außerdem erkennen wir unsere Präferenzen häufig zuerst, besonders in der Antriebsbeobachtung.

Daher ist es entscheidend, so viele Bewegungen ausprobiert zu haben wie möglich, damit wir alle Varianten leichter erkennen können. Außerdem ist es von Vorteil seine Bewegungspräferenzen zu kennen. LBBS verfolgt den Ansatz, die vorhandenen Erfahrungen mit Bewegung so umfassend und differenziert wie möglich zu gestalten, sodass dies auch so präzise wie möglich beobachtet werden kann. Das kognitive Verstehen der Bewegung wird mit dem körperlichen Erleben verwoben, da beides unmittelbar zusammenhängt. Das heißt, auch wenn der Leser alle LBBS-Definitionen der vorangegangenen Kapitel kognitiv verstanden hat, wird die Beobachtungsfähigkeit nicht dieselbe sein, wie wenn er alle diese LBBS-Aspekte auch körperlich nachempfunden hat. Laban weist immer wieder auf das körperliche Erleben als Möglichkeit des Begreifens von Aspekten der Bewegungen hin.

Labans Ansatz, Bewegung zu systematisieren und Prototypen zu finden, z. B. die *Skalen* im *Raum*, hilft dem Gehirn, diese Raumwege in freier Bewegung wiederzuerkennen. Neurologische Studien zeigen, dass leicht schräge Positionen im *Raum* (wie die *Diametralen*) gerne als Abweichungen von den Prototypen *Dimensionen* und *Diagonalen* erinnert werden.[258] Nur die Prototypen zu erinnern und nicht die unzähligen Abweichungen, gibt uns eine kognitive Ökonomie, weil sie uns hilft, unsere Archivierungskapazitäten bei so viel sensorischem Input zu komprimieren.

### Livebeobachtung

Sogar in der Physik wird anerkannt, dass man ein System nicht beobachten kann, ohne es zu beeinflussen. Beim Beobachten von Menschen ist dies noch viel sensibler. Es gibt unzählige innere wie äußere Aspekte, welche die Situation einer Livebeobachtung möglicherweise beeinflussen. Bei einer verdeckten Beobachtung, in der die Person nichts von der Beobachtung weiß, kann der Beobachter davon ausgehen, dass die Person nicht seinetwegen etwas verändert. Insofern ist eine verdeckte Beobachtung eine Variante, die recht wenig die Situation beeinflusst. Ein plötzliches Erkennen der Situation durch den, der beobachtet wird, kann die Situation in Bruchteilen einer Sekunde komplett verändern. Außerdem gibt es ethische Fragen, die bei einer verdeckten Beobachtung zu berücksichtigen sind. Auf der anderen Seite kann eine offene Beobachtung dazu führen, dass Menschen sich anders bewegen als sonst üblich.

Im Prozess einer Livebeobachtung wirken sich grundsätzlich folgende Aspekte zwischen dem Beobachter und der sich bewegenden Person aus.
1. Die sich bewegende Person kann etwas verändern, z. B.
- die Kleidung, wodurch sie sich anders bewegen kann,
- ihre Einstellung zu der Situation,
- einfach ihre Bewegungsabsicht.
2. Der Beobachter kann etwas verändern, z. B.
- seinen Beobachtungsstandort,
- seine Einstellung zu der Person (z. B. zuerst als Freund und später als Therapeut),
- den Zeitpunkt oder die Zeitdauer der Beobachtung.
3. Es verändert sich etwas zwischen dem Beobachter und der sich bewegenden Person, was beide nicht beeinflussen können, z. B.
- die Bewegung wird plötzlich schwer zu erkennen (z. B. durch Dunkelheit),
- ein Gegenstand behindert das Blickfeld.

Alles oben Gesagte gilt natürlich auch, wenn mehrere Personen beobachtet werden. Je mehr Personen sich bewegen, desto schwieriger bzw. komplexer wird die Beobachtung.

### Deutung von Bewegung

Wir nehmen häufig an, dass Bewegung eine universelle Sprache ist, dabei verhält sie sich manchmal eher wie eine Fremdsprache oder wie ein privater Code.[259] Je höher der Abstraktionsgrad des Tanzes, desto mehr können die Sendung einer Botschaft in Bewegung und deren Deutung auseinander liegen. Vor allem von einer Kultur zur anderen treten Missinterpretationen der Bewegungsbedeutung vermehrt auf. Daher sollte allgemein mit Deutungen recht vorsichtig umgegangen werden. Am besten ist es, zuerst die Bewegung klar zu beschreiben, sodass der andere die Deutung des Beobachters nachvollziehen kann, auch wenn er zu einer anderen Auffassung gelangen würde. Um zu einer klaren Beschreibung zu kommen, sollte die Beobachtung gut strukturiert sein.

## Verlässliche Bewegungsbeobachtung

Aufgrund der oben genannten Aspekte der Beobachtung und der Komplexität von Bewegung müssen wir Strategien entwickeln oder Hilfsmittel verwenden (z. B. Video), um in der Bewegungsbeobachtung verlässliche Resultate zu erzielen. Verlässlich heißt in diesem Zusammenhang, dass ein anderer ausgebildeter Bewegungsbeobachter in LBBS zu denselben oder recht ähnlichen Resultaten kommt.

Am Anfang des Beobachtungstrainings muss, um der Komplexität von Bewegung in der Beobachtung Herr zu werden, zuerst vereinfacht werden. Wenn nur einmal beobachtet werden kann, dann wird das, was sich in den Vordergrund schiebt, beobachtet. Wenn wiederholt beobachtet werden kann, dann wird eine Kategorie nach der nächsten beobachtet, um eine umfassende Analyse zu erstellen. Je weiter das Beobachtungstraining mit erfahrenen Kollegen voranschreitet, desto verlässlicher wird der Beobachter. Zusätzlich wird er immer komplexer beobachten, d. h. die verschiedenen Aspekte innerhalb einer Kategorie fast gleichzeitig beobachten können.

In Livesituationen werden meistens die Bewegungen nicht 100 % genau wiederholt, auch wenn sie choreografiert sind. Um diese Genauigkeit sicherzustellen, muss die Bewegung aufgezeichnet werden. Zu Labans Zeit gab es nur den recht rudimentären Schwarz-weiß-Film. Daher waren die Beobachtungen nur mit den oben genannten Vereinfachungen möglich. Heutzutage haben wir die Möglichkeit, mit Video viel öfter die Bewegung zu beobachten. Dadurch werden die Daten präziser und verlässlicher. Aber dies hat auch Nachteile für die Beobachtung von dreidimensionaler Bewegung, da alles nur in zwei Dimensionen wiedergegeben wird. (Wenn die heutige 3-D-Filmtechnik noch weiterentwickelt wird, dann wird diese wahrscheinlich für die Videobewegungsbeobachtung von Vorteil sein.)

## Prozess des Beobachtens

Der Prozess des Beobachtens, besonders über einen längeren Zeitraum, beeinflusst die Resultate der Beobachtung. Daher verdient der Prozess besondere Aufmerksamkeit. Folgendes ist zu beachten:

1. Eine entspannte Wachheit herstellen. Ich kann nicht aufmerksam sein, wenn ich zu schläfrig bin. Wenn ich zu angespannt bin, dann fokussiere ich zu schnell und verpasse möglicherweise etwas.
2. Sich mit allen Sinnen einstimmen auf das, was beobachtet werden soll. Dies kann ich mit „Aufwärmübungen“ zum Beobachten bewirken.
3. Zuerst sollte ein allgemeines Beobachten angestrebt werden. Ich nehme meine ersten Eindrücke wahr, die häufig mehr die Gesamtgestalt beinhalten.
4. Danach sollte ein konzentriertes Beobachten folgen. Ich konzentriere mich auf eine Kategorie oder einen Parameter und fälle darüber Entscheidungen, was ich beobachte. Dies sollte ich nur so lange weitermachen, wie ich mich „fit“ fühle.
5. Nach einer Weile ist eine Erholung angebracht. Wenn ich müde werde und es nicht merke, könnte ich etwas übersehen und die Beobachtung ist nicht stimmig.

## Beobachtungsstrategien

Im Bewusstsein, dass es viele Aspekte gibt, die die Bewegungsbeobachtung beeinflussen können (s. o.), verfolgen wir mit den LBBS in der Beobachtung folgende Strategien, um Bewegung objektiver beobachten zu können:

- die Bewegungserfahrung (das Körper-Wissen) so weit ich kann zu erweitern, praktisch wie auch theoretisch;
- die Beobachtungsfähigkeit von Bewegung durch Übungen zu schulen, z. B. dass ich mir bewusst vornehme, eine Kategorie/einen Parameter zu beobachten;
- Beobachtungen mit anderen Beobachtern abzugleichen. Das heißt vor allem, mit anderen zusammen zu beobachten und sich darüber auszutauschen;
- die verwendeten Bewegungsbegriffe immer wieder zu klären und zu aktualisieren, vor allem in Bezug zum Beobachtungsgegenstand. Je verfeinerter die Begriffe, desto differenzierter die Beobachtung;
- zu beobachten, was wirklich in der Bewegung vorhanden ist – nicht den Fokus auf das zu richten, was fehlt;

- wenn ich Schwierigkeiten habe, die Bewegung zu beobachten und (mit dem Kopf) zu analysieren, dann sollte ich es mit Nachahmung versuchen;
- in meiner Datensammlung auf der Beschreibungsebene zu bleiben und nicht gleich auf die Interpretationsebene zu springen. In der Beschreibung Begriffe (oder sogar Symbole) zu verwenden, die so wenig wie möglich mit Deutung aufgeladen sind (z. B. „kraftvoll“ statt „aggressiv“), wohl wissend, dass jeder Begriff eine Bedeutung in sich trägt;
- meine Wahrnehmungsfilter so gut wie möglich zu kennen, z. B. herauszufinden, welche Kategorie ist diejenige, die ich am leichtesten und daher zuerst beobachte. Mit diesem Wissen immer wieder meine Beobachtung zu überprüfen;
- beim Beobachten der Bewegung fremder Kulturen mich über die Kultur, praktisch wie auch theoretisch, zu informieren (diese können auch fremde Subkulturen innerhalb meiner eigenen sein);
- die Bedeutung der Bewegung nur im jeweiligen Kontext suchen und immer im Bewusstsein, dass die Absicht des Menschen, der sich bewegt, eine andere sein könnte als die, die ich zu beobachten meine;
- das Bewusstsein über meine Entscheidungen im Prozess der Beobachtung einzubeziehen. Meine Entscheidungen im Verlauf wie auch die Strukturierung des Verlaufs werden meine Beobachtungen beeinflussen;
- wir sollten den Kontext der Bewegung mit unseren eigenen Erfahrungen in ähnlichen Situationen bewusst abgleichen und prüfen, ob dies in der aktuellen Situation stimmig ist.

## Strukturierung des Beobachtungsprozesses

Im Alltag beobachten wir meist, ohne dass wir es bemerken, wenn wir z. B. mit jemandem sprechen und gleichzeitig seine Reaktion beobachten. Diese Art von Bewegungsbeobachtung braucht keine Strukturierung. Wenn allerdings eine verlässliche Beobachtung von Bewegung angestrebt wird, ist eine bewusste Strukturierung des Prozesses sinnvoll. Somit kann später jeder nachvollziehen, welche Entscheidungen wann getroffen wurden und wie diese ggf. die Beobachtung und Datensammlung beeinflusst haben.

Das Modell der Strukturierung der Beobachtung von Carol-Lynne Moore, eine Mitarbeiterin von Bartenieff, und Kaoru Yamamoto aus dem Buch „Beyond Words“ enthält die folgenden sechs Aspekte, die in jedem Beobachtungsprozess beachtet werden müssen:
1. die Kernfrage,
2. die Beobachterrolle (und der Betrachtungsstandpunkt),
3. die Dauer der Beobachtung,
4. die Auswahl der Bewegungsparameter,
5. die Form der Dokumentation oder Notation und
6. die Sinngebung/Bedeutungsbestimmung („Making Sense“).

Jeder der sechs Aspekte ist nicht isoliert, sondern in Wechselwirkung mit den fünf anderen zu betrachten, daher ergibt sich das folgende Bild (Abb. 9-2).

### 1. Kernfrage

Wir beobachten, um etwas herauszufinden. Daher gibt es bewusst oder unbewusst eine Frage, die wir mit der Beobachtung beantworten möchten. Die Frage kann so offen sein wie: „Was macht sie da?“, oder so präzise wie: „Mit welcher *Antriebsqualität* wird die Bewegung des Holzhackens am Anfang ausgeführt?“
Manche Fragen entwickeln sich während der Beobachtung, andere stehen schon am Anfang fest. Meistens wird die Kernfrage im Verlauf des Prozesses präzisiert. Die Frage steht im Zentrum,

weil sie unmittelbar zu jedem anderen aufgeführten Aspekt in Beziehung steht. Ziel ist es, die Kernfrage mit den gesammelten Daten zu beantworten. Somit hilft die leitende Frage oder These, den Beobachtungsprozess zu fokussieren.

Dabei ist Folgendes zu beachten: Es gibt Fragen über Bewegung, die nicht mit Bewegungsbeobachtung beantwortet werden können, wie z. B. „Warum macht er diese Bewegung?“ oder „Welche Hintergründe/Beweggründe hatte sie für diese Bewegung?“ Hierzu braucht man andere Methoden, z. B. ein Interview mit der Person.

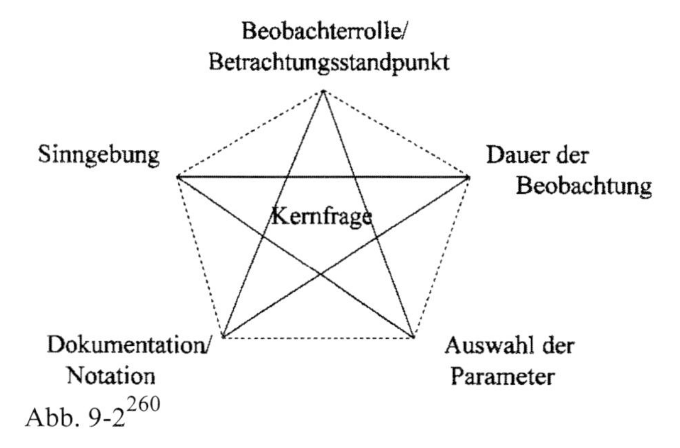


Abb. 9-2[260]

## 2. Beobachterrolle und Betrachtungsstandpunkt

Grundsätzlich kann der Beobachter seinen Beobachtungsgegenstand „distanziert“ oder „beteiligt“ aufmerksam betrachten. Wenn der Beobachter sich mitbewegt (oder in der Situation mit aktiv ist), dann ist er ein *beteiligter Beobachter*, z. B. in einer Tanzstunde. Ist der Beobachter nicht involviert, z. B. beim Beobachten eines Videos, ist er ein *distanzierter Beobachter*. Dabei kann sich die Beobachterrolle von einer Sekunde auf die andere ändern, wenn z. B. der tanzende Beobachter sich kurz an den Rand stellt. Wenn er sich beim Videoschauen mitbewegt, ist er zwar nicht direkt beteiligt, kann aber seine distanzierte Beobachtung mit der eigenen Erfahrung anreichern. Unabhängig davon, welche Rolle eingenommen wird, ist es wichtig, dass mit allen Sinnen beobachtet wird (s. o.).

In einer Livebeobachtung kann der Beobachter den Betrachtungsstandpunkt – ob frontal, seitlich oder von hinten – selbst bestimmen oder vielleicht sogar wechseln. Für das Beobachten und Notieren der Orientierungspunkte im *Raum* ist ein Standpunkt von hinten von Vorteil, da die Schriftzeichen dann in dieselbe Richtung zeigen wie die Person, die sich bewegt. Beim *Antrieb* hingegen ist es geeigneter, von vorne zu beobachten. Bei Körperbeobachtungen kommt es auf das Thema an. Wenn es um die Körpersymmetrie geht, eignet sich die Beobachtung direkt von vorne. Aber bei einer Aufstehsequenz kann der Beobachter die Bewegung besser von der seitlichen Perspektive betrachten. Bei Beobachtungen von *Fundamentals*-Übungen am Boden ist es sinnvoll, innerhalb einer Übung verschiedene Standpunkte einzunehmen, um somit aus unterschiedlichen Perspektiven die *Verbindungen* im Körper zu erfassen.

Nach dem Systemtheoretiker Niklas Luhmann ist die Beobachtung einer Videoaufzeichnung eine Beobachtung zweiter Ordnung, die in der heutigen Zeit oft das Livebeobachten (Beobachten der ersten Ordnung) ablöst. Bei einer fertigen Videoaufzeichnung bestimmt die Bildregie, aus welcher Perspektive der Beobachter welchen Ausschnitt (Totale oder Detail) betrachten kann. Die

Kernfrage der Beobachtung muss mit dem vorhandenen Videomaterial in Einklang gebracht werden. Manche Steptänzer der 50er Jahre des 20 Jahrhunderts haben in den Aufnahmen ihrer Stepptänze explizit dafür gesorgt, dass sie ganzkörperlich im Bild zu sehen sind. Dies ist bei den Tanzvideos des anfänglichen 21. Jahrhunderts leider längst nicht mehr der Fall und die vielen Schnitte und Nahaufnahmen erschweren die Beobachtung.

Die beste Voraussetzung für die Bewegungsanalyse ist es, die Bewegung zu erleben und selbst ein Video für die genauere Analyse herzustellen. Wenn man den Kamerastandpunkt bei einer Aufzeichnung mit einer Front (wie im normalen Theater) selbst wählen kann, befindet sich der vorteilhafteste Standpunkt in der räumlichen Diagonalen. Hier erfasst die Kamera auch etwas von der Tiefendimension.

## 3. Dauer der Beobachtung

Beobachtungen können von wenigen Sekunden bis zu Jahrzehnten dauern. Die Dauer der Beobachtung kann grob in vier verschiedene Abstufungen unterteilt werden: kurze Beobachtung, verlängerte Beobachtung, Längsschnittstudie oder geschichtliche Studie (Tab.9-1).

| | |
|---|---|
| Kurze Beobachtung<br>Einige Minuten | Eine kurze Aktion |
| Verlängerte Beobachtung<br>Einige Stunden/einige Tage | Ein Muster von wiederholten Aktionen |
| Längsschnittstudie<br>Einige Jahre | Eine Progression von sich verändernden Aktionsmustern |
| Geschichtliche Studie<br>Einige Jahrzehnte/-hunderte | Zyklische Wiederholung von Mustern |

Tab. 9-1 [261]

Die meisten Beobachtungen im Tanz spielen sich in der Dauer zwischen kurz und verlängert ab, dagegen gibt es selten geschichtliche oder Längsschnittstudien. Das liegt zum einen an Zeit und Geld, aber auch an dem verwendbaren Dokumentationsmaterial. Zum Beispiel gibt es von vielen Tänzen aus früheren Jahrhunderten nur (stille) Bilder, persönliche (und lückenhafte) Beschreibungen und/oder mündliche/tänzerische Überlieferungen (z. B. in der Folklore).

Kurze Beobachtungen von einigen Minuten sind meist live und die Dauer wird oft durch die Situation bestimmt. Zum Beispiel: Eine Person macht eine interessante Bewegung auf dem gegenüberliegenden Bahnsteig, aber der Zug, in dem der Beobachter sitzt, fährt weiter. Ist die Livebeobachtung nur ein sehr kurzes und nicht wiederkehrendes Ereignis, muss häufig aus dem Gedächtnis des Betrachters rekonstruiert und analysiert werden.

Manche kurzen Bewegungen werden öfter ähnlich wiederholt, somit kann der Beobachter die Bewegung wiederholt betrachten, um das Wiederkehrende darin zu entdecken. Zum Beispiel: Der Pizzabäcker nimmt immer wieder den Teig in die Hände und macht Bewegungen, um ihn zur Scheibe zu formen. Wenn diese kurze Bewegung länger beobachtet wird, geht der Beobachter nahtlos zur verlängerten Beobachtung über.

Bei einer verlängerten Beobachtung (Live oder auf Video) können nach einer gewissen Zeit (Stunden oder Tage) gewisse Aktionsmuster erkannt werden. Nach der Erfahrung der Autorin können schon nach zehn Minuten Tanzimprovisation Wiederholungen auftreten. Aber um sicher zu sein, dass dies wirklich typische Muster sind, sollte ca. zwei Stunden beobachtet werden.

Längsschnittstudien und geschichtliche Studien sind am besten mit Videoaufnahmen durchzuführen. Es können z. B. Bewegungsmuster einer Person in verschiedenen Jahrzehnten verglichen oder Veränderungen eines Tänzers in seiner Laufbahn beobachtet werden. Wenn der Betrachtungsgegenstand auf Video vorhanden ist, richtet sich die Dauer der Beobachtung hauptsächlich nach der Kernfrage. Zusätzlich kann aber auch eine Rolle spielen, wie viele Parameter und welche Dokumentationsart gewählt werden. Das Video gibt uns die Möglichkeit, eine gewisse Bewegungssequenz (unendlich) wiederholt zu beobachten. Aber auch das birgt Gefahren, weil der Beobachter irgendwann ermüdet. Mehrere Wiederholungen bedeuten deswegen nicht unbedingt verlässlichere Daten. Daher sollte die Dauer der Beobachtung auf ein vernünftiges Maß begrenzt werden.

## 4. Auswahl der Parameter

In den sechs LBBS Kategorien *Körper, Raum, Antrieb, Form, Beziehung* und *Phrasierung* gibt es insgesamt über 60 Parameter, die wir beobachten können. Wir können eine vollständige Analyse aller LBBS-Kategorien und deren Parameter durchführen, z. B. mit einer *Stilanalyse.* Bei der Stilanalyse eines 30 Minuten langen Tanzstücks würde ein Profi mehrere Stunden für eine umfassende Analyse brauchen, in der er eine Schätzung zur Häufigkeit der Verwendung der ca. 60 Parameter abgibt. Aber nicht immer ist es sinnvoll, alle Parameter zu beobachten: Um die Zeit der Beobachtung effektiv zu nutzen, ist es entscheidend, die situationsbedingt angepasste Auswahl der Beobachtungsparameter unter Berücksichtigung der Fragestellung zu treffen.

Bei nur kurzer Beobachtungsdauer in einer Livesituation trifft der Betrachter die Auswahl häufig unbewusst, z. B. danach, was ihn am meisten beeindruckt. Bei verlängerter Beobachtungsdauer und Möglichkeiten der Wiederholung kann der Betrachter die Auswahl bewusst treffen. Die anfangs aufgestellten Fragen zu jeder Kategorie können dabei helfen, die Auswahl der Kategorie im Bezug zur Kernfrage zu treffen.

Die folgenden Fragen werden von den sechs LBBS-Kategorien beantwortet:
- Welche Bewegung wird ausgeführt? Welche Teile sind in Bewegung? → *Körper*
- Wohin geht die Bewegung? → *Raum*
- Wie wird die Bewegung ausgeführt – mit welcher energetischen Qualität? → *Antrieb*
- Wie wird die Bewegung ausgeführt – mit welcher Plastizität? → *Form*
- Welche Bezüge sind in der Bewegung? → *Beziehung*
- Was ist der zeitliche Ablauf der Bewegung? → *Phrasierung*

Wenn zum Beispiel bei der Beobachtung einer Choreografie, in der alle die gleiche Bewegung machen, der Beobachter leichte Unterschiede feststellt, wird das Beobachten der *Antriebs-* oder *Form*kategorie die Unterschiede, <u>wie</u> die Bewegung ausgeführt wird, am besten klären.

## 5. Dokumentationsform

Die Dokumentationsform wird je nach Kernfragestellung und Fähigkeiten des Beobachters verschiedene Formen annehmen. Grundsätzlich gibt es die folgenden Möglichkeiten:

- körperlich-bewegt
- verbal
- schriftlich (in Worten)
- bildlich
- symbolhaft

Die körperlich-bewegte Nachahmung ist die erste Dokumentationsart unserer Beobachtung, die wir als Kinder zur Verfügung haben und die in jeder Tanzstunde wiederholt wird. Diese Form hat den Vorteil, dass sehr viel von der ursprünglichen Bewegung wiedergegeben werden kann. Der

Nachteil ist, dass der Beobachter im selben Raum sein muss, um diese Dokumentationsform auszuführen.

Sobald wir sprechen können, werden unsere Beobachtungen – vor allem im Alltag – verbal dokumentiert, indem wir sie jemandem erzählen. Verbale Dokumentation verwenden wir auch häufig, wenn wir uns über Beobachtungen einer Person (z. B. eines Patienten) unter Kollegen austauschen. Diese Dokumentationsart hat den Vorteil, dass wir im Gespräch auch etwas nachfragen können, was uns nicht klar erscheint. Sie hat auch den Vorteil, über auditive Medien (Aufzeichnungen oder Telefon) nicht an den Raum (oder die Zeit) der verbalen Aussagen gebunden zu sein. Sie hat den Nachteil, dass wir durch das Übersetzen in Sprache an unser Repertoire im Sprachlichen gebunden sind. Das heißt, wir brauchen für Phänomene, die wir beschreiben möchten, entsprechende Begriffe. Laban musste neue Begriffe für die energetischen Zustände der Bewegung prägen (z. B. *Antrieb)* und diese neu definieren. Außerdem muss in der Sprache alles, was in der Bewegung gleichzeitig geschieht, nacheinander formuliert werden.

Die schriftliche (wörtliche) Beschreibung einer Bewegung kann erst nach Schulung erfolgen, d. h. erst ab ca. 8 Jahren sind wir dazu überhaupt in der Lage. Da eine genaue und trotzdem lesbare schriftliche Beschreibung von Bewegung sehr schwer ist, müssten sogar erfahrene Schreiber ausgiebig daran arbeiten. Wenn Bewegung nicht im Alltag, sondern formaler analysiert wird, ist die schriftliche Dokumentationsform die am weitesten verbreitete, da sie für die meisten Menschen (der gleichen Sprache) zugänglich ist. Die schriftliche Dokumentation, die alle LBBS-Kategorien einbezieht, kann eine Bewegung sehr gut wiedergeben, wird dazu aber auch einige Absätze benötigen. Ein Text hat den Vorteil, dass er für lange Zeit erhalten bleiben kann und der Leser den Zeitpunkt bestimmt, an dem er das Dokument liest.

Eine bildliche Dokumentation kann von einfachen Strichmännchen zu umfassenden Grafiken oder ausgemalten Bildern reichen. Entweder wird die Anfangsposition mit Pfeilen für die Bewegung ergänzt oder die Positionen, die die Bewegung durchläuft, in der entsprechenden Reihenfolge hintereinander gezeichnet (wie im *Fundamentals*-Kapitel bei vielen Übungen). Je nach Fähigkeiten der Zeichner können diese Zeichnungen mehr oder weniger über die Bewegung Aufschluss geben. Im Bild werden der *Körper* und die plastische *Form* gut erfasst, aber die energetische Qualität (*Antrieb*) sowie der zeitliche Ablauf (*Phrasierung*) sind in dieser Dokumentationsform schwer wiederzugeben. Trotzdem sagt ein Bild manchmal mehr als viele Worte. Da Laban in seinem ersten Beruf Maler war, verwendete er diese Dokumentationsart häufig.[262]

Laban und seine Mitstreiter haben den Weg bereitet, um die meisten LBBS-Bewegungsparameter in Symbolen zu dokumentieren. Eine symbolhafte Dokumentationsform setzt voraus, dass der Schreiber die Symbole und die dazugehörige Grammatik erlernt, was zunächst einen Mehraufwand bedeutet. Zusätzlich muss der Leser, um die Notation zu entziffern, fast über die gleichen Kenntnisse wie der Schreiber verfügen. Aber die Tanzschrift bietet viele Vorteile: Vor allem bei Livebeobachtungen können die Beobachtungen schneller aufgeschrieben und die zeitlichen Zusammenhänge besser dargestellt werden. Diese Dokumentationsform ermöglicht, auch über sprachliche Grenzen hinaus zu kommunizieren (wie bei der Musiknotation). In LBBS verwenden wir eine einfache Symbolschrift: die *Motiv-schrift*, die vertikal geschrieben wird und die *Phrasenschrift,* die horizontal geschrieben wird (s. u.).

Die gängige Praxis, Beobachtungen schriftlich zu dokumentieren, beruht auf Stichpunkten, manchmal angereichert mit Strichmännchen (bildlich). Die Erfahrung zeigt, dass LBBS-geschulte Beobachter durch das Dokumentieren mit Symbolen mehr Bewegungen und deren Einzelheiten in einer kürzeren Zeit festhalten können. Zusätzlich können sie problemlos erfassen, welche Aspekte der Bewegung gleichzeitig und welche nacheinander vorkommen.

### 6. Sinngebung/Bedeutungsbestimmung

Um den beobachteten Daten Bedeutung zu geben, müssen sie in einen Sinnzusammenhang gebracht werden. Nach Moore und Yamamoto ergeben sich grundsätzlich drei Möglichkeiten:

1. Im Alltag deuten wir Bewegung durch den Vergleich mit unseren vorherigen Erfahrungen – unserem implizierten „Körper-Wissen/Körper-Vorurteil".[263] Wie anfangs erwähnt, kommen wir um diese „Deutung" nicht herum. Die Frage ist, ob wir diese *informelle Beurteilung* der beobachteten Daten so stehen lassen oder ob wir darüber hinaus einen anderen Sinnzusammenhang verwenden.

2. Um zu einer *formellen Beurteilung* zu gelangen, wird ein Interpretationsrahmen benötigt, mit dem die Daten verglichen werden können. Zum Beispiel werden in der Therapie die Daten in Bezug zu einem Interpretationsrahmen über Krankheiten gesetzt, um zu einer Diagnose zu gelangen.

3. In manchen Fällen werden die beobachteten Daten *gewünschten Bewegungsausführungen* gegenübergestellt. Beim Unterrichten der Fundamentals-Übungen haben wir z. B. eine gewisse Vorstellung, wie die Bewegung aussehen kann, wenn sie verbunden und durchlässig durch den Körper fließt. Dies wird mit der beobachteten Bewegungsausführung eines Schülers verglichen.

Oft erschließt sich die Sinngebung aus dem Zusammenhang, in der die Beobachtung gemacht wird. Ein informelles Gespräch wird eine informelle Beurteilung hervorrufen. Eine Tanztherapeutin wird eine formelle Beurteilung über ihren Klienten abgeben. Im Coaching wird die gewünschte Bewegungsausführung mit der vorhandenen verglichen. Bei einer abstrakten Tanzperformance auf Video kann jede Sinngebung angesetzt werden. Als Privatperson kann ich eine informelle Beurteilung ausführen. Als Jurymitglied eines Tanzwettbewerbs gebe ich eine formelle Beurteilung ab. Als Choreograf werde ich das Getanzte den erwünschten Bewegungen gegenüberstellen.

Die Arbeit eines Beobachters ist erst beendet, wenn Bedeutung aus den vorhandenen Daten gegeben und eine adäquate Schlussfolgerung in Beziehung zur Kernfrage gezogen wurde.[264] Die Herstellung einer Bedeutungsbestimmung ist der erste Schritt in diese Richtung.

Auch wenn der LBBS-Beobachter alle der sechs oben genannten Aspekte der Strukturierung von Beobachtung beachtet, wird er sich überlegen müssen, wie er methodisch vorgeht.

## Beobachtungsmethoden der LBBS

Bei jedem Beobachtungsgegenstand und jeder Fragestellung muss aufs Neue geprüft werden, ob eine der schon bestehenden Methoden angewandt wird oder ob es noch eine neue zu entwickeln gilt. Im Folgenden werde ich eine Übersicht über die vier bestehenden Methoden geben, jede kurz erklären und anhand eines Beispiels erläutern. Die Beispiele beziehen sich auf Videosequenzen, die sich auf der begleitenden DVD zum Buch unter dem Titel „Gestaltungen" befinden. Danach werden noch kurz weitere Beobachtungsmethoden aus anderen Gebieten, die Labans Ansatz verwenden, vorgestellt. Es muss betont werden, dass die Abwandlung bestehender oder die Entwicklung neuer Beobachtungsmethoden mit jedem neuen Anwendungsgebiet und Forscher/-team geschehen kann. Dem Einfallsreichtum der Beobachter sind keine Grenzen gesetzt.

Hier die Auswahl der bewährten Methoden, die LBBS-Beobachter erlernen:

- Strichliste
- Phrasenanalyse

- Motivschrift
- Gesamtanalyse (Stilanalyse) mit Checkliste

Auch wenn die verwendeten Methoden der Symbolschriften (*Phrasenschrift* und *Motivschrift*) für den Beobachter zunächst einige Erschwernisse mit sich bringen – vor allem die Symbole und deren Grammatik zu kennen –, um die Notation anzuwenden, dient sie klar dem Zweck, die Bewegung visuell zu erfassen (siehe Beispiele unten). Diese Methoden gehen alle davon aus, dass die Bewegung öfter beobachtet werden kann, entweder live oder auf Video.

Die folgende Tabelle gibt einen Überblick über die Beobachtungsmethoden mit LBBS (Tab. 9-2). In der ersten Spalte wird unterschieden, ob sich diese Methode auf die Mikro- oder Makroebene der Beobachtung bezieht. Die Makroebene ist generell und erfasst mehr die Gesamtgestalt. Die Mikroebene versucht die Details zu erfassen. In der zweiten Spalte wird die Art der Analyse aufgeführt, also ob es sich um eine quantitative – in Zahlen messbare – oder um eine qualitative – die Qualitäten erfassende – Analyse handelt. Die dritte Spalte erklärt, wie viele Parameter in die Analyse mit einfließen. Die letzte Spalte zeigt, ob mit dieser Methode die Daten zeitlich in einem Ablauf der Ereignisse eingeordnet werden und ob die Dauer des Parameters innerhalb der Sequenz festgehalten wird.

## Methoden der Laban/Bartenieff-Bewegungsstudien

| | | | | |
|---|---|---|---|---|
| **Strichliste** | Mikro | Quantitativ (fein) | Reduktion auf jeweils einen Parameter innerhalb einer Kategorie | Zeitliche Unabhängigkeit |
| **Phrasenanalyse** | Mikro | Qualitativ | Reduktion auf eine wesentliche Kategorie | Zeitliche Einordnung, Dauer wird nicht erfasst |
| **Motivschrift** | Mikro bis Makro | Qualitativ | Reduktion auf ein bis zwei wesentliche Kategorien | Zeitliche Einordnung, Dauer wird erfasst |
| **Stilanalyse mit Checkliste „Coding Sheet“** | Makro | Quantitativ (grob) | Vollständige Analyse | Zeitliche Unabhängigkeit |

Tab. 9-2

### Strichliste (Check Marks[265])

Eine Strichliste zu führen ist eine bekannte Beobachtungsmethode, die bei den LBBS mit der Reduktion auf jeweils einen Parameter innerhalb einer Kategorie angewandt wird. Diese sehr präzise Methode nimmt aber auch sehr viel Zeit in Anspruch. Mit ihr ist eine Angabe über die Häufigkeit des Parameters möglich, nicht aber eine zeitliche Einordnung oder Aussage über die Dauer.

### Beispiel: Gestaltung von Holger Brüns zum Thema Körperhaltung (☼).

Für die zwei Charaktere, die Holger Brüns darstellt, verwendet er die Parameter konvex oder konkav (von vorne gesehen) im Rumpf. Ich möchte wissen, wie oft er seine Haltung in der Sequenz ändert (Kernfrage). Dazu mache ich eine Tabelle und führe bei der Beobachtung eine Strichliste. Während der Beobachtung muss ich mich entscheiden, wann ich konvex und konkav beobachte. In vielen Fällen besteht keine Frage, aber in einem Fall zweifle ich – weil er sehr schnell und minimal wechselt. Hier muss ich mich für die Ebene der Analyse entscheiden. Beobachte ich auf einer Makroebene, dann sehe ich viermal konkav und viermal konvex. Auf der Mikroebene sehe ich noch einen weiteren Wechsel. Meine Interpretation ist, dass dieser Mikrowechsel wahrscheinlich gar nicht beabsichtigt war, weil ich die Hintergrundinformation habe, dass er diese Sequenz improvisierte.

Durch Wiederholung der Methode für weitere Parameter oder weitere Kategorien ist eine umfangreiche oder sogar vollständige quantitative Analyse möglich. Dies ist in der Praxis nur für kurze Bewegungssequenzen, wie beim oben genannten Beispiel, machbar. Bei einem längeren Beobachtungsgegenstand – wie z. B. einem Tanzstück von einer Stunde – ist das sehr aufwendig. Daher verwendet der LBBS-Beobachter dann die *Stilanalyse* (s. u. *Gesamtanalyse*).

### Phrasenschrift

Mithilfe die *Phrasenschrift*[266] wird eine einzelne Phrase des Tanzes mit Reduktion auf eine der LBBS-Kategorien auf einer zeitlichen Mikroebene festgehalten. Diese qualitative Analyse sagt etwas darüber aus, welche Elemente dieser Kategorie hintereinander in der Abfolge erscheinen, aber nichts über die Dauer der verschiedenen Elemente. Laban hat *Raumphrasen*[267] (s. Phrasierung: Raum) sowie *Antriebsphrasen*[268] analysiert und aufgezeichnet. Bartenieff übernahm dies für *Form*.

### Beispiel: Gestaltung von Thomas Schallmann zum Thema *Formqualitäten* (☼).

Beim ersten Sichten dieser Gestaltung fällt mir sofort auf, dass es eine organische Entwicklung der *Formqualitäten* gibt – ein Auf- und Abbauen in einer übergeordneten Phrasierung wie auch in mehreren kurzen Phasen. Dies lässt sich gut in der *Phrasenschrift* darstellen.

Der Ablauf der Veränderung des Parameters *Formqualitäten* wird in der Phrase (Abb. 9-3) von links nach rechts gelesen und in diesem Beispiel über die drei Zeilen hinweg. Die Grammatik der *Phrasenschrift* verhält sich ähnlich wie die Musiknotation. Alles, was zwischen zwei Taktstrichen übereinander geschrieben ist, passiert gleichzeitig, und alles, was nebeneinander geschrieben wird, geschieht nacheinander. Zum Beispiel gibt es in der ersten Zeile ein langsames Crescendo im *ausbreiten-steigen,* während er gleichzeitig ständig zwischen *ausbreiten-steigen* und *schließen-sinken* wechselt. Die oberen Symbole sind in diesem Fall die „Makroebene“ und die unteren die „Mikroebene“.

Die Symbollänge enthält keine zeitlich Angabe, da diese in der *Phrasenschrift* nicht festgehalten wird. Nur die Häufigkeit der Veränderung wird festgehalten. In diesem Fall habe ich sogar eine Strichliste geführt, weil er so häufig wechselte, dass ich mir die Anzahl nicht merken konnte. Da es einen recht fließenden Übergang zwischen der ersten und zweiten Phrase gibt, habe ich entschieden, die recht unmerkliche Pause als Indikator des Wechsels der Intention zu verwenden.

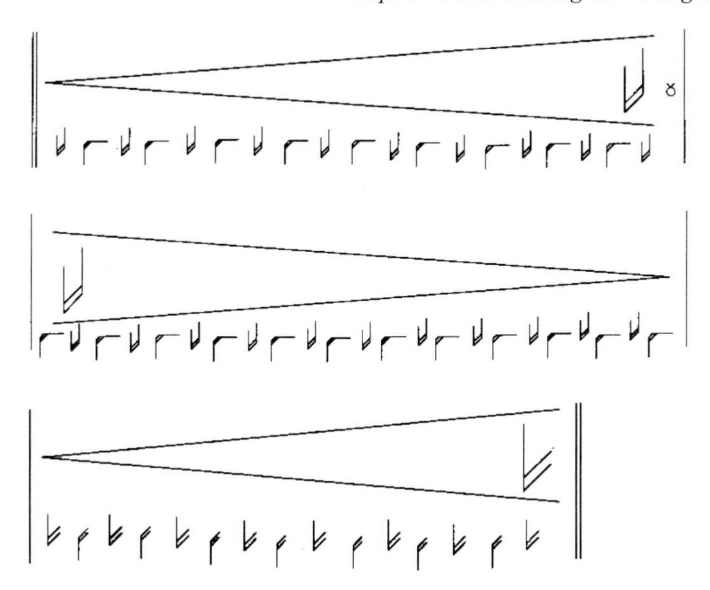

Abb. 9-3 Phrasenschrift der Gestaltung/Formqualitäten (☼)

In der Phrasenschrift können nicht gleichzeitig mehrere Parameter notiert werden. Sollte ich noch eine andere Kategorie notieren wollen, müsste ich eine weitere Phrase schreiben, die dann nicht zeitlich korrespondiert – oder ich wechsle zur Motivschrift.

## Motivschrift

In dieser Dokumentationsform wird das Wichtigste der sechs Kategorien im jeweiligen Moment, also das Leitmotiv, durch die Symbolschrift dargestellt. Dies ist vergleichbar mit der Musik, in der man viele Töne (z. B. eines Orchesters) auf einmal hört und trotzdem entscheiden kann, nur die wichtigsten Töne, z. B. die der Leitmelodie, aufzuschreiben. Daher reduziert die Analyse mit *Motivschrift* das Beobachtete auf eine bis drei Spalten, in denen die Kategorien innerhalb der Abfolge wechseln können. Manche *Motivschriftarten*[269] beziehen nur die Kategorien *Körper, Raum, Beziehung* und *Phrasierung* mit ein. Bartenieff hat dies um *Antrieb* und *Form* erweitert. Die qualitative Analyse der Parameter verschiedener Kategorien wird in der Abfolge und in ihrer Dauer festgehalten.

Die *Motivschrift* kann auf der Makroebene – über mehrere Abschnitte der Bewegung hinweg – oder auf der Mikroebene – ähnlich wie die *Phrasenanalyse* – durchgeführt werden. Die gesamte Grammatik der Motivschrift zu erklären, würde den Rahmen sprengen, daher hier nur ein kurzes Beispiel.

### Beispiel: Gestaltung von Jan Burkhardt zur *A-Skala* (☼).

Obwohl diese Gestaltung choreografiert ist, fällt beim wiederholten Beobachten auf, dass manche *Signalpunkte* der *A-Skala* nicht präzise getroffen werden (im Vergleich zu den *A-Skalen*-Beispielen auf der DVD unter der Überschrift *Raum*). Da Jan Burkhardt nicht nur die Hand als führendes Körperteil verwendet, sondern auch den Kopf, können minimale Divergenzen auftreten. Zum Beispiel war es die Absicht des Choreografen, dass die erste Bewegung nach *links-rück* geht, aber der Tänzer ist mit dem Kopf eigentlich etwas zu hoch gegangen.

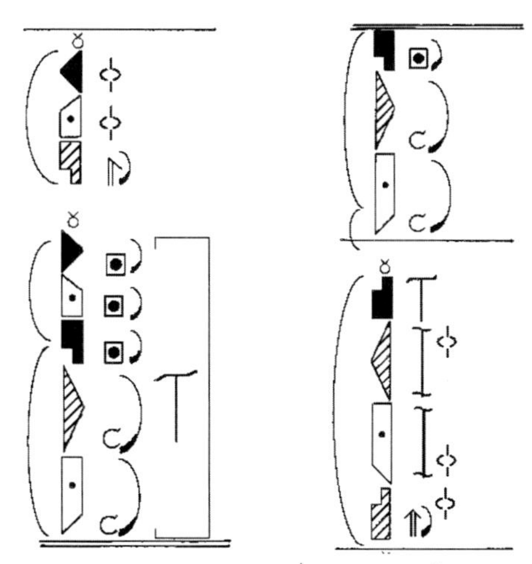

Abb. 9-4 Gestaltung/A-Skala (☼)

Bei der Motivschrift wird von unten nach oben und dann innerhalb des Motivs von links nach rechts gelesen. In diesem Beispiel (Abb. 9-4) stehen neben der Hauptkategorie *Raum* (links) abwechselnd *Körperteile* oder *Körperaktionen* (rechts), je nachdem, was am wichtigsten erscheint. Die Körperteile werden von runden Initiierungsbögen begleitet. Die Raumzeichen unterscheiden sich in der Länge, da sie unterschiedlich lange dauern. Ganz am Anfang befindet sich ein Themenbogen um die *Körperaktion* der Gewichtsverlagerung, da dieses Thema sich über mehrere Raumrichtungen erstreckt. Auf der linken Seite sind Phrasierungsbögen, die verdeutlichen, wie die Raumsymbole im zeitlichen Ablauf zusammengehören. In den meisten Fällen gibt es kurze Pausen zwischen den Phrasierungen.

Die Sequenz geht eigentlich weiter, aber ich wollte nur zeigen, wie sich die A-Skala wieder zum Anfang schließt und ähnlich weitergeht. Beim genauen Beobachten fällt auf, dass der Tänzer beim zweiten Mal ein paar Dinge anders tanzt. Dies zeigt sich aber nicht in der Motivschrift, da diese Kategorie oder dieser Grad an Detail hier nicht erfasst wird. Um alles zu erfassen, sodass eine genaue Rekonstruktion erfolgen kann, müsste der Beobachter die ausführliche Schrift von Laban, die *Labanotation,* verwenden (s. Teil 2).

## Gesamtanalyse/Stilanalyse mit Checkliste (Coding Sheet[270])

Um in einer *Gesamtanalyse* keine der vielen Parameter zu übersehen, wird eine Checkliste (Englisch: Coding Sheet) verwendet. Diese Methode haben LBBS-Beobachter zuerst für die Analyse von Tanzstilen angewandt, daher heißt diese Methode auch *Stilanalyse.* Hier werden Daten in jeder Kategorie und von jedem Parameter mithilfe einer Checkliste erhoben. Wenn diese umfangreiche Checkliste zum Beobachten verwendet wird, muss immer geprüft werden, ob die Parameter bei dem bestimmten Beobachtungsgegenstand sichtbar sind und auch relevant für das Anwendungsgebiet erscheinen. Die relevanten Parameter werden meist von den Fachpersonen im Anwendungsgebiet selbst ausgesucht und auf der Checkliste festgehalten.

Die Checkliste an sich dient meistens auch gleichzeitig zur Dokumentation der Ergebnisse, die in Symbolen und/oder in Stichpunkten festgehalten werden. Durch Beobachtung wird auf der Makroebene die Häufigkeit – ggfs. auch die Intensität eines Parameters – geschätzt, um so eine grobe Quantifizierung zu erlangen. Eine zeitliche Einordnung oder Aussage über die Dauer ist mit dieser Methode nicht möglich.

Die umfangreiche Checkliste mit ihren zehn Seiten hier insgesamt aufzuführen, würde zu sehr ausufern. Der Leser kennt schon viele Parameter auf der Checkliste, die in den vorausgehenden Kapiteln dieses Buches erläutert werden. Daher im Folgenden nur die Gliederung der Checkliste:
A. ERSTER EINDRUCK
B. GENERELLE MERKMALE
C. KÖRPER
D. RAUM
E. ANTRIEB
F. FORM
G. BEZIEHUNG
H. PHRASIERUNG
I. ÜBERGEORDNETE THEMEN
J. SYNTHESE

Den ersten Eindruck festzuhalten, ist bei einer Gesamtanalyse sinnvoll, weil der Beobachter manchmal durch die vielen Parameter am Ende „den Wald vor lauter Bäumen" nicht mehr sieht. So ist es möglich, auf diesen ersten Eindruck – der mehr einer Synthese gleicht – zurückzugreifen, um die vielen beobachteten Parameter in den Kategorien (C. bis H.) einzuordnen. Die generellen Merkmale stichpunktmäßig zu dokumentieren hilft, das allgemeine Setting wiederzugeben. Die durch die Checkliste vorgegebene Reihenfolge braucht der Beobachter nicht einzuhalten. Lediglich das Festhalten des ersten Eindrucks bleibt am Anfang.

Die letzten beiden Punkte – übergeordnete Themen und Synthese – möchte ich kurz näher erläutern. Diese dienen dazu, das Analysierte, also das in viele Teile auseinandergenommene Bewegungsphänomen, wieder in seine Gesamtheit zurückzuführen. Die Themen, die Irmgard Bartenieff für die Fundamentals aufzeigte (*Innen/Außen, Mobilität/Stabilität, Verausgabung/Erholung* und *Funktion/Ausdruck*), verwenden wir für das gesamte Gebiet der LBBS. Das hilft, die Daten aus den verschiedenen Kategorien bestimmten Themenbereichen zuzuordnen. Bei manchen Beobachtungsgegenständen sind es Affinitäten, die Laban definiert hat, aber in anderen sind es Zusammenhänge, die nur in diesem Fall beobachtet werden. Dies soll den letzten Punkt – die Synthese – unterstützen, weil es den Blick auf die Zusammenhänge zwischen den Parametern der Kategorien öffnet. Ohne eine Synthese ist eine Sinngebung/Bedeutungsbestimmung (s. o.) bei einer *Gesamtanalyse* sehr schwierig, da diese Methode reichlich Daten produziert.

Um die vielen beobachteten Daten zu notieren, ist auf der Checkliste genügend Platz zwischen den Begriffen frei gehalten. So kann der Beobachter gleich seine Codierung dokumentieren. Für die Quantifizierung wird mit der Skalierung gearbeitet. Auf der LBBS-Checkliste wird auf einer Skala von null bis drei die Schätzung notiert (0 = gar nicht, 1 = wenig, 2 = mäßig, 3 = häufig). Dies kann dem jeweiligen Bedürfnis des Anwendungsgebietes (z. B. in Forschung oder Therapie) entsprechend noch verfeinert werden.

Um dem Leser einen Einblick in einen Teil einer Checkliste zu ermöglichen, werde ich eine Kategorie aussuchen und diese am Beispiel vorführen.

**Beispiel: Gestaltung von Heike Klaas zum Thema Flussantrieb (☼)**

Das Thema der Improvisation von Heike Klaas ist klar definiert: der *Flussantrieb*. Was mich an der Analyse interessiert: Welche Flusskombinationen macht sie am häufigsten? (Kernfrage). Bei der relativ kurzen Gesamtdauer (1:20 Min.) dieser Improvisation könnte ich zwar auch eine Strichliste führen – aber dies für alle Kombinationsmöglichkeiten von *Antrieb* durchzuführen, ist recht zeitaufwendig. Die *Gesamtanalyse* erlaubt mir zu schätzen und somit kann ich als Profibeobachter diesen Teil (der Gesamtanalyse) in ca. 15 Minuten fertigstellen. Im Folgenden der Ausschnitt der *Gesamtanalyse,* der sich mit *Antrieb* beschäftigt.

E. ANTRIEB

1. Beschreibe das Gefühl/die Stimmung/die energetische Qualität, die beobachtet wird, in normaler Sprache: Sehr präzise und kontrollierte Bewegungen wechseln sich mit sehr losgelassenen und unkontrollierten Bewegungen ab.

2. Generelle Intensität: niedrig, mittel, hoch

3. Häufigkeit der *Antriebselemente*: (0 = gar nicht, 1 = wenig, 2 = mäßig, 3 = häufig)

| Gewicht: aktiv/passiv/erspüren | kraftvoll | leicht |
|---|---|---|
| 2 2 3 1 | 2 | 2 |
| Zeit | beschleunigend | verzögernd |
| 2 | 2 | 2 |
| Raum | direkt | flexibel (indirekt) |
| 2 | 2 | 1 |
| Fluss | gebunden | frei |
| 3 | 3 | 3 |

4. Hauptsächlich verwendete *Zweier-Kombinationen (Stimmungen)* und häufige spezifische Kombinationen notieren: (0 = gar nicht, 1 = wenig, 2 = mäßig, 3 = häufig)

| Träumerische Stimmung | Stabile Stimmung | Rhythmische Stimmung |
|---|---|---|
| 1 | 1 | 1 |
| | | |
| Wache Stimmung | Mobile Stimmung | Entrückte Stimmung |
| 2 | 3 | 2 |
| | | |

5. Hauptsächlich verwendete *Dreier-Kombinationen (Bewegungstriebe)* und häufige spezifische Kombinationen notieren: (0 = gar nicht, 1 = wenig, 2 = mäßig, 3 = häufig)

| Aktion | Leidenschaft | Zauber | Vision |
|---|---|---|---|
| 0 | 3 | 2 | 1 |
| | | | |

6. Gibt es *Vierer-Kombinationen* (volle Triebe)? Wenn ja, welche?

7. Sonstiges zu *Antrieb* (was besonders auffällt):
- Insgesamt: Dreier-Kombinationen = 3; Zweier-Kombinationen = 2; Vierer-Kombinationen = 1; Elemente = 1
- Einige der Leidenschaftskombinationen sind mit passivem *Gewicht* ausgeführt (kann hier, wegen des Programms, nicht im Symbol dargestellt werden).
- Tänzerin zeigt die *Antriebe* häufig in den Händen/Armen oder im ganzen Körper.

In Bezug zu meiner Kernfrage wird nach der Analyse mit der Checkliste deutlich, dass *Leidenschaft* (*Gewicht, Zeit* und *Fluss*) und *mobil* (*Zeit* und *Fluss*) die am meisten verwendeten Flusskombinationen sind, die sich dann mit *Zauber (Raum, Gewicht* und *Fluss), wach (Raum* und *Zeit)* und *entrückt (Raum* und *Fluss)* abwechseln. Außerdem gab es auch zwei kurze *Vierer-Kombinationen*momente zu beobachten.

Die letzte Bemerkung, die ich auf der Checkliste notiert habe („Tänzerin zeigt die *Antrieb*e häufig in den Händen/Armen oder im ganzen Körper"), führt mich schon zu der nächsten Kategorie, die ich beobachten würde: *Körper*. Danach würde ich dann *Phrasierung*, *Form* und *Raum* anschauen und zuletzt *Beziehung*. Die übergeordneten Themen und die Synthese würden alle Daten zusammenziehen, z. B. unter dem Thema *Innen/Außen*. Dann wäre die Gesamtanalyse dieser Improvisation komplett.

Die oben genannten vier Methoden können natürlich auch miteinander kombiniert werden. Die Autorin hat am Beispiel des Tanzstücks „Le Sacre du Printemps" von Pina Bausch alle Methoden aufgezeigt[271] und ist zu dem Ergebnis gekommen, dass diese Methoden sich sehr gut gegenseitig unterstützen können. Vor allem die *Gesamtanalyse (*oder *Stilanalyse)* kann mit jeder anderen Methode gut ergänzt werden, da dann die Makroansicht mit einer Mikroansicht noch untermauert werden kann. Bei der Gestaltung von Heike Klaas könnte ich mir z. B. vorstellen, dass eine Phrasenschrift der Antriebswechsel nicht nur die Schätzung der Häufigkeit untermauern wird, sondern auch zeigt, wie die Tänzerin in dieser Improvisation den Wechsel von *gebundenem* zu *freiem Fluss* in immer anderen Kombinationen vollzieht.

## Weitere Beobachtungsmethoden

Es existieren auch noch andere Methoden, die auf Labans Arbeit aufbauen (und alle separater Ausbildungen bedürfen). Hier ein paar Beispiele:

- Die *Labanotation* oder *Kinetographie Laban* ist eine zeitlich einzuordnende qualitative Mikroanalyse der Parameter: *Körper, Raum* und *Beziehung* (s. Beitrag im 2. Teil).
- Das „*Movement Pattern Analysis*"-Profil (ehemals „Action Profiling") von Warren Lamb Associates ist eine zeitlich unabhängige quantitative Makroanalyse von bestimmten *Form-* und *Antriebsqualitäten* in genau definierten Bewegungen (s. 2. Teil).
- Das *„Kestenberg Movement Profile"* ist eine zeitlich unabhängige qualitative Mikroanalyse von *Form* und *Antrieb* (auch Vorläufer vom *Antrieb*), um Profile von Babys und Erwachsenen zu erstellen.
- Das *„Davis Nonverbal Communication Analysis System"* ist eine Interaktionsanalyse, die eine zeitliche Einordnung bestimmter Parameter aus jeder Kategorie qualitativ auf der Makroebene bestimmt.

Wie schon erwähnt, können weitere Methoden noch entwickelt oder mit vorhandenen aus anderen Wissenschaften kombiniert werden, z. B. mit den hermeneutischen Verfahren.

## Von der Kernfrage zur Methode

Vielfach muss durch „Versuch und Irrtum" die adäquate Methode für die vorhandene Kernfrage/These gefunden werden. Die naheliegende Methode in Bezug zur Kernfrage wird gewählt und durch einen ersten Versuch getestet. Vor allem muss im Pilotversuch darauf geachtet werden, dass die gesammelten Daten auch wirklich die Kernfrage oder These am Ende belegen können.

Im Folgenden vier Beispiele für Kernfragen und die entsprechende LBBS-Methode:
- Welche Antriebskombination ist sehr häufig? ⇒ *Strichliste*
- Wie ist eine typische Bewegungsphrase? ⇒ *Phrasenanalyse*
- Wie ist das Leitmotiv, das zuerst getanzt wird? ⇒ *Motivschrift*
- Welcher Bewegungsstil liegt dem Tanzstück zugrunde? ⇒ *Gesamtanalyse* mit Checkliste

Die Beziehung der Kernfrage zu den möglichen Methoden sowie jeder Aspekt der Strukturierung des Beobachtungsprozesses (Abb. 10-2) ist nicht isoliert, sondern in Abhängigkeit zueinander zu betrachten. Zum Beispiel: Bei einer Liveaufführung könnte ein Beobachter wahrscheinlich einige der oben genannten Kernfragen schwer beantworten.

## Bewegungsanalyse – künstlerisch und wissenschaftlich

In der empirischen Wissenschaft der Bewegungsanalyse gibt es das Bestreben, das Subjektive zu überwinden, was als absolutes Ziel unmöglich ist, da Beobachter ihr gesammeltes „Körper-Wissen/Körper-Vorurteil" (s. oben Nr.6) einbringen. Nichtsdestotrotz kann mit den oben genannten Strategien versucht werden, die Beobachtungen auf eine möglichst objektive und von anderen Menschen nachvollziehbare Grundlage zu stellen. Eine differenzierte Beobachtung mit LBBS ermöglicht es dem Beobachter, mit einem umfangreichen Vokabular über das Bewegungsgeschehen zu kommunizieren. LBBS-Beobachter werden darin geschult, nicht nur eine Verlässlichkeit zwischen den Beobachtern herzustellen, sondern auch auf der Beschreibungsebene zu bleiben und nicht gleich in die Interpretation der Bewegung zu rutschen. All dies ermöglicht eine bessere Verständigung und Nachvollziehbarkeit. Die so gewonnen Daten können intersubjektiv überprüft werden.

Um strengen wissenschaftlichen Kriterien der Reproduzierbarkeit zu genügen, muss mit Video beobachtet werden, wo Bewegungen sich exakt wiederholen lassen. Bisher war es immer sehr schwer, den genauen Zeitpunkt der analysierten Bewegung zu bestimmen. Inzwischen gibt es Computerprogramme mit Video, in denen sekundengenau die Beobachtungen einer Bewegung zugeordnet werden können, sodass andere Beobachter diese minutiös überprüfen können.[272] Die Beobachtungen können mit der schriftlichen Wortform oder mit einer Symbolschrift dokumentiert werden.

Beim Livebeobachten sind die Reproduzierbarkeit und somit die Überprüfbarkeit nicht immer gegeben, außer vielleicht bei Profitänzern einer Choreografie. Die Verlässlichkeit zwischen geschulten LBBS-Beobachtern und die Kommunikation auf der Beschreibungsebene haben trotzdem Bestand.

Obwohl die oben genannte Strukturierung der Beobachtung entwickelt wurde, um mehr wissenschaftlichen Kriterien zu genügen, kann die LBBS-Bewegungsbeobachtung immer noch dem Künstler, Tänzer oder Tanzpädagogen dienen. Das Weglassen der Strukturierung und das Berufen auf die „Intuition" scheint den meisten Menschen leicht zu fallen, da es der üblichen Form des Beobachtens im Alltag entspricht.

Laban schrieb dazu:
„Freilich wird der Künstler beim Beobachten und Analysieren von Bewegung wie in der Umsetzung seiner Erkenntnisse in die Praxis in mancher Hinsicht anders vorgehen als der Wissenschaftler. Eine Synthese von wissenschaftlicher und künstlerischer Bewegungsanalyse wäre indes sehr wünschenswert, denn sonst spezialisiert sich die Bewegungsforschung des Künstlers ebenso einseitig in die eine Richtung wie die des Wissenschaftlers in die andere. Nur wenn der Wissenschaftler vom Künstler lernt, sich die notwendige Sensibilität für die Aussage von Bewegung zu erwerben, und der Künstler vom Wissenschaftler lernt, wie sein eigenes intuitives Wahrnehmen von Bewegungsinhalten in eine Ordnung zu bringen ist, kann ein ausgewogenes Ganzes geschaffen werden."[273]

## Fazit

Historisch wuchs die Bewegungsbeobachtung mit LBBS aus dem künstlerischen und pädagogischen Bereich, wurde dann von Laban in der Industrie angewandt und von seinen Schülern für Therapie und Wissenschaft ausgearbeitet. Gleichzeitig hat sich über die Jahrzehnte die Anzahl der zu beobachtenden Parameter mit LBBS vergrößert, sodass eine gewisse Strukturierung unabdingbar wurde. Das Strukturieren des Prozesses der Bewegungsbeobachtung wurde von einer wissenschaftlichen Herangehensweise angeregt. Die Vorteile einer klaren Strukturierung des Beobachtungsprozesses sind Übersichtlichkeit und Nachvollziehbarkeit.

# Kapitel 10: Bartenieff Fundamentals – Grundlagen der Körperarbeit

Wie schon anfangs erwähnt, hat Irmgard Bartenieff die Kategorie *Körper* von Laban ergänzt und gleichzeitig vieles von den anderen Kategorien von Laban integriert. Daher werden in diesem Buch dieser auch eigenständig stehenden Arbeit zwei eigene Kapitel gewidmet. Sie entwickelte in den USA aus Labans bewegungsanalytischen Theorien und ihrer eigenen Erfahrung als Tänzerin, Physio- und Tanztherapeutin eine korrektive Körperarbeit: die „Bartenieff Fundamentals of Movement“ (Stichpunkt Biografie s. Anhang). Die fundamentalen Bewegungen, die Bartenieff erarbeitete, beinhalten Labans Prinzipien und sie entwickelte, darauf aufbauend, neue, körperbezogene Konzepte und Prinzipien.

In dieses Kapitel werden nach der allgemeinen Einführung die vier fundamentalen Aspekte der Bartenieff Fundamentals – die *Themen, Prinzipien, Verbindungen* und *Muster* – beschrieben. Die Verbindungen sind noch einmal unterteilt in die *Basiskörperverbindungen* (mit anatomischen Referenzen) und die *Ganzkörperverbindungen (*im Folgenden nur noch *Körperverbindungen).* Danach werden die Begriffe, Schwerpunkte der Körperarbeit sowie Besonderheiten des Unterrichts dargestellt. Die Übungen, auf die in diesem Kapitel, wie auch im 2. Teil des Buches, verwiesen wird, werden im nächsten Kapitel beschreiben.

## Ziele der Fundamentals

Der Schwerpunkt der Bartenieff Fundamentals liegt auf dem lebendigen Zusammenspiel von funktionaler und expressiver Bewegung, d. h. von Verbindungen innerhalb des Körpers sowie der Ausdruckskraft des Körpers nach außen. Ziel ist es, effektive und körperlich verbundene Bewegungen wahrzunehmen und zu trainieren, um sie für komplexe dreidimensionale und dynamische Bewegungsmöglichkeiten zur Verfügung zu haben.

Die Arbeit mit den Bartenieff Fundamentals zielt auf eine Veränderung des körperlichen Selbstbildes und auf eine Verbesserung der neuromuskulären Bahnung und Koordination. Irmgard Bartenieff wollte mit ihrer Arbeit nicht bei der Neuorganisation des Körpers stehen bleiben, sondern betrachtete ihre Konzepte als Wegbereiter für eine größere Expressivität des sich bewegenden Menschen.

## Hintergrundwissen

Als Physio- und Massagetherapeutin verfügte Bartenieff über eingehende Kenntnisse in Anatomie, Physiologie und Entwicklungsmotorik. In ihrer Arbeit wandte sie dieses Wissen an, setzte dieses Verständnis jedoch nicht voraus, da sie meistens mit Laien gearbeitet hat. Ihre Konzepte erwuchsen aus der Praxis und wurden immer wieder praktisch verdeutlicht. Sie arbeitete in Krankenhäusern, in privater Praxis sowie in Tanzstudios und sammelte dadurch Erfahrungen mit den Bewegungsfähigkeiten unterschiedlichster Menschen.

Als Tänzerin mit Laban-Diplom besaß Bartenieff eingehendes Wissen über Labans Konzepte. Daher reichte für sie die aus der Physiotherapie stammende Betrachtung der einfachen Muskelfunktion nicht aus. Sie wollte einen Zusammenhang zu der Intention und den räumlichen Aspekten der Bewegung herstellen.[274] Durch ihre praktischen Forschungen wurde ihr klar, dass alle Bewegungen, sogar die kleinsten, *Raum, Form, Antrieb* und *Phrasierung* beinhalten.[275] Vor allem erkannte sie, dass *Raum* und *Körper* sich gegenseitig bedingen. Fundamentals ergründet das

Innere der Bewegung, das Anatomisch-Körperliche, während die *Raumharmonielehre*, mit ihrem Hinausreichen in den *Raum* das Äußere der Bewegung erforscht.[276]
Labans Ansatz der „Ökonomie einer Bewegung" im Umgang mit dem *Antrieb* führte Bartenieff im anatomischen und physiologischen Sinne weiter. Laban schrieb: „Bei sehr ökonomischem Umgang mit der Antriebsenergie wirkt eine Bewegung nahezu mühelos."[277] Bartenieff verfolgte denselben Ansatz im körperlichen Sinne. Daher lag es nahe, die einzelnen Körperteile, die Laban durch die Gelenkstruktur gegliedert hatte, zueinander in Beziehung zu setzen, um so ein ökonomisches Miteinander zu fördern.

## Beziehung in den Fundamentals

„Es gibt eine Beziehung zwischen allen Körperteilen in jeder Bewegung."[278]

Die Beziehung innerhalb des Körpers wird durch die Verbindungen zwischen den Körperteilen aufgebaut und durch die verschiedenen *Ganzkörperorganisationsmuster* koordiniert. Die Beziehung des *Körpers* nach außen zum *Raum*, zur Umwelt sowie zu anderen Menschen wird vor allem durch dynamische Bewegung im Raum aufgebaut. Innen und Außen stehen in Beziehung: Wenn ich mich verbunden und koordiniert bewege, habe ich erweiterte Möglichkeiten, auf die Außenwelt und andere Personen zu wirken und zu reagieren. Daraus ergeben sich drei verschiedene Beziehungsgeflechte:
- innerhalb des Körpers
- außerhalb der Körpers – also in den Raum
- zwischen innen und außen

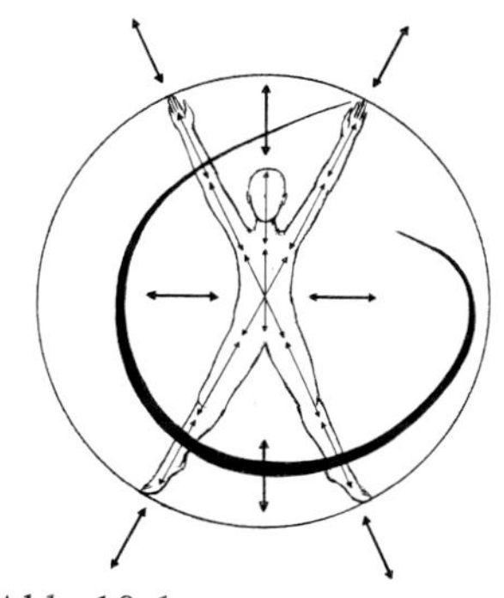

Abb. 10-1

Die Beziehung zwischen den drei Geflechten (Abb. 10-1) ist mehr als die Summe der Einzelteile – es entsteht ein komplexes Netzwerk.

## Komplexität und Systematisierung der Fundamentals

Jede Bewegung ist komplex und vielschichtig, da mehrere Dinge zur gleichen Zeit geschehen. Eine Bewegung ist eine hochgradige Orchestrierung von verschiedenen Aspekten. Die Komplexität der körperlichen Bewegung, die ein Erwachsener zur Verfügung hat, unterteilen die Bartenieff Fundamentals – wie die Laban-Bewegungsstudien – in einzelne fundamentale Aspekte, um sie dann wieder zusammenzufügen und als komplexe Sequenzen zu trainieren.

Bartenieff hat bis zu ihrem Lebensende immer neue fundamentale Gesichtspunkte der körperlichen Bewegung entdeckt. Auf dringenden Wunsch ihrer Mitarbeiter hielt sie (schon in ihren 70ern) ein paar Übungen und wichtige Grundsätze in ihrem einzigen Buch „Body Movement" fest. Die Arbeit wird auf dieser Grundlage von ihren Mitarbeitern und deren Schülern in Theorie und Praxis bis heute weiterentwickelt.

Meines Erachtens können die fundamentalen Aspekte der Bartenieff Fundamentals heute in vier verschiedene Bereiche gegliedert werden: *Themen, Prinzipien, Verbindungen* und *Muster* (Tab.10-1). In der praktischen Arbeit verweben sich letztlich alle wieder miteinander und ergeben mit den Kategorien von Laban die Komplexität in der Bewegung.

| **Themen** | **Prinzipien** | **Verbindungen** | | **Muster** |
|---|---|---|---|---|
| Stabilität/ Mobilität | Erdung | Basiskörper-verbindungen | Ganzkörper-verbindungen | Respirations-muster |
| Innen/ Außen | Verbundenheit | Rumpf-Bein-verbindungen | Mitte-Peripherie-verbindungen | Zentrum-distalmuster |
| Verausga-bung/ Erholung | Intention | Verbindungen innerhalb des Rumpfes | Kopf-Steiß-verbindung | Spinalmuster |
| Funktion/ Expression | Phrasierung | Rumpf-Arm-verbindungen | Oberkörper-Unterkörper-verbindung | Homologmuster |
| | Atem-unterstützung | Verbindungen zum/vom Kopf | Körperhälften-verbindung | Homolateral-muster |
| | Einzigartigkeit | | Diagonal-verbindung | Kontralateral-muster |

Tab. 10-1

## Die Themen

Die vier Hauptbewegungsthemen leiten sich aus Labans Grundphilosophie ab. Sie bestehen aus Polaritäten, die – ähnlich wie beim chinesischen Yin und Yang – immer als zwei Pole eines Ganzen zu verstehen sind. Diese Polaritäten können gleichzeitig oder nacheinander in der Bewegung auftreten.

### Stabilität/Mobilität

„Der ganze Körper ist an jeder Bewegung beteiligt: Verschiedene Teile dienen der Bewegung, andere als Unterstützer der Bewegung."[279] Häufig denken wir in der Bewegung nur an den mobilen Anteil – weil dieser aktiv erscheint. Der stabilisierende Anteil ist jedoch die Voraussetzung für die Mobilität. Er sollte nicht passiv sein oder durch Festhalten der Muskulatur entstehen, sondern durch Verbindungen, die mit Energie und Absicht gefüllt werden.

Dieses verbundene, aktive Stabilisieren kann wiederum zu mehr Mobilität führen, besonders wenn die Beziehung zwischen beiden Polen herausgearbeitet wird. „Stabilisierende und mobilisierende Elemente beeinflussen sich ständig gegenseitig, um effektive Bewegung zu produzieren."[280]

### Innen/Außen

Innere Impulse werden durch eine äußere, sichtbare Form – die Bewegung – ausgedrückt. Die bewegte Auseinandersetzung mit der äußeren Welt beeinflusst das Innenleben und wird als Erfahrung gespeichert. „Kurzum: das Äußere reflektiert das Innere. Das Innere reflektiert das Äußere."[281] Dies klingt fast banal! Es gibt aber Momente, in denen wir meinen, wir könnten das Innere verstecken oder das Äußere nicht auf unser Inneres wirken lassen.

Die Bartenieff Fundamentals arbeiten am äußerlich sichtbaren Phänomen der Bewegung. Dies geschieht mit dem Bewusstsein, dass die Körperbewegungen nach innen wirken und dass eine Veränderung des sichtbaren Äußeren nur durch Veränderung im Inneren erfolgen kann. Daher wird die innere Unterstützung durch das Zentrum, z. B. durch die Muskelketten und geistig die innere Beteiligung für die Bewegung, z. B. die klare Intention von innen, gesucht. Diese inneren Faktoren wirken dann nach außen und werden wiederum in der Bewegung sichtbar. „Aus einem klaren Gefühl für den Körper – anatomisch und mit innerem Raum – entsteht ein klares Gefühl von der Bewegung im äußeren Raum."[282]

## Verausgabung/Erholung

„Verausgabung und Erholung sind ständig aktiv, um die Vitalität der Bewegung zu erhalten."[283]

Jede Verausgabung zieht eine Erholung nach sich, sodass der Körper sich regenerieren kann. Diese Erholung, wenn sie lange genug andauert, kann dann wiederum zur Verausgabung werden. Die Verausgabungs- und Erholungszyklen können in den unterschiedlichen Laban-Kategorien betrachtet werden:

- *körperlich*: z. B. im Wechsel von der rechten zur linken Seite oder vom Oberkörper zum Unterkörper
- *räumlich*: z. B. im Wechsel der drei verschiedenen *Flächen* zueinander
- dynamisch: z. B. im Wechsel des *Antriebs* bei gleichbleibender Übung

Im Prozess ist es wichtig, auf den Verausgabungs- und Erholungsrhythmus zu achten, sodass die Mühelosigkeit in der Bewegung beibehalten werden kann. Daher ist dieses Thema eng mit der „Ökonomie" einer Bewegung verknüpft.

## Funktion/Expression (Ausdruck)

Jede Bewegung hat einen funktionalen und einen expressiven Anteil. Manchmal ist der eine, manchmal der andere Aspekt im Vordergrund, aber sie stehen in enger Beziehung zueinander. Beide Aspekte sind unmittelbar miteinander verknüpft, im engeren wie im weiteren Sinn. Je nach Situation wird der eine oder andere Aspekt mehr fokussiert.

Im Sport wird Bewegung meistens funktional betrachtet. Trotzdem gibt es einen expressiven Anteil im Spiel, ob jemand z. B. eine „aggressive" oder eine „defensive" Haltung einnimmt, wird allgemein seine Bewegungen beeinflussen. In der Therapie (z. B. Tanztherapie) wird häufig der expressive Anteil betrachtet und nicht so sehr der funktionale. Trotzdem ist es auch in der Therapie wichtig, den funktionalen Anteil zu berücksichtigen, z. B. wenn jemand etwas „wegschieben" möchte und nicht überzeugend eine „drückende" Bewegung ausführt. Hier könnte nicht nur der Ausdruck gehemmt sein, sondern auch die funktionale Verbindung von den Armen zum Rumpf fehlen oder die Verbindung zum Boden (die Erdung). Bartenieff ermutigte ihre Schüler, die Beziehung zwischen Funktion und Ausdruck zu entdecken, indem sie z. B. sagte: „Exploriere den Rotationsfaktor und seine Beziehung zum Ausdruck."[284]

Auch wenn die festgelegten Fundamentals-Übungen und -Sequenzen zunächst recht funktional erscheinen, war Bartenieff der Überzeugung: „Die Bewegung ist nicht ein Symbol für den Ausdruck, sie ist der Ausdruck. (Aus) anatomischen und räumlichen Beziehungen entstehen Antriebsrhythmen mit emotionalen Begleiterscheinungen."[285]

Der *Antrieb* ist bei vielen Fundamentals-Übungen nicht festgelegt, aber die Sequenzen werden in der Praxis häufig zuerst mit *Fluss*- und *Raumantrieb* (in der Zweier-Kombination entrückt) bewegt. Nach Verankerung der wesentlichen Funktionen in einer Fundamentals-Übung, sollten der *Antrieb* und damit der Ausdruck verändert werden, um viele unterschiedliche expressive Variationen dieser Funktion im Bewegungsrepertoire zu festigen.

## Die Prinzipien

Prinzipien sollten universell anzuwenden sein und sind in jeder Bewegung vorhanden. Bartenieff Fundamentals integrieren die nachfolgenden Prinzipien in die praktische Körperarbeit.

### Prinzip der Erdung

Der Körper muss in jeder Situation (Stille oder Bewegung) eine Beziehung zur Erde und zur Erdanziehungskraft herstellen.

Von Geburt an bewegen sich Menschen immer in Beziehung zur Erdanziehungskraft und die Erde (bzw. der Boden) unterstützt immer den Körper – außer wenn man getragen wird oder in kurzen Sprungmomenten. Jedes Kind bringt bei der Geburt einen eigenen Tonus (Körperspannung) mit auf die Welt. Dieser Tonus entwickelt sich durch unterschiedliche Lagerung/Lagen zur Erdanziehung weiter. Babys bauen durch den gesamten Körper eine Beziehung zur Erde auf, jeweils mit der Körperfläche, die im Moment Kontakt zur Unterlage hat. Wenn sie z. B. aufrecht gehalten werden, zieht die Schwerkraft in Richtung der Füße.

In der Entwicklung zum aufrechten Gang, in dem der Mensch immer weniger Kontaktfläche zur Erde hat, muss eine gewisse *Gegenspannung* zur Erdanziehung aufbaut werden. Zwischen der aufgewendeten *Gegenspannung* und dem Nachgeben in Bezug zur Schwerkraft muss eine Balance hergestellt werden. Wir beobachten, dass die meisten (erwachsenen) Menschen lernen müssen, mehr der Schwerkraft nachzugeben – ohne sich völlig passiv der Schwerkraft hinzugeben. Es gibt aber auch Menschen, die sich zu viel der Schwerkraft hingeben – diese müssen wiederum mehr *Gegenspannung* aufbauen.

„Sich zu erden" bedeutet, sich den „satten" Bodenkontakt zu erlauben, ohne dabei durch die Erdanziehung zusammenzusinken. Es geht um eine adäquate Spannung im Körper. Die *Gegenspannung* zur Erdanziehung wird häufig ausschließlich durch den Muskeltonus reguliert. Dabei ist es wesentlich ökonomischer, sie auch durch die Raumrichtung zu unterstützen, z. B. beim Stehen durch das Verlängern nach oben (ohne dabei die Wirbelsäulenkurven zu begradigen).

Ein guter Kontakt zur Erde und genügend *Gegenspannung* zur Erdanziehungskraft sind eine optimale Voraussetzung, um *Verbindungen* im Körper zu etablieren und sich ökonomischer zu bewegen.

### Prinzip der Verbundenheit

„Der ganze Körper ist verbunden, alle Teile sind in Beziehung. Veränderung in einem Teil verändert das Ganze."[286]

Obwohl alle Körperteile grundsätzlich miteinander verbunden sind, gibt es Abstufungen von wenig bis mehr Verbundenheit in der Bewegung. Häufig wird der Begriff „nicht verbunden" für sehr wenig *Verbundenheit* verwendet. Bartenieff war der Meinung, dass scheinbar „nicht verbundene Bewegung nur dadurch geschehen sollte, wenn ich sie ausgewählt habe, nicht durch den Mangel an Verständnis für das, was die gesamte Bewegung sein soll"[287]. Das heißt, (scheinbar) isolierte oder fragmentierte Bewegungen, wenn sie bewusst gemacht werden, haben auch ihre Berechtigung – vor allem als künstlerisches Ausdrucksmittel. In der Regel hilft es aber, mehr *Verbundenheit* im Körper herzustellen, um die Bewegungen ökonomischer zu gestalten und dadurch die Gesundheit des Bewegungsapparats zu erhalten.

Die Suche nach mehr *Verbindungen* im Körper setzt die Differenzierung der Körperteile voraus. Um *Verbindungen* zu schaffen, müssen diese Teile in Beziehung gesetzt werden oder in Kommunikation miteinander treten. Ein Anzeichen für *Verbundenheit* ist die proportionale Veränderung in allen Körperteilen, die an einer Bewegung teilhaben. Ein weiterer Anhaltspunkt bezieht sich auf die *Durchlässigkeit* des Bewegungsflusses durch den Körper.

Die *Verbindung* kann kurz sein zwischen Körperteilen, die nah beieinander liegen (s. *Basiskörperverbindungen*), oder sich durch den ganzen Körper erstrecken (s. Ganz*körperverbindungen*). Schwerpunktmäßig stellen die Fundamentals Verbindungen vom, zum und durch den Rumpf her. Es ist naheliegend, dass diese *Verbindungen* im Körper auch energetische und psychische Komponenten haben. Je nach Anwendungsgebiet werden diese Komponenten direkt oder indirekt angesprochen.

Um die *Verbindungen* im Körper aufzubauen, bedarf es einer inneren Bereitschaft und einer Klarheit über die auszuführende Bewegung. Das Verständnis für Verbindungen in der Bewegung wird verschiedenartig geschult: Bewegungsvorführung und Nachahmung, anatomische Klärung und Bilder, verbale Anleitung und Feedback sowie Auflegen und Begleiten der Hände. Wenn das Verständnis für die Bewegung gegeben ist, werden die Verbindungen in der Bewegung durch eine klare Absicht angesprochen.

### Prinzip der Intention

Die Intention der Bewegung organisiert das neuromuskuläre System.

Im Alltag verfolgen die meisten menschlichen Bewegungen konkrete Absichten, welche die Bewegungsabläufe organisieren. Im Tanz werden fast immer imaginäre Absichten verfolgt und trotzdem organisieren diese die Bewegungsabläufe. Größtenteils sind wir uns unserer Absichten bewusst, aber auch unbewusste Absichten können Bewegung organisieren. Je klarer aber diese Intention ist, desto klarer wird auch der Bewegungsablauf sein.

In der Bewegung können vier verschiedene Intentionen unterschieden werden:
1. Mit einer *körperlichen Intention* wird geklärt, in welchem Körperteil die Bewegung ansetzt und zu welchem sie hinführen soll.
2. Mit der *räumlichen Intention* wird die Richtung klar definiert und anvisiert.
3. Eine *formende Intention* hilft den Prozess der plastischen Formveränderung des Körpers zu klären.
4. Bei der *Antriebsintention* wird die energetische/dynamische Qualität der Bewegung fein abgestimmt.
Bartenieff meinte: „Habe immer eine räumliche Intention in der Bewegung und die Fähigkeit, diese von einer körperlich fokussierten zu unterscheiden.“[288] Sie stellte die räumliche Intention in den Vordergrund, da sie damit gute Erfahrungen in der Praxis gemacht hatte. Sie hat z. B. Poliopatienten dadurch motivieren können, etwas Körperliches zu tun, was sie sich vorher nicht zugetraut hätten. Dennoch kann es in bestimmten Zusammenhängen sehr nützlich sein, auch die anderen Intentionsarten zu verwenden, besonders wenn die *räumliche Intention* nicht die Präferenz desjenigen ist, der motiviert werden soll.
Welche Intention auch immer angesprochen wird: Es ist sinnvoll, diese als Vorbereitung zur Bewegungsplanung vor Beginn der Bewegung zu klären.

## Prinzip der Phrasierung

„Die Vorbereitung und der Bewegungsansatz bestimmen den gesamten Verlauf der Bewegungsphrase.“[289]

In jeder Fundamentals-Übung oder Sequenz wird die gesamte Phrasierung betrachtet, aber „der wichtigste Teil der Bewegung ist die Vorbereitung“[290]. Zur Vorbereitung gehört die Klärung der Intention. Danach gilt es, einen Bewegungsplan für den gesamten Verlauf der Bewegung zu entwickeln. Welchen Weg soll die Bewegung sich durch den Körper bahnen? Welche Koordination – welches *Ganzkörperorganisationsmuster* – wird angestrebt? All dies sind Fragen der gesamten Phrasierung, die vor der Initiierung geklärt werden müssen.

Durch den Bewegungsansatz im Körper im Moment der Initiierung wird eine komplexe neuromuskuläre Abfolge angesprochen, deren Verlauf nicht ohne weiteres mitten drin korrigiert werden kann. Daher war Bartenieffs Motto: sich immer über den Bewegungsansatz bewusst zu sein.[291] Das Ausprobieren verschiedener Bewegungsansätze kann einen größeren Grad an körperlicher Differenzierung bewirken. Es kann soweit differenziert werden, dass z. B. für eine Armbewegung, die von der Hand angesetzt werden soll, sogar der Finger bestimmt wird, der die Initiierung auslöst.

Wenn in der Bewegung die Verbindung im Verlauf stockt oder ein neuer Bewegungsansatz die Aktion zu Ende führt, blockiert meist etwas die Durchlässigkeit der Verbindung an dieser Stelle. In diesem Fall ist es hilfreich, vor allem den Bewegungsansatz nochmals zu klären, und falls dieser schon verankert ist, die Intention und auch die Bewegungsplanung vom Verlauf klar zu stellen.

Im Übergang zwischen den Bewegungsphrasen liegen häufig Erholung und Vorbereitung dicht beieinander. Während man sich von der einen Phrase erholt, ist man schon in Vorbereitung für den nächsten Bewegungsansatz. Das heißt: An das Ende schließt sich, wie in einem Kreis, wieder der neue Anfang an.

Durch Reflexion und Wiederholung der Phrasierung können Vergleiche erfolgen. War die Bewegung erfolgreich? Hat sie das Gewünschte erbracht? Wurde die Bewegung harmonisch, ökonomisch und effizient ausgeführt? Vergleiche zu anderen erfolgreichen Bewegungsverläufen werden gezogen. Diese innere Rückkopplung und auch das Feedback von Außen kann ins nächste Vorausplanen eingehen. Durch diese Reflexions- und Rückkopplungsfähigkeit entwickelt sich die menschliche „Bewegungsintelligenz“. Wohl gemerkt gibt es auch eine „Körperintelligenz“, die Einiges koordiniert, worauf wir gar nicht achten müssen (z. B. die Atmungsregulation).

## Prinzip der Atemunterstützung

„Bewegung reitet auf dem Fluss des Atems.“[292]

Der Bewegungsfluss steht mit dem Fluss des Atems in einer gewissen harmonischen Beziehung. Oft wird es als unterstützend empfunden, wenn die Atemphrasierung mit der Phrasierung der Bewegung koordiniert wird. Abhängig von der Länge, kann die Atemphrase mit der Bewegungsphrase überlappen. Hilfreich und unterstützend ist meistens, den Atem so abzustimmen, dass man beim Initiieren der Bewegung an einem bestimmten Punkt in der Atemphrase ist, um sie mit der Bewegungsphrase koordinieren zu können.

In den *Basisübungen* wird dies meistens angestrebt. Bei sehr kurzen Phrasen ist es evtl. nicht wünschenswert, den Atem und die Bewegung über einen längeren Zeitraum zu koordinieren, da es zu Hyperventilation führen kann. Dann müssen mehrere kurze Bewegungen mit einem Teil der *Atemphrasierung* koordiniert werden. Bei sehr langen Phrasen/Sequenzen wird der Atem meist unbewusst angepasst, aber auch in diesem Fall können der Atemrhythmus und die Koordination der Bewegung bewusst gesteuert werden.

Es gibt keine von Bartenieff formulierten allgemeinen Regeln, ob eine Bewegung beim Ein- oder Ausatmen durchgeführt werden sollte – es kann höchstens ein Bezug zu anatomischen Gegebenheiten hergestellt werden. Der Atem hat einen direkten Bezug zum inneren Raum des Körpers und verändert dadurch die Form des Rumpfes. Beim Einatmen expandiert und beim Ausatmen schrumpft der Rumpf. Aus dieser *Affinität* zwischen Atembewegung und *Formveränderung* wurde das allgemeine Prinzip abgeleitet, dass bei Bewegungen, die expandieren, das Einatmen, und bei Bewegungen, die schrumpfen, das Ausatmen unterstützend wirkt. Dieses wird häufig in den Fundamentals-Sequenzen angewandt.

Wenn der Atemvorgang umgekehrt genutzt wird, erzeugt dies eine *Disaffinität* – die aber in manchen Fällen auch erwünscht ist. Zum Beispiel bei sehr kraftvollen, nach außen gerichteten Bewegungen der Arme (expandierend) wird häufig das Ausatmen stärker als unterstützend empfunden. Dies ergibt Sinn, weil der Körper dieser nach außen wirkenden Kraft im Zentrum gegensteuern muss. Er muss also eine gewisse Disaffinität zwischen dem Atem und der Bewegung aufbauen, damit der ganze Körper nicht in die Kraftrichtung mitgeht, sondern sich mit der Gegenspannung stabilisieren kann.

Falls der Atem eingeschränkt ist und Teile des Rumpfes sich kaum bewegen, wird der Prozess der *Formveränderung*, der aus der Atembewegung entsteht, blockiert. Mit einem „Hineinatmen" können solche blockierten Körperteile wieder in Bewegung kommen. Durch die Koppelung an die *Formveränderung* im Rumpf begünstigt der Atem die Durchlässigkeit im ganzen Körper. Der Bereich des Atem- und *Formflusses* ist ein sehr sensibler, weil er sich an dieser Stelle mit der Psyche verwebt.

Da der Atem persönlich und situationsbedingt unterschiedlich unterstützen kann, gibt es nur das Prinzip, dass er nicht angehalten oder stocken, sondern fließen soll. Je intensiver und schneller die Bewegung, desto höher wird die Atemfrequenz, um den notwendigen Sauerstoffbedarf zu decken. Nicht unterstützend wäre es z. B., wenn ein Athlet bei einer körperlichen Hochleistung, wie beim Sprint, den Atem über ca. 10 Sekunden anhalten würde. Dies wirkt sich negativ auf die Energiezufuhr zu den Muskeln aus. Nur der freie Fluss des Atems kann dem Körper eine physiologische Unterstützung durch genügend Sauerstoff geben. Ob das Ein- oder Ausatmen eine Bewegung mehr unterstützt, ist in mancher Hinsicht die persönliche Eigenart der bewegenden Person.

## Respektieren der Einzigartigkeit

Trotz dieser universellen Prinzipien betont Bartenieff Fundamentals die Achtung vor der persönlichen Eigenart jedes Individuums. Obwohl menschliche Bewegung denselben Naturphänomen (wie z. B. der Schwerkraft) ausgesetzt ist und die Menschen anatomisch ähnlich gebaut sind, wird jeder seine persönliche Eigenart im Umgang mit diesen Bewegungsvoraussetzungen entwickeln. Durch genetische Anlagen und Umwelteinflüsse bedingt, entfalten sich einzigartige Bewegungsgeschichten und Bewegungsstile.

Wer sich in den Prozess der Veränderung seiner Bewegungsmuster begibt, wird zusätzlich unterschiedliche Wege nehmen. In der Fundamentals-Arbeit wird immer die Einzigartigkeit jedes Menschen gewürdigt. Bei der Vermittlung wird darauf geachtet, die Bewegung jedes Einzelnen in der Gruppe anzuerkennen und vom individuellen Stand aus weiterzuentwickeln.

## Die Verbindungen

Mit fein aufeinander abgestimmten Verbindungen aller Körperteile und durchlässigen kinetischen Ketten können Bewegungen viel geschmeidiger und ökonomischer ausgeführt werden. Ohne Verbindungen werden üblicherweise Bewegungen in Bruchteile isoliert und mit hohem Kraftaufwand ausgeführt. Wie in einem Orchester, wenn viele Musiker zusammen ein Stück spielen, soll jeder Körperteil im richtigen Moment seinen Teil zu einer Bewegung beitragen. Wenn nur ein Muskel nicht mitspielt, wirkt sich das auf die gesamte Kette aus. Wenn der Körper sich verbunden und koordiniert (s. *Muster*) bewegt, stimmt die „Orchestrierung" des Körpers.

Genau wie jeder Musiker seinen Teil vor der Orchesterprobe allein probt, muss der Beweger jedes Körperteil einzeln ausprobieren. Daher differenzierte Laban den Körper über die Gelenke und erforschte alle Bewegungsmöglichkeiten. Bartenieff wollte vor allem die Beziehung zwischen den Körperteilen in den Vordergrund stellen. „Bewegung beinhaltet immer die Verbindung zu dem nächsten aktiven Bereich."[293]

Die kürzeren Verbindungen zum nächsten aktiven Teilbereich sind die *Basiskörperverbindungen*. Die längeren Verbindungen, meistens durch den ganzen Körper, werde ich die *Ganzkörperverbindungen* nennen. Diese Unterscheidung ermöglicht sowohl die Differenzierung der Teilbereiche, als auch die Unterteilung der Ganzkörperverbindungen in verschiedene Abschnitte.

### Die Basiskörperverbindungen (mit anatomischen Referenzen)

Die Verbindungen zwischen nahe beieinander liegenden Körperteilen sind kurze Verbindungen, sogenannte *Basiskörperverbindungen*. Meines Erachtens können diese in vier Bereiche gegliedert werden:

- Rumpf-Beinverbindungen
- Verbindungen innerhalb des Rumpfes
- Rumpf-Armverbindungen
- Verbindungen zum/vom Kopf

Diese Verbindungen kommen nicht nur durch die entsprechenden Muskeln zustande, sondern vor allem durch die Faszien. Dieses Bindegewebe umhüllt jeden Muskel (und jedes Organ) und verbindet dadurch jeden Muskel netzartig zum nächstliegenden. Da Bartenieff Bindegewebsmassage studiert hat und praktizierte, war sie mit diesem Körpersystem vertraut. Bei den folgenden *Basiskörperverbindungen* werden nur die wichtigsten Muskeln beschrieben, diese sollen als „Kennmuskeln" für die jeweiligen Verbindungen gelten. Das Bindegewebe von und zu diesen Muskeln ist gedanklich einzubeziehen. (Am besten beim Lesen die beschriebenen Muskeln in einem Anatomieatlas nachschauen, um sie bildlich vor Augen zu haben.)

#### Rumpf-Beinverbindungen

Diese Verbindungen sind wesentlich beim Beugen und Strecken des Beines im Hüftgelenk mit und ohne Widerstand, z. B. beim Aufstehen, Gehen, Treppensteigen und bei jeder Beingeste.
Eine Verbindung, der Bartenieff besondere Aufmerksamkeit schenkte, ist die Becken-Beinverbindung durch den Großen Lendenmuskel (M. psoas major). Dieser ist ein tiefer, dem Körperzentrum sehr nahe liegender Muskel, der oft in Vergessenheit gerät, weil man ihn von außen nicht sehen und kaum fühlen kann. Der Große Lendenmuskel geht vom vorderen Anteil der seitlichen Fortsätze der Lendenwirbel und von den Wirbelkörpern, von etwas über Bauchnabelhöhe, durch das Becken bis zur Innenseite des Oberschenkelknochens, knapp unter der Leiste. Dieser lange Muskel ist beim Beugen des Beines im Hüftgelenk, aber auch beim Stabilisieren des Rumpfes wichtig.

Falls das Becken nach vorne oder nach hinten kippt, kann der Große Lendenmuskel durch die daraus resultierende Fehlspannung nicht mehr so gut für die Beugung des Beins im Hüftgelenk sorgen. Dann übernimmt der vordere Oberschenkelmuskel, der Schenkelstrecker (M. quadriceps femoris), die Arbeit des Beugens. Um dies zu verhindern, sollte der Tonus der Bauch- und Rückenmuskeln ausbalanciert sein und die Wirbelsäule sich in ihrer neutralen S-Kurve befinden. Dann kann der Zug vom Lendenmuskel am effektivsten wirken (s. Hüftbeugung und -streckung).

Die *Ferse-Sitzhöckerverbindung* verläuft über die Rückseite der Beine und verbindet die Füße mit dem Becken. Die wesentlichen Muskeln, die die Streckung des Beins im Hüftgelenk initiieren sollten, sind die rückwärtigen Oberschenkelmuskeln (ischio-crurale-Muskeln). Die Gesäßmuskeln, primär der größte Gesäßmuskel (M. gluteus maximus), der die Hüftstreckung mit einer Außendrehung des Beines kombiniert, muss dadurch weniger arbeiten. Die rückwärtigen Oberschenkelmuskeln sind drei tief liegende lange Muskeln, die vom Sitzknochen über die Rückseite des Schenkels bis unter das Knie reichen. Für die effektive Streckung und auch die Zentrierung des Beckens im Stehen ist es günstig, vor allem den Bewegungsansatz vom hüftnahen Anteil dieser Muskeln zu trainieren.

Die Basisverbindung über die Innenseite der Beine verläuft vom großen Lendenmuskel über die innere Oberschenkelmuskulatur (Adduktoren) und die inneren hinteren Wadenmuskeln, primär über den hinteren Schienbeinmuskel (M. tibialis posterior), bis zur Ferse und zur Innenseite des großen Fußgewölbes. Daneben bestehen auch Verbindungen über die Außen- und Vorderseiten der Beine, die jedoch meistens viel zu sehr benutzt werden und daher bei den Bartenieff Fundamentals nicht betont werden.

Ein nicht minder wichtiger Teil der Rumpf-Beinverbindungen sind die sechs Rotationsmuskeln der Hüfte, die tief unter den Gesäßmuskeln die Beckenknochen mit dem Oberschenkel verbinden. Sie sind nicht nur wichtig für die Rotation der Beine, sondern auch für die laterale Gewichtsverlagerung des Beckens.

**Verbindungen innerhalb des Rumpfes**

Die horizontalen Verbindungen innerhalb des Beckenbodens bilden ein Trapez, das sich zwischen Sitzhöckern, Steißbein und Schambein aufspannt. Diese vier knöchernen Anhaltspunkte werden von einem Geflecht von Muskeln zentral, peripher und netzartig verbunden. Dieser häufig tabuisierte intime Bereich muss nach Bartenieff für die Unterstützung des Rumpfes sowie für effektive Gewichtsverlagerungen und Ebenenwechsel bewusst und aktiv verwendet werden.

Die Verbindungen zwischen Becken und Brustkorb werden von den Bauch- und Rückenmuskeln gebildet. Die Fundamentals-Arbeit betont vor allem die in Vergessenheit geratene tiefe Bauchmuskulatur. Neben dem Großen Lendenmuskel (M. psoas major) zählt der Quere Bauchmuskel (M. transversus abdominis) auch dazu. Der Große Lendenmuskel ist für eine aufrechte Haltung von fundamentaler Bedeutung, da er zusammen mit der tiefen Schicht der Rückenmuskulatur (Mm. multifidii und Mm. rotatores) die Lendenwirbelsäule in ihrer Kurve stabilisiert. Der Quere Bauchmuskel umschließt den Rumpf wie ein Korsett, setzt an den Querfortsätzen der Lendenwirbel an und stabilisiert sie.

Mit der tiefen „Bauchatmung“ (Atmung im unteren Bereich der Lungenflügel) wird das Zusammenspiel des Zwerchfells (Diaphragma) mit dem großen Lendenmuskel abgestimmt. Durch das *Aushöhlen* („Hollowing“) der Bauchdecke mit der Ausatmung wird versucht, die Anspannung der Oberflächenmuskulatur zu vermeiden und zu den tiefen Bauchmuskeln vorzudringen: den Queren Bauchmuskel für die Stabilität und den großen Lendenmuskel für die Mobilität (der Beine).

Für alle Basisdiagonalverbindungen im Rumpf, z. B. von der linken Beckenhälfte zur rechten Schulter, ist das Zusammenspiel der schrägen Bauchmuskeln (M. obliquus internus und externus abdominis) über die Körpermitte zu der gegenüberliegenden Seite wesentlich. Dazu kommt der seitliche Sägemuskel (M. serratus anterior), der die Rippen, seitlich nach hinten laufend, mit dem Schulterblatt verbindet. Somit stellt die Verbindung auch im räumlichen Sinne eine dreidimensionale Diagonale dar: Sie läuft schräg von der Vorderseite zur Rückseite des Rumpfes.

Da Vorder- und Rückseite des Rumpfes immer in Balance sein sollten, ist die Verbindung der Körperrückseite – auch Schulterblatt-Steißverbindung genannt – ebenfalls an vielen Rumpfbewegungen beteiligt. Hier betont Bartenieff vor allem den unteren Teil des Trapezmuskels (M. trapezius, pars ascendens) zwischen Schulterblatt und Brustwirbelsäule. Er sorgt, zusammen mit dem queren Anteil (pars transversus), für die muskuläre Anbindung des Schulterblattes zum unteren Rücken und balanciert den Aufwärtszug des oberen Trapezmuskels. Dies nannte Bartenieff die *Schulterblattverankerung* nach unten in Richtung Steißbein.

**Rumpf-Armverbindungen**

Der Breite Rückenmuskel (M. lattissimus dorsi) bildet die Verbindung vom unteren Rumpf bis zum Oberarm, da er sich bis dort spiralförmig fortsetzt und am körpernahen Teil des Oberarmknochens ansetzt. Da er über die untere Schulterblattspitze läuft, hilft er auch, das Schulterblatt in Richtung Steiß zu integrieren. Ein weiteres wichtiges Bindeglied in der Muskelkette zwischen Rumpf und Arm ist auf der Vorderseite des Rumpfes der Brustmuskel (M. pectoralis), der dann partiell in das Bindegewebe der Bauchmuskeln einstrahlt und so eine Verbindung bis nach unten zum Schambein entstehen lässt.

Innerhalb des Schultergürtels gibt es viele Muskeln, die verschiedene Verbindungen herstellen. Für Bartenieff Fundamentals sind die wichtigsten die vier kleinen und tiefen Rotationsmuskeln, die direkt am Schultergelenk ansetzen. Die Rotationsmuskeln agieren bei der *graduellen Rotation* des Armes rhythmisch, also in Abstimmung miteinander, sodass jeder seinen Teil der Bewegung zur richtigen Zeit ausführt (s. u. *Armkreise*). Die Aktivität der einzelnen Muskeln überlappt sich zeitlich.

Vor allem das Schulterblatt – das nur mit dem Schlüsselbein die knöcherne Verbindung zwischen Arm und Rumpf bildet – sollte an jeder Armbewegung beteiligt sein. Es wäre zwar möglich, den Arm ohne Schulterblattbeteiligung bis fast 90° zu heben, um jedoch den Arm beim seitlichen Heben vom Rumpf her zu unterstützen und einzelne Muskeln nicht zu überlasten, ist eine Glockenbewegung[294] des Schulterblattes nach außen und oben sinnvoll.

Die *Hand-Schulterverbindung* läuft zwischen Hand bzw. den Fingern und der Schulter durch den Ellbogen. Der Ellbogen ist in Ruhestellung beim Stehen lang, aber nicht durchgedrückt. Mit dieser leichten Beugung behält das Gelenk auch beim Stützen seine Durchlässigkeit. Wenn eine Überstreckung (Hyperextension) im Ellbogen stattfindet, ist die Verbindung starr und fixiert und die passiven Strukturen im Gelenk werden stark belastet. Das nennen wir in der Stützfunktion „aufbocken" („propping"), wobei nur die Gelenkpartner übereinander stehen, es aber keine Bewegungsmöglichkeit gibt.

Wenn ein Gegenstand erreicht werden soll, beginnt die ökonomischste Armbewegung von der Hand bzw. den Fingern aus. Wenn aber der Arm von der Schulter gehoben wird und die Hand zuerst passiv bleibt, müssen der Deltamuskel (M. deltoideus) auf der oberen Seite des Oberarms und der obere Trapezmuskel (von der Schulter zum Hinterhaupt) mehr arbeiten. Daher betont Bartenieff, besonders bei freien Armbewegungen im *Raum*, die *räumliche Intention* der Hand und Finger. Sie schreibt: „Wenn der Finger führt, dann formt sich der Arm ..."[295] So erzeugt der distale (körperferne) Bewegungsansatz mehr Spannung und aktive Unterstützung im gesamten Arm und entlastet den Deltamuskel.

Wichtig in dieser Verbindung ist die Rotation, die in den Fingern beginnen kann. Vom Daumen, der durch sein Sattelgelenk viele Bewegungsmöglichkeiten besitzt, verläuft sie über die Speiche zum vorderen Oberarm, Schultergelenk und Schlüsselbein-Brustbeingelenk. Vom kleinen Finger verläuft die Verbindung über die Elle, dem hinteren Oberarm, zum Schulterblatt in den Rücken. Diese Verbindung von den Fingern bis zum Rumpf findet sich im Skelett- wie auch im Muskelaufbau. Bartenieff ermutigte ihre Schüler, von den unterschiedlichen Fingern aus Rotationsbewegungen zu explorieren.[296]

**Verbindungen zum Kopf**

Die wichtigsten Glieder der Rumpf-Kopfverbindung (durch die Körperrückseite) sind der obere Teil des Trapezmuskels und die Verbindung der Halswirbelsäule zum Schulterblatt über den Schulterblattheber (M. levator scapulae). Häufig sind diese Muskeln überarbeitet und verspannt, dadurch kann die Verbindung zum Kopf leicht blockiert sein. Lockerung, Massage sowie Dehnung bringen Entlastung, helfen aber nur bedingt, wenn grundsätzliche Bewegungsmuster nicht angesprochen werden. Wie schon oben beschrieben, war es der Ansatz von Bartenieff, andere Muskelgruppen bewusst zu aktivieren, sodass der obere Trapezmuskel entlastet wird. Die *Rumpf-Kopfverbindung* sollte optimalerweise durch die tiefen (segmentalen) Muskeln der Halswirbelsäule unterstützt werden.

Es gibt auch eine Arm-Kopfverbindung, die außerhalb des Körpers liegt: die Augen-Handverbindung oder *Augen-Handkoordination.* Dabei folgt das Auge der Bewegung der Hand und hält so eine visuelle Verbindung zu ihr. Eine Kopfbewegung, die in Beziehung zur Handbewegung steht, können wir auch mit einer imaginären räumlichen Verbindung zwischen Kopf und Hand herstellen.

Alle diese *Basiskörperverbindungen* finden wir in kleineren Bewegungen wie Gesten, aber auch als Bestandteil größerer *Körperverbindungen* wieder.

## Die Ganzkörperverbindungen

Dies sind Verbindungen, die mehrere Bereiche des Körpers verbinden und teilweise sogar von einem Ende zum anderen Ende des Körpers laufen. Sie sind umfassender, länger und daher etwas komplexer als die *Basiskörperverbindungen.* Die *Basiskörperverbindungen* sind in den längeren *Ganzkörperverbindungen* enthalten. Die Körperverbindungen sind:

- Mitte-Peripherieverbindungen
- Kopf-Steißverbindung
- Oberkörper-Unterkörperverbindung
- Körperhälftenverbindung
- Diagonalverbindung

**Die Mitte-Peripherieverbindungen**

(auch Nabelradiation oder Nabel-Extremitätenverbindung genannt)

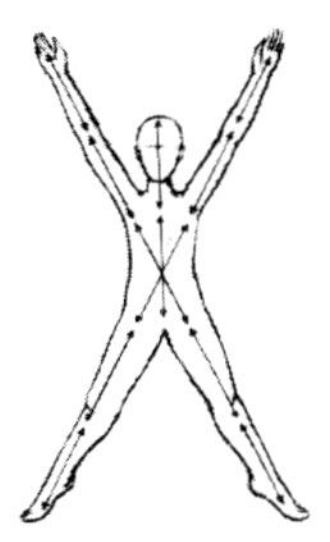

Abb. 10-2

Diese sechs Verbindungen gehen jeweils vom Bauchnabelzentrum, welches sich hinter dem Bauchnabel in der Mitte des Rumpfes befindet, zur Körperperipherie der vier Extremitäten (rechte und linke Fingerspitzen, rechte und linke Zehenspitzen) sowie zum Kopfscheitelpunkt und Steißbein (im Folgenden nur Steiß genannt). Selten werden alle gleichzeitig bewegt, außer beim ganzkörperlichen Zusammenziehen und Auseinanderdehnen. In einer Geste kommt häufig nur eine dieser Verbindungen in der Bewegung vor, z. B. beim Händeschütteln. Wenn jemand aus dem Handgelenk oder Ellenbogen schüttelt oder in der Schulter blockiert, hat das eine ganz andere Wirkung, als wenn die Hand mit dem Zentrum (Nabel) verbunden ist.

Manchmal sind jedoch in einem Bewegungsablauf mehrere Mitte-Peripherieverbindungen in unterschiedlichen Arten und Weisen aktiv, z. B. beim Abbiegen mit dem Fahrrad. Der Kopf schaut nach links, der rechte Arm zeigt nach rechts, der linke Arm lenkt um die Kurve, linkes und rechtes Bein treten im Wechsel die Pedale. Von Nabel zu Steiß besteht eine stabile Verbindung. Ermöglicht werden diese Aktivitäten durch die abwechselnden Diagonalverbindungen im Rumpf, die helfen, die notwendige Balance auf dem Fahrrad zu halten.

**Die Kopf-Steißverbindung**

Diese Verbindung geht vom Kopf durch die Wirbelsäule über das Nabelzentrum bis zum Steißbein oder auch umgekehrt. Die *Kopf-Steißverbindung* ist in der vertikalen Aufrichtung stabil (beim Stehen) und in der Bewegung mobil (wie bei den Wirbelsäulenbewegungen beim afrikanischen Tanz).

Die meisten Menschen stellen sich den Rücken „gerade“ vor. Dieser Eindruck entsteht nur von der Vorder- oder Rückansicht. Von der Seite werden fünf Kurven sichtbar: Hinterkopf, Hals-, Brust- und Lenden-Wirbelsäule sowie Kreuzbein/Steißbein. Blandine Calais-Germain beschreibt in der „Anatomie der Bewegung“, dass die folgende tief liegende kinetische Kette die Wirbelsäule jeweils auf der konvexen Seite der Kurven aufrichtet:

- im unteren Bereich (Becken bis Lende) vor allem durch den Großen Lendenmuskel,
- im mittleren Bereich durch die fischgrätenartigen, tief liegenden Schichten der Rückenmuskulatur (transverso-spinales System),
- im oberen Bereich durch den langen Halsmuskel auf der Vorderseite der Hals- und oberen Brustwirbelsäule.[297]

Diese *kinetische Kette* konkretisiert anatomisch einen wesentlichen Teil der *inneren Unterstützung* durch das Zentrum (s. u.), welches z. B. in der Übung *„Hängen und aushöhlen“* verwendet wird (s. u. Übung Nr. 11.) beim Strecken des Rumpfes.

Harmonie im Bewegen der *Kopf-Steißverbindung* wird zusätzlich erreicht, wenn die verschiedenen Glieder dieser *kinetischen Kette* jeweils ihren Teil dazu beitragen, obwohl sie rein anatomisch unterschiedlich beweglich sind. Gerade weil einige Teile der Wirbelsäule sich mehr bewegen können als andere, wird häufig unbewusst in einem Bereich zu viel stabilisiert und in einem anderen zu viel mobilisiert. Somit wird die Verbindung strapaziert oder unterbrochen: ein häufiger Grund für Stress in der Kopf-Steißverbindung.

**Die Oberkörper-Unterkörperverbindung**

Diese Verbindung betrifft den ganzen Oberkörper (den Kopf und beide Arme bis zur Taille), den ganzen Unterkörper (das Steißbein und beide Beine bis zur Taille) sowie die Verbindung von Ober- zu Unterkörper.

Die Verbindungen innerhalb des Oberkörpers von den Händen und vom Kopf zum Brustkorb sind hier bei durchlaufenden Bewegungen am wichtigsten. Alle *Basiskörperverbindungen* der Arme und des Kopfes werden durch das *Leichtigkeitszentrum* im Brustkorb zusammengeführt. Besonders bei Bewegungen, die von einem zum anderen Arm durch den Brustkorb laufen, wird die Verbindung innerhalb des Oberkörpers sichtbar.
Die Verbindungen innerhalb des Unterkörpers von den Füßen zu den Sitzhöckern, innerhalb des Beckenbodens sowie vom Steißbein zum oberen Beckenrand stehen im Mittelpunkt der Betrachtung. Alle Verbindungen im Unterkörper werden im *Gewichtszentrum* (Mitte des Beckens) zusammengeführt. Besonders bei Bewegungen in der *horizontalen Fläche* (*Körperreferenz*) wird diese Verbindung innerhalb des Unterkörpers – von einem Bein durch das Gewichtszentrum zum anderen Bein – sichtbar.

Die Verbindung vom Oberkörper zum Unterkörper und umgekehrt wird in vielen Fällen durch die Taille unterbrochen. Nicht nur unsere westliche Kleidung (Gürtel, enge Bündchen, usw.) trägt dazu bei, sondern auch die Hohlkreuz- oder Rundrückentendenzen. Sie bewirken eine ungenügende Stabilität in der Mitte des Rumpfes, um die oberen und unteren Teile des Körpers harmonisch zusammenzuhalten.

Dem Wunsch nach Zusammenführung und Zusammenhalt sollte aber nicht durch übertriebene Spannung und Kräftigung in der Mitte entgegengewirkt werden, sondern zunächst durch das Verbinden der beiden *Körperhälften*. Das bedeutet, die Mitte durchlässig zu machen, Zug- und Druckkraft von den Händen durch die Mitte bis zu den Füßen und umgekehrt zu schicken. Erst nach dem Verbinden ist Kräftigen angesagt, sonst werden die alten (ineffizienten) *Muster* gestärkt.

Dies ist oft eine zu große Herausforderung, da die Verbindungsstrecke bereits durch den ganzen Körper geht. Als Übergang können die beiden *„Y"-Verbindungen* genutzt werden:

- von den Händen zum Steißbein (die stehende „Y"-Verbindung),
- von den Füßen zum Kopf (die umgekehrte „Y"-Verbindung).

Hier kommt die Verbindung zwar über die Taille, muss aber noch nicht bis zum anderen Ende des Körpers durchlaufen!

**Die Körperhälftenverbindungen**

Voraussetzung für die *Körperhälftenverbindung* ist die Wahrnehmung der Mittellinie, von der aus der Körper in rechts und links geteilt wird. Die Verbindung betrifft die ganze rechte Körperhälfte: rechter Fuß bis zur rechten Hand durch die rechte Rumpfhälfte (vor allem die Flanke), oder die ganze linke Körperhälfte. Rein anatomisch haben wir alle Muskeln paritätisch auf jeder Seite, so sollte die gleiche Verbindung durch die Körperhälften kein großes Problem sein. Meistens haben wir aber eine dominante Seite. Daher bevorzugen wir in der Bewegung automatisch diese Seite und der Körper muss sich nicht jedes Mal von Neuem entscheiden. Das hat zur Folge, dass die gleichen Muskeln der beiden Seiten sich anders ausbilden und sich unsere Bewegungsmöglichkeiten und Durchlässigkeit dadurch unterscheiden.

Bei Bewegungen in der *vertikalen Fläche* stellt das Beugen und Strecken der Flanke einen wichtigen Fokuspunkt der *Körperhälftenverbindung* dar. In einer Körperhälfte in der *horizontalen Fläche* geht es um das Eng-und-weit-Werden um die Mittelachse im Rumpf und die Beziehung der Körperseiten durch den Raum. In allen Fällen schafft die *Körperhälftenverbindung Stabilität* der einen Seite als Voraussetzung für gleichzeitige *Mobilität* in der anderen Seite. Gerade im Stand, wenn das Gewicht nur auf einem Bein in den Boden abgeleitet wird, ist die andere Körperhälfte frei, um sich zu mobilisieren.

**Die Diagonalverbindungen**

Diese Verbindung verläuft von der rechten Hand durch den Rumpf bis zum linken Fuß – oder von der linken Hand bis zum rechten Fuß. Auch hier geht die lange Verbindung vom distalen Körperteil der einen Seite durch das Bauchnabelzentrum zum distalen Körperteil der gegenüberliegenden Körperseite.

Für die ganzkörperliche Diagonalverbindung sind die schrägen Bauchmuskeln entscheidend. Sie reichen aber nicht zur anderen Seite hinüber, sondern nur bis zur Mittellinie. So muss z. B. in der *kinetischen Kette* von der linken Beckenhälfte zur rechten Schulter der rechte äußere schräge Bauchmuskel durch die Rektusscheide mit dem linken inneren schrägen Bauchmuskel in Verbindung treten.

*Diagonalverbindungen* sind wichtig für viele alltägliche und komplexe Bewegungen. Während die eine Diagonale mobilisiert, wird die andere stabilisierend wirken. *Basisdiagonalverbindungen* durch den Rumpf geben *Stabilität* beim Sitzen und *Mobilität* beim Gehen.

Fehlt Durchlässigkeit in einer *Ganzkörperverbindung*, sollten die entsprechenden Teilabschnitte der *Basiskörperverbindungen* zunächst klar hergestellt werden. Alle diese Körperverbindungen sind theoretisch in den entsprechenden *Ganzkörperorganisationsmustern* enthalten. Bestenfalls sind sie alle auch in der Bewegung sichtbar, wenn der Körper komplett durchlässig ist.

## Die Muster

Grundlegende *Körperverbindungen* und koordinative *Ganzkörperorganisationsmuster* (kurz: *Muster*) werden in einer entwicklungsbezogenen Progression früh im Leben gebahnt, ausprobiert, geübt und etabliert. Bei der Geburt sind Reflexe, Aufrichtungsreaktionen und Gleichgewichtsreaktionen schon in uns angelegt und diese bahnen die entwicklungsmotorischen Muster. Beim Kind wird das Bewegen in den entwicklungsmotorischen Mustern mit speziellen Gehirntätigkeiten gekoppelt.[298] Jedes Muster repräsentiert eine Entwicklungsstufe und ein Erfahrungscluster. Es entsteht ein Weg, sich mit sich selbst und der Welt in Beziehung zu setzen.

Aus dem Bedürfnis des Babys heraus, sich aufzurichten und sich wie die Erwachsenen durch die Welt zu bewegen, werden immer komplexere Bewegungsmuster entwickelt. Obwohl eine generelle Progression verschiedener Stadien erkennbar ist, entwickelt sich jedes Kind einzigartig. Durch innere oder äußere Umstände könnte es geschehen, dass ein Muster sich kaum entwickelt, bevor das Kind zum nächsten Muster weiter möchte. Dadurch wird das nächste Muster evtl. nicht effektiv unterstützt. Das Kind hat aber den Drang, sich weiter zu entwickeln, und es wird einen Weg finden, dieses wenig entwickelte Muster zu kompensieren, um das letzte Ziel des aufrechten Gangs zu erreichen.

Welche Muster in welcher Art gebraucht werden, entwickelt sich natürlich das ganze Leben weiter. Im Kindesalter eher spielerisch, im Jugendalter auf Vorbilder bezogen, aber immer in Bezug zum aktuellen Kontext, meistens jedoch unbewusst. Als Erwachsener haben wir die Chance, den gewohnten Gebrauch der Muster bewusst aufzugreifen, die evtl. fehlenden Schritte in der Entwicklungsmotorik nachzuholen oder uns effektivere Muster anzueignen. Das heißt auch, dass Erwachsene nicht daran gebunden sind, sich wie Babys zu bewegen, um an diesen *Ganzkörper-*

*organisationsmustern* zu arbeiten. Trotzdem kann nach Bedarf auch die Entwicklungsmotorik so nachvollzogen werden, wie wir es bei Babys beobachten können.

Obwohl Bartenieff die Entwicklungsmotorik des Kindes und die hier zugrunde liegenden Reflexe in ihre Arbeit einbezog, verstand sie es, ihre Sequenzen für Erwachsene zu konstruieren. So finden bei den Bartenieff Fundamentals viele Basisübungen in der Rückenlage statt, während ein Baby seine Entwicklungsmotorik hauptsächlich vom Bauch aus entwickelt.

Wenn zum Beispiel ein Baby auf dem Bauch hin- und her-robbt und sich jeweils von einem Arm nach hinten oder von einem Bein nach vorne zu schieben versucht, ist es in der homolateralen Phase. Bartenieff griff dieses Phänomen in ihrer Übung für die „Körperhälften" auf und entwickelte eine Variante, die es dem Erwachsenen ermöglicht, stationär auf dem Rücken liegend diese Bewegungen nachzuahmen. Dies hat den Vorteil, dass der Erwachsene nicht regressiv wird, sondern dass er mit seinem vollen Potenzial an die Fundamentals-Arbeit herangeht.

Die *Ganzkörperorganisationsmuster* (kurz: *Muster*) in entwicklungsmotorischer Reihenfolge, wie in der Tabelle 10-2 dargestellt, beziehen sich auf den früheren Terminus von Hackney, „Patterns of Whole Body Organisation"[299], nicht auf „Patterns of Total Body Connectivity" aus „Making Connections", um den Unterschied zu den *Körperverbindungen* herauszustellen.

| **Muster** | **Symbol** |
|---|---|
| Respirationsmuster | |
| Zentrum-distalmuster | |
| Spinalmuster | |
| Homologmuster | |
| Homolateralmuster | |
| Contralateralmuster | |

Tab. 10-2

## Das Respirationsmuster

„... eins mit dem lebensspendendem Universum
... füllen und leeren in einem nie endenden Kreislauf
... genährt sein – loswerden, was nicht länger gebraucht wird
... sich ganz fühlen
... einfach SEIN."[300]

Das *Respirationsmuster* begleitet uns ein ganzes Leben lang – vom ersten bis zum letzten Atemzug. Die Luft ist unser wichtigstes Lebenselixier und die Atembewegung des Körpers ist die fundamentalste Bewegung überhaupt. Ich atme, daher bin ich! Dieses lebensnotwendige Muster ist berechtigterweise zum größten Teil automatisiert. Der Kreislauf des Füllens und Entleerens geschieht ohne unser Zutun und die Atemfrequenz stellt sich in den meisten Fällen auf unsere Bewegung ein. Daher bemerken wir in unserem hektischen Leben häufig gar nicht, dass und wie wir atmen. Wir nehmen den Atem nur wahr, wenn die Atemkoordination durcheinander kommt, häufig durch Aufregung, Schreck oder wenn wir um Luft ringen müssen, z. B. wenn wir uns verschlucken.

Um sich dem *Respirationsmuster* ganz zu widmen, wird Ruhe gebraucht. In solchen stillen, entspannten Momenten können wir uns mit unserem Atem verbinden und einfach sein. Wir können die „äußere Atmung“[301], die Bewegung, die den Gastransport in und aus dem Körper reguliert, beobachten – möglichst ohne sie zu verändern. Zusätzlich können wir uns die „innere Atmung“[302], den Gasaustausch zu den Zellen, der sich in jeder Minute unseres Lebens vollzieht, vorstellen. Dadurch können wir uns in unserem Körper ganz fühlen. Das Bild: der ganze Körper als eine Zelle im *Respirationsmuster*. So verbinden sich in der Vorstellung die innere und äußere Atmung.

Diese Vorstellung können wir auch nutzen, wenn wir die Hände auf einem Körperteil auflegen und dort „hinein atmen“. Während einer ruhigen „äußeren Atmung“ lenken wir die Aufmerksamkeit in diesen Körperteil, was die „innere Atmung“ des Zellgewebes anregen wird.

Dass im Alltag in der Regel relativ „flach“ geatmet wird, nicht in alle Lungensegmente und auch nicht in alle drei Dimensionen, stört meistens erst einmal nicht. Aber dadurch sind wir häufig leicht mit Sauerstoff unterversorgt, besonders wenn wir uns länger nicht bewegen, z. B. durch langes Arbeiten am Schreibtisch. Auch die Sauerstoffversorgung im Gehirn wird dann reduziert. Zusätzlich führt das mangelnde Durchfließen der Atmung im Sitzen häufig zu Verspannungen. Um das Atemvolumen für spätere Bewegungsaktivitäten zu erweitern, hilft es, sich in der Ruhe vorzustellen, in alle drei Dimensionen zu atmen und die Ausdehnung zu verlängern, zu verbreitern und zu vertiefen. Gerade für verbundene Ganzkörperbewegungen wird das dreidimensionale Volumen für die Durchlässigkeit im Rumpf gebraucht. Daher unterstützt das *Respirationsmuster* alle weiteren Muster.

Beispiele:
Die unterschiedlichen Muster des Atems beobachten in der Stille, beim Gehen und Rennen.
Bild: Amöbe, Einzeller.

## Das Zentrum-distalmuster

„Ich erfahre innere Unterstützung und
Lebenslinien von Verbindungen, durch die
ich mit innerer Energie klar pulsieren und nach außen strahlen kann...
Ich bin zentriert, unterstützt von meinem Zentrum.“[303]

Generell wird in diesem Muster der gesamte Körper um das Bauchnabelzentrum organisiert. Vom Zentrum nach distal – also zu den Fingern, Zehen, dem Kopfscheitelpunkt und Steißbein. Es kann aber auch genau den umgekehrten Weg nehmen, von distal zum Zentrum, nach dem Motto: „Die Extremität bewegt sich, weil das Zentrum sich bewegt – das Zentrum bewegt sich, weil die Extremität sich bewegt.“[304]

Als Baby erfahren wir das *Zentrum-distalmuster* vor allem im Mutterleib, da wir durch den Nabel versorgt werden und dieser das Zentrum aller Dinge bildet. Nach der Geburt tritt dieses Muster noch sehr in den Vordergrund in den sogenannten „ungerichteten Massenbewegungen“, z. B. wenn das Baby auf dem Rücken liegt und strampelt. Anfänglich besteht beim Baby in diesem Muster eine Gesamtzusammengehörigkeit im Körper, weil es die verschiedenen Extremitäten noch nicht willentlich differenzieren kann. Somit bewegt es immer alle Extremitäten gleichzeitig. Erst langsam fängt das Baby an, einzelne Gliedmaßen zu entdecken und willentlich zu bewegen – immer in Bezug zum Zentrum.

Diese Differenzierung des Körpers setzt sich bis ins Erwachsenenalter fort – bis wir höchste feinmotorische Koordination erlangen, z. B. beim Spielen eines Instruments. Durch die hochgradige Differenzierung beim Erwachsenen besteht jedoch auch die Gefahr, dass sie die Verbindung zum Zentrum verlieren. Gerade wenn ein Erwachsener eine Ganzkörperbewegung von allen distalen Körperteilen zum Zentrum koordinieren möchte, ist sie manchmal schwer herzustellen.

Beim *Zentrum-distalmuster* können die sechs „Extremitäten" einzeln, zu zweit, dritt, viert, fünft und sechst koordiniert werden. Jedes einzeln zu bewegen, erscheint recht einfach, aber was geschieht in den anderen Körperteilen? Sind sie passiv oder stabilisieren sie aktiv? Z. B. wenn ich mich auseinander dehne, um einen großen Tisch abzuwischen. Die schwierigste Koordination: alle sechs „Extremitäten", trotz unterschiedlich langer Bewegungswege, gleichmäßig und gleichzeitig zu bewegen (s. Übung Zusammenziehen und auseinanderdehnen). Das setzt das Bewusstsein für das eigene Bauchnabelzentrum und alle Verbindungen vom Nabel zu den Extremitäten voraus.

Beispiele:
Alles zusammenziehen, um in ein Auto einzusteigen. Sich auseinander zu dehnen, um einen Ball in der Luft zu fangen.
Bilder: Seestern, Tintenfisch.

## Das Spinalmuster

„Ich werde differenziert
... ich bin ein Individuum mit einem eigenen Rückgrat
Ich verankere mich in meiner eigenen Sphäre durch Nachgeben und Drücken
... ich möchte etwas erreichen und ziehe, mein äußeres Umfeld beachtend
... ich folge meiner Neugier und meiner Fantasie
... mein unterstützendes, flexibles, spielerisches, sinnliches Rückgrat genießend ..."[305]

Im *Spinalmuster* wird die gesamte Wirbelsäule koordiniert. Dieses Muster ist in allen Wirbelsäulenbewegungen zu sehen, die von einem zum anderen Ende durchlaufen. Obwohl wir häufiger an den Bewegungsansatz vom Kopf her denken, weil er durch die Sinnesorgane oft mobilisiert wird, kann der Bewegungsansatz auch vom Steiß kommen. Es gibt von beiden „Enden" der Wirbelsäule grundsätzlich zwei verschiedene Bewegungsansätze und dadurch unterschiedliche Bewegungsabläufe. Vom Kopf oder Steiß:

- *Nachgeben* des Gewichts gegenüber einer Oberfläche („yield") und gegen etwas *drücken* („push") – aus dem *Druck* entsteht in manchen Fällen auch ein *Schub*;
- *ausreichen*, um etwas zu erreichen („reach") – daraus entsteht ein *Zug* („pull").

Das *Nachgeben* und *Drücken* wird schon im Mutterleib geübt. Das Baby kommt mit Kopf oder Steiß an die Gebärmutterwand und drückt oder stößt sich davon wieder ab. Die spontane/natürliche Geburt kann als erster Impuls, „etwas erreichen zu wollen", gesehen werden. Dabei zieht das Baby vom Kopf aus den ganzen Körper spiralartig durch den Geburtskanal (während die Wehen der Mutter das Baby drücken!). Falls ein Baby mit anderen Mitteln von Ärzten „geholt" wird und diese Erfahrung nicht gemacht hat, kann dies später in Bewegung nachgeholt werden.

Manche Babys entwickeln recht früh eine Art Raupenbewegung, mit der sie sich langsam kopfwärts bewegen. Man legt sie mitten ins Bett und später findet man sie am Kopfende wieder. Etwas später machen sie viele spinale Bewegungen, angesetzt bei den Sinnesorganen im Kopf, um die Welt wahrzunehmen. Die wichtigste, die durch das gesamte *Spinalmuster* läuft, ist die Drehung um die Körperachse, durch die sie auf den Rücken oder Bauch kommen. Sie ist meist die erste selbstständige Veränderung der Lage des Köpers in *Raum*.

Danach wechseln die Babys die Ebenen von der Bauchlage zum Vierfüßlerstand. Anfänglich ist das *Spinalmuster* zu sehen, beim Hochkommen wie auch beim Heruntersinken. Sie besitzen einfach noch nicht die Kraft in den Armen und die Beugung in den Hüftgelenken, um sich im Vierfüßler zu stabilisieren. Später, wenn sie schon krabbeln, wird häufig vom Zug des Steißbeins aus sich hingesetzt und vom Kopf aus dann wieder in den Vierfüßler gezogen.

Beispiele:
Bei Körperwellen in der Gymnastik oder im Tanz, beim Delfinschwimmstil oder beim „Purzelbaum" im Turnen. Beim afrikanischen Tanz, vom *Leichtigkeitszentrum* aus initiiert.
Bilder: Schlange, Fisch oder Raupe.

## Das Homologmuster

„Ich stoße mich weg, um meinen Raum sicher zu machen.
Ich möchte etwas erreichen, um vorwärts zu gehen, meinem Ziel entgegen
Ich stehe auf meinen eigenen zwei Füßen."[306]

Im *Homologmuster* koordiniert sich der Unterkörper mit dem Oberkörper, meistens symmetrisch durch das Zentrum. Die Extremitäten bewegen sich gleichzeitig und in einer ähnlichen Art und Weise. Dabei kommen die folgenden zwei Arten der Bewegungsansätze und Abläufe mit noch mehr Krafteinsatz als beim *Spinalmuster* vor:

- *Nachgeben* des Gewichts gegenüber einer Oberfläche („yield") und gegen etwas *drücken* („push") – aus dem *Druck* entsteht in manchen Fällen ein *Schub* (oder Stoßkraft);
- *Ausreichen* der Extremitäten, um etwas zu erreichen („reach") – daraus entsteht ein *Zug* („pull"), der den Körper weiter in den Raum zieht.

*Nachgeben* heißt, weich und durchlässig durch die Gelenke zu sein und das Gewicht abzugeben. Das *Nachgeben* des Gewichtes bei einer Stützfunktion durch beide Unterarme oder/und Hände ist die Voraussetzung, um sich von einer Unterstützungsfläche ab- oder wegzudrücken. Beim *Drücken* geht die Energie von distal zum Zentrum oder auch durch das Zentrum bis zu einem anderen distalen Ende des Körpers. Aus der Schubkraft entsteht Fortbewegung.

Etwas erreichen wollen (oder *ausreichen*), heißt, sich nach etwas ausstrecken, nach etwas greifen oder etwas innerhalb der eigenen *Kinesphäre* erlangen wollen. Wenn dieses Nach-außen-Reichen in den Raum weitergeführt wird, entsteht eine Zugkraft, die durch den Körper geht und bei der es evtl. sogar zu einer Veränderung der Unterstützung und zur Fortbewegung kommt. Weitere Zugmöglichkeiten: Etwas kann von außen zum Körper herangezogen werden, der Körper kann vom ausgestreckten zum gebeugten Zustand gezogen werden oder beim Umfassen eines fixierten Gegenstands kann der Körper sich dahin ziehen. Diese beiden Kräfte können in einer Phrase zusammengeführt werden, sodass kurz nach der Schubkraft die Zugkraft den Körper noch weiter in die Raumrichtung befördert (s. *Phrasierung*).

Das *Homologmuster* findet man auf jeder Ebene, welche das Baby in der Entwicklung durchläuft, am klarsten beim auf dem Bauch liegenden Baby, das sich mit den Unterarmen hochdrückt, um die Welt zu betrachten. Das erst „Robben" ist meist ein homologes Drücken der Unterarme, sodass sich das Baby rückwärts bewegt. Später bewegen sich viele Babys im *Homologmuster* hoch zum Stand. Sie ziehen sich nach oben, mit beiden Händen an etwas klammernd, oder sie drücken sich von beiden Füßen aus der Hocke hoch.

Beispiele:
Turnen (Handstand oder Salto), Rudern oder Gewichtheben.
Bild: Frosch, springender Vierbeiner.

## Das Homolateralmuster

„Ich bin geteilt.
Einerseits ... andererseits ...
Ich höre auf meine beiden Seiten.
Themen klären und zeichnen sich in schwarz und weiß ...
Ich bewege mich in Polaritäten.“[307]

Im *Homolateralmuster* koordiniert sich die ganze Körperhälfte auf der rechten und auf der linken Seite. Eine Teilung in zwei Hälften setzt die Klärung der Mittellinie durch die Wirbelsäule voraus. Jede Körperhälfte hat in diesem *Muster* eine andere Funktion, eine ist stabil und die andere mobil, eine beugt sich, während die andere sich streckt, beide sind aber immer in Bezug zueinander.

Beim *Homolateralmuster* steht das Drücken entwicklungsmotorisch im Vordergrund. Ein Fuß/Unterschenkel oder Hand/Unterarm der einen Seite:

- *nachgeben* des Gewichts gegenüber einer Oberfläche („yield“) und gegen etwas *drücken* („push”) – aus dem *Druck* entsteht ein Schub (oder eine Stoßkraft), der den Körper nach hinten oder nach vorne fortbewegt („robben“).
- Etwas später kann dieser Druckmuster noch durch Folgendes ergänzt werden:
- Ausreichen der Extremität, um etwas zu erreichen („reach”) – und daraus entsteht ein *Zug* („pull“); um sich noch weiter in die Richtung der Fortbewegung zu bewegen.

Das Baby drückt sich beim Robben meistens im *Homolateralmuster* zuerst von oben ab, um sich rückwärts (oder fußwärts) fortzubewegen. Damit rückt es seinem Ziel, das meistens vor ihm liegt, nicht näher und reagiert häufig frustriert. Später drückt es sich von unten ab, um sich vorwärts (oder kopfwärts) zu bewegen, manchmal wird das noch zusätzlich durch einen Zug von derselben Seite in dieselbe Richtung verstärkt. Dieses wird dann zum Robben auf dem Bauch oder zum Kriechen (ein passgangartiges Krabbeln), welches es zum Ziel führt.

Im Vierfüßler, Bärenstand oder im aufrechten Stand besteht die Möglichkeit, durch eine laterale Gewichtsverlagerung auf eine Körperhälfte („Standseite“) die andere Körperhälfte vom Gewichttragen zu befreien („Spielseite“). Dann kann die Spielseite im *Homolateralmuster* d. h. mit Hand und Fuß ausreichen, um etwas zu erreichen („reach”) – und daraus entsteht ein *Zug* („pull“) und dieser initiiert die Bewegung. Dies kann aber erst geschehen, wenn das Gewicht sicher auf einer Seite ausbalanciert werden kann, nach dem Prinzip: Stabilität kommt vor Mobilität.

Die ersten freien Gehversuche des Kleinkinds (ohne sich festzuhalten) stellen sich häufig genau so dar. Die ganze Standseite wird stabilisiert im *Homolateralmuster* und die Spielseite zieht raus in den *Raum*, dabei fällt das Gewicht nach vorn. Das Kleinkind festigt den Körper in der *vertikalen Fläche* und schwankt vorwärts, wobei sich Spiel- und Standseite ständig abwechseln. Durch das fortwährende leichte Fallen bekommt es dabei so viel Geschwindigkeit, dass es ins ungebremste homolaterale Laufen kommt, bis es wirklich hinfällt. Erst nach einigen Gehversuchen kann das Kleinkind die Koordination auf das *Kontralateralmuster* umwandeln.

Beispiele:
Pirouette (Drehung) im Ballett; oft beim Klettern an einer senkrechten Wand; häufig beim „Bärengang“; charakteristische „Macho“-Gangart im Passgang.
Bild: die Echse (Reptil).

## Das Kontralateralmuster

„Ich bin innerlich mit mir selbst verbunden ...
Botschaften setzen sich diagonal fort ...
Das spiralförmige Universum lädt mich ein teilzunehmen ...
Ich bin bereit, in die Welt zu springen.“[308]

Im *Kontralateralmuster* wird überkreuz koordiniert; meistens von der Hand über das Bauchnabelzentrum bis zum gegenüberliegenden Fuß – seltener vom Fuß zur gegenüberliegenden Hand. *Kontralateralmuster* heißt nicht, dass diese Körperteile gegeneinander arbeiten, sondern dass sich die gegenüberliegenden Körperteile koordinieren!

In der Entwicklungsmotorik werden ein Bewegungsansatz und -ablauf durch das *Ausreichen* der Extremität bestimmt, um etwas zu erreichen („reach“)/mit einem *Zug* („pull“) zu etwas oder jemandem im Raum.

Das Baby, das sich bäuchlings oder im Vierfüßlerstand befindet, möchte meistens mit der einen Hand etwas im *Raum* „erreichen“ und zieht dann den Körper nach, sodass das gegenüberliegende Bein nachfolgt, um den Körper auszubalancieren. Dies fängt zwar unmerklich im Rollen am Boden schon an, aber am deutlichsten wird es beim (kontralateralen) Krabbeln. Die rechte Hand zieht vor und daraufhin kommt das linke Knie nach vorne, sogleich folgt die andere Körperdiagonale.

Babys, die lange Zeit krabbeln, haben das *Kontralateralmuster* ausgiebig geübt und dadurch beste Voraussetzungen für das Gehen. Trotzdem muss im aufrechten Strand das *Kontralateralmuster* erst einmal wieder geübt werden, weil so viele neue Faktoren dazukommen – besonders das Spiel mit dem Gleichgewicht auf jetzt (nur noch) zwei Stützpunkten. Das immer wieder Aufrichten, Ausbalancieren und Hinfallen gehört zum entwicklungsmotorischen Programm und sollte so wenig wie möglich von außen beeinflusst werden. Meist verletzen sich die Kinder nicht, weil sie eher zusammensacken und außerdem noch viel Polster (Babyspeck) besitzen.

Sobald das Kind seine Balance auf zwei Füße gefunden hat, läuft es am besten frei herum, um das *Kontralateralmuster* auf dieser Ebene zu erproben und zu festigen. Wenn es Unterstützung braucht, wird das Kind meist selbst darauf kommen. Da das *Kontralateralmuster* ein Rechts-links-Ausbalancieren mit der oberen und unteren Körperregion in Bewegung schafft, ist es das ökonomischste *Muster* für die Fortbewegung des (aufrechten) Menschen.

Erst viel später, wenn das Kind schon sicher gehen und auf einem Fuß stehen kann, wird von einem Fuß, um etwas zu erreichen („reach“)/ziehen („pull“), zum anderen Fuß interessant. Dann erst beginnt es, Bewegungen vom Fuß anzusetzen zu üben, z. B. Fußball zu spielen.

Beispiele:
Arabesque im Tanz; alle Ballspiele, die mit einer Hand oder einem Fuß geschlagen werden.
Bilder: alle Säugetiere auf vier Beinen, besonders die Katze (weil sie sich so geschmeidig kontralateral bewegt).

## Integration der Muster

„Ich bin Körper, Geist, Emotion und Intellekt ...
Ich bin innerlich verbunden … äußerlich expressiv.
Ich umschließe das Ganze, lasse alle Teile sich artikulieren und vernetzen ...
Ich frage: Wie können meine Fähigkeiten mein Leben bereichern?“[309]

In der Entwicklungsmotorik fügt sich jedes *Muster* in der beschriebenen Reihenfolge zum nächsten. Die *Muster* sind aufeinander aufbauend und überlappend. Im Normalfall wiederholt das Baby alle sechs *Muster* auf jeder räumlichen Ebene: auf dem Boden liegend, sitzend oder krabbelnd, bis zum aufrechten Gang. Somit erweitert sich das Repertoire der möglichen Bewegungen für eine bestimmte Tätigkeit oder einen bestimmten Ausdruck. Das Baby und das Kleinkind erproben diese Möglichkeiten spielerisch und ausdauernd, um die Koordination zu verfeinern und den Bewegungsablauf zu automatisieren.

Auf jeder Stufe der Entwicklung gibt es dann eine mehr oder weniger vollständige Integration des *Musters* in das Bewegungsgedächtnis. Wenn ein Erwachsener Probleme mit einem *Muster* hat, dann wahrscheinlich, weil dieses *Muster* nicht vollständig erprobt, geübt und integriert wurde. In einem solchen Fall sollte auch das vorangegangene *Muster* einbezogen werden.

Auch bei Babys kann dieses Phänomen beobachtet werden. Doch sie wollen meistens nicht zu der vorherigen Stufe „zurück", weil sie voll und ganz mit dem *Muster* beschäftigt sind, in dem sie sich gerade befinden. Zusätzlich drängt es sie, sich weiter zu entwickeln. Für jede Phase des körperlichen, psychischen und geistigen Prozesses steht daher nur ein kurzes Zeitfenster zur Verfügung. Es gibt in der Entwicklung von Kindern und Jugendlichen auch „regressive Phasen". In diesen holen sie nicht adäquat integriert Bewegungsmuster nach. Insgesamt wird aber beobachtet, dass die Entwicklung, also die vorangegangene Phase einerseits „einverleibt" ist, sich aber andererseits auch von ihr absetzt.

Eine Gesamtintegration der *Muster* bedeutet: Jedes *Muster* muss zu jeder Zeit abrufbereit sein, weil nur dann das effektivste für den jeweiligen Kontext verwendet werden kann. Beim Ballspielen z. B. können in einer Spielsituation (wenn es das Regelwerk erlaubt) unterschiedliche *Muster* gebraucht werden. Ein Ball mit einer Hand oder mit beiden Händen zu werfen (oder fangen), bedeutet die Nutzung eines jeweils anderen *Musters*. Meistens verwenden wir das *Muster*, das körperlich am besten angebunden ist und somit eine erfolgreiche Handlung verspricht. Wenn (durch das Regelwerk) nicht optimal integrierte *Muster* gefordert werden, vor allem mit schnellem Tempo oder hohen Kraftaufwand, erzeugt das meist eine nicht optimale Ausführung der Bewegung oder es kommt zu körperlichen Problemen. Der Blick auf die Integration der *Muster* vermag das Training in vielen Kontexten zu bereichern.

## Fundamentals-Begriffe

Im Folgenden, sollen die in der Fundamentals-Arbeit häufig verwendeten Begriffe geklärt werden. Es ist der Versuch, etwas in Worte zu fassen, was viele verschiedene Erlebnisse beinhaltet.

### Kinetische Ketten

Bei einer Bewegung arbeiten die Muskeln nicht isoliert, sondern in *kinetischen Ketten*. Es kann kurze und lange *kinetische Ketten* geben. Häufig läuft eine *kinetische Kette* durch benachbarte Körperteile, also eine sukzessive Phrasierung. Sie spannen sich meistens über mindestens zwei Gelenke – maximal durch den ganzen Körper. Bei längeren Ketten wird die Verbindung durch die Muskeln, die funktional zu einer Aktion passen, wie auch durch das Bindegewebe weitergeleitet. Wenn diese *kinetischen Ketten* ökonomisch arbeiten, werden überflüssige Spannung und zu hoher Krafteinsatz der einzelnen Muskeln abgebaut; es entsteht ein geschmeidiger Gesamteindruck. Um koordinierte und verbundene Bewegungen zu erreichen, ist die Frage nach dem Zusammenspiel der Muskeln in einer *kinetischen Kette* oftmals wichtiger als die Kraft der einzelnen Muskeln.[310]

Das Bild einer Kette hilft, die Verzahnung und Weiterleitung zu verdeutlichen. Aber dieses Bild der ineinander verzahnten Kette hat auch seine Grenzen. Bei einer Kette bewegt sich erst das nächste Glied, wenn das vorherige Glied dieses wegschiebt. Dieses Bild verlockt in der Praxis oft zu dem Ehrgeiz, „bis zum Anschlag" zu gehen. Daher finde ich das Bild vom Fall einzelner Steine einer Dominosteinkette an diesem Punkt hilfreicher, weil es hier mehr Überlappung der Bewegungsglieder gibt. Die *kinetischen Ketten* werden bei der Fundamentals-Arbeit auf Effektivität überprüft, um, falls notwendig, einen Reorganisationsprozess anzuregen.

## Körperhaltung („Body Attitude")

Bei der Körperhaltung handelt es sich um eine immer wiederkehrende Beziehung bestimmter Körperteile zueinander, die sich im Körper fixieren können. Vor allem setzen sich solche Haltungsmuster gerne im Rumpf und in den Verbindungen zu den Extremitäten fest. Diese festgefahrenen Körpereinstellungen beeinflussen wiederum unsere potenziellen Aktivitäten und Bewegungen. Fundamentals-Arbeit trainiert das Bewusstsein über die Beziehung der verschiedenen Körperteile zueinander in Bewegung und dadurch indirekt die wiederkehrende Einstellung bestimmter Körperteilbeziehungen.

Alle *Verbindungen, Muster, Prinzipien* und *Themen* tragen dazu bei, eine situationsbedingt angemessene Körperhaltung einnehmen zu können. Wobei das Thema *Innen/Außen* von großer Bedeutung ist: Unsere innere Einstellung zu etwas spiegelt sich in unserer äußeren Körperstellung wider und unsere äußere Körperhaltung beeinflusst unsere innere Geisteshaltung. In dieser Wechselbeziehung setzt die Fundamentals-Arbeit bei den äußeren Körperhaltungen an.

## Vertikale Aufrichtung

Eine stehende stabile Haltung ist im Grunde ein dynamischer Prozess in relativer Ruhe. Bartenieff meint: „Aufrichtung … ist dynamisch, nicht statisch … (Sie) ist dreidimensional, nicht nur hoch/tief. Der Körper macht die ganze Zeit langsame Bewegungen in alle Richtungen."[311]

Wir suchen nach unserer Vertikalität, indem wir ständig – fast unsichtbar – minimal um diese Dimensionalachse herum schwingen. Diese Schwankungen sind Anpassungen der kleinen Muskeln in unserem Körper an die immer fortwährende Atembewegung und an die verschiedenen Bezüge zur Erdanziehung. Wenn wir diesen Schwingungen nicht nachgehen, bekommen wir eine rigide Haltung. Aber wenn wir diese minimalen Bewegungen zulassen, die in Form einer liegenden „8" um einen imaginären Mittelpunkt herum pendeln, besteht in der äußeren Ruhe eine innere Dynamik. Dies wird häufig als *dynamische Ausrichtung* („dynamic alignment") um eine imaginäre Line charakterisiert.

Gerade weil die Aufrichtung viele dynamische Anteile hat, brauchen wir auch ein Bild, welches uns hilft, Stabilität zu finden und eine *„vertikale Durchlässigkeit"* („vertical throughness") zu etablieren. Um die *vertikale Aufrichtung* zu etablieren, suchen wir mit der räumlichen Intention das Lot zwischen oben und unten, zwischen Himmel und Erde. Mit dem oberen Pol finden wir die Gegenspannung zur Erdanziehung. Als Bild für die *Durchlässigkeit* in der *vertikalen Aufrichtung* verwendet Hackney nicht eine fixe Linie oder einen Stock, sondern ein durchlässiges flexibles Rohr.[312]

Beide Begriffe ergänzen sich: Die *dynamische Ausrichtung* betont eher die Mobilität, während die *vertikale Aufrichtung* die Stabilität hervorhebt. Das Erste hat mehr mit *Antrieb* zu tun und das Zweite mehr mit *Raum*, beides spielt sich innerhalb des Körpers ab. Jeder Mensch ist entweder dem einen oder dem anderen zugeneigt, aber ein guter Ausgleich als Synthese wäre für die *vertikale Aufrichtung* der Körpers optimal.

## Gegenspannung

Die meisten Bewegungen fordern zusätzlich zu einer Hauptaktion, die Mobilität beinhaltet, immer stabilisierende Anteile. Diese können *Gegenspannung* und *Gegenformung* (s. u.) sein. Eine *Gegenspannung* ist die Spannung, die räumlich gesehen linear entgegengesetzt zur Hauptaktion aufgebaut wird; z. B. eine Balance nach *rechts-hoch* fordert die *Gegenspannung* nach *links-tief.*

Die Intensität der *Gegenspannung* im Körper kann sehr unterschiedlich sein, vergleichbar mit einem Gummiband, das variabel gespannt werden kann. Mit wenig *Gegenspannung* wird der Körper sich leichter/schneller in den räumlichen Zug der Hauptaktionsrichtung bewegen als mit mehr *Gegenspannung.* Wenn der Zug in die Hauptrichtung und der entgegengesetzte Zug sich ausgleichen, kommt es zum Stillstand, da sich die Kräfte aufheben.

Es ist hilfreich, die notwendige oder adäquate *Gegenspannung* zu klären, um nicht zu viel Muskelspannung oder *Antrieb* zu verwenden. Z. B. in einer Balanceposition verwenden Tänzer häufig zu viel Muskelanspannung oder *gebundenen Fluss*, um sich zu stabilisieren. Hier wäre etwas mehr *Gegenspannung* förderlich, um nicht so rigide zu wirken. Wie viel *Gegenspannung* notwendig ist, hängt mit den aktivierten inneren *Verbindungen* zusammen, aber auch damit, ob *Gegenformung* sich dazugesellt.

## Gegenformung

Obwohl *Gegenspannung* und *Gegenformung* in dreidimensionalen Bewegungen häufig zusammen vorkommen, hilft es, sie zu differenzieren. *Gegenformung* bedeutet, dass sich ein Teil des Körpers anders formt als in der Hauptaktion. Es gibt zwei Möglichkeiten der *Gegenformung.* Die erste bezieht sich auf die genau entgegengesetzte Formqualität, diese unterstützt oft die *Gegenspannung.* Die zweite wird durch *Formqualitäten* in andere Richtungen gebildet, z. B. beim *Zurückziehen* und *Steigen* vom Bein in eine „Arabesque" (oder Standwaage) können die Arme als *Gegenformung steigen* und sich *ausbreiten*, um eine Stabilität zu erlangen.

Bartenieff beobachtete, dass Menschen mit Parkinson keine *Gegenspannung* aufbauen können. Wenn sie etwas wegdrücken möchten, lehnen sie sich mit der Gesamtkörperform zum Objekt oder zur Person hin. Einem an Parkinson erkrankten Menschen fällt es schwer, Druck gegen den Boden aufzubauen, um von dort aus den Gegendruck mit *Gegenspannung* zu den Händen zu leiten.[313] Deshalb bewegen sich Parkinsonkranke in dieser Hinsicht nicht effektiv.

## Verankerung des Schulterblatts

Ein Körperteil stellt den „Anker" für ein anderes Körperteil dar. Es dient als stabiler Orientierungspunkt, um somit eine Verbindung zu etablieren. Hier geht es vor allem um sehr mobile Körperteile, wie z. B. das Schulterblatt. Wird das Schulterblatt vom anderen Ende (z. B. von der Hand) gezogen, sollte die *Verankerung* zum Bauchnabel (oder Steißbein) nicht verloren gehen. Die *Verankerung* des Schulterblatts verhindert, dass es nach oben gezogen wird und dadurch die *Verbindung* unterbricht.

*Verankerung* heißt aber nicht Fixierung. Z. B. wenn ich den Arm zur Seite hochhebe und das Schulterblatt fixiere, könnte ich bis knapp unter Schulterhöhe kommen. Aber sinnvoller ist es, das Schulterblatt proportional zur Bewegung des Armes mitzubewegen, sodass es die Bewegung des Armes gleich von Anfang an unterstützt. Wenn dann der Arm über Schulterhöhe geht und das Schulterblatt verankert bleibt, schwingt die untere Schulterblattspitze immer weiter nach außen, in einer Art Glockenschwingung, und der obere Anteil der Schulter bleibt relativ tief, ohne dass die Person die Schultern herunter drücken muss. In diesem Sinne bedeutet die Schulterblattverankerung nicht Starrheit, sondern lässt Mobilität zu. Das Schulterblatt bewegt sich wie ein nach unten verankertes Schiff, welches noch eine gewisse *Mobilität* um seinen Ankerpunkt herum behält.

## Graduelle Rotation

Um eine *graduelle Rotation* zu ermöglichen, wird bei einem halben oder ganzen Kreis in den Kugelgelenken (Hüft- und Schultergelenke) die axiale Rotation in einer bestimmten Art mit der Beugung und Streckung sowie der Abduktion und Adduktion kombiniert. Jeder der Rotationsmuskeln, die sich alle in unterschiedlichen Winkeln zu den Knochen befinden, soll zur angemessenen Zeit seinen Teil zu der Bewegung beitragen. Um dieses zu erreichen, soll die Rotation graduell (zeitlich) und abgestuft (räumlich) über die gesamte Bewegung und nicht an einem Punkt des Kreises erfolgen. In Bartenieff Fundamentals sprechen wir von einem *Rhythmus von Oberarmknochen zu Schultergelenk* wie auch *vom Oberschenkelknochen zum Hüftgelenk.*

Wenn wir beispielsweise die Arme in der *vertikalen Fläche* kreisen (s. vertikaler Armkreis in Rückenlage), können wir die Rotation des Armes graduell über den gesamten Kreis verteilen, indem wir ständig (und nicht nur an einem Punkt) rotieren. So wird die Rotation graduell und harmonisch abgestuft in den Globalgelenken und es entsteht dadurch mehr Wohlbefinden und Bewegungsfreiheit.

## Innere Unterstützung („Core Support"/„Internal Support"[314])

Durch ihre therapeutische Arbeit wusste Bartenieff, dass eine innere Lebendigkeit mit der inneren Lebenseinstellung verbunden ist. Einen Leitsatz, den sie von ihrem Mentor George Devan übernommen hat: Aktiviere und motiviere den Menschen[315], sodass er an seiner eigenen Genesung engagiert mitarbeitet. Beim gesunden Menschen geht es vor allem darum, das Wesentliche zu finden, zum Kern vorzudringen und diese Überzeugung als *innere Unterstützung* für die Bewegung zu nutzen.

Die *innere Unterstützung* soll einen lebendigen inneren Kern für die Bewegung sein. Durch die Verbindung zwischen dem „Physischen" und dem „Mentalen"[316] beinhaltet die *innere Unterstützung* beides. Obwohl in der Fundamentals-Praxis primär an körperlichen Aspekten gearbeitet wird, wirkt sich dies auf das gesamte Befinden aus.

Körperlich kann die *innere Unterstützung* Folgendes beinhalten:
1. Die *innere Unterstützung* der Körperhaltung
- Durch das Loslassen überflüssiger Muskelspannung die knöcherne Struktur als tragende Struktur erleben (z. B.: von den Füßen, durch Beine, Becken, Wirbelsäule zum Kopf)
- Durch die Klarheit, dass jeder im Zentrum seiner eigenen *Kinesphäre* steht und den äußeren Raum verinnerlicht, z. B. mit *vertikaler Durchlässigkeit*

2. Die physiologische *innere Unterstützung* der Bewegung
- Durch den Atem wird Sauerstoff zu den Zellen gebracht, sodass alle Aktivitäten des Körpers physiologisch (von innen) unterstützt werden (s.: *Atemunterstützung* oder *Respirationsmuster*)

3. Die *innere Unterstützung* des Körperzentrums
- Durch die verschiedenen *Muster*, vor allem das grundlegende *Zentrum-distalmuster*
- Durch die *Formveränderung* des Volumens im Rumpf
- Durch die tiefen Rotationsmuskeln, z. B. bei dreidimensionaler Bewegung im Becken, welches das Organsystem anspricht, z. B. beim *Aushöhlen* (s. u.)

### Aushöhlen („Hollowing“)

Mit *Aushöhlen* ist die Formveränderung im unteren Rumpf beim Ausatmen gemeint. Diese Veränderung der Form der Bauchdecke wird besonders deutlich, wenn man auf dem Rücken am Boden liegt und in die unteren Lungenflügel atmet. Beim Einatmen entsteht ein Hinauswölben und beim Ausatmen ein *Aushöhlen* der Bauchdecke (s. *Formflussunterstützung*).

Zum Ausatmen sagte Bartenieff: „Lass es los, drücke es nicht heraus.“[317] Das *Aushöhlen* mit der Ausatmung hilft, die äußeren Muskeln loszulassen, um die *innere Unterstützung* zu finden. Diese *innere Unterstützung* geschieht vor allem durch die tiefe Muskulatur im Rumpf, z. B. durch den Großen Lendenmuskel, die tiefe segmentale Rückenmuskulatur und den Queren Bauchmuskel. Daher unterstützt das *Aushöhlen* die Verbindung von den unteren Rippen bis ins Becken hinein.

## Schwerpunkte der Fundamentals

### Die untere Einheit

Die dreidimensionale Formveränderung, die Laban im *Raum* erforschte, betrachtete Bartenieff im *Körper*. Für die meisten Menschen ist es nicht besonders schwer, diese lebendige dreidimensionale Formveränderung im Oberkörper herzustellen (zumindest mit den Armen), aber dafür umso schwieriger im Unterkörper. Bartenieff beobachtete: „Menschen formen sich nicht genug, vor allem im Becken.“[318] Daher legte sie einen ihrer Schwerpunkte der Fundamentals-Arbeit ins *Gewichtszentrum*.

#### Aktivierung des Gewichts und des Gewichtszentrums

„Jeder muss sein eigenes Gewicht tragen.“[319]
Wie das Körpergewicht getragen wird, vor allem wie das *Gewichtszentrum* dabei aktiviert wird, waren fundamentale Fragen für Bartenieff. Von den *sechs Basisübungen* setzen sich zwei mit der *Aktivierung des Gewichtszentrums* in verschiedene Richtungen auseinander. Schon asiatische Bewegungsmeister wussten: Wenn ich das Zentrum des Gewichts aktiviere, dann habe ich das Wesentlichste im Körper aktiviert. Das *Gewichtszentrum* befindet sich eine Handbreit unter dem Bauchnabel, mitten im Becken. Wenn ich das *Gewichtszentrum* in einer Ganzkörperbewegung aktivere, aktiviere ich nicht nur eines der schwersten Körperteile, sondern im Stehen auch das zentralste.

Die anderen Körperteile müssen natürlich bereitwillig mitkommen. Wenn sie passiv sind, kann es trotz aktiven Zentrums beschwerlich sein, das restliche Körpergewicht zu tragen. Vorausgesetzt, ich verbinde das aktive *Gewichtszentrum* in alle Körperrichtungen, dann kann ich das gesamte Gewicht des Körpers müheloser und bequemer tragen.

#### Gewichtsverlagerung

„Wenn eine Aktion von einem zum andern Körperteil wechselt, beinhaltet dies eine Gewichtsverlagerung.“[320]
Die Gewichtsverlagerung ist ein entscheidender Bestandteil fast jeder *Körperaktion*: Fortbewegung, Ebenenwechsel, Sprung, Drehung oder Veränderung der Unterstützung. Sogar Gesten des Oberkörpers sollen nach Bartenieff mit minimalen Gewichtsverlagerungen des Unterkörpers unterstützt werden.

Für eine effiziente Gewichtsverlagerung in verschiedene Richtungen sind der Bewegungsansatz und die räumliche Intention vom Gewichtszentrum von grundlegender Bedeutung. Zuerst wird die effektive Gewichtsverlagerung in der *sagittalen Fläche* (*hoch/tief* und *vor/rück*) und in lateraler Richtung (seit-seit) trainiert. Danach kann müheloser die Kombination der drei Richtungen auf die Gewichtsverlagerungen in allen drei Dimensionen, z. B. in einem spiralischen *Ebenenwechsel*, übertragen werden.

### Ebenenwechsel

Der *Ebenenwechsel* zwischen der tiefen, mittleren und hohen *Raumebene* ist grundlegend für die menschliche Bewegung. Bei der Entwicklungsmotorik braucht der Mensch mehrere Monate, um die ersten *Ebenenwechsel* zu vollziehen, was bei manchen Tieren schon nach Minuten oder Stunden geschieht. Menschliche Babys müssen viele *Verbindungen* und *Muster* üben, wie auch zahlreiche Prinzipien und Themen integrieren, bis sie den ersten *Ebenenwechsel* versuchen. Beim Erwachsenen kann (im besten Fall) ein *Ebenenwechsel* in jedem *Muster* und von jedem Körperteil aus angesetzt werden – vorausgesetzt, es besteht eine Verbindung zwischen dem initiierenden Körperteil und dem *Gewichtszentrum*.

Bartenieff war der Meinung, dass der *Ebenenwechsel* am ökonomischsten im *Gewichtszentrum* angesetzt wird, weil es der schwerste Körperteil ist. Wenn das Schwerezentrum im Ebenenwechsel aktiv ist und die Verbindungen zu den Füßen wie auch durch die Wirbelsäule zum Kopf hergestellt sind (die umgekehrte *Y-Verbindung*), ist die Bewegung meist mühelos. Bartenieff unterschied den *„Ebenenwechsel zum stabilen Stand“* (s. Übung 24) vom *„Ebenenwechsel zum mobilen Gang“* (s. Übung 25) maßgeblich durch die *räumliche Intention* und wo das *Gewichtszentrum* im Bewegungsablauf platziert wird.

Beim *„Ebenenwechsel mit Fortbewegung“* („propulsion“) kommt es während des *Ebenenwechsels* bereits zu einer Fortbewegung wie bei einem Flugzeug, das durch seinen Düsenantrieb langsam vom Boden abhebt (s. Übung 26). Das Meistern eines effektiven Bewegungsmusters des stationären *Ebenenwechsels* wird vorausgesetzt. Zusätzlich sollten klare *Raum-* und *Antriebsphrasierungen* die recht schwierige Sequenz unterstützen. Diese Sequenz ist für den Alltag vielleicht nicht unbedingt fundamental, aber für den Tanz, besonders für den zeitgenössischen Tanz.

## Die obere Einheit

„Alles, was in der oberen Einheit geschieht, steht immer in Beziehung zum Becken.“[321] Die Fundamentals-Arbeit beginnt deshalb meist mit der unteren Einheit und baut dann Übungen für die obere Einheit darauf auf.

### Mobilität

Die obere Einheit hat von der Anatomie her gesehen fragilere Knochen, deren Aufbau mehr Mobilität ermöglicht als in der unteren Einheit. Diese Mobilität birgt auch Gefahren in sich, vor allem können die *Verbindungen* leichter unterbrochen werden. Um dem entgegenzuwirken, sollte im Oberkörper auf mehr *Stabilität* geachtet werden, z. B. durch die *Verankerung* der Schulterblätter.

### Distale Initiierung

Beim Manipulieren von Gegenständen mit den Händen ist ein distaler *Bewegungsansatz* mit *Verbindung* zum Zentrum wünschenswert. Dadurch werden alle Muskeln in Arm und Schulter gleichermaßen aktiviert und nicht der eine oder andere überbelastet. Die Armkreise in den Fundamentals weisen alle einen distalen *Bewegungsansatz* auf, da sie genau dieses trainieren möchten.

### Orientierung mit Kopfintegration

Da der Kopf viele Sinne zur Orientierung beherbergt und durch die Halswirbelsäule sehr mobil ist, gibt es in unserer kopfbetonten Gesellschaft häufig Probleme mit der Kopfintegration. Da wir den Kopf viel selbstständig bewegen, um die Orientierung nicht zu verlieren, fällt es dann manchmal bei ganzkörperlicher Bewegung schwer, den Kopf zu integrieren.

Hier ist vor allem die *Kopf-Steißverbindung* gefragt, egal in welchem *Muster* die Bewegung stattfindet. Die Orientierung muss dann gegebenenfalls über andere Wahrnehmungskanäle erfolgen als nur über die (fokale) Vision der Augen. So können die periphere Vision sowie die kinästhetische Wahrnehmung durch das Gleichgewichtsorgan im inneren Ohr und die Tiefensensoren (Propriozeptoren) die Wahrnehmung ergänzen. Der Kopf kann sich dadurch besser zum Körper hin integrieren, weil die Augen zur Orientierung nicht mehr Punkte im *Raum* fixieren müssen.

## Gesamtkörper

### Rotation

„Sei Dir immer des Rotationsfaktors bewusst ...“[322]

Für alle *(Ganz-)Körperverbindungen* ist das Zusammenspiel aller Rotationsmöglichkeiten maßgebend: die der Wirbelsäule, der Kugelgelenke sowie der Unterarm- oder Unterschenkelknochen. Bartenieff legte einen Schwerpunkt auf Rotation, weil sie erkannte, dass unsere Auffassung von Bewegung und Sport den Rotationsfaktor häufig vernachlässigt. Wenn jemand in einer Bewegung nicht weiter wusste, sagte Bartenieff: „Wenn Du im Zweifel bist, dann rotiere!“[323]

Bei manchen alten Rückenschulen wird von Rotation der Wirbelsäule abgeraten. Das kann in einigen Fällen richtig sein, besonders beim schweren Heben. Statt es aber ganz zu vermeiden, wäre es wichtiger, die Rotation im Rücken schonend zu trainieren. Die unterschiedlichen Abschnitte der Wirbelsäule können unterschiedlich gut rotieren. Z. B. Die Halswirbelsäule (HWS) kann besser rotieren als die obere Brustwirbelsäule (BWS). Bei einer Rotation der Wirbelsäule, die im Kopf anfängt, sollte die HWS recht bald die BWS in die *kinetische Kette* einbeziehen, sodass kein Stress auf die untere HWS entsteht.

Fundamentals trainieren auch die umgekehrte Rotation: vom Steißbein zum Kopf. Hier sollte darauf geachtet werden, dass die Rotation wirklich vom unteren, mittleren Punkt des Beckens – also dem Steißbein – und nicht von der äußeren, seitlichen Beckenschale angesetzt wird. Ganz egal von welchem *Bewegungsansatz* (ob vom Steiß oder Kopf): Die *kinetische Kette* muss durch den mittleren Bereich der Wirbelsäule laufen. Hier kann die untere BWS bei den freien Rippen am besten rotieren, daher sind der 11. und 12. Brustwirbel häufig überbeansprucht, wenn die mittlere und obere BWS nicht in ihrer Bewegungsfähigkeit genutzt wird.[324]

## Fundamentals-Unterricht

Die Fundamentals können jedem auf seinem individuellen Niveau helfen, sich mit größerem Wohlbefinden zu bewegen. Laien und Bewegungsprofis können an demselben Kurs teilnehmen, denn wenn die Lehrkraft den Stoff in einer gewissen Tiefe behandelt, entdeckt jeder etwas Neues. Im Unterricht (wie auch in der Therapie) wollen wir, dass ein Veränderungsprozess stattfindet. Dieser Prozess braucht Zeit und durchläuft in der Regel einige Phasen. Hier die Phasen, die möglicherweise im Prozess der Veränderung durchlaufen werden.[325]

- Bewusstwerden des Istzustands
- Akzeptanz des alten Zustands
- Intention und Ziele klären
- Hilfsmittel finden (z. B. Partner, Bilder, Raumvorstellungen ...)
- Sich einlassen auf den Prozess – ganzkörperlich und als ganze Person

- Zeit lassen – „Body-Time“ zulassen
- Neue *Muster* festigen

In jeder Körperarbeit gibt es besondere Methoden und Praktiken, die aus den Ressourcen der Begründer stammen. Irmgard Bartenieff verfügte über ein großes anatomisches Wissen, aber ihr Motto war: „Denke immer in Bewegung, statt in anatomischen Modi.“[326]

**Knöcherne Anhaltspunkte („Bony Landmarks“)**

Bartenieff vermittelte die notwendige Anatomie, besonders im Unterricht für Laien, auf einfachen und zugänglichen Wegen. Deshalb verwenden Fundamentals-Lehrer die knöchernen Anhaltspunkte im Skelett, die zum einen besser bekannt sind als die Muskeln und zum anderen leichter abtastbar. Diese knöchernen Anhaltspunkte dienen zur Orientierung für den Verlauf von *Verbindungen*, *Bewegungsansätzen* und für *Bewegungsverläufe*. Von einem knöchernen Anhaltspunkt aus kann auch die räumliche Intention einer Bewegung geklärt werden.

**Innere Beteiligung**

Die Bartenieff-Sequenzen sollen nicht nur einfach nachgemacht, sondern es soll die eigene innere Beteiligung für die Bewegung gesucht werden. Eine Fundamentals-Lehrkraft wird durch körperliches Vormachen der Sequenzen und durch klare verbale Anweisungen die Intention der Bewegung verdeutlichen. Dann wird der Schüler diese *Intention* in sich aufspüren und mit seiner eigenen inneren Beteiligung füllen. Bartenieff brachte es für die Schüler auf folgende Formel: „Entwickle eine fühlende Herangehensweise ... Schau die Bewegung an, spüre die Identifizierung, fühle Deine eigene Bewegung.“[327]

**Innen- und Außenwahrnehmung**

Auch wenn die genaue räumliche und *Antriebsintention* geklärt ist, geschieht es häufig, dass die Bewegung nicht effektiv abläuft. Wenn z. B. ein Körper jahrelang eine bestimmte schiefe Haltung als gerade gespeichert hat, dann wird er die Haltung, die von außen als gerade wahrgenommen wird, zunächst als schief empfinden. Das heißt, unser kinästhetisches Empfinden und unser Körperbild berufen sich auf das Bekannte.

Um das Problem der inneren und äußeren Wahrnehmung bewusst anzugehen, werden die Bartenieff Fundamentals häufig mit einem Gegenüber praktiziert, im Gruppenunterricht in Partnerarbeit mit einem anderen Schüler und mit genauer Anleitung des Lehrers oder es wird in Einzelarbeit mit einem Lehrer/Therapeuten/Coach gearbeitet. Eine Person beobachtet von außen das Bewegungsgeschehen und gibt dann Feedback, meist verbal, und unterstützt den Prozess ggf. mit den Händen.

**Manuelle Begleitung („Hands-on“)**

Die Art der *manuellen Begleitung* entwickelte Bartenieff aus ihrem Talent, ihrer physiotherapeutischen Ausbildung und verschiedenen Massagetechniken (u. a. Bindegewebsmassage nach Dicke). Man sagt Bartenieff nach, dass ihre Hände eine besondere Qualität besaßen, in der Berührung durchdrang sie den Körper des Schülers mit klarer Absicht.

Bei der *manuellen Begleitung* von Fundamentals-Sequenzen gibt es verschiedene Möglichkeiten, die Bewegung zu unterstützen. Wenn die Hände auf einem Körperteil liegen, entsteht dort fast automatisch mehr Bewusstsein. Die Hände können aber auch die Richtung der Bewegung oder den körperlichen Formungsprozess und dadurch die angestrebte *Verbindung* klären. Es wird darauf geachtet, dass der Praktizierende (der die manuelle Unterstützung gibt) die angestrebte *Verbindung* im eigenen Köper spürt, weil sich diese durch die Hände überträgt.

Abb. 10-3

Je nach Situation ist die Beziehung in der manuellen Begleitung zwischen Praktizierenden und Schüler/Klient eine andere. Es kann sein, dass der Schüler/Klient sich ganz passiv verhält oder aber sich aktiv bewegt – je nachdem, wie sich die gesuchte *Verbindung* oder Koordination am besten für diese Person herstellen lässt. Im ersten Fall wird der Praktizierende mehr mit den Händen unterstützen und im letzten Fall reicht evtl. eine flüchtige Berührung. In der Fundamentals-Arbeit wird die *manuelle Begleitung* gern als pädagogisches Hilfsmittel eingesetzt. Ziel dabei ist es, dass der Übende die Bewegung selbstständig, verbunden und effektiv ausführen kann.

## Unterrichtsaufbau für Fundamentals

Der Unterrichtsaufbau kann unterschiedlich gestaltet sein, je nach Vorlieben des Pädagogen und der Studenten:

- komplex – elementar – komplex
- entlang der entwicklungsmotorischen Progression
- Fundamentals zu einem bestimmten Thema
- Suchen nach Lösungsansätzen bei Bewegungsproblemen („problem solving")
- körperbezogene Improvisationen

Viele unserer alltäglichen Bewegungsabläufe sind schon recht komplex und je weiter wir in den Sport oder in Tanzbereiche vordringen, desto komplexer werden sie. Ein Pädagoge kann mit LBBS die komplexen Bewegungen in ihre elementaren Teile zerlegen. Welche *Prinzipien, Muster, Verbindungen* und *Themen* gehören dazu? Diese Teilaspekte werden dann auf die recht einfachen Fundamentals übertragen (oder Variationen davon) und geübt, sodass der Körper die elementaren Bewegung ökonomisch gestaltet. Wenn die *Basisübungen* gefestigt sind, können die Sequenzen Schritt für Schritt zunehmend komplexer, raumgreifender und antriebsstärker werden. Mit jedem Schritt in die Komplexität muss immer wieder beobachtet werden, ob verbundene Bewegungen auf dieser Stufe möglich sind oder ob der Übende in alte, nicht effektive Ausführungen zurückfällt.

### Entlang der entwicklungsmotorischen Progression

Es scheint einleuchtend zu sein, die Fundamentals-Übungen und ihre Variationen nach den entwicklungsmotorischen *Mustern* zu ordnen. Für Erwachsene ist das nicht unbedingt sinnvoll. Wenn mit dem *Respirationsmuster* begonnen wird, besteht außerdem die Gefahr, dass Erwachsene darauf „regressiv" reagieren oder es ihnen einfach „zu nahe" geht. Daher ist es trotz der entwicklungsmotorischen Progression ratsam, einen (etwas) anderen Unterrichtsaufbau zu wählen. Eine Möglichkeit besteht darin, mit dem *Zentrum-distalmuster* anzufangen, dann in der Progression fortzufahren und später auf das *Respirationsmuster* zurückzukommen. Die andere Möglichkeit wäre, beim *Kontralateralmuster* zu beginnen und sich (relativ schnell) zum *Respirationsmuster* „zurück" zu entwickeln, um dann die entwicklungsmotorische Progression noch einmal vertieft von vorne anzusetzen.

Da Erwachsene sich sehr differenziert bewegen, haben sie es schwer, das komplette *Zentrum-distalmuster* herzustellen – also alle sechs „Extremitäten" auf einmal zu koordinieren. Hier ist es ratsam, die Anzahl der zu koordinierenden „Extremitäten" langsam zu steigern.

### Fundamentals zu einem bestimmten Thema

Da die Fundamentals-Übungen meistens mehrere Aspekte (*Muster, Verbindungen* und *Prinzipien*) beinhalten, kann der Pädagoge diese Aspekte themenspezifisch verwenden. Er kann dann um dieses Thema bestimmte Übungen ranken; z. B. um das Thema „Drehungen" könnte der Pädagoge folgende Übungen aussuchen: die *Körperhälften, laterale Gewichtsverlagerung, dynamische Aufrichtung, Kopf-Steißverbindung* und *Erdung*, abgerundet mit einer körperbezogenen Improvisation zum Thema: *Stabilität* und *Mobilität.*

Wenn das Thema noch nicht feststeht und auf die Teilnehmer abgestimmt werden soll, kann der Pädagoge eine relativ komplexe Bewegung nutzen, um die spezifischen Themen der Teilnehmer zu analysieren. Die Fundamentals-Übungen *Zusammenziehen und Auseinanderdehnen* (Nr. 6) oder den *Ebenenwechsel mit Fortbewegung* (Nr. 26) bieten sich dazu an. Nachdem der Pädagoge die körperlichen Stärken und Schwächen analysiert hat, wählt er daraufhin die entsprechenden themenspezifischen Fundamentals-Übungen und -Sequenzen aus.

### Suchen nach Lösungsansätzen bei Bewegungsproblemen

Jeder Teilnehmer bringt eine Bewegungssequenz mit, an der er gerade arbeitet. Dann erklärt er sein „Problem". Eine entsprechende Fundamentals-Übung wird gefunden, welche diese Problemstellung „lösen" könnte. Falls die Teilnehmer über genügend Fähigkeiten in der Fundamentals-Arbeit verfügen, können sie Vorschläge machen. Wenn nicht, findet der Pädagoge eine Korrespondenz zwischen dem „Problem" in einem der vier Aspekte der Fundamentals: *Muster, Verbindungen, Themen* oder *Prinzipien*, und wählt die passende Fundamentals-Übung oder -Sequenz dazu aus. Diese wird dann ausprobiert, um zu sehen, ob sie eine Lösungsmöglichkeit für diese Schwierigkeit darstellt. Ein solcher Ansatz kann auch für ein individuelles Coaching verwendet werden.

### Körperbezogene Improvisationen

Bartenieff schrieb: „Wiederholende Bewegungen beim Aufwärmen sollten begrenzt sein, sodass die Bereitschaft, sich zu bewegen, nicht verloren geht."[328] Je nach Unterrichtskontext können Improvisationsaufgaben mit Übungen gemischt oder auch stattdessen verwendet werden. Zu allen oben genannten Fundamentals-Aspekten (*Prinzipien, Muster, Verbindungen …*) können Improvisationen strukturiert werden. Die Improvisation bietet den Schülern die Möglichkeit, die Fundamentals-Aspekte freier zu explorieren und sie in ihr eigenes Bewegungsrepertoire zu integrieren.

## Fazit

Bartenieff war vor allem eine Praktikerin und reagierte mit ihrem enormen Wissen individuell auf ihre Schüler und Klienten. Sie schätzte die Einzigartigkeit jedes Individuums und suchte gleichzeitig nach universellen Prinzipien. Ihr Motto war: „Analysiere die grundsätzlichen Gesetze der Bewegung" und „Entwickle Prinzipien, statt einer Technik."[329] In der Praxis werden diese mithilfe von themenorientierter Improvisation sowie Bewegungsübungen und Sequenzen verdeutlicht.

# Kapitel 11: Bartenieff Fundamentals – praktische Beispiele

Anhand der folgenden Übungen sollen die im Kapitel Fundamentals – Grundlagen genannten theoretischen Konzepte praktisch dargestellt werden. An dieser Stelle wird noch einmal daran erinnert, dass die Bartenieff Fundamentals nicht nur übungszentriert unterrichtet werden, sondern alle Aspekte auch mit strukturierten Improvisationen angeleitet werden können.

Im Folgenden werden zuerst die *sechs Basisübungen* („Basic Six") benannt, und dann wird eine Auswahl von 27 Fundamentals-Übungen und -Sequenzen detailliert beschrieben. In jeder Übung werden das Ziel, die Ausführung mit Ausgangsposition und Hinweise sowie das Erlebnis dargestellt. Danach werden wichtige Begriffe und Prinzipien sowie die geübten *Verbindungen* und *Muster* stichpunktmäßig erläutert. Zum Schluss wird auf die Funktion im Alltag oder Tanz kurz hingewiesen. Bei manchen Übungen werden abschließend noch verschiedene Variationen erwähnt.

## Die sechs Basisübungen („Basic Six")

Auf der Suche nach dem „Was ist fundamental in der Bewegung?"[330], hat Bartenieff auf Drängen ihrer Mitarbeiter zunächst *sechs Basisübungen* ausgewählt. Im Folgenden die heutigen Namen der sechs Basisübungen (und wo sie in den folgenden Übungsbeschreibungen zu finden sind):

1. Beugen (und Strecken) im Hüftgelenk (→ 3.)
2. Gewichtsverlagerung des Beckens – sagittal (→ 7.)
3. Gewichtsverlagerung des Beckens – lateral (→ 8.)
4. Körperhälften – vertikale Fläche (→ 14.)
5. Diagonaler Kniezug (→ 16.)
6. Armkreis (in der Diagonalen) (→ 18.)

Hier sind die *sechs Basisübungen* nach ihrem Komplexitätsgrad von einfach bis anspruchsvoll geordnet, sie müssen aber nicht in dieser Reihenfolge ausgeführt werden. Kein Fundamentals-Lehrer würde nur diese Übungen trainieren. Es ist sinnvoll, verschiedene Vorbereitungs- und Ergänzungsübungen und Sequenzen dazwischen- bzw. davorzuschalten.

Bartenieff selbst ergänzte in ihrem Buch die *sechs Basisübungen* mit weiteren sechs Übungssequenzen. In ihrem Manuskript „Notes on a Course in Correctives"[331] sind 40 Übungen und Sequenzen kurz beschrieben, fast die Hälfte davon im Stand. Dennoch sind sie nur ein kleiner Ausschnitt aus den unzähligen Übungen und Sequenzen, die Bartenieff mit ihren Schülern praktizierte. Janis Pforsich beschreibt 35 Übungen, die Bartenieff regelmäßig bodennah unterrichtete.[332] Hackney führt in ihrem Buch „Making Connections" fast 100 Bewegungsexplorationen auf: Übungen, Sequenzen und Improvisationsaufgaben.

## Auswahl von 27 Bartenieff-Fundamentals-Übungen und -Sequenzen

Im Folgenden wird eine Auswahl von 27 Übungen und Sequenzen, inklusive der *sechs Basisübungen*, ausführlich dargestellt. Die folgende Reihenfolge entspricht fast der entwicklungsmotorischen Progression, nur dass die Übung zum *Respirationsmuster* erst zwischen den Übungen zum *Spinalmuster* eingeschoben wird (s. Unterrichtsaufbau). Der Aufbau beginnt im Liegen und führt zum Stehen und ist nach Komplexitätsgrad von einfach bis schwieriger geordnet. Diese Übungen können natürlich auch miteinander kombiniert werden zu kürzeren oder längeren Sequenzen. Es folgt ein Überblick der Übungen und Sequenzen mit ihrem originalen Namen auf Englisch (und mit der laufenden Nummer, um sie besser zu finden).

| Nr. | Name | bekannt als | Heutiger englischer Name | Früherer engl. Name |
|---|---|---|---|---|
| 1. | Fersenwippen | | Heel Rock[333] | Rock and Roll[334] |
| 2. | Vorbereitung für das Beugen (und Strecken) im Hüftgelenk | | Pre-Femural Flexion | Pre-(Thigh) Lift[335] |
| 3. | Beugen (und Strecken) im Hüftgelenk | | Femural Flexion-Extension[336] | (Thigh) Lift[337] |
| 4. | Vertikaler Armkreis in Rückenlage[338] | | | |
| 5. | Horizontaler (Viertel- und Halb-) Armkreis[339] | Pullover anziehen | | |
| 6. | Zusammenziehen und Auseinanderdehnen - Variation zum Sitzen | Seestern | Total body opening and closing[340] | Condensing[341] - to sitting from lying[342] |
| 7. | Gewichtsverlagerung des Beckens – sagittal | Flieger | Weight Shift – sagittal[343] | Pelvic Forward Shift[344] |
| 8. | Gewichtsverlagerung des Beckens – lateral | Schreib-maschine | Weight Shift – lateral[345] | Pelvic Lateral Shift[346] |
| 9. | Spinaler Druck und Zug | | Head-Tail Push and Reach Pattern[347] | |
| 10. | Zellatmung | | Cellular Breathing[348] | |
| 11. | Hängen und Aushöhlen | | Hang and Hollow[349] | |
| 12. | Homologer Druck und Zug | | Homologues Push and Reach Pattern[350] | |
| 13. | Körperhälften – horizontale Fläche | Buch | Body Half – horizontal[351] | |
| 14. | Körperhälften – vertikale Fläche) | | Body Half – vertical[352] | |
| 15. | Körperhälften Druck | robben | Homolateral Push[353] | |
| 16. | Diagonaler Kniezug | | Diagonal Knee Reach[354] | Knee Drop[355] |
| 17. | Sagittaler Armkreis[356] | | | |
| 18. | Armkreis (in der Diagonalen) | | Arm Circle[357] | |
| 19. | Kontralateraler Zug von Ellbogen und Knie | | Cross-lateral Elbow to Knee[358] | |
| 20. | Spiralförmiges Aufsetzen | | Spiral Sit up | Diagonal Sit up[359] |
| 21. | Kontralateraler Zug von Fuß oder Hand | X-Rolle | Tuning over Using Diagonal Connections[360] | |
| 22. | Vom Liegen in den Vierfüßler | | Preparatory Exercise for Creeping[361] | |
| 23. | Durch die Hände laufen | | Walking through Hands[362] | |
| 24. | Ebenenwechsel zum stabilen Stand | | Creeping to Stable Standing[363] | |
| 25. | Ebenenwechsel zum mobilen Gang | | Creeping to Standing for Locomotion[364] | |
| 26. | Ebenenwechsel mit Fortbewegung | | Propulsion Sequence[365] | |
| 27. | Partnerwippe | | The Seesaw[366] | |

In der folgenden kurzen Beschreibung der Übungen, wird auf die Kursivschrift der LBBS- Begriffe wegen der Übersichtlichkeit verzichtet.

## 1. Fersenwippen

**Ziel**: Eine fließende Verbindung von den Füßen bis zum Kopf in einer rhythmischen Bewegung etablieren.
**Ausgangsposition**: auf dem Rücken liegend, Beine parallel und lang, die Fersen mit gutem Kontakt (auch Haftung) zum Boden, die Arme ruhen an der Körperseite. Die Füße sind im Sprunggelenk etwas gestreckt.
**Ausführung**: Der Bewegungsansatz ist im Sprunggelenk, welches zuerst gebeugt und dann wieder gestreckt wird. Die Fersen werden zum Boden geerdet, daher rutschen sie nicht hin und her. Das Beugen und Strecken des Sprunggelenks so wiederholen, dass es ein rhythmisches Wiegen vom Becken über die Wirbelsäule bis zum Kopf produziert. Beim Beugen des Sprunggelenks wird das Becken sich nach hinten neigen (Aktion der rückwärtigen Oberschenkelmuskeln). Beim Strecken des Sprunggelenks wird das Becken nach vorne geneigt (Aktion des Großen Lendenmuskels).
**Hinweis**: Die Fußbewegung soll vom Gelenk, nicht von den Zehen, initiiert werden. Es soll keine Spannung im Lendenstreckmuskel, besonders dem viereckigen Lendenmuskel, und in den oberflächlichen Bauchmuskeln (insbesondere dem geraden Bauchmuskel) entstehen.
Die rückwärtigen Oberschenkelmuskeln und der Große Lendenmuskel stehen immer in Beziehung zueinander. Wenn einer sich aktiv verkürzt, wird der andere Muskel sich verlängern und seine Spannung reduzieren und umgekehrt.
**Erlebnis**: Durch den Impuls von den Sprunggelenken her gibt es ein wellenförmiges Widerhallen im ganzen Körper.
**Variation**: Mit aufgestellten Füßen den Druck der Füße in den Boden erhöhen, dadurch entsteht eine Schubkraft Richtung Kopf, die Wirbelsäule verändert sich und das Becken kippt. Beim Loslassen des Drucks kippen das Becken und die Wirbelsäule zurück in die Ausgangsstellung. Durch rhythmisches Wiederholen entsteht ein Wippen.

**Wichtige Begriffe und Prinzipien**: Erdung, Durchlässigkeit
**Geübte Verbindung**: Sitzhöcker-Fersen, Bein-Rumpf und Rumpf-Kopf, d. h. insgesamt: Bein-Kopfverbindung (umgekehrtes „Y")
**Geübtes Muster**: Teil des Zentrum-distalmusters
**Funktion**: Bahnen der Verbindung von den Füßen zum Kopf durch das Zentrum, Aktivierung des Sprunggelenks, Zulassen einer passiven Verbindung durch den Rücken, Vorbereitung für alle Verbindungen vom Nabel zu den Extremitäten und die dynamische Aufrichtung.

## 2. Vorbereitung für das Beugen (und Strecken) im Hüftgelenk

**Ziel**: Die effektive Beugung und Streckung des Beins im Hüftgelenk vom gestreckten Zustand mobilisieren.
**Ausgangsposition**: Rückenlage, Beine lang und Füße parallel hüftbreit, Arme an der Seite des Körpers
**Ausführung**: Beim Ausatmen ein Aushöhlen im Unterleib entstehen lassen. In der Mitte des Ausatmens den tiefen Hüftbeuger (Großer Lendenmuskel) aktivieren, um ein Bein im Hüftgelenk zu beugen. Der Fuß bewegt sich Richtung Sitzhöcker. Die Beugung endet, wenn der Fuß aufgestellt ist und einen guten Kontakt zum Boden hergestellt hat.
Durch den Bewegungsansatz von den rückwärtigen Oberschenkelmuskeln (am Sitzhöcker ansetzend) wird das Bein im Hüftgelenk gestreckt und kommt mit der Sitzhöcker-Fersenverbindung zur Ausgangsposition zurück.

Wiederholung auf der anderen Seite
**Hinweis**: Der Fuß behält die ganze Zeit einen gleitenden Kontakt zum Boden. Das Bein sollte sich parallel (zum anderen Bein) beugen und strecken. Der untere Rücken sollte sich beim Beugen längen und entspannen. Die oberflächigen Bauchmuskeln werden nicht gebraucht und sollten sich deshalb auch nicht auswölben. Der tiefere quere Bauchmuskel stabilisiert den Rumpf.
**Erlebnis**: ein kontinuierlicher Fluss beim Beugen und Strecken

**Wichtige Begriffe und Prinzipien**: Atemunterstützung, Unterstützung durch das Zentrum, Erdung, Bewegungsansatz und formende Intention
**Geübte Verbindung**: Sitzhöcker-Fersen- und Beine-Rumpfverbindung
**Geübtes Muster**: Teil des Zentrum-distalmusters
**Funktion**: vor allem beim Gehen, Laufen, Treppensteigen und bei Beingesten

## 3. Beugen (und Strecken) im Hüftgelenk

**Ziel**: Die effektive Beugung und Streckung des Beins im Hüftgelenk vom halb gebeugten Zustand mobilisieren.
**Ausgangsposition**: Rückenlage, Beine angewinkelt und Füße parallel hüftbreit aufgestellt, Rücken in der neutralen S-Kurve, um die Hüfte zu entspannen (Abb. 3.1).

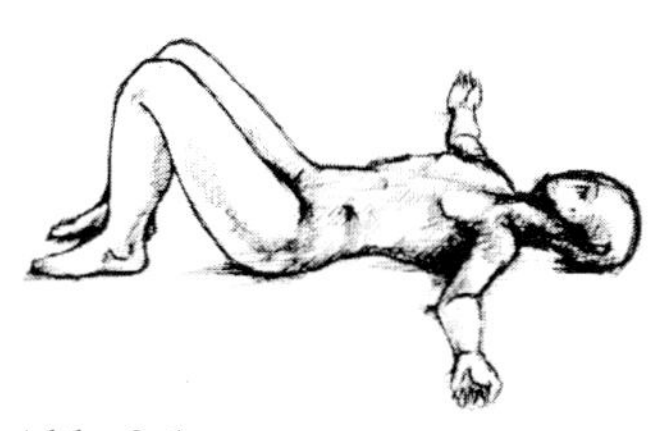

Abb. 3.1

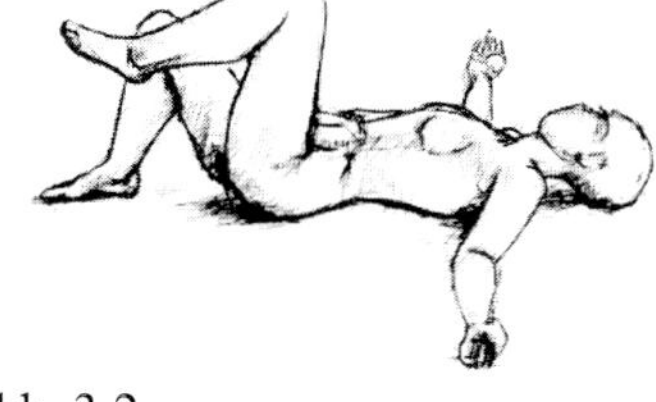

Abb. 3.2

**Ausführung**: ausatmen, sodass ein Aushöhlen im Unterleib entsteht. In der Mitte des Ausatmens den Großen Lendenmuskel aktivieren, um das linke Bein im Hüftgelenk zu beugen. Die Beugung endet, wenn die Beckenschale noch stabil am Boden liegt (Abb. 3.2). Durch den Bewegungsansatz von den rückwärtigen Oberschenkelmuskeln wird das Bein wieder im Hüftgelenk beim Einatmen gestreckt und kommt mit der Sitzhöcker-Fersenverbindung zur Ausgangsposition zurück.
Wiederholung auf der anderen Seite
**Hinweis**: Stabilität in der Bewegung wird durch das bewusste Verankern der „Standbein"-Seite und durch die Breite im Oberkörper erreicht.
**Erlebnis**: eine Leichtigkeit und Schwerelosigkeit des Beins

**Wichtige Begriffe und Prinzipien**: Atemunterstützung, erden, Bewegungsansatz und formende Intention
**Geübte Verbindung**: Sitzhöcker-Fersen- und Beine-Rumpfverbindung
**Geübtes Muster**: Teil des Zentrum-distalmusters
**Funktion**: krabbeln, klettern, gehen, laufen, Treppen steigen, marschieren und bei Beingesten

## 4. Vertikaler Armkreis in Rückenlage

**Ziel**: Die graduelle Rotation in der vertikalen Fläche üben.
**Ausgangsposition**: Rückenlage, Beine lang, Arme seitlich geöffnet, Handflächen nach oben (zur Decke)
**1. Ausführung** – ein Arm:

Ein Arm wird im Kreis parallel zum Boden von der Hand Richtung Kopf geführt, über den Körper kreuzend weiter in Richtung Füße und dann zurück zur Ausgangsposition. Der Boden sollte so weit wie möglich genutzt werden, sodass er den Arm unterstützen kann.
Dasselbe mit dem anderen Arm durchführen, dann in die andere Kreisrichtung.
**2. Ausführung – beide Arme**:
Mit beiden Armen gleichzeitig bewegen – wobei einmal beim Kreuzen der eine Arm oben ist und beim nächsten Kreis der andere Arm. Dasselbe gilt für die andere Kreisrichtung.
Hinweis: Die Rotation des Arms soll sich gleichmäßig über den gesamten Kreis verteilen. Signalpunkte der Handflächen für die graduelle Rotation nach jeweils ¼ Kreis sind:

- Hände über dem Kopf = Handflächen zur Körpermittellinie,
- Arme über dem Körper gekreuzt = Handflächen zur Körperrückseite (zum Boden),
- Hände lang am Oberschenkel = Handflächen zur Körpermittellinie,
- Arme seitlich geöffnet = Handflächen mit der Körperfront (zur Decke).

**Erlebnis**: eine kontinuierliche Bewegung über den gesamten Kreis
**Variation**: „Engelsflügel-Übung“: im Stand die Arme vom seitlichen Hängen am Körper über die Seite nach rechts oder links oben in der vertikalen Fläche bewegen. Hierbei kann ein Partner vor allem die Glockenbewegung der Schulterblätter gut beobachten und begleiten.

**Wichtige Begriffe und Prinzipien**: graduelle Rotation, Verankerung
**Geübte Verbindung**: Finger-Brustkorbverbindung, Schulterblattverankerung
**Geübtes Muster**: Teil des Zentrum-distalmusters
**Funktion**: alle Armbewegungen, in denen man vertikal kreisen muss, z. B. beim Fensterputzen

## 5. Horizontaler (Viertel- und Halb-)Armkreis

**Ziel**: Den Arm-Schulterblattrhythmus in der horizontalen Fläche üben.
**Ausgangsposition**: Rückenlage, Beine und Füße parallel hüftbreit aufgestellt, Rücken in der neutralen S-Kurve, Arme seitlich am Boden, sodass die Mittelfinger auf der Höhe des untersten Endes des Schulterblatts liegen (also etwas tiefer als Schulterhöhe).
**1. Ausführung** – einarmig:
Ein Arm bewegt sich von den Fingern aus in einem runden Bogen durch den vorderen Raum, wie eine einarmige Umarmung. Wenn die Fingerspitzen die Körpermittellinie erreichen, anhalten. Um zum Boden zurückzukommen, denselben Weg zurückgehen, nur ist der Bewegungsansatz jetzt vom Brustbein aus durch die Schultern, Ellbogen in Richtung Hand.
Wechsel zur anderen Seite
**Hinweis**: Schulterblatt mitrutschen lassen, d. h. beim Hinweg die Abduktion und beim Rückweg die Adduktion zulassen.
**Erlebnis**: das sukzessive Bewegen der Armgelenke durch Zug an den Fingern mit gleichzeitigem Runden des Arms
**2. Ausführung** – beide Arme „einen Ball umarmen“:
Wie 1., nur mit beiden Armen, dadurch treffen sich am Ende die Fingerspitzen.
Beim Zurückkommen auf die Schulterblätterverankerung achten.
Variante A: Mit geschlossenen Augen versuchen, ob sich die Fingerspitzen treffen oder verfehlen.
Variante B: mit offenen Augen, Ausführung wie 2.
Hinweis: die „Umarmung“ mit der Ausatmung und die Öffnung zur Ausgangslage mit der Einatmung unterstützen
**Erlebnis**: Das sukzessive Bewegen der Armgelenke durch Zug an den Fingern mit gleichzeitigem Runden der Arme etablieren. Wenn die Arme am Ende dort liegen, wo sie am Anfang waren, dann ist das Schulterblatt gut verankert. Von Variante A zu B bekommt man die Klarheit, ob die Koordination der Arme ohne geöffnete Augen gelingt.

**3. Ausführung** – Ein Arm zieht den Körper in die Rotation:
Wie 1., nur gehen jetzt die Fingerspitzen weiter über die Mittelachse hinaus zur anderen Hand, sodass der Körper sich leicht um die Mittelachse herum dreht. Die Bewegung setzt sich bis zur Hüfte und schließlich bis zum Fuß derselben Seite fort.
Beim Zurückkommen ist der Bewegungsansatz eine Rotation im Fuß, danach fließt die Bewegung durch Becken, Brustkorb, Schulter bis zum Arm in die Ausgangslage.
**Hinweis**: zwischen oberem Oberarm und Brustkorb etwas Raum lassen (Bild: Als ob dort eine Blume ist, die nicht zerquetscht werden soll.)
**Erlebnis**: eine kinetische Kette von der Hand bis zum Becken durch Rotation

**Wichtige Begriffe und Prinzipien**: räumliche Intention, Verankerung, kinetische Kette
**Geübte Verbindung**: Finger-Brustkorbverbindung, bei Stufe 3 Finger-Beckenverbindung, Körperhälftenverbindung von den Fingern bis zum gleichseitigen Fuß
**Geübte Muster**: Teil des Zentrum-distalmusters, bei Stufe 3 Homolateralmuster
**Funktion**: alle Armbewegungen, bei denen man horizontal kreuzen muss, z. B. einen Tisch putzen oder jemanden umarmen.

## 6. Zusammenziehen und auseinanderdehnen („Seestern“)

**Ziel**: Eine Ganzkörperbewegung vom Bauchnabelzentrum aus gleichmäßig in alle Extremitäten koordiniert bewegen.
**Ausgangsposition**: Rückenlage, Arme und Beine seitlich gestreckt ausgebreitet wie in einem großen „X“ (Abb. 6.1)

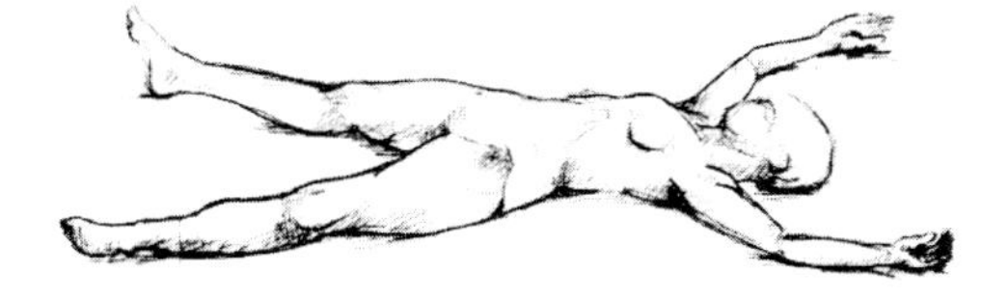

Abb. 6.1

Abb. 6.2

**Ausführung**: Vom Bauchnabel aus alles zusammenziehen (Arme, Beine, Kopf und Steißbein) und auf die Seite rollen, sodass man am Ende gebeugt auf einer Seite in der „Embryostellung“ liegt (Abb. 6.2). Alle sechs „Extremitäten“ reagieren gleichzeitig auf den Bewegungsansatz vom Bauchnabelzentrum und kommen – trotz unterschiedlicher Länge der Wege – durch die gleichmäßige Verteilung von Energie gleichzeitig an. Diese zusammenziehende Phase wird durch das Ausatmen unterstützt: Mit dem Ausströmen der Luft beginnt ein Aushöhlen des Bauchs, die tiefen Schichten der Bauchmuskulatur werden aktiv und initiieren das Einrollen des Körpers.
Zur Ausgangsposition kommt man durch das Auseinanderdehnen, während man gleichzeitig auf den Rücken zurückrollt. Die Bewegung wird vom Bauchnabelzentrum initiiert und die Energie wird in alle sechs Richtungen gleichmäßig „ausgestrahlt“, sodass alle sechs „Extremitäten“ gleichzeitig ankommen. Diese auseinanderdehnende Phase wird durch das Einatmen unterstützt.
Wiederholung zur anderen Seite
**Hinweis**: Diese Bewegung geschieht simultan in allen drei Dimensionen.
**Erlebnis**: Der ganze Körper bewegt sich flüssig vom Bauchnabel bis zu den „Extremitäten“.

**Wichtige Begriffe und Prinzipien**: simultane Phrasierung, Bewegungsansatz, Atemunterstützung
**Geübte Verbindungen**: die Mitte-Peripherieverbindungen synchron zu allen sechs Körperteilen: Kopf, Steiß, Hände und Füße

**Geübtes Muster**: gesamtes Zentrum-distalmuster
**Funktion**: für alle Bewegungen, in denen der ganze Körper sich öffnen, z. B. große Sprünge, oder schließen/sich klein machen muss, z. B. um ins Auto einzusteigen.

**1. Variation**: a) jede Extremität, Kopf und Steißbein einzeln, b) zu zweit (z. B. nur das rechte Bein und den rechten Arm), oder c) zu dritt (z. B. beide Arme und Kopf) zusammenziehen und auseinanderdehnen. So kann man andere *Muster* vorbereiten, z. B. bei b) das homolaterale *Muster* oder bei c) das Homologmuster. Die Phrasierung ändert sich zu sequenziell oder zu sukzessiv.
**2. Variation**: Von der Embryostellung auf der Seite den ganzen Körper auseinanderdehnen bis in die maximale Streckung, dabei Seitlage beibehalten, vom Zentrum wieder zusammenziehen und zurück auf den Rücken ins große „X" rollen.
**3. Variation**: Von der Embryostellung auf der Seite den ganzen Körper während einer Drehung auf den Bauch auseinanderdehnen. Zusammenziehen beim Zurückdrehen in die Embryostellung auf der Seite und von da aus zurück zur Ausgangsposition auf dem Rücken.
**4. Variation**: Aus derselben Anfangsposition zügiges Zusammenziehen zum Sitzen, ohne dass die Fersen den Boden verlassen. In dieser Variation werden zusätzlich die Bauchmuskeln aktiviert.

## 7. Gewichtsverlagerung des Beckens – sagittal

**Ziel**: Das Becken für zentrierte und effektive Gewichtsverlagerung nach vor-hoch aktivieren.
**Ausgangsposition**: Rückenlage, Arme seitlich ausgebreitet und Beine gebeugt mit den Füßen aufgestellt (Abb. 7.1)

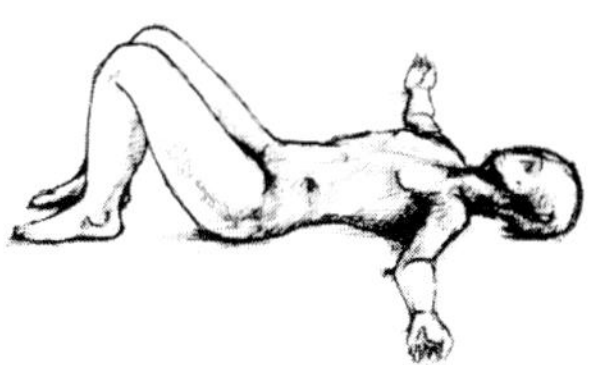

Abb. 7.1

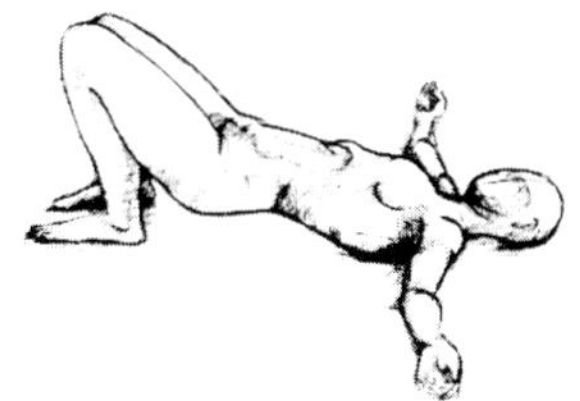

Abb. 7.2

**Ausführung**: Ausatmen und aushöhlen, das Becken – vom Steißbein angesetzt – mit einem Zug in Richtung der Knie nach vor-hoch bewegen und das Gewicht auf die Füße verlagern (Abb. 7.2). Die Leiste streckt sich und die Wirbelsäule rutscht etwas in Richtung Füße. Das Becken braucht dabei nicht sehr hoch zu kommen. Das Gesäß ist zwischen den Füßen und Schultern abgestützt und „hängt". Die Wirbelsäule befindet sich in den normalen S-Kurven.
Zurückkommen Variante A: In den Hüftgelenken nachgeben und direkt nach unten zum Boden sinken, während die Wirbelsäule in ihren normalen S-Kurven bleibt. Um die Übung zu wiederholen, die Füße wieder etwas weiter weg vom Becken aufstellen.
Zurückkommen Variante B: In den Hüftgelenken nachgeben und nach hinten-zurück zur Ausgangsposition sinken und etwas zurückziehen – also dieselbe Schräge wieder zurück.
**Hinweis**: nicht von den Knien aus ziehen oder die rückwärtigen Oberschenkelmuskeln zu sehr anspannen. Der Zug geht vom Steißbein „gerade" durch die Wirbelsäule – kein „Rollen" der Wirbelsäule.
**Erlebnis**: die Aktivierung des Gewichtszentrums und eine effektive Verlagerung des Gewichts auf die Füße, Variation A: beim Zurückkommen eine verstärkte Beugung im Hüftgelenk

**Wichtige Begriffe und Prinzipien**: Atemunterstützung, erden, Bewegungsansatz und räumliche Intention
**Geübte Verbindung**: Sitzhöcker-Fersen- und Kopf-Steißverbindung

**Geübtes Muster**: Spinalmuster
**Funktion**: vor- und rückwärts gehen, laufen, Treppen steigen, Ebenenwechsel vom Liegen oder Sitzen ins Stehen; beim Sport: z. B. am Reck „Aufschwung" (die Rolle rückwärts um die Stange), beim großen Trampolin vom Sitzen ins Stehen

## 8. Gewichtsverlagerung des Beckens – lateral

**Ziel**: Die seitliche Gewichtsverlagerung auf Hüftgelenkshöhe aktivieren.
**Ausgangsposition**: Rückenlage, Arme seitlich ausgebreitet und Beine gebeugt mit den Füßen aufgestellt (Abb. 8.1)

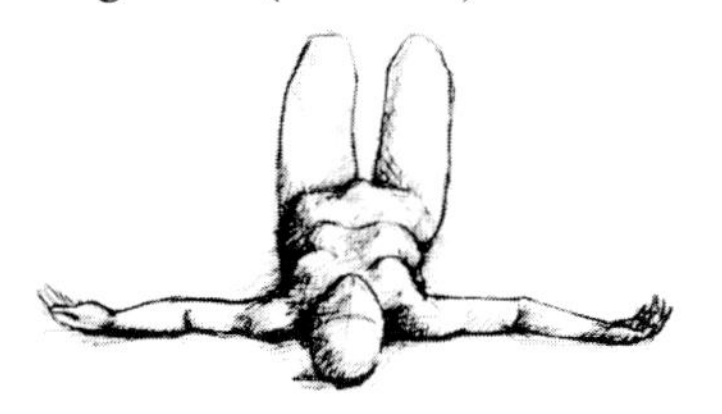

Abb. 8.1

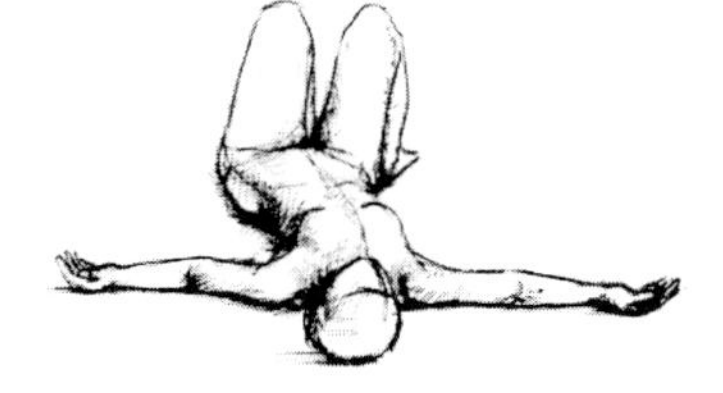

Abb. 8.2

**Ausführung**: Mit dem Ausatmen das Becken etwas anheben und es auf horizontaler Linie in Höhe des großen Rollhügels der Oberschenkelknochen (Trochanter major) nach links verschieben und dort direkt absetzen (Abb. 8.2). Beim Rückweg das Becken anheben, direkt zur Seite verschieben bis zur Mitte und dort nach unten sinken lassen, so ähnlich wie das Oberteil einer mechanischen Schreibmaschine.
Das Gleiche nach rechts wiederholen.
**Hinweis**: Das Becken ist parallel zum Boden und kippt nicht während der Bewegung.
**Erlebnis**: mühelose direkte seitliche Verschiebung des Gewichtszentrums mit wenig Anspannung im Hüftgelenk und einer Unterstützung durch das Kreuzbein/Steißbein, den Beckenboden und die rückwärtigen Oberschenkelmuskeln

**Wichtige Begriffe und Prinzipien**: Bewegungsansatz, räumliche Intention und erden
**Geübte Verbindung**: Verbindung innerhalb des Beckenbodens, Kopf-Steißverbindung und Sitzhöcker-Fersenverbindung
**Geübtes Muster**: Spinalmuster
**Funktion**: seitliches Gehen, Verschiebungen oder rutschen zur Seite, Gewichtsverlagerung auf einem Bein und das Steuern des Zusammenspiels der Rotationsmuskeln des Hüftgelenks beim Gehen

## 9. Spinaler Druck und Zug

**Ziel**: Eine fortlaufende Wirbelsäulenbewegung von Kopf oder Steißbein initiieren.
**Ausgangsposition**: Embryostellung auf den Knien, Stirn auf dem Boden, Unterarme wie im „V" weg von der Stirn auf dem Boden, Knie leicht auseinander, Rücken relativ flach (evtl. Knieschoner oder Teppich verwenden)

Abb. 9.1

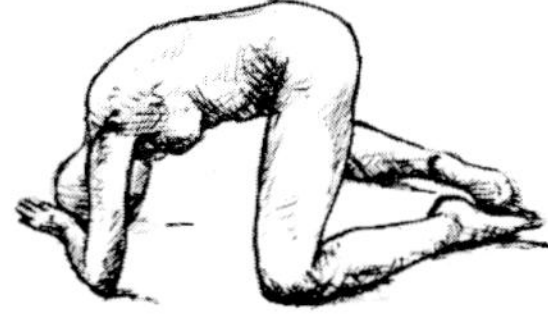

Abb. 9.2

**1. Ausführung** – mit Druck:
Das Gewichtszentrum bewegt sich Richtung Kopf, während der Kopf über den Boden rollt, bis sich die gesamte Wirbelsäule zu einer C-Kurve geformt hat. Der Druck kommt vom Steißbein und wird kopfwärts weitergeleitet (Abb. 9.1) durch die Lendenwirbelsäule (LWS), Brustwirbelsäule (BWS) und Halswirbelsäule (HWS) (Abb. 9.2).
Beim Zurückkommen den Kopf mit Druck über den Boden rollen und von dort die Bewegung durch HWS, BWS und LWS fließen lassen. Die Beine sind nun wieder ganz gebeugt, das Becken ist bei den Füßen angekommen und der Rücken ist eher flach.
**2. Ausführung** – mit Zug:
Die nahezu gleiche Bewegung durchführen, jedoch diesmal mit einem Zug vom Kopfscheitelpunkt in Richtung Erdmittelpunkt initiieren, sodass der Kopf über den Boden rollt und das Gewichtszentrum folgt. Dies bringt die Wirbelsäule in einer anderen Reihenfolge in Bewegung: zuerst die HWS, dann die BWS und LWS und zum Schluss das Steißbein.
Zurück mit einem Zug vom Steißbein, welcher die Wirbelsäule nach hinten in die Ausgangsposition bringt: zuerst die LWS, dann die BWS und HWS und zuletzt den Kopf.
**Hinweis**: Die Ellbogen sollten die ganze Zeit den Oberkörper unterstützen, sodass nicht zu viel Gewicht auf dem Kopf und der HWS lastet.
**Erlebnis**: Die Wirbelkörper folgen nacheinander einem klaren Bewegungsansatz – beim Druck vergleichbar mit einer Reihe Dominosteine, beim Zug eher vergleichbar mit einer Kette.

**Wichtige Begriffe und Prinzipien**: Bewegungsansatz und Verlauf der Bewegung, Durchlässigkeit
**Geübte Verbindung**: Kopf-Steißverbindung
**Geübtes Muster**: Spinalmuster
**Funktion**: Zug vom Kopf, z. B. beim Startsprung ins Wasser vom Kopf („Köpper“), Zug vom Steiß, z. B. beim Hinsetzen

## 10. Zellatmung

**Ziel**: Den Atem fließen lassen und dadurch die Zellfunktion unterstützen.
**Ausgangsposition**: eine bequeme Haltung im Liegen oder Sitzen (für ausreichende Wärme sorgen) einnehmen. Mit geschlossenen Augen sich ganz auf sich selbst konzentrieren, die Unterstützung der Erde fühlen und das Gewicht in die unterstützende Fläche abgeben.
Ausführung: allmählich auf den eigenen Atemrhythmus konzentrieren: das Füllen und Entleeren wahrnehmen, der Veränderung der Form des Torsos nachspüren – ohne den Atem zu verändern. Sich vorstellen, wie die Zellen durch das Einatmen den Sauerstoff und dadurch ihre Energie bekommen und mit dem Ausatmen alles loslassen können, was nicht mehr gebraucht wird.
Die Hände dort auf den Körper legen, wo Aufmerksamkeit gebraucht wird, um dort noch deutlicher das Füllen und Entleeren spüren zu können. Kurz verweilen, bevor die Hände auf ein anderes Körperteil gelegt werden.
**Hinweis**: Durch die Berührung nehmen die Hände die Bewegung wahr und geben Energie an diese Stelle des Körpers ab.
**Erlebnis**: ruhiges, tiefes Atmen – welches durch die Hände in der Aufmerksamkeit gelenkt wird.

**Wichtige Begriffe und Prinzipien**: Atemunterstützung, innen/außen
**Geübtes Muster**: Respirationsmuster
**Funktion**: wirkt ausgleichend und regenerierend: bei Energielosigkeit – wieder lebendiger, bei Nervosität – beruhigend, bei Verletzung – den Heilungsprozess unterstützen

## 11. Hängen und aushöhlen

**Ziel**: Eine Verbindung durch das Körperzentrum zu den Beinen aktivieren.
**Ausgangsposition**: auf den Knien, Becken direkt oberhalb der Knie, den Oberkörper vom Becken aus nach vor-tief hängen lassen, die Stirn ruht auf den Händen am Boden (alternativ die Arme über den Kopf längen und die Stirn auf den Boden legen). In dieser Position den Atem spüren: wie der Unterbauch beim Einatmen sich „hinauswölbt"/konvex wird und sich beim Ausatmen „aushöhlt"/konkav wird (Abb. 11.1).

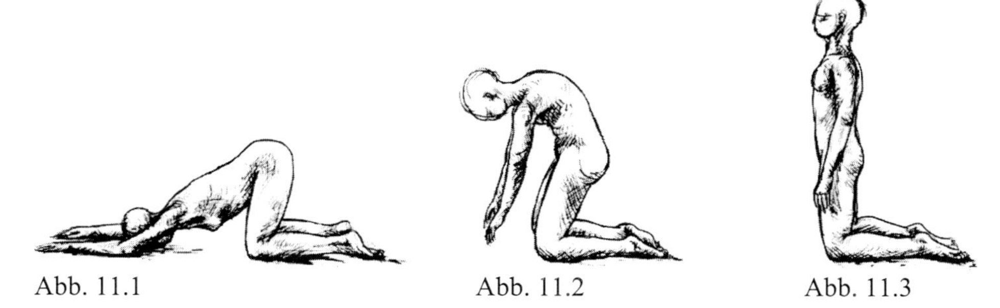

Abb. 11.1 Abb. 11.2 Abb. 11.3

**Ausführung**: mit dem Aushöhlen, gegen Ende des Ausatmens, die tiefen Bauch- und Rückenmuskeln aktivieren. Den Fluss der Aushöhlbewegung in die Aufrollbewegung überleiten, um vom Steißbein aus die Wirbelsäule zur vertikalen Dimension sukzessive aufzurollen. Das Steißbein gleitet nach unten und das Becken leicht nach vorn. Zuerst nur ein wenig (Abb. 11.2) und mit jedem Mal mehr nach oben aufrollen (Abb. 11.3). Je weiter die Wirbelsäule aufrollt, desto mehr müssen die hinteren Oberschenkelmuskeln mitarbeiten.
Auf dem Rückweg die Energie vom Zentrum zum Kopf ausströmen lassen und vom Kopf sukzessiv die Wirbelsäule nach unten sinken lassen, um in die Ausgangsposition zu gelangen.
**Hinweis**: Am Anfang den Rücken wirklich hängen lassen – nicht halten! Darauf achten, dass auf dem Weg nach oben nicht neue Bewegungsansätze im Oberkörper folgen, sondern sich die gesamte Wirbelsäule von unten nach oben sukzessiv aufrollt.
**Erlebnis**: ein innerer Fluss, der beim Aufrollen vom lebendigen Zentrum unterstützt wird.

**Wichtige Begriffe und Prinzipien**: Atemunterstützung, innere Unterstützung, sukzessive Phrasierung, dynamische Aufrichtung
**Geübte Verbindungen**: Becken-Beine-, Beine-Kopf- (umgekehrtes „Y") und Kopf-Steißverbindungen
**Geübte Muster**: Spinalmuster
**Funktion**: beim Aufrichten in die vertikale Dimension sowie beim ganzkörperlichen Zusammenziehen und Auseinanderdehnen

## 12. Homologer Druck und Zug

**Ziel**: Bewegungen vom Oberkörper oder vom Unterkörper mit Druck und Zug organisieren.
**Ausgangsposition**: Embryostellung (wie 9.), nur sind die Beine eng und die Arme liegen parallel vor dem Körper auf dem Boden.
**1. Ausführung** mit Druck von Oberkörper und Unterkörper:
Druck gegen den Boden mit den Unterschenkeln aufbauen, um dann einen Schub durch den Körper kopfwärts zu schicken. Oberschenkel und Rumpf bewegen sich zu den Händen in den Vierfüßlerstand.
Rückweg: Druck durch die Hände aufbauen und in Richtung Unterkörper schicken, sodass sich durch einen Schub das Gewicht wieder zurück auf die Unterschenkel verlagert.

Dieses Hin- und Herschaukeln kann auf einem glatten Boden mit mehr Druck zur Fortbewegung führen.
**2. Ausführung** mit Zug vom Oberkörper:
Ausführung: Die Arme strecken sich nach vorne, Zug von den Händen geht durch den Oberkörper, der den Körper nach vorn zieht, bis die Hände den Boden erreichen und den ganzen Körper in die Vierfüßlerposition bringen.
Auf einem glatten Boden können die Beine zum Oberkörper nachgezogen werden, sodass man am Ende wieder im Fersensitz bzw. in der Embryonalstellung landet.
**3. Ausführung** mit Zug vom Unterkörper:
Ausgangsposition: im Wadensitz mit Händen neben den Knien
Ausführung: Mit unterstützendem Druck von den Händen den Unterkörper von den Füßen fußwärts in die Länge ziehen. Zurückkommen von der Streckung in die Beugung durch den Zug in Richtung Zentrum (geht am besten auf glattem Untergrund oder im Schwimmbad mit den Händen am Beckenrand).
Die umgekehrte Phrasierung ist häufig bei kleinen Kindern, die von ihren Eltern beidhändig gegriffen und hochgezogen werden und dann „Engelein flieg!“ machen. Hier ziehen die Kinder selbst den Unterkörper hoch und vor in die Beugung und gehen danach wieder in die Streckung, um die Füße auf den Boden zu bringen.
**Hinweis**: In allen Übungen phrasiert sich der Druck oder Zug durch den Torso durch.
**Erlebnis**: Druck oder Zug durch den Körper bis zum anderen Ende durchlaufen lassen

**Wichtige Begriffe und Prinzipien**: Bewegungsansatz, Durchlässigkeit
**Geübte Verbindung**: Oberkörper-Unterkörperverbindung
**Geübtes Muster**: Homologmuster
**Funktion**:
1. Druck vom Unterkörper: z. B. beim Sprung von beiden Beinen
2. Zug vom Oberkörper: z. B. beim Hochziehen an einer Stange
3. Zug vom Unterkörper: z. B. beim Herunterziehen von einer Erhöhung bäuchlings mit den Füßen zuerst oder bei Akrobaten/Turnern beim Absprung: Sie ziehen sich von unten und lassen den Oberkörper hinterherkommen.

## 13. Körperhälften – horizontale Fläche („Buch“)

**Ziel**: die gleichzeitige Nutzung der gesamten rechten oder linken Körperseite in der horizontalen Fläche (vom Körper aus gesehen).
**Ausgangsposition**: Seitenlage, die Wirbelsäule ist lang, Arme und Beine sowie Ellbogen und Knie sind 90° vor dem Rumpf gebeugt. (Gute Voraussetzung: das Bewusstsein für die Mittellinie des Körpers.)

Abb. 13.1

Abb. 13.2

**Ausführung**: Die zur Decke zeigende Körperhälfte wird so weit mit Abduktion und Auswärtsrotation geöffnet, bis sie nicht weiter geöffnet werden kann. Mit einem zweiten Bewegungsansatz wird die untenliegende Körperhälfte zum Schließen aktiviert, sodass in dieselbe Richtung weitergerollt und, ähnlich wie in der Ausgangsposition, auf der anderen Seite gelandet wird. Beim Lie-

gen auf der rechten Seite (Abb. 13.1) öffnet sich zuerst die linke Körperhälfte (Abb. 13.2), dann schließt die rechte Körperhälfte, um am Ende auf der linken Körperseite zu liegen.
Die Bewegung des Öffnens und Schließens sind durch den kontinuierlichen Fluss und die Richtung (horizontal vom Körper aus gesehen) als eine Phrase zu betrachten. Zwischen Knie und Ellbogen besteht eine imaginäre Verbindung (über außen) und eine tatsächliche Verbindung über innen durch die Muskeln der jeweiligen Körperseite. Das Einatmen beim Öffnen und das Ausatmen beim Schließen erscheinen physiologisch sinnvoll.
**Hinweis**: Arm und Bein einer Körperhälfte bewegen sich nicht nur gleichzeitig, sondern an gleicher Stelle auf dem Bewegungsradius um die Mittelachse (Kopf-Steißbein). Das bedeutet, dass der Arm, der einen größeren Bewegungsradius hat als das Bein, sich an der Bewegungsmöglichkeit des Beins orientiert. Wichtig ist außerdem, die Kopf-Steißverbindung aufrechtzuerhalten, d. h. der Kopf bewegt sich mit der Wirbelsäule zwischen den beiden Körperhälften.
**Erlebnis**: Ein differenziertes Bewusstsein für die zwei Körperhälften und gleichzeitig ein Gefühl der Kontinuität von einer zur andern Körperhälfte, ein klares Öffnen und Schließen um die Mittellinie beim Rollen von Seite zu Seite.

**Wichtige Begriffe und Prinzipien**: simultane Phrasierung, Atemunterstützung
**Geübte Verbindung**: Körperhälftenverbindung (unterliegende Kopf-Steißbein Verbindung ist stabil)
**Geübtes Muster**: Homolateralmuster
**Funktion**: Vorbereitung für Drehungen und Drehsprünge um eine Mittelachse

## 14. Körperhälften – vertikale Fläche

**Ziel**: Die gleichzeitige Nutzung der gesamten rechten oder linken Körperseite auf dem Rücken in der vertikalen Fläche üben.
**Ausgangsposition**: Rückenlage, Arme und Beine seitlich gestreckt und ausgebreitet wie in einem großen „X" (Abb. 14.1)

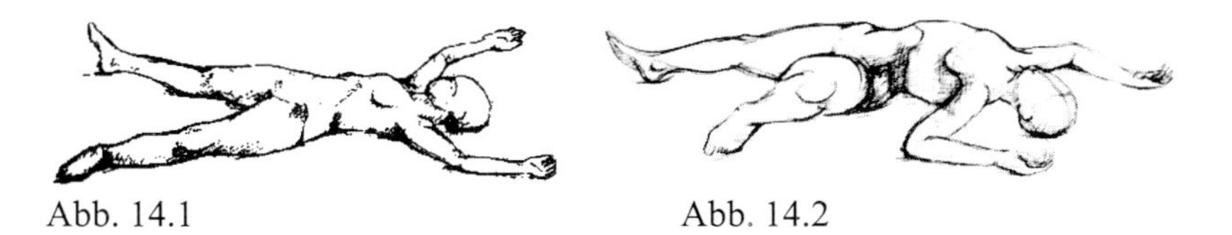

Abb. 14.1 Abb. 14.2

**Ausführung**: Mit dem Ausatmen gleichzeitig den Ellbogen und das Knie der gleichen Körperseite zueinander bewegen (Abb. 14.2). Dadurch kommen Schulter und Hüftgelenk mit und zuletzt folgt die Wirbelsäule (mit dem Kopf) in einer „C"-Kurve zu dieser Seite.
Zurück wird die Bewegung gleichzeitig von den Fingerspitzen und Zehen ausgelöst. Durch den leichten Zug fließt die Bewegung durch alle Körperteile bis zur Mitte – in die Ausgangslage – zurück (Abb. 14.1).
Wiederholung auf der anderen Seite
**Hinweis**: Das Knie kann dabei vom Boden hochkommen, aber der Fuß und das Becken sollten am Boden bleiben. Der Kopf wird mit dem Gesicht zur Decke zur Seite geneigt.
**Erlebnis**: gleichzeitige Bewegungsinitiation in einer Körperhälfte; den Körper flach in der vertikalen Fläche beugen; von der Initiierung distal oder im Mittengelenk fließt der Bewegungsfluss zur Körpermitte hin; Mobilität in einer Körperhälfte und Stabilität in der anderen.

**Wichtige Begriffe und Prinzipien**: Bewegungsansatz und Verlauf der Bewegung, Atemunterstützung, Gegenspannung, räumliche und formende Intention

**Geübte Verbindungen**: Körperhälften-, Hand-Schulter-, Sitzhöcker-Fersen- und Kopf-Steißverbindungen
**Geübtes Muster**: Homolateralmuster
**Funktion**: Stabilität in der Körperhälfte für Bewegungen auf einem Bein, kriechen, Passgang, Drehungen (z. B. Pirouetten), Vorbereitung für symmetrische und asymmetrische Bewegungen des Körpers

## 15. Körperhälften Druck (robben)

**Ziel**: Die gleichzeitige Nutzung der gesamten rechten oder linken Körperseite auf dem Bauch mit einer Fortbewegung koordinieren.
**Ausgangsposition**: auf dem Bauch, am besten auf einem glatten Untergrund (nicht Teppich), eine Körperseite in die Beugung bringen, sodass Knie und Ellbogen derselben Seite zusammenkommen. Die andere Seite wird leicht gestreckt. Der Unterarm ist gut vom Boden unterstützt, Kopf und Oberkörper werden etwas aufgerichtet.
**1. Ausführung** Fußwärts durch Druck vom Oberkörper:
Das Gewicht in den gebeugten Unterarm schicken und den Druck aufbauen, um den Körper in Richtung der Füße zu schieben. Während sich Arm und Bein derselben Seite strecken, wird die andere Seite sich beugen.
Auf der zweiten Seite wiederholen, um in die Ausgangsposition zurückzukommen.
**2. Ausführung** Kopfwärts durch Druck vom Unterkörper
Das Gewicht in den Fuß der gebeugten Seite geben. Wenn möglich, die Zehen aufstellen, oder gegen jemanden/etwas (z. B. einen Vorsprung bei einer Wand) anstellen, sodass gut dagegen gedrückt werden kann. Den Druck durch das Bein zum Arm durchfließen lassen und die gebeugte Seite strecken – während die gestreckte Seite sich gleichzeitig beugt.
Auf der zweiten Seite wiederholen, um in die Ausgangsposition zurückzukommen.
**Hinweis**: Der Kopf wird sich zu der gebeugten Seite drehen.
**Erlebnis**: ein „Robben" rückwärts wie vorwärts, welches sich durch die ganze Körperhälfte organisiert.

**Wichtige Begriffe und Prinzipien**: Bewegungsansatz, Durchlässigkeit
**Geübte Verbindungen**: Körperhälften-, Kopf-Steißverbindung
**Geübtes Muster**: Homolateralmuster
**Funktion**: klettern, Stabilität auf einem Bein

## 16. Diagonaler Kniezug

**Ziel**: Die diagonale Verbindung vom Unterkörper zum Oberkörper durch das Körperzentrum in einer Verschraubung herstellen.
**Ausgangsposition**: Rückenlage, Beine angewinkelt und Füße aufgestellt, Arme liegen seitlich auf Schulterhöhe mit den Handflächen zum Boden.
**Ausführung**: Die Knie bewegen sich zuerst in die linke-untere räumliche Diagonale. Mit dem Ausatmen senkt sich das angewinkelte linke Bein mit Außenrotation, während das rechte etwas zeitverzögert dem ersten in (fast) der gleichen Richtung mit Innenrotation folgt. Der Bewegungsansatz ist jeweils im Knie. Danach soll die Bewegung weiter durch die Hüftgelenke, das Becken, über die körperliche Diagonale zur rechten Schulter und weiter bis zur rechten Hand durchfließen. Wenn das Schulterblatt gut verankert ist, entsteht durch den Zug des linken Beins eine Rotation im Schultergelenk/Arm, sodass sich die rechte Handfläche zur Decke dreht (Abb. 16).
Mit dem nächsten Ausatmen das Becken schwer zurücksinken lassen, um alle Körperteile in die Ausgangsposition zu bringen.
Wiederholung mit der anderen Diagonalen

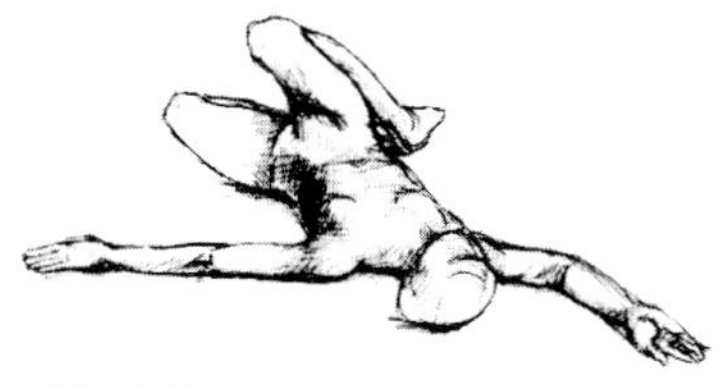

Abb. 16

**Hinweis**: Beim Absenken der Beine die Verbindung über die Fußkanten zum Boden (Erdung) beibehalten.
**Erlebnis**: Die ganze Bewegung kann mit viel Sanftheit und Flüssigkeit geschehen, wenn sich jedes Körperteil sukzessiv vom Unterkörper zum Oberkörper in die Diagonalspannung begibt.
**Wichtige Begriffe und Prinzipien**: graduelle Rotation, Bewegungsansatz, räumliche Intention, Erdung, Verankerung
**Geübte Verbindungen**: Diagonal-, Sitzhöcker-Fersen-, Hand-Schulter- und Kopf-Steißverbindungen
**Geübtes Muster**: Kontralateralmuster
**Funktion**: diagonale Verbindung des Körpers beim Krabbeln, Gehen, Laufen, Springen und Werfen

## 17. Sagittaler Armkreis

**Ziel**: Die graduelle Rotation der Arme mit Rotation der Wirbelsäule in der sagittalen Fläche üben.
**Ausgangsposition**: Seitlage, Beine und Arme gebeugt
**1. Ausführung** – oberer Halbkreis:
Den oberen Arm etwas aktivieren, sodass eine Rundung im Arm entsteht (wie am Ende des horizontalen Armkreises). Den Arm von den Fingerspitzen aus über den Kopf mit Innenrotation nach hinten führen. Der Kopf dreht sich in Richtung des Arms, um zum Schluss zur aktiven Hand zu schauen.
Beim Rückweg den Arm wieder von den Fingern über den Kopf mit Außenrotation zur Ausgangsposition zurückführen.
Hinweis: Wichtig ist, die Verbindung von den Fingerspitzen zum Rumpf über das Schultergelenk in einer kinetischen Kette durchfließen zu lassen. Beim Steigen des Arms über den Kopf nicht die Schulterblattverankerung vernachlässigen und die Schulter mit hochrutschen lassen.
**2. Ausführung** – unterer Halbkreis:
Den oberen Arm etwas aktivieren, wie bei Stufe 1 den Arm von den Fingerspitzen aus über unten – am Becken vorbei – nach hinten mit Außenrotation führen. Der Kopf dreht in die Richtung des Arms mit, um zum Schluss zur aktiven Hand zu schauen.
Beim Rückweg den Arm von den Fingern über unten mit Innenrotation zur Ausgangsposition zurückführen.
**3. Ausführung** – ganzer Kreis:
Ein ganzer Kreis entsteht, indem der erste Teil des oberen Halbkreises mit dem Rückweg des unteren Halbkreises verbunden wird.
In der anderen Kreisrichtung wird der erste Teil des unteren Halbkreises mit dem Rückweg des oberen Halbkreises verbunden.
**Erlebnis**: ein Öffnen nach hinten, das die Brustmuskulatur (M. pectoralis) stark dehnt.
Bei 3. Ausführung: eine kontinuierliche Bewegung über den gesamten Kreis entstehen lassen.

**Wichtige Begriffe und Prinzipien**: graduelle Rotation, Verankerung, Gegenformung

**Geübte Verbindung**: Finger-Brustkorbverbindung
**Geübte Muster**: Teil des Zentrum-distalmusters, Kontralateralmuster
**Funktion**: alle Armbewegungen in der sagittalen Fläche, z. B. beim Bowling oder beim Ball über den Kopf werfen

## 18. Armkreis (in der Diagonalen)

**Ziel**: Den Schulter-Oberarmrhythmus mit gradueller Rotation in den Diagonal-Verbindungen etablieren und üben.
**Ausgangsposition**: Rückenlage wie beim diagonalen Kniezug (16.), aber die Handflächen sind zur Decke gerichtet.

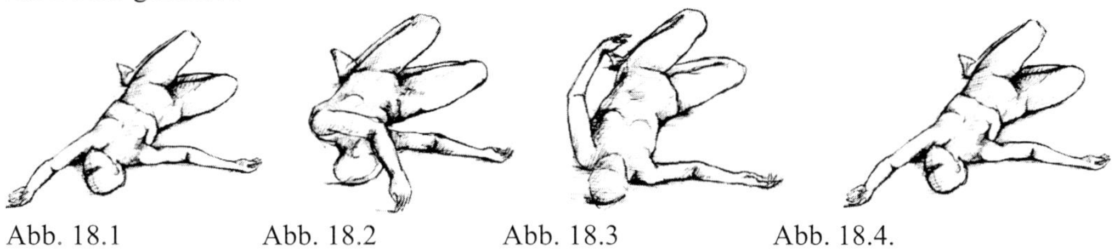

Abb. 18.1 Abb. 18.2 Abb. 18.3 Abb. 18.4.

**Ausführung**: dieselbe Bewegungssequenz wie beim diagonalen Kniezug, bis man in der Diagonalen liegt. Dann wird der gegenüberliegende Arm zu den Knien (Abb. 18.1) über den Kopf in einen Armkreis geführt (Abb. 18.2), während der Unterkörper stabil liegen bleibt. Die Fingerspitzen zeichnen mit räumlicher Absicht einen Armkreis mit dem gedachten Kreismittelpunkt bei der Brustkorbmitte (*Leichtigkeitszentrum*).
Von der geöffneten Diagonalen (Abb. 18.1) ziehen die Fingerspitzen am Boden entlang den Arm über den Kopf, sodass die Schulter sich langsam von Boden hebt (Abb. 18.2) und der Arm sich über dem Körper schließt. Die andere Schulter bleibt bis zum Schulterblatt stabil am Boden liegen (weil der Zug von den Fingerspitzen vom bewegenden Arm nicht den Mittelpunkt des Kreises verlagern darf). Die Fingerspitzen verlassen etwa auf Höhe der Taille den Boden und der Arm wird allmählich höher über den Körper geführt (Abb. 18.3). Im letzten Viertelkreis senkt sich der Arm allmählich zurück zum Boden, sodass er dann von der Taillenhöhe bis zu geöffneten Diagonalen über den Boden gleitet. (Abb. 18.4).
Zurück in die Ausgangsposition gelangt man wie beim diagonalen Kniezug.
Wiederholung auf der anderen Seite
**Hinweis**: Der Arm bleibt die ganze Zeit leicht gebeugt.
**Erlebnis**: sanfte und graduelle Rotation des Arms über den gesamten Kreis

**Wichtige Begriffe und Prinzipien**: graduelle Rotation, Bewegungsansatz, räumliche Intention, verankern und Gegenspannung/Gegenformung
**Geübte Verbindungen**: Diagonal-, Hand-Schulter-, Kopf-Steiß- und Schulterblatt-Steißverbindungen
**Geübtes Muster**: Kontralateralmuster
**Funktion**: Vorbereitung für alle Armkreisbewegungen, z. B. für einen Tennisaufschlag, beim Schleuderball oder Armschwung im Tanz

## 19. Kontralateraler Zug von Ellbogen und Knie

**Ziel**: Die kontralaterale Koordination üben und die schrägen Bauchmuskeln kräftigen.
**Ausgangsposition**: großes „X" auf dem Rücken
**Ausführung**: Die stabilisierende Diagonalverbindung zum Boden absinken lassen, sodass sie eine gute Unterstützungsfläche bietet. Die andere Diagonalverbindung aktivieren, sodass sich Ellbogen und gegenüberliegende Knie zueinander bewegen können.

Auf dem Rückweg werden Arm und Bein voneinander wegbewegt, um das Gewicht am Ende wieder in den Boden abzugeben.
**Hinweis**: Die Bewegungen sollten rund und modellierend sein. Die Kopf-Steißverbindung in die Bewegung integrieren.
**Erlebnis**: Koordination der gegenüberliegenden Extremitäten bei gleichzeitiger Kräftigung der schrägen Bauchmuskeln

**Wichtige Begriffe und Prinzipien**: räumliche Intention, Gegenformung
**Geübte Verbindung**: Diagonalverbindung
**Geübtes Muster**: Kontralateralmuster
**Funktion**: für alle Aktivitäten, in denen kontralaterale Koordination und Kraft notwendig sind, z. B. beim Tennisaufschlag oder Holzhacken.

## 20. Spiralförmiges Aufsetzen

**Ziel**: Durch einen Armkreis, der spiralförmig die Ebenen wechselt, zum Sitzen und wieder zurück zum Boden gelangen.
**Ausgangsposition**: Rückenlage, die Beine sind, wie nach dem ersten Teil des diagonalen Kniezugs, diagonal zu einer Seite (z. B. nach rechts) gezogen.

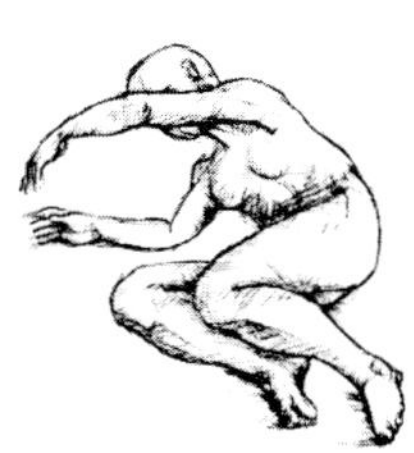

Abb. 20.1 Abb. 20.2

**Ausführung**: Derselbe Arm wie beim Armkreis in der Diagonalen (wenn die Beine diagonal nach rechts gezogen sind, dann der linke Arm) führt einen Armkreis über den Kopf aus (Abb. 20.1). Dieser Arm zieht in Richtung der Oberschenkel den Körper mit nach oben, sodass dieser spiralisch zum Sitzen kommt (Abb. 20.2). Die Augen folgen der Hand, die eine Spirale beschreibt. Die Kopf-Steißverbindung hilft der Wirbelsäule, die zuerst in eine C-Form geht und sich dann beim Hochkommen längt.
Zurück: den umgekehrten Weg wieder zurückverfolgen.
**Hinweis**: Die Beine stabilisieren sich die ganze Zeit in ihrer „Kniezug"-Position. Beim Hochkommen eher an die horizontale Fläche denken, nicht so sehr an „Ich muss hoch".
**Variation**: den Arm in derselben Richtung weiterführen. Der Körper folgt dieser Abwärtsspirale bis in die hintere Diagonale (links-tief-rück) am Boden.
**Hinweis**: mit klarer räumlicher Intention, Gegenspannung mit den Knien und ausreichend kräftigen schrägen Bauchmuskeln möglich.
**Erlebnis**: ein schwungvoller Armkreis, der den Körper mitnimmt.

**Wichtige Begriffe und Prinzipien**: graduelle Rotation, räumliche Intention, Gegenformung/Gegenspannung
**Geübte Verbindung**: Diagonalverbindung und Kopf-Steißverbindung
**Geübtes Muster**: Kontralateralmuster
**Funktion**: Vorbereitung für große, räumliche Armbewegungen, wie im Tanz oder beim Schwingen einer Axt

## 21. Kontralateraler Zug von Fuß oder Hand („X-Rolle“)

**Ziel**: Beim Rollen, von Fuß oder Hand angesetzt, die Bewegung sukzessiv durch den ganzen Körper durchfließen lassen.
**Ausgangsposition**: Rückenlage, Arme und Beine sind etwas seitlich gestreckt, wie in einem großen „X“ ausgebreitet, Handrücken am Boden (Abb. 21.1.3).

**1. Ausführung** – von den Füßen:
Die linken Zehenspitzen ziehen in einem flachen Bogen einwärts/nach innen rotierend in die Diagonale rechts-tief-vor, während der Oberkörper etwas Gegenspannung in der Diagonalen links-hoch-rück hält. Nach und nach wird die Gegenspannung aufgelöst, der Fuß zieht den Körper hinterher und landet auf dem Bauch.
Zurück von der Bauchlage (Abb. 21.1.1) wird die Bewegung vom gleichen Fuß angesetzt (also linker Fuß), um ihn dann mit einer Auswärtsrotation im flachen Bogen rückwärtig in die Diagonale rechts-tief-rück zu ziehen (Abb. 21.1.2), um dann zurück auf dem Rücken zu landen (Abb. 21.1.3).

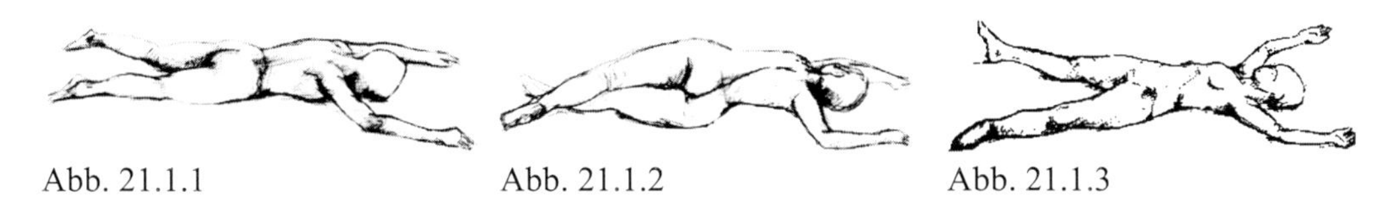

Abb. 21.1.1 Abb. 21.1.2 Abb. 21.1.3

Die zweite Seite mit dem rechten Fuß nach links beginnen, auf den Bauch rollen und zurück mit dem rechten Fuß wieder auf den Rücken.

**2. Ausführung** – von den Händen:
Die rechten Fingerspitzen ziehen den Arm vor dem Körper in einem großen Bogen über den Bauchnabel zur linken Hand. Während der Arm weiter nach links-hoch-vor in die Diagonale zieht und nach außen rotiert (im Uhrzeigersinn um die Achse des Arms), dreht sich der Körper sukzessive spiralig in die X-Position auf dem Bauch. In Bauchlage liegt die Handinnenfläche zum Boden (Abb. 21.2.1).
Zurück wird die Bewegung von der rechten Hand angesetzt. Die Hand rotiert nach innen (gegen den Uhrzeigersinn um die Achse des Arms) und wird über den Kopf nach hinten gezogen, um in einem flachen Bogen hinter sich in die Diagonale rechts-hoch-rück zu ziehen (Abb. 21.2.2) Der Körper folgt der Hand spiralig rotierend, um sich zurück in die X-Position auf den Rücken zu rollen (Abb. 21.2.3). In dieser Bewegung besonders auf die Augen-Handkoordination achten, sodass sich der Kopf gleichzeitig mit der Hand dreht.

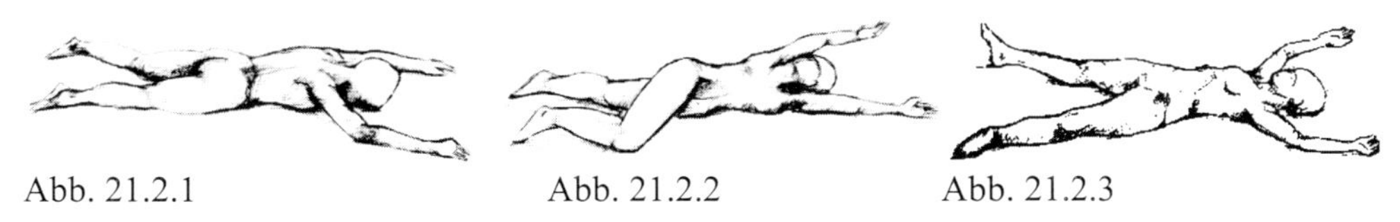

Abb. 21.2.1 Abb. 21.2.2 Abb. 21.2.3

Die zweite Seite mit der linken Hand nach rechts beginnen.
**Hinweis**: Darauf achten, dass kein Hohlkreuz entsteht – die Verbindung durch den Rumpf aktivieren. In allen Bewegungen soll die distal angesetzte Verbindung nacheinander in der Rotationsbewegung durch die gleiche Körperhälfte ziehen. Gleichzeitig wird die Diagonalverbindung im Körper zur anderen Seite spürbar.
**Erlebnis**: eine flache räumliche Diagonale am Boden, während der Körper in eine Spirale hinein- und herausrotiert, um sich dann wieder flach am Boden auszubreiten.

**Wichtige Begriffe und Prinzipien**: räumliche Intention, graduelle Rotation mit kinetischer Kette durch den ganzen Körper, sukzessive Phrasierung
**Geübte Verbindung**: Körperhälftenverbindung in der Rotation, Diagonalverbindungen
**Geübte Muster**: Homolateral- und Kontralateralmuster
**Funktion**: Von den Füssen: im Alltag – beim Gehen, im Tanz – beim Drehen vom Fuß um die eigene Achse (z. B. „Fouetté"). Von den Händen: alle Bewegungen, in denen von der Hand aus etwas hinter oder vor überkreuz gegriffen wird.

## 22. Vom Liegen in den Vierfüßler

**Ziel**: Eine effektive Gewichtsverlagerung mit Ebenenwechsel vom Liegen zum Vierfüßler üben.
**Ausgangsposition**: Rückenlage, Beine angewinkelt und Füße aufgestellt, Arme liegen seitlich auf Schulterhöhe (Abb. 22.1).

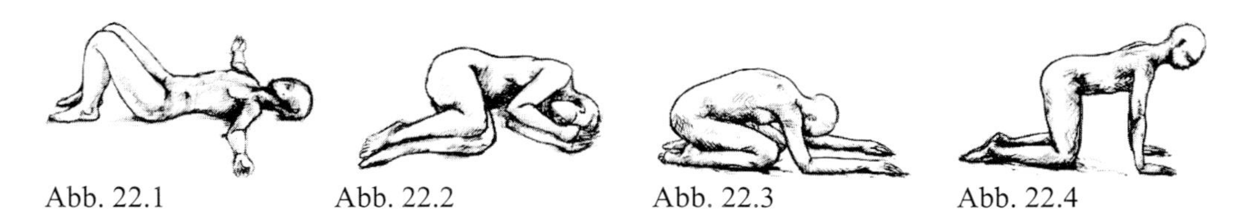

Abb. 22.1 Abb. 22.2 Abb. 22.3 Abb. 22.4

**Ausführung** – Stufe 1:
Mit dem Bewegungsansatz vom Steißbein zieht sich der gesamte Körper zusammen und rollt auf die Seite (Abb. 22.2). Mit demselben Bewegungsansatz wieder zurück zur Ausgangsposition (Abb. 22.1). Dieses zu beiden Seiten wiederholen.
**Ausführung** – Stufe 2:
Mit dem Bewegungsansatz vom Steißbein so weit zusammenziehen und auf die Seite rollen, dass der Körper mit einer lateralen Gewichtsverlagerung auf die Knie und Ellbogen kommt (Abb. 22.3). Beide Hüftgelenke müssen hier nachgeben und tief in die Beugung gehen. Danach mit einer sagittalen Gewichtsverlagerung das Gewicht nach vor-hoch verlagern und in den Vierfüßler kommen (Abb. 22.4).
Den umgekehrten Weg wieder zurück zum Boden und zur anderen Seite wiederholen.
**Hinweis**: Das Zusammenziehen und die Gewichtsverlagerung sind simultan in der Phrasierung, plötzlicher Zeitantrieb ist dabei hilfreich.
**Erlebnis**: Der ganze Körper wird vom Becken aus in einen dreidimensionalen spiralförmigen Ebenenwechsel gesteuert.

**Wichtige Begriffe und Prinzipien**: aushöhlen, innere Unterstützung, simultane Phrasierung
**Geübte Verbindungen**: Kopf-Steiß- und Mitte-Peripherieverbindung
**Geübte Muster**: Zentrum-distal- und Spinalmuster
**Funktion**: aktive laterale und sagittale Gewichtsverlagerungen auf der untersten Ebene, z. B. beim Kriechen durch einen Tunnel

## 23. Durch die Hände laufen

**Ziel**: Aktivierung des Beckens für die Fortbewegungen auf der tiefen Ebene.
Ausgangsposition: Vierfüßlerstand (Abb. 22.4)
**Ausführung**: Während die Hände stationär bleiben, laufen oder rutschen die Beine, ohne Pause in der Phrasierung, direkt nach vorne durch die Hände bis zum Sitzen mit gestreckten Beinen vor dem Körper. Dabei wird der Rücken aus der Streckung in eine C-Kurve und wieder zurück in die Streckung gebracht, während der Kopf in der Verlängerung der Wirbelsäule bleibt. Der Unterkörper bleibt so nah am Boden wie möglich.

Zurück: Die Füße zuerst so weit wie möglich an das Becken heranstellen und mit dem Impuls vom Steißbein aus das Becken durch die Armen rück-hoch bewegen und bis zur Ausgangsposition zurücklaufen oder -rutschen.
**Hinweis**: Die Hände sollten möglichst flach am Boden sein und die Finger nach vorne zeigen. Durch unterschiedliche Körperproportionen werden bei Menschen mit längeren Beinen und kürzeren Armen die Hände auf den Fingerspitzen abgestützt sein müssen, um genügend Platz für die Beine zu bekommen. Das Zurückkommen ggf. von einem Partner am Steißbein unterstützen lassen.
**Erlebnis**: Tiefes Beugen in den Hüftgelenken und die Beckenbodenmuskeln und tiefen Bauchmuskeln müssen die Bewegung unterstützen.

**Wichtige Begriffe und Prinzipien**: Phrasierung, räumliche Intention
**Geübte Verbindung**: Kopf-Steißverbindung
**Geübte Muster**: Zentrum-distal- und Spinalmuster
**Funktion**: bereitet für alle bodennahen Gewichtsverlagerungen vor.

## 24. Ebenenwechsel zum stabilen Stand

**Ziel**: Einen Ebenenwechsel vom Boden bis zum Stehen vom Becken her initiieren.
**Ausgangsposition**: Der Körper ist zusammengezogen und das Gewicht ruht auf Unterschenkeln und Oberarmen, die Ellenbogen sind nah an den Knien (Abb. 24.1).

Abb. 24.1 Abb. 24.2 Abb. 24.3 Abb. 24.4

**Ausführung**: Während sich ein Bein nach hinten streckt, kommt das Becken hoch und die Arme strecken sich zu einer dem Vierfüßler ähnlichen Position (Abb. 24.2). Das Bein wird gebeugt und herangezogen, während der Rücken sich rundet und der ganze Fuß den Platz, den vorher die Hand am Boden hatte, einnimmt (Abb. 24.3). Durch den Druck vom Fuß, der Körperhälftenverbindung und der Beckenaktivierung wird das Gewicht hoch zur vertikalen Achse verlagert (Abb. 24.4).
Den umgekehrten Weg, allerdings ohne den Beinschwung, wieder zurück zum Boden.
Auf der anderen Seite wiederholen.
**Hinweis**: Beim Ebenenwechsel soll das Becken nicht nach hinten ausweichen, bevor es hochkommt.
**Erlebnis**: ein zügiges und müheloses Aufstehen

**Wichtige Begriffe und Prinzipien**: aushöhlen, innere Unterstützung, räumliche Intention
**Geübte Verbindung**: Phrasierung von der Mitte-Peripherie- zur Körperhälftenverbindung
**Geübte Muster**: Zentrum-distal- und Homolateralmuster
**Funktion**: trainiert das Aufstehen aus der tiefen oder mittleren Ebene.

## 25. Ebenenwechsel zum mobilen Gang

**Ziel**: Einen Ebenenwechsel vom Vierfüßler zum Gehen vom Becken her initiieren.
**Ausgangsposition**: Vierfüßler (Abb. 25.1)
**Ausführung**: Ein Bein im Hüftgelenk vom Bewegungsansatz des Großen Lendenmuskels beugen und wieder von den rückwärtigen Oberschenkelmuskeln lang nach hinten strecken (Abb. 25.2). Das Bein nochmals beugen, die Wirbelsäule beugt sich mit dem Becken in die C-Kurve und der ganze Fuß wird da aufgestellt, wo vorher die Hand war. Durch den Druck vom Fuß durch die Körperhälfte und die Beckenaktivierung (vor allem Steißbein) wird das Gewichtszentrum nach vor-hoch verlagert (Abb. 25.3), sodass der Körper in den Schritt fällt und gleich vorwärts gehen kann (Abb. 25.4).

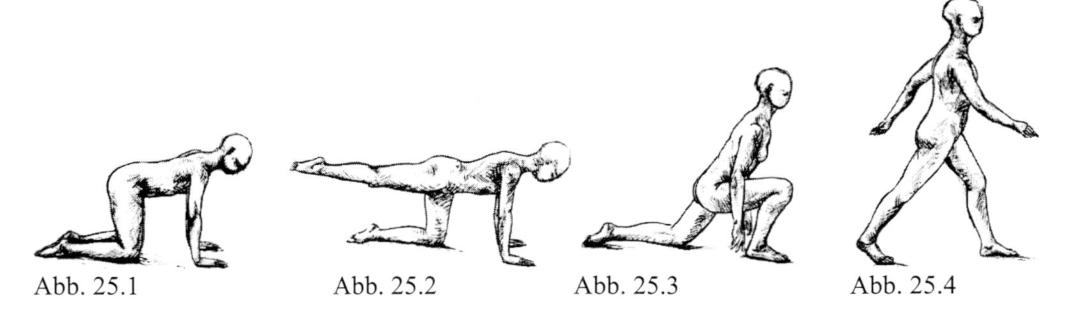

Abb. 25.1 Abb. 25.2 Abb. 25.3 Abb. 25.4

**Hinweis**: Wenn der Fuß aufgestellt wird, geht das Gewicht schon etwas nach vorn zum aufgestellten Bein. Die Initiierung vom Becken die ganze Zeit beibehalten.
**Erlebnis**: ein zügiger und müheloser Ebenwechsel vom Vierfüßler zum Gehen

**Wichtige Begriffe und Prinzipien**: aushöhlen, innere Unterstützung, räumliche Intention, vertikale Durchlässigkeit
**Geübte Verbindungen**: Phrasierung von Mitte-Peripherieverbindung, Körperhälftenverbindung zur Diagonalverbindung
**Geübte Muster**: Zentrum-distal-, Homolateral- und Kontralateralmuster
**Funktion**: trainiert die Bereitschaft, von der tiefen oder mittleren Ebene gleich in die Fortbewegung zu gehen.

## 26. Ebenenwechsel mit Fortbewegung („Propulsion“)

**Ziel**: Einen Ebenenwechsel vom Sitzen zum Gehen vom Becken her initiieren.
**Ausgangsposition**: sitzend, mit den Beinen angewinkelt und die Hände neben (fast hinter) dem Becken aufgestellt (Abb. 26.1)
**Ausführung**: Mit dem Bewegungsansatz vom Steißbein das Gewichtszentrum vor und etwas hoch über die Beine verschieben, die Hände loslassen und weiter vorstreben, bis der Körper auf den Knien ankommt (Abb. 26.2). Ein Bein nach vorn durchschwingen und den Fuß auf dem Boden platzieren (Abb. 26.3). Das Gewichtszentrum strebt weiter vor-hoch zum Ebenenwechsel ins Gehen (Abb. 26.4).
**Hinweis**: Das Durchschwingen eines Beins kommt sofort nach der Berührung der Knie mit dem Boden. Die Initiierung vom Becken und die räumliche Intention vor-hoch die ganze Sequenz über beibehalten. (Falls das Becken nicht aktiv vor-hoch strebt, kann zu viel Gewicht auf die Knie kommen, was schmerzhaft sein kann. Deshalb zuerst am besten mit Knieschonern üben.)
**Erlebnis**: ein zügiger und müheloser Ebenwechsel vom Sitzen zum Gehen

Abb. 26.1 Abb. 26.2 Abb. 26.3 Abb. 26.4

**Wichtige Begriffe und Prinzipien**: aushöhlen, innere Unterstützung, räumliche Intention
**Geübte Verbindungen**: Phrasierung von Mitte-Peripherie- zur Unterkörper-, Körperhälften- und Diagonalverbindung
**Geübte Muster**: Zentrum-distal-, Homolog-, Homolateral- und Kontralateralmuster
**Funktion**: trainiert die Bereitschaft, von der tiefen oder mittleren Ebene aufzustehen und gleich in die Fortbewegung zu gehen.

## 27. Partnerwippe

**Ziel**: die Koordination eines gewichtsabhängigen Ebenenwechsels zwischen zwei Partnern.
**Ausgangsposition**: Person A liegt auf dem Rücken mit den Knien angewinkelt und den Füßen aufgestellt (mit guter Bodenhaftung). Person B steht A zugewandt. Die Füße der beiden Partner sind sehr nah beieinander oder sogar übereinander (falls der Boden sehr glatt ist). Beide umfassen sich an den Handgelenken. B neigt sich zu A (Abb. 27.1).

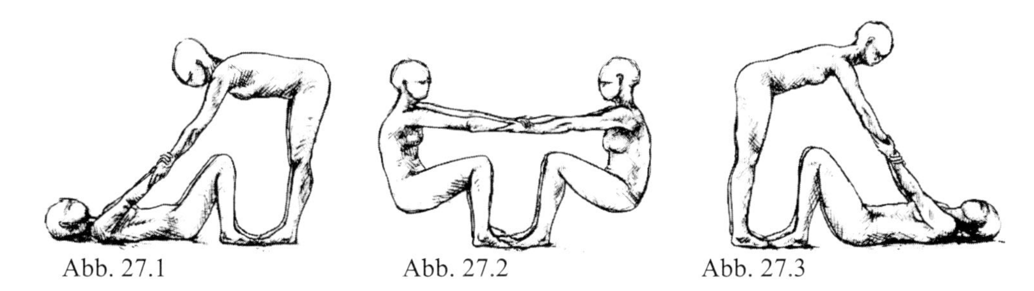

Abb. 27.1 Abb. 27.2 Abb. 27.3

**Ausführung**: Person B lässt ihr Gewichtszentrum nach rück-tief mit passivem Gewicht sinken, sodass A nach vor-hoch gezogen wird. In der Mitte der Phrase sind beide Becken in der Luft und beide Partner total abhängig vom Gewicht des anderen (Abb. 27.2.). Am Ende der Phrase liegt B auf dem Rücken und A steht zu B geneigt (Abb. 27.3).
Um zurückzukommen, tauschen die Partner ihre Rollen.
**Hinweis**: Die Personen, die zusammenarbeiten, sollten ungefähr gleich schwer sein. Beim Hochgezogenwerden nicht den Körper über den Boden rutschen und auch nicht die Bauchmuskeln verwenden, um dem Partner zu helfen.
**Erlebnis**: ein Gewichtsrhythmus zwischen den Partnern, der in einen angenehmen Fluss kommt.

**Wichtige Begriffe und Prinzipien**: Atemunterstützung, Erdung, Körperhaltung, Schulterblattverankerung
**Geübte Verbindungen**: alle Verbindungen, aber besonders die Oberkörper-Unterkörperverbindung
**Geübte Muster**: Homolog- und Spinalmuster

**Funktion**: übt, das Gewicht einem Partner anzuvertrauen; trainiert, aktive Verbindungen bei passivem Gewicht beizubehalten.

## Fazit

Die Autorin hat, zum ersten Mal in deutscher Sprache, die Bartenieff-Fundamentals-Übungen schriftlich niedergelegt, sodass alle, die sich damit beschäftigen wollen, eine Grundlage haben, auf der sie aufbauen können. Die Fundamentals-Übungen werden zwar sehr detailliert beschrieben, die beste Methode, sie zu erlernen, ist jedoch die durch fachkundige Anleitung. Nur ein Lehrer kann die Erläuterung geben, die für den Übenden genau das Richtige für den jeweiligen Moment ist.

## Schlusswort zum ersten Teil

Da die Fundamentals-Übungen hauptsächlich zur Kategorie Körper gehören, schließt sich hier der Kreis (oder Ring) innerhalb des ersten Teils dieses Buches zum ersten Kapitel, welches mit dem Körper aus der Sicht Rudolf von Labans begann. Schließlich bleibt der Körper der wesentlichste Faktor jeder Bewegung des Menschen – denn ohne ihn gäbe es keine Bewegung. Aber wie Bartenieff und Laban auch zeigen: nur mit allen Kategorien ist die Bewegung vollständig erfasst. Daher tragen die anderen Kategorien (*Raum, Form, Antrieb Phrasierung* und *Beziehung*) ihren Anteil zum Verstehen der körperlichen Funktion bei.

Das Verständnis aller Aspekte der Bewegung, unterstützt das von Laban vorgeschlagene „Denken in Bewegungsbegriffen".[367] Mit den im ersten Teil definierten Begriffen funktionieren die Laban/Bartenieff-Bewegungsstudien wie ein „Alphabet der Bewegungssprache"[368], die es ermöglicht Bewegung bewusst zu erleben, zu verstehen, zu beobachten (und notieren), und zu gestalten. Im Folgenden zweiten Teil finden Sie eine Auswahl an Beispielen aus der Praxis, in der die LBBS-„Toolbox" angewandt wird.

Heutzutage steht von allen sechs Kategorien der *Körper* in der Gesellschaft häufig im Vordergrund. Ob beim Tanz oder Sport, beim Bewegungstherapeutischen oder im Alltag – der Fokus der Bewegung liegt oft auf dem *Körper*. Daher verwundert es auch nicht, wenn die Autoren in der Anwendung von LBBS im zweiten Teil dieses Buches häufig die Bartenieff Fundamentals (als Körperkategorie der LBBS) fokussieren.

Sicher gibt es hier einen Zusammenhang zu unserem Bewegungsmangel in einer überwiegend sitzenden Gesellschaft, in der Maschinen uns vieles abnehmen. Ohne Bewegung verkümmert der Körper – seine Muskeln, seine Koordination und auch seine körperlichen Verbindungen. Dies wirkt sich ebenfalls auf die Gehirntätigkeit des Menschen und nicht zuletzt auch auf seine Seele aus. Alle Autoren hoffen, dass wir mit unserer bewegungsanalytischen Arbeit und unserem ganzheitlichen Ansatz dazu beitragen, die Menschen in der heutigen Gesellschaft mehr in körperfreundliche und freudige Bewegung zu bringen – mit Herz und Verstand.

# Register Teil 1

Bitte Folgendes beachten:

- Es werden nur die Stellen, an denen die Begriffe ausführlich erklärt werden, aufgeführt und nicht alle Stellen, an denen die Begriffe erwähnt sind.
- Es werden bei den Raum-, Antriebs- und Formkombinationen nur die Elemente registriert. Für die Zweier – Dreier- und *Vierer-Kombinationen* bitte bei den Elementen nachschauen und dann weiterblättern. .
- Bei den Differenzierungen der Hauptparameter bitte unter dem Hauptwort nachschauen z. B. enge Kinesphäre bei Kinesphäre.

# 2. Teil: Bewegtes Wissen – in Aktion

*27 Beiträge von Experten*

# Wohlbefinden in alltäglichen Bewegungen

**KERSTIN SCHNORFEIL**

Der Titel ist abgeleitet von dem US-amerikanischen Ausdruck „the better ease of movement". Das Ziel meiner Arbeit ist es, Menschen mithilfe von Laban/Bartenieff-Bewegungsstudien (LBBS) Möglichkeiten und Wege aufzuzeigen, sich mit mehr Leichtigkeit, Selbstverständnis und Wohlbefinden in ihrem Alltag zu bewegen.

## Die Klientel

Im Erwachsenenbereich arbeite ich seit vielen Jahren schwerpunktmäßig mit Frauen. Zuerst als Gymnastiklehrerin, später als CMA und Tanztherapeutin. Im Laufe dieser Zeit sind mir häufig Frauen begegnet, die sich unsicher bewegen. Diese Unsicherheiten sitzen meist sehr tief. Sport oder allgemein Bewegung wird von diesen Frauen eher gemieden, oft gibt es auch kränkende Erinnerungen aus dem Schulsport. Bei vielen hat sich diese Unsicherheit in ungesunden, nicht effizienten Bewegungsabläufen festgesetzt.

## Die Integration von LBBS

Mein erfolgreiches LBBS-Abschlussprojekt hat mich motiviert, das oben genannte Ziel, mehr Wohlbefinden in der alltäglichen Bewegung zu erleben, als einen Schwerpunkt meiner Arbeit weiterzuentwickeln. Thema dieses Projekts war die Behandlung einer Frau, die an massiven Schulterbeschwerden litt. Mithilfe einer Videoanalyse über ihre alltäglichen Bewegungsabläufe gelang es, in Zusammenarbeit mit ihr ein Bewegungsprogramm mit dem Schwerpunkt *Erdung* zu entwickeln. Dieses Programm hat sie erfolgreich in ihren Alltag integriert, sodass sie sich nach relativ kurzer Zeit wieder beschwerdefrei bewegen konnte.

Da sich in meinen Kursen vor allem ungeübte Frauen gut aufgehoben fühlen, habe ich die Prinzipien der LBBS in bekannte Bewegungsmuster aus der Gymnastik, dem Tanz und dem Chi Gong eingearbeitet. Das Bekannte wird schwerpunktmäßig aus der Sicht der LBBS vermittelt und mit neuen Bewegungsabläufen aus dem reichhaltigen LBBS-Material ergänzt. Meines Erachtens bieten die Prinzipien der LBBS ein großes Potenzial, unsichere Menschen zu begleiten. LBBS bieten leicht verständliche und vor allem auch gut umsetzbare Möglichkeiten, Bewegungen mit mehr Wohlbefinden erleben zu können.

Der diagnostische Schwerpunkt meiner Arbeit sind die Ganzkörperorganisationsmuster mit besonderem Blick auf die Basiskörperverbindungen, die Ganzkörperverbindungen sowie auf die Prinzipien der Erdung und der Verbundenheit. Die anschließende Basisarbeit bildet sich aus den Schwerpunkten der Fundamentals, die durch die Themen Raum und Antrieb bereichert werden. Bevor ich aber ins Detail gehe, möchte ich erst einmal die grundlegenden Themen benennen, die bei ungeübten Frauen eine Rolle spielen.

## Grundsätzliche Beobachtungen

Die hier beschriebenen Eindrücke resultieren vor allem aus der praktischen Bewegungsarbeit. Ergänzt werden sie durch Videoanalysen über alltägliche Bewegungsmuster, wie z. B. Hausarbeiten, das Steigen auf eine Leiter oder das Aufstehen vom Sofa. Bei Frauen fällt oft eine gewisse Steifheit auf, die sich insbesondere in einer Zweidimensionalität ausdrückt. Sie vermeiden Rotationen und verwringende Bewegungen, wirken wenig mobil und drehen sich, wenn überhaupt, nur ganzkörperlich. Deutlich gehaltene Schultern sind keine Seltenheit. Besonders bemerkens-

wert finde ich die fehlende Erdung. Die Frauen versuchen möglichst lautlos über den Boden zu gleiten, wollen leichtfüßig wirken und gleichzeitig vermeiden, dass ihr Gang gehört wird.
Die ungenügende *Erdung* zeigt sich beim Ebenenwechsel dadurch, dass die Füße nicht in den Boden gedrückt werden, stattdessen werden die Zehen hochgezogen und zeigen zur Decke. Das wird beim Aufstehen vom Pezziball besonders sichtbar. Der Ebenenwechsel wird von Kopf und Schultern initiiert. Die Möglichkeit, Druck in den Boden zu geben und die Übertragung vom Unterkörper in den Oberkörper zu nutzen, ist meist völlig fremd. Bei genauerem Hinsehen wird deutlich, dass die *Oberkörper-Unterkörperverbindung* gestört ist und die untere Einheit wenig genutzt wird. Sowohl die Aktivierung des Gewichtszentrums als auch aktive *Gewichtsverlagerungen* scheinen ungewohnt.

Parallelstellungen der Füße sind selten, oft gibt es ein sehr enges Gangbild mit nach innen zeigenden Knien. Die *Kopf-Steißverbindung* ist wenig vorhanden, das Steißbein zeigt nach hinten und der Kopf fällt förmlich aus der vertikalen Achse. Die Bewegungen wirken isoliert und sind nicht mit dem Nabelzentrum verbunden. Am liebsten werden nur die Extremitäten, vor allem die Arme, bewegt. Bei den Armen fällt auf, dass diese nicht mit den Schulterblättern verbunden sind, sondern isoliert, aus den Schultergelenken heraus, angehoben werden. Dazu kommt eine flache Atmung bis hin zum völligen Anhalten der Luft. Jegliche Form der *Atemunterstützung* bei den Bewegungen fehlt.

In den Bewegungsantrieben können die Frauen sehr unterschiedlich sein. Es existiert jedoch öfter der *Antrieb* aus dem *passiven Gewicht* heraus, d. h. das Gewicht „fällt“ einfach von einem Bein auf das andere im Gegensatz zur aktiven Gewichtsverlagerung. Bei den *Antriebsfaktoren* zeigen sich unterschiedliche Vorlieben. Ich meine aber *Affinitäten* zwischen mangelnder *Erdung* und einer *träumerischen (Fluss und Gewicht)* und *entrückten (Fluss und Raum) Stimmung* zu bemerken. Weiterhin ist auffällig, dass die Frauen wenig Selbstverständnis für die Einnahme von *Raum* haben. Die meisten Bewegungen finden in der *nahen* und der *mittleren Reichweite* ihrer *Kinesphäre* statt. Bei diesen eingeschränkten Bewegungsmustern ist es nicht verwunderlich, dass die Frauen Beschwerden haben, die mit zunehmendem Alter deutlicher werden. Ich möchte an dieser Stelle nur die Aufmerksamkeit auf Schulterbeschwerden lenken, die sehr häufig beklagt werden.

## Sinnvolle Arbeit mit LBBS

Durch die ganzheitliche Diagnostik wird deutlich, dass es grundsätzliche Themen gibt, die einer Förderung bedürfen. Auch wenn klar ist, dass die *Rumpf-Armverbindung* defizitär ist, fange ich immer mit der *Erdungs*arbeit an. In der Anfangsphase wird vor allem die Arbeit mit dem Pezziball gut angenommen. Im Sitzen die Beine in den Boden drücken und aktiv mit dem Becken arbeiten, um in eine *Hoch-tief*-Bewegung zu kommen, macht den Frauen Spaß. Die Betonung liegt hier ganz klar auf dem Unterkörper. Die Arme sollten möglichst locker gelassen wcrdc. Bereichernd ist auch, das Becken in verschiedene Raumrichtungen einzubeziehen, Raumwege zu gestalten und letztlich das Becken tanzen zu lassen. Die Frauen haben in der ersten Zeit große Mühe, die Füße auf dem Boden zu verankern.

In den Aufwärmphasen, sowohl auf dem Ball, als auch im Stehen sowie im Raum, betone ich immer wieder das Becken und versuche über verschiedene Wege (Atmung, Ausstreichungen, Schüttelübungen), das Gewicht dorthin zu bringen. In der Bodenarbeit hat sich vor allem die Variation des *Fersenwippens* mit gebeugten Beinen (s. Fundamentals) bewährt. Auch wenn es für die Frauen ungewohnt ist, solch kleine Bewegungen zu machen, lernen sie ihre Effektivität schnell schätzen. Wenn die Übungen vertraut sind, wird das Arbeiten in der Rückenlage sogar als

angenehm empfunden. Ich ergänze die Bodenarbeit langsam mit Druck- und Schiebeübungen sowie einfachen Bewegungssequenzen.
Von den sechs Basisübungen der Fundamentals-Arbeit nehme ich in der Regel nur die erste, *das Beugen und Strecken im Hüftgelenk*. Meist bleiben wir bei der *Vorbereitung für das Beugen und Strecken im Hüftgelenk*. Meiner Erfahrung nach ist es sehr wichtig, ungeübte Frauen nicht zu überfordern, deshalb arbeite ich hauptsächlich mit einfachen und kurzen Bewegungssequenzen. Diese Sequenzen bekommen nach und nach unterschiedliche Betonungen: *Verbindung zum Nabelzentrum*, *Kopf-Steißverbindung*, *Körperhälften, Atmungsunterstützung,* Einsatz bestimmter *Antriebe*, bewusstes Raumnehmen. Bei der Antriebsarbeit fördere ich vor allem die *wache Stimmung* bis hin zum *Aktionstrieb (beides mit Raum- und Zeitantrieb)*. Die schmerzhaften Schultern werden erst einmal geschont. Das Einzige, was ich im Ansatz anbiete, sind die „Engelsflügelübungen" (s. *Armkreise in der vertikalen Fläche*), wobei ich da aber betont darauf hinweise, auf die eigenen Schmerzgrenzen zu achten.

Wenn die Frauen besser *geerdet* sind und mehr Vertrauen in ihren Unterkörper haben, sind die Schulterbeschwerden bereits deutlich rückläufig. Erst dann fange ich mit der Oberkörperarbeit an. Das Prinzip der *Verbundenheit* durch die *Verankerung* der Arme in den Oberkörper wird sowohl beim *Fersenwippen* als auch bei den anderen Bewegungssequenzen eingearbeitet.

Mit dem angenehmeren Körpergefühl ist der Weg zu mehr Freiheiten in den Improvisationsphasen bereits geebnet. Kleinere Bewegungssequenzen werden mit unterschiedlichen Schwerpunkten ausgeführt. Mehr *Raum*nahme und eine vielfältigere *Antriebs*arbeit werden so erworben. Durch das Erlernen von Rotationen in der Wirbelsäule und im Hüftgelenk und Ebenenwechsel wird mit der Zeit auch mehr Dreidimensionalität sichtbar. Die Frauen sind klarer, deutlicher und lauter in ihrem Gangbild, die Schultern sind entspannter und sie wirken insgesamt viel mobiler. Die alltäglichen Bewegungen werden mit erheblich mehr Leichtigkeit, Sicherheit und einer erfreulichen Präsenz im Raum ausgeführt. Videoaufzeichnungen spiegeln erstaunliche Veränderungen wider.

## Fazit

Gerade die Arbeit mit ungeübten Frauen hat mir deutlich gezeigt, wie wirksam die LBBS sind. Die Verbesserung der Lebensqualität der Frauen zu erleben, war eine besondere Freude. Viele nennen die Fundamentals-Übung – das *Fersenwippen* mit aufgestellten Beinen – eine Lebensbegleiterin, die sie nicht mehr missen möchten. Die ganzheitliche Sicht der LBBS hat geklärt, dass das eigentliche Problem im mangelnden Gebrauch des Unterkörpers liegt und es sinnlos gewesen wäre, isoliert an dem Symptom im Oberkörper zu arbeiten. Dies finde ich eine bemerkenswerte Erkenntnis.

Die Arbeit an der *Erdung* ist nicht einfach, da Frauen oft geerdetes Gehen vermeiden, aus Angst, sie könnten zu laut sein. Viele sind es gewohnt, sich eher zurückzunehmen. Als sich bei einer Frau der Gang deutlich veränderte, hatte sie das Gefühl, wie ein Westernheld zu gehen, und äußerte ihre Bedenken, breitbeinig und obszön zu wirken.
Diese Frau hat sich viel Zeit für die emotionalen Prozesse genommen, was die körperliche Umsetzung wesentlich erleichterte. Ein großes Geschenk ist es, wenn Frauen, die bislang kaum Zugang zu Bewegung hatten, erfreut bemerken, dass ihr Körper einfach anfängt zu tanzen.

# Lebendiger Rücken
## BARBARA ANNA GRAU und CHISTEL BÜCHE

Rückenschmerzen sind heutzutage[1] in unserer Gesellschaft weit verbreitet. Beruflich bedingter Bewegungsmangel und einseitige Belastung gelten als normal und schränken unsere alltäglichen Bewegungsmöglichkeiten sehr ein. Gefragt und gefördert werden dagegen schon sehr früh in unserem Leben die kognitiven Fähigkeiten. Das körperliche und emotionale Erleben wird eher als störend betrachtet und aus der bewussten Wahrnehmung ausgeblendet. Unter diesen Bedingungen bleibt dem Körper meist keine andere Wahl, als sich schmerzhaft zur Wehr setzen, um in seinen Bedürfnissen wahrgenommen zu werden.

Oft trifft es dabei den Rücken, den zentralen Ort in unserem Körper für unsere Aufrichtung und unsere umfassende Beweglichkeit im Raum. Welcher Teil des Rückens sich aber auf welche Weise bemerkbar macht, ob sich Belastungen als Verspannungen im Schulter- und Nackenbereich, Kreuzschmerzen, Hexenschuss oder Bandscheibenvorfall manifestieren, ist individuell geprägt. Vor allem sind sie ein Ergebnis von eigenen Bewegungsgewohnheiten, also des alltäglichen Gebrauches und Ausdrucks unseres Körpers. Diese laufen meistens völlig unbewusst ab.

## Rücken und Alltag

Leider ist ein Ausgleich ungünstiger Alltagsgewohnheiten durch das Erlernen und Durchführen funktioneller Übungen nur bedingt möglich. Neu erlernte Bewegungen, die nicht in die Körperwahrnehmung und in den individuellen Bewegungsausdruck aufgenommen werden, bewirken keine wirkliche Veränderung. Sie werden im Alltag nicht genutzt, weil dort weiterhin die alten Bewegungsmuster automatisch ablaufen. Sie können erst in das alltägliche Bewegungsrepertoire aufgenommen werden, wenn sie in die Körper- und Selbstwahrnehmung integriert sind. Ein wirkungsvolles Bewegungskonzept muss deswegen sowohl die körperlich-funktionalen, als auch die kognitiven und emotionalen Anteile von Bewegungen berücksichtigen, um langfristige Verbesserungen zu erreichen. Es ist notwendig, immer wieder das komplexe Zusammenspiel von Bewegung zu thematisieren, die Wahrnehmung von ganzkörperlichen Zusammenhängen zu schulen und individuelle Zugänge transparent zu machen. Gerade die verschiedenen Kategorien von Laban/Bartenieff-Bewegungsstudien (LBBS) bieten hervorragende Möglichkeiten, Rückenschmerzen von verschiedenen Gesichtspunkten aus zu beleuchten und einen prozess- und teilnehmerorientierten Gruppenunterricht zu gestalten.

## Verschiedene Gesichtspunkte zum Thema Rücken

### Körper als Einheit

LBBS begreifen den Körper als Einheit und in seiner inneren *Verbundenheit.* Da die Bewegung der Wirbelsäule sowohl die unteren als auch die oberen Extremitäten beeinflusst und umgekehrt, werden die Bewegung des ganzen Körpers und die Art dieses Zusammenspiels zum Thema. Das bedeutet beispielsweise, bei Schmerzen in der Lendenwirbelsäule den Zusammenhang zwischen dem Gebrauch der Hüftgelenke und den Bewegungen der Wirbelsäule zu erfahren und zu klären.

[1] Anmerkung der Autoren: Dieser Beitrag wurde 2004 geschrieben.

Gerade Teilnehmer, die unter Rückenschmerzen leiden, richten ihre Aufmerksamkeit oft ausschließlich auf den schmerzenden Bereich ihres Rückens. So stehen sie einer Verbesserung ihres Zustandes unter Umständen selbst im Wege, da die anatomisch-funktionellen Ursachen ihrer Beschwerden nicht nur in der Wirbelsäule, sondern auch in anderen Körperbereichen zu finden sind.

### Innere Beteiligung

LBBS möchten eine bewusste *innere Beteiligung* an jeder Bewegung erreichen, ohne die Art der Bewegung zu bewerten, also in die Kategorien von richtig/falsch oder gesund/ungesund einzuteilen. Unbestritten gibt es gelenk- und rückenschonendes Verhalten. Es sollte aber nicht missverstanden werden. Auch für stundenlanges „richtiges" Sitzen ist unser Körper nicht gemacht. Er braucht als lebendiges System den Ausgleich, die Bewegung. Im Fokus der LBBS sind immer die Bewegungsprozesse – nicht einzelne Positionen, die es zu erreichen gilt.

### Sich selbst beobachten

Zunächst geht es darum, die eigenen Bewegungspräferenzen zu erkunden und bewusst zu machen. Dem individuellen Ausführen von Bewegungen komme ich durch Fragen auf die Spur: Wie gestalte ich den Weg, wo ist meine *Initiierung*, welcher *Antrieb*, welche *Formveränderung* usw. unterstützen mich? Fragen dieser Art werden über Körperwahrnehmung, taktile Anleitung, Partnerarbeit, Bewegungsspiele, funktionale Angebote und Bewegungsbeobachtung beantwortet. Die Teilnehmer lernen, ihre individuelle Bewegung in Bezug auf Dynamik, Raumrichtung und Funktionalität wahrzunehmen. Auf diese Weise können einseitige Belastungen oder funktionell ungünstige Bewegungsmuster aufgespürt werden. Durch die erhöhte Aufmerksamkeit für den Körper und seine Bewegungen im Unterricht nehmen die Teilnehmer ihre Körperhaltungen und Bewegungen im Alltag mit mehr Interesse wahr. Diese Erfahrung mit den eigenen Bewegungsgewohnheiten bedeutet auch, zu begreifen, dass die eigentliche Veränderung des Bewegungsverhaltens im Alltag stattfindet.

### Neue Bewegungsmuster erlernen

Auf der Grundlage der erweiterten Körper- und Bewegungswahrnehmung für „das, was und wie es ist", können neue funktional günstige Bewegungsmuster erlernt werden. Dieses Lernen hat nicht den Charakter der Wiederholung von etwas Fremden, einer „Rückenschule", die den Rücken isoliert in „richtigem Bewegen" schult, sondern des Ausprobierens einer bisher unbekannten Bewegungsmöglichkeit. In der aktuellen Unterrichtssituation werden die Möglichkeiten der Bewegungsbeobachtung von der Leiterin eingesetzt, um mit Angeboten und Variationen der Bewegungsthemen flexibel auf das, was gerade aktuell passiert, zu reagieren. Damit bleiben bei den Teilnehmern Neugier und Bewegungsfreude als wichtigste Voraussetzung für das Lernen erhalten.

### Wahl und Selbstverantwortung

Durch die Aufweichung der eigenen Bewegungsmuster können funktional günstigere in das eigene alltägliche Bewegungsrepertoire aufgenommen werden. Dafür müssen sie soweit neurophysiologisch gebahnt sein, dass sie bewusst wahrnehmbar und abrufbar sind. Motivation hierfür ist die Entscheidung eine neue, günstigere Lösung zu wählen als das bisher Bekannte und Gewohnte, also eine Wahl für eine Situation zu treffen. Durch die Möglichkeit, immer wieder eine für ihn angemessene Wahl zu treffen, bleibt dem Teilnehmer die Selbstverantwortung erhalten. Das LBBS-Konzept ermöglicht es, ein umfangreiches Wissen über sich selbst zu erlangen, wobei eine Integration von Körperwissen und kognitivem und emotionalem Wissen stattfindet. Die Rückenschmerzen oder Verspannungen haben mich dann nicht mehr im Griff, vielmehr habe ich Handlungsmöglichkeiten, sie zu beeinflussen.

# Kursstunde zum Thema Rücken

## Bewegtes Ankommen

Zu Anfang der Stunde soll eine gute *Erdung* erreicht werden, damit sich die Teilnehmer aus dieser Sicherheit heraus auf Neues einlassen können. Deshalb wird die Aufmerksamkeit auf die Füße gelenkt. Durch Fragen wie: „Wie benutze ich meine Füße beim Gehen? Gibt es einen Unterschied von rechter und linker Seite? Welcher Teil meines Fußes kommt zuerst auf dem Boden auf? Wie kann ich die Füße anders benutzen – über die Innen- oder Außenkante? Wie gehen meine Füße, wenn ich müde bin, wenn ich aufgeregt bin? Wie können meine Füße anderen Füßen hier begegnen?“, kann ein bewegtes Ankommen bei sich selbst, im Raum und in der Gruppe gestaltet werden.

## Gegenstände aufheben

Verschiedene Gegenstände liegen verteilt im Raum auf dem Boden (Bälle, Tücher, Bücher, Zeitungen, volle und leere Getränkekisten ...). Die Teilnehmer werden aufgefordert, Gegenstände aufzuheben und wieder abzulegen. Sie sollen beobachten, wie sie das tun. Zwei sehr unterschiedliche Möglichkeiten werden aufgegriffen: Die Beugung wird aus der Wirbelsäule genommen oder die Beugung kommt aus den Hüftgelenken. Die ganze Gruppe führt diese Bewegungen aus und benennt den Unterschied.

Dadurch wird deutlich, dass die Beugung aus den Hüftgelenken rückenschonender ist als die Beugung der Wirbelsäule. Besonders wenn Gewicht (Getränkekiste) angehoben wird, verhindert das Beugen in den Hüftgelenken ungünstige Druckverhältnisse auf die Bandscheiben.

## Im Fokus: Hüftgelenke

Als nächster Fokus folgt die Lockerheit und Beweglichkeit in den Hüftgelenken. „Was kann mir helfen, die Hüftgelenke locker zu bekommen?“ Die Teilnehmer machen Vorschläge und alle probieren diese aus. Jede/-r findet so die beste Möglichkeit für sich.

Der Hauptbeugemuskel der Hüftgelenke (M. psoas) wird angesprochen. Anatomische Abbildungen können hilfreich sein, um zu einer klaren Vorstellung dieses Muskels zu kommen. Durch Anfassen und Abtasten der Lendenwirbelsäule können die Ursprünge des Hüftbeugers an den Wirbelkörpern und deren Querfortsätzen erfahrbar gemacht werden. „Verändert sich mein Gang, wenn ich mir vorstelle, dass der Hüftbeuger die Hauptarbeit der Hüftbeugung übernimmt? ..., dass meine Beine am unteren Rücken anfangen?“
Im Liegen wird dann die Basisübung *Vorbereitung für das Beugen und Strecken im Hüftgelenk* ausprobiert (s. Fundamentals) und für sich selbst die effektivste Möglichkeit gefunden, das Bein im Hüftgelenk zu beugen, ohne dabei den unteren Rücken zu belasten.
Folgende Anregungen können dabei helfen:

- Kann das Auflegen meiner Hände auf die Leisten helfen, diese auch während der Bewegungsaktion weich zu lassen?
- Hilft mir das Entlangstreichen mit der Hand an der Rückseite des mobilen Beins, während der Bewegungsausführung viel Platz im Hüftgelenk zu lassen?
- Wie können mir unterschiedliche *Antriebe* helfen? Mehr oder weniger *kraftvoll*, *verzögernd* oder besser *plötzlich?*
- Wie ist die Bewegung, wenn ich das mobile Bein fokussiere?
- Was verändert sich, wenn ich den Fokus auf das stabile Bein nehme?
- Gibt es Vorstellungen, Bilder, die mir helfen?
- Wie bereite ich die Bewegung vor?

Als nächstes wird in Rückenlage mit hüftbreit aufgestellten Füßen das Becken angehoben und das *Beugen und Strecken im Hüftgelenk* wiederholt. Das Becken soll dabei stabil gehalten werden. Die Teilnehmer beobachten bei sich, ob unter dieser größeren Kraftanstrengung die Leisten trotzdem noch locker bleiben können, die Hauptarbeit des Beugens vom Bein weiterhin der Hüftbeuger übernimmt und wie die *Atemunterstützung* ist.

Bei der obigen Übungssequenz kann das Gegensatzpaar *Stabilität/Mobilität* beobachtet und willentlich eingesetzt werden. Die Teilnehmer spüren für sich, was ihnen mehr hilft, die Mobilität oder die Stabilität zu fokussieren.

Eine weitere Übung kommt hinzu: die *sagittale Gewichtsverlagerung*. Beim Absetzen des Beckens auf den Boden wird auf die Beugung im Hüftgelenk hingewiesen. „Kann ich diese Beugung weich zulassen, kann meine Leiste sich falten? Oder halte ich in dieser Region ganz schnell und verhindere damit die Beweglichkeit der Hüftgelenke?“ Ein Hinweis für die Teilnehmer, dass genau diese Bewegung gebraucht wird, wenn ich mich bücke und die Beugung aus den Hüftgelenken nehme, denn der Rücken kann so lang bleiben, die Wirbelsäule wird nicht unnötig belastet.

### Gegenstände erneut aufheben

Nachdem die Teilnehmer für sich selbst den Übergang gestalten, vom Boden wieder in den Stand zu kommen, wird beim Gehen die Hüftbeugung noch einmal angesprochen und so der Zusammenhang zum Anfang der Stunde hergestellt. Die Gegenstände können erneut aufgehoben werden. Hat sich etwas verändert? Durch das Benennen der verschiedenen Erfahrungen lernen die Teilnehmer, wie individuell und komplex sich Bewegungsverhalten gestaltet.

### Stabilität/Mobilität

Das Thema *Stabilität/Mobilität*, welches in der beschriebenen Stunde schon auftauchte, kann in der nächsten Stunde erneut aufgegriffen und in seiner persönlichen und emotionalen Bedeutung für die Teilnehmer untersucht werden. Ausgehend von der alltäglichen Bewegung des Gehens, das sowohl die *Stabilität* beim Standbein als auch die *Mobilität* beim Spielbein beinhaltet, können die Themen in einem erweiterten Zusammenhang erfahren werden.

Während des Tuns helfen erneut Fragen, um die Explorationen der Teilnehmer zu strukturieren und zu unterstützen: „Wovon ist der eigene Gang mehr geprägt, von der *Stabilität* oder von der *Mobilität*? Was verändert sich, wenn der andere Pol mehr Gewicht bekommt? Was gibt mir ganz persönlich die *Stabilität*? Was schätze ich an der *Mobilität*? Gibt es in meinem Leben einen Ausgleich zwischen den beiden? Zeigt sich das auch in meinem Gang?“
Abgeleitet von diesem Thema (*Stabilität/Mobilität*) haben die Teilnehmer die Möglichkeit, ihren eigenen Umgang bewusst wahrzunehmen, der sich in ihrem Bewegungsverhalten widerspiegelt. Eine mobilere oder stabilere Art des Gehens auszuprobieren bzw. in den Alltag zu integrieren bedeutet dann auch, sich auf einen neuen Umgang mit diesem Thema generell einzulassen.

## Fazit

Die Beispiele sollen verdeutlichen, wie die Nutzung genereller anatomischer Gegebenheiten Bewegung effektiver werden lässt. Darüber hinaus muss die individuelle Ausprägung deutlich und dem Bewusstsein zugänglich gemacht werden, um tatsächlich Bewusstheit und gewollte Veränderung des Bewegungsverhaltens zu erreichen.

Das LBBS-Material bietet die Möglichkeit, in der jeweils aktuellen Unterrichtsstunde die wesentlichen Bewegungsthemen zu benennen, die Komplexität von Bewegung zu strukturieren und kreative Zugänge zu emotionalen Aspekten herzustellen. Erst dadurch wird ein Bewegungsansatz zum ganzheitlichen Konzept. Schmerzgeplagte Rücken haben so die Chance, von festgefahrenen Mustern befreit zu werden und zu ihrer Lebendigkeit zurückzufinden.

# LBBS als Unterstützung in der Schwangerschaft
## MAJA BERBIER-ZURBUCHEN

Meine erste Schwangerschaft wurde von großen Ischias- und Rückenschmerzen begleitet. Als ich zweieinhalb Jahre später zum zweiten Mal schwanger wurde, wollte ich auf keinen Fall nochmals die gleichen Schmerzen erleiden. Zu diesem Zeitpunkt steckte ich mitten in meiner Ausbildung in LBBS und wir mussten uns ein Thema für unsere Abschlussarbeit aussuchen. Es bot sich also förmlich an, meine Schwangerschaft selbst zum Projekt zu machen. Dabei richtete sich mein Hauptinteresse darauf, wie ich meine zweite Schwangerschaft anders gestalten kann, um eine neue, positivere Körpererfahrung erleben zu können. Mit meiner Fragestellung: „Wie unterstützt mich LBBS während meiner Schwangerschaft?“, machte ich mich also ans Werk.

## Erste Schwangerschaft rekonstruieren

Um herauszufinden, wie ich die zweite Schwangerschaft anders gestalten kann, musste ich zuerst rekonstruieren, was zu den Schmerzen der ersten Schwangerschaft geführt hat. In meinen Erinnerungen waren mir die ständigen körperlichen und emotionalen Veränderungen während dieser neun Monate noch sehr präsent.

Die erste große Veränderung war, dass sich mein Körperumfang bis zum dritten Monat hin schon deutlich vergrößert hatte. Das leider zum Ärgernis meiner Choreografin, in deren bevorstehender Tanzperformance ich noch tanzen sollte. Umso mehr genoss ich es, in der darauf folgenden Sommerpause meinen immer größer werdenden Umfang voll zu zeigen. Dabei ließ ich mich von der zunehmenden Bauchform und dem zunehmenden Körpergewicht dazu verleiten, meinen zentrierten Gewichtsschwerpunkt aufzugeben und leicht nach vorne zu verlagern. Das hatte zur Folge, dass mein Becken nach vorne-unten kippte und ich somit in ein Hohlkreuz fiel. Das wiederum verursachte, dass meine Wirbelsäule ihre Grundspannung in der vertikalen Ausrichtung verlor und wie ein schwerer Kartoffelsack immer mehr in sich zusammensackte. Da ich durch diese Sommerpause hindurch nicht trainierte, verlor ich zusätzlich an Muskelkraft.

Die darauf schnell eintretenden Rückenschmerzen, die durch die andauernden körperlichen Veränderungen nur noch stärker wurden, konnte ich auch durch späteres Körpertraining bis zur Geburt hin nicht mehr aufarbeiten. Ich hätte dazu von Anfang an anders mit meinen körperlichen Veränderungen umgehen müssen. So fühlte ich mich nach jahrelangem kontrolliertem Tanztraining meinem sich verändernden Körper total ausgeliefert und machtlos.

## Geeignete Unterstützung finden

Jetzt waren mir also die Umstände bewusst geworden, die zu meinen damaligen Schmerzen geführt hatten. Als nächstes musste ich nun herausfinden, was ich denn wohl brauche und tun muss, um eine positivere Körpererfahrung zu erleben. Mir war bewusst, dass die natürlichen Veränderungen im und am weiblichen Körper während neun Monaten einem anhaltenden Prozess der ständigen Veränderung unterliegen. Das kommt daher, weil verschiedene Hormone in der Schwangerschaft bewirken, dass die Bänder am Becken weicher und elastischer werden. Somit können die meisten Gelenke am Becken nachgeben und sich unter der Geburt verschieben. Mir war auch klar, dass ich als werdende Mutter keinen geistig bewussten Einfluss auf diese Veränderungen nehmen kann.

Auf mein Projekt bezogen glaubte ich, dass ich aber einen geringen geistig bewussten Einfluss auf die Gelenke nehmen kann, die mit bestimmten sich verändernden Bändern und Muskeln in Verbindung stehen. Ich musste ein gezieltes, den jeweiligen „schwangeren" Umständen entsprechendes Körpertraining finden, das sich dementsprechend immer wieder verändern und anpassen ließ.

Dass meine Wirbelsäule dabei eine zentrale Rolle spielte, war mir klar. Ich musste sie irgendwie stärken und darauf vorbereiten, mit der Zeit immer mehr Gewicht tragen zu können mit einer immer kleiner werdenden Unterstützung der Bauchmuskulatur. Dabei darf sie nur minimal ihre vertikale Ausrichtung verlassen, um nicht dem sich nach vorne verlagernden Gewichtsschwerpunkt nachzugeben.

So begann ich nach geeigneten Bewegungsabläufen zu suchen. Geeignete Bewegungsabläufe schienen mir diejenigen zu sein, die mir in erster Linie halfen, mein Gewichtszentrum zu finden und zu zentrieren, sodass ich mich solide und sicher fühlte. Sie mussten einfach und dadurch gut kontrollierbar auszuführen sein. Sie sollten eine Art Referenzpunkt bilden, an dem ich mich immer wieder orientieren konnte, um Veränderungen in meiner Wirbelsäule und der Stellung meines Beckens festzustellen. Zum anderen sollten sie mir helfen, meine Wirbelsäule durch die Bewegung besser wahrzunehmen, ihre Elastizität zu wecken, um sie geschmeidig und durchlässig zu machen. Dadurch sollten sie mir helfen, mich auf die körperlichen Belastungen im Alltag vorzubereiten.

## Unterstützung durch Ganzkörperorganisationsmuster, Körperverbindungen und Bartenieff-Prinzipien

In den Ganzkörperorganisationsmustern und den Ganzkörperverbindungen fand ich meine große Unterstützung. Ich arbeitete hauptsächlich mit dem Spinalmuster (Kopf-Steißverbindung), Homolateralmuster (Körperhälftenverbindung) und Kontralateralmuster (Diagonalverbindung). Diese drei Muster waren mir während der Ausbildung durch ständiges Üben der Bewegungsabläufe schon sehr geläufig. So boten sie sich als ideale Referenzpunkte an, da ich schon wusste, wie sich mein Körper beim Ausführen der dazugehörigen Bewegungsabläufe anfühlt. Andererseits konnte ich diese Bewegungsabläufe (mit ihren verschiedenen Verbindungen) in den verschiedensten räumlichen Variationen ausführen. Somit war ich im Umgang mit den ständig sich ändernden körperlichen Veränderungen flexibel und konnte die Bewegungsabläufe den jeweiligen Bedürfnissen anpassen.

### Referenz: Zusammenziehen und Auseinanderdehnen

Ein guter Referenzpunkt war der bekannte Bewegungsablauf des *„Seesterns" –zusammenziehen und auseinanderdehnen* im Liegen (s. Fundamentals praktische Beispiele*)*, dessen Bewegung ich im *Spinalmuster* von Kopf und Steißbein aus initiierte. Mit fortschreitender Schwangerschaft spürte ich, dass sich mein Kreuzbein geweitet hatte und die Nerven schmerzten, wenn ich zu lange auf dem Rücken am Boden lag. Anstatt nun den Seestern am Boden liegend auszuführen, wählte ich diesen weiterhin vorwiegend im Vierfüßlerstand zu bewegen. Das heißt, dass meine Extremitäten gut verankert am Boden standen und mir so eine solide Unterstützung boten. Es schmerzte so weder der Rücken, noch hatte ich Angst umzufallen. Währenddessen konnte sich meine Wirbelsäule ganz frei beugen und strecken. Ich probierte verschiedene Bewegungsansätze aus: mal vom Zentrum, mal vom Kopf oder Steißbein, oder von beiden gleichzeitig. Dabei fragte ich mich: „Wie fühlt sich diese Bewegung heute an? Was ist heute anders? Was ist vielleicht gleich wie gestern?"

So führte ich diese Bewegung einmal z. B. mit sehr viel *Fluss* und *Leichtigkeit* (*träumerische Stimmung*) aus, den Fokus hauptsächlich auf die *Antriebe* gerichtet. Am darauf folgenden Tag, nach einer schlaflosen Nacht, ausgestattet mit wenig Energie und Antriebslosigkeit, half es mir eher, den Bewegungsablauf von der *Form* der Bewegung her anzugehen. Ich fokussierte meinen Kopf und mein Steißbein und konzentrierte mich darauf, wie sie sich einander annäherten in der Beugung und voneinander entfernten in der Streckung. Dabei wurde mir die Form meiner Wirbelsäule bewusst, was mir half, eine dynamische Ausführung von *Zurückziehen* und *Vorstreben* (*Körperreferenz*) herzustellen. Ich verschaffte mir also je nach Bedürfnis über einen anderen Aspekt der Bewegung von LBBS Zugang zu meiner Körperwahrnehmung.

Zur Unterstützung meiner Bewegungsabläufe trugen auch die Bartenieff Fundamentals Prinzipien der *Erdung*, der *Atemunterstützung*, der *inneren Unterstützung* und der *vertikalen Durchlässigkeit* entscheidend bei. Sie halfen mir, die verschiedenen, zuvor erwähnten Körperverbindungen differenzierter wahrzunehmen sowie meine Wirbelsäule geschmeidig und durchlässig zu machen. Der andauernde Versuch, das leicht nach vorne verschobene Gewichtszentrum wieder in die ganze *Kopf-Steißverbindung* zu integrieren, half mir bei zunehmendem Körpergewicht und Schwinden der Bauchmuskulatur, mein gesamtes Körpergewicht auf die ganze Länge der Wirbelsäule zu verteilen und nicht nur im Beckenbereich zu tragen. Das war eine ganz neue Erfahrung, die ich aus meiner ersten Schwangerschaft nicht kannte. Sie gab mir ein Gefühl von Kontrolle, Sicherheit und Stabilität. Ich wusste immer wieder, wo mein Zentrum war, was mir mehr und mehr die Angst vor eventuell auftretenden Rückenschmerzen nahm.

## Übergeordnetes Thema: Stabilität/Mobilität

Mit fortschreitendem Analysieren meiner Schwangerschaft wurde mir bewusst, dass sich letztlich alles um das Thema *Stabilität/Mobilität* drehte. Da waren zum einen die zuvor erwähnten körperlichen Veränderungen mit dem immer mehr wahrnehmbaren Wachstum des Babys in mir, das ich als sehr mobil empfand. Und zum anderen die Angst vor möglichen Schmerzen. Daher richtete sich von Anfang an meine Hauptaufmerksamkeit auf alles, was mir Kontrolle, Sicherheit und *Stabilität* gab (siehe vorherige Abschnitte, was mich unterstützt hat). Mit zunehmendem Umfang und Gewicht fühlte ich mich aber immer mehr in meiner Bewegungsfreiheit eingeschränkt, vor allem in meiner Wirbelsäule, die bis dahin die Hauptaufgabe hatte, als tragende, stabile Säule zu funktionieren. Die Frage drängte sich auf, wie unbeschwert und frei ich mich überhaupt noch bewegen konnte, mit riesigem Bauch und ca. 15 kg mehr Körpergewicht. So begann ich meine Aufmerksamkeit wieder vermehrt auf die Beweglichkeit und *Mobilität* meines Körpers zu richten. Dazu musste ich gar nicht so weit suchen. Meine Bewegungsabläufe (sei es im Alltag oder die viel geübten Referenzbewegungsabläufe des *Seesterns*) beinhalteten nämlich auch mobile Anteile, nur hatte ich mich bis dahin nicht darauf konzentriert.

Anhand der folgenden vier Beispiele möchte ich die Entwicklung zeigen, wie sich durch das Streben nach *Stabilität* und später wieder nach *Mobilität* meine körperlichen Aktivitäten im Alltag verändert haben. Die Beispiele Nr. 2 bis 4 handeln vom Spielen mit meinem Sohn. Dabei ist auch zu beachten, dass sich durch meine körperlichen Veränderungen auch unsere Beziehung zueinander verändert hat.

## 1. Beispiel: Alltägliche Situationen

In alltäglichen Situationen wirkte sich die Suche nach *Stabilität* so aus, dass ich mich körpergerechter bewegte. Um eben mal schnell etwas vom Boden aufzuheben, ging ich mit aufrecht gehaltenem Rücken in die Knie, um den *Ebenenwechsel* zu überwinden, und bückte mich nicht mehr, wie gewohnt für Tänzer, einfach vorne über mit gestreckten Beinen. Auch vermied ich es immer mehr, mich bei solchen Aktionen im Oberkörper noch zusätzlich zu verschrauben. Gerade wenn ich z. B. meinen ca. 16 kg schweren Sohn hochheben wollte, schaute ich immer darauf, dass dabei unsere Körperfronten zueinander gerichtet waren, um sein zusätzliches Gewicht optimal zu meinem Körperzentrum zu bringen und dort zu tragen. D. h. auch, dass ich immer mehr begann, mich in den *Flächen* zu bewegen statt dreidimensional.

## 2. Beispiel: Spielen mit meinem Sohn

Die fortschreitende Schwangerschaft (ca. 4. Schwangerschaftsmonat) hatte wiederum große Auswirkungen auf die ausgelassenen, tobenden Spielereien, die ich mit meinem Sohn zu machen pflegte. Einfach mal so herumhüpfen, sich spontan irgendwo fallen lassen, über den Boden kugeln, um sofort wieder aufzustehen, oder sein Körpergewicht aus irgendeiner Richtung auf mich zu rennend aufzufangen, solche Aktionen waren schon bald aus meinem Bewegungs- und unserem Spielrepertoire gestrichen. Sie waren einfach zu unkontrollierbar geworden und dies immer mehr mit meinem wachsendem Bauch. Zum einen hatte ich Angst um die Sicherheit des Babys. Zum anderen setzten diese Spiele voraus, dass ich jederzeit ganz schnell reagieren konnte und daher keine Zeit hatte, meine Bewegungen zu kontrollieren.

Das dazugehörige Antriebsleben, das bei den soeben beschriebenen Spielen hauptsächlich viel *leichten* oder *kraftvollen Gewichtsantrieb*, viel *plötzlichen Zeitantrieb* und *direkten Raumantrieb* beinhaltete, änderte sich natürlich auch. Ich verabschiedete mich zunehmend von den *Bewegungstrieben* und bevorzugte immer mehr die *Stimmungen*. Auch vermied ich dreidimensionale, verschraubte Bewegungen im Oberkörper. Unser daraus neu entwickeltes und bevorzugtes Spiel war Ponyreiten.

## 3. Beispiel: Ponyreiten

Beim Ponyreiten war ich das Pony, im Vierfüßlerstand am Boden stehend und krabbelnd, mein Sohn war der Reiter, sich haltend oben drauf sitzend. Dieses Spiel war optimal für mich. Erstens konnte ich mich über meine Hände und Knie im Boden verankern, meine *Kopf-Steißverbindung* stabilisieren (was ich von meinen Referenzbewegungsabläufen kannte) und, je nachdem, das Gewicht meines Reiters obendrauf ausbalancieren. Gleichzeitig war mein Baby geschützt getragen inmitten des Vierfüßlerstandes. Zweitens konnte ich zwar die Anweisungen meines Reiters hören, aber ebenso gut meinen eigenen Willen durchsetzen, wie es sich für eigenwillige Ponys gehört.

Ich war also die führende (aktive) „Person“ in dieser Beziehung und bestimmte letztlich, wie, wann und wohin es gehen sollte. Und dementsprechend war ich je nach eigenem Wohlbefinden an manchen Tagen ein energiegeladenes Pony, das sich auch einmal erlauben konnte einen *kraftvollen*, *direkten*, kurzen Spurt hinzulegen oder durch *plötzliches* kleines Hufescharren und *plötzliches*, *leichtes* Rückenzucken etwas unberechenbarer zu sein. Pausen holte sich dieses Pony, indem es sich einfach senkrecht aufrichtete und seinen Reiter den Rücken hinunterrutschen ließ. An anderen Tagen war ich dann eher der alte, *verzögernd* und *flexibel* schlendernde gutmütige Gaul, der viele Pausen brauchte, sich dazu auf den Boden legte, streicheln ließ und seinen Reiter immer wieder in die Küche schickte, um Zucker zu holen.

Generell reduzierte ich in meiner Ponyrolle den *Raum*, indem ich mich fast nur noch auf der gleichen Ebene aufhielt und mich fast nur noch in der *sagittalen Fläche* fortbewegte. Meine Aktionen wurden auf die *Veränderung der Unterstützung, Gesten*, kurze hauptsächlich *gerade Raumwege* in der Fortbewegung und immer mehr *Pausen* beschränkt. Meine gesamte Wirbelsäule bewegte ich fast nur noch in einer Einheit, d. h. fast ohne Rotation, und sie war mehrheitlich gerade ausgerichtet. All diese Veränderungen gaben mir zu diesem Zeitpunkt neue Sicherheit, Kontrolle und Stabilität.

Das energiegeladene Pony suchte sich ab und zu Freiheiten in der Mobilität, indem es gestenartiges Hufeschlagen mit *plötzlichem* und *kraftvollem Antrieb* ausführte, oder dazwischen ein *plötzliches*, kurz steigendes und sogleich wieder *sinkendes* Rückenzucken (Referenz Raum) anbrachte und somit auch einmal eine kleine bewusste Veränderung in der *Formungsqualität* des Rückens brachte.

So begann ich also nach anderen Möglichkeiten in den verschiedenen Aspekten der Bewegung von LBBS zu suchen (wie im soeben genannten Beispiel des Ponys), die mir die Stabilität gaben. Gleichzeitig tat ich dies auch in Bezug auf die Mobilität, was mir aber zu diesem Zeitpunkt immer noch nicht so bewusst war. Ich muss hier vielleicht noch hinzufügen, dass all diese bisher beschriebenen körperlichen Aktivitäten sich immer noch sehr mobil für mich anfühlten, da ich mich in meiner ersten Schwangerschaft zu diesem Zeitpunkt (ca. 5. Schwangerschaftsmonat) schon gar nicht mehr so bewegen konnte ohne Rückenschmerzen.

## 4. Beispiel: Eisenbahn

Da nach einiger Zeit natürlich auch das Ponyreiten zu anstrengend wurde (ca. 7.–8. Schwangerschaftsmonat) und ich mit noch mehr Körpergewicht keine Lust mehr hatte, überhaupt noch mehr Gewicht jeglicher Art zu tragen, musste in unserem Spielrepertoire wieder etwas geändert werden. Meine Rettung kam an Weihnachten mit Großmutters Geschenk: eine Eisenbahn mit vielen verschiedenen Holzschienenelementen, die wir beliebig zusammenbauen konnten.

So setzte ich mich dann meistens in die Mitte des Raumes auf den Boden und die Schienen wurden um mich herumgebaut. D. h., ich saß hauptsächlich am gleichen Platz und ließ die Bahn um mich herumkreisen, was meine *Kinesphäre* sehr verkleinerte. Manchmal musste ich eine *Veränderung der Unterstützung* auf meine Hände und Knie machen, um einen entgleisten Bahnwagen wieder auf die Schienen zu setzen. Größere Bewegungsaktionen gab es zu meiner Erleichterung keine mehr.

Die Beziehung zu meinem Sohn gestaltete sich fortan als Zusammenspielen mit fast keinem Körperkontakt mehr. Das holten wir beim Kuscheln auf dem Sofa wieder nach oder mein Sohn auf seinem neuen Pony namens Papa. Mein noch mehr beschränktes Antriebsleben holte ich mir über meine Stimme zurück. Ich war noch nie so erfinderisch mit verschiedenartigen Geräuschen, um damit irgendwelche Autos, Eisenbahnen oder Maschinen zu imitieren, wie in dieser Zeit.

Weil meine Wirbelsäule im Sitzen sicher vom Boden getragen wurde und die Eisenbahn dabei um mich herum fuhr, kam auch wieder mehr Rotation mit verschiedenen *Formungsqualitäten,* hauptsächlich *ausbreiten* und *schließen*, *vorstreben* und *zurückziehen* in meine *Kopf-Steißverbindung* und meinen Oberkörper (Rumpf) herein. Hier wurde mir immer mehr bewusst, wie reduziert und eingeschränkt ich meine Wirbelsäule, die ich zur tragenden Säule verdammt hatte, noch bewegte, was ja nicht nur beim Spielen so war. Auch sonst im Alltag und in den Referenzbewegungsabläufen entdeckte ich, dass mir die Rotation der Wirbelsäule sehr gut tat. Dies half mir in dem Sinne, dass ich wieder vermehrt die Durchlässigkeit und Flexibilität der Wirbelsäule spürte und ich darüber hinaus erstaunt war, wie ich mich noch ohne Schmerzen bewegen konnte. Im Gesamten fühlte ich mich viel lebendiger. Daraus entstand dann hauptsächlich die Neugier auf die noch mögliche Mobilität, die ich natürlich immer wieder mit der nötigen Vorsicht genoss.

## Schlussfolgerung/Zusammenfassung

So habe ich es letztlich geschafft, mich während der neun Monate schmerzfrei zu bewegen und diese Schwangerschaft als neue, eigenständige Situation zu erleben. Die LBBS haben mir dabei entscheidend geholfen. Durch die Analyse in den verschiedenen Kategorien ist es mir gelungen, meine körperlichen Veränderungen wahrzunehmen, diese ständig neu zu definieren, um sie in einen Zusammenhang mir bekannter körperlicher Eigenschaften und Erfahrungen zu bringen. Ich konnte meinen sich ständig verändernden Gewichtsschwerpunkt immer wieder finden, in meine *Kopf-Steißverbindung* integrieren und mich zentrieren, was mir Sicherheit und Stabilität gab.

Durch das Betrachten des übergeordneten Themas der *Stabilität/Mobilität* wurden mir meine Verhaltensweisen und die daraus resultierenden Bewegungsmuster bewusst. Ich habe meine Bedürfnisse besser verstanden und konnte sie akzeptieren, weil sie mir nun wirklich Sinn machten. Dadurch ist es mir gelungen (trotz ständiger Angst vor plötzlich auftretenden Schmerzen), gegen Ende der Schwangerschaft nach neuen Wegen in der *Mobilität* zu suchen, was mir wiederum mehr Lebendigkeit gab. Auch wurde mir wieder bewusst, dass *Stabilität* und *Mobilität* sich nicht trennen lassen. Obwohl ich mich vorwiegend mit der Stabilität auseinandergesetzt hatte, war der dazugehörige Anteil an Mobilität immer vorhanden und verhalf mir zunehmend zu mehr Durchlässigkeit und Flexibilität in meiner Bewegung.

# LBBS als Basis für das Ballett Exercice
## HEIKE KLAAS

Welch eine Offenbarung war es für mich, die Ballettübungen mit der Erfahrung der Laban/Bartenieff-Bewegungsstudien (LBBS) neu zu entdecken! Ich unterrichte seit mehr als 15 Jahren Ballett für Kinder, Studentinnen und Erwachsene. Seit meiner Ausbildung in LBBS habe ich das Gefühl, wirklich kompetent zu sein, um ein differenziertes und stimmiges Balletttraining anzubieten. Mir steht nun ein feines Instrument zur Verfügung, mit welchem ich genau sehen kann, wie sich eine Person bewegt. Diese Beobachtung kann ich der Person nun adäquat vermitteln, weil ich in der Lage bin, ihr bei jeder Ballettübung Möglichkeiten aufzuzeigen, wie sie ihr Bewegungsvermögen erweitern kann, weil sie präzise Hinweise bekommt.

Ich selbst entdecke stets neue Aspekte in dem von mir vermittelten Bewegungsmaterial; dadurch erschließt es sich mir und erhält einen neuen Sinn. Mich fasziniert, welche große Bedeutung die Bewegung des Fußes hat – von flach auf dem Boden aufliegend bis in die Streckung über den Fußballen gehend und auf dem umgekehrten Weg wieder zurück zum Boden kommend. Das geführte Abrollen des Fußes stärkt die Fußmuskeln und erzeugt Geschmeidigkeit. Diese Bewegung, welche wir täglich beim Gehen ausführen, wird in jeder Übung vom „Exercice“ öfter wiederholt und kulminiert in den Sprüngen. Diese Fußbewegung wurde im Ballett kunstvoll und spielerisch erweitert: und wie vielfältig! Betrachtet man die geschichtliche Entwicklung, scheint es eine solche Lust und Freude am Erfinden von möglichen Schritten, Sprüngen und Beinbewegungen gegeben zu haben! Das zu erkennen begeistert mich und öffnet mich dem Ballettkodex immer wieder neu.

### Prinzipien der Bartenieff Fundamentals im Ballettunterricht

Wenn ich die Prinzipien der Bartenieff Fundamentals in den Ballettübungen als Unterstützung nutze, habe ich ein gutes Gefühl, Ballett zu unterrichten. Das Ziel des Unterrichts liegt nicht mehr im Einstudieren von Bewegungsfolgen, die auf ein bestimmtes Erscheinungsbild getrimmt werden. Im Zentrum der Betrachtung und der Erläuterung stehen die Bewegungsformen jeder einzelnen Schülerin selbst, wie sie im Hinblick auf alle Bewegungskategorien beleuchtet werden können.

Es folgen nun einige Übungsbeispiele, bei welchen ich diese Prinzipien für meine Schülerinnen anwende. Wie in der Ballettsprache üblich, werden die französischen Bezeichnungen für die Übungsnamen verwendet. Eine nähere Beschreibung der jeweiligen Übung befindet sich am Ende meines Beitrags.

#### Ganzkörperverbundenheit

Eine starke triadische Körperverankerung innerhalb des Körpers (von den Füßen zum Kopf und vom Steiß zu den Händen) schafft eine gute Basis für die Integration des ganzen Körpers, also eine *dynamische Aufrichtung* während des „Exercice“. Eine *innere Beteiligung* durch eine Wachheit bis in alle Zellen ist eine gute Voraussetzung, um die erforderte Differenzierung in der jeweiligen Ballettübung ohne kompensatorische Bewegungen auszuführen. Dies gelingt, wenn in den verschiedenen, gleichzeitig ausgeführten Bewegungen die Verbindung zum ganzen Körper aufrecht erhalten wird, wie die folgende Übung verdeutlichen soll: Zum Beispiel geschieht bei den „tendus“ auf der Seite mit „port-de-bras“ über „couronne“ eine *akzentuierte Phrasierung* der Fußbewegung und gleichzeitig eine *gleichbleibende Phrasierung* der Armbewegung mit *graduel-*

*ler Rotation* vom kleinen Finger aus. Diese Gleichzeitigkeit zu erzeugen, erfordert ein gutes Zusammenspiel der verschiedenen Körperteile. Und das wird durch diese Wachheit unterstützt.

Im Ballett wird an der Virtuosität gearbeitet, das bedeutet, dass die Tänzerin, wie im eben erläuterten Beispiel, komplexe und differenzierte Bewegungen vollbringen muss. Damit es aber als eine Gesamtbewegung wahrgenommen wird, braucht sie eine gute *Verbundenheit im gesamten Körper*.

### Intention

Um exakte Bewegungen zu ermöglichen, ist eine Klarheit in den Raumrichtungen durch *räumliche Intention* ein wichtiger Aspekt. Bei einer „arabesque" haben meine Schülerinnen oft die Schwierigkeit, die Beziehung zu ihrem Bein aufrechtzuerhalten, wenn sie es hinten heben. Da der Raum hinter ihnen außerhalb ihres Blickfeldes liegt, geht ihnen das Gespür verloren, ob das Bein wirklich in der *sagittalen Fläche* gehoben wird und ob Bein und Fuß gestreckt sind. Sobald sie lernen, ihre Aufmerksamkeit in ihren Rückraum zu lenken und eine *räumliche Intention* nach hinten zu entwickeln, ist die Bewegung im *Raum* klar und meistens das Bein auch gestreckt! Bei den „frappés" ist eine klare *Antriebsintention* im *Aktionstrieb* (*direkt-plötzlich-kraftvoll*) günstig. Neben der *räumlichen Intention* fördert eine bewusste innere Absicht die Exaktheit der Bewegung im *Raum*.

### Phrasierung

Im „Exercice" an der Stange wird zu Beginn jeder Übung eine kleine Vorbereitungsphase, die „préparation", durchgeführt. Das „port-de-bras" ist auf einer Atemphrase aufgebaut: einatmen und dabei die Arme in die erste Position führen, ausatmen und dabei die Arme seitwärts öffnen (die eine Hand legt sich auf die Stange und hat somit ihren Platz gefunden). Diese Vorbereitungsphase bereitet mich mental auf die darauf folgende Übungsphrase vor.

Der bewusste Einsatz der *Phrasierung* im Unterricht ermöglicht eine interessante Gestaltung der Beinarbeit, wenn zum Beispiel verschiedene *Antriebe* genutzt werden. Bei einem „battement" schwingt die Tänzerin ihr Bein mit einem Kick in der *mobilen Stimmung* (*plötzlich-frei*) nach oben. Um das Bein auf dem Rückweg nicht fallen zu lassen, bindet die Tänzerin den Fluss und verzögert die Bewegung. Sie nutzt somit den Gegensatz in der *mobilen Stimmung* (*gebunden-verzögernd*), um das Abrollen des Fußes zu steuern und die Erholungsphase zu genießen. Bei der Wiederholung des „battement" entsteht ein dynamischer Rhythmus durch den Kontrast im *Antrieb*.

### Atemunterstützung

Die Unterstützung des Atems ist in jeder Übung wichtig, um die Bewegungsform mit Leben zu füllen. Besonders deutlich und bewusst wird dies bei den Armbewegungen während des „plié", bei den „rond-de-jambe à terre" und während des „adage". Die Bewegung fließt leichter und geht weiter in den *Raum*. Es findet ein Austausch zwischen der Tänzerin/dem Tänzer, dem *Raum* und den anderen Personen im Raum statt. Bei den „penchés" vor und den „cambrés" ist die *Atemunterstützung* ein wesentlicher Bestandteil der *Bewegungsinitiierung*.

Die Übungen erfordern einen hohen Grad an Koordination und Konzentration. Als Lehrende setze ich den Atem bewusst als Gestaltungselement in der Verausgabungs- und der Erholungsphase ein. Für die Schüler ist die Erkenntnis wichtig, dass nach einer Phase der körperlichen Anspannung und *Verausgabung* eine Phase der *Erholung* folgt. Erst wenn dies wahrgenommen wird, zeigt sich eine effektivere Ausführung der Übungen.

### Erdung

Entscheidend für eine sichere Ausführung der Übungen im „Exercice“ ist die Suche nach der größtmöglichen Kontaktfläche des Fußes mit dem Boden. Indem die Fußsohlen im wahrsten Sinne des Wortes „Wurzeln schlagen“ und der Boden als Partner wahrgenommen wird, erreicht der Körper Stabilität und Ruhe und ein Kippen des Fußes auf die Innenseite wird verhindert. Da während des „Exercice“ viel Spannung aufgebaut wird, um die Beine zu strecken, zu heben und die Haltung des Armes in verschiedenen Positionen zu erneuern, gilt es bei den „pliés“, die Spannung in den Boden abzugeben und sich neu zu *erden*. Die bewusste und integrierte Anwendung des Prinzips der *Erdung* gibt bei allen Balanceübungen eine große Sicherheit in der Fußbewegung, besonders beim Anheben des Fußes auf die halbe Spitze und seine Führung wieder zurück auf den Boden. Bei den Sprüngen ist darauf zu achten, dass die Fersen bei der Landung aufsetzen, dies geschieht ebenfalls über den Ballen. Indem die gesamte Fußfläche den Widerstand des Bodens nutzen kann, erhöht sich die Sprungkraft beim Abstoßen.

## Ganzkörperorganisationsmuster im Ballett Exercice

### Die Mitte-Peripherieverbindung

Diese Verbindung ist bei allen Übungen, in welchen ein Bein oder ein Arm sich zur Mitte des Körpers (z. B. bei einem „passé“) oder zur *Peripherie* bewegt (z. B. bei einem „développé“) von zentraler Bedeutung. Bei dem „développé“ auf der Seite besteht oft die Gefahr, dass eine Schülerin vor lauter Fokussierung auf das seitwärts geführte Bein das Becken wegkippt oder sie in ihrer *Kinesphäre* zusammenschrumpft. Die Übung gelingt erst sicher, wenn in der *Mitte-Peripherieverbindung* die Verbindung zu allen Gliedern über die Körpermitte aktiviert wird, sodass der gesamte Körper das „développé“ unterstützt. Und wir freuen uns beide an einem schönen „développé“!

### Die Kopf-Steißverbindung

In der Vorbereitung zum „plié“ ist es wichtig die *Kopf-Steißverbindung* zu aktivieren. Die Tänzerin bewegt sich in dieser Übung entlang der vertikalen Bewegungslinie. Ziel ist es, während der Übung in der *vertikalen Dimension* zu bleiben, ohne im Becken nach hinten oder nach vorne auszuweichen. Die *Kopf-Steißverbindung* unterstützt die Bewegung des Körpers ebenfalls in den *Flächen*: sei es in der *vertikalen Fläche*, um eine formvollendete Seitwärtsdehnung zu erreichen, oder in der *sagittalen Fläche*, in der während der „penchés“ und „cambrés“ ebenfalls eine Bogenlinie im Raum entsteht. Wenn die *Kopf-Steißverbindung* nicht aktiviert wurde, besteht die Gefahr, dass die Bogenlinie eine Unterbrechung erfährt. Bei den „cambrés“ zum Beispiel geschieht die Unterbrechung, wenn der Kopf vom Kinn vorgezogen und nach hinten gekippt wird, statt die Bogenlinie bis zum Scheitelpunkt und darüber hinaus zu spüren und zu aktivieren.

### Die Körperhälftenverbindung

In der *Körperhälftenverbindung* findet das Thema *Stabilität/Mobilität* im „Exercice“ an der Stange seinen besonderen Ausdruck. Die Körperhälfte, deren Hand an der Stange aufliegt, ist die stabile Seite. Mit der anderen Körperhälfte lässt sich nun höchst mögliche Mobilität erreichen. Bei den „ronds-de-jambe en l'air“ gibt die Standbeinseite Stabilität, sodass das andere Bein frei ist, um auf die Seite zu schwingen und die „ronds-de-jambe“ in der Luft auszuführen. In diesem Fall erreicht die Tänzerin Phasen von *freiem Fluss* und *Plötzlichkeit* (*mobile Stimmung*), ohne dabei die Balance zu verlieren.

### Die Diagonalverbindung

Selbstverständlich wäre Ballett ohne *Diagonalverbindungen* nicht denkbar. Die diagonale Verbindung verknüpft beide Körperhälften über die Mitte und darüber hinaus mit dem Raum, der ertanzt werden soll. In meinem Unterricht lasse ich das „Exercice" meist in der Mitte des Raumes ausführen und weniger an der Stange. Dadurch wird die *Diagonalverbindung* häufiger und bewusster aktiviert. Wenn das Bein von einem „tendu" hinten in die „arabesque" gehoben wird, geschieht es oft, dass die Tänzerinnen ihre *Diagonalverbindung* zu spät oder gar nicht aktivieren und mit ihrem Oberkörper gegen die Stange stoßen bzw. fallen. In der Mitte, ohne Stange, würden sie wirklich fallen. So aktivieren sie deshalb viel früher ihre Verbindung und haben auch noch das beglückende Erlebnis der Balance.

Bei komplexen Übungen spielen mehrere Verbindungen gleichzeitig eine wichtige Rolle. Bei einem „fouetté" an der Stange wird die *Körperhälftenverbindung* der Standbeinseite durch die *Raumspannung* in der *vertikalen Dimension* getragen: Dies bildet die Drehachse. Die mobile Seite wird von der *Mitte-Peripherieverbindung* unterstützt. Ließ sich bei der Schüler ein gutes Zusammenspiel von Armen und Beinen erkennen, wurden die beschriebenen Verbindungen aktiviert. Die Schwierigkeit für die Schüler besteht oft darin, wirklich Schwung zu holen mit der mobilen Seite, also in der Verbindung von der Mitte zur Peripherie *freien Fluss* zuzulassen. Konzentriert sie sich zu sehr auf die Bewegungsabfolge, bindet sie den Fluss und kann somit keinen Schwung holen. Erst in der zweiten Phase, wenn Bein und Arme schließen, braucht es die genannten Verbindungen mit *gebundenem Fluss*. Sobald sie sich auf die zwei Phasen einlässt und den Kopf dazu in der Achse dreht, ist es wie ein „Aha-Erlebnis": ein „fouetté" ohne Mühe!

## Fazit

Meine Aufgabe als Ballettlehrerin besteht darin, für jede Person eine Unterstützung zu finden, welche ihr weiterhilft, sich die Bewegungsform und Technik des Balletts zu erarbeiten. Die Bartenieff Fundamentals sind eine gute Basis, um den Bewegungskodex Ballett in das heutige allgemeine, bewegungsfördernde Wissen zu integrieren. Sie sind ein Schatz, aus welchem jeder Tänzer schöpfen kann, um Sicherheit in der Ausführung der Übungen zu entwickeln. Wenn dazu noch die Freude und innere Beteiligung in die Bewegung einfließen, erfährt die Bewegungsform den Prozess der Gestaltung und der Tanz gewinnt an Lebendigkeit.

**Kurzbeschreibung der genannten Ballettübungen in alphabetischer Reihenfolge:**

„Adage": Das „adage" oder „adagio" ist eine getragene Bewegung, bei welcher ein Bein in die Höhe gehoben wird, meistens über einem „développé". Dabei nutzen die Beine und die Arme die Peripherie der *Kinesphäre* und die *räumliche Intention* darüber hinaus.

„Arabesque": Ein Bein wird in der *sagittalen Dimension* hinten gestreckt, wenn möglich auf 90° oder höher.

„Cambré": Der Oberkörper beugt sich in der *sagittalen Fläche* in einem Bogen nach hinten.

„Développé": Von dem passé aus wird das Bein entweder vor-, seit- oder rück- geführt bis es auf circa 90° in einer der Richtungen gestreckt ist.

„Fouetté": Ein „fouetté" ist eine Drehung im „passé", bei welcher nach einer Drehung das Bein nach vorne gestreckt wird, das Standbein dabei ins „plié" geht und mit Schwung des Armes und des Spielbeines dieses über die *horizontale Fläche* auf die Seite wieder in „passé" geholt wird, um sich damit wieder um die eigene Achse zu drehen. Diese Bewegung wird öfter wiederholt.

„Frappé vor": Ein Fuß liegt vorne auswärts am anderen Fußgelenk und wird im *Aktionstrieb* mit *kraftvoll-plötzlich-direkt* nach vorne mit dem Ballen auf den Boden gestoßen und dann gestreckt.

„Passé": Ein Fuß löst sich vom Boden über den Ballen und gleitet mit der Spitze am Fußgelenk an der Innenseite des Unterschenkels hoch bis auf Kniehöhe.

„Penché vor": Der Oberkörper beugt sich aus dem Hüftgelenk in der *sagittalen Fläche* vor.

„Plié": Ein oder beide Beine beugen sich auswärts gerichtet über dem Fuß in der Auswärtsposition.

„Port-de-bras" über „couronne": Mit beiden Armen wird ein großer dreidimensionaler Kreis über vorne gezeichnet, bis um den Kopf ein Kreis in der *vertikalen Fläche* entsteht. Dieses ist die fünfte Position für die Arme und wird „couronne" genannt. Von dieser Position aus werden die Arme seitwärts geöffnet und die Hände treffen sich vor dem Schambein wieder.

„Rond-de-jambe à terre": Ein Fuß beschreibt gestreckt einen Halbkreis auf dem Boden.

„Rond-de-jambe en l'air": Ein Bein wird auf die Seite bis auf 90° oder 45° geschwungen. Dort führt der Unterschenkel eine elliptische Bewegung durch. Der Oberschenkel bleibt auf 90° bzw. auf 45° gehalten.

„Tendu" auf der Seite: Ein Fuß wird seitwärts über den Boden geführt bis erst die Ferse, dann der Ballen den Boden verlässt und der Bodenkontakt über die Zehenspitzen erhalten bleibt. In dieser Position ist der Fuß gestreckt. Er wird dann auf dem umgekehrten Weg wieder zurückgeführt.

# LBBS in der Ausbildung zum Bewegungspädagogen
**ELISITA SMAILUS**

In der dreijährigen berufsbegleitenden „Ausbildung in Bewegungspädagogik“ an der Schule für Bewegung, Zürich, erhielt ich das Angebot, „LBBS und Ausdruckstanz“ zu unterrichten. Es war mit 120 UE eines der umfangreichsten Nebenfächer der Ausbildung. Wichtig war daher die Betonung der Interdisziplinarität des Fächerangebotes bei gleichzeitiger Klärung der Besonderheiten in der Laban/Bartenieff-Bewegungsarbeit. Da es keine Vorgabe gab, wie der Unterricht zu strukturieren war, war die Vorgehensweise mir überlassen: Das Fach sollte generell durch vielfältige spielerische und tänzerische Bewegungsangebote und Improvisationen die Freude am eigenen Bewegungsausdruck wecken.

Zitat einer Schülerin (C. F. 2003):
„Das Fach ‚Laban‘ gefällt mir außerordentlich gut. Es war so was wie eine Liebe auf den ersten Blick und diese keimte am Eignungstag. Darf ich rumlaufen wie eine Vogelscheuche, ein Roboter oder ein stolzer Löwe, bin ich zufrieden. Ja, also wenn das Laban ist, dann von mir aus mehr davon. … Und es steigerte sich wie eine richtige Liebesbeziehung: Es wurde nämlich komplizierter. Es entstand ein für mich einzigartiger Balanceakt zwischen Intellekt und Gefühl. Konnte ich in die Bewegungen, *Antriebe*, Bilder eintauchen, die mir dieses Fach zur Verfügung stellt, war mein Denken ausgeschaltet. Ich tauchte ein und schwelgte. Aber dann diese Schriften, Zeichen, Oktaeder und so weiter! So intellektuell und doch irgendwie faszinierend. … Vor allem rückblickend finde ich dieses Fach ein absolutes Muss an einer Bewegungsschule.“

Die Unterteilung in die Hauptkategorien *Körper, Raum, Antrieb* und *Form* der LBBS bot sich für die Strukturierung des Unterrichtes und des zu erarbeitenden Lehrmaterials an. Dabei wurde der praktische Teil durch eine systematisch-theoretische Einführung in die *Raumharmonielehre*, die *Antriebs-* und *Formlehre* sowie die *Motivschrift* unterstützt. Die Kategorien waren von der Grobstruktur (über die gesamte Ausbildungszeit) bis hin zur Feinstruktur (Tagesablauf) sehr hilfreich und ermöglichten eine relativ problemlose Anknüpfung an zurückliegende Unterrichtseinheiten, selbst wenn mitunter sehr lange Zeitabstände dazwischen lagen.

## Interdisziplinarität und Besonderheiten der LBBS während der „Ausbildung in Bewegungspädagogik“

Da das Fach „LBBS und Ausdruckstanz“ in eine Basisausbildung im Bereich der Bewegungspädagogik eingebettet war, konnte während der zur Verfügung stehenden Zeit auf bestimmte Teilgebiete, vor allem im Bereich der funktionellen Anatomie, weitestgehend im Unterricht verzichtet werden, da diese in aller Ausführlichkeit auf dem Lehrplan der Schule steht. Dadurch wurde es möglich, auf die Besonderheiten der „erlebten Anatomie“ in der Laban/Bartenieff-Bewegungsarbeit einzugehen.

Zudem existieren Fächer, wie z. B. die Bewegungslehre, die verwandtes Material behandelt (s. Punkt 3), es aber in andere Zusammenhänge stellt. Hier war ebenfalls die Aufgabe, das Spezifische an den LBBS herauszuarbeiten und sie gleichzeitig im Gesamtzusammenhang der Bewegungsarbeit darzustellen, zu erläutern und erfahrbar zu machen.

Nachfolgend soll der strukturelle Unterrichtsaufbau erörtert werden, der in etwa dem Curriculum der Fortbildung Basic in den LBBS entsprechen würde:

- generelles Curriculum während der drei Schuljahre

- Curriculum (in wachsender Komplexität) der Unterrichtstage
- Curriculum der Unterrichtseinheiten

## 1. Generelles Curriculum während der drei Schuljahre

Im ersten Ausbildungsjahr erfolgte die Einführung in die Grundbewegungsthemen. Dazu gehören Improvisationen zum *Körper-, Raum- und Form*bewusstsein sowie zu inneren Bewegungsimpulsen (*Antrieb*). In der Kategorie *Raum* wird die *Kinesphäre*, der persönliche Umraum, kennengelernt und von den allgemeinen räumlichen Kategorien der *Raumebenen* und *Raumwege* differenziert und erneut in Beziehung gesetzt. *Raumdimensionen, -diametralen* und *-diagonalen* werden vorgestellt und bewegt. In der Kategorie *Antrieb* wird in die für die Bewegungsdynamik wichtigen vier *Antriebsfaktoren* mit ihren je bipolaren *Antriebselementen* eingeführt. In der Kategorie *Körper* werden in einer ersten Phase der Körper in seinen Bewegungszonen und die verschiedenen Arten von *Körperaktionen* eingeführt. In einer zweiten Phase werden die Absolventen mit dem Prinzip der *Atemunterstützung* in den sechs Basisübungen der Bartenieff Fundamentals vertraut gemacht. In der Kategorie *Form* nimmt die Erkundung der *stillen Formen* den größten Platz ein. Hier wird auch sehr rudimentär die Idee der *Beziehung*saufnahme zur Umwelt gestreift. Das bedeutet auch das Erarbeiten eines spezifischen Bewegungsvokabulars oder Basisinstrumentariums der LBBS.

Im 2. Ausbildungsjahr wurde der Bewegungspräsenz und dem Ausdruck mehr Gewicht verliehen. Im Bereich *Körper* wird an einem erweiterten Körperbewusstsein durch die sechs *entwicklungsmotorischen Muster* gearbeitet. Im *Antrieb* lernen die Absolventen die acht Kombinationen der *Antriebsaktionen* kennen und im *Raum* werden sie mit den *Raumskalen* in den verschiedenen platonischen Körpern (*Oktaeder, Würfel* und *Ikosaeder*) vertraut gemacht. In der *Formlehre* wird in die *Art der Formveränderungen* sowie in das Konzept der *Formungsqualitäten* eingeführt.

Im 3. Ausbildungsjahr wurde die darstellerische und expressive Bewegungsgestaltung gefördert. Auf der *Antrieb*sebene wird die Bewegungsdynamik durch *Stimmungen* ergänzt. Was die *Raumharmonielehre* anbelangt, so soll der kreative Umgang mit den *Raumskalen* den individuellen Prozess der Bewegungsgestaltung und die Klarheit des tänzerischen Ausdrucks fördern. Kleinere Gruppenchoreografien und individuelle, solistische Bewegungskombinationen werden im Hinblick auf den Abschlussabend erarbeitet.

## 2. Curriculum (in wachsender Komplexität) der Unterrichtstage

Pro Unterrichtstag (insgesamt sechs pro Jahr) standen vier 1½-stündige Unterrichtseinheiten zur Verfügung. Daher bot sich die Unterteilung des Lehrmaterials nach den LBBS-Kategorien *Körper, Raum, Antrieb und Form* (s. Einleitung) an. Die Zusammenstellung differierte je nach Gruppenstimmung und Tagesform. Häufig hat es sich jedoch bewährt, mit dem *Körper* zu beginnen, den *Raum* vor der Mittagspause anzuschließen, mit dem *Antrieb* nach der Mittagspause fortzufahren und den Unterrichtstag mit der *Form* ausklingen zu lassen.

Ein geflügeltes Wort wurde hierbei, die Bewegung jeweils durch eine „andere Brille“ zu betrachten, d. h. einen Bewegungsaspekt zu fokussieren, während die anderen, obschon in allen komplexeren Bewegungen vorhanden, in den Hintergrund rücken. Hier traten oftmals die ersten Probleme auf, wenn es darum ging, sich in der eigenen Bewegungsmöglichkeit zu beschränken. Die analytische Herangehensweise traf nicht immer auf das Wohlgefallen der Studenten. Beim improvisatorischen, spielerisch-tänzerischen Umgang jedoch wurde häufig genug deutlich, wie viel kreatives Potenzial in der Einschränkung liegen kann, welchen Reichtum die Auseinandersetzung mit einer einfachen, klar vorgegebenen Struktur enthält und zu welch individueller Ausdruckskraft das führen kann.

Daraus folgten kleine Improvisationsstudien mit der Beschränkung auf solistische Körperaktionen, die später ad hoc in Duetten, Kleingruppen oder der halbierten Gruppe vorgeführt wurden. Eventuell späteres Hinzufügen von *Raumwegen* und/oder *Raumebenen* faszinierten die noch unerfahrenen Absolventen mit der „Kunst, den Augenblick zu tanzen". Kreistänze, wie z. B. der „Tango Dimensionale", bei dem die Gruppe sich auf eine vorgegebene Bewegungsabfolge in den *Raumdimensionen* einlassen muss, waren erprobte und bewährte Beispiele in der „Kunst der Beschränkung".

Partnerarbeiten, in denen der tanzsozialtherapeutische Anteil an konfrontativem, hierarchischem oder gleichberechtigtem Bewegungspotenzial der zweidimensionalen *Raumflächen* erfahren und bewusst gemacht wird, gehörten zum Standardprogramm. Lustvoll unterlegt zu Tangoklängen boten sie eine neue Variante des Tangos, in dem die *Beziehung*sthemen von Folgen/Führen (s. *Art der Beziehung*), Nähe/Distanz (s. *Veränderung des Abstandes in Beziehungen*) und sinnlich-tänzerischem Miteinander einfließen konnten.

Das Kennenlernen der einzelnen Aspekte der *Antriebslehre* Labans wurde allgemein die „Märchenstunde" genannt. Bildhaft belebte Bewegungsdynamik aus dem Alltagsleben, aber auch aus Märchenmaterial, animierte schon fast zu einem Ansatz von „Tanztheater". Nähere Beispiele finden sich unter Punkt 3.

Im späteren Verlauf des Unterrichtes wurden die einzelnen Kategorien immer öfter in wechselseitige Zusammenhänge gebracht, sodass die analytischen Grenzen der einzelnen Aspekte dieser Bewegungslehre immer mehr verschwanden. So bot sich den Absolventen im Verlauf der drei Jahre die Möglichkeit, von groben Bewegungskonzepten ausgehend, die Bewegung analytisch in ihre Einzelbestandteile zu zerlegen, Bewegung differenzierter zu erleben und zu erkennen, um sie zum Abschluss der Ausbildung wieder als vollständig integrierte Bestandteile in einer größeren Bewegungskomplexität gestaltend zu erfahren.

## 3. Curriculum der Unterrichtseinheiten

### Körper

Vom ersten Schuljahr an steht die Körper- und Selbstwahrnehmung (inklusive der experimentellen Anatomie) im Vordergrund, wobei von Anbeginn an kleinere Improvisationsaufgaben auf der Basis dieser einfachen Strukturelemente gegeben werden. Zur Einstimmung in den Tag ist diese Kategorie besonders gut geeignet. Sie hilft beim sogenannten „Ankommen". In den ersten Unterrichtseinheiten wird in grundlegende Körpererfahrungen eingeführt und differenziert, sodass die Auszubildenden ihre *Körperteile, Körperaktionen*, ganzkörperliche und gestische Bewegungen bewusst erfahren und erleben.

Die sechs Basisübungen der Bartenieff Fundamentals (s. Einleitung) dienen insbesondere der häufig im Alltag vernachlässigten Wahrnehmung des Atems und seiner effektiv unterstützend eingesetzten Wirkung auf einen der grundlegendsten Haltungsmuskeln, den Großen Lendenmuskel (M. iliopsoas), der Oberkörper und Unterkörper verbindet.

Im zweiten Jahr erfährt dieses Körperwissen eine Intensivierung durch die sechs *entwicklungsmotorischen Muster*, wobei hier ebenfalls grundlegend für die Arbeit eine bewusste Atmung ist. Da im Fach „Bewegungslehre" die sensomotorische Entwicklung vom Säugling bis zum Schulkind durchgenommen wird und sich diese Fächer somit ergänzen, kommt es auch zur erwähnten Interdisziplinarität.

Im dritten Jahr werden diese Körpererfahrungen zunehmend in sowohl vorgegebene als auch eigenständig erarbeitete längere Bewegungskombinationen und tänzerische Bewegungsgestaltungen einfließen. Nun kommt es vermehrt zum interdisziplinären Effekt beim analytischen Erkennen von erarbeiteten Bewegungsabfolgen aus dem Fach „Zeitgenössischer Tanz", das im Hinblick auf Bewegungsauslösung bzw. eingesetzte Körperverbindungen untersucht werden kann. So wird die *Kopf-Steißverbindung* beim Abrollen aus dem Stand (und beim wieder Aufrichten) aktiviert, *Oberkörper-Unterkörperverbindungen* greifen bei der sagittalen Schwungarbeit und es finden sich sehr viele Drehungen, die mit der *Körperhälfte* initiiert werden. Für alle komplexeren Spiralbewegungen wird die *Diagonalverbindung* aktiviert.

## Raum

Nach der spielerischen Einführung in generelle Raumthemen, wobei das Konzept der *Kinesphäre* mit dem Erleben des individuellen Menschseins im Zentrum eines geschützten eigenen Bewegungsraumes eine wesentliche Rolle in der Laban-Arbeit spielt, findet hier eine sukzessive Einführung in die wachsende Dreidimensionalität und Komplexität der *Raumharmonielehre* statt. Der Unterricht erfährt dabei Unterstützung durch das Anfertigen von insgesamt 27 Kärtchen mit den Symbolen für *alle Raumrichtungen,* die im Laufe der drei Jahre auch kreativ eingesetzt werden, z. B. um persönliche *Skalen* zu puzzeln und in Bewegung umzusetzen. Die Erfahrung von Bewegung in verschiedenen *platonischen Körpern* erfordert räumliches Denken und ist richtungsweisend in ihrer klaren, strukturellen Aussage und Konsequenz für die räumliche Orientierung. Der räumliche Zug ist vorstellbar als eine unsichtbare Kraftlinie von potenzieller Energie, die durch Bewegung sichtbar gemacht wird und in die sechs Kardinalrichtungen (*hoch/tief, rechts/links, vor/zurück*) geht. Dabei wird die Plastizität der Dreidimensionalität des eigenen Körpers durch die Erfahrung von räumlicher *Gegenspannung* spielerisch-tänzerisch mit dem *Raum* in Verbindung gebracht.

Die Arbeit an und mit den *Raumskalen* führt zu einem erweiterten räumlichen Begreifen und fördert die Fähigkeit zur Kreation und Komposition von Choreografien. So hat z. B. eine Klasse nach nur einem Jahr Unterricht hervorragende *Oktaeder*-Studien in Kleingruppen (vier bis fünf Personen) umgesetzt. Die einzig festgelegte Struktur war die vorgegebene Reihenfolge der sechs *dimensionalen Raumrichtungen* im *Oktaeder*. Die Gruppenmitglieder hatten freie Wahl in der Ausführung bezüglich der im Laufe des Schuljahres angesprochenen LBBS-Prinzipien, sei es solistisch, am Platz, mit Raumwegen und/oder in unterschiedlicher Raumausrichtung sowie mit gestischen oder ganzkörperlichen *Körperaktionen* verbunden.

Räumlich wird im Laufe der drei Jahre an dem Verständnis der Entwicklung einer immer komplexeren, harmonisch-logischen Struktur gearbeitet. Es wird dabei klar, dass wir den *Raum* sichtbar machen, ob wir wollen oder nicht. Je bewusster dieses geschieht, d. h. je mehr motivierte *räumliche Intention* unserer Bewegung unterliegt, desto klarer erscheinen wir im *Raum*. Mit einzelnen räumlichen Elementen (auch anhand der Symbolkarten) improvisatorisch zu arbeiten oder Bewegungsabfolgen auf ihre Räumlichkeit hin zu untersuchen, bildet den roten Faden in dieser Kategorie. Am schwierigsten dabei ist es, die Balance zwischen dem „verkopften" und bewegten Verstehen des Raumes zu finden.

## Antrieb

Dieser Teil des Unterrichts wurde oft „Märchenstunde" genannt, da zur Unterstützung der Theorie der *Antriebslehre* sehr bildhaft gearbeitet wurde. Diese Kategorie bietet sich an, um die Gruppe nach der Mittagspause wieder zu wecken und der Verdauungsschwere entgegenzuwirken.

Zum Kennenlernen einer Gruppe erprobt und bewährt hat sich eine Annäherung der vier astrologischen Elemente (Erde, Wasser, Luft, Feuer) an die vier *Antriebsfaktoren (Gewicht, Fluss, Raum, Zeit*). Das eröffnet der Gruppe, aber auch der Lehrkraft, eine spielerisch interessante Möglichkeit, sich der energetischen Zusammensetzung der Gruppe anzunähern und auf eventuell vorhandene Bewegungsvorlieben der einzelnen Schüler im dynamischen Bereich aufmerksam zu machen.

Der *Antrieb* mit seinen acht komplementären bipolaren Elementen wird durch das Hinzuziehen „märchenhafter" Figuren und Charaktere veranschaulicht und in seiner Ausprägung kennengelernt. So kann für die *Leichtigkeit* und Zartheit z. B. die Figur der „Prinzessin auf der Erbse" stehen. Ihre Gegenspielerin wäre beispielsweise die *kraftvolle* „Riesin Olga aus Golgatha". Für die *direkte* Bewegung mit zielgerichtetem Fokus tritt ein „Roboter" oder ein „Ritter" mit Rüstung in Erscheinung. Im Kontrast dazu bewegt sich der Schlangenmensch „Gummitwist" oder eine andere akrobatische Zirkusfigur, deren Bewegungen Indirektheit und *flexibel* Raumaufmerksamkeit ausdrücken können. Für die *Plötzlichkeit* springt und hüpft die Vogelscheuche „Schreck" und als Gegenpol bewegt sich eher behäbig und zögerlich der für die *Verzögerung* eingesetzte „Schildkrötenmensch" oder „Glöckner von Notre Dame". Die Qualität der einzelnen *Antriebsfaktoren* kann mit Fantasiefiguren zu bewegten Charakterstudien ausgebaut werden, wobei sich die Pole begegnen und miteinander in einen tänzerischen Dialog gehen können.

Dem *Antriebsfaktor Fluss* ist ein spezielles Unterrichtskapitel gewidmet, bei dem sich die Teilnehmer der Ausbildung in imaginären Flüssigkeiten bewegen: vom leichtflüssigen, goldgelbsüßen Ahornsirup durch den etwas dickflüssigeren hell- bis dunkelbraunen nach Blüten oder Tannen duftenden Bienenhonig bis zur zäh fließenden schwarzen süßherb schmeckenden Zuckerrohrmelasse. Das Einbeziehen von Bildern, Farben, Vorstellungen von Düften und taktilen Sinnesempfindungen veranschaulicht assoziativ die unterschiedlichen Bewegungsqualitäten, vom *freien Fliessen* zum eher *gebundenen Fluss*. Der Fantasie der Lehrkraft sowie der fantasievollen Umsetzung in Bewegung durch die Kursteilnehmer sind hier keine Grenzen gesetzt.

## Form

Eine der ersten eindrücklichen Erfahrungen in dieser Kategorie ist die Verteilung spezifisch ausgesuchter Formen und Gegenstände, die die Teilnehmer mit geschlossenen Augen erkunden und später in eine Körperhaltung und sich daraus ergebender kurzer Bewegungsfolge in die Gruppe bringen. Die Essenz, dass jede Form eine ihr immanente Ausdruckskraft besitzt, wird mit persönlichen Haltungen in Beziehungen gesetzt. Die Aussage, dass die *Art der Formveränderung* auch die innere Einstellung, wie wir Beziehungen aufnehmen und leben, widerspiegelt, wird in dieser Kategorie immer wieder neu erlebt, erfahren und überprüft. Formen heißt immer auch, „sich in Beziehung zu setzen", die vielfältigen Möglichkeiten unserer inneren Haltung in verschiedensten Beziehungsgefügen kennenzulernen, auszuloten und zu erweitern.

Hier hat das Prozesshafte und Ritualisierte seinen Platz. Auf der Bewegungsebene haben meditative Bewegungen und/oder Tänze Vorrang. Es ist immer wieder ein Erlebnis, sich im *Formfluss* nähren zu können und vertrauensvoll das „Da-Sein" zu spüren. Es folgt die Entdeckung des dreidimensionalen Körperinnenraums, der sich in den äußeren Raum erstreckt und die Beziehungsaufnahme zur Umwelt ermöglicht. Das Erleben der Plastizität und aktiven Gestaltung des Umfeldes ist der letzte wichtige Schritt in der *Art der Formveränderung*.

Wenn, gerade zu Beginn der Ausbildung, die verschiedenen Kategorien sich vermischen, wenn die Grenzen zwischen den Bereichen noch unklar sind, hilft die Zuversicht, dass gegen Ende der Ausbildungszeit ein aktiv gewolltes Vermischen der Kategorien, aber mit einer größeren Bewusstheit als zuvor, stattfinden wird.

## Feedback

Um sicher zu gehen, dass diese Art der Strukturierung des Unterrichts nach den LBBS-Kategorien auch den Bedürfnissen der Auszubildenden gerecht wird, habe ich jeweils nach Beendigung des zweiten Schuljahres einen Fragebogen zur konstruktiven Rückmeldung eingesetzt, der die Klarheit der Kategorien, der Unterrichtsstruktur und des Unterrichtsmaterials sowie die Integration in Ausbildung und Alltag untersuchen sollte. Gleichzeitig diente mir dies als Basis für eventuell anstehende Klärung und weitere Erarbeitung des Materials.

Hervorgehoben wurde die einfühlsame Systematik der Lehre, die als etwas Grundsätzliches, d. h. fundamental für das Bewegungslernen und -denken erfahren wurde. Erstaunt hat teilweise, wie trotz der streng strukturierten Arbeit die eigene Bewegungskompetenz letztlich viel freier und sicherer werden konnte.

Die Arbeit mit der Kategorie *Raum* wurde als bereichernd und klärend für die generelle Orientierung erlebt. Je nach individuellen Vorlieben wurden bestimmte Kategorien auch als sehr anspruchsvoll und teilweise anstrengend erlebt. In der Arbeit mit dem *Antrieb* konnte die leichte und spielerische Verbindung scheinbarer Gegensätze sowie der ihnen innewohnenden Ergänzung (Komplementarität und Kontrast) erfasst werden. Gleichzeitig wurde die Lust an der Improvisation gefördert und die Angst davor genommen. Impulse und Anregungen für die eigene Arbeit konnten erkannt und übernommen werden.

Ein guter Spannungsbogen innerhalb der Stunden und der Unterrichtstage wurde festgestellt. Er ist zurückzuführen auf eine bewusst eingesetzte Balance zwischen *Verausgabung und Erholung*, die auch durch die Abfolge der Kategorien (vormittags: *Körper* und *Raum*; nachmittags: *Antrieb* und *Form*) unterstützt wurde. Es ist ebenfalls wichtig, innerhalb einer Unterrichtseinheit, was in diesem Fall eine Kategorie ist, das übergeordnete Thema von *Verausgabung* und *Erholung* wirksam einzusetzen, um einer Erschöpfung vorzubeugen.

Der Unterricht wurde als abwechslungsreich und praxisnah empfunden. Das unerschöpfliche Repertoire an lustigen, spannenden Ideen wusste zu begeistern und hat dabei geholfen, eine persönliche Weiterentwicklung zu fördern.

Zitat von Schülerin (K. L. 2003):
„Es war Labans Idee ‚Jeder Mensch ist ein Tänzer', die gleich meine Neugier für dein Fach geweckt hat. Da ich so ganz und gar nicht aus dem Bewegungsbereich Tanz in diese Ausbildung eingestiegen bin, hatte ich unheimlichen Respekt vor allen Tanzfächern. … Dass das Tanzen aber eine Form von Bewegung ist, die in jedem Menschen einen eigenen, persönlichen Ausdruck findet, dass jede Bewegung Tanz ist, das habe ich in deinem Fach erlebt. Somit hat für mich tanzen eine ganz andere Bedeutung bekommen: Ich mache mich durch meine eigenen Bewegungsmuster ‚hörbar' und es ist nicht mein Ziel, vorgefertigte Bewegungsabläufe möglichst ohne Fehler zu kopieren. … Langsam verschmilzt dieses lockere Gefüge an Lektionen, Theorien und Stilrichtungen zu einem Ganzen, wobei jeder Teil des Ganzen seine Wichtigkeit hat."

# Motorisch gestützter Lernförderunterricht auf der Grundlage der LBBS

**BETTINA ROLLWAGEN**

Manche Kinder lernen in der Schule nicht so schnell, wie es für ihr Alter erwartet wird. Sie geraten in eine Spirale von Versagensgefühlen und zunehmender Verminderung der Lernleistung. Dyskalkulie, Legasthenie, Rechtschreibschwäche und AD(H)S sind die Begriffe, mit denen man diese verminderte Leistung klassifiziert. Dahinter verbergen sich meist leichte bis mittlere Wahrnehmungsstörungen. Das ist in zunehmendem Maße der Preis, den wir in unserer heutigen gesellschaftlichen Entwicklung und den damit verbundenen Stresssymptomen, wie übermäßiger Fernseh-/Computerkonsum, ungesunde Ernährung, ständige Geräuschkulissen, Bewegungsmangel[369] bezahlen.[370] Wahrnehmungsdefizite bestehen bezogen auf äußere Objekte, die man mit der Haut, den Augen und Ohren wahrnehmen kann. Sie lassen sich auch bezogen auf innere Wahrnehmung, wie Gleichgewicht, Körperspannung und die eigenen Emotionen feststellen.

Die allgemeinen Krankheitsbegriffe Dyskalkulie, Legasthenie, auch das in Fachkreisen umstrittene AD(H)S, sind für Kinder mit solchen Teilleistungsstörungen hilfreich, wenn es um einen gesetzlich verankerten Nachteilsausgleich gegenüber den anderen Kindern in der Schule geht. Aber sie können nicht die individuell verschiedenen inneren und äußeren Ursachen in ihrer gegenseitigen Abhängigkeit erfassen, wie sie mir bei den vielen Kindern in meiner Berufspraxis begegnet sind.

Hier sind die Laban/Bartenieff-Bewegungsstudien (LBBS) mit ihren detaillierten Bewegungsbeobachtungskategorien wesentlich nützlicher. Ich kann individuell an dem direkt beobachtbaren Phänomen ansetzen. Auch in meinen Eltern- und Lehrergesprächen fand ich die alltagsnahen Begrifflichkeiten der LBBS hilfreich, weil die Beschreibung der Kinder vom Gegenüber nachvollziehbar und im Weiteren auch beobachtbar war.

Wenn es die Gelegenheit gab, Eltern, Erzieher und Lehrer über die Zusammenhänge der Bewegungs-, Sinnes- und Gehirnentwicklung zu unterrichten, konnten wir schon mit einfachen Mitteln die Kinder unterstützen, Wahrnehmungsschwächen zu beheben, angestaute Ängste abzubauen und die Lernlust wieder zu steigern. Damit bewahrten wir kooperativ die Kinder vor einer Abwärtsspirale und den damit verbundenen Beschämungen.

Warum die bewegungspädagogische/-therapeutische Arbeit mit den LBBS sowohl sensomotorische Fähigkeiten, als auch kognitive und emotionale bzw. soziale Kompetenzen in einem fördern kann, möchte ich an dieser Stelle neurobiologisch begründen und mit drei Fallbeispielen aus der Praxis illustrieren.

## Lernstörung

Lernstörungen sind auf mangelnde neurophysiologische Zusammenarbeit verschiedener Bereiche des Gehirns zurückzuführen und sie sind im Gegensatz zu unfall- oder krankheitsbedingten Lernbehinderungen vollständig reversibel. Die LBBS liefern neben den Verhaltensbeschreibungen ein zusätzliches Instrumentarium, die Störungen und auch die Folgen auf der emotionalen Ebene anhand von Bewegungsbeobachtungen der Körpersprache genauer spezifizieren zu können. Die Bartenieff Fundamentals bieten auf der Grundlage der natürlichen Bewegungsentwicklungsmuster eine gezielte motorische Unterstützung im Förderunterricht.

Während meiner langjährigen Beobachtung in der Arbeit mit Kindern an einer Schule für emotionale und soziale Förderung, konnte ich Korrelationen zwischen Bewegungs- und Lern-/Verhaltensstörungen finden. Wenn man auf die Fülle der verschiedenen, individuell ausgeprägten Lernstörungen schaut, lassen sich drei Arten, die in Mischformen auftreten, unterscheiden. Jede dieser drei geht mit je spezifisch beobachtbaren Trennungen sowohl in der Gesamtkörperorganisation als auch in der Gehirnaktivität einher:

1. Zentrum-distal-Trennung und/oder Oben-unten-Trennung, entspricht einer emotionalen Störung
2. Vorne-hinten-Trennung entspricht einer Angststörung
3. Rechts-links-Trennung entspricht einer Hör-/Sehverarbeitungsstörung

Diese räumliche Unterscheidung hat eine beobachtbare Entsprechung auf der Bewegungsebene und spiegelt eine mangelnde Vernetzung der funktionalen Teile mit der entsprechenden räumlichen Anordnung im Gehirn wider.[371] Was so vereinfacht klingt, erfuhr durch die modernen neurobiologischen bildgebenden Verfahren eine Bestätigung.[372]

Trennung ist hier definiert:

- auf der Körperebene als Unverbundenheit, als mangelnde Koordination in den anatomisch angelegten Muskelketten in der Gesamtkörperorganisation;
- neurophysiologisch als unzureichende Verbindung zwischen Gehirnteilen, sodass bestimmte Informationen nicht übertragen werden können. (Fehlende neuronale Vernetzung auch durch unzureichende Produktion bestimmter Neurotransmitter, Hormone möglich).

Die Produktion von Hormonen und Transmitter ist, ebenso wie die anatomisch neuronale Vernetzung, wie man heute weiß, eine von der geistigen und motorischen Bewegung und der emotionalen Verfassung abhängige und keine statische Größe.

Zentrum-distal-, Oben-unten- und Vorne-hinten-Trennungen äußern sich im Graubereich zwischen Lernstörung und Verhaltensauffälligkeit im Sinne von nicht integrierten/nicht wahrgenommenen Emotionen, die das Lernen verhindern, in mangelnder kognitiver Regulierung der Emotionen oder in unbewussten Flucht- und Kampfreaktionen. Als Entsprechungen in der Bewegung sind Trennungen des Ober-Unterkörpers zu beobachten beziehungsweise eine unausgewogene Nutzung des Raumes vor und hinter der Person.

Rechts-links-Trennungen zeigen sich eher als mangelnde Integrationsleistung von Hören, Sehen, Analysieren und etwas als Ganzes erfassen. Sie sind stark bei Lese- und Rechenproblemen vorzufinden und haben etwas mit der mangelnden Kommunikation zwischen der rechten und linken Großhirnhälfte zu tun. Sie spiegeln sich auf der Bewegungsebene in einer unsicheren Koordination, die Körperseiten und Diagonalen betreffend, und in Richtungsverdrehungen wider.

## Bewegung schafft Verbindung

Eine gute Botschaft der modernen neurobiologischen Forschung: Das Gehirn ist plastizid, das heißt bis zum Tode immer noch neu vernetzbar, wenn es mit geeigneten Mitteln angestrebt wird. Die Gehirnleistung ergibt sich nicht aus der Vorgabe der Einzelteile, sondern aus der aktiven Vernetzung, die nichts anderes ist als das ständig stattfindende geistige und körperliche Lernen des Kindes.[373] Maßgeblich gefördert wird dies durch die ontogenetisch angelegten sechs *entwicklungsmotorischen Muster*, die mit der neurophysiologischen Bahnung der Sinnesausbildung einhergehen. In jeder Phase werden die *Muster* durch die dazugehörigen Reflexe vorbereitet und es myolisieren sich die entsprechenden Nervenverbindungen im Körper und Gehirn.[374] Dabei entwickelt das Kind auch die verschiedenen Stufen der Selbst- und Objektwahrnehmung, die für das spätere Gelingen des kognitiven Lernens und der emotionalen und sozialen Kompetenz eine wesentliche Rolle spielen.

## LBBS im Kontext von Lernstörungen

Die Bewegungsbeobachtung macht es möglich, die individuelle Bewegungsorganisation des Körpers im *Raum* und bei den *Antriebsfaktoren* und die *Art seiner Formveränderung* sehr detailliert wahrzunehmen und bietet so Interventionsmöglichkeiten auf der Bewegungsebene. Drei Beobachtungskriterien aus diesen komplexen Bewegungsstudien habe ich für meine Arbeit im Problemfeld der Lernstörung herausgegriffen.

### 1. Körperverbundenheit und Ganzkörpermuster

Bartenieff beobachtet die Bewegung nach der *Körperverbundenheit*, deren Basis letztlich gut funktionierende Muskelketten durch den Körper sind. Die Verbindungen entstehen in der kindlichen Bewegungsentwicklung der ersten zwei Jahre. Es kann sein, dass ein Kind während einer Entwicklungsphase ein *Muster* nicht vollständig ausgeprägt hat. Die entwickelten Koordinationen können aber auch durch spätere Faktoren oder emotionale Einflüsse wieder verloren gehen. In beiden Fällen lassen sich dann die Bewegungsabläufe als eine unverbundene Bewegung beobachten.

Aus der Sicht der kindlichen Bewegungsentwicklung trägt die Schulung aller *Entwicklungsmotorischen Muster* zur Aufhebung der Zentrum-distal-, Vorne-hinten- und Rechts-links-Trennung in der Bewegung bei. Gleichzeitig kann eine Integration der evolutionsgeschichtlich älteren Hirnanteile stattfinden.[375]

### 2. Antriebsqualitäten: Elemente und Stimmungen

Die bevorzugten *Antriebsqualitäten* geben Auskunft über den inneren Bezug des Kindes zu *Zeit, Raum, Kraft* und *Bewegungsfluss*. Das spielt bei vielen Lernstörungen vor allem bei AD(H)S-diagnostizierten Kindern eine Rolle. Der Kontakt zu den Gefühlen und der Selbstregulation kann durch Spiele zu *Antriebsqualitäten Zeit, Raum, Fluss* und *Kraft*, kombiniert mit anderen Wahrnehmungsübungen, erleichtert werden.

### 3. Raum: Flächen, Skalen und Kinesphäre

In welchen *Raumflächen* sich ein Kind vorwiegend bewegt, kann Aufschluss geben, welche Areale des Gehirns mehr und welche weniger involviert sind. Die gezielte Bewegungsschulung in *Raumflächen* oder *Skalen* spielt eine Rolle zur richtigen Vernetzung der verschiedenen funktionalen Anteile im Gehirn.
Auch die Wahrnehmung und der Umgang mit der *Kinesphäre* ist gerade bei Kindern, die emotionale und soziale Kompetenz entwickeln wollen, ein entscheidendes Beobachtungskriterium. Es hilft zu erkennen, an welcher Stelle manche Kinder grenzüberschreitend werden und wie sie durch Übungen in der *Kinesphäre* motorisch unterstützt werden können, ein Gefühl für die eigenen Grenzen und die der anderen zu entwickeln.

Im Folgenden werde ich die Zentrum-distal-, Oben-unten-, Vorne-hinten- und Rechts-links-Trennung mit
a) den damit verbundenen Störungen im Lernen/Verhalten,
b) den beobachtbaren Bewegungssignalen und
c) den unterstützenden Bewegungsübungen der LBBS sowie
d) daraus resultierende Veränderungen
anhand von Fallbeispielen systematisch einander zuordnen. Manchmal habe ich auch ergänzende Übungen aus anderen Ressourcen z. B. der Spiraldynamik verwendet.

## 1. Zentrum-distal- und Oben-unten-Trennung

### Lernen/Verhalten

Bei Schülern mit einer Zentrum-distal- oder Oben-unten-Trennung liegen die Lernstörungen im Bereich der geistigen und emotionalen Desintegration. Gefühl und Verstand arbeiten nicht einvernehmlich. Die Entsprechung im Gehirn ist ein unzureichender Informationsfluss zwischen dem limbischen System (Mitte-unten) und der Großhirnrinde (distal-oben).[376] Die Kopf-/oben-Betonten lernen komplexe Dinge schnell, können abstrakte Zusammenhänge gut erfassen, sind aber oft nicht im „Hier und Jetzt" und in den dinglichen Notwendigkeiten verankert. Sie vergessen ihre Schreibutensilien, Aufzeichnungen und sind zerstreut. Sie kennen sich nicht gut in ihrer Gefühlswelt aus oder können sie nicht wahrnehmen. Die anderen Kinder, die im Gefühl verhaftet bleiben, beharren auf Dingen und lieben keine plötzlichen Veränderungen. Durch verbale Angriffe lassen sie sich schnell aus der Fassung bringen, da sie nicht die Fähigkeit besitzen, eine Metaebene zu dem Geschehen einzunehmen und sich dadurch in einen gewissen Abstand zum Gesagten zu bringen.

### Bewegungssignale

Zentrumdistal-Trennung wird es genannt, wenn Kinder eine hohe Spannung und Aktivität in den Füßen und Händen besitzen (distal), aber ohne Anbindung zur Körpermitte (Zentrum). Bei einer Oberkörper-Unterkörpertrennung scheint es, als sei der Bewegende in der Mitte durchgeschnitten. Es fehlt in beiden Fällen meist eine sichtbare *Kopf-Steißverbindung* und *Mitte-Peripherieverbindung*. Zusätzlich sind mangelnder Bodenkontakt und Schwierigkeiten in der langsamen *Gewichtsverlagerung* bei den „Oben-Betonten" zu erkennen. Die „Unten-Betonten" können zu passivem Gewicht neigen, das einen mangelnden Bezug zur eigenen Kraft anzeigt. Ihr Erscheinungsbild ist eher unbeweglich, leicht phlegmatisch.

### Unterstützende Bewegungsübungen der LBBS:

- das Zentrum-distalmuster (*Nabelradiation)*, um mit der Körpermitte in Kontakt zu kommen;
- das *Fersenwippen* (s. Fundamentals praktische Beispiele) als Vorübung; prüft und bahnt zugleich die Durchlässigkeit der Oberkörper-Unterkörperverbindung;
- im *Homologmuster* mit Schub in der Bauchlage können Kinder mit Oben-unten-Trennung eine neuromuskuläre Neubahnung und eine kinästhetische Wahrnehmung der Einheit des ganzen Körpers erleben.
- Ein Übungsschwerpunkt liegt in den Basisübungen *Beugen und Strecken im Hüftgelenk* und der Gewichtsverlagerung des Beckens – sagittal in allen Variationen vor, die die Verbindung vom Becken in die Füße schulen. Sie sind von großem Nutzen, um den Bodenkontakt zu verbessern.
- Diese Basisübungen werden durch die Sequenzen Ebenenwechsel zum stabilen Stand oder den Ebenwechsel zum mobilen Gang (s. Fundamentals) erweitert. Das übt die Erdung und aktiviert das Gewichtszentrum, welches im Antrieb aus dem passiven Gewicht ins aktive Gewicht z. B. ins kraftvolle Gewicht führt. Wenn man sich im Ebenenwechsel in den Flächen bewegt und dabei Momente der Abweichung von der vertikalen Dimension entstehen, werden zusätzlich die Gleichgewichtsreaktionen aktiviert. Diese steuert der ältere Teil des Kleinhirns, welches sich bei diesen Bewegungen mit der Arbeit der Großhirnrinde koordinieren muss.

Alle Fundamentals zur *Kopf-Steißverbindung* sind nützlich, um einer Oben-unten-Trennung entgegenzuwirken. Bewegt das Kind sich in *Spinalmuster (*mit Drücken), wird das Erleben des Körpers als Ganzheit größer. Es spürt kinästhetisch stärker seinen Körper, sich selbst. Reicht das Kind mit dem Kopf in den Raum, ist das eine Hinwendung zur Umwelt, die Sinne werden stärker aktiviert, die Wahrnehmung erreicht eine höhere Stufe.[377] Nicht für jedes Kind sind alle Fundamentals gleich wichtig. Die Bewegungsbeobachtung bei einem Kind gibt mir Aufschluss, welche Übungen von größerer Relevanz sind.

Die Übungen zur Aktivierung der *Zeit-, Raum-* und *Flussantriebe* sind förderlich, da die Bewegung, je nach Intention, von den Basalganglien feingesteuert werden.[378] Die Bahnung der Feinabstimmungsmöglichkeit in den Basalganglien durch praktische Übungen/Spiele gibt dem Kind erst die Entscheidungsmöglichkeit, wie es eine Bewegung ausführt: ob *leicht, kraftvoll, verzögernd,* oder *plötzlich.* Spiele mit den verschiedenen *Antrieben* fördern die Fähigkeit zur Integration von Gefühlen und Handlungen.

## Beispiel Malte

Malte hatte ich von seinem 12. bis zum 14. Lebensjahr psychomotorisch gefördert und im Unterricht begleitet. Da er zu Hause schwere Bedingungen erleben musste – die Mutter psychotisch, der Vater sehr alt und im Rollstuhl –, schienen Abtrennungen zu seinen Überlebensstrategien zu gehören. Bevor er zu uns kam, hatte er schon einen Aufenthalt in der Kinderpsychiatrie hinter sich.

### Lernen/Verhalten

Malte war sehr intelligent und vielseitig interessiert. Sachthemen, die er frei wählen konnte, bearbeitete er schnell und gab sie in interessanten Referaten wieder. Im Unterricht fehlten ihm grundsätzlich Arbeitsmaterialien. Die Hausaufgaben waren, wenn gemacht, im Heft, das noch in seinem Zimmer lag. Im Englischförderunterricht war es nicht möglich, Grammatikregeln, die er sofort verstanden hatte, eine Stunde später noch einmal abzufragen. In der Mathematik zeigten sich ähnliche Probleme. Mit sehr viel Fantasie war er einerseits kreativ, floh aber andrerseits vor den realen Gegebenheiten. Er stellte häufiger Behauptungen auf, die offensichtlich nicht zutreffen konnten, und erregte sich, wenn man ihm nicht glaubte. Er versprach Dinge, konnte sich aber nicht mehr an das Versprechen erinnern.

In der Klasse spielte er gern die unterlegene Rolle, ließ sich oft körperlich von anderen malträtieren. Angefreundet hat er sich eher mit feinsinnigen Jungen oder Mädchen. Er sprach mit hoher Stimme und nie sehr laut, auch wenn er laut sein wollte. Auf seine Befindlichkeit befragt, sagte er immer nur: traurig, weil er seinen Eltern nicht helfen könne. Viele mochten ihn nicht, weil er sehr altklug redete und andererseits schnell weinte, wenn er etwas nicht konnte oder ihm etwas, seiner Meinung nach Falsches, untergeschoben wurde.

### Bewegungssignale

Ich beobachtete eine aktive Peripherie. Er bewegte Hände und Füße, hatte viele gestische Bewegungen, aber keine Anbindung zum Zentrum, keine *Oberkörper-Unterkörperverbindung*, keinen guten Bodenkontakt.

### Unterstützende Bewegungsübungen der LBBS

Da die Nichtanbindung an das Zentrum am auffälligsten bei Malte war, haben wir mit dem *Zentrum-distalmuster* begonnen:

- Gewichtspürübungen, z. B. die Partnerwippe oder Gewichtsverlagerung – sagittal auf dem Rücken und im Ebenenwechsel;
- Übungen im *Spinalmuster* im Ebenenwechsel, von der Bauchlage in den Stand und zurück;
- Übungen im *Spinalmuster* unter Einbeziehung der Sinne mit Hörwahrnehmungsschulung;
- Übungen im Homologmuster mit Druck in Bauchlage, um ihn in seine Kraft und in seine Oberkörper-Unterkörperverbindung zu bringen. Homologmuster mit Schub (oder Drücken im Stand mit Partner, um seine Abgrenzung zu festigen[379];
- Weglauf und Fangspiele, da er das Laufenlassen, Stoppen, Weglaufen und Gefangen-Werden in der *sagittalen Fläche* sehr genoss[380];

- ergänzend gab es Übungen aus der spiraldynamische Fußschule, um den Bodenkontakt zu verbessern.[381]

### Veränderungen

Mit der zunehmenden Verbindung zwischen der Peripherie und der Mitte sowie Oberkörper und Unterkörper hat er sich auch eine kräftigere Stimme erarbeitet. Mit der Zeit bekam Malte mehr Mut, sich gegenüber anderen zu behaupten und abzugrenzen. In diesem Zusammenhang und mit weiteren Interventionen der Erzieher gelang es, dass Malte sich selbst zum Maßstab für seine Entwicklung machte und sich nicht mehr für die Gesundheit seiner Eltern verantwortlich fühlte. Dann erfolgte im Englischunterricht der Durchbruch, als er sich irgendwann von seinem inneren Stress befreien konnte, er wäre in Englisch nicht gut (der Ansicht seiner Mutter nach).

In dem Moment, in dem er die Verantwortung für seinen Lernprozess selbst übernahm, lösten sich die Lernblockaden in Englisch auf und er verbesserte sich im letzten Halbjahr seines Schulbesuchs von der Note fünf auf zwei. Die Arbeitsmittel für den Unterricht waren fast immer vorhanden. Er bemühte sich sichtlich, an alles zu denken oder benutzte Erinnerungshilfen. Er nahm sogar Tipps an, ohne alles immer besser wissen zu wollen. Auch konnte er Fehlverhalten zugeben, statt Märchen erfinden zu müssen. Mit 15 Jahren besuchte er wieder eine Regelschule, in der er den Realschulabschluss anstrebte.

Die Bewegungsarbeit ist in diesen schweren Störungssituationen nicht die einzige Intervention, aber eine grundlegende, auf der die sprachlichen Hilfen in der Beziehungsarbeit oft erst greifen. Im Sozialtraining habe ich z. B. neben nonverbalen Übungen auch verbale Übungsspiele gebraucht, um ihn zu unterstützen, seine Gefühle wahrzunehmen und zu äußern.

## 2.Vorne-hinten-Trennung

### Lernen/Verhalten

Bei Schülern mit einer Vorne-hinten-Trennung wird unter Angst oder Stress nur aus der Mandel und dem Stammhirn mit unseren aus der Vorzeit mitgebrachten Verhaltensmustern, zum Beispiel den Kampf- und Fluchtreaktionen,[382] gehandelt. Die Kampfreaktion geht neuromuskulär energetisch in die Arme; das Kind möchte zuschlagen. Die Fluchtreaktion geht in die Beine; das Kind möchte den Ort verlassen, weglaufen. Die Reaktionen laufen ganz automatisch ab, das Vorderhirn ist blockiert und das Ergebnis heißt: Mattscheibe, z. B. in einer Prüfungssituation, bei unerwartetem Aufgerufen-Werden oder plötzlich öffentlich sprechen zu sollen, je nach unterschiedlicher Hemmschwelle.[383]

### Bewegungssignale

Kinder mit Vorne-hinten-Trennungen sind oft nach vorn gelehnt, auf dem Stuhl vorne sitzend. Sie gehen ständig nah an etwas heran, sind sehr impulsiv und können sich kaum zurücklehnen und entspannen. Manche sind aus oben genannten Gründen auch aggressiv, weil sie in Angst-Kampfreaktionen verhaftet sind. Ihre Bewegungen haben oft die *Antriebsqualität* von *plötzlich-frei*. Mit den *Antriebsfaktoren Zeit* und *Fluss* entspricht die *mobile Stimmung* auch dem Ständig-in-Bewegung-sein-Müssen, der Hyperaktivität, die meist eine abgeschwächte propriozeptive und vestibuläre Wahrnehmungsverarbeitung als Hintergrund hat.

Im Gegenzug zeigen Kinder, die überwiegend im Rückraum verweilen, dass sie zu zurückhaltend oder passiv sind. Auch wenn es um aufmerksame zielgerichtete Hinwendung (im *Raum- und Zeitantrieb; wache Stimmung*) geht, können sie sich nicht aktivieren, bleiben im *passiven Ge-*

*wicht*. Oft gehen sie aus der Situation heraus, indem sie träumen und sich in Gedanken/Gefühlen verlieren (*Gewicht*- und *Flussantrieb; träumerische Stimmung*). Die Kinder mit einer Vorne-hinten-Trennung lassen sich auch an mangelnder Wahrnehmung ihres eigenen Rückraums erkennen.

### Unterstützende Bewegungsübungen der LBBS:

- Kriechübungen im *Homolateral*- oder *Kontralateralmuster* in Bauchlage vernetzen das Kleinhirn mit der propriozeptiven Wahrnehmung auf der gleichen Seite und die beiden Kleinhirnseiten miteinander, was beides zu einer basalen vestibulären und propriozeptiven Wahrnehmungsverarbeitung wichtig ist;[384]
- Spiele in der *sagittalen Fläche* mit dem *Antriebsfaktor Zeit*: auf etwas lospreschen, sich schnell *zurückziehen*, langsames Anschleichen, abwarten. Die *sagittale Fläche* nannte Laban die Aktions- oder Entscheidungsfläche (s. Beitrag zu MPA). Sie hat eine *Affinität* zu dem *Antriebsfaktor Zeit*;
- Lauf- und Stopp-Spiele, d. h. Spiele zu Bewegungsfluss und -kontrolle;
- Spiele, in denen Kindern ihr eigener Umgang mit Beschleunigung und Verlangsamung bewusst wird, um ein passendes Verhältnis zum *Zeit*- und *Flussantrieb* entwickeln zu können, deren Feinabstimmung über die Basalganglien gesteuert wird;[385]
- auf einem Hocker und im Stand bewegen sich die Kinder in der *Dimensional*- und der *Diagonalskala*. Übungen, die dem Kind den Rückraum bewusst machen.

## Beispiel Theresa

Theresa, 10 Jahre, viertes Schuljahr, wollte auf das Gymnasium, hatte aber schwere Probleme in den Mathematikarbeiten. Sie kam einmal in der Woche eine Stunde zur Nachhilfe.

### Bewegungsbeobachtung

Theresa hatte die Nase fast auf dem Blatt, wenn sie mit schneller, verkrampfter Hand Zahlen und Buchstaben auf das Papier kritzelte. Ihre Füße waren um die Stuhlbeine geschlungen, ohne Kontakt mit dem Boden. Sie sprach sehr schnell und warf mit kleinen, *plötzlichen* Bewegungen den Kopf leicht nach hinten. *Plötzlich-frei* fließende Bewegungen waren bei Theresa oft zu beobachten.

### Lernen/Verhalten

Theresa frappierte mich durch unglaublich schnelles Erfassen neuer Rechenvorgänge und sichere Kopfrechenfähigkeiten – also eine typische Zweierkandidatin. In der Klassenarbeit aber fielen ihr die einfachsten Rechenvorgänge nicht ein, die sie schon in der Berichtigung wieder einwandfrei beherrschte. Aufgrund schlafloser Nächte wegen ihrer Prüfungsangst machte sie aus Übermüdung Flüchtigkeitsfehler. Sie schrieb dadurch Vieren und Fünfen.

### Unterstützende Bewegungsübungen der LBBS:

- Betonung von *hinten* und *unten*: Wir haben mit der Übung *Gewichtsverlagerung – sagittal* an der Verbindung nach unten zum Boden gearbeitet. Durch das Bewegen am Boden wird der Rücken bewusster gespürt. Im *Zurückziehen* und *Sinken*lassen des Gewichtes beim Ablegen wird das Entspannen nach hinten betont.
- Sie wurde regelmäßig darauf hingewiesen, wenn sie am Tisch schreibt, die Füße fest auf dem Boden zu lassen und sich soweit zurückzulehnen, dass sie guten Abstand zum Heft hat (Füße auf dem Boden helfen, sich zu *erden,* und wirken gegen den übermäßigen mobilen Zustand);

- *Oberkörper-Unterkörperverbindung*: Mithilfe des *Fersenwippens* konnte sie einen ausgeglichenen Tonus finden und die Oberkörper-Unterkörperverbindung verstärken;
- experimentieren mit der *sagittalen Fläche*: Während sie las oder zuhörte, sollte sie bewusst mit dem Vor- und Zurücklehnen in der *sagittalen Fläche* auf dem Stuhl experimentieren. Sie hat dadurch neue Erfahrungen mit ihrer Bereitschaft gemacht, länger abzuwarten und etwas auf sich wirken lassen zu können;
- Spiel mit dem *Zeitantrieb* und dem *Flussantrieb* in der Bewegung: Durch einen Tempowechsel in der Handschrift haben wir das Verhältnis von Denktempo zu Schreibtempo beeinflusst. Durch die *Verlangsamung* des Schreibtempos und den *gebundenen Fluss* in der Hand kamen mehr Ruhe und Genauigkeit in ihre Denkvorgänge. Die Flüchtigkeitsfehler, die sich einstellten, weil sie oft schon beim nächsten Gedanken war, bevor sie den vorhergehenden schriftlich fixiert hatte, nahmen ab;
- ergänzende Übungen aus den spiraldynamischen Massagen, Übungen zur Handöffnung und Koordination und kinesiologischen Entspannungsübungen.

### Veränderung

Bei Theresa zeigten sich schon nach fünf, sechs Übungsstunden Besserungen und die erste Note zwei in der Mathematikarbeit. Wir haben insgesamt vier Monate eine Stunde pro Woche miteinander gearbeitet. Zwei Jahre später war sie in der siebten Klasse des Gymnasiums eine stabile Zweierkandidatin, die nach eigener Aussage vor den Klassenarbeiten nur noch ein bisschen aufgeregt war.

## 3. Rechts-links-Trennung

### Lernen/Verhalten

Wenn Kinder beim Lesen innerlich noch buchstabieren, Worte mit mehr als drei, vier Buchstaben nicht erfassen können, beim Abschreiben und auch beim Lesen Buchstaben in der Reihenfolge verwechseln, deutet das auf eine mangelnde Rechts-links-Zusammenarbeit der beiden Hemisphären hin. Beim Rechnen äußert sich die Rechts-links-Blockade, indem ein Kind am linearen 1-, 2-, 3-Zählen festhält, statt eine Zahl oder Summe als Gestalt (z. B. fünf Punkte auf dem Würfel) in einem Moment wahrzunehmen. Eine Zahl/Menge, z. B. zehn, kann schlecht in Teilmengen, z. B. drei und sieben, zerlegt werden. Auch eine mangelnde räumliche Vorstellungsfähigkeit, gekoppelt mit Schwierigkeiten in der Geometrie, bei gleichzeitig guter algebraischer Kenntnis, deutet auf eine ungleichgewichtige Rechts-linksausbildung der Gehirntätigkeit hin. Durch Rechts-links-Blockaden treten auch Störungen der basalen Hörverarbeitung auf, z. B. mangelnde auditive Ordnungsschwelle, Richtungshören, Trennschärfe, phonematische Diskriminierung.[386] Dadurch ist das Kind zusätzlich im Unterricht beeinträchtigt, da es bei Nebengeräuschen oder wechselnder Richtung der Tonquelle dem Gesprochenen kaum folgen kann.

### Bewegungssignale

Kinder mit Lernstörung haben öfter Rechts-links-Verwechslungen. Wenn sie eine liegende Acht zeichnen sollen, treffen sie nur schwer mit der Hand/dem Stift den gleichen Mittelpunkt, sowohl in der Luft vor sich als auch auf dem Papier.

Liegende Acht mit Rechts-links-Verbundenheit

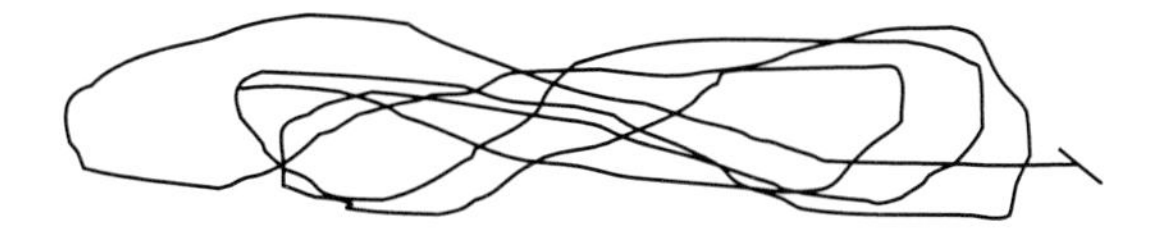

Liegende Acht gezeichnet mit Rechts-links-Blockade

Abb. 3: Simulierte Demonstration zur Rechts-links-Blockade

### Unterstützende Bewegungsübungen der LBBS:

In der kindlichen Bewegungsentwicklung in der Phase des *Homolateralmusters* (z. B. homolaterales Krabbeln) unterscheidet der kindliche Körper die beiden Körperhälften sowohl in der neuromuskulären Aktivität im Körper als auch die Hemisphären im Gehirn. Das Gehirn arbeitet entweder rechts oder links. In dieser Phase wird die Grundlage zu einer bewussten Rechts-links-Unterscheidung gelegt und damit die Basis für die Überkreuzung von rechts nach links. Die *kontralaterale* Bewegung (z. B. das Laufen) baut darauf auf. Sie verbindet die Gehirnhälften miteinander, weil die Koordination diagonal, die Mittellinie kreuzend, stattfindet.[387] Die ontogenetisch früheren *Muster* sind wiederum Voraussetzung für eine Rechts-links-Unterscheidung im Körper. Deshalb begegne ich im motorisch gestützten Förderunterricht der Rechts-links-Blockade mit Bewegungsübungen in allen früheren Entwicklungsmustern, je nachdem, wann die Undifferenziertheit beginnt.

## Beispiel Linda

Eine Nachhilfeschülerin (Linda, 9 Jahre, Anfang dritter Klasse) wurde wegen Kopfrechenschwierigkeiten zu mir geschickt. Sie fand Mathe „blöd" und ging fest davon aus, dass sie nicht rechnen kann.

### Lernen/Verhalten beim Rechnen

Sie war nicht in der Lage, in Mengen zu denken, sondern konnte nur linear dazuzählen. Sobald eine kleine Störung im Raum oder draußen vor dem Fenster stattfand, schweifte sie ab und vergaß, worüber sie gerade nachgedacht hatte. Ihre Schulleistungen in Mathematik und in Deutsch wurden mit einer schwachen Vier bewertet, denn es lag auch eine Lese- und Rechtsschreibstörung vor, wie ich bei den Textaufgaben sah.

#### Bewegungssignale

Es fiel bei ihr auf, dass sie liegende Achten nicht gut malte und beim Rechnen noch die Finger benutzte, wenn sie größere Summen addieren sollte.

#### Unterstützende Bewegungsübungen der LBBS:

Wir hatten pro Woche eine Stunde Zeit um folgendes Programm zu absolvieren:

- zu Stundenbeginn regelmäßig Bewegungsübungen im *Homolateral-* und *Kontralateralmuster* am Boden und rhythmisch im Stand oder im Sitzen;
- die Mengen und Teilmengen, die für Rechnungen mit Zehnerübergängen nötig sind, wurden in homolateralen Klatschrhythmusübungen geankert;
- das Einmaleins mit Klatschkombinationen in *homo-* und *kontralateraler* Koordinationen verankern (nachdem sie es mithilfe von Kärtchen auswendig gelernt hat);
- das Einmaleins schrittweise abgehen; d. h. dass sie pro einen Wert mehr, einen Schritt weiter geht und jeweils bei dem Produkt stehen bleibt und es benennt. Z. B.: „eins" (Schritt),

„zwei“ (Schritt), „einmal zwei sind zwei“ (während des Satzes steht sie), „drei“ (Schritt), „vier“ (Schritt), „zwei mal zwei sind vier“ (stehen bleiben). So erhält sie über die Motorik das Gefühl für die Anzahl und die Progression.

Sobald sie unkonzentriert wurde, baute ich Oben-unten-Übungen im Stand oder einen *Ebenenwechsel* vom Stuhl zum Stand ein. Da sie bewegungsfreudig war und in diesen Übungen ihr Gewichtszentrum fühlen konnte, war sie danach wieder gut gelaunt und konzentriert.
Es gab ergänzende Spiele zur Erfassung von Mengen.

**Veränderung**

Die ersten Erfolge motivierten sie so sehr, dass sie nach zwei Monaten Mathe ihr Lieblingsfach nannte und gern zur Mathenachhilfe kam. Mit der Zeit entwickelte sie das Gefühl dafür, dass sie die grundlegenden Zahlenoperationen auf die gleiche Art im Langzeitgedächtnis abspeichern kann. Die Finger wurden nicht mehr genutzt, sie konnte in Mengenbegriffen denken. Ihre Ablenkbarkeit nahm sukzessiv ab. Nach einem halben Jahr kam sie im Unterricht ohne Probleme mit, brauchte höchstens kleine Schulaufgabenhilfen der Mutter, sodass ich zur Lesehilfe übergehen konnte.

### Lernen/Verhalten beim Lesen

Es war zu erkennen, dass sie linear buchstabierte und das Wort nicht als ganzes erfassen konnte.

**Unterstützende Bewegungsübung nach LBBS:**

Deshalb habe ich die Stunde weiterhin mit Koordinationsübungen im *Homolateral- und Kontralateralmuster* begonnen. Nach dem Üben mit Blitzworten (= kurze Worte auf einen Blick erfassen, vor dem „inneren Auge vorstellen“ und dann aufschreiben)[388] folgten die ersten Leseübungen. Sobald sie den Sinn eines gelesenen Satzes erfasst hatte, fragte ich sie nach ihrem emotionalen Bezug zum Inhalt. Dann suchte sie solange die dazu passende Satzmelodie, bis der von ihr emotional empfundene Inhalt für sie mit der Melodie ihrer Stimmführung übereinstimmte. So konnte sie die bisher nur für Zeugnisnoten aufgebrachte Anstrengung in ein eigenes Leseerleben wandeln. Sie erkannte, dass sich hinter den so mühsam entzifferbaren Symbolen spannende Geschichten verbargen.

**Veränderung**

Nach drei Monaten hat sie angefangen, freiwillig in ihrer Freizeit zu lesen. Seitdem verbesserte sich auch ihre Rechtschreibung. Die Ablenkbarkeit hatte zu einem kindgerechten Maß abgenommen. So konnten wir die Nachhilfe nach 12 Monaten einstellen.

## Fazit

Aus meiner Erfahrung in der Arbeit mit LBBS sehe ich folgende Vorteile:

1. Die Fundamentals entsprechen im Ablauf direkt den ursprünglichen Bewegungsmustern in der Kindesentwicklung, deshalb können sie die Wahrnehmungsverbesserung in allen Sinnesbereichen unterstützen und effektiv neuronale Vernetzungen im Gehirn nachbahnen. Im Rahmen der LBBS sind die Fundamentals vielfältig variierbar: im *Raum*, in den *Antriebsqualitäten*, in den Abfolgen, sodass ich immer den Bewegungspräferenzen des Kindes, mit dem ich arbeite, gerecht werde und die jeweils notwendigen neurobiologischen Regulationen üben kann.

2. Es können die entwicklungsgeschichtlich früheren *Muster* zur Unterstützung des Prozesses der emotionalen, sozialen und kognitiven Reifung herangezogen werden.

3. Mit den LBBS beobachte ich prozessorientiert. Der betroffene Schüler leitet mich mit seinen Bewegungen und den Veränderungen. Ich kann mit meinen Kenntnissen folgen und die nächsten Bewegungsangebote machen, die auf den Veränderungen aufbauen. Das Ziel ist die Aufhebung der Trennungen und der Schüler bestimmt seinen individuellen Weg.

Die LBBS sind ein gutes Beobachtungs- und Begleitinstrument in der Arbeit mit Kindern, die von Lernstörungen betroffen sind. Wissen über die Prozesse des Lernens, Respekt, Aufmerksamkeit und Empathie sind das Beste, was diesen Kindern entgegengebracht werden kann. Dazu können uns die LBBS stärker befähigen.

# „Ich kann, ich darf, ich will ...“: Frauen mit Turner-Syndrom machen Selbsterfahrungen mit LBBS

**BARBARA MORAVEC**

Ein Wochenende in einem Wasserschloss in Norddeutschland. Acht Frauen melden sich am Freitagabend zu meiner Gruppe „Kreative Körper- und Selbsterfahrung“ an. Ein von mir angeleiteter Kreistanz im Anschluss an die Vorstellungsrunde der Referentinnen hat sie neugierig gemacht, mehr von sich zu entdecken.

## Hintergrund Turner-Syndrom

Und zu entdecken gibt es einiges, denn diese Frauen sind betroffen vom Ullrich-Turner-Syndrom. Das Magazin der Ullrich-Turner-Vereinigung Deutschland e. V. schreibt: „So wurde es nach dem amerikanischen Arzt Henry Turner und dem deutschen Kinderarzt Otto Ullrich benannt. Das Ullrich-Turner-Syndrom ist eine Fehlverteilung oder strukturelle Veränderung der Geschlechtschromosomen, von der nur Mädchen bzw. Frauen betroffen sind und tritt mit einer Häufigkeit von etwa 1 zu 2.500 Geburten auf. ... Das Ullrich-Turner-Syndrom kann nicht vererbt werden. Die verursachenden Faktoren sind noch unbekannt. Die Auswirkungen können individuell sehr unterschiedlich sein. Die Leitsymptome sind der Kleinwuchs (im Durchschnitt etwa 1,47 m) und die Unfruchtbarkeit aufgrund einer zu geringen Entwicklung der Eierstöcke. ... Betroffene Mädchen und Frauen sind normal intelligent und können ein eigenständiges Leben führen, zu dem in vielen Fällen heute auch eine Partnerschaft gehört. Psychische Probleme im Sinne eines geringeren Selbstwertgefühls, Unsicherheit mit dem eigenen Körper und ähnliches sind nicht selten, aber kein unvermeidbares Schicksal. Der Kontakt mit anderen Betroffenen oder auch professionelle Beratung kann dabei weiter helfen.“[389]

Die Thematik ist also vorgegeben: Arbeit am Selbstbild, Selbstwertgefühl, an Selbstsicherheit und Abgrenzung, gerade als Frau mit einem manchmal etwas anderen Erscheinungsbild – und mit inneren Themen, die auch sehr speziell gefärbt sind! Mit diesen Themen bin ich bereits seit längerem vertraut, denn ich arbeite regelmäßig mit einer Selbsthilfegruppe in Stuttgart, die mich auch als Referentin zu diesem, einmal jährlich stattfindenden Frauenwochenende eingeladen hat.

## Einstieg mit Antrieb

Die Erwartungen an diese Tage sind hoch und entsprechend ist die Stimmung: gerade richtig zum freien Tanzen auf temperamentvolle, südamerikanische Rhythmen! Dabei *erden* und entspannen die *kraftvollen* Schritte und ich rege schon mal „unauffällig“ Bewegungen in der gesamten *Kinesphäre* an, indem ich die Frauen animiere, den ihnen nahen Raum zu erforschen: Die Entdeckungsreise hat begonnen!

## Weiter mit der Körperebene/Bartenieff Fundamentals

Und so geht es am nächsten Morgen weiter: Meridiane klopfen, genussvolle Fußmassagen (besonders geschätzt, da die Füße der betroffenen Frauen Ödeme haben können) und schließlich eine grundlegende Fundamentals-Übung: der „Seestern“ (mit Fokus auf *Atmung, Mitte-Peripherieverbindung* und *Zentrum-distalmuster*), den die Frauen danach auch malen. Diese Spür- und Bewegungserfahrung kann sowohl die Wahrnehmung einer körperlichen Mitte als auch die *Verbundenheit* zwischen *Innen* und *Außen* vermitteln und einprägen, beides getragen und unterstützt vom Rhythmus des Atems. Obwohl oder gerade weil es ein entwicklungsmotorisch sehr frühes *Muster* ist, eignet sich die Übung im wahrsten Sinne gut zum „Eintauchen" in eine vertiefte Körpererfahrung. Im Gespräch und Austausch über die Übungen und die Bilder zeigen sich zwei Schwerpunktthemen, die wir in Kleingruppen vertiefen. Dabei ist immer die Körperebene der Leitfaden, an dem es weitergeht.

## Integration von Fundamentals mit Antrieb

Also tasten wir uns vor, probieren mit Bartenieff Fundamentals weitere Körperverbindungen aus – vom *Spinalmuster* (mit der *Kopf-Steißverbindung*) bis zum *Kontralateralmuster* (das „erwachsene" Muster), immer auf Integration der Erfahrungen bedacht. Was eignet sich dazu besser als ein Tänzchen, mal als Gruppe, mal allein, mal zu zweit. Dabei üben wir auch, angeregt von der Musik oder von Bildern, spielerisch verschiedene Bewegungsqualitäten, die *Antriebe*. Es macht Spaß, wenn auch manchmal Mühe – denn es ist schon zum Teil eine neue Welt, die die Frauen für sich entdecken und nach und nach in Besitz nehmen. Wie schön, dass wir so viel Zeit haben an diesem Wochenende! Am Samstagabend jedenfalls haben wir alle das Gefühl, so richtig viel „geschafft" zu haben – und auch ein wenig „geschafft" zu sein. Reif zum Abhängen, was wir dann auch sehr genießen.

## Bewegungsritual mit Raumskala

Der Sonntag verwöhnt uns mit herrlichem Sonnenschein – bestimmt hat der Wettergöttin unser Tanzen so gut gefallen! Die ohnehin anregende Umgebung des Wasserschlosses lädt uns direkt zum Bewegen im Freien ein, unter einem großen Baum, der nach Bedarf Schatten spendet. Wir beginnen mit einem dreidimensionalen Aufwärmen in den von Laban beschriebenen *Raumrichtungen* (siehe unten), denn wir haben etwas ganz Bestimmtes vor: ein Bewegungsritual!

Das Ritual nutzt als Bewegungsfolge die sechs Richtungen (*hoch-tief, seit-seit, vor-rück*) und die drei *Dimensionen* (*vertikal, horizontal, sagittal*) des Raumes. Diese Richtungen und Dimensionen dienen uns grundsätzlich immer, bewusst oder unbewusst, als Orientierungskoordinaten im Bezug zu unserer Umwelt. Je klarer wir sie nutzen und mit den polar sich ergänzenden Bewegungsqualitäten verbinden, umso vielfältiger wird unser eigenes Erleben und umso selbstbewusster wirken wir auf unser Umfeld.

Wir bewegen die *Dimensionalskala* im *Oktaeder* und gehen über unseren eigenen Bewegungsraum, die *Kinesphäre*, hinaus in den allgemeinen Raum, den wir alle teilen. Dabei belegen wir die sechs Richtungen mit Be-Deutungen, die die Bewegungsfolge zu einem Bewegungsritual umgestalten.

In jede der Richtungen drücken wir aus „Ich kann, ich darf, ich will":

- leicht sein und kraftvoll sein (*vertikale Dimension: hoch-tief*);
- mich ausbreiten und mich schließen (*horizontale Dimension: seit-seit*);
- mich wagen und mich zurückziehen (*sagittale Dimension: vor-rück*).

Das bedeutet z. B.: Wenn ich mich mit Leichtigkeit in der *vertikalen Dimension* nach oben strecke, spreche ich dabei laut oder leise die Bekräftigung: „Ich kann, ich darf, ich will leicht sein", und entsprechend in der Gegenrichtung: „Ich kann, ich darf, ich will kraftvoll sein."

Jetzt wird es richtig spannend: Wir üben gemeinsam und die bereits bekannten *Antriebe* sollen in den *Affinitäten* den Raumrichtungen zugeordnet werden, aber wie!?!? Viel ausprobieren, wiederholen und Bemerkungen wie: „Ja, geht das denn so überhaupt? WO soll der Fuß hin? Und dass das mit meinen Armen und Beinen so kompliziert ist! Ah, jetzt hat's geklappt!"

## Integration von Raum, Antrieb und Körper

Natürlich zeigen sich jetzt die Antriebspräferenzen ebenso wie Richtungs- und Koordinationsunsicherheiten. Also wiederholen wir viel, nutzen unseren Atem zur Unterstützung, sprechen die Bekräftigungen gemeinsam und kommen langsam aber sicher zur flüssigen Gestaltung unseres Bewegungsrituals. Als es dann richtig klappt, die Bewegungen wirklich an Sinn und Be-Deutung gewinnen und mit den mitgesprochenen Sätzen immer mehr übereinstimmen, ist die Freude groß. Jetzt will jede Frau so lange üben, bis ihr Ritual „sitzt". Die Zeit nehmen wir uns und es ist förmlich zu sehen, wie die Frauen neben dem Raum auch an Boden gewinnen, sicherer werden, ihr Ausdruck sich klärt – die direkten Bewegungen im *Oktaeder* haben die beabsichtigte Wirkung erzielt!

Auf einmal kommt vieles an den richtigen Platz: Die unterschiedlichen Übungen und Erfahrungen der vergangenen Tage gießen sich in eine sinnvolle Form, die die Frauen mitnehmen und jederzeit praktizieren können. Der Einsatz hat sich gelohnt und zufrieden machen sich neun Frauen auf den Weg zum wohl verdienten Mittagessen und Tagungsabschluss.

## Fazit

Für mich als Referentin hat sich einmal mehr die „zupackende" Wirkung der Arbeit mit dem *Raum* gezeigt. Vor allem für Frauen, die sich – bewusst oder unbewusst – immer noch und immer wieder einschränken und zurücknehmen, ist die Entdeckung ihres eigenen Raumes oft eine prägende Erfahrung: „Da habe ich etwas, was mir gehört, über das ich nach eigenem Ermessen verfügen kann." Den Raum dann in Besitz zu nehmen und in Besitz zu halten, erfordert konsequentes Dranbleiben. Dafür sichere und bildhafte Anregungen zu vermitteln, die Frauen zu ermutigen und zu stärken und ihnen Rückhalt zu geben, bringt mit der Zeit Erfolge, die den Frauen und mir selbst viel Freude bereiten.

# LBBS in der Arbeit mit Parkinson-Patienten – ein kreativ-sozialtherapeutisches Angebot

PATRICIA KEMPF

Zehn Patienten stehen in der Gymnastikhalle der Klinik im Kreis. Sie reichen sich imaginäre, also nur vorgestellte und nicht existente Gegenstände herum: Ist dies ausschließlich ein Spiel, um miteinander in Kontakt zu kommen?
Auf rhythmische Musik bewegen sich die Patienten durch den Raum. Sie probieren auf Anleitung verschiedene Gangarten und Raumwege aus. Solche Gehübungen werden in der Bewegungstherapie mit Parkinson-Patienten häufig durchgeführt: Inwieweit können LBBS diese sinnvoll erweitern und ergänzen?
In einer anderen Gruppe kann nur sitzend gearbeitet werden. Auf den Stühlen strecken die Patienten, so wie es ihnen möglich ist, ihre Arme nach oben, unten und zu den Seiten sowie vor und zurück: Handelt es sich dabei ausschließlich um gymnastische Übungen, um die Bewegungsfähigkeiten zu erhalten bzw. zu fördern?

Diesem Artikel liegen meine praktischen Erfahrungen eines kreativ-sozialtherapeutischen Gruppenangebots in einer Klinik, in der Parkinson-Patienten behandelt werden, zugrunde. Diese Gruppen (Alter der Teilnehmer in der Regel über 60 Jahre) fanden einmal wöchentlich statt. Dabei gab es ein Angebot für Patienten mit Standsicherheit und Gehvermögen (Dauer: 60 Minuten) sowie eines im Sitzen (Dauer: 45 Minuten). LBBS spielten auf unterschiedlichen Ebenen meiner Arbeit die grundlegende Rolle. Bevor ich darauf jedoch genauer eingehe und die oben genannten Beispiele aus den Gruppen aufgreife, erscheint es mir wesentlich, Grundinformationen zur Parkinson-Erkrankung und zum kreativ-sozialtherapeutischen Ansatz voranzustellen.

## Was ist Morbus Parkinson?

Bei der Parkinson-Erkrankung handelt es sich um eine Erkrankung des Nervensystems. Die Informationsvermittlung zwischen Nervenzellen, die für die Botenstoffe zuständig sind, ist gestört. Im Gehirn kommt es aus noch ungeklärten Ursachen allmählich zu einer Rückbildung einer Nervenzellgruppe, die den Botenstoff Dopamin produziert. Durch diesen Mangel erlangen andere Botenstoffe ein Übergewicht; das wirkt sich auf die Beweglichkeit des Körpers aus.

Die Körperbewegungen finden verlangsamt oder vermindert statt. Willkürliche und spontane Bewegungen fallen schwer, was sich zum Beispiel auch oft in einer unflexiblen Mimik oder in fehlenden Ausgleichsbewegungen zeigt. Die Muskulatur befindet sich meist in einem erhöhten Spannungszustand, was als Taubheit oder Steifigkeit empfunden wird. Häufig leiden Betroffene unter einem Ruhetremor der Hände (Zittern in ruhiger Haltung). Zusätzlich können vegetative Störungen (z. B. Magen-Darmbeschwerden, Schlafstörungen) auftreten.

Die Behandlung der Krankheit baut hauptsächlich auf gezielte medikamentöse Einstellung, Physiotherapie und psychosoziale Unterstützung auf. Die Symptome können gemindert, aber in der Regel nicht geheilt werden. Mit einem Fortschreiten der Krankheit ist zu rechnen, was häufig in die Pflegebedürftigkeit führt. Meist sind es ältere Menschen, die an Morbus Parkinson erkranken.

## Das kreativ-sozialtherapeutische Gruppenangebot

Oberstes Ziel für die Betroffenen ist es, aktiv zu sein bzw. zu bleiben. Nicht nur für die Beweglichkeit, die Sprache und die Entspannung muss etwas getan werden, sondern auch für das soziale Miteinander. Sprachstörungen, mangelnde Mimik, Zittern usw. führen nämlich oftmals zu einem sozialen Rückzug.

Beim kreativ-sozialtherapeutischen Gruppenangebot, das neben einem umfangreichen Therapieprogramm in einer Klinik für Betroffene angeboten wurde, ging es darum, mithilfe von Bewegung und kreativen Medien (z. B. Farben) die Eigenwahrnehmung vorhandener Ressourcen (in Bezug auf Gedanken, Gefühle, den Körper und den Kontakt zu den Mitpatienten) zu fördern. Im wörtlichen wie auch im übertragenen Sinn (mental) beinhalteten die Stunden Übungen zu Flexibilisierung, Haltungs- und Perspektivwechsel. Dabei spielte es eine große Rolle, die Teilnehmer zu motivieren, Neues auszuprobieren.

Das methodische Vorgehen gestaltete sich aus einer Mischung von übungs- und erlebniszentrierten Angeboten (nonverbalen und verbalen Dialogen sowie spielerischen Elementen). Die Grundlage meiner Arbeit bildete das theoretische und praktische Wissen von LBBS. Die verschiedenen Ebenen, bei denen ich LBBS nutzte, waren:

- Beobachtung,
- Konzeptgestaltung,
- Anleitung.

## 1. Beobachtung

Während der ersten Gruppeneinheiten beobachtete ich die Morbus-Parkinson-Patienten eingehend und stellte für die Bewegungsanalyse folgende Hauptkriterien zusammen, die meines Erachtens für diese Erkrankung grundsätzlich gelten.

### Antriebe

Durch die teils verlangsamten Bewegungsabläufe, die Steifigkeit und auch die oft verzweifelte und depressive Stimmungslage fällt etlichen Betroffenen die Umsetzung von *Antriebs*impulsen schwer (abgesehen von persönlichen Bewegungsvorlieben), besonders die Elemente *plötzlich* und *kraftvoll*. Auch der Wechsel zwischen verschiedenen *Antrieben* macht Mühe.

### Raum

Oftmals können sich die Gruppenteilnehmer nur schwer auf den *Raum* einstellen, weil sie mit Bewegungsabläufen und Grübeleien beschäftigt sind. Außerdem bleibt es durch die eingeschränkte Beweglichkeit meist bei einer *engen Kinesphäre*.

### Form

Generell sind die *Formungsqualitäten* der Patienten in Mitleidenschaft gezogen, je nachdem, wie die Krankheit zutage tritt. Manchmal ist z. B. eine ganze Körperhälfte in Mitleidenschaft gezogen oder nur einer der beiden Arme. Vor allem im fortgeschrittenen Stadium der Erkrankung fehlt es den meisten Erkrankten an einer Beweglichkeit des Rumpfes, was sich besonders auf die *Formflussaspekte* der Bewegung auswirkt. Eingesunken und ohne sichtbare Atemtätigkeit sitzen dann die Patienten im fortgeschrittenen Stadium auf ihren Stühlen.

### Körperverbindungen

Oft mangelt es an der Rumpf-Armverbindung und der Schulterblattverankerung sowie der Kopf-Steißverbindung; vor allem im Bereich der Halswirbelsäule ist die Verbindung unterbrochen. Weil Parkinson-Patienten in der Regel beim Gehen Schwierigkeiten haben, ihre Arme gegengleich im Schritt zu schwingen, was sich auch in meinen Stunden zeigte, kann das Kontralateralmuster mit der Diagonalverbindung kaum zum Einsatz kommen. Dies muss durch Gymnastik besonders gefördert werden.

### Beziehung

Somit ist es nicht verwunderlich, dass der Aspekt der *Beziehung* bei all den bereits genannten Punkten leidet und im Miteinander auffällt. Wie sollen *Beziehung* und Kommunikation entstehen, wenn Gefühlsimpulse (*Antriebe*) kaum oder gar nicht mehr geäußert werden können, der Körper sich in Bezug zu etwas nur noch schwer *formen* kann und das Außen mehr und mehr in Grübeleien, Resignation und Schmerzen versinkt?

## 2. Konzept

Das Konzept, zu dem ich im Folgenden praktische Übungsbeispiele nennen werde, bezieht sich bei allem Gesagten also hauptsächlich auf die Förderung von *Antrieben*, Aufmerksamkeit für den *allgemeinen Raum*, die größtmögliche Nutzung der *Kinesphäre* sowie Übungen für die *Formungsqualitäten,* die *Formflussunterstützung* und die *Körperverbindungen* (vorwiegend Mitte-Peripherieverbindungen mit *Atemunterstützung*, *Kopf-Steißverbindung, und Diagonalverbindungen*). Immer wieder werden Partnerübungen oder gemeinsame Spiele eingesetzt.

Außerdem möchte ich hervorheben, wie wichtig bei LBBS das *Prinzip* ist*,* die persönliche Eigenart *oder Einzigartigkeit* der Teilnehmenden und ihr Erleben zu respektieren. Zum einen versuche ich generell, einzelne Patienten mit speziellen Impulsen zu unterstützen. Zum anderen kann sich jeder von Vorgegebenem lösen und freier für sich experimentieren. Am Ende der Einheiten rege ich stets einen Austausch über das Erfahrene an, was die Persönlichkeit eines jeden Einzelnen nochmals würdigt sowie das Gefühl stärkt, in die Gemeinschaft eingebettet zu sein.

### Übungsbeispiele

#### Von einem zum anderen (Antriebe, obere Körpereinheit, Beziehung)

Circa zehn Patienten stehen in der Gymnastikhalle der Klinik im Kreis. Die Aufgabe ist, sich imaginäre, also nicht vorhandene Gegenstände nacheinander im Kreis herumzugeben. Ich beginne mit einem unsichtbaren Gegenstand und erst wenn dieser wieder bei mir ankommt, gebe ich den neuen Impuls für einen anderen imaginären Gegenstand. Ich starte dabei meist mit einem gedachten schweren Stein oder Klotz, der mit Füßen oder Händen (der Fantasie sind keine Grenzen gesetzt) von einem zum anderen weitergeschoben werden muss – unter Einsatz des *kraftvollen Antriebs*. Weiter geht es dann beispielsweise mit einem unsichtbaren Chiffontuch, das *leichte* und *flexibel Antriebselemente* locken soll, einem „niedlichen Tierchen“, das dem anderen auf die Schulter, dem Kopf oder die Hand gesetzt wird (vorsichtig in *gebundenem Fluss*, *verzögernd* und *direkt*) und etwas Ekligem, das man schnell oder *plötzlich* wieder loshaben will.

Ich habe noch keine Gruppe erlebt, die bei diesem Spiel nicht zum Lachen kommt. Auch die Parkinson-Patienten bewiesen ihr schauspielerisches Talent. Die gefragte Bewegungsqualität kam meist allein durch die bloße Vorstellung des Dings zum Ausdruck und alle waren sehr aufmerksam im Kontakt. Jeder trug etwas zum Miteinander bei und fast alle konnten einen Erfolg verbuchen – je nach gefordertem *Antrieb*. Bei Patienten, denen es nicht mehr möglich war, stabil zu stehen und zu gehen, ließ sich diese Übung in einem engen Stuhlkreis ausführen mit entsprechenden imaginierten Gegenständen.

**Schritt für Schritt (Körperverbindungen, Raum, Beziehung, Antriebe, untere Körpereinheit)**

Die Gruppenteilnehmer gehen durch die Halle. Zunächst soll die Aufmerksamkeit innen sein, das heißt: Was geschieht mit dem rechten Fuß, dem rechten Knie und im rechten Hüftgelenk? Die Verbindung vom Fuß bis hinauf zum Becken (*Ferse-Sitzhöckerverbindung*) soll gefühlt werden sowie die Unterbrechungen. Nach einer Pause, um Unterschiede zwischen rechtem und linkem Bein festzustellen, kommt das andere Bein dran. Danach soll versucht werden, die Arme gegengleich in die Gehbewegung einzubeziehen.

Die Aufmerksamkeit wechselt dann nach außen. Form und Farbe, Licht und Schatten, Länge und Breite etc. des Raums und natürlich auch die anderen Personen im Raum sollen wahrgenommen werden. Verschiedene *Raumwege* (kurvig, gerade usw.) und *Antriebsimpulse* wie *kräftiges* Auftreten und Stampfen (nur bei Schwingboden sinnvoll wegen Erschütterung der Wirbelsäule!), vorsichtiges Schleichen (*Verzögernd und gebundener Fluss)* und *Schweben* usw. werden ausprobiert und geübt. Auch mit Unterschieden im Gehen mit *direktem Raumantrieb* und *flexiblem Raumantrieb* experimentieren die Patienten. Zum Abschluss dieser Einheit geben sich die Teilnehmer in unterschiedlichen *Antriebsimpulsen* die Hand (*kräftig* zupackend, vorsichtig, zurückhaltend, in Eile, genussvoll usw.) zum Begrüßen oder Verabschieden.

Gehübungen sind den meisten Parkinson-Patienten bekannt. Interessant ist, wenn es darum geht, auszuprobieren und zu beobachten, was ihnen das Gehen erleichtern könnte. Ist es vielleicht ein bestimmter *Antrieb* (z. B. *direkt*) oder *Raumweg* (z. B. *gerade*)? Oft werden eine bessere *Erdung* und die Verbindung Füße zu Becken (*Ferse-Sitzhöckerverbindung*) als hilfreich erlebt („Ich fühle mich standfester.“). Natürlich bringt dieser Übungsablauf auch viel Spaß im Miteinander.

**Atemzug um Atemzug (Formflussunterstützung, Körperverbindungen, Formungsqualitäten, Raum und Kinesphäre)**

Im Kreis sitzend (mit zwei Armlängen Abstand dazwischen) spüren die Patienten zunächst der Bewegung ihrer Atmung im Bauchraum nach (zur Hilfe: Hände auf dem Bauch). Nach und nach soll die Bewegung nach oben vergrößert werden – bis zum Kopf hinauf (das *Längen* der Wirbelsäule durch die Atembewegung), einschließlich Außen- und Innenrotation der Schultergelenke. Beim Herumgehen unterstütze ich manuell das Aufrichten. Vom Körperzentrum ausgehend wird dann eine Hand nach oben, nach unten, zu beiden Seiten, zurück und nach vorne geführt (gemäß *Dimensionalskala*). Die *Verbindungen* von Fingerspitzen, Hand, Unterarm, Oberarm bis hin zur Schulter sollen erspürt werden. Je nach Anleitung stehen *Raum*aspekte (z. B. klare Ausrichtung der Augen im Raum) oder *Formungsqualitäten* (z. B. das Bewerkstelligen von *Steigen* und *Sinken* des Körpers) im Vordergrund. Möglich ist auch, die verschiedenen *Herangehensweisen an die Kinesphäre* (z. B. *zentral*: „Farbtupfer“ um sich herum in die Luft setzen und immer wieder „Farbe“ vom Körperzentrum holen) nach dem Erspüren der Körpermitte und dem Üben der *Formflussunterstützung* einzubinden.

Von diesen Übungsansätzen ausgehend, kann ich leicht Verbindung zu Alltagssituationen schaffen, wie beispielsweise das Öffnen eines Oberschrankes in der Küche und das Herausholen von Kaffeetassen. Wie schon beim vorherigen Absatz geht es auch bei diesen Ideen um das individuelle Ausprobieren (z. B. mit und ohne *Atemunterstützung* eine Bewegung zu versuchen oder die Unterstützung der Bewegung durch ein inneres Bild, wie das eines Strahles, der vom Rumpf aus den Arm strecken lässt).
Für viele Patienten ist das Erleben der *Formflussunterstützung* hilfreich. Das „Aufrollen“ der Wirbelsäule bis zum Kopf mithilfe des Atems löst oft ein Staunen über die Erleichterung beim Aufrichten aus. Durch das Anheben des Kopfes kann auch mehr vom Umfeld gesehen werden (Perspektivwechsel).

## 3. Anleitung

Es versteht sich von selbst und es gehört zur Lehre von LBBS (teilweise bereits in den Übungsbeispielen benannt), dass die Anleitung eine weitere und wichtige Ebene darstellt. Je nach Schwerpunkt versuche ich passende verbale Anleitungen zu geben, um bei der Umsetzung der Übungen zu unterstützen.

So verändere ich beispielsweise beim Herumreichen imaginärer Gegenstände mit jedem gewünschten *Antrieb* meine Stimme. Mal lasse ich sie leise und zart (*leicht*) oder *kraftvoll* etc. klingen, was die Patienten oftmals selbst aufgreifen. Oder ich benenne bei *Raumaspekten* konkrete Orte im Raum, wie beispielsweise die Lampe an der Decke, zu der die Hand geführt werden soll. Auch Angebote von inneren Bildern, wie die bereits genannten „Farbtupfer" sollen eine hilfreiche Begleitung sein.

## Fazit

Die Rückmeldungen der Patienten ließen darauf schließen, dass sie das Angebot, das nicht krankengymnastisch bzw. rein übungszentriert ausgerichtet war, zu einer gewissen Introspektive, zur aktiven Mitarbeit und zum eigenen Erforschen nutzten. Außerdem bot es ihnen, so die Aussagen, positive und für den Alltag hilfreiche Ansätze. Den Patienten, die sich mit ihrer Erkrankung bewusst auseinandersetzten, war es möglich, für sich Zusammenhänge zu entdecken und von den theoretischen und praktischen Anregungen, dem ernsthaften Austausch und dem lustigen Miteinander zu profitieren.

# LBBS und Motopädie – Bewegungsbeschreibung ohne Symptomzuordnung

**DOROTHEA BRINKMANN**

Der Begriff Motopädie setzt sich aus den Begriffen Motorik und Pädagogik zusammen. Diese Berufssparte beschäftigt sich folglich mit einer Förderung, die motorische und pädagogische Inhalte hat. Es ist ein Konzept einer ganzheitlichen Erziehung und Persönlichkeitsbildung über motorische Lernprozesse und Verhaltensänderung. Ich arbeite an einer Frühförderstelle mit Kindern im Alter zwischen zwei und sieben Jahren. Entwicklungsauffälligkeiten, die in mein Berufsfeld fallen, sind Probleme in den Bereichen Motorik, Wahrnehmung und Verhalten.

„... seit Anfang der 90er Jahre [wird] – auch im Hinblick auf einen Paradigmawechsel – in der Theorie zunehmend Abstand genommen von quantifizierten Verfahren zur Bewegungsbeschreibung. Es werden qualitative Vorgehensweisen in den Vordergrund gestellt. Problematisch erweist sich dabei bisher, dass den Anwendern aufgrund freier Bewegungsbeschreibungen sowie mangelnder Erklärung von Begriffsverständnissen ein hoher möglicher Interpretationsspielraum zur Verfügung steht.“[390] Die Laban/Bartenieff-Bewegungs-studien (LBBS) sind eine Möglichkeit, genau in diese Lücke zu springen.

## Parallele LBBS und Motopädie: Funktion und Ausdruck

In Begriffen von LBBS lässt sich sagen, dass es bei der Motopädie sowohl um *Funktion* als auch um *Ausdruck* geht. Hier ist eine Parallele zur Perspektive von LBBS. In der Motopädie wie bei LBBS geht es um den leib-seelischen Zusammenhang und um „Ganzheitlichkeit“. LBBS bieten sowohl Kenntnisse über Funktionen (z. B. ökonomische Bewegungsabläufe durch Beteiligung der Tiefenmuskulatur) als auch eine fundierte Analyse als Grundlage für die Interpretation von Bewegungsausdruck (z. B. *Antriebe*). LBBS bieten eine Bereicherung sowohl für die Beobachtung von Bewegungsfunktionen als auch des Ausdrucks einer Person.

### Benennen von Bewegungsaspekten

In folgendem Beispiel wird die Anwendung von LBBS für die Beschreibung von Funktionen genannt.

Zum Anfang der Stunde bespreche ich mit den Kindern, was wir spielen wollen. Oft setzen wir uns dazu auf den Turnkasten. Kinder klettern auf die unterschiedlichste Weise auf dieses Gerät. Der Deckel des Kastens befindet sich für die Kinder ca. in Hüft- oder Taillenhöhe. Ich beobachte drei Varianten: A) Das Kind legt sich auf den Bauch und zieht. B) Das Kind stützt sich auf, dreht sich um 180 Grad und setzt sich. C) Das Kind stützt sich auf, hebt das rechte Bein mit Abduktion, Innenrotation und Beugung, setzt den Fuß auf den Kasten, dreht sich dabei und setzt den linken Fuß an, endet im Stehen. Man mag sagen, dass die Variante A leichter, weniger komplex ist als die Variante C.

In Begriffen von LBBS klingt das wie folgt: Bei A handelt es sich um eine *Veränderung der Unterstützung* (von den Füßen auf den Bauch) mit anschließendem Ziehen im *Homologmuster*. Beispiel B ist gekennzeichnet von einer *Veränderung der Unterstützung* und einer Drehung (*Rotation*), die je nach Ausführung gleichzeitig oder nacheinander erfolgen können. Bei C benutzt das Kind die *graduelle Rotation* (Abduktion, Innenrotation und Beugung), eine Drehung und eine *Veränderung der Unterstützung*. Der Bewegungsablauf C ist also komplexer, weil mehr Aspekte

– womöglich in der *Phrasierung* noch gleichzeitig oder überlappend – beteiligt waren als bei B und A. Die Komplexität lässt sich also begründen durch die Anzahl der entscheidenden Aspekte (*Veränderung der Unterstützung, Drehung, graduelle Rotation*) und deren zeitliche Anordnung (*Phrasierung*).

Ursprünglich hatte ich einen Gesamteindruck über Unterschiede der Ausführungen. Mit LBBS konnte ich diese Beobachtung genauer benennen.

## Begründen der Bewegungsbewertungen

Dieses Beispiel soll verdeutlichen, welchen Beitrag LBBS leisten können, Bewegungsabläufe zu beschreiben und damit eine erweiterte Sicht zu bekommen. In einer Alltagshypothese behaupte ich, die Variante C sei komplexer und das Kind müsse geschickter sein, um diese Variante auszuführen. Die Variante C sei noch zu schwierig für das Kind, das immer oder häufig Variante A wählt. LBBS liefern Kriterien, diese Hypothese zu untermauern. Besonders mit dem Begriff der *Phrasierung* kann erläutert werden, warum die Bewegungsausführung mit Variante C komplexer ist. Mit LBBS kann dieser Unterschied beschrieben werden. Etwas beschreiben zu können bedeutet für mich häufig, die Bewegung besser zu verstehen. Durch viel Erfahrung erwirbt man einen ganzheitlichen Blick, mit dem gesagt wird: „Diese Ausführung ist gewandter, geschickter, sicherer usw. als eine andere Ausführung." Es geht mir darum, diesen Eindruck in konkret beobachtbare Einheiten zu zerlegen und damit begründen zu können.

## Den emotionalen Gehalt von Bewegungsanforderungen sehen

Eine Bereicherung für den Bereich Ausdruck ist am Beispiel der *Antriebe* zu sehen: Bei einem Schlag auf einen Gegenstand handelt es sich um die *Antriebselemente plötzlich, kraftvoll* und *direkt*. Dieses ist ein *Aktionstrieb*, der als *stoßen* bezeichnet wird. Alle Elemente in dieser Dreier-Kombination gehören zu den *ankämpfenden Antrieben*. Einerseits ist die Analyse, dass es sich um einen *ankämpfenden Aktionstrieb* handelt, eine Beschreibung. Andererseits ist auch eine Aussage über die innere Befindlichkeit im Augenblick der Ausführung getroffen worden: Hier handelt es sich um einen ankämpfenden Zustand des Bewegenden. Die Persönlichkeit und die persönliche Befindlichkeit wirken sich auf die Bewegung aus. Ebenso wirkt sich die Bewegung auf die persönliche Befindlichkeit aus. Die Wechselwirkung ist beidseitig.

In meiner Projektarbeit zum Erlangen des Zertifikates in LBBS beschäftigte ich mich mit der Frage, welche Anforderungen bei Kletteraufgaben entstehen, die Kinder in gewöhnlichen Turnhallensituationen im Alter zwischen vier und sieben Jahren bewältigen: also Klettergerüste, Leitern usw. In dieser Arbeit fand ich folgende Anforderungen, die den psychischen Befindlichkeiten: zielgerichtet (z. B. *zielgerichtet Formveränderung*), Absicht (z. B. *räumliche Intention*), Denken, etwas erreichen, Präzision und Kontrolle zugeordnet werden. Dem Klettern wenig dienlich waren Bewegungsaspekte, die mit Entspannung, sich gehen lassen, auf sich bezogen sein, Leichtigkeit, Absichtslosigkeit und Ziellosigkeit in Zusammenhang stehen (z. B. *Leidenschaftstrieb/Träumerische Stimmung*). Klettern zieht eine emotionale Befindlichkeit nach sich, die einige Kinder nicht mögen. Ihre Verweigerung sehe ich nun noch in einem weiteren Licht. Auch funktionelle Anforderungen haben einen emotionalen Charakter. Eine Verweigerung oder Vermeidung von spezifischen Bewegungsanforderungen kann einen funktionalen, aber eben auch einen emotionalen Hintergrund haben.

## Unterschied LBBS und Motopädie: Bewegungsbeschreibung ohne Symptomzuordnung

Mit LBBS ist es möglich, Bewegungsbeschreibungen vorzunehmen, ohne direkt oder indirekt eine Zuordnung zu einem Symptom (äußerer Ausdruck einer Störung) oder einer Störung (vermutete Ursache eine Störung) vorzunehmen. In meinem Arbeitsbereich habe ich mit folgenden Diagnosen zu tun: Koordinationsstörung, motorische Teilleistungsstörung, Störung der Tonusregulation, Aufmerksamkeitsstörung, Aktivitätsstörung, hyperkinetisches Syndrom, Interaktionsstörung, Verhaltensstörung, Wahrnehmungsstörung (sensorische Integrationsstörung).

### Bewegung beschreiben, ohne eine Störung zu suchen

LBBS sind mir besonders eine Hilfe dabei, die Bewegungsausführungen der Kinder in ihrer individuellen Ausprägung zu beschreiben und zu benennen. LBBS sagen nichts aus über Störungskriterien oder Störungsbilder. Folglich bietet es keine direkt ableitbare Folgerung, welche Intervention bei welchem Symptom Abhilfe schafft. LBBS ist für mich in diesem Arbeitsbereich hauptsächlich ein störungsunabhängiges methodisches Hilfsmittel zur Bewegungsanalyse.

### Möglichst objektive Beschreibung der Bewegungsqualität

LBBS sind eine aufwendige und ausführlich durch Beobachtung und Selbsterfahrung erlernte verinnerlichte Checkliste von konkreten Bewegungskriterien, die auf zahlreiche Bewegungssituationen anwendbar ist. Zum Beispiel der Begriff *entrückt* erscheint auf den ersten Blick nicht klar zu sein, doch sind die Begriffe von LBBS definiert (z. B. durch die dazugehörigen Faktoren – hier *Fluss- und Raumantrieb*) und in der Ausbildung durch häufigen Abgleich in der Beobachtung aufeinander abgestimmt. Es gibt natürlich immer noch einen verbleibenden, unabänderlichen subjektiven Anteil. Dieser subjektive Anteil wäre aber nur auszuschließen, wenn man sich auf die Beobachtung von Quantitäten beschränkt (z. B. wie häufig ist ein Kind auf einem Bein gehüpft) und die Qualität dabei nicht mehr erfasst (z. B. in welcher Qualität ein Kind auf einem Bein hüpft). LBBS können die Qualität von Bewegung möglichst objektiv erfassen, ohne sich auf die reine Quantität beschränken zu müssen.

### Beschreiben – nicht abstrahieren

Bei der in der Therapie üblichen Diagnostik stellt man Fehlversuche fest und versucht diese einem bestimmten Störungsbild zuzuordnen. Es ist dazu nötig, mehrere Beobachtungen gemacht zu haben, die für ein und dasselbe Störungsbild sprechen. Es geht also darum, von der konkret vorliegenden Bewegungs- und Verhaltensbeobachtung etwas abzuleiten, zu verallgemeinern. In diesem Zusammenhang kommt es zur Benutzung von abstrakten Begriffen: z. B. Körperschema. Mit der Verwendung von LBBS bleibt der Schwerpunkt bei dem, was konkret beobachtet werden kann.

### Individualität beschreiben – nicht Ursache suchen

Ein Körperschema spielt sich im Inneren einer Person ab. Es soll nicht abgestritten werden, dass es so etwas gibt. Es besteht nur das Problem, dass es nicht konkret beobachtet, sondern nur interpretiert werden kann. Wenn man sich maßgeblich auf etwas stützt, was sich im Inneren der Person abspielt, wird in der Bewegungsbeobachtung schneller interpretiert als beschrieben. Die LBBS beschreiben die Bewegung, die für einen Betrachter von außen sichtbar ist, und mutmaßt nicht über innere Zustände. Bei der Einführung des Begriffes „Aufmerksamkeits-Defizit-Hyperaktivitäts-Syndrom" geht es um die Benennung eines Phänomens. Bei einer einzelnen Diagnose geht es letztlich um die Frage, ob ein Kind einer Gruppe von anderen Kindern zugeordnet werden kann oder nicht.

LBBS sind dagegen ein Bewegungskonzept, das helfen kann, zu konkretisieren. Mit LBBS können die Unterschiedlichkeit von Kindern herausgehoben werden, die dem gleichen Störungsbild zugeordnet wurden. LBBS dienen nicht dazu, die Beobachtungen, die bei einer Person gemacht wurden, einem gerade gesellschaftlich aktuellen Störungsbegriff zu unterwerfen oder eine bestimmte Störung zu finden, sondern eine individuelle Ausprägung zu beschreiben. Theorien über vermutete Ursachen können sich auch relativ schnell wieder ändern, wie z. B. bei der minimalen cerebralen Dysfunktion.

LBBS beantworten nicht die Fragen: „Was macht er falsch?“ und „Warum macht er es falsch?“, sondern die LBBS können in erster Linie Antwort auf die Frage liefern: „Was macht er?“

Wenn sich der Leser an dieser Stelle fragt: „Ich will doch wissen, welche Störung das Kind hat. Was kann gegen diese Störung unternommen werden? Was nützt das Ganze, wenn man darauf keine Antwort bekommt?“ Dazu folgendes Fallbeispiel.

## Fallbeispiel motorische Unruhe

In einer Stunde haben Kinder und ich einen „Dschungel“ mit „Schluchten“, „Brücken“ (Kästen, Bänke, Matten) und „Lianen“ (Hängetaue) gebaut. Ein motorisch unruhiges Kind, das häufig kleine Unfälle erlebt, steht vor einer dieser Schluchten. Es steht auf einem Kasten und beabsichtigt, auf die Sprossenwand zu klettern, die ca. in Schrittabstand vom Kasten entfernt steht. Es bewegt sich hastig und fällt dabei.

Man könnte sagen, bei diesem Beispielkind liegt vielleicht eine Störung des Körperschemas vor, weil das Kind den Abstand zum Gerüst falsch eingeschätzt hat. Vielleicht sagt auch jemand, dass es eine Wahrnehmungsstörung hat, weil es unruhig ist und starke Reize sucht, weil ihm seine Unfälle gar nichts ausmachen und es sie nicht zu spüren scheint. Oder es kommt jemand auf die Idee, eine Aufmerksamkeitsstörung anzunehmen, weil es zu beschleunigten Handlungen neigt und nicht alle Reize sein Bewusstsein erreichen, die es zu beachten gilt. Je nachdem, welche Beobachtungen in anderen Situationen überwiegen, wird sich ein Motopäde für das eine oder für das andere entscheiden.

Bei einer solchen Herangehensweise werden viele Bewegungsbeobachtungen einer Gesamtidee unterstellt. Bei LBBS schaue ich nicht danach, welche übergeordnete Störung hinter der Bewegung/Handlungen steckt, sondern ich folge den untergeordneten Details mit der Frage, wie das Kind diese einzelne Bewegung gestaltet. Wenn ich LBBS benutze, dann ist es ein erster und wesentlicher Schritt, die einzelnen Bewegungsbeobachtungen nicht zusammenzufassen, sondern zu zerlegen. Durch konkretes Zerlegen der Bewegungsausführung folge ich der Frage: „Was macht er?“

### Mobilität/Stabilität

Beobachte ich das eben genannte Beispiel nach den LBBS-Kriterien, so ist für den Sturz nicht entscheidend, in welchem Tempo das Kind handelte. Dagegen beschreibe ich es so: Das Kind *verändert seine Unterstützung* (Schritt), *verlagert das Gewicht* (Gewicht verlässt das Standbein) bevor der *Kontakt* und die neue *Unterstützung* des Spielbeines auf dem Gerät hergestellt war. Die Bewegung war eine Ganzkörperbewegung, d. h. der gesamte Körper war gleichzeitig und als vollständige Einheit in diese Bewegung einbezogen. Es kam nicht zu einer Differenzierung bzw. Integration verschiedener Aspekte: Das Spielbein sollte sich nach vorne bewegen, aber das Gewichtszentrum noch nicht. Es kam zu wenig (zumindest für das Gelingen in dieser Situation) zu einer Aufgabenteilung von Körperbereichen zwischen *Stabilität und Mobilität*. Es war wenig *Gegenspannung* zu sehen, welche die Stabilität erhöht hätte. Bei mehr *Gegenspannung* hätte es die Hand nach *vorne* gezogen, das *Gewichtszentrum* hätte einen *räumlichen Zug* in die Gegenrichtung aufrecht gehalten.

Es gelingt einigen Kindern, mit wenig Ausprägung von Stabilität zu klettern. Sie „klettern“ weniger als die Geräte „anzuspringen“. Manche sind darin so geschickt, dass es nicht zu Unfällen kommen muss. Sie erscheinen dann hauptsächlich mobil. Ihnen gelingt die Anwendung von *Mobilität* und *Stabilität* nacheinander, wenn auch nicht gleichzeitig. Für die o. g. Bewegungsaufgabe würde das heißen: Im Moment der *Gewichtsverlagerung* sind sie fast ganzkörperlich mobil, im Moment des neuen *Kontaktes* mit der Sprossenwand sind sie dann nahezu ganzkörperlich stabilisierend. Der Übergang von der Mobilität zur Stabilität im Moment der Kontaktaufnahme mit der Sprossenwand gelingt ihnen zügig.

Mit LBBS hat sich meine Sicht insofern erweitert, als es sich bei Bewegungsausführungen, wie in diesem Beispiel beschrieben, nicht nur um plötzliche Bewegungen im schnellen Grundtempo handelt, bei denen die Hände die Sprossen nicht greifen und die Füße nicht auf das Gerüst treten können, sondern außerdem um Ganzkörperbewegungen mit wenig stabilisierenden Anteilen bzw. einer zeitlichen Aneinanderreihung einer ganzkörperlichen Mobilität und einer ganzkörperlichen Stabilität. Dieses Beispiel zeigt, dass man mit LBBS nach einer Analyse von Einzelaspekten in deren Synthese übergeordnete Themen benennen und Zusammenhänge herstellen kann, z. B. den Zusammenhang von motorischer Unruhe mit dem Thema *Stabilität/Mobilität.*

Bei meiner Arbeit mit dem gerade beschriebenen Kind habe ich mit LBBS einen anderen Hintergedanken als ohne LBBS: Ohne LBBS hätte ich vielleicht am Thema Körperschema oder Wahrnehmung gearbeitet, wahrscheinlich jedoch an der Aufmerksamkeit. Mit LBBS arbeite ich stattdessen am Thema *Mobilität/Stabilität.* Dieses gibt mir Ideen in Richtung motorischer Umsetzung aber auch in Richtung Befindlichkeit des Kindes und des Umgangs mit ihm.

Beim folgenden Beispiel geben mir die LBBS bei einem Kind, das ebenfalls unter die Diagnose „Aufmerksamkeits-Defizit-Hyperaktivitäts-Syndrom“ fällt, ganz andere Ideen für die Umsetzung.

## Fallbeispiel Aufmerksamkeitsstörung

Dieses Kind mit „Aufmerksamkeits- und Aktivitätsstörung“ kann nicht lange bei einer Sache bleiben und ist leicht ablenkbar. Es möchte Dreirad fahren und hält dabei ein mitgebrachtes Spielzeugauto in der Hand. Es lässt sich nur mit Mühe darauf ein, das Auto für die Dauer der Stunde auf das Fensterbrett zu legen. Es möchte mehrere Dinge auf einmal machen und sich auf keines voll konzentrieren.

### LBBS als Ideengeber

Beobachte ich nun unter der Perspektive LBBS, so fällt mir Folgendes auf: Das Kind bietet das Thema *Beziehung* an. Außerdem bemerke ich, dass es bei „länger bei der Sache bleiben“ darum geht, die *Dauer der Beziehung* zu verlängern. Aber gerade diese hatte ich unterbrochen. Der Junge bot von sich aus eine *anhaltende Beziehung* zum Gerät an: Er wollte während der Stunde etwas in der Hand halten. Das führte mich in Förderstunden zu der Beobachtung, dass er zu kleinen Geräten, die er lange in der Hand halten kann, eine *anhaltende Beziehung* hält. Durch das Gewährenlassen dieser Beziehung wurde er in der Folge in seinem übrigen Spielverhalten und seiner Konzentration dauerhafter. Auch mit Tennisbällen, die er nicht nur in der Hand hielt, sondern auch rollen lassen konnte, brach er die Beziehung selten ab.

### Lösungen finden, auch wenn die Ursache im Unklaren bleibt

Sicher ist diese Idee nicht das Einzige, was ich in der Förderung und im Umgang mit diesem Kind beachte. Wenn ich mit LBBS-Kategorien auf die Dinge schaue, sieht dieselbe Situation auf einmal anders aus. Sicherlich könnte auch gesagt werden: Darauf hätte man auch ohne LBBS kommen können. Das mag zwar so sein, aber ich möchte behaupten, dass ich mit LBBS häufiger und systematischer neue Ideen bekomme als ohne LBBS. Und wenn das Kind Fortschritte macht, indem ich mich an Beobachtungen orientiere wie: *Dauer der Beziehung*, Größe der Geräte und *aktiver Teil in der Beziehung*, dann ist es unerheblich, wie genau die Störung des Kindes benannt werden kann und welche möglicherweise – sowieso nie gänzlich klärbaren – neurophysiologischen Ursachen dieses hat.

### Bewegungsrepertoire erkennen

Die Motopädie möchte in der Arbeit mit einem Menschen dort ansetzen, wo dieser Mensch Stärken zeigt und möchte auf diesen Ressourcen aufbauen. LBBS gibt mir Kriterien an die Hand, diese Stärken und Möglichkeiten umfassender wahrnehmen zu können. LBBS können differenzierte Kriterien liefern, die individuellen Ausprägungen einer Diagnose zu beschreiben. Zur Erläuterung soll das folgende Beispiel dienen.

## Fallbeispiel Koordinationsstörung – Tonusregulationsstörung (Hypotonie)

Wir spielen Tiere und ein Junge mit dieser Diagnose denkt an Zirkustiere. Er möchte als Löwe durch einen tief gehaltenen Reifen (weicher Fahrradmantel) springen. Seine Unterschenkel haben Kontakt zum Boden. Er sitzt auf seinen Fersen. Seine Hände berühren den Boden. Er möchte sich durch den Reifen strecken, mit den Armen landen und die Beine nachziehen. Es kommt zu zahlreichen misslungenen Versuchen: misslungen deshalb, weil er nicht durch den Reifen kommt oder unsanft landet.

### Bewegungsversuche positiv und neutral beschreiben

Die Fehlversuche hätte ich ohne LBBS bestenfalls damit beschreiben können, dass der beobachtbare Bewegungsablauf nicht den Absichten des Kindes entspricht (den Reifen durchspringen) und dass dieses mit dem Zusammenspiel zwischen Oberkörper und Unterkörper zusammenhängt. Dieses wäre eine „negative“ Beschreibung: Ich benenne, was ihm nicht gelingt.

Mit LBBS beschreibe ich wie folgt:
Er zeigt zwei verschiedene Arten von Versuchen. In der ersten Variante ist ein *Drücken* vom Unterkörper zu sehen. Dieser *Druck* setzt sich in den Oberkörper fort. Er landet mit den oberen Extremitäten hart auf dem Boden. Die Bewegung endet hier. In der zweiten Variante initiiert das Kind die Bewegung mit einem *Ausreichen* („reach“) im Oberkörper. Der *räumliche Zug* nach *vorne* und die *räumliche Intention* sind zu erkennen. Die Arme nehmen *Kontakt* mit dem Boden auf. Das *Ausreichen* der Hände setzt sich in den Unterkörper fort. Die Beine strecken sich. Das Kind wird jetzt unterstützt durch Hände und Füße. Dann fällt er um.

#### Klarheit in der Beschreibung einer individuellen Bewegungslösung gewinnen

Es ist festzuhalten, dass der Junge in den Versuchen zwei wichtige Komponenten zeigen konnte: den *Druck* vom Unterkörper und das *Ausreichen* vom Oberkörper. Hiermit konnte ich nicht nur ein Defizit beschreiben, sondern die Frage beantworten: „Was ist da?“ Erst auf diese Antwort aufbauend stellt sich die Frage, an welcher Stelle der Bewegungsablauf nicht funktioniert. Er zeigt den *Druck* vom Unterkörper und das *Ausreichen* vom Oberkörper, jedoch noch nicht innerhalb ein und desselben Versuchs und nicht in einer zeitlichen Abstimmung (*Phrasierung*), die zum gewünschten Ergebnis führt.

Auf der einen Seite komme ich also mit LBBS zu dem gleichen Ergebnis wie ohne LBBS: Es geht hier um das Zusammenspiel von Oberkörper und Unterkörper. Auf der anderen Seite jedoch bin ich der Meinung, mit LBBS dieses Zusammenspiel viel klarer benennen zu können. Ein erfolgreicher Löwensprung durch den Reifen hätte mit einer *Phrasierung* aus einem *Druck* vom Unterkörper (Absprung), einem *Ausreichen* vom Oberkörper (Flugphase) und einem *Zug* im Unterkörper (Beine nachziehen zur Landung) bestanden.

## Resümee

Wie diese Beispiele zeigen, würde ich als Motopädin in Begriffen wie „Tonussteigerung", „Koordinationsstörung" und „Bewegungsplanung" denken. Durch LBBS wähle ich direkt beobachtbare, differenzierte und störungsunabhängige Begriffe. Der Gewinn, den ich aus LBBS ziehe, ist hauptsächlich die konkrete Beschreibung von Bewegungslösungen. Die LBBS bieten ein Pool von möglichen Kriterien und mit dieser Checkliste kann in der Verlaufsdiagnostik beobachtet werden, was „da ist".

Erst die Sammlung, welche Bewegungsaspekte beobachtet werden (Analyse), und die Herstellung von Zusammenhängen zwischen diesen Bewegungsaspekten (Synthese) ergeben ein Bild vom Bewegungsrepertoire eines Menschen. Danach können diese Beobachtungen den vielen möglichen Bewegungslösungen einer Situation gegenübergestellt werden – also die Aspekte der Bewegung, die „nicht da sind". Es kommt aber nicht zu einer Zuordnung zu klassischen Störungsbildern oder zu anderen Einordnungen.

Meine Ergebnisse bei einer Analyse – wie bei den Beispielen in diesem Text – waren für mich häufig „kalter Kaffee" und Überraschung zugleich. Ich wunderte mich, dass ich die Dinge nicht schon vorher ähnlich deutlich gesehen hatte. Es ist wohl damit zu begründen, dass intuitiv Einschätzungen entstehen, die ich aber nach einer Analyse mit LBBS konkreter benennen kann und dadurch Klarheit gewinne. Um auf die Anfangsaussagen von Reichenbach zurückzukommen: LBBS sind eine qualitative Vorgehensweise, in der Begriffsverständnisse geklärt und Bewegungsbeschreibungen strukturiert sind.

# Bartenieff Fundamentals in der Jugendpsychiatrie – ein Fallbeispiel

MONE WELSCHE

Dieser Artikel gibt ein anschauliches Beispiel, wie die Bartenieff Fundamentals im Rahmen der bewegungstherapeutischen Arbeit zur psychischen und körperlichen Stabilisierung von psychiatrisch behandlungsbedürftigen Jugendlichen eingesetzt werden können. Als Bewegungstherapeutin habe ich viele Jahre mit Jugendlichen gearbeitet, die in der Kinder- und Jugendpsychiatrie behandelt wurden und habe die Fundamentals als Körperarbeit für diese schwierige Klientel sehr schätzen gelernt. Im Folgenden stelle ich ein Fallbeispiel und Teile der bewegungstherapeutischen Stunden mit einer jugendlichen Patientin vor, in denen die Fundamentals eine zentrale Rolle im Behandlungsverlauf gespielt haben.

## Laras Geschichte und erste Beobachtungen

Lara (der Name wurde verändert) kam als 17-Jährige in die Kinder- und Jugendpsychiatrie. Sie wurde von ihrem Vater gebracht, der sie fand, nachdem sie sich tief in die Unterarme geschnitten hatte. Lara wurde auf der Jugendstation aufgenommen, da der Vater Sorge hatte, dass sie sich zu Hause wieder etwas antun würde. Sie war ein großes Mädchen mit langen strähnigen Haaren und wirkte verloren und etwas verwahrlost. Den Kopf hatte sie zwischen den Schultern eingezogen, als wollte sie sich klein machen und am liebsten gar nicht da sein. Ihre Haltung schien in der *schrumpfenden Formungsqualität* und im *passiven Gewicht* eingefroren zu sein.

Im ersten Kontakt zu mir hatte Lara den Kopf in den Armen vergraben und reagierte kaum auf Ansprache. Erst als ich ihr von dem Bewegungstherapieraum erzählte und erwähnte, dass eine Hängematte darin sei, nahm sie den Kopf etwas hoch. Auf Nachfrage erzählte sie stockend, dass sie gern in der Hängematte schaukelt. So konnte sie das Angebot annehmen und mit in den Bewegungstherapieraum gehen.

Im Bewegungstherapieraum setzte sich Lara mit dem Rücken zur Wand, sodass sie den Raum überblicken konnte. Sie erzählte langsam, warum sie in die Klinik gekommen war. Sie zitterte am ganzen Körper, hatte die Arme um die Beine geschlungen und hielt den Kopf gesenkt. Lara berichtete, dass sie nicht mehr leben wollte. Sie habe Angst gehabt vor anderen Menschen, vor der Schule und überhaupt Angst, nach draußen zu gehen, und sie habe ihr Zimmer in den letzten Wochen kaum mehr verlassen. Lara beschrieb, dass sie sich oft wie in einem schwarzen Loch fühle, aus dem sie nicht entkommen könne. Auf die Frage, seit wann dies so sei, wurde deutlich, dass es ihr schon sehr lange schlecht ging. Sie war als 12-Jährige schon einmal in einer Kinder- und Jugendpsychiatrie gewesen, habe damals schon nicht mehr leben wollen, aber sei dann nach ein paar Wochen wieder entlassen worden, weil sie so gern nach Hause gewollt habe. Sie konnte erzählen, dass sie früher viel Handball gespielt habe und im Verein war. Das sei die einzige Gelegenheit gewesen, bei der sie sich in einer Gruppe Menschen halbwegs wohl gefühlt habe, auch wenn sie außerhalb des Trainings nichts mit den anderen Mädchen zu tun gehabt hatte.

Nach diagnostischer Einschätzung zeigte Lara eine schwere depressive Episode mit selbstverletzendem Verhalten und dissoziativen Zuständen. Diese schienen immer dann einzutreten, wenn sie große Angst und Verzweiflung verspürte. Häufig gingen diese Zustände mit einem starken Zittern einher. Lara war dann nicht mehr ansprechbar und schien „neben sich“ zu stehen. Sie selbst beschrieb, dann in einem schwarzen Loch zu sitzen. Sich selbst zu verletzen sei dann die

einzige Möglichkeit, sich wieder spüren zu können. In anderen Situationen verletzte sie sich in suizidaler Absicht, weil sie im Leben keinen Sinn mehr sah und nicht mehr „sein" wollte.
Auf die Frage, wie es ihr körperlich geht, berichtet Lara, dass sie oft „dieses schlimme Zittern" habe. Dann könne sie nicht mal mehr schreiben oder die Gabel ruhig halten. Es fühle sich an, als würde ihr Körper machen, was er wolle, und das sei kaum auszuhalten. Außerdem würde sie sich immer wackliger und schwächer fühlen und entspannen könne sie sich gar nicht. Sie fühle sich eingesperrt in dem „dunklen Schloss", wie sie es nannte, und konnte nicht raus.

## Indikationsstellung

Für eine bewegungstherapeutische Behandlung sprachen mehrere Gründe:

a) Laras zittrige und kraftlose Konstitution wies auf ihre große psychische Belastung hin. Die Indikation für eine bewegungstherapeutische Behandlung wurde gestellt, um sie durch Körperarbeit psychisch und auch körperlich zu stabilisieren.

b) Lara verweigerte auf Station nahezu jede Aktivität. Zu Gruppenaktionen ging sie nicht mit, da sie das Zusammensein mit anderen Menschen nicht aushielt. Sie hatte Angst vor anderen Menschen, isolierte sich und bekam damit noch mehr Angst, weil sie dachte, alle würden über sie reden. So blieb sie meist auf ihrem Zimmer. Auch Unterricht an der Klinikschule kam für sie noch nicht infrage, da sie sich nicht konzentrieren konnte, schnell zu zittern begann und deutlich zu sehen war, dass die Situation sie überforderte. Einzig die gesprächstherapeutischen Kontakte nahm sie an, doch auch hier sprach sie kaum. Der Bewegungsraum bot ihr eine Möglichkeit, ohne Sprache Bedürfnisse und Probleme deutlich zu machen und ihnen Raum geben zu können.

c) Der Aufforderungscharakter der verschiedenen Materialien und die Atmosphäre des Raums sollten genutzt werden, um Lara „in Bewegung zu bringen" und ihr passiv-aushaltendes Verhalten zu verändern. Der handlungsorientierte Raum – im Gegensatz zur Gesprächstherapie – sollte es ihr ermöglichen, sich im Tun als selbstbestimmten Menschen fühlen und so langsam wieder mehr Selbstverantwortung übernehmen zu können.

## Ziele der Bewegungstherapie

Stabilisieren der körperlichen Basis, hier Kreislauf und Tonus, durch Bewegungsangebote, um die körperliche Spannung, die im engen Zusammenhang mit dem psychischen Stress steht, zu kanalisieren.
In einem geschützten Rahmen Kontakt zu einem anderen Menschen gestalten.
Über die körperliche Arbeit ein Gefühl für sich selbst entwickeln, den eigenen Körper spüren, ohne es emotional werden zu lassen.
Positives Erleben, Sicherheit in der Beziehung zu sich selbst und zu anderen; entwickeln von Bedürfnissen und Wünschen.

## Auszüge aus dem therapeutischen Verlauf

Im Verlauf der ersten Wochen wurde deutlich, wie sehr Lara versucht hatte, sich zusammenzuhalten. Im sicheren Rahmen der Jugendstation dekompensierte sie zunehmend, zitterte ununterbrochen, hatte Schwierigkeiten, ihr Besteck beim Essen zu halten, und weinte viel.

In der Therapeutenbesprechung beschlossen wir, dass die bewegungstherapeutischen Termine, die ursprünglich 2 x pro Woche über 45 Minuten stattfinden sollten, auf 3 x pro Woche für 20–30 Minuten mit dem Fokus auf stabilisierende Arbeit erweitert werden sollten.

Lara wurde zu jedem Termin abgeholt. Die Stunde begann mit einer kurzen Anfangsrunde, in der Lara sagen konnte, wie es ihr geht und ob sie einen besonderen Wunsch hat. Häufig saß sie zusammengekauert auf dem Boden und am ganzen Körper zitternd.

Wir hatten über einen Verlauf von etwa zwei Monaten bewegungstherapeutische Stunden, die alle etwa den gleichen Ablauf hatten. Oftmals ließen wir die sonst übliche Anfangsrunde aus, wenn die Gefahr bestand, dass Lara durch das Sprechen über ihre schwierige Situation und ihre Verzweiflung zu „versacken" drohte. Dann wurde ihr Zittern schlimmer und es wurde sehr schwer, den Kontakt zu ihr zu halten und sie zu einer aktiven Stunde zu motivieren. Statt der Gesprächsrunde begannen wir deshalb oft damit, uns nebeneinander auf den Boden zu legen und die folgenden Übungen in der Reihenfolge zu absolvieren:

## Ankomm- und Aufwärmübung

Lara zitterte stark, sodass wir immer mit einem leichten Schütteln der Beine und Arme begannen, damit die Muskeln sich ein bisschen lockern konnten. Diese Bewegungen waren durch den hohen *gebundenen Fluss* eher stockend und wenig fließend. Ein Ausschütteln im Sinne von Entspannung der Muskeln war Lara nicht möglich, da ihre Grundspannung zu hoch war. Durch die Bewegung der Beine und Arme konnte allerdings ein Teil der Spannung in den Gliedern in Bewegung freigesetzt werden.

## Horizontale Armbewegung

Ausgangslage T (Rückenlage, Beine lang und Arme auf Schulterhöhe seitlich abgelegt). Wir legten die Handflächen zur Decke gestreckt zusammen. Wir führten dann den linken Arm seitwärts, bis er fast ausgestreckt auf dem Boden neben uns lag, wobei die rechte Hand folgte und weich am führenden Arm entlangglitt. Die Augen folgten der Bewegung und der Kopf drehte sich mit. Die gleiche Bewegung wurde zurück ausgeführt, bis beide Hände wieder in der Anfangsposition angekommen waren. Anschließend wurde die Bewegung zur anderen Seite ausgeführt.

Lara fiel diese Bewegung leicht, allerdings hatte sie häufig Schwierigkeiten mit ihrem Blick – und damit ihrer Aufmerksamkeit –, der Bewegung zu folgen. Manchmal führte sie die Bewegung mechanisch aus. Dann war deutlich spürbar, dass ihre Gedanken woanders hinwanderten und sie „neben sich stand". Für Lara war diese Übung zu Beginn unserer Stunde wichtig, da ihr die Augen-Handkoordination half, sich auf die Bewegung zu konzentrieren, und so war sie auf die folgenden Sequenzen vorbereitet, in denen kein Blickkontakt zur Bewegung mehr möglich war.

## Vorbereitung für die Hüftbeugung

Bei der Fundamentals-Übung Vorbereitung für das Beugen und Strecken im Hüftgelenk variierten wir den Bewegungsansatz mal aus der Hüfte (mit einer Hand an der Hose zupfen und das Gefühl für die Stelle zu verdeutlichen) und mal aus dem Fuß. Beim Strecken des Beins schoben wir das Bein nach unten, mit der Aufmerksamkeit auf die Fußsohle, die locker und leicht über den Boden rutschen sollte. Erst wenn das Bein wieder ausgestreckt und möglichst entspannt auf dem Boden lag, wechselten wir zur anderen Seite.

Diese Übung veränderten wir nach ein paar Wiederholungen mit *kraftvollem Antrieb*. Wir stellten uns vor, auf Sand zu liegen und mit unserem Fuß, d. h. erst mit der Ferse und dann mit dem ganzen Fuß, eine tiefe Rille in den Sand zu graben, während wir den Fuß zu den Sitzbeinknochen schoben und wieder zurück. Lara mochte die Bewegungen, die etwas anstrengender waren, gerne, da sie hier ihre Körperspannung regulieren konnte. Nach dem kraftvollen *Drücken* und *Schieben* löste sich die Anspannung im Körper ein wenig, ihr Zittern verringerte sich und Entspannung konnte einsetzen.

Im Verlauf der Stunden nahmen wir die Atmung als weiteren Aspekt hinzu. Während ich Lara erst darauf aufmerksam machte, ihre Atmung fließen zu lassen und möglichst nicht anzuhalten, war es in folgenden Stunden möglich, aktive *Atemunterstützung* einzusetzen, indem wir mit einer Bewegung einatmeten und mit einer anderen aus. Dabei probierten wir aus, zu welchen Bewegungen das Ein- und Ausatmen am Besten passte. Lara nutzte diese Sequenz häufig, um ihre ganze Kraft einzusetzen und sich zu verausgaben. Dies schien ihr Erleichterung und Entspannung zu bringen.

## Laterale Gewichtsverlagerung

Mit der Fundamentals-Übung der *Gewichtsverlagerung des Beckens – lateral* führten wir unsere Aufmerksamkeit zum Becken – und damit fast zur Körpermitte. Auch hier achteten wir zunehmend auf die *Atemunterstützung*. Als Variation, immer dann, wenn deutlich wurde, dass Lara mehr Anspannung brauchte, um entspannen zu können, hielten wir das erhobene Becken in der Mittelposition über 5 bis 10 Sekunden und spürten der Anspannung nach (Wo war Anspannung zu spüren?). Zeitweise steigerten wir die Anspannung noch, indem wir unsere Zehenspitzen oder Fersen anhoben, manchmal auch ein Bein.

Durch das Handballspielen war Lara beweglich und hatte Spaß an Bewegung, Sport und Anstrengung. Sie mochte es gern, herausfordernde Sequenzen zu machen, wie z. B. eine Variation der Hüftbeugen eines Beines, während das andere das Becken erhoben hielt. Für mich schien es so, als ginge es nicht nur um An- und Entspannung. Hier wurde das Thema „Herausforderung" spürbar. Sie bewies sich selbst, dass sie schwierige Situationen meistern konnte.

## Spinales Aufrollen

Wir blieben mit aufgestellten Beinen auf dem Rücken liegen und begannen langsam durch Kippen des Beckens die Wirbelsäule aufzurollen, Wirbel für Wirbel, so weit wie es möglich war, und wir rollten wieder zurück, bis wir das Becken wieder auf dem Boden liegen hatten. Diese Übung im *Spinalmuster* ging noch näher an das Körperzentrum.

Diese Bewegung führte Lara konzentriert und bewusst aus, obwohl sie Bewegungen um die Körpermitte sonst eher vermied und diese Region zu blockieren schien. Es wurde deutlich, dass sie sich so sehr auf die Ausführung der Bewegung konzentrierte, dass sie an nichts anderes dachte.

In den ersten Stunden beendeten wir die Sitzung nach diesen Übungen, indem wir uns über die Seite zum Sitzen rollten, langsam aufstanden und jeder für sich den eigenen Körper abklopften und ausstrichen. Lara war von der Einheit angestrengt und müde, aber sowohl psychisch als auch körperlich stabilisiert. Sie zitterte weniger und konnte benennen, dass es „gut" war.

Im Verlauf weiteten wir die Stunden inhaltlich aus und nahmen die folgenden Sequenzen hinzu:

## Zusammenziehen und Auseinanderdehnen

Die ersten Male machte ich die Übung *Zusammenziehen und auseinanderdehnen* vor und Lara schaute zu. Ich zog die Arme, Beine, Ellbogen und Knie zum Bauchnabel hin, streckte dann auf der Seite liegend alles vom Bauchnabel weg, zog mich wieder zusammen und rollte zurück ins X auf den Rücken. Mit zunehmendem Aufbau einer vertrauensvollen Beziehung zwischen uns war es möglich, Lara Körperkontakt anzubieten und sie so in dieser Übung durch führende Berührung zu unterstützen. Beim Einrollen unterstützte ich sie verbal, erinnerte sie an die Wirbelsäule, ihren Kopf und das Steißbein, die sich zum Bauchnabel krümmen. Beim Auseinanderdehnen ermunterte ich sie, sich so weit wie möglich auszustrecken, während ich ihre *räumliche Intention* an ihren Fingerspitzen nach oben zum Kopf und an den Fußspitzen nach unten unterstützte. Dabei setzte ich mich hinter sie, sodass ich sie stabilisieren konnte. Diese körperliche Unterstützung gab ich allerdings nur sehr punktuell. Lara mochte beide Bewegungsrichtungen gerne. Sie lachte sogar manchmal, wenn sie beim Ausstrecken umzufallen drohte.

### X-Rollen

Vom X in Rückenlage drehten wir durch Zug mit jeweils einem Fuß vom Rücken in die Bauchlage und zurück. In dieser *X-Rollen*übung gab ich immer wieder viel Unterstützung, indem ich Lara einen deutlichen Impuls am Fuß gab und so die räumliche Richtung klarer werden ließ. Wir wiederholten diese Übung mehrmals mit Initiierung aus den Füßen oder aus den Händen.
Auch diese Sequenz mochte Lara sehr gern, anfänglich war sie in der Körpermitte noch etwas verkrampft, aber das löste sich schnell und oft machten wir die Übung so langsam, dass die Rotation in der Körpermitte sehr deutlich und für Lara auch sehr gut spürbar wurde. Sie genoss das „Verdrehtsein" und das Gefühl, dass sie ihren Körper nachher gut spüren konnte.

Die Reihenfolge der Sequenzen war extra so aufgebaut, dass wir von den Extremitäten aus anfingen, um möglichst weit weg von der Körpermitte zu beginnen, denn dies war der Bereich, der bei Lara oft gefühllos war, den sie abspaltete, weil dort ihrer Aussage nach ihr Gefühl und damit ihre Angst und Verzweiflung saßen.

Durch die Konzentration auf die Bewegungen gelang es Lara, sich von ihrer Angst und dem „dunklen Schloss" abzulenken. Darüber hinaus erlebte sie sich und ihren Körper positiv, sie konnte „etwas bewegen", hatte Kraft und kam in eine körperliche Stabilisierung, die sich zumindest kurzzeitig auf die Stabilisierung ihres psychischen Zustandes auswirkte. Lara hatte das Gefühl, dass sie ausbrechen konnte (Prinzip Hoffnung) und sie war über den Verlauf der Sequenzen in Kontakt mit sich selbst.

## Anmerkungen und Abschluss

Lara war über ein ¾ Jahr Patientin auf unserer Station und die bewegungstherapeutischen Stunden waren ein zentraler Baustein in ihrer Behandlung.

Nach Beendigung des Aufenthaltes in der Klinik sagte Lara mir, dass ihr die Übungen – sie nannte es „das Rumrollen auf dem Boden" – und die Hängematte in der schwierigen Phase sehr geholfen hätten. Sie könnte nicht sagen, warum, aber es sei wichtig für sie gewesen.

Für mich stellten die Bartenieff Fundamentals wie keine andere Form von Körperarbeit eine Möglichkeit dar, den Menschen auf eine „ungefährliche" Art und Weise wieder in Kontakt zu sich selbst und in Bewegung zu bringen. Ich habe Fundamentals-Sequenzen in vielen Gruppen- und Einzeltherapien eingesetzt.

Manche Jugendliche nannten es Aufwärmgymnastik, manche „das Rumrollen auf dem Boden", so wie Lara. Einige fanden es anstrengend, sich auf sich selbst zu konzentrieren und körperlich zu arbeiten, die meisten berichteten zum Ende der Therapie oder in den Reflexionsrunden innerhalb der Stunden, dass sie diese Sequenzen gerne machen, dass sie ihnen ein gutes Gefühl geben und dass sie sich wieder besser spüren können. Insbesondere bei Patienten und Patientinnen, die wie Lara grundlegend verunsichert waren, konnte ich immer wieder beobachten, wie die sehr einfachen Sequenzen zur Wahrnehmung und Aktivierung von Körperverbindungen stabilisierend und sortierend wirkten. Die Jugendlichen wirkten nach den Übungen „ganzer" und wieder mehr bei sich – und das ist ein sehr schöner Erfolg in der therapeutischen Arbeit.

# Autonomie und Anpassung – zur Bedeutung des Erlebens der Schwerkraft in der Aufrichtung

**UTE LANG**

Die Tanztherapie ist eine kreative Therapieform, in der Bewegung und Tanz zur Integration von körperlichen, emotionalen und kognitiven Prozessen genutzt wird.[391] Die Laban/Bartenieff-Bewegungsstudien (LBBS) dienen hierbei als diagnostisches Verfahren zur Entwicklung eines Therapieplans und im aktiven Gestaltungsprozess des therapeutischen Geschehens. Die tiefenpsychologisch orientierte Tanz- und Bewegungstherapie, die die Qualität der Objektbeziehungen berücksichtigt, zielt darauf ab, das Präverbale durch expressives Wiedererleben und symbolische Darstellung innerhalb eines Übergangsraums im Spiel deutlich zu machen[392] und zu bearbeiten. Die kreative Bewegungsimprovisation und die „unbewusste authentische Bewegung" stellen die Basis des therapeutischen Prozesses dar.[393]

Ein wichtiger und grundlegender Baustein innerhalb der Tanztherapie ist die Arbeit mit den LBBS, die ich in diesem Kapitel als ressourcenorientierte und übungszentrierte Herangehensweise darstellen möchte. Ich werde aufzeigen, wie durch funktionale Körperarbeit und Interaktionsspiele ein „potenzieller kreativer Spielraum" eröffnet werden kann, in dem die emotionalen Themen von Autonomie und Anpassung im Bewegungsprozess lebendig werden können und neue Erfahrungen innerhalb einer haltenden therapeutischen Beziehung möglich werden.[394]

In diesem Zusammenhang ist es mir wichtig, das Erleben der Schwerkraft als die physische Komponente der Erfahrung einer differenzierenden Selbstwahrnehmung und eines differenzierten Handlungspotenzials herauszuarbeiten. Das Erleben der Schwerkraft und das Bewegen innerhalb der Schwerkraft begreife ich dabei als die dynamische Qualität und Basis für die Fähigkeit, sich seiner selbst bewusst zu werden, sich selbst zu erkennen und sich von anderen zu unterscheiden. Ein Mensch wird als „bodenständig" bezeichnet, weil er den Boden unter seinen Füßen, die Erde, die ihm seine Stabilität erst gewährt, als unterstützende Basis erfährt. Er wird sich durch die belebenden Impulse des tragenden Bodens seiner selbst bewusst.[395] In vielen umgangssprachlichen Wortspielen, wie z. B. „einen Standpunkt einnehmen", „standhaft sein", „zuständig sein", finden wir Hinweise auf die Bedeutung der Aufrichtung in der Schwerkraft. Sie weisen darauf hin, dass die „Verkörperung" der Schwerkraft dazu beiträgt, selbstständig handelnd in der Welt zu sein.

Da die psychische Entwicklung des Kindes eng verknüpft ist mit der physischen Entwicklung, beschreibe ich wesentliche Prinzipien der *ganzkörperlichen Bewegungsmuster*[396] des Kleinkindes in Bezug zur Objektbeziehungstheorie[397] mit dem besonderen Schwerpunkt auf den Entwicklungsthemen des zweiten Lebensjahres. In dieser Zeit nehmen Themen von Anpassung und Autonomie ihre prägenden Anfänge.

## Theoretischer Hintergrund

Unter dem Begriff Objektbeziehungstheorie werden unterschiedliche Ansätze zusammengefasst, denen gemeinsam ist, dass sie die zentrale Bedeutung der frühen Mutter-Kind-Interaktion und der Vorstellungen des Kindes über sich und seine Bezugspersonen für die spätere Beziehungsgestaltung und für die Persönlichkeitsentwicklung herausstellen. Ein weiteres gemeinsames Merkmal ist die Hervorhebung von Übertragung und Gegenübertragung der Ausgestaltung des psychotherapeutischen Konzeptes.

In meiner Arbeit verweben sich die ganzkörperlichen Bewegungsmuster mit der psychophysischen Entwicklungstheorie und der Objektbeziehungstheorie, wobei die LBBS und im besonderen die Prinzipien der Bartenieff Fundamentals mir das Fundament für den Therapieprozess bieten, indem sie ein geerdetes Selbstvertrauen, einen lebendigen emotionalen Ausdruck und das In-Beziehung-Sein mit anderen fördern. Psychische Themen werden so körperlogisch erforscht.

## Ganzkörperliche Bewegungsmuster

An dieser Stelle greife ich nur diejenigen *entwicklungsmotorischen Muster* auf, die für die Autonomieentwicklung wichtig sind. Mit ca. einem und weiter im zweiten Lebensjahr treten die *Homologmuster mit Druck-* und *Zug* in den Vordergrund. Sie verbinden die Gliedmaßen in einer ganzkörperlichen Bewegungsabfolge in den Rumpf. Im Drücken, Schieben und Ziehen, im Krabbeln und Aufrichten werden *Homologmuster mit Schub-* und *Zug* in der *Oberkörper-Unterkörperverbindung* geübt und die Schwerkraft in der *vertikalen Aufrichtung* verkörpert. Mit diesen ganzkörperlichen *Homologmustern* werden Muskelgruppen, die den Unterkörper mit dem Oberkörper verbinden, physisch gestärkt und emotional besetzt. Uneffektive *Körperverbindungen* zwischen Oben und Unten zeigen sich in der Aufrichtung, z. B. wenn das Becken abknickt, die Knie durchgedrückt oder die Schultern hochgezogen werden. Diese Haltungspräferenzen unterbrechen die Aufrichtung und *Erdung* des Körpers, sie weisen auf mögliche konflikthafte Themen in dieser Entwicklungsphase hin.

Der Unterkörper erfährt beim Krabbeln, Aufrichten und Gehen seine Differenzierung für *Erdung, Gewichtsverlagerung* und Fortbewegung und der Oberkörper entwickelt beim Spielen die Fertigkeiten des Greifens, Festhaltens und Kommunizierens. Der *Gewichtsantrieb* wird *erspürend* wie auch *ankämpfend* im Krabbeln und Klettern ganzkörperlich geübt und es werden in der Tiefenmuskulatur effiziente neuromuskuläre Verbindungen gebahnt. Überlappend ist in dieser Phase schon das *Homolateralmuster* mit den *Körperhälften* zu sehen, welches die *räumliche Spannung* und den *Raumantrieb* mehr in den Vordergrund stellt. Zusätzlich setzt mit der Fähigkeit, die Raumspannung in den Körperhälften zu erschaffen, das innerliche Beobachten ein. Der Höhepunkt der psychophysischen Integration dieser beiden *Muster* findet mit dem Stehen und Vorwärtsgehen statt.

## Objektbeziehungstheorie

Die Objektbeziehungstheorie, im Besonderen sei M. Mahler erwähnt,[398] beschreibt die psychische Entwicklung des Kindes eingebettet in die frühen Beziehungsdialoge. Mahler hat ihr Phasenmodell, das auf der direkten Beobachtung von Interaktionen zwischen Mutter und Kind beruht, als die „psychische Geburt" des Kindes hin zur Individuation bezeichnet. Ihre konkreten Beschreibungen von frühen Interaktionen zwischen Mutter und Kind veranschaulichen die wichtigen Entwicklungsthemen sowie deren Gelingen oder Scheitern. Bedeutsam für die Ich-Entwicklung, die im zweiten Lebensjahr zu Autonomie und/oder Anpassung führen, beschreibt sie in der Phase der Differenzierung und der Übungsphase.[399]

## Autonomieentwicklung in der Bewegung

J. Kestenberg beschreibt Entwicklung aus der Sicht der Bewegung. Mit dem Aufrichten in die Vertikale beginnt das Kind, Gegenstände aufzuheben und deren Gewicht zu erspüren, sie festzuhalten und wegzuwerfen. Das Kind lernt unterschiedliche Spannungsintensitäten zwischen hoher und niedriger Spannung zu kontrollieren, sich mit Anstrengung aufzurichten und mit Vehemenz seinen Unmut auszudrücken. Außerdem lernt es sanft, feine Gegenstände zu berühren und danach zu greifen. Das Entwickeln seiner Muskeln gegen und mit der Schwerkraft, in der Vertikalen, erweckt ein Empfinden für sein eigenes Tun.

Das Kind nutzt seinen ganzen Körper. Im Anheben und Abwägen von Objekten erfährt es das Gewicht des Gegenstandes in Bezug zu seiner eigenen Kraftverausgabung und es begreift langsam, dass es ein unabhängiges selbstständiges Wesen ist und sich von anderen durch seinen Ausdruck unterscheidet. Mit dem Empfinden für die Schwerkraft und dem Sich-Aufrichten in den Stand beginnt es zu sprechen, auf Gegenstände zu zeigen und sie zu benennen. Es ist stolz und sucht Bewunderung. Es gewinnt in dieser Zeit ein gewisses Maß an Unterscheidungsfähigkeit und eigenständiger Handlungsfähigkeit.[400] Mit dem Nein-Sagen beginnt es sich verbal abzugrenzen.

Im zweiten Lebensjahr stehen die Schwerkraftkontrolle in einer flexiblen Aufrichtung, die *Gewichtsverlagerung* und das Gleichgewicht in Rumpf und Gliedmaßen im Vordergrund sowie das Stabilisieren und Lösen. Aus dieser frühen Organisation entstehen Intentionalität, Wertbestimmung und Konfrontation, was wiederum die Grundlage für das Präsentieren und Symbolisieren darstellt.[401]

In dieser Zeit braucht es eine Mutter, die es beim Erlernen und Üben neuer Fähigkeiten unterstützt, es bestätigt, gefundene Gegenstände benennt und es bei Gefahr schützt und begrenzt. Übermäßige Verbote bremsen das Üben und Ausprobieren und führen eher zu innerem Rückzug, Passivität und Anpassung oder zu Trotz, Konfrontation und einem zu frühzeitigen Autonomiestreben.

Mahler schreibt, dass die optimale Mutter zur Entfaltung autonomer Ich-Funktionen die allmähliche Distanzierung, z. B. beim Wegkrabbeln, akzeptiert, Interesse am Üben fördert und emotional verfügbar sein soll.[402] Schwierigkeiten in der Beziehung von Mutter und Kind treten auf, wenn die Mutter sich der Eigeninitiative des Kindes gegenüber ambivalent verhält und z. B. das Kind zu sehr in seinem Tun begrenzt. Das Kind passt sich in einer solchen Situation an die Bedürfnisse der Mutter an und gibt etwas von seinem lebendigen Lebensausdruck auf. Wiederholungen solcher Beziehungsdialoge prägen Verhaltensmuster, die auch im weiteren Leben wirksam bleiben.

## Praktische Anwendung zum Thema Autonomie und Anpassung

Der Mensch erzählt mit seinem Körper, seiner *Haltung*, in *Schattenbewegungen* und in Spannungszuständen verschiedener Körperpartien von seiner individuellen Geschichte. Persönlichkeitsprägende Erfahrungen der frühen Kindheit werden im Köper gespeichert und tauchen als wiederkehrende *Muster* in Bewegung auf. Durch Selbst- und Fremdwahrnehmung können diese im lebendigen Bewegungsdialog erlebt, wahrgenommen und durchgearbeitet werden. Die funktionale Körperarbeit (mit den Prinzipien der Bartenieff Fundamentals) kann eine vorbereitende Hinführung und eine haltende Strukturierung für emotionale Themen sein.

Im therapeutischen Prozess arbeite ich mit den Prinzipien der Fundamentals übungszentriert und ressourcenorientiert an Körperverbindungen, an der Zentrierung und Aktivierung des *Gewichtszentrums*, an *Erdung* und Aufrichtung. Ich beobachte, wie sich durch die übungszentrierte Körperarbeit emotionale Themen herauskristallisieren. Die ganzkörperlichen *Schiebe-, Druck-* und *Zugansätze im Homolateralmuster* beschreiben das genetisch angelegte Potenzial in der Autonomieentwicklung und die Möglichkeiten der Bewegungsvielfalt. Da, wo der Körper von energetischen Brüchen bzw. Bewegungseinschränkungen erzählt, gibt er mir Informationen, die ich diagnostisch nutzen kann. Das heißt, körperliche Unverbundenheit in der *Oberkörper-Unterkörperverbindung* weist auf Themen des zweiten Lebensjahres, „der Übungsphase“, hin.[403]

Im Folgenden stelle ich die Planung einer Gruppentherapiestunde vor, in der ich mit grundlegenden Bewegungsprinzipien der Bartenieff Fundamentals arbeite. Übungen zum Umgang mit dem

*Gewichtszentrum*, *Ebenenwechsel* und zur *dynamischen Aufrichtung* werden zum Anwärmen des Körpers angeboten. Darauf aufbauende Partnerübungen und Interaktionsspiele führen zu emotionalen Erlebnissen, die zum Thema Autonomie und/oder Anpassung einen authentischen Erlebnisraum eröffnen.

## 1. Funktionale Bewegungsangebote zum Aktivieren des Beckenbodens und zu einer dynamischen Aufrichtung durch die Wirbelsäule

In den hier beschriebenen Bewegungsangeboten geht es um folgende funktionale Themen: aktive Nutzung der *Ferse-Sitzhöckerverbindung und Kopf-Steißverbindung* zur Verankerung in der Schwerkraft und Aufrichtung im *Raum*, d. h. Aufbau einer vertikalen Raumspannung durch die Rumpfmuskulatur. Dies führt zu einer ganzkörperlichen Integration von Kraft und Aufrichtung. Diese Bewegungsangebote korrespondieren mit der Bewegungsentwicklung, die im zweiten Lebensjahr in der Übungsphase die Grundlage für die Ich-Entwicklung darstellen.

a) Die Partner stehen sich frontal gegenüber, fassen sich an den Händen, beugen leicht die Knie und Hüftgelenke, lehnen sich mit aufgerichteter Wirbelsäule in Sitzhaltung etwas zurück, während sie als Paar aufeinander bezogen vom Stand in die Hocke wechseln. Spielerisch suchen sie eine Verankerung der Schulterblätter zum *Gewichtszentrum*, ein aktives Gewichtszentrum und gleichzeitig eine *Raumspannung* durch die *Kopf-Steißverbindung* in der *vertikalen Dimension*.

b) Die Partner sitzen sich gegenüber und geben sich beide Hände; eine Person zieht die andere aus dem Sitzen in die Hocke und umgekehrt. Beide Personen erspüren ihre flexible durchlässige *Verbindung zwischen Kopf und Steiß*. Gemeinsam suchen sie spielerisch einen Weg zum Stand. Hier wird zusätzlich zu dem in a) genannten auch eine gute *Erdung* gebraucht. Im Stand bekommen sie die Anregung, sich im Rumpf zu dehnen, zu rekeln, zu strecken. Dies ermöglicht es, das Volumen des Rumpfes zu erspüren und komplexere Muskelgruppenverbindungen zu nutzen.

c) Im Stand mit Handfassung steht eine Person stabil mit leicht gebeugten Knien und Hüftgelenken, die andere Person balanciert im Kontakt mit der ersten auf einem Bein und exploriert mit nahen, mittleren und weiten Bewegungen der *Kinesphäre*. In diesem Bewegungsangebot wird eine dreidimensionale Raumnutzung und eine aktive *Ferse-Sitzhöckerverbindung* für die Balance aufgebaut.

d) Die Partner stehen sich gegenüber, lehnen Kopf an Kopf (oder es kann ein Ball oder eine zusammengefaltete Decke dazwischen sein) und suchen durch leichten *Druck* und leichtes *Nachgeben* die *Durchlässigkeit* der *Kopf-Steißverbindung* (vertikal) und in kleinen Verdrehungen (horizontal). Es geht um die differenzierte Nutzung des *Gewichtsantriebs*, die *Ferse-Sitzhöckerverbindung und Kopf-Steißverbindung* und die Aufrichtung des Körpers. Diese Übung integriert die vorangegangene.

Nach den funktionalen Anweisungen zu den Übungen folgen Improvisationen zu diesen Themen. In der Bewegung werden individuelle emotionale Themen lebendig. Es zeigen sich positive/angenehme wie auch konflikthafte Verhaltensmuster im authentischen Prozess.

## 2. Ich-stärkendes Interaktionsspiel zum Thema Selbstaktualisierung und -behauptung

Die Partner schieben sich mit den Händen, ganzkörperlich mit sich selbst verbunden, *vorwärts* und *rückwärts*. Dabei sollen Sätze mit „Ich ...!“ ausgesprochen und in die Beziehung eingebracht werden. Es geht um einen differenzierten Einsatz des *Gewichtsantriebs* zwischen *kraftvoll* und *leicht*. Hier sind vielfältige Ich-Sätze möglich, die das Wollen, das Wünschen, das Annehmen, das Ablehnen und das Ja-Sagen, das Nein-Sagen in der Beziehung thematisieren können.

## Erfahrungen in einer Therapiegruppe mit diesem Thema

In diesem Fall handelt es sich um eine offene Therapiegruppe, die ich über den Zeitraum von drei Monaten einmal pro Woche in einer akut-psychiatrischen Klinik leitete. Durchschnittlich nahmen 8 bis 10 Patientinnen über einen Zeitraum von 6 bis 12 Wochen an dieser Gruppe teil. Die Patientinnen hatten unterschiedliche Krankheitsbilder.

Die Teilnehmer der Gruppe führen das oben benannte Interaktionsspiel durch (Nr. 2). Es zeigen sich in der Gruppe ganz unterschiedliche Verhaltensweisen:

- Frau G. signalisiert eine abwartende Haltung. Sie folgt den Spielideen ihrer Partnerin, die sie *kraftvoll und direkt* mit großen Schritten durch den Raum schiebt.
- Frau U. und Frau K. beginnen, sich in Bewegung zu streiten. Frau K. nutzt Anstrengung (*kraftvolles Gewicht*) und *gebunden Fluss*, um im spielerischen Kontakt die Kontrolle zu bewahren. Frau U. gelingt es, ihre Partnerin mit *plötzlichen* Richtungsänderungen zu überraschen und die Führung zu übernehmen. Frau K. stampft mit dem Fuß wütend auf und unterbricht das Spiel.
- Frau A. und Frau L. finden einen gemeinsamen schwingenden Rhythmus und drücken ihre Freude in ihren Tanzschritten aus.

Im Austausch ist es wichtig, dass jede Teilnehmerin ihre Erfahrungen in einer Halt gebenden Atmosphäre mitteilt. Es werden verinnerlichte Muster von Eigeninitiative oder Anpassung wieder erlebt. In einer längerfristigen Therapiegruppe könnten die Erfahrungen in einem authentischen Prozess in eine vertiefende intrapsychische Auseinandersetzung weiter verfolgt werden. In dieser Gruppe ging es darum, an den erlebten Erfahrungen in der Gruppe im „Hier und Jetzt" dranzubleiben.

- Bei Frau G. wird deutlich, dass sie gelernt hat, sich anzupassen. Frau K. ist frustriert und will nicht darüber reden. Frau U. beschreibt, dass sie zu Hause mit ihrem Mann genau das Gleiche erlebt, nämlich dass es Streit zwischen ihnen gibt, wenn sie etwas anderes machen will als er. Frau A. und Frau U. berichten von ihrer Freude am Spiel und fühlen sich mehr bei sich.
- Im weiteren Verlauf der Therapiestunde bieten sich verschiedene Interventionsmöglichkeiten an, mit den Themen, die bei den einzelnen Teilnehmern lebendig geworden sind, weiter zu arbeiten. In dieser Gruppe lag der Schwerpunkt auf einem ressourcenorientierten, stützenden Angebot.
- Frau G. probiert noch einmal mit einer Partnerin, zu der sie Vertrauen hat, sich führen zu lassen oder zu führen. Sie erforscht mit ihrem Körper Wege, den Wechsel zwischen Führen und Folgen zuzulassen. Frau K. werden im weiteren Verlauf Spiele zur Erforschung von Frustrationstoleranz angeboten.

Die Erfahrungen von „sich nicht trauen" oder „frustriert sein, wenn es nicht so läuft, wie ich es will", werden in Interaktionsspielen aufgegriffen, spontane Variationen werden erforscht. Dadurch entsteht ein offener Dialog in der Gruppe. Das kann in der Praxis so aussehen, dass eine andere *Antriebsqualität*, mehr Klarheit in der *Raum*nutzung oder ganz funktional die *Körperverbundenheit* während des Experimentierens spielerisch erprobt werden und sich neue Erfahrungen eröffnen. Letztlich geht es nicht um eine Lösung, sondern darum, authentisches Sein und Handeln im Prozess des Sich-miteinander-Auseinandersetzens zu lernen. Diese Erfahrungen tragen in einer Gruppe dazu bei, Andersartigkeit zu akzeptieren und wertzuschätzen und neue Handlungsweisen auszuprobieren.

- Frau G. nahm weiterhin gerne an der übungszentrierten Körperarbeit teil, in der sie sich ihre Kraft in der vertikalen Aufrichtung und die körperliche *Verbindung zwischen Ober- und Unterkörper* erarbeiten konnte. Diese übungszentrierte Körperarbeit erweiterte ihr Bewegungspotenzial und sie wurde im weiteren Verlauf der Therapie mutiger und experimentierfreudiger in den Interaktionsspielen.

Hier ist es die Aufgabe der Therapeutin, den erspürenden Kontakt zu den sich in der Bewegung entstehenden Themen zu halten und diesen potenziellen Raum durch eine Halt gebende Beziehung zu stabilisieren, sodass die Patienten ihr inneres Erleben zulassen und in der Beziehung zu ihrem Gegenüber authentisch zum Ausdruck bringen können.

## Zusammenfassung

Es hat sich gezeigt, dass es Patienten leichter fällt, sich auf konfliktbehaftete Themen einzulassen, wenn sie zellulär als ganze Person in der Schwerkraft *geerdet* sind und wenn zu bearbeitende Themen körperlogisch in Bewegung eingeführt werden. Die verkörperte *Durchlässigkeit* für die Schwerkraft ist die physiologische Grundlage, Gefühle von Trauer, Wut oder Verzweiflung zu erleben und in der *vertikal* aufgerichteten räumlichen Ausrichtung innerpsychisch zu halten, da das sich Erleben von sich stärker, kraftvoller und abgegrenzter Fühlen, getragen wird.

Die Nahtstelle zwischen mechanischem Üben eines Bewegungsmusters und dem Erforschen des eigenen, inneren authentischen Wachstumsprozesses ist hierbei sehr fein. Respekt für das, was da ist, zu gestalten, und gleichzeitig das Hintergrundwissen der Therapeutin um das Entwicklungspotenzial dessen, was möglich ist, zu nutzen, eröffnet im therapeutischen Prozess vielfältige Möglichkeiten einen „potenziellen Raum" für selbstbestimmtes lebendiges Lernen zu schaffen.

Die oben benannten Interaktionsspiele greifen die Themen von selbstbestimmtem Handeln, Konfliktfähigkeit und Eigeninitiative auf. Es sind die Qualitäten, mit denen Wünsche in den Kontakt eingebracht werden können. Sie laden auch dazu ein, das gemeinsame Spiel mitzugestalten. Sie eröffnen einen Spielraum, in dem sich die in der frühen Kindheit erlernten Verhaltensweisen des Selbst zeigen können, Themen des Sich-selbst-Behauptens, des Einforderns, Konfrontierens oder auch des Sich-Anpassens, des Sich-zurückgesetzt-Fühlens und Kontrollierens.

Die vorbereitende Körperarbeit der Bartenieff Fundamentals zur *Erdung* und *Aufrichtung* mit *Unterstützung der Atmung* als Verbindung zu einer erspürenden Aufmerksamkeit und einem empfindenden Fühlen bereitet den Boden für diese Themen. Zusätzlich bieten die Kategorien *Antrieb* und *Raum* – im Speziellen der *Gewichtsantrieb* zwischen *kraftvoll* und *leicht* und eine klare *Aufrichtung in der Vertikalen* – ein entwicklungsförderndes Referenzmodell für die lebendige *Oberkörper- Unterkörperverbindung.* Das Zusammenwirken aller genannten Aspekte trägt die Potenziale persönlichen Wachstums während der Autonomieentwicklung in sich.

# Fallstudie über die Arbeit mit den Bartenieff Fundamentals in der Physiotherapie

**SUSANNE ECKEL**

Irmgard Bartenieff hat lange als Physiotherapeutin gearbeitet und in dieser Zeit begonnen, Labans Lehren und die Erkenntnisse aus der Physiotherapie zu ihrer speziellen Art der Bewegungsarbeit weiterzuentwickeln, aus der sich später die Bartenieff Fundamentals herauskristallisierten. In diesem Artikel möchte ich anhand eines Fallbeispiels eine Möglichkeit für die Anwendung der Fundamentals in der Physiotherapie aufzeigen.

In der klassischen Physiotherapie wird der Patient mit aktiven und passiven Maßnahmen unter anderem darin unterstützt, seine Funktionsfähigkeit zu verbessern, voll wieder zu erlangen oder Schmerzen aufzulösen. Dabei wurde und wird immer noch primär im strukturellen und funktionellen Bereich gearbeitet. Die multiplen Faktoren einer Erkrankung, eines Rückenleidens oder ähnlichem werden weitgehend außen vor gelassen.

Das seit einigen Jahren in der Physiotherapie diskutierte „Neue Denkmodell“ begreift aber gerade das Zusammenspiel verschiedener Faktoren von Gesundheit als essenziell für die physiotherapeutische Arbeit und den Heilungsprozess. Zu den alteingesessenen Bereichen wie der Behandlung des Bewegungssystems (Knochen, Muskeln, Gelenke etc.) kommen unter anderem die Bewegungsentwicklung und -kontrolle und besonders das Erleben und Verhalten des Patienten dazu. Es erlangen also neben der reinen Körperlichkeit auch psychische, emotionale und soziale Aspekte große Wichtigkeit. Die Fundamentals bieten durch ihre Komplexität eine wunderbare Möglichkeit, im Sinne dieses neuen Denkmodells erfolgreich mit Patienten zu arbeiten.

Im Folgenden werde ich die Patientin vorstellen, ihren physiotherapeutischen Befund darstellen und unsere gemeinsamen Therapieziele darlegen. Dann folgen zwei beispielhafte Behandlungsstunden, eine aus der Anfangszeit unserer gemeinsamen Arbeit und eine aus dem zweiten Jahr, die verdeutlichen sollen, wie wir mit den Fundamentals gearbeitet haben und welche Wirkung diese Arbeit gezeigt hat.

## Fallbeispiel

Corinna (Name geändert) ist eine 40-jährige Patientin, bei der 1995, im Alter von 31 Jahren, eine Multiple Sklerose (MS) diagnostiziert wurde. Multiple Sklerose ist eine in Schüben verlaufende Entzündung des zentralen Nervensystems mit unterschiedlichsten Symptomen wie Lähmungen, Koordinationsstörungen, Sensibilitätsstörungen, Schmerzen, Seh- und Sprachstörungen. Nach Abklingen der Schübe kommt es zu teilweiser und manchmal kompletter Rückbildung der Symptome. Corinna hatte im Verlauf von sieben Jahren mehrere MS-Schübe, die ihren Allgemeinzustand zusehends verschlechterten. 2002 bekam sie ihren letzten und stärksten Schub. Motorische Ausfälle und Lähmungen betrafen den ganzen Körper, sodass sie sich kaum noch bewegen konnte. An Händen und Füßen hatte sie Taubheitsgefühle. Außerdem konnte sie anfänglich durch die Koordinationsstörungen auch nicht mehr sprechen.

Auch im Rückblick war für sie diese Situation eine extrem beängstigende Erfahrung.
Sie war in den ersten Wochen voll pflegebedürftig, konnte dann aus dem Bett in den Rollstuhl wechseln und beginnen, mit einem Rollator wieder zu gehen. In dieser Zeit war ihr größtes Ziel, wieder mobil zu sein. Sie erzählte, beim Gehen mit dem Rollator hätte sie alle Kraft besonders des Oberkörpers eingesetzt, um sich irgendwie auf die Beine zu kriegen. Von Anfang an wurde

sie physiotherapeutisch unterstützt. Nach einem halben Jahr konnte sie wieder ohne Gehhilfe gehen, auch außerhalb der Wohnung, ermüdete jedoch weiterhin schnell. Kraft und Koordination kamen innerhalb der ersten Monate auch in den oberen Extremitäten zurück, sodass sie fast alle Alltagstätigkeiten wieder ausführen konnte. Nach wie vor hatte sie jedoch Gleichgewichtsstörungen, fühlte sich beim Gehen wie leicht betrunken und rempelte öfter die neben ihr gehende Person an. Die Sensibilitätsstörungen gingen langsam im Laufe der nächsten Jahre zurück, Schmerzen hatte sie keine. Corinna musste ihren Beruf als Krankenpflegerin aufgegeben und studiert jetzt.

Corinna kam vor zwei Jahren in die Therapie. Sie hatte vorher einige Jahre regelmäßig wöchentliche Krankengymnastik, war dort aber nicht mehr zufrieden. Bisher hatte man mit ihr an einem Standardprogramm relativ einfacher Kraft- und Beweglichkeitsübungen gearbeitet, von dem sie den Eindruck hatte, dass es weder auf ihre Bedürfnisse abgestimmt sei, noch dass sie darunter weitere Fortschritte machen würde. Sie hatte eine vage Idee davon, dass es mehr Übungsmöglichkeiten für sie geben könnte, als sie es bisher erfahren hatte und machte sich auf die Suche nach einer neuen Physiotherapeutin.

## Der physiotherapeutische Befund

Corinna zeigte zum Zeitpunkt ihrer ersten Sitzung in unserer Praxis ganzkörperliche Schwächen und Koordinationsstörungen. Das Gehen war schwankend, die Spurbreite sehr schmal, sie schien wie auf einem Seil zu gehen, setzte ihre Füße eher direkt voreinander als hüftbreit. Manchmal überkreuzte sie beim Gehen sogar die Mittellinie (wie auf dem Catwalk). Als ich sie bat, mit geschlossenen Augen zu gehen, driftete sie stark nach links ab, ihr fehlte also das Gefühl für die Mitte und für ein Zentriert-Sein. Mangelnde Kraft in den Beinen und Hüften kompensierte sie über eine x-Stellung der Knie. Hüpfen konnte sie nicht.

Der Rumpf war sehr angespannt, die Schultern und der Brustkorb waren hochgezogen und fixiert, es gab kein durchlässiges Schwingen des Rumpfes beim Gehen. Der Brustkorb war nach links geneigt. Ihre Arme pendelten wenig, auch hier wurde ein Unterschied zwischen ihrer rechten linken Seite deutlich, rechts pendelte sie noch weniger als links. Auch die hohe Rumpfspannung schien die mangelnde Kraft in Beinen und Becken zu kompensieren, vermutlich entstanden in der Zeit, als Corinna sich mit viel Armeinsatz wieder aus dem Rollstuhl herausarbeitete. Im Stehen schob sie das Becken nach vorn aus der Achse heraus, hatte eine starke Rundung in der Brustwirbelsäule und den Kopf ebenfalls vorgeschoben. Insgesamt zeigte sich also wenig *vertikale Durchlässigkeit* und *Verbundenheit.*

Ihre Bewegungen waren primär in der zielgerichteten Formveränderung, ich sah wenig Formfluss und Modellieren. In den Antrieben fiel ein stark gebundener Fluss auf und es erschien, als habe sie auch ansonsten eher relativ wenige Variationen.

Corinna hatte keine Schmerzen, weder durch ihre Grunderkrankung noch Rückenschmerzen oder ähnliches. Wir mussten also in der Therapie, anders als bei den meisten Patienten, die zur Physiotherapie kommen, nicht mit schmerzbedingten Bewegungseinschränkungen rechnen.

## Therapieziele

Entlang des physiotherapeutischen Befundes entwickelten wir folgende Therapieziele:

- die Entwicklung von Körpergefühl und Entspannungsfähigkeit, wozu unbedingt die Integration von Atmung gehört;
- das Bahnen von Körperverbindungen und Durchlässigkeit, um wieder ökonomische Bewegungsmuster etablieren zu können und so die Bewegungskoordination zu verbessern,

- auf der Basis des oben genannten sinnvollen Kraftaufbau;
- das Erarbeiten von *Erdung,* um mehr Stabilität zu erlangen;
- die Erfahrung, wieder Vertrauen in den Körper haben zu können.

Corinnas primäres Ziel, den Erhalt ihrer Mobilität, weiteten wir aus: Die Verbesserung ihres Zustandes stand im Vordergrund und erschien uns realistisch.

### Aufbau und Herangehensweise in der Therapie

Ich entschied mich, mit Corinna zuerst die *entwicklungsmotorischen Muster* zu erarbeiten. Da sie früher so starke Lähmungen hatte, dass sie sich einige Zeit gar nicht bewegen und dann nur im Rollstuhl sitzen konnte, ging ich davon aus, dass diese *Muster* nicht mehr stabile Grundlage ihrer Bewegungen waren, was sich in der Bewegungsbeobachtung (siehe oben) bestätigte. In der Übergangsphase aus dem Rollstuhl wird sie sich vermutlich sehr stark über die Arme – festhalten, hochziehen, abstützen – die Sicherheit geholt und damit die mangelnde Kraft und Koordination der Beine kompensiert haben.

Ich arbeitete mit ihr über den Zeitraum von fast einem Jahr, zweimal wöchentlich 45 Minuten, überwiegend im Liegen und im Vierfüßlerstand. Ihr Körper sollte so die Chance bekommen, übergroße Spannungen loszulassen und langsam wieder die elementaren *Verbindungen* im Körper zu finden sowie die *Ganzkörperorganisationsmuster* zu integrieren. Diese werden aus der tiefen Muskulatur gesteuert, wobei sie die Knochen, Skelettarchitektur und Organe als Bewegungsunterstützung nutzen. Später arbeiteten wir vermehrt in Übergängen aus dem Liegen in die mittlere Ebene bis ins Stehen und Gehen. Die *Verbindungen* und die *Erdung* etablierten wir in jeder Ebene neu.

Ich arbeitete viel mit manueller Begleitung („Hands-on"), um die räumliche Richtung der Bewegung zu klären, den Bereich zu verdeutlichen, wo die Bewegung initiiert werden soll, Körperverbindungen durch Ausstreichen bewusst zu machen oder einfach den Bewegungsfluss zu unterstützen. Als Ergänzung zu verbalen Ansagen machte ich Bewegungsabläufe häufig selbst vor, sodass Corinna nicht nur haptisch und verbal, sondern auch visuell Informationen bekam.

Zusätzlich bewegte ich mich oft mit ihr zusammen, sodass sie sich zeitweise nicht so beobachtet vorkommen musste und einfach Spaß am gemeinsamen Bewegen haben konnte. Dabei konnte sie während des Bewegens Variationen in Fluss und Rhythmus von mir aufnehmen. Ein wichtiger Aspekt bei dieser Arbeit war für Corinna, sich im eigenen Körper wohlzufühlen, sodass sie ihren Körper nicht mehr nur als fragil und mangelhaft funktionierend erlebte.

## Eine Beispielstunde vom Beginn unserer Behandlungszeit

Corinna legte sich in Rückenlage bzw. Bauchlage in die X-Position, sodass ich Ausstreichungen entlang der *Basiskörperverbindungen* machen konnte: von der Körpermitte, Bauchnabel-/Lendenwirbelsäulenregion über Hüfte, Oberschenkel, Knie und Unterschenkel zum Fuß; von der Körpermitte über die Rippen, Schultergürtel, Schultergelenk, Oberarm, Ellbogen und Unterarm zur Hand; von der Körpermitte die Wirbelsäule entlang Richtung Steiß und Kopf. Über die taktile Wahrnehmung der Hautoberfläche konnte Corinna ihren Körper klarer wahrnehmen und die Ausstreichungen wirkten wie eine Massage, was ihr half, sich zu entspannen. Durch die liegende Position brauchte sich ihr Körper jetzt nicht mehr gegen die Schwerkraft zu behaupten, so konnte die sonst stark aktive Oberflächenmuskulatur beginnen, sich zu entspannen.

So vorbereitet, hatte Corinna es leichter, bei der Fundamentals-Übung *Zusammenziehen und auseinanderdehnen* etwas mehr als gewöhnlich ihre tiefe Muskulatur zu benutzen und zudem die Anbindung der Extremitäten an die Körpermitte zu spüren. Sie bewegte sich aus der Rückenlage (X-Position) in die eingerollte Seitlage und unterstützte die Bewegung mit der Ausatmung. Ich unterstützte die zentrale Initiierung der Bewegung taktil über Berührung der Bauchdecke, was das Nach-innen-Ziehen erleichterte. Die größte Schwierigkeit für Corinna war zu Beginn, wirklich zuerst die Körpermitte zu aktivieren und nicht mit leichtem Hohlkreuz die Beugebewegung des Körpers durch Hüftbeugung und Heranziehen der Arme zu beginnen. Die *Verbindung* aus der Körpermitte zum Kopf war für sie nicht leicht zu spüren, immer wieder hing ihr Kopf hinten über, bis er vom Rest der Wirbelsäule in die Beugung mitgezogen wurde. Hier half eine Ausstreichung am Rücken von der Körpermitte aus mit beiden Händen Richtung Kopf und Steiß, also eine passive Unterstützung für die Rundung der Wirbelsäule.

Die Öffnungsbewegung in die Rückenlage aus der eingerollten Seitlage gestalteten wir in zwei Variationen: einmal als aktives Öffnen in den Raum hinaus, das andere Mal mit Fokus auf ein „Hineinschmelzen" in den Boden. Spontan streckte sich Corinna in Seitlage aus und drehte sich dann auf den Rücken, wo sie recht hart aufkam, weil sie sich „en bloc" aus der gestreckten Seitlage fallen ließ. Der Körper hatte so nur eine Streckbewegung gemacht, die gut aus der oberflächlichen Muskulatur gesteuert werden kann.

Zur Korrektur lagen meine Hände auf ihrem unteren Rücken/Übergang zum Becken und sie hatte die Aufgabe, in meine Hände hineinzu*sinken*, ihren Rücken nach *schräg hinten unten* zu wölben. Zwar musste ihr Rücken aus der starken Beugung in Seitlage eine Streckbewegung in die Rückenlage vollziehen, ich wollte aber erreichen, dass sie nicht zu viel Spannung in die Verkürzung der Rückenmuskeln aufbaut. Dabei unterstützte meine Berührung ihre Wahrnehmung und half ihr, die Stelle zu finden, wo die Bewegung beginnen sollte. Dort konnte sie sich mit einem Gefühl der Weite im Rücken nach hinten sinken lassen. Dabei gab ich Corinna die Aufgabe, ihr eigenes *Gewicht* zu *spüren,* welches sie mit der Schwerkraft zurück zum Boden zieht.

Das Bild des „Hineinschmelzens" sollte ihr helfen, ein Gefühl für das eigene Gewicht im Kontakt zum Boden und damit für *Erdung* zu entwickeln. Dieses Bild förderte auch die *sequenzielle Phrasierung* der Bewegung durch den Körper, wodurch alle Gelenke gleichermaßen an der Bewegung beteiligt und die tiefen Muskelschichten aktiviert werden.

So entstand eine dreidimensionale Bewegung im Rumpf und Becken, wo sie vorher den Bewegungsweg in zwei aufeinanderfolgende zwei- bzw. eindimensionale Bewegungen aufgeteilt hatte. Auf diese Weise bewegte sie sich ökonomischer, die oberflächlichen Muskelschichten entspannten sich etwas. Sie nutzte die Rotationsfähigkeit ihrer Wirbelsäule, was die kleinen, tief liegenden Muskeln herausforderte. Die Extremitäten folgten der Bewegung des Rumpfes mehr, als dass sie die Bewegung selbst initiierten. Corinna begann, ihren Köper nicht nur als Außenhülle, sondern durch das *Erspüren ihres eigenen Gewichts* auch von innen mit Organen und Knochen wahrzunehmen. Auch diese Wahrnehmung half, den Weg aus der Seitlage in die Rückenlage harmonisch und geschmeidig, ohne „Sturz" zum Boden, möglich zu machen. In der Bewegung war jetzt deutlich mehr *Formfluss* zu sehen als vorher. Ihre Wahrnehmung der Bewegung verlagerte sich von außen („Wo ist das Ziel der Bewegung?") nach innen (Wie ist der Weg der Bewegung?").

Über den Zeitraum eines Jahres arbeiteten wir mit allen sechs *entwicklungsmotorischen Mustern* in den verschiedensten Variationen und nutzten alle Prinzipien der Fundamentals. Die Körperverbindungen begannen sich zu etablieren. Corinna war insgesamt entspannter und schon besser zentriert und geerdet. Ihr Stand und Gang war sicherer, sie schwang leicht im Rumpf beim Gehen und zeigte nur noch eine leichte Seitenneigung im Oberkörper. Deutlich fiel aber noch auf, dass sie sich die Stabilität in den unteren Extremitäten weiterhin über eine Abweichung der Knie in die X-Position holte, Kraft und Koordination also noch nicht optimal waren. Das trat besonders zutage, wenn sie vom Boden aus dem Knien aufstand oder zu hüpfen versuchte.

## Eine Beispielstunde aus dem zweiten Behandlungsjahr

Wir arbeiteten einige Stunden intensiv an den *Verbindungen* in die untere Extremität und an einem Gefühl für achsengerechtes Bewegen der Beine. In Rückenlage begannen wir nach einer allgemeinen ganzkörperlichen Erwärmung mit der *Vorbereitung für die Hüftbeugung und -streckung*. Beim Herausschieben des Beines am Boden aus der aufgestellten Position hatte Corinna die Aufgabe, ein vorgestelltes Gummiband zwischen Sitzknochen und Ferse in die Länge zu ziehen und das Becken dabei in einem gleichmäßigen Kontakt zum Boden zu belassen (*Ferse-Sitzhöckerverbindung*). Beim Beugen und Strecken ihrer Beine hatte sie Schwierigkeiten, eine klare *räumliche Intention* beizubehalten, Knie und Fuß schwankten irregulär nach außen und innen. Der *gebundene Fluss*, den sie zur Kontrolle der Bewegung benötigte, wurde immer wieder von Momenten im *freien Fluss* und *plötzlichem Zeitantrieb* unterbrochen. Die Bewegungen waren also noch nicht optimal koordiniert.

Ich unterstützte sie durch taktile Hilfen an Knie und Fuß sowohl für die klare *räumliche Intention* als auch für eine angemessene Konstanz und Variation im *Flussantrieb*. Letzteres förderte ich durch einen Wechsel von Widerstand gegen ihre Bewegung und passiver Unterstützung, die ich im *Flussantrieb* unterschiedlich variierte. So konnte sie mit der Zeit die Bewegung achsengerecht und mit adäquater Variation im Bewegungsfluss ausführen.

Danach erarbeiteten wir die *sagittale Gewichtsverlagerung* des Beckens. Unser Schwerpunkt lag dabei auf der Verlagerung des Gewichts aus dem Becken in die Füße ohne Abweichungen aus der Beinachse. Dabei ließ Corinna die Bewegung aus der Ausatmung entstehen und vermied über das Spüren der *Verbindung* aus dem Becken in die Beine und Füße eine übermäßig große Kraftanstrengung der Beinmuskulatur.

Im Vierfüßlerstand im *Homologmuster* übten wir dann durch Vor- und Rückverlagerung den Übergang in den Bärenstand. Dabei etablierte sich das zuvor gebahnte *Muster* in größerer Belastung. Corinna gelang es, sich achsengerecht und zentriert auch im Übergang aus der mittleren Ebene bis hoch ins Stehen zu bewegen. Ebenso war ihr jetzt erstmalig ohne große Anstrengung das Hüpfen möglich. Sie sprang zentriert und konnte sich beim Landen gut abfangen. Die Spurbreite beim Gehen war in Hüftbreite und sie hatte ein sicheres Gefühl in der Standbeinphase.

## Abschlusskommentar

Die Arbeit mit den Bartenieff Fundamentals hat Corinnas Körpergefühl grundlegend verändert. Sie berichtet, sie fühle sich wohl in ihrem Körper, der ihr zuvor völlig fremd geworden war. Bewegung habe einen anderen, positiv besetzten Stellenwert in ihrem Leben bekommen. Körper und Bewegung gehörten jetzt nicht mehr zum „Komplex Krankheit“ sondern brächten erstmals seit Jahren wieder Spaß und ein Gefühl von Lebendigkeit. Sie achte jetzt auch besser auf ihren Körper, habe zum Beispiel mit dem Rauchen aufgehört, wobei das neue Körpergefühl Unterstützung gewesen sei. Sie freut sich daran, dass sogar ihre Freunde sagen, sie würde sicherer und geschmeidiger gehen. Insgesamt empfindet sie die Arbeit mit den Fundamentals-Übungen „physisch wie psychisch wohltuend“.

Aus physiotherapeutischer Sicht war die Arbeit mit den Fundamentals für Corinna sehr sinnvoll. Die Arbeit hat nicht nur ihren körperlichen Zustand, sondern auch ihre Lebensqualität verbessert. Die Integration aller Bewegungsaspekte aus den Kategorien *Körper*, *Raum*, *Antrieb*, *Form* und *Beziehung* haben ihren Gesundungsprozess im Sinne des „Neuen Denkmodells" befördert.

# Die Schätze des Körpers heben – LBBS und Osteopathie
## BERND GOTTHARDT

In diesem Beitrag möchte ich die Rolle der Laban/Bartenieff-Bewegungsstudien (LBBS) für meine stark osteopathisch orientierte, ärztliche Arbeit aufzeigen. Dies wird am besten durch die Erläuterung der Praxis – anhand zweier Fallbeispiele – möglich. Am Ende jeder Falldarstellung werde ich den Nutzen der LBBS bezüglich der Komponente Bartenieff Fundamentals im ersten Fall bzw. der Komponente *Antriebskonzept* im zweiten Fall darstellen.

## Definition „Osteopathie"

Osteopathie stellt eine ganzheitliche, systemische Diagnose- und Heilmethode, die über Berührung arbeitet, dar. Die der Osteopathie zugrunde liegenden philosophischen Grundprinzipien sind:
„1. Der Mensch funktioniert als dynamische Einheit.
2. Der Körper verfügt über selbstregulierende Mechanismen, die in ihrer Natur selbstheilend sind.
3. Struktur und Funktion stehen auf allen Ebenen in Wechselbeziehung zueinander.
4. Eine rationale Behandlung beruht auf diesen Prinzipien."[404]

Erläuterung:
zu 1.: Der menschliche Körper stellt eine Einheit dar und kann in seiner Gesamtheit nur dann optimal funktionieren, wenn seine Einzelfunktionen intakt sind.
zu 2.: Der Körper funktioniert unter anderem durch seine Fähigkeit, Bewegungen auszuführen. Jede Struktur kennt ihre eigene Bewegung. Die Normalisierung von Bewegung und Rhythmus fördert die selbstheilenden Mechanismen.
zu 3.: Schon ein kleiner Verlust an Bewegung oder Rhythmus kann zu örtlichen und allgemeinen schlechten Funktionen mit oder ohne Symptomatik führen. Hierbei handelt es sich nicht nur um Gelenkbewegungen oder Bindegewebsverschiebungen etc. (parietale Ebene), sondern auch um die Verschiebbarkeit von Organen (viscerale Ebene) untereinander und anderen Körpergeweben z. B. des Nervengewebes in seinen Gleitlagern (neurale Ebene) etc., ferner um die feinen rhythmischen und unbewussten Bewegungen der erwähnten Strukturen (z. B. der Rhythmus von Herz und Lungen, die Darmbewegungen)
zu 4.: Ein Osteopath behandelt mit seinen Händen anhand einer vorher ausführlich erstellten Anamnese und Diagnostik. Behandelt werden alle Strukturen im Körper, nicht nur die des Bewegungsapparates. Charakteristisch werden sehr sanfte Techniken eingesetzt, welche die oben genannten Selbstheilungsmechanismen des Körpers konkret fördern. Jedoch können auch Behandlungstechniken, wie sie aus der klassischen Chirotherapie bekannt sind, benutzt werden. Meistens wird die Osteopathie als eher körperzentriertes Verfahren eingesetzt.

Oftmals ist es jedoch sinnvoll, den Körper nicht losgelöst zu sehen, sondern die oben genannten Grundprinzipien in die medizinische Versorgung zu integrieren. Die Fallbeispiele zeigen Möglichkeiten der dazugehörigen Praxis ausschnittsweise auf. Abhängig von den Kenntnissen und Fähigkeiten des jeweiligen Therapeuten, kann die Praxis sich individuell sehr verschieden darstellen.

## Fallbeispiele

In den folgenden zwei Fallbeispielen sind die Patienten anonymisiert. Die Darstellung von Anamnese, Befund und osteopathischen Interventionen erfolgt stichpunktartig, um eine komprimierte, aber dennoch präzise Darstellung zu ermöglichen. Die Kommentare heben besonders wichtige Aspekte hervor.

### Beispiel 1: Herr B. mit dem immer wieder umknickenden Knöchel

In diesem Fallbeispiel fokussiere ich auf die Möglichkeiten, die sich durch die Verschränkung von osteopathischer Arbeit mit Fundamentals in der funktionsorientierten Bewegungsarbeit ergeben.

Durch osteopathische Interventionen werden Potenziale für verbesserte und andere Bewegungsmuster freigesetzt. Ich werde beschreiben, wie mithilfe der Fundamentals diese Potenziale in immer komplexere Bewegungsaufgaben überführt werden. Diese bieten dann die Brücke für die Übernahme in die spontane Bewegung des „Bewegungsalltages", unter anderem auch des sportlichen.

#### Anamnese

Herr B., 22 Jahre, Architekturstudent, begeisterter Fußballer seit frühester Kindheit. Konsultationsgrund: mehrmals jährlich umknickendes Sprunggelenk rechts, erstmals vor drei Jahren. Bisherige medizinische Versorgung, jeweils für sechs Wochen, Aircastschiene (begrenzt seitliche Knickbewegungen). Trotz eines Tapeverbands bleibt beim Spiel weiter ein Unsicherheitsgefühl im Sprunggelenk. Der Patient erwägt, das Fußballspielen ganz aufzugeben. Sonstige kurze Vorgeschichte: in Stresssituationen Verspannungen im unteren Lendenwirbelsäulenbereich. Blinddarmnarbe (OP bei unkomplizierter Blinddarmentzündung als Kind).

#### Untersuchung

Es sind folgende Befunde für die gezielte Anwendung des LBBS relevant. (Die Zahlen in Klammern beziehen sich auf die weiter unten angeführten Bewegungen, die geeignet sind die Beeinträchtigungen besonders aufzuzeigen).

Rechtes Sprunggelenk vollzieht die berichtete Umknickbewegung überbeweglich nach; Fußwurzelknochen und rechtes Wadenbein sind entsprechend der wiederkehrenden Verletzungen in Anpassung ausgerichtet. Das betrifft auch die seitliche Unterschenkelmuskulatur und den Zweig des Ischiasnervs, der diese versorgt (1.)

Leichte Linksverlagerung des Gewichts im Stand – die Verschiebung des Beckens ist nach rechts schmerzfrei eingeschränkt. Das Becken erscheint insgesamt steif. Merkmale von mindestens einem relevanten Sturz auf das Gesäß (u. a. gestörte Beckenringmechanik, besonders der linken Iliosakralgelenkfuge und der Gelenkverbindungen des Kreuzbeins zum Steißbein), (2.).

Erhöhte Ruhespannung der gesamten Muskulatur im Flankenbereich beidseits, des gesamten Hüftbeugers (M. iliopsoas) rechts und des Psoasanteils links mit sogenannten Triggerpunkten. (Ein Triggerpunkt ist ein „Zentrum erhöhter Reizbarkeit in einem Gewebe, das beim Zusammendrücken lokal empfindlich ist und bei ausreichender Empfindlichkeit Übertragungsschmerz und übertragene Empfindlichkeit sowie manchmal übertragene autonome Phänomene und Störungen der Propriozeption hervorruft"[405]) Rechts eingeschränkte Verschiebbarkeit der Darmabschnitte, insbesondere im Bereich der Blinddarmnarbe, zum benachbarten M. psoas rechts. Spannungserhöhung der seitlichen Oberschenkelfascie rechts und erhöhter Tonus der kurzen Schenkelanzieher und der Gesäßmuskulatur rechts (3. und 4.). Gestörte Biomechanik der Gelenke im

Übergang Halswirbelsäule/Kopf (5.). Erhöhte Spannung im Bereich des tiefen Bindegewebssystems, welches schützend das Rückenmark und das Gehirn umhüllt (Durasystem) und des Zwerchfells.

**Diagnosebesprechung**

Befundmitteilung: Verdeutlichung der Hauptaspekte mit jeweils einer Funktionsbewegung in Grobform. Auswahl von Bewegungen, mit denen der Patient später auch üben wird:
1. Balance auf einem Bein, auch mit Augenschluss;
2. laterale Beckenverschiebung im Stehen, analog dazu die laterale Gewichtsverlagerung im Liegen;
3. Beinschwingen in der *sagittalen Fläche*, Beinhebung aus der Bauchlage;
4. Flankendehnung im Stehen;
5. Kopfdrehung nach rechts aus einer Kopfnickbewegung heraus.

**1. Behandlung noch im Rahmen der Erstkonsultation**

Osteopathische Behandlung: Entspannung des Durasystems (s. o.) über Behandlung der Schädelknochen. Spannungsabbau des Zwerchfells mitsamt Behandlung des mitverantwortlichen Teils des vegetativen Nervensystems („Sonnengeflecht", in der Magengrube gelegen). Komplextechniken zur groben Rejustierung der verschobenen Verhältnisse im Bereich der Region ab rechtem Knie abwärts.

Mehrmals im Behandlungsverlauf wird die Verbesserung anhand der *lateralen Gewichtsverlagerung* des Beckens in Rückenlage demonstriert. Diese wird zunehmend leichter. Nach einem Ebenenwechsel in den Stand wird die Verbesserung des Einbeinstandes demonstriert – die Wackelbewegungen vor allem des rechten Beins im Knöchelbereich sind viel weniger. Das Gewicht lässt sich leichter auf das rechte Bein verlagern.

Als Eigenarbeit bekommt Herr B. die Hausaufgabe, eine Beckenverschiebung in der Frontalebene im Stehen mit dem Einbeinstand zu verbinden, ferner die *laterale Gewichtsverlagerung* des Beckens im Anschluss an die *sagittale Gewichtsverlagerung*. Ich mache ihn darauf aufmerksam, dass sich die Aufgabe im Stehen nach der Durchführung der Aufgabe im Liegen verändert haben könnte und er darauf achten solle. Ich verschreibe eine leichte Bandage für das Gelenk zur Verbesserung des Informationseinstroms aus der Peripherie zum steuernden Nervensystem (verbesserte Proprioception).

**Kommentar**

Unter anderem verlaufen auch bei Fußballern viele kleinere Traumata unbemerkt bzw. die Spuren davon werden schnell kompensiert. Die Adaptationsfähigkeit bei weiteren Traumata oder anderweitigen Funktionseinschränkungen leidet dadurch jedoch bis zu dem Punkt, an dem „das Fass überläuft" in Form ernsthafter Symptome.

**2. Behandlungseinheit nach zwei Wochen Abstand**

Herr B. berichtet über eine weitere leichte Verbesserung des Einbeinstandes nach nur gelegentlicher Durchführung der Bewegungsaufgaben. Die Frage nach Unklarheiten wird mit den Worten, das seien ja alles ganz einfache Bewegungen, da gebe es keine Probleme, beantwortet.
Ich lasse ihn die Bewegungen demonstrieren: Die seitliche Verschiebung des Beckens im beidbeinigen Stand ist immer noch nach rechts deutlich schwieriger. Der Einbeinstand wird mit hohem Tonus und Blick auf den Boden nur leicht wackelnd demonstriert. Ich mache ihn auf den hohen Kraftaufwand aufmerksam. Im Liegen fällt bei der *sagittalen* und *lateralen Gewichtsverlagerung* die hohe Aktivität der Rückenstrecker auf, was ich durch Handanlegen verdeutliche.

Wir wählen als übergeordnete Testbewegungen für den Therapiefortschritt den Einbeinstand im Stehen. Ich fokussiere seine Aufmerksamkeit auf die Beziehung zum Boden – die *Erdung* –, danach auf die Idee einer durchgehenden Linie vom Fuß durch den Kopf in den Raum (*vertikale Durchlässigkeit*), wobei für Herrn B. deutlich wird, dass der Kopf aus der Aufrichtung herausfällt.

Osteopathische Korrektur der funktionellen Störung der Kopfgelenke im Liegen. Herr B. ist sehr erstaunt, dass er bei der Kontrolle nunmehr mit geradem Blick sicherer steht als mit gesenktem Blick. Damit wird noch klarer, dass diese Region etwas mit seinem Problem zu tun hat.

Osteopathische Korrektur der oben beschriebenen Störungen im unteren Rumpfbereich auf muskulärer, Gelenks- und neuraler Ebene. Sowohl in der *sagittalen*, als auch in der *lateralen Gewichtsverlagerung* wird die Aufmerksamkeit in den Bereich der Beckenebene verlagert. Herr B. kann erfahren, wie seine vorher starke Aktivierung der Rückenstrecker nachgelassen hat, und er stellt sich laut die Frage, ob er denn damit auch etwas gegen seine Stressverspannungen tun könne ... Ich mache ihn darauf aufmerksam, dass mit diesen Übungskomponenten Stresssymptome früher zu erkennen und auch abzubauen sind.

Die Kontrolle im Stehen zeigt erneut eine Verbesserung für die Balance und die Beckenverschiebung nach rechts ist fast genauso gut wie nach links.

Am Ende der 50 Minuten bekommt Herr B. die Aufgabe, die für ihn neuen Aspekte in den bisherigen Übungen weiter zu automatisieren und zu sehen, ob er das veränderte Beckengefühl auch in den Alltagsgang integrieren kann. Spezifisch soll er auf die Schrittlänge im Seitenvergleich achten. Zusätzlich bekommt er eine sanfte Flankenverlängerung im Stehen mit Fokus auf das Beckengefühl gezeigt. Dies dient der Vorbereitung der Fundamentals *Körperhälften* im Liegen.

**Kommentar**

Die Fundamentals werden von den Patienten oft unterschätzt. Erst die Wahrnehmungslenkung öffnet den Zugang zu den vielen inhaltlichen Aspekten. Dadurch entsteht oft erst die Motivation, zu „üben", besser gesagt, zu „experimentieren". Das Verständnis für den Körper als verbundenes Ganzes steigt. Als „Nebeneffekt", vielleicht aber für sein zukünftiges Leben sehr wichtig, bekommt er einen Zugang zu seinem Körper als einem Stressfrühwarnsystem.

### 3. Behandlungseinheit nach drei Wochen Abstand

Herr B. hat Gefallen gefunden an dem Wechselspiel verschiedener Bewegungen und experimentierte verschiedenen Gangmöglichkeiten. Dabei kommt ihm sein gutes räumliches Vorstellungsvermögen zugute. Nun ist ihm selbst aufgefallen, dass das rechte Bein nicht so in die Streckung geht wie das linke.

In gleicher Weise, wie bei den anderen Behandlungen geschildert, arbeite ich nun wieder im ständigen Wechsel zwischen Funktionsbewegungen und Korrektur der damit verbundenen Störungen auf Gewebeebene.

Besonderer Schwerpunkt: Lösung der Verklebung im Bereich der Blinddarmnarbe rechts, welche die Beinstreckung erheblich behinderte. Dies lässt sich sehr eindrücklich im Liegen wie auch im Stehen, als verbesserter Wiederbefund, demonstrieren. Eine weitere Verbesserung lässt sich durch die Behandlung der Darmabschnitte erreichen, welche sich in der Umgebung der Narbe befinden. Löschung verschiedener Schmerzpunkte im Bereich des rechten Knöchels, unter anderem auch mit Akupunktur, was Herr B. in Form einer Spannungsminderung des rechten Unterschenkels bemerkt.

Herr B. bekommt die Aufgabe, im Liegen die Flankendehnung im Sinne des Fundamentals *Körperhälften* auszuprobieren. Der Einbeinstand wird ausgebaut mit Wechsel zwischen Beinbeugung oder -streckung hinter den Rumpf, dabei in jeder Position langsame Fußkreisungen. Die *laterale Gewichtsverlagerung* im Stehen wird als Beinwechsel bei der Balanceübung eingebaut.

Am Ende der Behandlung ist der zu Beginn erhobene Befund bis auf kleine Restbefunde normalisiert. Es bleibt vor allem eine vermehrte Dehnbarkeit der Bänder, welche die Außenseite des rechten Knöchels mit dem Fuß verbinden. Da die Herstellung einer normalen Bandfestigkeit nach Normalisierung der Biomechanik bis zu drei Monaten dauern kann, soll er die Bandage für diesen Zeitraum in Belastungssituationen (z. B. beim Joggen) weiter tragen.

**Kommentar**

Herr B. ist mittels seiner aktiven Mitarbeit an seiner Gesundung gereift. Er hat erfahren, dass auch alte Narben noch seinen gegenwärtigen Körper beeinflussen können.

**4. Abschlussbehandlung nach sechs Wochen Abstand**

Herr B. berichtet stolz, er habe sich so sicher gefühlt, dass er jetzt wieder mit dem Fußballtraining angefangen habe. Die *Körperhälftenübung* macht er ungern. Die anderen Bewegungen hat er als „Entspannungsübungen“ in unregelmäßiger Form in seinen Alltag integriert. Ich bestärke seinen selbst gefundenen Weg, die Fundamentals in sein Leben zu integrieren, indem ich ihm erkläre, dass er mit den gespürten Bewegungen eine Art Selbstdiagnosesystem für seine Verspannungen habe, die er ja nur bei Bedarf einsetzen müsse. Jedoch sei es sinnvoll, trotzdem immer wieder mal auch die ungeliebten zu machen. Ein Auto gebe man ja auch zur Inspektion, bevor es stehen bleibe.

Ich finde noch einige kleinere Dysfunktionen in den behandelten Gebieten, stelle die volle Gleitfähigkeit der Zweige des Ischiasnervs her und führe eine osteopathische Integration des Körpers in den verschiedenen Varianten der Körperhälftenbewegung durch. Der Behandlungszyklus kann nach vier Behandlungen beendet werden.

**Fazit**

Bei Herrn B. ist in gewisser Weise ein „Idealpatient“: grundsätzliche Aufgeschlossenheit für innovative Ansätze, ein gutes Körpergefühl, Verständnis für komplexere Bewegungsabläufe und eine hohe Motivation. Andererseits führte dies leider auch zu einer für einen Freizeitsportler etwas verfrühten Trainingsaufnahme. Als Faustregel gilt: Wenn keine Retraumatisierung in der Zwischenzeit auftritt, erreichen Bänder nach sechs Wochen ca. 70 %, nach 12 Wochen 100 % der ursprünglichen Festigkeit. Ich teile dies dem Patienten mit. Da es realistischerweise schwierig ist, einen hoch motivierten Sportler zu bremsen, empfehle ich ihm für den Belastungsfall das Tapen des Gelenks.

Bei genauer Betrachtung kann sich gerade das so simple Umknicktrauma facettenreich zeigen. Wiederholungen sind oft vorprogrammiert, wenn Schutzreaktionen vor dem Umknicken durch Dysfunktionen der beteiligten Gelenkschutz-vermittelnden Strukturen verlangsamt sind. Auch wenn der Körper durch Kompensationen das Umknicken verhindert, führen diese wieder Steifigkeiten in das Gesamtsystem ein, die viel später an anderer Stelle am Aufbau von Symptomen beteiligt sein können. Dies wird durch ein gründliches Aufarbeiten aller beteiligten Komponenten verhindert.

## Der Nutzen der Fundamentals in einem osteopathisch orientierten Behandlungsansatz

1.) Die Fundamentals bieten ein verlässliches Rahmenwerk, um in allen Raumebenen funktionsfördernde Bewegungs- und Wahrnehmungsaufgaben kreieren zu können. Eine wiederhergestellte normale Funktion von Geweben bedeutet noch nicht, dass diese auch in Form von Bewegungsabläufen wieder benutzt wird. Dies kann jedoch durch die Übertragung der Fundamentals-Übungen in die Alltagsbewegung erreicht werden.

2.) Bei bestimmten chronifizierten Problemen kann es sich dem Therapeuten so darstellen, als ob sich ab einem bestimmten Punkt ein spezifisches motorisches Vermeidungsmuster einstellt. Dieses opfert sozusagen das Wohlergehen einer Struktur zugunsten der Schonung mehrerer anderer, die regulationsstarr sind. In diesem Falle ist es wertvoll, individuell Bewegungsaufgaben gestalten zu können, die für jedes regulationsstarre Körperareal in seinen vermiedenen Bewegungsrichtungen eine Herausforderung bedeutet.

3.) Befunde der osteopathischen Diagnostik werden entmystifiziert und selbst wahrnehmbar. Dies ist besonders deutlich in der Demonstration der Bedeutung der Kopfgelenke und der Blinddarmnarbe für die Funktion des rechten kombinierten Sprunggelenks. Das Vertrauen in den osteopathischen Diagnose- und Therapieansatz wird gesteigert. So wird das Konzept des Körpers als verbundenes System auch für den Fall der inneren Organe deutlich.

4.) Der Patient wird zum aktiven Mitarbeiter an seinem Gesundungsprozess.

## Beispiel 2: Frau G. mit „Gleichgewichtsstörungen“

Das folgende Fallbeispiel fokussiert die Anwendung des *Antrieb*skonzeptes für die feine Arbeit mit einer Narbe. Es wird am Ende deutlich werden, wie das Ergebnis der osteopathischen Diagnostik den Schlüssel zu einer erfolgreichen Behandlung der Patientin liefert.

### Anamnese

Frau G., geb. 1942 in Berlin, jetzt 66, berentet. Konsultationsgrund: Gleichgewichtsstörungen in Form von unsicherem Untergrundsgefühl und Unsicherheitsattacken, in leichterer Ausprägung seit einigen Jahren bestehend. Nach einem Unfall auf Eis soweit verschlechtert, dass Fahrradfahren nicht mehr möglich ist. Seitdem vermehrte, jedoch schon vorher bestehende Ängstlichkeit. Eine gründliche HNO-ärztliche Untersuchung zur Abklärung des Gleichgewichtsorgans war unauffällig. Anamnestische Vorbelastungen: Langjährige psychische Probleme führten zu einer 2-jährigen Gesprächspsychotherapie bis vor fünf Jahren. Der Wunsch von Frau G., darüber nicht näher zu berichten, wurde respektiert. Schilddrüsenoperation vor einigen Jahren, Schilddrüsenhormonwerte im Blut sind gut eingestellt und werden regelmäßig kontrolliert, Blinddarmoperation als Kind.

### Untersuchungsbefund

Ich möchte hier nicht auf die multiplen kleinen und größeren Detailbefunde, unter anderem im Bereich des Halses, Brustkorbs und auf der Ebene des Durasystems eingehen. Nur die Befunde, die für das Verständnis der 4. und 5. Therapieeinheit wichtig sind, werden im Folgenden dargestellt:
Vom Becken aufwärts Rumpfneigung nach rechts; die Priorität des Nervensystems einer geraden Augenebene wird durch die Kopfstellung noch erreicht. Die obere Halswirbelsäule (HWS) zeigt, im Spannungsfeld zwischen oben und unten, eine kombinierte Störung. Sowohl der Narbenbereich vom Appendix, als auch das Oberbauchareal zeigen beim Abtasten eine sehr diskrete ähnliche Qualität des Zitterns. Das Narbenareal zeigt schon bei sanfter Berührung der Haut zusätzlich

ein Zusammenziehen, welches nach Kestenberg[406] genauer als *unipolarer Formfluss – mediales Verschmälern* gekennzeichnet werden kann.

**Diagnosebesprechung**

Hervorhebung der Befunde im Bereich der HWS und im Bauchbereich. Dass die HWS Gleichgewichtsstörungen verursachen kann, ist in der Literatur beschrieben.[407] Was auffällt, ist die absolute Priorität des Bauchbefunds, zu dem sich der gesamte Körper spannungsmäßig hinorganisiert. Ich erkläre Frau G., dass es bei einem solchen Befund wichtig ist, erst die Umgebung zu stabilisieren. Ich schlage ein vorsichtiges Vorgehen vor mit Stabilisierung der neuralen Ebene, unter anderem des Vegetativums, und Behandlung der Befunde des Bewegungssystems vor der Bauchbehandlung. Nach sechs Therapieeinheiten im Abstand von zunächst 1 bis 2 Wochen soll das Behandlungsergebnis gesichtet werden.

**Kommentar**

Bei Frau G. besonders zu beachten sind die aktuelle Verschlechterung einer schon länger bestehenden Gleichgewichtsstörung und die Ängstlichkeit. Auf diese gehe ich mit meinem Angebot ein. Obwohl der absolut führende Befund im Bauchraum liegt, möchte ich erst eine tragfähige Arzt-Patientenbeziehung aufbauen und den Organismus allgemein stabilisieren, bevor ich einen potenziell auch emotional belasteten Befund aufarbeite. Ich gehe davon aus, dass es im Rahmen des Unfalls unter anderem auch zu einem rumpfsichernden Zusammenzug der tiefen Rumpfmuskulatur kam, welcher eine, mit der Blinddarmnarbe assoziierte, Spannungsproblematik weiter akzentuiert hat. Das bei dieser Behandlung beachtete Grundprinzip, bei Narben mit komplexen Dysfunktionen erst die Umgebung zu stabilisieren, bevor die Narbe selbst behandelt wird, wurde auch schon von anderer Seite als sinnvoll beschrieben.[408] Dies ist deshalb erwähnenswert, weil üblicherweise die in der osteopathischen Diagnostik auffälligsten Befunde auch zuerst behandelt werden.

**Behandlungseinheiten 1 bis 3**

Die besprochene Behandlung wird nach den gleichen Prinzipien aufgebaut wie bei Herrn B., jedoch in kleineren Schritten unter Betonung sehr sanfter Techniken. Darunter kann sich Frau G. allmählich in ihren Bewegungen etwas *fluss*betonter zeigen. Das Gleichgewicht hat sich etwas gebessert. Es zeigt sich im Verlauf jedoch noch deutlicher, dass auch die Veränderungen der HWS zum Teil im Zusammenhang mit der Veränderung der Statik zu sehen sind. Diese hängen laut osteopathischem Befund sehr stark mit dem strukturverziehenden Bauchbefund zusammen. Wir beschließen gemeinsam, dass ich in der nächsten Therapie den Bauch behandle.

**Behandlungseinheit 4: Tanz der Gewebe**

In dieser Therapieeinheit geht es zentral um den Bauchbefund. Dabei spielen körpereigene feine Spannungsverschiebungen und Bewegungen des Gewebes eine wesentliche Rolle. Diese Gewebereaktionen werden in der Osteopathie als „Unwinding“ (Entwirren) bezeichnet. Diese Gewebeentwirrung wird gezielt mit osteopathischen Techniken induziert und mit den Händen begleitet. Für eine genauere Beschreibung möchte ich auf die Literatur z. B. bei Liem verweisen.[409]
Ich werde die minimalen Tonusverschiebungen der Gewebe der Patientin versuchsweise mit der Terminologie des *Antriebs* beschreiben. Auf die gleiche Art benenne ich die Berührungsqualität meiner Hände. Diese Berührungsqualität ergibt sich wiederum aus meiner antriebsgewahrsamen Aufmerksamkeit. Die daraus entstehende zusätzliche Ebene der Präsenz kann nun eine zusätzliche wichtige Qualität in das „Unwinding-Geschehen“ einführen. Die ablaufenden Vorgänge, im Kontakt zwischen behandelnden Händen und den Geweben der Patientin, werden, als minimaler „Tanz der Gewebe“, mit den Mitteln der *Antrieb*sanalyse außerdem recht gut erfassbar. Um eventuell irreführende sprachliche Assoziationen zu vermeiden, die mit den üblichen Benennungen

der *Antriebskombinationen* gerade im Gewebebereich einhergehen können, werde ich nur die einzelnen *Antriebselemente* benennen.

Bei der oberflächlichen Kontaktaufnahme mit den Kernarealen Oberbauch und Blinddarmnarbenareal mit je einer Hand verwende ich eine einfühlsame Berührung (*frei-leicht*). Das Patientengewebe reagiert daraufhin mit einem Zittern (*leicht-plötzlich-frei* im Wechsel mit *leicht-plötzlich-gebunden*). Ich folge mit einer besänftigenden Qualität *(frei-flexibel-leicht)*. Es entsteht eine große Bewegungsunruhe. Ich synchronisiere mich mit den auftretenden Rhythmen, bis sich das Gewebe unter meiner Hand in eine abwartende Haltung begibt *(gebunden-verzögernd mit niedriger Intensität)*. Nun arbeite ich mit zwei Händen im Narbengebiet.

Entsprechend der osteopathischen Diagnostik behandle ich jetzt die involvierten Bestandteile des Narbengebiets. Dies umfasst die Bauchdeckenschichten, Dünn- und Dickdarmabschnitte (nach vorheriger Öffnung der Lymphabflusswege) und Wirbelsäulenanteile. Diese haben, aufgrund der reflektorischen Verknüpfung mit dem Narbengebiet, eigene Versteifungen im Übergangsbereich der Brust- zur Lendenwirbelsäule entwickelt. Als ich mich dieser parallel zur Darmbehandlung mit einer Hand annehme, reagiert das Gewebe mit hoher Intensität. Die dabei auftretende Wahrnehmung (*plötzlich*, dazwischen auch *verzögernd-gebunden bis frei-kraftvoll)* wird von Ron Kurtz, einem Körperpsychotherapeuten, mit dem Begriff „Stromschnellen" beschrieben.[410]

Den vielfältigen dabei auftretenden *Antriebs*varianten folge ich, jedoch mit einer die Extreme dämpfenden Begleitung. Als sich eine Beruhigung einstellt, kommt es zu einem Stillstand jeglicher Gewebebewegung. Dieser ist verbunden mit einem Gefühl der Erweiterung des inneren Raums *(frei-flexibel-leicht)*. Nach vielleicht 10 Sekunden dieser sehr besonderen Empfindung zeigt der Gewebekomplex nun synchronisierte, eher wogende Tonusschwankungen *(frei-plötzlich-kraftvoll)*.

Es kommt zu einem bewegenden Moment. Frau G. erzählt mit einigen Tränen davon, wie sie als Achtjährige notfallmäßig wegen Blinddarmdurchbruchs in ein Krankenhaus eingeliefert worden sei. Sie sei unterirdisch in einem grünen, kalten Gang zur OP gefahren worden. Sie habe sich ganz allein gefühlt und habe Angst gehabt. Ihr Vater habe ihr nur kurz „bis Morgen" gesagt und sei dann, ohne sich umzudrehen, gegangen. Meine Hände geben dieser Erzählung einen haltenden festen Rahmen am Gewebe (*direkt-leicht*).

Es folgt ein kurzes Gespräch darüber, dass es nach dem Krieg Usus gewesen sei, die Kinder im Krankenhaus „abzugeben" und sofort zu gehen, da es so „für die Kinder leichter sei". Ich erkenne die emotionale Reaktion des damaligen Kindes und der heutigen erwachsenen Frau vorbehaltlos an. Dieser frühere Usus war aus heutiger Sicht natürlich ein Fehler, der oft zu psychischen Verletzungen geführt hat. Aus damaliger Sicht hatten die Eltern, in diesem Falle der Vater, versucht, das Beste für ihre Kinder zu tun, teilweise auch ohne dabei auf die eigenen Gefühle zu hören. Frau G. kann ihre Gefühle akzeptieren, es ist jedoch merkbar, dass ein Teil ihrer Aufmerksamkeit noch in der Vergangenheit verweilt.

Ich ermuntere Frau G. dennoch dazu, nach einer kurzen Pause zu probieren, ob sich die Hüftstreckung gebessert hat. Diese ist im Liegen und im Stehen nun fast symmetrisch. Frau G. ist freudig überrascht, dass ihr Gleichgewicht sich so gebessert hat, dass sie es auf einem Bein stehend herausfordern kann. Nach fünf Minuten wechselnder Stimmungen (vor allem Kombinationen mit den *Antriebsfaktoren Raum und Zeit, Gewicht und Zeit* und *Gewicht und Raum*), die damit meistens nicht das Antriebselement *Fluss* beinhalten, ist Frau G. nun so in der Gegenwart angekommen, dass ich sie ohne Sorge um Unaufmerksamkeiten im Fußgängerverkehr gehen lassen kann.

**Kommentar**

Während osteopathischer Behandlungen gibt es das Phänomen, dass trotz korrekter technischer Einstellung das Gewebe nicht die gewünschte Reaktion hin zur Normalisierung zeigt. Dies kann einerseits darin begründet sein, dass die Gewebesituation, zur Kompensation einer anderen Körperstruktur, eine Funktion erfüllt. Eine andere Möglichkeit ist die einer emotionalen Begleitkomponente. Aufgrund des sehr klaren Befundes war in diesem Falle die erste Möglichkeit unwahrscheinlich. In meinem eigenen Erleben, in der Selbsterfahrung und als Therapeut, hat sich gezeigt, dass die Fähigkeit, mittels adäquater *Antriebs*variationen in den behandelnden Händen auf die Tonusschwankungen im Gewebe einzugehen, entscheidend für den anhaltenden Therapieerfolg sein kann. Emotional verschlüsselte Areale reagieren erst dann in Richtung Neuordnung, wenn der Therapeut mit den offenbarten, oft zuerst nur angedeuteten *Stimmungen* und *Bewegungstrieben*, adäquat umgeht. Das Gewebe wird dadurch sozusagen entsperrt für die technischen Details der osteopathischen Behandlungstechniken, die jedoch andererseits ebenso wichtig sind.

**Behandlungseinheit 5**

Frau G. traut sich wieder, Fahrrad zu fahren! Nach dieser stolzen Mitteilung ordnen Frau G. und ich die gemachte Erfahrung in einen größeren Rahmen ein. Tatsächlich entspricht es nicht der Erwartung der meisten Patienten, in einer Behandlung für ein Funktionsproblem bedeutende emotionale Erfahrungen zu haben. Durch die schon erreichte Vertrauensbasis und Funktionsverbesserung kann sich Frau G. jedoch dieser Möglichkeit öffnen. Sie deutet das komplexe und schwierige Verhältnis zu ihrem Vater an. Nachdem uns klar wird, dass hier eine lange belastende Vorgeschichte auftaucht, schlage ich Frau G. vor, sich eine psychotherapeutische Begleitung zu suchen und parallel dazu weiter mit mir zusammenzuarbeiten. Frau G. ist damit einverstanden und möchte den Kontakt zu ihrer alten Psychotherapeutin wieder aufnehmen. Auf Gesprächsebene war, nach Abschluss der Therapie vor fünf Jahren, für das Verhältnis zu ihren Eltern, insbesondere zu ihrem Vater, kein Fortschritt mehr zu sehen. Ich bestärke Frau G. behutsam in dem Beschluss, die Psychotherapie wieder aufzunehmen.
Die verbleibende Zeit nutzen wir zur Behandlung der zentralen Blinddarmnarbe, welche sich jetzt, bei aller Sensibilität für das zarte Gewebe im Bauchbereich, eher als technisch betont darstellt.

**Fazit**

Wie schon zu Beginn vermutet, handelte es sich um eine komplexe Dysfunktion in Verbindung mit der Blindarmnarbe. Die emotionalen Verknüpfungen waren hauptsächlich auf bindegewebiger Ebene emotional verschlüsselt. Die mit der Narbenlösung einhergehende Lösung der benachbarten Muskulatur beseitigte die anfängliche Rumpfneigung nach rechts. Obwohl sich auch bei dem vorigen Fallbeispiel von Herrn B. eine Blinddarmnarbe fand, handelte es sich bei seiner um eine Narbe mit lokaler Dysfunktion, die ohne größeren Aufwand im Gesamtkonzept, fast nebenbei, behandelt werden konnte.

Frau G. konnte, neben der Verbesserung ihres körperlichen Gleichgewichts, im Rahmen der kombinierten Therapie das Verhältnis zu ihrem Vater neu bewerten. Dadurch hat sich dann auch das Verhältnis beider untereinander erheblich gebessert. Auftauchende Kriegserinnerungen, die Entsprechungen im zentralen Zusammenzug des Thorax- und ebenfalls des Oberbauchbereichs hatten, konnten mithilfe eines LBBS-gestützten osteopathischen Herangehens auch auf der körperlichen Ebene verarbeitet werden. Die bei mir anschließenden Termine nach der fünften Therapieeinheit fanden im ca. drei- bis sechswöchigen Abstand, insgesamt zwölfmal, neben den ein- bis zweiwöchigen Psychotherapieterminen, statt. Insgesamt wurde die kombinierte Therapie innerhalb eines guten Jahres abgeschlossen. Frau G. bezeichnete sich selbst zum Abschluss als mutiger und nicht mehr so leicht wie früher aus der Ruhe zu bringen. Die Körperhaltung hatte sich, ebenso wie die Gleichgewichtsproblematik, normalisiert.

## Der Nutzen des Antriebskonzepts in einem osteopathisch orientierten Behandlungsansatz

1.) Die osteopathische Behandlung kann eine weitere Qualitätssteigerung auf der Ebene des sogenannten „Unwindings“ erfahren. Dies ist besonders hilfreich, wenn eine emotionale Verschlüsselung von Geweben vorliegt. Es ist die Erfahrung vieler osteopathischer Therapeuten, dass manche emotionalen Vorgänge sich nach der Behandlung entsprechender Areale unterbewusst ordnen.[411] Es bedarf jedoch unbedingt einer Basiskompetenz des Therapeuten im Bereich psychischer Vorgänge, um in entsprechenden Therapieabschnitten eine adäquate Begleitung bieten zu können. Gelegentlich kann eine begleitende oder zwischengeschaltete psychotherapeutische Intervention sinnvoll oder sogar notwendig sein.

2.) Umgekehrt kann eine Behandlung des Körpers eine wertvolle Ergänzung einer verbal orientierten Psychotherapie sein. Dies gilt vor allem dann, wenn die unter 1.) beschriebenen Qualitäten vorhanden sind.

3.) Der osteopathisch arbeitende Therapeut kann aufgrund von Selbsterfahrungen mit den LBBS seine eigenen Präferenzen besser kennenlernen und eventuell auch mit Vermeidungsvarianten im eigenen Antriebsverhalten besser umgehen, um flexibel auf mögliche *Antriebs*variationen im Gewebe reagieren zu können. Damit erweitern sich seine Kompetenzen.

4.) Das therapeutische Vorgehen bei „Unwinding-Vorgängen“ wird besser lehrbar.

5.) Gelegentlich kann eine noch genauere Analyse des Gewebegeschehens nützlich sein. Denkbar wäre als Erweiterung z. B. eine Analyse des „Spannungsflusses“, wie sie Kestenberg beschrieben hat.[412] Dies kann besonders bei der Arbeit mit Säuglingen und Kleinkindern wichtig werden.

6.) Als mögliche Erweiterung könnten die Antriebsvarianten im „Tanz der Gewebe“ auch auf tanztherapeutischer Ebene aufgegriffen und damit für die Patienten konkret erlebbar werden.

## Schlussbemerkung

Jede Behandlung kann zu einer Möglichkeit einer lebendigen Begegnung und der positiven Veränderung aller Beteiligten werden. Die LBBS können dabei ein äußerst nützliches Instrument in der Hand eines jeden osteopathisch orientierten Therapeuten sein.

# Bewegungschor in der Tradition Labans – am Beispiel „Elemental Man“ von Thornton

**ANTJA KENNEDY**

Das Tanzgenre *Bewegungschor* oder Chorischer Tanz wurde um 1920 von Rudolf von Laban ins Leben gerufen. Durch seine Mitstreiter – vor allem Albrecht Knust und Martin Gleisner – ist die Anzahl der *Bewegungschöre* stetig gewachsen. 1924 gab es 12 *Bewegungschöre* in ganz Europa. 1936 waren es 36 Tanzgemeinschaften, die sich an Labans *Bewegungschor* „Vom Tauwind und der neuen Freude“ beteiligten.

Vor allem wegen dieses *Bewegungschors* – der 1936 im Auftrag der Nationalsozialisten entwickelt wurde – stand das ganze Tanzgenre an sich in Verruf. Der *Bewegungschor* wurde nach der öffentlichen Generalprobe von Goebbels verboten und damit wurden alle *Bewegungschöre* für die Nationalsozialisten uninteressant. Nach dem Krieg brachte man das Tanzgenre trotzdem mit den Nationalsozialisten in Verbindung, wahrscheinlich aufgrund einer gewissen Ähnlichkeit zu deren „Massenfeiern“, bei denen sich auch viele Menschen zusammen bewegten. Dabei unterscheidet sich der *Bewegungschor* in vielen wesentlichen Punkten von „Massenfeiern“.

Um dies aufzuarbeiten, regte ich im Mai 1993 im Rahmen der Olympiabewerbung Berlins eine „Lecture Demonstration“ mit der Akademie der Künste und EUROLAB an. Zur Einführung hielt ich einen Vortrag, dann wurde ein *Bewegungschor* von Samuel Thornton gezeigt: meines Wissens der erste *Bewegungschor* in der Tradition Labans in Berlin seit 1936! Abschließend bestand die Möglichkeit des gegenseitigen Austauschs in einer Diskussion.

In diesem Beitrag möchte ich den Entstehungsprozess des *Bewegungschors*, den Samuel Thornton in Labans Tradition 1993 choreografierte, beschreiben. Vorab werde ich meine Thesen zu den wesentlichen Merkmalen eines *Bewegungschors* erläutern und zum Schluss ein Fazit in Bezug zur demokratischen Ethik ziehen.

## Wesentliche Merkmale eines Bewegungschors

Chor im griechischen Original bedeutet zunächst „der umgrenzte Tanzplatz“, dann „der mit Gesang verbundene Reigen“ und die „tanzende Schar“ selbst. Da der allgemeine Sprachgebrauch im Deutschen der „Chor“ der Musik zuschreibt, nannte Laban sein neues Tanzgenre *Bewegungschor* – ein Tanzwerk erst mal ohne Gesang, wobei Gesang als musikalische Begleitung auch möglich ist.

Laban sah in der wachsenden Industrialisierung am Anfang des 20. Jahrhunderts eine zunehmende Aufsplitterung der Familie. Der *Bewegungschor* konnte die Aufgabe übernehmen, diese vereinzelten Menschen wieder in neue Gemeinschaften einzubinden. Deswegen wurde das Gemeinschaftsbildende des *Bewegungschors* von Anfang an betont.

Im Folgenden benenne ich meine Thesen zu den charakteristischen Merkmalen eines *Bewegungschors*.

- Der *Bewegungschor* mündet in einem abgeschlossenen „Werk“ und ist in erster Linie für Laien konzipiert, die in einen künstlerischen Prozess involviert werden. Der Probenprozess kanalisiert die Energien auf ein Ziel. Der Prozess ist jedoch genau so wichtig wie das Ziel selbst.

- Der *Bewegungschor* wird meistens mit einer größeren Gruppe durchgeführt. Es könnten bis zu 1.000 Personen daran teilnehmen, aber in der Regel sind es zwischen 20 und 50. Je mehr Teilnehmer, desto schwieriger ist es, dass sich alle untereinander kennen. Die Teilnahme setzt die Bereitschaft voraus, mit jedem zu tanzen und sich durch diesen Prozess kennenzulernen.
- Die Themen von *Bewegungschören* sind vielseitig. Sie beinhalten etwas Symbolisches und etwas Allgemeines, sodass jeder Teilnehmer seinen Bezug zum Thema finden kann. In den 20er Jahren waren es Themen wie „Lichtwende“ (Laban), „Dämmernde Rhythmen“ (Laban und Knust) „Erwachen“ (Knust), „Entfaltung“ (Knust), „Spiel vom Feuer – zur Sonnenwende“ (Gleisner).[413] Heute sind die Themen „Elemental Man“ oder „Urbane Rituale“.
- Das Thema kann der Bewegungschorleiter oder die Gruppe bestimmen. Es kann ausgeschrieben werden und die Gruppe findet sich zu diesem Thema. Es könnte sich aber genauso gut zuerst die Gruppe bilden, die dann das Thema bestimmt.
- Der Bewegungschorleiter gibt die Improvisationsaufgaben vor und setzt den zeitlichen Rahmen. Die entstandenen Bewegungsszenen werden dann in eine Abfolge gebracht. Daher muss der Chorleiter etwas von Tanz verstehen, um den Inhalt in eine choreografische Form zu bringen. Der Chorleiter kann auch zeitweise diese Aufgabe an Kleingruppen abgeben, behält aber dabei die Gesamtregie.
- Die Bewegungsfindung geschieht zum größten Teil durch Improvisation. Die Improvisationsaufgaben können von sehr strukturiert (mit vielen Vorgaben) bis sehr frei gestellt sein. In jedem Fall werden die Tänzer ihre eigenen individuellen „Bewegungslösungen“ zu einer vorgegebenen Aufgabe finden.
- In den wenigen Fällen, in denen festgelegte Bewegungen vorgegeben werden, müssen sie so einfach sein, dass jeder Laie sie tanzen kann. Sie sind einfach, aber nicht banal, da der Tänzer damit etwas kommunizieren möchte. Um dies zu schaffen, muss die Bewegungsabsicht geklärt werden.
- Der *Bewegungschor* lässt zwar Platz für das Individuelle, ist aber eine choreografische Form für Gruppen und Gemeinschaftsbildung. Innerhalb eines Werks gibt es Momente, in denen der Einzelne seine eigene Bewegung für sich durchführt, und trotzdem steht er (meist durch die Themenstellung) in einem Bezug zur gesamten Gruppe. Oft werden kleinere Gruppierungen gebildet, die im Verlauf des Bewegungschores wechseln. Es gibt auch die Möglichkeit, dass die gesamte Gruppe ein Thema oder eine Bewegung tanzt, sodass unisono-ähnliche Bewegungen entstehen.
- Die choreografischen Mittel der *Bewegungschöre* in der Tradition Labans basieren auf der *Raumharmonie-* und *Antriebslehre*. Dadurch kann der Bewegungschorleiter Zusammenhalt in der Gruppe durch eine *Raumrichtung* erstellen, die jeder Tänzer auf seine Weise körperlich oder dynamisch leicht unterschiedlich ausführt. Oder durch ähnliche *Antriebe,* die jeder Tänzer auf seine Weise in unterschiedlichen Raumrichtungen ausführt. In manchen Fällen werden diese Bewegungsmotive in der *Motivschrift* (oder *Labanotation)* aufgeschrieben, um sie zu dokumentieren und/oder sie schriftlich anderen *Bewegungschören* zur Verfügung zu stellen.
- Jeder Tänzer im *Bewegungschor* sollte sich mit dem Werk, in dem er tanzt, identifizieren können. Diese Identifikation wird natürlich sehr unterschiedlich sein, es kommt auf die Themenstellung an und darauf, wie lange die Gruppe zusammen arbeitet.
- Und umgekehrt ist jeder einzelne Tänzer ein essenzieller Teil des Werks, das auf diese spezielle Zusammensetzung von Tänzern festgelegt wird. Die Tänzer sind nicht beliebig austauschbar.
- Das fertige Werk entsteht in erster Linie nicht für ein Publikum, sondern für die Tänzer selbst und ihre Freude daran, zusammen zu tanzen. Dieses drückt sich auch in der Wahl der Gruppenformationen aus, z. B. ist der Kreis nach innen geschlossen. Trotzdem war es von Anfang an möglich, dass Menschen bei den Aufführungen zuschauen. Sie haben allerdings

mehr die Rolle von „Zeugen". Dennoch hat Laban selbst den eigentlichen Laien-*Bewegungschor* für die Präsentation auf der Bühne mit fortgeschrittenen Tänzern weiterentwickelt.

## „Elemental Man" von Thornton

Samuel Thornton studierte bei Lisa Ullmann, der letzten engen Mitarbeiterin von Laban, in England. Thornton unterrichtet seit 1970 Sommerkurse in England. Von 1981 bis 1993 entwickelte er jedes Jahr einen neuen *Bewegungschor* in England. Bevor er 1993 nach Berlin kam, leitete er auch *Bewegungschöre* in der Schweiz und in Deutschland.

Das generelle Thema des *Bewegungschors* „Elemental Man" war Individualität und Gruppe. Thornton gab dem *Bewegungschor* ein spezifischeres Thema: die vier Elemente (Feuer, Wasser, Luft und Erde) und wie diese mit den Menschen in Beziehung stehen. Er schrieb poetisch dazu:
„Man is as he is
Beast of the **earth (…)**
man of the **water** of feelings
man is of the **air** he thinks and makes structures
the **fire** of inspiration brings past, present and future together
to make the great healing snake of unity."

Es sollte zu jedem Element eine Szene geben: In der „Erdszene" werden Tiere aus der Erde geboren, in der „Wasserszene" verbinden sich Menschen fühlend und fließend, in der „Luftszene" diskutieren sie und bauen Strukturen in luftigen Höhen und in der „Feuerszene" werden sie inspiriert durch Impulse, die Vergangenheit und Zukunft zusammenzuführen. Zum Schluss kommt die ganze Gruppe mit einer Bewegung zusammen und bildet danach eine Schlange, die sich meditativ, spiralig zur Mitte und nach außen, bewegt.

Da Thornton die Berliner Teilnehmer nicht kannte und nur relativ wenig Probezeit zur Verfügung stand, strukturierte er sehr vieles vor. Er suchte die Bewegungsaufgaben und die dazu passende Musik aus. Manche Passagen legte er im Voraus schon fest, andere ließ er offen, sodass die Teilnehmer Freiraum hatten, ihre eigenen Bewegungsideen zu entwickeln.

Die knapp 40 Teilnehmer hatten überwiegend Tanzerfahrung, daher gelang dieser Prozess relativ zügig. Der 25 Minuten lange *Bewegungschor* wurde an einem Wochenende in 10 Stunden entwickelt. Die meisten Teilnehmer waren erstaunt, wie gut der Probenprozess lief. Alle äußerten sich positiv über Sams Chorleitung. Ich habe diesen Prozess begleitet und als Übersetzerin unterstützt.

Thorntons Begeisterung bezüglich Labans Ideen strahlte aus ihm, ohne dass er viel dazu sagen musste. Er war offen und ehrlich, gleichzeitig bestimmt und auffordernd. Sein englischer Humor lockerte viele Situationen auf. Er hatte ein gutes Gefühl für die *Verausgabungs-* und *Erholungsphrasierung*, die er gleich in das Gesamtkonzept einbaute. Wichtig für Thornton war, dass sich die Kleingruppen immer neu mischten. Diese ständige neue Mischung der Gruppen fordert jeden heraus, sich immer neu auf andere, unbekannte Personen einzulassen. Hier wird dem Einzelnen klar, welche Rolle er oft in Gruppen übernimmt – ob führend oder folgend – und wie sich diese Rolle in verschiedenen Gruppen ändert.

Um das Ganze in eine choreografische Form zu bringen, nahm Thornton erstaunlich viele verschiedene Wege. Er verwendete alle Variationen von Improvisation: mal mehr strukturiert, mal frei. Nach der Aufgabenstellung Thorntons nahm jede Kleingruppe wiederum sehr unterschiedliche Wege, ihre Bewegungen zu entwickeln. Eine Gruppe hatte große Schwierigkeiten, sich zu entscheiden. Sie diskutierte, probierte aus und diskutierte wieder, während eine andere einfach eins nach dem anderen probierte und alles sich organisch entwickelte. Nur selten gab Thornton festgelegte Bewegungen vor.

Die „Wasserszene" war wohl für alle Gruppen am schwierigsten. Die Teilnehmenden waren nach vier Stunden Probe schon ziemlich müde. Außerdem war die Musik wie auch die Bewegungsqualität sehr *träumerisch* (mit *Fluss- und Gewichtsantrieb*) und einlullend. Es war schwierig, zu Entscheidungen zu kommen. In der „Luftszene" dagegen, in der viel in Bewegung „diskutiert" werden sollte, waren alle sehr *wach* (mit *Zeit- und Raumantrieb*) und lebendig. Manche fingen sogar an, mit Thornton über die Bewegungschorstruktur zu diskutieren!

Weil Thornton die Teilnehmer herausforderte, innerhalb bestimmter Strukturen selbst kreativ zu werden, konnten sich alle relativ problemlos mit dem Werk identifizieren – bis auf eine Szene. In dieser wollte er, dass die gesamte Gruppe mit einem Bild arbeitet: „einem Vogel der Hoffnung hinterherzuschauen". Er hatte diese Bewegung relativ genau festgelegt und gerade hier hatten die meisten Tänzer Probleme. Diese „Unisono-Bewegung", in der die Tänzer nur stehen, nach oben (dem imaginären Vogel hinterher) schauen und sich langsam drehen sollten, erinnerte viele an die Bilder nationalsozialistischer Massenfeiern. Dadurch wurde eine interessante Diskussion ausgelöst.

Thornton meinte, dass er in England wahrscheinlich nicht solche Probleme gehabt hätte. Er hatte zwar Verständnis dafür, dass Deutsche damit Schwierigkeiten haben könnten, aber er sah es als seine Aufgabe an, die Gruppe davon zu überzeugen, dass es auch positive Aspekte einer Unisono-Bewegung gibt. In dieser gemeinsamen Bewegung ohne Zählzeiten musste jeder Tänzer eine starke Achtsamkeit für die anderen entwickeln. Nach einigem Diskutieren, Ausprobieren verschiedener Varianten und dem Beobachten der Szene von außen kamen die Tänzer zu dem Schluss, die „Unisono-Bewegung" – so wie Thornton sie wollte – im *Bewegungschor* auszuführen und anschließend mit den Zuschauern darüber zu diskutieren.

In der Diskussion nach der Aufführung wurde klar, dass die wenigsten Zuschauer diese Bewegung mit den nationalsozialistischen Massenfeiern in Verbindung brachten. Jeder Tänzer führte die Bewegung körperlich wie auch zeitlich unterschiedlich aus und die Kleingruppen waren ungeordnet – nicht in Reih und Glied. Ein Zuschauer fragte wiederum die Teilnehmer, ob sie sich als anonymer Teil einer Masse gefühlt hätten. Ein Teilnehmer antwortete, dass er vor allem seine Verantwortung gegenüber den anderen, mit denen er tanzt, gespürt habe. Eine andere fügte hinzu, dass – wenn jemand fehlte (in der Phase, in der sie die Szene von außen beobachteten) – dieser auch vermisst wurde (weil man sich so stark an den anderen Tänzern orientierte).

Hier wird das wichtigste Anliegen des *Bewegungschors* deutlich: das gemeinschaftsbildende Element. Dieses soll aber nicht dahin führen, dass sich das Individuum „aufgeben" muss. Dies konnte ich genau verfolgen, da ich die Tänzer zum größten Teil kannte. Ich sah ihre individuellen Unterschiede sehr deutlich, sogar als alle die gleiche Bewegung machten. Ich war eigentlich erstaunt, wie viel von den einzelnen Tänzern im *Bewegungschor* zu sehen war und wie wenig von Thornton.

## Fazit

Es gibt die berechtigte Angst vor Manipulation einer großen Gruppe, die einem Leiter folgt. Wie die Geschichte zeigt, sind die Übergänge zur „Massenfeier" wohl fließend und wahrscheinlich

nicht leicht zu erkennen, wenn man mittendrin steht. Es gilt heute, wachsam zu sein, sodass wir die Mechanismen, die bei den Nationalsozialisten funktionierten, nicht wiederholen.
Schließlich hat Thornton indirekt bewiesen, dass im *Bewegungschor* in der Tradition von Laban jeder Tänzer das Thema individuell umsetzen und trotzdem eine Gemeinschaftsbewegung darstellen kann. Somit wurde der kleine, aber sehr wichtige Unterschied zwischen Labans Ansatz und dem der Nationalsozialisten deutlich: bei den Nationalsozialisten mussten die Tänzer alle dieselbe Bewegung machen – d. h. im „Gelichschritt" sein; in der Tradition von Laban hatten sie die Wahl.

Die von Laban angestoßenen Arbeitsweisen im *Bewegungschor* passen für mich sehr wohl zu der demokratischen Ethik. Arbeiten in verschiedenen Gruppierungen, darin verschiedene Rollen annehmen, führen und folgen, spontane Bewegungsideen auszuprobieren, zu diskutieren, was sich besser anfühlt, sich in der Kleingruppe zu einigen ..., alle diese Aspekte „spielerisch" und tänzerisch erproben, was für mich heißt, eine aktive Rolle in einer demokratischen Gesellschaft einzunehmen.

*Bewegungschöre* sind heute immer noch recht selten aufzufinden, sei es wegen des hohen organisatorischen Aufwands oder weil es immer noch Berührungsängste mit diesem Tanzgenre gibt. In 2008 wurde in Berlin ein *Bewegungschor* von einer Amerikanerin angeregt, in ein paar Stunden geprobt und aufgeführt. Die Teilnehmer wie die Zuschauer hatten Spaß daran. Das war bestimmt der wesentlichste Grund, warum Laban den *Bewegungschor* ins Leben gerufen hat.

# Trapeztanz auf der Grundlage der Bartenieff Fundamentals
## EVA BLASCHKE

In meinen Trapeztanzkursen biete ich Wege an, wie man den luftigen Raumbezug des Trapezes mit der Ausdrucksstärke und facettenreichen Dynamik des Tanzes nach Laban/Bartenieff-Bewegungsstudien (LBBS) verbinden kann. Da die meisten von uns als Kinder gerne geschaukelt haben und uns als Kleinkinder vertrauensvoll von Erwachsenen in die Luft werfen oder kopfüber hängen ließen, knüpft der Tanz am Trapez an kindliche Erfahrungen an. So ist die Vorbereitung über Bartenieff Fundamentals sehr passend, da auch sie die zugrunde liegenden *Körperverbindungen* trainieren, die wir als Kinder alle entdeckt, genutzt und gelernt haben. Sie bilden die Grundlage unserer komplexen Bewegungen als Erwachsene und sind ideal für den Trapeztanz.

## Grundsätzliches zum Trapeztanz nach Catskill

Den Trapeztanz hat Clover Catskill in den USA entwickelt und unterrichtet diesen seit mehr als 20 Jahren hauptsächlich in den USA und gelegentlich auch in Deutschland. Bei ihr erlernte und erprobte ich also die Grundlagen, von denen aus ich meine Art des Tanzens am Trapez zusammen mit meiner Kollegin, der Artistin Petra Teckemeier, entwickelt habe. Der Trapeztanz von Clover Catskill ist eine Form des New Dance auf der Grundlage von Kontaktimprovisation, Body-Mind-Centering und Releasetechnik. In den USA ist diese Tanzart bekannt geworden, bei uns aber noch kaum verbreitet. Im Gegensatz zur akrobatischen, „trickorientierten" Anwendung des Trapezes im Zirkus, nutzt der Trapeztanz das schwingende und drehende Element als komplexe dynamische Grundlage. Die Trapeze sind Tanzpartner mit den unterschiedlichen Qualitäten und Möglichkeiten des „Paartanzes" vor allem der Kontaktimprovisation.

Das Trapez ist in der Höhe variabel und kann vom Boden aus angeschwungen werden, sodass es tatsächlich einer Schaukel ähnelt. Man kann daran schwingen, beschleunigen, verlangsamen und auspendeln. Durch die runde Stange kann man anders als bei der Schaukel nicht nur sitzen, sondern auch hängen, z. B. kopfüber an den Knien oder an anderen Körperteilen. Man kann sich um die Stange winden und in den Seilen nach oben klettern. Zusätzlich besitzt das tanzende Trapez eine spezielle Aufhängung. Dadurch sind weitere Bewegungsformen möglich wie das Drehen, das große runde Schwingen und auch Zwischenformen wie das Schlingern oder Gleiten. Das tanzende Trapez hat oben eine zweite Stange, sodass bis zu vier Tanzende gleichzeitig von ihm getragen werden können. Für Anfänger hängt die untere Stange auf Sitzhöhe, wird aber später auch auf Schulter- oder auf Greifhöhe hoch gehängt, sodass man ordentlich an Höhe gewinnt. All dies bietet eine Vielzahl an Improvisations- und Choreografiemöglichkeiten.

Man braucht gute Verbindungen im Körper, um das Fliegen, Fallen, Klettern und Drehen am Trapez zu genießen, die Angst vor dem Flug und dem Kontrollverlust in schöne Aufregung umzuwandeln. Das bewegte Trapez bietet weniger direkten Raumbezug, der einen normalerweise gut beim Bewegen durch räumliche Orientierung und Fokussierung unterstützt. Der Raum um das Trapez herum ändert sich ständig, beziehungsweise der Bezug vom *Körper* zum *Raum*. Zum Beispiel entspricht bei jemandem, der kopfüber hängt, die *Körperreferenz hoch* (oder Kopfwärts) bei der Raumreferenz unten (oder Bodenwärts). Beim Drehen in Rückenlage verliert man schnell jedes Raumgefühl. Es entstehen hohe Anforderungen an das Gleichgewichtsorgan.

Wie kann man also diese fehlende Unterstützung durch Raumorientierung ausgleichen? Wenn wir so mobil werden und uns vom Boden lösen, wo kommt dann unsere Stabilität her? Indem man die *räumliche Intention* im Übergang von der *direkten* zur *flexiblen Raumaufmerksamkeit* übt und die inneren *Verbindungen* im Körper stärkt.

## Trapeztanz mit Bartenieff Fundamentals

Je nach speziellem Fokus der Stunde eignen sich also verschiedene fundamentale Übungen oder Prinzipien von Bartenieff als Vorbereitung für den Tanz am Trapez. Dabei wird meist vom Boden aus aufgebaut wie in einer Fundamentals-Klasse:

- Die Ferse-Sitzhöckerverbindung und eine gute Erdung unterstützen die ersten Schaukel- und Drehversuche im Sitzen auf Schaukelhöhe. Die laterale Gewichtsverlagerung durch das Becken hilft dabei, sich von hier aus in alle möglichen Richtungen zu bewegen. Stabilität und Mobilität können im Anschwingen und Stoppen ausprobiert werden.
- Die Arbeit zur Stärkung der Körpermitte durch die *innere Unterstützung* (s. Übung *Hängen und Aushöhlen*) dient dem Trapeztanz und umgekehrt kann auch die Körpermitte vom Tanz am Trapez unterstützt werden. Schwingen und Fliegen haben etwas Schwereloses und sind ein körperliches Äquivalent für die Leichtigkeit des Gemüts. Die Erinnerung an die Schwerelosigkeit und das Schaukelgefühl aus dem Mutterleib können uns ein starkes Gefühl der Geborgenheit vermitteln. Das Schaukeln pendelt durch die Gesetze der Schwerkraft immer aus und zwar immer in der „Mitte" des Schwunges.
- Die Stärkung des Zentrums im *Zentrum-distalmuster*, mit Übungen zum *Zusammenziehen und auseinanderdehnen* des Körpers unterstützen die Bauchlage und Seitenlage auf der Trapezstange, bei denen man wie ein Seestern ausgebreitet auf der Stange liegt. Das Üben der *flexiblen Raumaufmerksamkeit* erleichtert dabei das Gefühl, vom Raum und nicht nur von den Muskeln gehalten zu werden. Diese hilft beim Schwingen sowohl in der Bauchlage, als auch beim Hängen an einer Hand. Um den kleinen Kipppunkt der Trapezstange über Verändern des Zugs im oberen oder im unteren Körper auszutarieren, sind die *Basiskörperverbindungen* von Beinen und Armen zum Rumpf hilfreich. So kann man länger auf der Stange balancieren.
- Bedeutung der graduellen Rotation und der mittleren Gelenke (Ellbogen und Knie) kann im diagonalen Kniezug und damit verbundenen Armkreis (in der Diagonalen) geübt werden und ist unerlässlich, um im Kniehang oder Ellbogenhang an Stange oder Seilen sicher und kraftschonend zu hängen.
- Auch die Schulteranbindung an das Steißbein durch die *Schulterblattverankerung* kann gut in Armkreisvarianten (horizontale und vertikale Armkreise) geübt werden, um ein verbundenes Hängen an den Händen zu gewährleisten und nicht mit herausgezogenen Schultern „wie ein nasser Sack" am Trapez zu hängen.
- Die *Diagonalverbindung* wird für das Pirouettendrehen auf einem Fuß gebraucht, wenn die Hände die obere Stange fassen und man den Schwung aus der Kraftübertragung von diesem Fuß über die Diagonale in die Hand an der Stange holt. Auch beim Verstreben im „Fenster", zwischen den zwei Stangen und den Seilen werden *Kontralateralmuster* wie auch *Zentrum-distalmuster* gebraucht, um nicht vom Trapez zu fallen.
- Eine sanfte Körperarbeit mit dem Atem im *Respirationsmuster*, mit dem *Fersenwippen* und mit der *Kopf-Steißverbindung* kann helfen, die Spannung und Kraftanstrengung, die oft am „Gerät" Trapez im Körper entsteht, aufzulösen. Man kann es sich auf dem Trapez gemütlich machen, sich nette Plätzchen suchen, entspannen und auf das Auftauchen schlummernder Gefühle und kreativer Ideen horchen.
- Nicht zuletzt beim Improvisieren kommen dann Themen ins Spiel, die von LBBS inspiriert sind. Die Beziehung zum Trapez kann sehr unterschiedlich sein, je nachdem wie ich mich dem annähere und als was ich das Trapez sehe: als Fenster zur Welt, als Baum, als Geliebten oder Feind, als räumliche Verlängerung des Körpers usw. Man kann vom *Antrieb* her

mit verschiedenen *Stimmungen* und *Bewegungstrieben* mit den Trapezen tanzen, allein oder mit mehreren verschiedentlich die *Form* verändern, eher im *Formfluss, geradlinig* oder *bogenförmig* und *modellierend.* Auch kann man in verschieden großen *Kinesphären* am Trapez tanzen, um nur einige Möglichkeiten zu nennen.

## Fazit

Trapeztanz klingt für viele sehr speziell und irgendwie anstrengend, vielleicht auch beängstigend. So verhindert diese Sicht ein schönes Erlebnis mit der Luft, eine spannende Erweiterung der eigenen Bewegungsfähigkeit. In meiner Sicht ist Trapeztanz für jedermann, für Kinder und Erwachsene, für Profis und Laien eine Bereicherung.

Trapeztanz eignet sich für Artisten, um ihre Art, mit dem Trapez zu arbeiten, um Möglichkeiten in der Dynamik und einen sanften Körpereinsatz zu erweitern (s. Beitrag choreografisches Coaching). Tänzer und Tanzbegeisterte können eine andere Art der Kraft und des kreativen Potenzials kennenlernen. Die Erfahrung, sich in die Luft und in den Raum zu werfen, baut Verbindungen im Körper auf, die dann im Tanzen ohne Trapez genutzt werden können. Auch für die Arbeit mit Mädchen sehe ich Vorzüge darin, sich mit einem agierenden Gegenstand auseinandersetzen, der aber kein Mensch und trotzdem unvorhersehbar ist. Man muss reagieren, sich einstellen, seine Reflexe und Verbindungen aktivieren. Das Körper- und Selbstbild wird durch die *Körperverbindungen*, durch Krafteinsatz und durch Kontrolle von Spannung und Entspannung im Körper verändert. Und vor allem Kinder lieben den Trapeztanz, weil er Spaß macht!

# Choreografisches Arbeiten mit LBBS

EVA BLASCHKE

In Performances als „eva twin lilith“ und in verschiedenen Ensembles nutze ich seit ca. 1993 die Laban/Bartenieff-Bewegungsstudien (LBBS) in meiner choreografischen Arbeit. Dabei bieten sich drei verschiedene Ansatzpunkte, wie die LBBS genutzt werden können: bei der Material- und Ideensammlung für ein Stück, bei der Themenfindung für die Choreografie und um schon bestehende oder im Werden begriffene Choreografien mit choreografischem Coaching zu unterstützen und zu verfeinern. In diesem Beitrag werde ich die ersten beiden Punkte kurz ansprechen, um dann ausführlich auf den letzten einzugehen.

## Material- und Ideensammlung für ein Stück

In der Anfangszeit des Gestaltens setzt man sich ein Thema und sammelt dafür Bewegungsmaterial und Ideen. So dienen die LBBS bei der Material- und Ideensammlung als Hilfe, entweder als roter Faden oder als eine Übersetzungshilfe aus anderen Bereichen. Ideen aus anderen Bereichen, wie Rituale oder Architektur, werden in die Fachsprache der Bewegung übertragen.

Speziell diese Art der Materialsammlung habe ich in meinem Tanzsolo „ritual of joy“ zum Thema Freude und in „sandwishes“, einem Gruppenstück über Licht- und Schattenseiten der Kindheit, angewandt. Wegen der Materialfülle und Qualität konnte ich bei den Bewegungsideen aus dem Vollen schöpfen, eine Vielzahl davon ausprobieren und so bald das Beste für die jeweiligen Stücke auswählen.

Es gab z. B. zum Thema Freude verschiedene kirchliche Rituale, die ich nach den LBBS untersucht habe. Ein Ritual der Freude ist das Osterfest mit dem Brauch des Osterfeuers. Das Licht wird von einem Feuer vor der Kirche, um das sich alle versammeln, auf eine Kerze übertragen und in die dunkle Kirche getragen. In der einzigen Nacht im ganzen katholischen Kirchenjahr, in der in der Kirche kein elektrisches Licht angezündet wird, wird das Kerzenlicht auf die Kerzen aller Anwesenden im Kirchenraum verteilt.

In LBBS-Begriffe habe ich das wie folgt übersetzt: Im *allgemeinen Raum* beginnt die Aktion in der Mitte der Bühne und verteilt sich dann nach einem kurzen Weg auf die ganze Bühne. Überträgt man diese Aktion auf den persönlichen Raum eines Körpers, die *Kinesphäre*, so startet die Aktion in der Körpermitte und geht von da nach außen (*Körperorganisation: Zentrum-distalmuster*) in einer verstreuenden Aktion. Tanzt man dies, wirkt es offen und freigiebig. Allein mit diesen Hinweisen zum *allgemeinen* und *persönlichen Raum* konnte ich schon viel experimentieren.

Dem Ausspruch „vor Freude springen“ folgend, habe ich verschiedene Sprünge (s. *Körperaktionen*) und Sprungstile von Ausdruckstänzern wie Gret Palucca und Harald Kreutzberg untersucht. Es wurde deutlich, dass das Springen allein die Freude nicht transportiert, dass manchmal sogar die Sprünge von Kampf, Hass, Aggressivität oder Aufbegehren zeugen. Um Freude zu vermitteln, muss der funktionelle Akt des Springens mit einer speziellen Expressivität getanzt werden, also mit dem stimmigen *Antrieb* von *leicht, flexibel* und dem *verzögernd* Genuss eines Sich-Hingebens an die Luft.

Choreografisch war es dann sehr spannend, die vielen passenden Zutaten zum freudigen Ausdruck langsam in die Bewegung einfließen zu lassen, andere wieder wegzunehmen und so einen subtilen Wandel der Stimmung zu erreichen. Dies korrespondiert mit den Nuancen von Freude, die oft als flüchtige Momente im Leben erscheinen und wieder verschwinden, die es immer wieder neu zu kreieren gilt und die sich manchmal auch zu anhaltendem Strahlen entwickeln.

## Themenfindung für die Choreografie

Nimmt man nur einen Ausschnitt der LBBS, kann dieser auch direkt als Thema für die ganze Choreografie fungieren. Ich persönlich habe diesen Ansatz in weiten Teilen meines Eisstückes „273 – oder wie Neues entsteht“ benutzt. Die Arbeit mit tatsächlichem Eis in Form von Eiswürfeln, großen Eisstangen und Eisblöcken brachte mich neben dem Thema Kälte und Einsamkeit auf die LBBS-Kategorie der *Form* und besonders der *Formveränderung*. Das Eis veränderte sich in seiner Form im Kontakt mit meinem Körper und der Luft. Es schmolz, als der Körper auf einem Bett aus Eiswürfeln lag. Es tropfte von den aufgehängten Eisstangen und spritzte nach allen Seiten beim Tanz mit bloßen Füßen und nassen Haaren. Um alle Aggregatzustände von festem Eis, flüssigen Wasser und gasförmigem Dampf vertreten zu haben, habe ich mit der Nebelentwicklung von Trockeneis gearbeitet. Im Gegenzug veränderte sich auch der Körper. Er bekam rote Flecken auf der Haut, er wurde kalt und nass und bei langer Berührung mit dem Eis sogar heiß.

Korrelierend zum Eis habe ich mit der *stillen Form* des Körpers gearbeitet: von der erstarrten Eiskönigin in Kristallform auf dem Eisblock stehend, der unbewusst sich verändernden Liegeposen der Schlafenden auf dem Eisbett über das insektenhafte kaltblütige Wesen, das lange in Formen verharrt und dann blitzschnell hervor schießt, in die nächste Pose. Wie in einer Tropfsteinhöhle steht der Körper als stille *nadelartige* Form unter den tropfenden Eissäulen und von dort, wo die Wassertropfen beständig auftreffen, beginnt der Tanz – am Brustbein, bis die Körperform immer flüssiger wird – also immer mehr *Formfluss* – und der Tanz immer dynamischer, raumgreifender und nasser.

## Choreografisches Coaching

### Generelle Betrachtungen

Wunderbar funktionieren die LBBS als Verfeinerungsinstrumentarium bei fremden Stücken. Wichtig ist dabei, dass das choreografische Coaching angemessen ist. Das heißt, ich unterstütze ein Stück in seiner Eigenheit und verbessere seine Wirkung auf das Publikum im vorhandenen Stil. Als Coach kann ich den Stil durch die LBBS erkennen. Zusätzlich kenne ich (durch die Ausbildung) meine eigenen Bewegungspräferenzen wie auch die Beobachtungsfilter. Diese ErKenntnisse führen von der subjektiven Sicht weg und hin zur professionellen Distanz, die in jeder Art von Coaching gebraucht wird.

Anfragen bezüglich des choreografischen Coachings bekomme ich von Tänzern wie auch von Artisten, die für sich selbst oder als Gruppe Stücke kreieren. Sie haben mein „bewegungsanalytisches Auge“ zum Beispiel in einem Workshop schätzen gelernt und sich durch mein Feedback in ihrer Art unterstützt gefühlt. Meist kommen die Anfragen in der Mittel- oder Endphase des choreografischen Prozesses. Der Wunsch beinhaltet die Unterstützung bei der generellen Gestaltung bzw. der Verfeinerung des Stücks.

### Genereller Ablauf

Als Coach muss ich zuerst einiges über Ziele und Ideen, Stil und Arbeitsprozess sowie über den Stand der Arbeit erfahren. Bevor ich mir eine Probe ansehe, spreche ich mit den Akteuren über ihre Ideen und ihre bisherige Vorgehensweise. Es geht um Fragen wie:

- Um was geht es in dem Stück (thematisch, körperlich)?

- Wie sollen diese Ideen umgesetzt werden bzw. sind sie bisher umgesetzt worden?
- Wobei herrscht Unsicherheit?
- Gibt es konkrete Fragen oder Anfragen, worauf ich achten soll, was ich überprüfen soll, wo Feedback gewünscht wird?
- Welche Rolle sollen die anderen Genres der Bühnenkunst spielen: Licht, Kostüm, Musik, Sprache usw.?

Dann erst lasse ich mir das Stück zeigen, live oder auf Video in ungekürzter Form. Für den ersten Eindruck gehe ich mit „offenem Auge“ d. h. ohne weitere Einschränkungen, an das Stück heran und mit einer annehmenden Haltung. Für mich ist es ein Annehmen ohne Kritik, ein Aufnehmen und Nachspüren dessen, was das Gesehene bei mir bewirkt. Wir sprechen hier vom Phänomen der Resonanz, das im Coachingfeld bekannt ist.

Folgende Fragen können dabei wichtig werden oder sich in den Vordergrund spielen:
- Wann bin ich sozusagen gefesselt, wann ist das Gesehene spannend für mich und wann wollen meine Gedanken abwandern?
- Wo gibt es Längen, wann würde ich gerne einer Sache länger zusehen?
- Was kommt bei mir an, welchen Titel würde ich dem Ganzen geben?
- Welche Titel würde ich den einzelnen Szenen geben?
- An welcher Stelle oder inwieweit funktioniert die Idee (das Thema kommt rüber und es ist spannend), an welcher Stelle nicht?

Bei den nächsten Beobachtungsdurchläufen stelle ich mir konkretere Fragen aus Sicht der LBBS und aus meiner Erfahrung mit Tanztheater wie z. B.:
- Was ist die Hauptgrundlage des Stückes, bezogen auf die vier Kategorien *Körper/Raum/Form/Antrieb*? Passt diese Grundlage zum Thema?
- Welche andere Kategorie fehlt, die dem Stück in seiner Aussage förderlich
- wäre? (S. unten 1. Beispiel)
- Besteht möglicherweise eine Kategorienvielfalt, die eher hinderlich ist, unklar oder verwirrend?
- Wie sind das Timing und die *Phrasierung*?
- Wie ist die Motivation, um von einer Bewegungsidee oder einem Bild zum nächsten zu kommen? (S. unten 1. Beispiel)
- Inwieweit stoßen die Tanzenden an körperliche Grenzen und können unterstützt werden, indem sie z. B. bestimmte *Körperorganisationen* üben oder
- innerhalb ihrer Grenzen geeignete Umsetzung der Ideen finden?
- Gibt es etwas in der Kategorie *Körper*, das die Ausführung der Tanzbewegungen verbessert? (S. unten 2. Beispiel)
- Wie wird mit Pausen oder aktiver Stille gearbeitet?

Weitere Fragen, die einfließen:
- Wie ist die Szenenabfolge gebaut: Collage, Weiterentwicklung, Wiederholungen, synchrones Tanzen, verschiedene Handlungsstränge gleichzeitig, nacheinander, abwechselnd?
- Wie ist der Spannungsbogen? Wie lässt er sich aufzeichnen? Gibt es einen Spannungsabfall und warum?
- Wie werden die Szenen jeweils von den anderen Bühnengenres unterstützt, verstärkt oder verfremdet?

Wenn nötig, folgt eine ausführlichere Analyse aller Hauptbereiche an einigen schwierigen Stellen des Stücks, die zu allem oben genannten weitere Informationen und Ideen zur Verfeinerung des Stücks beitragen kann.

In Absprache und je nach Auftragslage werden die neuen Ideen dann mit oder ohne mich ausprobiert. Die Akteure entscheiden dann selbst, welche Veränderungen und Verfeinerungen sie ins Stück aufnehmen wollen. Meist besteht ein Vertrauensverhältnis und Vorschläge werden angenommen, ausprobiert und es wird gemeinsam entschieden: vom inneren Gefühl der Akteure her und vom „Außenauge", wobei das „Außenauge" das letzte Wort hat. Ich versuche dabei zwischen Innensicht und Außensicht zu vermitteln und gegebenenfalls Diskrepanzen zu erklären.

## 1. Fallbeispiel: Trapeztheaterstück

Ich wurde zur choreografischen Unterstützung eines Trapeztheaterstücks mit fünf Artisten an nebeneinander hängenden Fixtrapezen (Dauer 35 min.) in der Abschlussphase engagiert. Die Grundidee der Gruppe war, mit einer Abfolge von Bewegungen an den fünf nebeneinander hängenden Trapezen nacheinander so etwas wie ein Durchfließen wie in einem Organismus oder an einem Fließband zu kreieren. Durch Störungen im Durchfließen wie auch durch das Bild der Gruppe als gut funktionierende Maschine sollten gruppendynamische Prozesse, Harmonie, Vereinzelung und Konflikte dargestellt werden.

Von meiner ersten Beobachtung her war das Stück von der Kategorie *Form* bestimmt. Die Artisten waren dabei, mit guter Körperspannung auf unerwartetem Wege von einer Pose zur nächsten zu kommen. Dabei bewegten sie sich *gradlinig* oder *bogenförmig* von einer *stillen Form* in die nächste. Das Thema des Stückes für die Darstellung konfliktreicher Prozesse verlangte aber meines Erachtens die Kategorie *Antrieb*. Aber Antriebswechsel und Steigerungen fehlten weitgehend. Die artistischen Formen wurden mit sehr gleichbleibender Dynamik ausgeführt, nämlich mit viel *gebundenem Fluss, direktem Raum* und ab und an mit *plötzlichen* Akzenten in der *Zeit*. Das ergab als Grundstimmung die *entrückte Stimmung* mit *Aktionstrieb*-Akzenten. Obwohl die Musik verschiedene Stimmungen schuf, war die ganze Performance in der Dynamik zu gleichförmig und *entrückt* im *Antrieb*; so verlor ich den Kontakt zu den Artisten und es entstanden einige Längen.

Wir haben zum großen Teil mit den vorhandenen Bewegungsabläufen gearbeitet, aber in unterschiedlichen *Antriebsqualitäten* und Tempi, jeweils angepasst an den Inhalt der einzelnen Szene. Zum Beispiel für die Traumsequenz, in der jeder für sich existiert; abgepuffert von den anderen, habe ich die *träumerische Stimmung* mit *Zaubertriebs*-Akzenten vorgeschlagen, also *passives Gewicht* und *freien Fluss* mit ab und zu *flexiblem Raum*bezug, wie unter Wasser sich eine eigene Blase erschaffend. Das machte einen kolossalen Unterschied zur sonst *gebundenen, direkten* Bewegung. Jeder war also in seinem eigenen Traum.

Bei der Spielplatzszene sollte eine spielerische, leichte Gruppendynamik vorherrschen. Nach dem bereits funktionierenden Nachmachspiel sollte es ein weiches, harmonisches Zusammenspiel geben, in dem sozusagen alles glatt läuft. Hier habe ich mit *Schwungphrasierung* und fließenden Übergängen in sachtem Tempo gearbeitet und dabei den *freien Fluss* und die *leichten Gewichts*momente im *Antrieb* betonen lassen. Über gemeinsames Atmen war es dann auch leichter, das Timing für das Nacheinander-Durchfließen der Bewegungen zu bekommen. Dies sah dann leichter und spielerischer aus.

In der „Maschine" sollte es nach anfänglichem reibungslosem Funktionieren zu Ausfällen unterschiedlicher Art kommen. Durch meinen Vorschlag wurde das Ausfallen des maschinellen Treibens und Getriebenwerdens mit mehr *aktivem Gewicht* und *gebundenem Fluss* in den Schwüngen, mit abgehackten, schlagartigen Gesten im *Aktionstrieb* und vielen Wiederholungen ausgedrückt. Intensiviert wurde das Ganze durch eine Steigerung im Tempo, wie ein Heißlaufen und Explodieren der Maschine, bevor Einzelne die Maschinenbewegungen nicht mehr mitmachten und unterschiedliche Soli begannen.

## 2. Beispiel: Tanzsolo

Ich wurde gefragt, ein Tanzsolo, 12 min. lang, mit Livemusik im Berliner Dom zu coachen. Die Wirkung des Berliner Doms wird maßgeblich bedingt durch die Fülle an Farben und Formen, die den Raum unruhig und überladen erscheinen lassen, ebenso durch seine Größe. Diese Größe droht eine einzelne stehende und tanzende Person zu verschlucken. Der Dom erscheint also unruhig, voll, riesig und erschlagend.

In LBBS-Begriffe übertragen ist der Dom vom *Antrieb* her vor allem in *stabiler Stimmung*, also von schwerem Gewicht und indirektem Raumbezug. Auf dieser Grundstimmung tummeln sich aber ganz viele andere *Stimmungen* und *Bewegungstriebe*, man könnte den *Zaubertrieb* in den Gewölben oben sehen, wo die Figuren bedeutungsvoll und ewig die Richtung angeben, den *Aktionstrieb* in all den gewichtigen goldenen und roten verwrungenen Schnörkeln, die *mobile Stimmung* in all den Kerzen und ihrem bewegten Widerschein im Gold usw.

In diesem Raum als einzelne Tanzende aufzufallen und zu bestehen, hat am besten über die wenigen möglichen Kontraste funktioniert: Die Tänzerin wählte ein weißes Kostüm und war in ein großes weißes Tuch gehüllt. Das Weiß war der Kontrast zum bunten, überladenen Dom. Weiß gilt in der Farblehre nicht als Farbe. Wollte man es mit dem *Antrieb* vergleichen, könnte man ihn als weggenommen oder neutral ansehen, also lag der Hauptfokus der Tänzerin nicht auf der Dynamik. Sie arbeitete auf mein Anraten vor allem mit der Form als Kategorie im Kontrast zur bestimmenden Dynamik des Doms. Den ersten Teil des Solos bestritt sie mit *Formungsprozessen* eines eingewickelten Körpers, ganz kleine, langsame und intensive Bewegungen des Körpers im *Formfluss*, die das Publikum genau hinsehen lassen, weil sie so klein erschienen.

Der Spannungsaufbau und das Hineinziehen des Publikums wurden durch Minimalmusik unterstützt, die sehr sphärisch begann und sich nur kaum merklich änderte, also auch in der Musik spiegelte sich der Verzicht auf die Vielfalt im *Antrieb* wider. Nach und nach löste sich die Tänzerin aus dem Tuch mit *leicht-direkt-gebundenem Zaubertrieb*, was das Publikum weiter gebannt hielt. Sie bewegte das Tuch mehr und mehr mit und dies vergrößerte ihren Körper. Beim Befreien aus dem Tuch nutzte sie wechselweise *Aktions-* und *Zaubertrieb*, aber im Kontrast zum „schweren" Dom mit der leichten Seite von beiden Trieben. All diese Kontraste zusammen ließen die Tänzerin in dem erdrückenden Dom groß und zart zugleich aussehen.

Das lange Tuch mit der Betonung der *Leichtigkeit* im *Antrieb* zu handeln und durch Drehungen in die Luft zu bekommen, war nicht einfach und bedurfte körperlich der Verbesserung der *Erdung*. Die *Erdung* haben wir durch eine stärkere Verbindung vom unteren zum oberen Körper im *Homologmuster* unterstützt. Um das Ausdrehen aus dem Tuch auf schmalen Altarstufen galant aussehen zu lassen, habe ich der Solistin vorgeschlagen, die Drehungen mit der *Körperhälftenverbindung* zu stabilisieren.

## Fazit

Für die Themenfindung einer Choreografie kann man nur einen Teilaspekt der LBBS nehmen und aus diesem Keim eine ganze Choreografie entwickeln. In der choreografischen Arbeit, vor allem in der Anfangszeit des Gestaltens, sind die LBBS eine Quelle für ein enormes kreatives Potenzial.

Beim choreografischen Coaching ist es für mich sehr erfüllend, andere über die Vielfalt und Genauigkeit in der Arbeit mit LBBS zu unterstützen, und noch berührender, wenn ich das Ergebnis auf der Bühne miterleben kann. Es ist dann deutlich zu sehen, dass die Stücke in sich schlüssiger und stimmiger sind. Außerdem merke und genieße ich es, wenn die Zufriedenheit mit dem eigenen Stück bei den Akteuren gewachsen ist.

# LBBS als Anregung für Rollen- und Szenenarbeit im Theater
## HOLGER BRÜNS

Laban bemerkte: „Der Durchschnittsschauspieler wird sich nur ungern eingestehen, dass der Genuss des Publikums an seiner darstellerischen Leistung vor allem auf einer unterschwelligen Analyse seiner Bewegung beruht.“[414]

Meine Erfahrungen in der Arbeit mit Schauspielern mit Laban/Bartenieff-Bewegungsstudien (LBBS) haben mir gezeigt, dass ebenso, wie ein starkes, echtes Gefühl auf der Bühne die Körperlichkeit, die Bewegungen eines Schauspielers in organischer Weise prägen kann, auch die Arbeit an Bewegung, vor allem *Antrieb,* ein glaubwürdiges Gefühl wachruft.

## Körperliche Bewegung und Schauspiel

Lange Zeit bestand der Schauspielunterricht im Einüben stereotyper Verhaltensmuster in der Art: Ein wütender Mensch rollt heftig mit den Augen; ein erhobener Kopf und ein gerader Rücken zeugen von Stolz oder Hochmut; jemand, der etwas zu verbergen hat, läuft geduckt und schaut sich oft um. Solche Stereotype sind nur recht langsam aus dem Repertoire der Schauspielkunst gestrichen worden, nicht zuletzt durch Stanislawski und Strassberg. Sie wurden durch Begriffe wie „Situation“, „individuelles Erleben“, „Beobachten“ und „emotionales Gedächtnis“ ersetzt. Vielleicht rührt aber aus dieser geschichtlichen Entwicklung eine tief verwurzelte Abneigung vieler Schauspieler, in der Rollenarbeit (aber auch überhaupt) körperlich zu trainieren oder sich mit körperlichen Anweisungen auseinanderzusetzen.

Wenn ein „Körpertraining“ manchmal noch als Vorbereitung auf die eigentliche Arbeit akzeptiert wird (wenn auch oft belächelt), stoßen Aufgabenstellungen wie z. B. „ein *kraftvoll-plötzliches* Auf- und Abgehen“ meist auf völliges Unverständnis. Dabei betonen sowohl Stanislawski als auch Strassberg die Wichtigkeit einer körperlichen Lockerheit und beide beschäftigen sich intensiv mit dem Problem, Spannungen und Blockaden im Körper abzubauen. Um zu befriedigenden künstlerischen Ergebnissen zu kommen, ist es natürlich ebenso wichtig, Vorgänge und Situationen zu klären und sich der Figur über eine intensive Rollenarbeit zu nähern.

Im Folgenden Auszüge aus meinem Probentagebuch zu Anton Tschechow „Drei Schwestern“. Wenn ich von einer Probenarbeit berichte, die sich hauptsächlich mit LBBS beschäftigt, mit Begriffen wie *Antrieb* und *Form*, mit Überlegungen, in welcher *Fläche* sich die Figur bewegt, dann soll dies kein „Entweder-Oder“ zu anderen Formen der Probenarbeit sein. Ich spare nur den Bericht über andere, parallel verlaufende Probenprozesse aus, weil dies den Rahmen dieses Beitrages sprengen würde.

## Überlegungen am Tisch

Anton Tschechow schreibt an seinen Kollegen Maxim Gorki: „Es ist mir entsetzlich schwergefallen, die ‚Drei Schwestern‘ zu schreiben. Es hat doch drei Heldinnen, jede muss etwas Eigenes sein, und alle drei – Generalstöchter!“ Genau damit wollten wir unsere Arbeit beginnen: das Eigene jeder Schwester herauszufinden. Zuerst saßen wir um den großen Tisch auf der Probebühne. Die Schauspielerinnen besaßen alle ein umfangreiches Wissen und Erfahrungen mit LBBS und hatten sich bereits Gedanken über ihre Rolle gemacht. Nun begannen wir, diese Überlegungen zusammentragen.

Susanne, die die Olga spielen sollte, begann: „Olga ist die älteste der Schwestern. Nach dem Tod des Vaters hat sie die Aufgabe übernommen, die Familie zusammenzuhalten, da der Bruder dazu nicht in der Lage scheint. Sie arbeitet am Gymnasium, ist sehr pflichtbewusst und wirkt oft streng und ein bisschen hart. Ich glaube, dass sie viel überlegt und ich denke daher, der *Raumantrieb* ist für sie ziemlich wichtig und zwar der *direkte Raumantrieb*. Sie weiß immer, wo alles ist, hat klare Vorstellungen, wo die Dinge hingehören, und lässt sich am wenigsten von den Geschehnissen verwirren. Welcher *Antriebsfaktor* noch dazu kommt, kann ich noch nicht sagen – ich würde erst einmal mit *gebundenem Fluss* anfangen zu probieren, weil sie so kontrolliert in ihren Gefühlen ist – aber da kann auch noch etwas ganz anderes herauskommen."

Anette war die nächste, die erzählte, was ihr zu ihrer Rolle, der Mascha, eingefallen war: „Mascha ist die Mittlere. Sie hat einen Lehrer geheiratet, den sie bewunderte, aber nicht liebt. Inzwischen ist sie enttäuscht, manchmal scheint es, als ekle sie sich vor ihrem Mann. Die Liebe zu dem Offizier Werschinin hat von Anfang an den Geschmack des Unmöglichen und zum Schluss scheint sie sich mit ihrem Schicksal arrangiert zu haben und ist bereit, die Jahre der Eintönigkeit, die sie vor sich liegen sieht, zu ertragen. Ich war lange unentschieden, ob der *Flussantrieb* oder der *Gewichtsantrieb* für sie wichtiger ist. Entschieden habe ich mich eigentlich erst, als mir auffiel, dass ich sie in Gedanken immer wieder als schwermütig empfunden habe. Da war ja das *Schwere* schon drin und seltsam, dann war mir klar, dass *Raumantrieb* dazukommen muss – nicht *Fluss*, wie ich zuerst dachte. Sie ist nicht verträumt, wie ich zuerst dachte. Sie ist überlegt genug, sich in ihr Schicksal zu ergeben, und sie ist zu stabil, um irgendetwas an ihrer Situation ändern zu können oder zu wollen. Damit möchte ich anfangen zu probieren."

Als Letzte war nun Birgit an der Reihe. Sie sollte die Irina spielen, das Nesthäkchen, die Jüngste, die am meisten auf der Suche nach ihrer Bestimmung ist. Sie will arbeiten, nützlich für die Gesellschaft sein und ist vielleicht diejenige, die eine Chance hat, ihrem Ziel ein Stück näher zu kommen. Birgit: „Ich bin verwirrt und weiß eigentlich noch gar nichts. Erst dachte ich *Flussantrieb*, dann dachte ich: gut, dann kommt der *Raumfaktor* dazu, aber ist sie denn oft in einer *entrückten Stimmung*? Dazu ist sie zu realistisch. Dann dachte ich: Sie will immer weiter, immer weiter, also doch der *Flussfaktor* und dann dachte ich: aber sie will auch unbedingt vorwärts. Wenn ich jetzt mal von der *Form* ausgehen würde, dann wäre das *Vorstreben* und *Zurückziehen* und da gäbe es eigentlich eine Affinität zum Zeitfaktor – *Zeit* und *Fluss*? Oder doch lieber *Zeit* und *Raum* – ich weiß es einfach nicht."

## Erfahrungen und Erkenntnisse nach der Arbeit mit Antriebskombinationen

Die nächsten Tage hatten die drei Schauspielerinnen nun probiert, sich über Bewegung ihrer Rolle zu nähern. Jede nahm den von ihr gewählten *Antrieb* oder die *Antriebskombination* zum Thema einer kurzen Bewegungssequenz. Dann versuchten sie eine Handlung zu finden, für die diese *Antriebskombination* besonders hilfreich sein könnte. Und als Abschluss versuchte jede, einen Gang zu entwickeln, in dem die *Antriebskombination*, die ihr die passende schien, deutlich wird. Diese Suche fand auf einer Makroebene statt, es ging darum, Bewegungsthemen und Präferenzen der Figuren zu entwickeln. Der Weg führte dabei von großen ganzkörperlichen Bewegungen zu immer kleineren und unauffälligeren Bewegungen, um aus fast schon tänzerischen Sequenzen heraus Alltagsgesten und Schritte zu finden, ohne die charakteristische *Antriebskombination* zu verlieren.

Susanne, die die ältere Schwester Olga spielte, hatte als Thema mit einer Kombination von *direktem Raum-* und *gebundenem Flussantrieb* gearbeitet. Sie berichtete: „Zunächst gibt mir diese Kombination ein Gefühl der Sicherheit. Meine Bewegungen sind kontrolliert, ich bin im Raum orientiert, ich bewege mich sicher. Die Bewegungen müssen auch nicht unbedingt langsam sein, ich kann mich in einer ganz normalen Geschwindigkeit bewegen, ohne das Gefühl von *gebundenem Fluss*, von Kontrolle zu verlieren. So habe ich auch einen Gang gefunden." Den führte sie uns vor. Er wirkte sehr gerade, aufgerichtet, aber nicht hölzern, sondern im Gegenteil sehr elegant, aber irgendwie auch unauffällig, normal. Susanne fuhr fort zu erzählen: „Als Tätigkeit kommt mir alles in den Sinn, was mit Genauigkeit zu tun hat, nähen, sticken – und, bei Olgas Beruf als Lehrerin, Schönschrift ist bestimmt eine Leidenschaft von ihr."

Die Kombination *direkt-gebunden* weckte bei Susanne auch negative Empfindungen: „Je länger ich mit dieser Kombination gearbeitet habe, umso beengender ist sie mir geworden. Plötzliche Reaktionen, aufkommende Emotionen wurden sofort in den *Fluss* eingebunden. Was ich als Klarheit und Sicherheit am Anfang genossen habe, war auf einmal so weit weg von mir, von meinen Empfindungen, meiner Lebendigkeit. Ich glaube, das ist etwas, bei dem der Begriff ferne oder *entrückte Stimmung* auch zu dieser Kombination passt, nicht der Welt entrückt, sondern sich selbst. Ich glaube, die Olga in dem Stück hat sich so in dieser Haltung eingelebt, dass sie nur noch selten die Entfernung zu sich selbst spürt, nur selten erkennt, was sie diese Sicherheit und Klarheit kostet."

Anette, unsere Mascha, die mittlere der Schwestern, hatte mit den Faktoren *Gewicht* und *Raum*, also mit einer *stabilen Stimmung* probiert, ohne dass sie diese Arbeit auf eine bestimmte Kombination von Elementen eingeschränkt hätte. Sie erzählte: „Ich bin auf etwas Überraschendes gekommen. Mein Bild war immer: die Frau ist umgeben von feinen Stoffen, kultivierte Langeweile. Sie scheint immer zu schweben oder in tiefe Träume versunken. Die Kombination *kraftvoll-direkt* schien mir zunächst so gar nicht passend für Mascha, aber dann dachte ich, warum eigentlich nicht, warum soll sie nicht Türen schlagen und Tassen werfen, wenn sie wütend ist? Das passt doch zu ihr. Ich habe Tätigkeiten probiert, die für sie infrage kommen – alles, was mit schieben und drücken zu tun hat. Nun glaube ich nicht, dass sie tatsächlich schwere Gegenstände hin- und herschiebt, aber in ihrem Umgang mit Menschen ist es da nicht so, dass sie immer Aufmerksamkeit auf sich ziehen möchte, und wenn ihr jemand näher kommt, sie diesen resolut von sich schiebt? Und ich glaube, dass sie diese Seite, z. B. unter einem *leichten und direkten* Gang versteckt, hinter dem man die Kraft und den Willen nicht vermuten würde." Die Ideen zu *direkten* und *kraftvollen Antrieben* hatten Anette also auf ein ganz anderes Bild der Figur, die sie verkörpern sollte, gebracht, als sie es zunächst hatte.

Birgit, die das Nesthäkchen Irina spielte, war ganz ohne eine Festlegung in die Bewegungsarbeit gestartet und war nun froh, Klarheit über die Rolle gefunden zu haben und nicht mehr so verwirrt wie am Anfang zu sein. Birgit: „Nach einigem Ausprobieren lief es für mich auf eine Kombination *flexibel* im *Raum* und *frei* im *Fluss* hinaus. Irina ist immer auf der Suche nach irgendetwas, einer Beschäftigung, einem Sinn usw. Sie ist dabei aber nicht überlegt und es steht keine Kraft hinter dieser Suche, kein Wille, die Ideen oder gewünschten Veränderungen wirklich anzugehen und umzusetzen. Sie treibt auf einem Fluss – im doppelten Sinne. Sie ergreift, was an ihr vorbei schwimmt, die Arbeit im Telegrafenamt, den Mann, der sie heiraten möchte, die Möglichkeit an einer Schule zu arbeiten. Aber sie geht nicht nach Moskau, wie es ihr sehnlichster Wunsch ist. Sie fühlt stark, kann aber diese Gefühle nicht kontrollieren, so bricht es immer wieder aus ihr heraus. Sie wird von ihren Gefühlen überschwemmt."

Weiter erzählte Brigitte: „Ich habe einen *leicht-freien* Gang für sie entwickelt. Also spielt für sie auch der *Gewichtsantrieb* eine gewisse Rolle. Aber es ist das leichte Berühren, eher das Wünschen und die Sehnsucht, als dass ein kraftvoller Wille hinter ihrer Suche nach einem Platz im Leben steht. Als ich eine Arbeit, eine Beschäftigung für sie gesucht habe, konnte ich keine finden. Und dann dachte ich, genau das ist Irinas Problem: Ihre Suche nach einer sinnvollen Tätigkeit, einer wirklichen Arbeit, dafür ist sie eigentlich nicht gemacht. Es gibt kaum eine Arbeit, in der Irina mit der *Antriebskombination indirekt* und *frei* sinnvoll arbeiten könnte. Alles fliegt ihr davon, auch die Gedanken („Wohin ist nur alles entschwunden?"). Sie kann sich nicht konzentrieren, sie berührt die Dinge leicht, hat aber keine Kraft, sie zu bewegen und ihr fehlt die Genauigkeit für alle diffizileren Tätigkeiten. Vielleicht reißt sie sogar dauernd etwas herunter, Dinge fallen ihr aus der Hand, ihre Aufmerksamkeit ist überall und nirgends."

So hatte jede der Schauspielerinnen für ihre Rollenarbeit interessante Erfahrungen gemacht, unvermutete Facetten an den zu verkörpernden Figuren entdeckt und konkrete Spielmöglichkeiten entwickelt. Und nebenbei waren wir Tschechows Aussage von den Eigenheiten und Gemeinsamkeit der drei Schwestern ziemlich nahe gekommen. Alle hatten als verbindendes Glied den *Raumantrieb*, was als „Generalstöchter" uns durchaus passend erschien, und doch hatte jede in ihren speziellen Kombinationen etwas sehr Eigenes und Unverwechselbares.

## Szenenarbeit – Form, Raum und Beziehungen

Nun gingen wir daran, uns näher mit einzelnen Szenen zu beschäftigen. Anette wählte eine Szene aus dem zweiten Akt, in der Mascha mit dem Offizier Werschinin in das stille Haus zurückkehrt, in dem alle schon zu schlafen scheinen. In dieser Szene gesteht Werschinin Mascha, dass er sie liebt. Schnell war klar, dass sich die beiden dabei nicht mit der *Körperfront gegenüber*sitzen oder stehen könnten. Sie saßen *nebeneinander* und Maschas Bewegungen waren sehr stark in der *vertikalen Fläche* ausgerichtet. Das passte sehr gut zu der Situation, und war Ausdruck des „Einerseits – Andererseits", mit dem sie dieses Geständnis aufnahm, geschmeichelt und erschreckt, glücklich, weil sie diese Liebe erwidert, und unglücklich, weil sie weiß, dass sie unmöglich ist. Die *vertikale Fläche* wird in Bezug auf die Kommunikation oft mit Präsentation oder Repräsentation in Verbindung gebracht und auch das passt hier hervorragend. Mascha hat hier zu repräsentieren, die Generalstochter, die sich über ihr Schicksal nicht beklagt und eine Frau, die des Umgangs mit Offizieren würdig ist.

Im Antrieb passt die stabile Stimmung als Affinität sowohl zur vertikalen Fläche wie auch das Ausbreiten und Schließen als Formungsqualität der Situation entsprechen, in der sie sich gerade befindet. Zusätzlich zu der stabilen Stimmung fanden wir verstärkt Momente des *Zeitantriebs* in ihren Bewegungen. Zunächst schien uns das sehr merkwürdig, dass in dieser Situation, in der es um Liebe geht, Mascha sich im Aktionstrieb befindet. Aber die Bewegungen, die sich aus Anziehen und Abstoßen, aus den leichten, *tupfenden* Berührungen zusammensetzen, den Gesten ihrer Hand, wie sie über Werschinins Ärmel *gleitet* oder auf ihn *zuschwebt*, als wolle sie sein Gesicht berühren, um doch im letzten Moment innezuhalten, gaben dem Spiel Klarheit und Ausdruck.

Birgit begann mit Irinas Anfangsszene zu arbeiten. Es ist ihr Geburtstag und die Familie versammelt sich, um die Jüngste zu feiern. Sie geht durch den Raum, arrangiert Blumen in der Vase, räumt Dinge etwas planlos von einem Ort zum anderen. Viele ihrer Bewegungen finden in der *horizontalen Fläche* statt und diese wird mit Kommunikation und Exploration verbunden. Die Aufmerksamkeit Irinas springt von einem zum anderen, aber sie scheint nicht unruhig oder erregt. Ihre Bewegungen haben eine größere Klarheit als sonst. Sie bewegt sich zwar nach wie vor häufiger mit einem *flexiblen Raumantrieb*, hat aber immer wieder auch *direkte* Momente, in denen sie ihre Aufmerksamkeit auf einen Punkt, auf eine Person bündelt. Ihre *Antriebe* kreisen um den *Visionstrieb*. Sie phrasiert im schnellen Wechsel zwischen *mobiler, entrückter* und *wacher Stimmung*, wobei die Übergänge graduell sind. Vielleicht ist es die Geborgenheit der Familie, die ihr die Sicherheit gibt, sich der Zeit hinzugeben, die Momente auszukosten, was sonst eher selten bei ihr vorkommt. Wenn sich die *Stimmungen* zu einem *Bewegungstrieb* zusammenfügen, sind die *Visionen*, die sie entwirft, meistens hell und freundlich und handeln von der Zukunft. So sagt Irina im Text:

„Als ich heute erwachte, aufstand und mich wusch, schien es mir plötzlich, als sei mir alles klar auf dieser Welt, und ich wusste, wie man zu leben hat."
Sie ist nicht so weit entrückt wie in vielen anderen Szenen, sie nimmt Menschen und Dinge um sich herum wirklich wahr und kommuniziert mit ihnen. Dazu passt auch, dass sie, die sich sonst oft im *Formfluss* bewegt, also auf sich selbst bezogen ist, in dieser Szene mehr *modellierende* Momente hat.

Susanne begann an der letzten Szene des Stücks zu arbeiten. Olga ist Direktorin des Gymnasiums geworden und wohnt auch dort. Alle nehmen Abschied, das Militär rückt ab, Irina soll heiraten und in die benachbarte Stadt ziehen, um dort Lehrerin zu werden. Susanne wollte, dass Olga in dieser Szene weicher und wärmer wirkte als sonst. So arbeitete sie daran, den *gebundenen Fluss freier* werden und auch *verzögernde* Momente einfließen zu lassen. Sie versuchte, mehr *hingebende* Momente in ihre Bewegungen zu bringen, und erreichte dadurch tatsächlich eine Weichheit, ohne das Gradlinige, Klare des *direkten Raumantriebs* zu verlieren. In der *Form* ist sie oft *zielgerichtet bogenförmig* und ihre Bewegungen scheinen die andern einzuschließen. Sie ist heiter und gelöst, ganz offensichtlich tut es ihr gut, aus dem Haus und der vollen Verantwortung für das Glück ihrer Schwestern entlassen zu sein. Sie scheint mit ihrem Schicksal zufrieden, wie eigentlich im ganzen Stück noch nicht.

## Das Zusammenspiel

Von dieser Schlussszene des Stückes aus versuchten wir das Zusammenspiel der drei Schwestern zu ergründen. Olga, als die Älteste, versucht die Schicksalsschläge, die ihren Schwestern widerfahren, aufzufangen. Mascha weint haltlos über den Verlust des geliebten Werschinin, der mit dem Militär zusammen abzieht. Sie ist da ganz im *passiven Gewicht* und *freien Fluss*, also in einer verzweifelten *träumerischen Stimmung.* Olga versucht sie zu trösten. Sie hatte im Verlauf der Proben *zielgerichtete Formveränderung* als Bewegungsmuster für sich entwickelt, welches eine große Klarheit ausstrahlte. Als sie nun versucht Mascha, die sich meistenteils im *Formfluss* bewegte, zu berühren, um sie zu beruhigen, fand sie keinen Weg, sie zu umarmen, da sie so wenig *modellierende* Momente in ihrem Körper hatte. Ihr blieb nichts als hilflose Berührungen und erst als sich Mascha selbst erschöpft hatte und ruhiger wurde, konnte sie Olgas Berührungen erwidern und beide fanden gemeinsam *modellierende* Momente.

Dann erfährt Irina vom Tod ihres Bräutigams. Sie scheint zu erstarren, sie *bindet* den *Fluss* und zum ersten Mal gelingt es ihr, ganz *direkt* im *Raum* zu sein, dabei scheint sie zu *wachsen* und ihre Haltung wird auf einmal der Olgas ähnlicher, die ja gerade *freier* im *Fluss* ist als üblich. Im Schlussbild halten sich die drei Schwestern umarmt. Olga scheint aus dieser Gruppe hervorzustrahlen. Auch wenn sie keine großen Bewegungen macht, ist sie im *Visionstrieb*, während Mascha sich in einer *träumerischen Stimmung* befindet und Irina in einer *entrückten Stimmung.* Diese größere *Antriebsladung* gibt Olga eine größere Präsenz und zieht die Blicke der Zuschauer auf sie.

Nach der Probe saßen wir noch eine Weile beisammen und spekulierten über das Leben der drei Schwestern. Auffällig schien uns, dass Mascha, die mittlere, am meisten Ausdrucksmöglichkeiten im *Antrieb* hat. Nicht nur dass sie ziemlich oft und schnell zwischen *leicht, frei, passivem Gewicht* und *direkt* wechselt, auch im Traum versinkt sie zwischendurch oder versucht Menschen in ihrer Umgebung zu *verzaubern.* Irina und Olga scheinen dagegen festgelegter, eingefahrener in ihren *Antrieben.* Wir dachten noch einmal darüber nach, dass Birgit/Irina genau die gegenteilige Kombination von Susanne/Olga gewählt hat, was uns sehr spannend erschien und uns zu Spekulationen veranlasste, ob Olga wohl auch einmal so entrückt wie Irina gewesen war. So wie es für den „traditionellen" Schauspieler vielleicht wichtig ist, sich die Familie und das Elternhaus des zu verkörpernden Charakters vorzustellen, können auch solche Überlegungen zu einer „Bewegungsgeschichte“ dem Darsteller einer Person helfen, der Figur einen tieferen Hintergrund zu geben.

## Fazit

Dies sind nur Auszüge aus der Probenarbeit. Vorgänge und Handlungen spielten in der Erarbeitung der Szenen eine genauso wichtige Rolle wie Textarbeit und die Suche nach Bildern und Untertexten. Aber wie dieses Probentagebuch zeigt, hat uns die Bewegungsarbeit durch das gesamte Stück begleitet. Die Überlegungen und das Ausprobieren mit verschiedenen *Antrieben* haben die Rollenfindung bereichert und den Figuren neue, überraschende Facetten gegeben. Situationen und Beziehungen klärten sich, als wir begannen, sie auf *Dimensionen* und *Flächen* zu untersuchen. Das Verhältnis der Figuren zueinander auf der Bühne wurde prägnanter, als wir *Formungsqualitäten* für sie festlegten. Im Ergebnis sind wir durch die Arbeit an Bewegungen zu klaren, konkreten Gefühlen gelangt. Wir haben von innen her gespürt, was für ein Charakter darzustellen ist, und die Bewegung hat uns in die Emotion geführt.

All diese Beispiele sollen zeigen, dass die Begriffe von Stanislawski und Strassberg, wie „individuelles Erleben“ und „emotionales Gedächtnis“, neben einer psychischen Komponente auch eine physische, körperliche Seite haben. Für den einen Schauspieler mag es einfacher sein, zunächst von innen her, aus seinem Schatz an Erinnerungen und Gefühlen, sich einer Rolle zu nähern. Für den anderen Schauspieler mag es einfacher sein, sich von außen, über eine Form der Bewegungsanalyse, sich seine Rolle zu erarbeiten. Das Ziel, das, was Zuschauer auf der Bühne bewundern, ist jeweils das gleiche: Gerne spenden wir Applaus, wenn es Schauspielern gelingt, ein Gefühl glaubhaft zu verkörpern.

# Persönliche Bewegungspräferenz und Entstehungsprozess einer Choreografie am Beispiel Bausch und Kresnik

**HOLGER BRÜNS**

Schon immer beschäftigte mich die Frage, wie eigentlich ein Choreograf, der kein Drehbuch besitzt, zu seinen Stücken kommt. Aus welcher Quelle schöpft er seine Bilder, seine Szenen? Nach welchem Muster verbindet er sie zu einem Ganzen, einer abendfüllenden Inszenierung? Die Beschäftigung mit LBBS machte mir deutlich, in welchem Maße die Art, uns zu bewegen, unser Leben, unsere Individualität bestimmt. Liegt es nun nicht nahe, dass die Menschen, die mit dem Körper, mit der Bewegungssprache, mit dem Tanz arbeiten, auch und gerade in diesem Vorrat an eigenen Bewegungs- und *Antrieb*smustern ihre Bilder finden?

Sechs Wochen konnte ich Johann Kresnik bei der Erarbeitung seiner „Picasso"-Inszenierung an der Berliner Volksbühne beobachten. Pina Bausch sah ich zehn Tage bei den Wiederaufnahmeproben zu „Nefes" in Wuppertal bei der Arbeit zu. Zahlreiche Aufführungen und Videos von und über diese beiden so unterschiedlichen Choreografen bilden die Grundlage dieser persönlichen Recherche.

Dass der künstlerische Prozess, in dem ein Regisseur oder Choreograf seine Stücke entwickelt, ein individueller ist, scheint selbstverständlich zu sein. Es gibt keinerlei (mir bekannte) Analyse der Bewegungsmuster, die wertvolle Einsichten zu Strukturen und Muster kreativer Arbeit bringen könnte, analog zur Methode der *Bewegungsmusteranalyse – Movement Pattern Analysis* (s. Beitrag), welche ein Bild einer individuellen Entscheidungsfindung und so das Handlungsprofil einer Person aufzeichnet.

Die Grundhypothese meiner Recherche geht davon aus, dass jeder Mensch eine ganz individuelle Kombination von *Antrieb*s- und Bewegungspräferenzen mit auf die Welt bringt. Diese Präferenzen und Muster können sich im Laufe unserer Entwicklung erweitern oder verändern. Sie bleiben aber immer die Grundlage dessen, wie wir uns bewegen, unsere Beziehungen zu anderen und zu der Welt gestalten, wie wir wahrnehmen und auf Eindrücke reagieren.

Dies ist ein erster Versuch, beobachtete Bewegungen und den kreativen Entstehungsprozess in einen Sinnzusammenhang zu bringen. Dabei standen zwei Fragen im Mittelpunkt meiner Überlegungen:
Übertragen sich die Bewegungspräferenzen eines Choreografen auf seine Arbeit, auf seine Arbeitsweise und seinen Weg, Bilder zu finden?
Gibt es einen direkten Zusammenhang zwischen den Bewegungsphrasierungen eines Choreografen und der Art, wie er Szenen und Handlungen auf der Bühne zu einem Stück zusammenfügt?

Im Folgenden beschreibe ich Beobachtungen der Proben und Aufführungen von Bauschs „Nefes" und Kresniks „Picasso" in Bezug zu diesen Kernfragen. Meine Beobachtungen notierte ich im Ablauf und stelle sie hier zusammengefasst als Gesamteindruck dar. Zum Teil unterstütze ich meine Beobachtung mit denen von anderen Tänzern und Kritikern. Meine Interpretationen stützen sich auf Zusammenhänge, die durch Laban in „Kunst der Bewegung" und *Movement Pattern Analysis* schon hergestellt wurden.

## Probenarbeit

Die Atmosphäre auf den Proben von Bausch ist ruhig und unglaublich konzentriert. Hinter einem großen Tisch sitzend beobachtet sie genau, was auf der Bühne geschieht. Wenn sie eine Szene unterbricht, dann scheint sie noch einen Augenblick ein Gefühl, einen Eindruck vor ihrem inneren Auge zu überprüfen, bevor sie zögernd auf die Bühne geht und mit leiser Stimme Korrektur oder Anregung gibt. Auffällig ist die Genauigkeit, mit der sie Bewegungen, Positionen oder Abstände der Tänzer korrigiert.

Es gibt eine sehr schöne Aufzeichnung einer Probe zu „Sacre du Printemps", in der sie mit Kyomi Ichida arbeitet. Ganz deutlich wird hier ihre Betonung der *sukzessiv* durch den Körper fließenden Bewegung, die Bedeutung der *Formflussunterstützung* in Oberkörper und Rumpf. Wenn sie Bewegungen vormacht, deutet sie bloß an und als ausgeprägter *Antrieb* dabei fällt die *Leichtigkeit* auf, mit der sie dies tut. Dazu kommen *gebundener Fluss* und *direkter Raumantrieb*. Bei den Sequenzen, die sie entwickelt, beobachte ich in der *Antriebsphrasierung* selten extreme Wechsel, sondern eine graduelle *Modifikation* von *Zweier- und Dreier-Kombinationen* (*Stimmungen* und *Bewegungstrieben)*.

Wer Kresnik einmal bei der Arbeit zusehen konnte, kennt sicher das Bild, wie er auf der Stuhlkante sitzt, immer bereit, auf die Bühne zu springen. Seine Augen scheinen überall gleichzeitig zu sein und seine Aufmerksamkeit springt von dem Geschehen auf der Bühne zu einem vorbeilaufenden Techniker, dem er etwas hinterher ruft, oder er erzählt eine Geschichte aus seinem Leben, ohne den Faden seiner Arbeit zu verlieren.

Bei einer Analyse seiner Bewegungen während der Arbeit und in den seltenen Momenten, in denen er etwas vormacht, beobachte ich eine Vorliebe zu *Zeitantrieb (plötzlich)* und *Raumantrieb (flexibel)*. Dazu kommen *kraftvolle Akzente* im *Gewichtsantrieb* meistens in der Kombination *kraftvoll-plötzlich*. Auch in seinen verbalen Anweisungen spielt der *Zeitantrieb* eine große Rolle: „Geht das schneller?", oder :„Das dauert mir zu lange", kann man auf seinen Proben recht häufig hören. Wenn er etwas vormacht, sieht man oft verschraubte Beine, gegen weit geöffnete Arme (wahlweise umgekehrt) oder die Füße klopfen ein rhythmisches Stakkato und setzen kraftvolle Akzente, während der Oberkörper gehalten ist. Er verwendet also zwei *Antriebszonen* im Körper: Unterkörper gegen Oberkörper. Überhaupt ist der Rumpf oft gehalten und die Bewegungen der Extremitäten sind simultan. Selten fließt eine Bewegung durch den ganzen Körper.

## Stückentwicklung

Bauschs System des Fragenstellens als Beginn der Probenarbeit ist oft beschrieben worden. Sie hat keine fertigen Bilder im Kopf, wenn sie auf die Probe geht. Raimund Hoge beschreibt in einem Probentagebuch:
„Bis zum Schluss werden auch diesmal Szenen verändert, einzelne Geschichten in neue Zusammenhänge gesetzt, Sequenzen ausgetauscht und neu zusammengefügt. … ‚Probiert mal aus, was entsteht wenn ...' … Was einen zuvor lachen machte, wirkt plötzlich traurig, ernste Momente erhalten heitere Untertöne, Geschlossenes wird aufgebrochen, Geschichten entwickeln sich anders als vorgesehen."[415]

Über die Auswahl der Musik, die ebenfalls auch bis zum Schluss noch ausgetauscht werden kann, sagt Bausch selbst:
„Wie soll ich das sagen: Das ist alles Gefühl. Es wird alles angeschaut, ob schrecklich, ob schön – wir tun uns das alles an. Manchmal zerreißt es einem das Herz. Manchmal weiß man es, manchmal findet man es, manchmal muss man alles wieder vergessen und von vorne anfangen

zu suchen.“[416] Das Bühnenbild ist nicht fertig wenn die Proben beginnen, es entwickelt sich mit dem Stück. Im Gespräch mit Norbert Servos sagt sie:
„Ich kann nicht denken: Das ist das Bühnenbild und dann mache ich ein Stück darin. Ich kann nur erst einmal spüren, was ist das, was wächst da in mir; dann kann ich erst denken: Wo ist das denn?“ [417]

Kresniks Arbeiten entstehen zunächst auf dem Papier. Er entwirft Zeichnungen, Bilder, mit denen er auf die Probe kommt, oder diese Bilder entstehen in Besprechungen mit Dramaturg, Bühnen- und Kostümbildnern. Diese Bilder entstehen intuitiv und oft könnte er wahrscheinlich selbst nicht genau erklären, wie sie sich entwickelt haben. Dazu kommen sehr genaue Überlegungen zur technischen Umsetzbarkeit, zum Bühnenbild und den Möglichkeiten, die Requisiten und Kostüme bieten. Inhalt und die Aussage, die solche Bilder haben, werden ausführlich diskutiert. Das Bühnenbild ist vor Beginn einer Inszenierung schon entworfen. Regine Fritschi, die lange mit ihm zusammengearbeitet hat, berichtet:
„Er beginnt immer erst dann wirklich mit uns zu arbeiten, wenn der entworfene Raum eine für ihn gültige Entsprechung des Leitmotivs ist, innerhalb deren er Szenen mit uns entwickeln und zusammenfügen kann.“[418]
Erst wenn diese Fragen geklärt sind, beginnt Kresnik die entstandenen Bilder in Bewegungen umzusetzen.

## Interpretation

In seinem Buch „Kunst der Bewegung“ stellt Laban einen Bezug zwischen den Bewegungsfaktoren und der Typenlehre C. G. Jungs her. So verbindet er, grob verkürzt, den *Zeitantrieb* mit der Intuition, den *Gewichtsantrieb* mit dem Spüren, den *Flussantrieb* mit dem Fühlen und den *Raumantrieb* mit dem Denken[419]. Wenn man nun bei Kresnik eine Präferenz für *plötzlichen Zeitantrieb* findet, dann erscheint es naheliegend, dass Kresnik aus der Intuition heraus Bilder entwirft, die er auch ebenso plötzlich wieder fallen lässt. Bausch dagegen, mit einer Präferenz für leichten Gewichtsantrieb und gebundenen Fluss, lässt sich auf einen langen Prozess des Suchens ein, in dem das Gefühl und das Spüren das oberste Entscheidungskriterium darstellt.

Kresnik hat für die meisten seiner Stücke Musik komponieren lassen. Bevor er beginnt, eine Szene zu proben, lässt er sich die Musik dazu vorspielen. Er sagt im Gespräch selbst: „Ohne Musik fällt mir meist nichts ein, ich weiß auch nicht, wieso.“ Meine Vermutung wäre, dass die Musik ihm das Gefühl, den Bewegungsfluss gibt, den er braucht, um seine Bilder zum Tanzen zu bringen. Erst wenn dieser Anfang gemacht ist, beginnt er Akzente zu setzen und *Abtriebe* zu differenzieren. Dass Bausch bis zur Premiere bzw. oft noch darüber hinaus Szenen umstellt oder Musiken austauscht, könnte damit zusammenhängen, dass der Bewegungsfaktor *Zeit*, der assoziiert werden kann mit der inneren Teilnahme der Entscheidung, dem in die Verpflichtung zu gehen (s. Beitrag *Movement Pattern Analysis*), nicht zu ihren Präferenzen gehört.

## Die Stücke

Bei dem Stück „Nefes“ werden die Bilder von Bausch selten simultan gezeigt, vielmehr entwickelt sie ihre Szenen sukzessiv. Natürlich gibt es auch Gleichzeitigkeit, ein Bild im Vordergrund, kann durch eine Handlung im Hintergrund unterstützt oder kontrastiert werden, aber doch hat jedes Bild eine bestimmte Farbe, einen Klang. Abrupte Brüche sind die Ausnahme, meistens verändern sich Szenen unmerklich. Bis aus dem zuvor heiteren Bild Beklemmung entstanden ist oder sich ein Schreck in ein Lachen löst, ohne dass man als Zuschauer sagen könnte, wo dieser Übergang genau stattgefunden hätte. Oft trennt sie ihre Bilder sogar durch „neutrale“ Auf- oder Abgänge, lässt einen Moment Stille, bevor ein neues Bild beginnt. Wir sehen auch hier eine

Phrasierung der Szenen, der Stimmungen, wie wir sie in ihrer eigenen Bewegungssprache finden können. Die *Antriebe* kreisen um die *träumerische* und *entrückte*, seltener um *stabile Stimmung*, also insgesamt um den *Zaubertrieb*. Oft zerdehnt sie Szenen, wiederholt Bewegungsabläufe dutzendmal, zieht sie in langen Menschenketten durch den Raum. Durch das Fehlen des *Zeitantriebs* zieht sie die Menschen in ihre Stimmungen hinein, verzaubert sie.

Bei dem Stück „Picasso" ist auf Kresniks Bühne ist immer etwas los, es scheint nie Ruhe zu herrschen und der Zuschauer wird mit einer Vielzahl von Bildern beschert. Natürlich gibt es auch ruhige Momente, aber der Eindruck einer Bilderflut entsteht auch dadurch, dass seine Bilder in Sekundenbruchteilen zwischen grausam, komisch und grotesk wechseln, oft werden Handlungen gleichzeitig erzählt, sie kommentieren und kontrastieren sich. Eine *simultane Phrasierung* habe ich bereits zu Anfang als ein deutliches Körpermuster Kresniks erwähnt. Und nicht nur in seinen Bewegungen, auch in seiner Art wahrzunehmen zeigt sich diese Simultaneität. Ulrike Lehmann beschreibt es folgendermaßen:
„Viele (seiner) visuellen Formulierungen entstehen ..., wenn er, wie er sagt, gleichzeitig Fernsehen guckt, in der Zeitung Artikel über den Solidarpakt, den Abbau der Renten und über Altersheime liest, eine Unterhaltung führt und Musik hört. Kresnik: Da gibt es dann einen Reibungspunkt, der bringt mich auf merkwürdige Bilder, wenn sie nicht automatisch selbst kommen. Aber still sitzen und nachdenken über Bilder kann ich nicht."[420]

Natürlich werden die Szenen, die er entwickelt, nicht nur durch *Zeit-* und *Raumantrieb* bestimmt. Er setzt deutliche, teils überraschend *plötzliche Akzente*, oft im *kraftvollen Gewichtsantrieb. Flussantrieb* ist selten ein Thema und auf den Proben wie in den Stücken ist selten von Fühlen die Rede. Meistens kreisen die *Antriebe* um den *Aktionstrieb* und oft wird in seinen Szenen tatsächlich etwas „getan", gehackt, zerrissen, zerhackt usw. Weil es sich neben aller Aktion doch immer um Tanz handelt, entstehen oft Bilder im *Visionstrieb*, in denen der *Gewichtsantrieb* durch den *Fluss* ersetzt wird.

## Zusammenfassende Interpretation

Die Szenen, die Bausch sukzessiv, gleichsam ganzkörperlich entwickelt, getrennt durch neutrale Pausen oder verbunden durch fast unmerkliche Übergänge, stehen bei Kresnik im simultanen Kontrast, leben von der Plötzlichkeit der Brüche und der Gleichzeitigkeit der Aktionen. Hier gibt es Parallelen zu den persönlichen Bewegungsmustern der Choreografen. Auch auf der Ebene der *Antriebe* lassen sich Verbindungen ziehen. Die persönliche Antriebspräferenz von Bausch liegt sicherlich im *Gewicht* und im *Fluss,* wozu in vielen Fällen ein *direkter Raumantrieb* kommt. Das sind Kombinationen, in denen zumindest das Spüren oder das Fühlen angesprochen sind, wenn nicht sogar beides gleichzeitig. Kresnik dagegen bewegt sich mit einer Vorliebe für *Zeit-* und *Raumantrieb*, strukturiert durch *kraftvolle* Momente des *Gewichtsantriebs.* Diese Vorlieben finden sich auch in den Szenen, die sie jeweils entwickeln.

Ob nun auch der Inhalt der Stücke durch diese Kombination von *Antrieben* beeinflusst wird oder ob eine persönliche Kombination von *Antrieben* ein bestimmtes Thema bzw. das Interesse an bestimmten Themen nahe legt, ist sicher eine interessante Frage. Ich könnte mir nur schwer vorstellen, eine politische Aussage, eine klare Stellungnahme, wie sie Kresnik auf die Bühne bringt, in der *träumerischen* oder *entrückten Stimmung* zu erzählen. Oder ließen sich die Forschungen, die Bausch im zwischenmenschlichen Beziehungsgeflecht anstellt im *Aktionstrieb* erzählen?

Wenn wir nun schon eine solch große Zahl von Parallelen zwischen persönlichen Bewegungspräferenzen und dem kreativen Entstehungsprozess, dem Inhalt und der Form eines Stückes gezogen haben, ist es naheliegend, dass sich auch in der Wirkung eines Theaterabends Beziehungen z. B.

zu *Antrieb*präferenzen des Choreografen oder Regisseurs zeigen. Das Wort „verstörend" könnte sicherlich sowohl in einer Rezession zu einem Bausch- als auch zu einem Kresnik-Stück stehen.

Worte wie „beglückend, entrückt oder verzaubern" sind da schon eher Bausch vorbehalten. Norbert Servos spricht von „emotionaler Wucht und formaler Klarheit ..., die die gesamte Arbeit des Tanztheaters Wuppertal bis heute auszeichnet". Und bemerkt, dass das Publikum von dieser „Sinn und Sinne verwirrenden Echtheit der Gefühle mit bewegt wird"[421]. Wenn wir das in *Antriebe* übersetzen wollen, könnten wir die *Faktoren Fluss* und *Gewicht*, dem Fühlen und Spüren zugeordnet für die „emotionale Wucht" verantwortlich machen und die Kombination von *gebundenem Fluss* und *direktem Raumantrieb*, der Genauigkeit und Aufmerksamkeit zugeordnet für die „formale Klarheit".

Zu Kresniks Arbeiten lassen sich ähnliche Zitate finden, die man mit *Antriebskombinationen plötzlich* im *Zeitantrieb* und *flexibel* im *Raum* beschreiben könnte. Die Genauigkeit, die z. B. im *gebundenen Fluss* Bauschs liegt, wird man in einer Kresnik-Kritik vergeblich suchen, dagegen verschiedene Kombinationen des *Aktionstriebs*, z. B. die stereotyp auftauchende brachiale und gezielte Gewalt.

## Fazit

Dies sind Beispiele, in denen vielleicht zufällig eine Übereinstimmung zwischen der *Körper-* oder *Antriebsphrasierung* eines Choreografen/Regisseurs und der Dramaturgie seiner Stücke besteht. All diese Überlegungen und Beobachtungen zeigen, wie komplex der Zusammenhang zwischen Choreografie/Regie und LBBS betrachtet werden kann. Auch wenn diese Recherche nicht aussagekräftig genug ist und es weiterer Beispiele bedarf, denke ich, dass eine Auseinandersetzung mit diesem Thema bereichernd sein kann. Sowohl für die „Macher" als auch für die Rezipienten, seien sie Kritiker, Tanz- oder Theaterwissenschaftler, dass sie das Verständnis für den künstlerischen Prozess vertiefen können, in dem eine Inszenierung entsteht.

# Eine auf die Bedürfnisse von Musikern zugeschnittene Methode der Körper- und Klangschulung

**BÉATRICE GRAW**

Die Beherrschung eines Instruments oder die der eigenen Stimme ist eine differenzierte Bewegungskunst, die als Ziel immer das optimale Klangresultat anstrebt. Noch stärker als bei unseren Alltagsbewegungen müssen die Bewegungen beim Musizieren sehr spezifisch und fein aufeinander abgestimmt sein, da bereits kleinste Störungen im Bewegungsablauf sich auf das Klangresultat auswirken können. Auch anderen Formen der Wahrnehmung, insbesondere dem Hören, muss eine zentrale Rolle beim Musizieren zuerkannt werden.

Die hohen Anforderungen sowie der enorme Leistungsdruck, unter dem Berufsmusiker stehen, führen häufig zu muskulären Verspannungen mit unterschiedlichen Überlastungssymptomen. Die Folge sind Schmerzen an Muskeln, Sehnen und Gelenken. Diese sind das Resultat unökonomischer Bewegungsmuster oder unzureichender körperlicher Disposition des Musikers, der aufgrund fehlender Bewegungssensibilität keine günstigeren Alternativen kennt.

Unbewusst eingeschliffene Bewegungsmuster sind deshalb so ungünstig, weil sie bestimmte Muskeln überlasten können. Durch einseitige und lang anhaltende Belastungen entstehen muskuläre Dysbalancen (d. h. bestimmte Muskeln verkürzen sich durch die entstehende Hypertrophie, der Gegenspieler kann keinen ausreichenden Widerstand entgegensetzen und verlängert sich) und es entstehen durch die Dysbalance immer wieder neue Schmerzen. Bisweilen gelingt es durch ärztliche oder physiotherapeutische Maßnahmen, diesen Teufelskreis zu durchbrechen. Wird jedoch das den Schmerzen zugrunde liegende ungünstige Bewegungsverhalten nicht insgesamt verändert bzw. werden die Muskeln nicht den Anforderungen entsprechend trainiert, treten erneut Beschwerden auf.

## Bewegungskunst für Musiker (BKFM)

Langjährige Erfahrungen als Musik- und Bewegungspädagogin und als Bewegungsanalytikerin führten zur Entwicklung von „Bewegungskunst für Musiker“ (BKFM). Wesentliche Elemente unterschiedlicher Bewegungslehren, wie die Laban/Bartenieff-Bewegungsstudien (LBBS) und die Resonanzlehre nach Thomas Lange, werden in einer Synthese zusammengeführt, mit dem Ziel, Musikern zu klangvollem und vor allem schmerzfreiem Spiel zu verhelfen.

Der Begriff „Bewegungskunst für Musiker“ nimmt Bezug auf Rudolf von Labans Standardwerk „Die Kunst der Bewegung“,[422] dessen Gegenstand die Erforschung der Komplexität von Bewegung ist. Laban war der Ansicht, dass sich Bewegungskunst nicht allein auf die Bühne und den Tanz beschränkt, sondern auch ein wesentliches Mittel ist, um Arbeitsabläufe effektiv zu gestalten. Die Analyse mit LBBS ermöglicht es, das typische Bewegungsprofil eines Menschen zu erkennen und aufgrund entsprechender Methodenkenntnis auf die individuellen Gegebenheiten zu reagieren.

### LBBS-Analyse für Musiker

Die Genauigkeit der Analyse nach Laban im Hinblick auf die vier Bewegungskategorien *Antrieb, Raum, Form* und *Körper* ist ein großer Vorteil bei der Arbeit mit Musikern. Beim Musizieren wird mithilfe sehr feiner Unterschiede in *Antrieb* und *Phrasierung* einer Bewegung die Dynamik der Musik hervorgebracht. In der Bewegungsbeobachtung wird daher nicht nur die Art und Weise, wie eine Bewegung ausgeführt wird, betrachtet. Von gleicher Wichtigkeit sind Bewegungs-

*vorbereitung* (sowohl mental, als auch körperlich), der *Bewegungsansatz* und der weitere *Bewegungsverlauf* für die Qualität des klanglichen Ergebnisses.

Auch die Art der *Raum*nutzung ist ein wichtiges Kriterium. Ist sich ein Musiker seines persönlichen Umraumes, von Laban als *Kinesphäre* bezeichnet, nicht bewusst und spielt beispielsweise, als bewege er sich in einer Telefonzelle, ist der Klang meist wenig tragfähig. Eine bewusste Wahrnehmung und Einbeziehung der eigenen *Kinesphäre* ist notwendig, damit der Musiker unter unterschiedlichen Auftrittsbedingungen den Raum mit Klang füllen kann. Der gespielte Ton breitet sich im Raum aus und wird gleichzeitig vom Spieler gehört, was dann in Bruchteilen von Sekunden zu Korrekturen und Anpassungen der Spielweise führen kann. Ein kleines Experiment, bei dem der Spieler ganz bewusst verschiedene Raumecken „anspielt", kann dieses Phänomen verdeutlichen.

Der Bewegungsaspekt *Form* bezieht sich im Wesentlichen auf die dreidimensionale Formung des Torsos. Eine Unterstützung auch subtiler Bewegungen durch den Atem wird als *Formflussunterstützung* bezeichnet. *Formfluss* ist für den Musiker sehr wichtig, da die Gestaltungsimpulse, die vom Atem ausgehen, über den Torso zu den Händen transportiert werden sollten. Idealerweise unterstützt eine dreidimensional flexible Wirbelsäule diese *Durchlässigkeit* im Oberkörper, die es dem Musiker ermöglicht, seinen Vortrag innerlich mitsingend zu gestalten. Es gibt dazu Filmmaterial von Koblenzer/Muhar, die eindrucksvoll zeigen, wie sich das Zwerchfell eines Instrumentalisten genauso synchron zur musikalischen Phrasierung mitbewegt, wie es bei einem Sänger der Fall ist!

Bei der Betrachtung des Aspekts *Körper* sind bei Musikern folgende Aspekte wichtig:
- die Beziehung zum Instrument d. h. die Kontaktpunkte am Instrument sowie der Kontakt zum Boden bzw. zur Sitzfläche;
- daraus resultierender Muskeltonus und *Körperhaltung* insgesamt (z. B. gebeugt und erschlafft, oder sehr aufrecht und gespannt);
- das Zusammenspiel der *Körperteile* zueinander. Welche werden bewegt oder gehalten und wie wirkt sich das auf die *Körperverbundenheit* aus?

*Körperverbundenheit* meint das ökonomische Zusammenspiel von Muskelketten (z. B. die *Kopf-Steißverbindung* durch die Wirbelsäule oder die Kraftübertragung von den Rückenmuskeln zu den Fingern).

Bewegungskorrekturen sollten bei Musikern zu einer Haltungsänderung führen, die ununterbrochene, fein dosierte Bewegungen zulässt. Das Ziel ist, beim Musizieren in einen Zustand der Balance und Bewegungsbereitschaft zu gelangen.

## Theorie und Wirkungsweise der Bewegungskunst für Musiker

Die Besonderheit der BKFM besteht in der Verbindung aus Bewegungsschulung und Klangoptimierung von Instrument oder Stimme. Die Schnittstelle von beidem ist das Ohr, das sowohl als Hör- als auch als Gleichgewichtsorgan angesprochen wird. Das Gleichgewichtsorgan ist über Nervenbahnen mit den für die Bewegung zuständigen Muskeln (quer gestreifte „willkürliche" Muskulatur) verbunden. Es kontrolliert nicht nur die Balance des Menschen, sondern zugleich den Spannungszustand des Muskelsystems und beeinflusst damit die Koordination von Bewegungen. So eröffnet sich über das Hören ein Weg in das Bewegungssystem des Menschen.

Diese physiologischen Voraussetzungen sind in der Arbeit mit Musikern von großer Bedeutung. Den Musikern wird vermittelt, wie das störungsfreie Funktionieren ihres Hör- und Gleichgewichtssystems (audiomotorisches System) erreicht wird und gegebenenfalls aktiv verändert werden kann. Eine Voraussetzung ist dabei der adäquate Gebrauch des eigenen Hörens. Wenn der

Musiker, noch bevor er den ersten Ton erzeugt, aufmerksam in die „Stille“ mit den im Moment anwesenden Geräuschen hineinlauscht, wird der Hörnerv angeregt. Auch der Muskeltonus wird durch dieses „Lauschen“ ausgeglichener und die Atmung vertieft sich. Ein so praktiziertes „aktives Zuhören“ ist eine wesentliche Voraussetzung dafür, dass der Musiker ganz in die Tätigkeit des Spielens eintauchen kann (sog. „Flow-Zustand“[423]).

In der Resonanzlehre wird eine Vergrößerung des Klangvolumens und der musikalischen Ausdruckskraft angestrebt. Der Klang und die musikalische Bewegung werden als Einheit aufgefasst. Daraus folgt, dass eine Verbesserung der Bewegungsqualität in der Regel mit einer Verbesserung der Klangqualität einhergeht und umgekehrt ein tragfähiger Klang auf eine gute Bewegungsqualität schließen lässt. Klang und Bewegung sind wie zwei Seiten einer Münze und bilden eine Einheit. Allerdings sollte beim Musizieren der Klang die Bewegung führen, d. h. das Hören übernimmt die Führungsfunktion für eine optimale Bewegungsqualität und das damit verbundene Klangergebnis.

Drei Parameter von Resonanz müssen miteinander in Einklang gebracht werden:

- der Körper als Resonanzraum,
- die Resonanz des Instruments,
- die Resonanz des Raums.

Notwendige Voraussetzungen dazu sind:

- ein gut wahrgenommener Bodenkontakt und ein Gespür für das Gewicht des Körpers im Verhältnis zur Schwerkraft (*Erdung*);
- eine dreidimensional ausbalancierte Spielposition mit guter *Durchlässigkeit*, darunter versteht man einen Sitz oder Stand, der das labile Gleichgewicht durch kleine, kontinuierliche Bewegungen erhält und eine Bewegungsbereitschaft ermöglicht;
- offener Atemfluss, dieser lässt sich am leichtesten wahrnehmen und aufrechterhalten, wenn Kiefer, Zunge und Lippen entspannt sind und die Luftröhre nicht gestaucht ist;
- eine Abstimmung der Handhabung des Instruments mit den physischen Gegebenheiten sowie Erfahrungen mit den physikalischen Gesetzmäßigkeiten der Tonerzeugung;
- die Anpassung des Klangvolumens an die räumliche Umgebung.

## Methodik der BKFM

Zu Beginn einer Einzelstunde wird der Musiker in einem Vorgespräch zu bestehenden Beschwerden und den ihm bekannten Diagnosen sowie zu seinen Wünschen befragt. Anschließend wird der Musiker aufgefordert, je einen Ausschnitt aus einem ruhigen sowie einem bewegten Musikstück vorzuspielen. Währenddessen werden Haltung, Muskeltonus, Bodenkontakt, Balance und die Position des Kopfes auf der Wirbelsäule beobachtet. Die so gewonnene erste Bewegungsanalyse gibt Aufschluss über Bewegungsorganisation, Beziehung zum Instrument und Klangcharakteristik. Danach wird ausgewählt, an welchem Bewegungsaspekt und mit welcher Methode gearbeitet werden soll.
Schwerpunkt meiner bisherigen Unterrichtstätigkeit ist die Arbeit mit Streichern, Gitarristen, Flötisten und Pianisten, die erfahrungsgemäß in der Berufsgruppe der Musiker häufiger über Beschwerden des Bewegungsapparates klagen. Zur Veranschaulichung der Methodik der BKFM folgt ein Fallbeispiel mit einem Cellisten.

## Fallbeispiel zur BKFM

Der beispielhaft dargestellte Musiker studierte im 2. Semester Cello als künstlerisches Hauptfach an einer Hochschule. Er klagte über Verspannungen der Nackenmuskulatur und Rückenschmerzen, die besonders während längerer Orchesterprobenphasen oder Übungsphasen unter Zeitdruck auftraten.

Sein Ausgangsproblem war seine große Statur (1,90 m) mit im Verhältnis langem Oberkörper (Sitzriese). Beim Cellospielen beugte er den Oberkörper leicht nach vorn mit erkennbarer Halslordose und nach hinten gekipptem Becken. Weiter fiel auf, dass er das Cello zwischen den Beinen hielt, indem er die Füße weit nach hinten unter den Stuhl schob und dabei die Fußballen belastete. Diese Haltung nahm er ein, um bei expressiven Fortestellen, d. h. bei lauten, kräftigen Passagen, einen günstigeren Bogenwinkel und Ansatz zu bekommen. Er versuchte Tonvolumen zu erzeugen, indem er sich von den Fußballen abdrückte. Insgesamt schien seine Haltung zu wenig Spannung zu haben.

Der Cellist gehörte, wie viele Musiker, zur Gruppe der „Hypermobilen" d. h. besonders beweglichen Menschen. (Laut einer Studie der Deutschen Gesellschaft für Musikphysiologie und Musikermedizin sind es ca. 70 % der Musikstudenten, bei denen eine konstitutionelle Hypermobilität festgestellt wurde).[424] Das ist einerseits günstig, weil die Spreizfähigkeit der Finger und auch die Fähigkeit, Gelenke und Bänder in Extremstellungen zu bringen, besonders ausgeprägt sind und so die Anpassung an die Anforderungen der Instrumente weniger Mühe bereitet. Ein Nachteil ist jedoch, dass diese Musiker oft einen zu geringen Muskeltonus aufweisen und es ihnen schwerfällt, ihre Muskulatur aufzubauen. Beim Spiel liegt das Hauptaugenmerk meistens auf der Tätigkeit der Hände und Arme. Die bewusste Wahrnehmung der anatomischen Zusammenhänge zwischen der Rückenmuskulatur und der Fingerspitze ist für die meisten „Hypermobilen" ein „Aha-Erlebnis" und kann der Leichtigkeit der Bewegungen und der Klangschönheit den Weg ebnen.

In drei Einzelstunden wurde deshalb an folgenden Themen gearbeitet:

- an der Sitzposition;
- an der Kopfposition im Verhältnis zur Wirbelsäule;
- an der *Schulterblattverankerung*, verbunden mit dem Aufbau der Rückenmuskulatur.

Erfahrungsgemäß suchen Musiker nach Lösungen, die sich leicht ins tägliche Üben integrieren lassen. Daher war es wichtig, dem Cellisten konkrete Vorschläge zu machen, die er sofort und ohne großen zeitlichen Aufwand beim Üben anwenden kann. Meist wird in der BKFM gleich am Anfang an der Verbesserung der üblichen Spielposition sowie der Position des Kopfes im Verhältnis zur Wirbelsäule gearbeitet, da hier schon geringfügige Veränderungen durch Bewusstmachen ungünstiger Gewohnheiten schnell zu Erfolgen führen.

**1. Ausloten einer günstigen Spielposition im Sitzen**

Zunächst wurde der Cellist dazu aufgefordert, verschiedene Fußstellungen und Beinwinkel auszuprobieren. Gemeinsam wurde eine Position gefunden, bei der die Füße im vollen Kontakt mit dem Boden sein konnten. Dann wurden drei mögliche Stellungen des Beckens (hinter, auf und vor den Sitzhöckern) erprobt und ihre Auswirkung auf die Position des Oberkörpers beobachtet. Eine Sitzposition, bei der das Becken leicht nach vorn gekippt und das Gewicht etwas vor den Sitzhöckern ist, bot dem Cellisten eine größtmögliche *Stabilität* des Unterkörpers und ermöglichte ihm gleichzeitig *Mobilität* im Oberkörper, was er selbst auch so wahrnahm. Bei Fortestellen sollte der Cellist das Becken zuerst nach hinten kippen, um Schwung zu holen und dann während des Ansatzes des Bogens das Becken nach vorn rollen und diese Bewegung bis zum Brustbein durchlaufen lassen. Der Cellist erlebte die Änderung der Sitzposition zunächst als ungewohnt, aber auch als entlastend. Gleichzeitig führte diese Korrektur auch zu einem tragfähigeren Forteklang.

**2. Dreidimensionale Beweglichkeit der Kopfgelenke und die Verbindung Kopf-Wirbelsäule**

In den folgenden Übungen wird das Ende der Wirbelsäule im Inneren des Kopfes mithilfe der eigenen Hände und anatomischen Vorstellungshilfen lokalisiert. Eine sanfte Nickbewegung („kleines Ja") in der *sagittalen Fläche* sowie eine *horizontale* Drehbewegung mit gleichzeitiger Entspannung von Unterkiefer und Zunge wird erprobt. Der Cellist wird dazu aufgefordert, die Bewegungen des Kopfes mit dem Gefühl eines steten Fließens (*Antriebe: gebundener Fluss* und *verzögernder Zeitfaktor*) wie in Zeitlupe auszuführen.

Dabei geht es darum, jede Bewegung bruchlos in die nächste übergehen zu lassen, wie es beispielsweise beim Bogenwechsel der Streicher erforderlich ist. Diese subtilen Bewegungen des Kopfes führen dazu, dass eine achsengerechte Ausrichtung des Kopfes auf der Wirbelsäule gefunden wird. Es ist auch möglich, den Kopf während des Spielens von Tonleitern auf diese Weise zu bewegen, was oft einen volleren, „runderen" Klang hervorruft.

**3. Bewusstwerden der Funktionen und Bewegungsmöglichkeiten des Schulterblatts**

Die folgenden Übungen basieren auf den Bartenieff Fundamentals. Die Verbindung zwischen der Schulterblattspitze und den Fingern wird taktil, d. h. mit den Händen, verdeutlicht. Ziel ist, die großen Muskelgruppen zur Unterstützung der Feinmotorik der Finger zur Verfügung zu haben. Der Cellist lernt die *Schulterblattverankerung* mithilfe des unteren Anteils des Trapezmuskels und auf diese Weise, die Nackenmuskulatur zu entlasten.

Dazu gibt es ergänzende Bodenübungen zur Kräftigung der Rückenmuskulatur, z. B. in der Bauchlage in der sog. Sphinxposition soll jeweils ein Arm lang nach vorn ausgestreckt werden. Gleichzeitig stützt sich der Unterarm der gegenüberliegenden Körperseite in den Boden und der Trapezmuskel wird zu den Schulterblättern und gleichzeitig nach unten gezogen. Auch mithilfe von Latexbändern („Theraband"), wie sie in der Physiotherapie verwendet werden, lassen sich die Rückenmuskeln gezielt aufbauen.

## Fazit

Im individuell abgestimmten Einzelunterricht wird mit dem Musiker die sozusagen maßgeschneiderte Lösung seiner Haltungs- und Bewegungsprobleme herausgefiltert und mithilfe der Methode der rotierenden Aufmerksamkeit erarbeitet. Der Musiker soll seine Aufmerksamkeit abwechselnd auf verschiedene Aspekte seiner Körperempfindungen und die daraus resultierende Resonanz im Klang richten. Wird dies über einen längeren Zeitraum praktiziert, bilden sich neue Bewegungs- und Spielgewohnheiten, die mit einem veränderten Klangbild einhergehen und dazu führen, dass sich der Musiker ganz der Interpretation eines Werkes widmen kann. Gleichzeitig fördert diese Art des Körper- und Bewegungstrainings, welches im Wesentlichen auf LBBS zurückreift, eine verantwortungsvolle Einstellung zum eigenen Körper.

# Anwendung von LBBS im Klavierunterricht
**ANGELA BOECKH**

Erstaunlicherweise ist den wenigsten Menschen, die ein Instrument erlernen wollen, klar, dass sie sich beim Musizieren auch bewegen müssen. Obwohl sie doch „nur Musik machen wollen“, werden sie plötzlich mit der Notwendigkeit konfrontiert, eigene Bewegungsabläufe beobachten, verändern und neu gestalten zu müssen, um sich infolgedessen – oder überhaupt erst dann – musikalisch ausdrücken zu können.

Die Vermeidungstaktiken sind mehr als vielfältig und entbehren manchmal nicht einer gewissen Komik: Kinder (und auch Erwachsene) rennen z. B. plötzlich im Raum herum, wenn sie etwas machen sollen, was sie noch nie gemacht haben. In beherrschteren Momenten stampfen manche nur mit den Füßen auf oder erklären ausführlich, warum sie eine (ungeeignete) Bewegung machen und warum das auch so bleiben soll: ganz einfach deshalb, weil sie es schon immer so gemacht haben oder weil sie das andere eben nicht können ...

Um diese Barrieren zu überwinden, bedarf das Üben an Bewegungen und das Verändern von Bewegungsmustern einer gewissen Behutsamkeit. Es geht zunächst darum, ein Bewusstsein für Prozesse und Übungsvorgänge überhaupt zu wecken und den Lernenden dabei für den Aspekt der Bewegung zu öffnen. Dieses Bemühen ist grundsätzlich am Klang bzw. an den musikalischen Vorgaben orientiert.

Die Bedeutung der Bewegung innerhalb dieses Lernprozesses ist zentral. Sie darf hier jedoch nicht als eigenständiger Ausdrucksträger (wie z. B. beim Tanz) verstanden werden, sondern als Mittel zur Darstellung des Musikalischen, als „Zubringer“ der Musik. Die Bewegung darf die Musik nicht stören. Sie muss vielmehr adäquat zur musikalischen Aussage sowie auch adäquat zu der vom Instrument geforderten Handhabung eingesetzt und geübt werden.

## Ton- und Klangerzeugung

Das massive äußere Erscheinungsbild des Klaviers oder Flügels suggeriert leider die Möglichkeit eines simplen und handfesten Umgangs mit dem Instrument. Dies trifft zwar partiell zu: Klaviere sind robust und halten einiges aus. Man muss außerdem z. B. im Vergleich zur Geige die Tonhöhen nicht selbst durch Griffe herstellen, sondern muss „nur“ die passenden Tasten drücken. Gerade die Einfachheit dieses Vorganges birgt aber in sich die Gefahr, das Klavierspiel zum mechanischen Hämmern verkümmern zu lassen. Die eigentliche Tonerzeugung ist nämlich dem Klavierspieler viel unzugänglicher als dem Geiger. Es gilt nun, diese Hürde zugunsten eines musikalisch inspirierten Spiels zu überwinden und im besten Falle aufzulösen.

In seiner Forderung an die Körperhaltung ist das Klavier eines der harmlosesten Instrumente überhaupt. Gerade die vermeintliche Einfachheit der Sitzposition birgt aber in sich die Gefahr, der Aufmerksamkeit zu entgleiten und in ihrer Wirkung auf den Klang zu wenig berücksichtigt zu werden.

Obwohl der Klavierton, rein mechanisch betrachtet, durch eine einfache Hebelwirkung (Finger – Taste – Hammer – Saite) entsteht, führt diese Aktion doch nur zu einem Bruchteil des klanglichen Ergebnisses. Es ist selbst für den Laien deutlich wahrnehmbar, dass sowohl die Vorbereitung auf den Anschlag (Herunterdrücken der Taste, s. u.), als auch die Begleitung des klingenden Tones durch aktives Hineinhorchen und eine dem Klangstrom entsprechende Bewegung den Ton erheblich formt.

Deshalb ist für eine qualifizierte Anleitung zum Spielen immer eine detaillierte Analyse der drei Schritte (Phasen einer *Phrasierung)* zur Ton- und Klangerzeugung erforderlich.

**1. Vorbereitung des Anschlags:**

Voraushören des zu spielenden Tones/Klanges (laut, leise, hart, weich etc.) und gleichzeitig Ausführung einer dazu passenden Bewegung; d. h. Muskeltonus, Bewegung und Hören werden miteinander verbunden.

**2. Herunterdrücken der Taste (*Hauptaktion/Verausgabung*):**

a) Hörbare Tonerzeugung: Der Dämpfer wird von der Saite weggezogen, gleichzeitig fliegt der Hammer im Bruchteil einer Sekunde an die Saite und bringt diese zum Klingen.
b) Formung des klingenden Tones: Mechanisch gesehen hält die gedrückte Taste lediglich den Dämpfer von der Saite ab und ermöglicht so das Weiterklingen des gerade entstandenen Tones.

Das Hineinhorchen in den Klang sowie die Art der Bewegung, mit der jetzt die heruntergedrückte Taste gehalten wird, bewirken darüber hinaus eine Formung des bereits klingenden Tones.

**3. Entlassen des Tones und Nachklang (*Erholung bzw. Vorbereitung*):**

Der Finger löst sich von der Taste, wodurch der Dämpfer wieder die Saite berührt. Der hörbare Ton verstummt und klingt in der Stille des Raumes nach.

In der Aufeinanderfolge mehrerer Töne ist die Formung des klingenden Tones (2.b) und das Loslassen (3.) gleichzeitig Vorbereitung (1.) auf den nächsten Ton. Es fällt auf, dass in dem komplexen Vorgang der Tongestaltung der Moment der direkten physischen Tonerzeugung (2.a) nur den Bruchteil einer Sekunde einnimmt und zwar als Folge der Vorbereitung und als Ausgangspunkt für die Nachbereitung. Der Ton wird durch das Drücken der Taste also nicht „gemacht" und schon gar nicht „festgehalten", vielmehr löst der Tastendruck den Ton aus und erlaubt ihm weiterzuschwingen. Dies hat weitreichende Folgen für den Umgang mit dem Antriebsfaktor *Gewicht* und dem Antriebsfaktor *Fluss*.

## Grundsätzliche Unterrichtsthemen

Die bisher genannten Erwägungen sind zwar für die Zielrichtung des Unterrichts unerlässlich, können an den Anfänger jedoch nur allmählich herangetragen werden. Grundsätzlich gilt es folgende Aspekte zu bearbeiten:

**1. in Haltung und Bewegung**

a) aufrechter, leicht nach vorne geneigter Sitz und Verankerung im Becken (Spüren der Sitzhöcker wie zwei Anker, vertikale Ausrichtung)
b) Kontakt der Füße mit dem Boden (*Erdung*)
c) frei atmender Rücken (Sensibilisierung des Rückens durch Wahrnehmungsübungen)
d) hineinspüren in die Beziehungsdreiecke zwischen Schultern und Steiß sowie Kopf und Beine/Becken
e) Wahrnehmung und gegebenenfalls Koordination des Atems in Bezug auf die Musik (*Atemunterstützung*)
f) Wahrnehmung des eigenen Körpergewichtes, auch in Segmenten
g) Haltung der Arme, Hände und Finger
h) Orientierung der Hände auf der Tastatur
i) Kontakt der Fingerspitzen mit den Tasten
j) Unabhängigkeit und Stärkung der einzelnen Finger

k) Unabhängigkeit der Hände
l) Beweglichkeit und *Durchlässigkeit* aller Gelenke, vor allem der Hand-, Ellenbogen- und Schultergelenke
m) Wahrnehmung und Differenzierung der Bewegungsimpulse und *-phrasierungen*

**2. in der Musik**

a) ***Notentext:*** richtiger Finger auf richtiger Taste
b) ***Rhythmus:*** Einhaltung der relativen Dauer klingender (Noten) und nicht klingender (Pausen) musikalischer Ausdrucksträger
c) ***Takt/Metrum:*** Schwerpunktsetzung innerhalb kleiner rhythmischer Einheiten
d) ***Puls:*** „Herzschlag" der Musik; durchgehende rhythmische, der Musik zugrunde liegende Schwungbewegung, die innerhalb eines Stückes bzw. innerhalb von Abschnitten desselben von einem bestimmten Notenwert getragen wird: z. B. Achtel-Puls, Viertel-Puls
e) ***Tempo:*** absolute Dauer der Notenwerte
f) ***Dynamik:*** Modifikation des Anschlags in Bezug auf die Lautstärke
g) ***Artikulation:*** Modifikation des Anschlages in Bezug auf die Verbindung des Klangstromes zwischen den Tönen – vergleichbar der klanglichen Struktur in der Sprache, die durch unterschiedliche Folgen der diversen Vokale und Konsonanten gegeben ist
h) ***melodisches oder „horizontales" Hören:*** hören der nacheinander erklingenden Töne einer Stimme und ihrer Beziehung zueinander. Bestandteile desselben sind Stimmführung und *Phrasierung*
i) ***harmonisches oder „vertikales" Hören:*** hören der gleichzeitig erklingenden Töne und ihrer Beziehung zueinander

Die hier gewählte Reihenfolge orientiert sich an Erfahrungen im Unterrichtsprozess und stellt musikalisch gesehen keine inhaltliche Bezugskette dar. Natürlich greifen die einzelnen Aspekte ohnehin ineinander und müssen situationsbedingt vertieft werden. Nicht berücksichtigt ist in dieser Aufstellung die Betätigung der Pedale. Alle Themen bedürfen auf jeder Stufe des pianistischen Könnens einer ständig verfeinerten Form der Bearbeitung.

## Vertiefung einzelner Aspekte

### Gewicht

Die meisten Schüler glauben, sie müssten sich physisch anstrengen und viel Kraft ins Klavier geben, um überhaupt Tasten herunterdrücken zu können. Die Tasten lassen sich indes ganz leicht herunterdrücken. Um dies herauszufinden, ist es hilfreich, die Aufmerksamkeit zunächst auf das Erspüren der Schwere des eigenen Körpergewichts (*Gewicht spüren*) zu richten.

Im Sitzen lassen sich leicht Übungen machen, angefangen von *Gewichtsverlagerungen* des Beckens vor und hinter die Sitzhöcker sowie laterale Verschiebungen, die man braucht, um die Tasten rechts und links der Mittelpositionen zu erreichen. Unter Beobachtung der Folgewirkung auf die Wirbelsäule und den Kopf (*Spinalmuster*) arbeite ich zunächst an der Bewusstwerdung des *Gewichtszentrums* und seiner Verlagerung in den verschiedenen Sitzpositionen. Es gilt dann, das Gewicht der Arme spüren zu lernen (Arme fallen lassen, Unterarme und Handgelenke schütteln usw.). Wenn man bei minimaler Schrägstellung des Beckens die Arme zunächst seitlich des Oberkörpers mit *passivem Gewicht* hängen lässt und dann mit Schwung auf die Tasten bringt (in diesem Fall der ganze Arm als ein Hebel), werden sofort alle berührten Tasten mit Krach heruntergedrückt. Die Arme sind also eigentlich viel zu schwer, um Klavier zu spielen. Diese Erfahrung ist für die meisten Schüler verblüffend.

Im gezielten Anschlag einzelner Tasten geht es dann darum, eine Balance zwischen Leichtigkeit und Schwere zu finden. Sobald man in das Erleben des *passiven Gewichts* der Arme gekommen ist, muss man jetzt Gewicht herausnehmen und die Arme *leicht* werden lassen (nicht „machen"!). Ich arbeite mit Bildern, wie „die Arme auf der Luft ablegen", „die Arme liegen auf einem Schwimmreifen", die Arme als „Äste im Wind", damit die Gelenke durchlässig und beweglich bleiben. Für die musikalische Aussage hilft das Bild von den „Armen als Schläuche, durch die Wasser – der Klangstrom – in die Tasten fließt".

All diese Bilder dienen nicht nur der Oberkörperaufrichtung und somit dem Erwachen des *Leichtigkeitszentrums*, sondern auch der Entwicklung des Raumgefühls und einer bewussten Wahrnehmung der *Kinesphäre*. Im Gespräch zwischen dieser und dem *Gewichtszentrum* kann ein Zustand der Balance entstehen: Die Hände berühren mit den Fingerspitzen locker die Tasten, bereit, einen Impuls zu geben oder durchzulassen, ohne sich hinterher an der gedrückten Taste festzuhalten. Dieser Idealzustand wird natürlich, speziell bei Anfängern, nur punktuell erreicht.

Ein bewusster Umgang mit der Körperschwere ist deshalb so wichtig, weil im unbewussten Umgang dieses Gewicht fast durchgehend durch Verkrampfung der Muskeln zurückgehalten wird, was die musikalische Gestaltung behindert. Stattdessen erlaubt eine ausbalancierte Muskulatur (weder total entspannt, noch ganz schlaff) durch ihre Durchlässigkeit für Spielimpulse eine dem jeweils erforderlichen Anschlag gemäße Verdichtung oder Lösung der Kraft.

## Orientierung und Kontakt der Hände

Die Orientierung der Hände auf der Tastatur ist stark abhängig vom Kontakt der Fingerspitzen mit der Tastatur. Um zu dem großen, unzugänglichen Klavier – im Unterricht meistens nicht dem eigenen – eine persönliche Beziehung herstellen zu können, übe ich mit Anfängern, zunächst die Hände mit geschlossenen Augen über die Tasten gleiten zu lassen: Atmen – Fühlen – „Da-Sein" (*Respirationsmuster*). Wir gleiten vom „Zweierpäckchen" (schwarze Tasten cis/des und dis/es) zum „Dreierpäckchen" (schwarze Tasten fis/ges, gis/as und ais/b) und kriechen in die Ritzen (weiße Tasten), erfinden kleine Melodien in diesen Positionen im Frage- und Antwortspiel. Allmählich wird dabei das Klavier vertrauter und im besten Fall „innerlich überschaubar".

Menschen, denen es schwerfällt, „einfach da zu sein", ist es meiner Erfahrung nach in der Regel nicht möglich, alle Finger in der Berührung mit den Tasten zu halten. Fast immer berührt nur der Finger, der gerade dran ist, die Taste. Die Neigung, jede Bewegung mit den Augen kontrollieren zu wollen und meistens auch zu viel Muskelkraft in den Anschlag zu geben, führt u. a. dazu, die Arme und Hände in fixierten Positionen zu halten, um alles „im Griff" zu haben. Dadurch wird der Energiefluss gestaut, der Tastenanschlag wird nur noch aus dem einzelnen Finger geholt und Phrasierungen werden unmöglich.

Ich gebe in solchen Fällen gerne Stücke zum Üben, in denen die Kontrolle mit den Augen unmöglich wird, weil die Hände auf der Tastatur viel zu weit voneinander entfernt beschäftigt sind, z. B. Arpeggien (= nacheinander angeschlagene, harmonisch aufeinander bezogene Tonfolgen, die – auch mithilfe des Haltepedals – wie eine sich auftürmende Klangwolke wirken können), die tief in den Bässen beginnen, während hoch oben im Sopran die Melodie erklingt. Die Komposition selbst zwingt dann dazu, die Arme zu *öffnen* und aus dem Schwung des (hier linken) Oberarms heraus mehrere Töne in einem Bewegungsablauf zusammenzufassen. Für Spieler mit einer derartigen Disposition sind diese und vergleichbare Übungen eine ungeheure Herausforderung. Ohne diese Übungen bleiben sie allerdings nur „Richtigspieler" ohne musikalischen Zusammenhang.

In den seltensten Fällen bringt ein Mensch den großen Armschwung (d. h. die Fähigkeit, den Arm aus dem Schultergelenk als Ganzes schwingen zu lassen) als persönlichen Habitus mit. Charaktere dieser Art haben keine Schwierigkeit mit größeren Phrasierungen, die aus den dem einzelnen Finger übergeordneten Gelenken geführt werden. Dafür ist das „Treffen" umso schwieriger. Präzision in den Fingerspitzen und direkte Zielgerichtetheit bis ins Detail werden hier als schweißtreibende Übungen erlebt.

## Artikulation und Unabhängigkeit der Hände

Präzision in den Fingerspitzen ist die Voraussetzung für jede Form von Artikulation und kann gleichzeitig mit dieser geübt werden. Zu den ersten Artikulationsübungen am Klavier gehört die Unterscheidung zwischen „legato" (gebunden) und „staccato" (gestoßen). Dies wird vor allem dann schwierig, wenn die eine Hand „legato" und die andere Hand gleichzeitig „staccato" spielen soll.

Für ein sechsjähriges Mädchen, das gerade mit dem Unterricht angefangen hatte, schien dies, nämlich mit der rechten Hand etwas anderes zu tun als mit der linken, ein unlösbares Problem zu sein. Nach einigen erfolglosen Versuchen am Klavier legten wir eine Krabbelpause ein. Das Mädchen sah mit ungläubigem Staunen ihre Klavierlehrerin über die zusammengestellten Tische krabbeln – und sie musste mitmachen. Keine Frage, dass wir viel Spaß hatten! Wir begannen mit *kontralateralem* Krabbeln, was prima ging. Die zweite Runde leitete ich mit *homolateralem* Krabbeln ein. Wie ich erwartet hatte, ging bei ihr gar nichts. Sie hatte keine Ahnung, wie sie Bein und Arm gleichzeitig nach vorne bewegen sollte. Also gab ich ihrem Fuß einen leichten Widerstand und schon konnte sie durch den leichten Druckimpuls Bein und Arm gleichzeitig vorschieben. Sie krabbelte eine Runde, setzte sich an das Klavier und probierte die Stelle noch einmal zu spielen. Simsalabim: Es ging auf Anhieb! Zu mir hat man in vergleichbaren Situationen früher gesagt: „Und das übst du jetzt 50 Mal und wenn es dann noch nicht klappt, noch mal 50 Mal – und in einer Woche werden wir ja dann hören, ob du geübt hast ..."

Mit Erwachsenen übe ich, wenn erforderlich, das *Homolateralmuster* im Stehen. Z. B.: Die rechte Seite wird stabilisiert, indem der rechte Fuß das Körpergewicht im Boden verankert und der rechte Arm sich in Gegenspannung nach oben streckt. Linker Arm und linkes Bein können jetzt frei in der Luft bewegt werden (folgt Seitenwechsel). Die Bewusstwerdung des *Homolateralmusters* ist meiner Erfahrung nach eine unschätzbare Hilfe für alle pianistischen Phänomene, die die Hände in voneinander unabhängiger Bewegung fordern. Um im Detail die Art des notwendigen Anschlages z. B. eines Staccato- oder Legato-Tones zu bestimmen, muss allerdings vorher der musikalische Zusammenhang ergründet werden. Sobald dies klar ist, sind der Verfeinerung der Artikulation keine Grenzen gesetzt.

## Melodisches oder „horizontales" Hören, Stimmführung und Phrasierung

Der einzelne Ton ist noch keine Musik. Musik entsteht durch die Beziehung von Tönen zueinander, also durch das, was zwischen den Tönen lebt, und von der Art und Weise, in der sie sich infolgedessen gruppieren. In einem musikalischen Zusammenhang gibt es grundsätzlich drei Möglichkeiten der Bezogenheit:

a) ein Ton führt hin zum Zielton (z. B. auftaktig)
b) ein Ton ist Zielton (akzentuiert; z. B. Taktschwerpunkt)
c) ein Ton ist Nachklang eines Zieltons

In der angenommenen Folge dreier Töne gleicher Länge, alle im Staccato zu spielen, die sich nach obiger Beschreibung wie a) – b) – c) zueinander verhalten, muss diese Bezogenheit also über das „Kurz"-Spielen hinaus durch die Art des Anschlags gestaltet werden. Es reicht nicht aus, diesen Zusammenhang einfach durch verschiedene Lautstärken (leise – laut – leise) darzustellen. Dieser musikalische Zusammenhang könnte ja auch in einem Stück erscheinen, in dem durchgehend laut oder leise gespielt werden soll. Vielmehr muss

bei a) der Ton mit der Fingerspitze aus der Taste herausgezogen werden. Der Finger springt von der Taste ab: Bewegung von unten nach oben;
bei b) der Ton mit der Fingerspitze in die Taste hineinfallen: Bewegung von oben nach unten;
bei c) diese Fallbewegung fortgesetzt werden in einem Nachfedern.

Es handelt sich also um einen Bewegungszusammenhang, der sich auch zwischen den erklingenden Tönen konsequent fortsetzt. Erfahrungsgemäß ist die bei a) erforderliche Bewegungsart am schwierigsten zu realisieren, da die Voraussetzung zur erfolgreichen Durchführung zum einen die Berührung mit der Taste vor dem Absprung ist, zum anderen der Finger (oder die Hand, der Arm) ein deutliches Bewegungsziel haben muss, das in einer bestimmten Zeit erreicht sein will.

Ich übe mit meinen Schülern diese einer Bewegung zugrunde liegenden Vorgänge zunächst meistens in der Vergrößerung, übertrieben und extrem sichtbar. Bei a) handelt es sich im oben genannten Staccatospiel um eine *plötzliche, zarte, zielgerichtete* Aktion, die sich in eine *leichte, frei fließende, zielgerichtete* Bewegung verwandelt; wie ein Heuhüpfer, der von einer bestimmten Stelle plötzlich in weitem Bogen durch die Luft hopst und an einem bestimmten anderen Ort landet. In diesem Fall wäre die Fingerspitze der Heuhüpfer, der an einem vorher bestimmten Platz oben auf dem Klavier landen soll.

Im Kontext des darzustellenden Werks verkleinern sich diese Bewegungsvorgänge auf ein absolutes Minimum. Trotzdem sind sie für ein geschultes Ohr und Auge auch in dieser Verfeinerung sowohl am Klangergebnis als auch in der Bewegung wahrnehmbar. Selbst bei einer Folge dreier lang gehaltener Töne im legato in einer Phrasierung a) – b) – c), bei der sich die Hand gar nicht aus dem Tastenkontakt löst, ist dieser Zusammenhang durch die Veränderung des *Formflusses* in der Hand, dem Arm und sogar dem Rumpf „leise“ wahrnehmbar.

Hier geht die äußere Bewegung immer mehr in eine innere, energetische Bewegung über, die allerdings, wenn sie nicht stattfindet, den Klang sofort starr und leblos werden lässt. Wenn sie aber stattfindet, kann auf diese Weise die Starrheit des Klaviers, per se einen einmal klingenden Ton nicht mehr verändern zu können, überwunden werden.

Dasselbe Phänomen gilt auch für andere Tasteninstrumente. Am faszinierendsten erlebe ich dies an der Orgel: An einer Stelle, an der nach herkömmlicher Messbarkeit der Ton nicht mehr veränderbar ist, tritt entsprechend der Qualität der Investition in den bereits klingenden Ton – hineinhörend und gleichzeitig im *Formfluss* gestaltend – eine deutlich hörbare Veränderung des Tones ein. Sofern die Bereitschaft dazu da ist, gibt es an dieser Stelle noch viel zu entdecken.

## Fazit

Die Bewegung hat, wie schon anfangs betont, in der Musik dienenden Charakter: Ich will etwas hören; und wenn die gerade stattfindende Bewegung dieses Klangbild nicht hervorbringt, muss ich die Bewegung solange verändern, bis sie es tut.

Dabei ist nicht nur die Fähigkeit zum analytischen Hören und Beobachten wichtig, sondern auch viel Fantasie, Intuition und Experimentierfreude. Am spannendsten sind für mich die (seltenen) Tage, an denen drei Schüler mit demselben Stück an derselben Stelle „einbrechen“ und die Lösung des Problems jeweils auf völlig verschiedenen Wegen erreicht wird. Die im Vergleich zum konventionellen Unterricht ungewöhnlichen Methoden – in die große Bewegung hinein und scheinbar weg vom Instrument – führen oft zu schnellen Erfolgen und atmen nebenbei eine erheiternde Frische.

Durch LBBS erfahre ich täglich, dass es für jedes Problem am Instrument eine (stets neu zu findende) Lösung gibt. Dies bezieht sich sowohl auf mein eigenes Spiel als auch auf das meiner Schüler. Die Gesetzmäßigkeiten der Musik entsprechen den Gesetzmäßigkeiten der Bewegung und es ist ein immer wieder spannendes Unterfangen, in diese Zusammenhänge fragend, lauschend und erkennend einzutauchen.

Es sei abschließend erwähnt, dass die Korrektur des Klangbildes genauso wie über die Bewegung auch über ein genaueres Voraushören des gewollten Klanges, durch das die Bewegungsintention gesteuert wird, erreicht werden kann. Die Bewegung fügt sich dann dem inneren Klang, und man kann rückwirkend beobachten, wie man das eigentlich gemacht hat. Selbstverständlich sind große Musiker auch ohne LBBS zu dem geworden, was sie sind oder waren – wahrscheinlich, weil ihr inneres Ohr sie führte und sich ihnen daraufhin die Bewegung erschloss. Für die meisten Menschen ist dieses innere Hören sehr schwierig und die Unterstützung durch eine genaue Kenntnis der Bewegungsvorgänge (z. B. durch LBBS) vonseiten des Lehrers demzufolge eine wesentliche Hilfe.

# Affinitäten von Antriebsqualitäten und musikalischen Phänomenen

**JAN BURKHARDT**

Laban schreibt, dass *Antrieb* sichtbar sei „in der Aktion des Arbeiters oder des Tänzers, und hörbar im Klang“[425]. Er führt diese Aussage in Bezug auf den Klang nicht weiter aus. Mit *Antrieb* ist im weiteren Sinne die Motivation von Bewegung gemeint: Was treibt mich zu dieser oder jener Bewegung? (s. *Antrieb*) Wo liegt der Fokus bezüglich der Qualitäten? Diese Fragen sind direkt auf das Musizieren und das Wahrnehmen von Musik übertragbar.

Spontan würde man nun möglicherweise tiefenpsychologische Antworten erwarten. Die Begrifflichkeiten der LBBS können zwar helfen, solche ans Tageslicht zu bringen, trachten aber nicht notwendigerweise danach, sondern bieten konkrete Terminologien, die interpretationsfähig, jedoch nicht unbedingt interpretationsbedürftig sind. Eine *kraftvolle* Bewegung – ebenso wie ein lauter Ton – kann, muss aber nicht Ausdruck von Wut oder Aggression sein. Sowohl Bewegung als auch Musik kann immer auch für sich stehen.

In der Musik und im Tanz hängt vieles von der *Phrasierung* ab, womit in diesem Zusammenhang das Setzen von Akzenten und Spannungsbögen, inklusive Pausen, gemeint ist. Dadurch entstehen wahrnehmbare Einheiten, die wiederum gemeinsam ein übergeordnetes Ganzes bilden können. Im Folgenden möchte ich mich beschränken auf einige Ideen bzgl. der Phrasierung von Musik in *Zeit, Gewicht, Fluss* und *Raum*, also dem *Antriebsaspekt* der LBBS.

## Antriebsqualitäten in der Musik

Eine Eins-zu-eins-Übertragung der Laban-Terminologie auf die der Musik ist niemals unkritisch auszuführen. Dennoch kann sie eine große Interpretationshilfe sein, für den Interpreten wie für den Hörer. Trotz der in keiner Weise immer eindeutig übertragbaren Qualitäten von Bewegung und Musik finde ich es sehr hilfreich, gewisse Tendenzen der einzelnen *Antriebsqualitäten* zu bestimmten musikalischen Phänomenen zu beschreiben, sowohl für das Musizieren als auch für das Hören von Musik und den Umgang mit ihr im Tanz.

Auch sei darauf hingewiesen, dass die Bewegung des Musizierenden beim Spielen bezüglich der Dynamik nicht notwendigerweise analog zum erklingenden Ton ist. Letztlich bleibt der Körper beim Musizieren ein Instrument, den Ton zu erzeugen, und dies kann auf mannigfaltige Weise geschehen, mitunter auch scheinbar „unexpressiv“.

Entscheidend für konkretere Zuordnungen ist, dass *Antriebsqualitäten* so gut wie nie einzeln, sondern nahezu immer in Form von *Zweier-* oder *Dreierkombinationen* auftreten. Das kann gewisse Grundtendenzen von einzelnen Qualitäten zum Teil stark verändert empfinden lassen. So würde ich z. B. einen Bindebogen („Legato“, d. h. Noten werden hintereinander gebunden gespielt, im Gegensatz etwa zu einer abgesetzten Phrasierung einem „Staccato“) von seiner Grundtendenz her als *gebunden* im *Fluss* beschreiben. Wenn nun aber ein solcher Bogen mit viel *flexibel* im *Raum* (z. B. viele nicht-akzentuierte Noten mit viel Haltepedal gespielt) einhergeht – wie etwa häufig in den Klavierkompositionen von Debussy – kann ein genau gegenteiliger Eindruck entstehen, nämlich der eines *freien Flusses* (in diesem Fall mit *flexibel*, also eine Variante der *entrückten Stimmung*).

## Zuordnungen von Antrieb und musikalischen Qualitäten

Im Folgenden möchte ich einige von mir empfundene Affinitäten von *Antriebsqualitäten* einerseits und musikalischen Phänomenen andererseits mit dem Leser teilen. Es sei betont, dass es sich um subjektive wahrgenommene Tendenzen handelt, die je nach Kontext zutreffen oder eben nicht zutreffen können.

| **LBBS**<br><br>**Antriebsfaktor** | **Antriebselement** | **Musik**<br>(Zuerst wird der italienische Fachbegriff, dann in die deutsche Übersetzung in Klammern aufgeführt.) |
|---|---|---|
| Fluss | frei | staccato (getrennt, losgelöst)<br>non legato (nicht gebunden) |
| | gebunden | legato (gebunden) |
| Gewicht | leicht | piano (leise)<br>pizzicato (gezupft)<br>decrescendo (schrumpfend, leiser werdend)<br>diminuendo (verkleinernd) |
| | kraftvoll | forte (laut)<br>crescendo (wachsend, lauter werdend)<br>Akzentzeichen über bestimmten Noten |
| Zeit | verzögernd | lento (langsam)<br>largo (breit, gemächlich)<br>adagio (mit Ruhe, langsam)<br>ritardando (langsamer werdend) |
| | plötzlich | allegro (fröhlich, Tempobezeichnung: rasch)<br>presto (rasch)<br>prestissimo (so rasch wie möglich)<br>subito (plötzlich)<br>accelerando (schneller werdend) |
| Raum | flexibel | leggiero (. graziös, leicht)<br>Triller (Verzierung um einen Ton herum) |
| | direkt | tenuto (gehalten, in gleicher Lautstärke)<br>Akzente wie _ oder < oder ^ für bestimmte Noten |

Neben den in der Tabelle aufgeführten musikspezifischen Termini werden in der Musikliteratur auch Adjektive aus der Umgangssprache verwendet, um dem Interpreten Instruktionen zu geben, das Stück zu gestalten. Auch diese können mitunter Affinitäten zu den Antriebskategorien aufweisen.

Ein prominentes Beispiel sind die Namen einiger der bekanntesten Beethoven-Klaviersonaten, die zwar nicht vom Komponisten selbst stammen (sondern zumeist von Schülern, Bewunderern oder Kritikern), sich aber im Laufe der Geschichte durchgesetzt haben. Alle beziehen sich auf eine gewisse Grundstimmung der Musik, die wiederum einer *Antriebskombination* zugeordnet werden kann: Die „Mondscheinsonate", die „Pathétique", die „Appassionata" bewegen sich alle im und um den Leidenschaftstrieb; extrem *kraftvolles* bis sehr *leichtes Gewicht*, *Fluss* von *extrem frei* bis zu *extrem gebunden*, *Zeit* von *sehr verzögernd* bis *sehr plötzlich*.

Solche Namensgebungen wären wohl vor Beethovens Zeit, also noch bei Mozart und Haydn, nicht denkbar gewesen, da sich die Musik erst von der strengen Form zu mehr individuelleren Ausdrucksformen hin entwickeln musste. Insofern ist Beethovens Schaffen sicherlich ein Schritt hin zur romantischen Epoche.

Aus dieser Zeit seien einige Werke Robert Schumanns als Beispiel genannt. In seinen „Kinderszenen" deuten schon die Titel einzelner Stücke auf bestimmte Stimmungen nach Laban hin: z. B. „Träumerei" (*träumerische Stimmung* mit *freiem Fluss* und *Gewicht*), „Haschemann" (*mobile Stimmung* mit *plötzlich* in der *Zeit* und *gebundenem Fluss*).

In der Romantik vermehrt, vor allem aber im Impressionismus und Expressionismus, finden sich verbale Anweisungen außerhalb der tradierten Musiksprache: in Debussys „Children's Corner"-Suite beispielsweise finden sich Instruktionen wie „doux y triste" (süß und traurig, eventuell *träumerische Stimmung*), „anime" (lebhaft, eventuell *mobile Stimmung*), „leger, mais marque" (leicht aber markiert, eventuell *rhythmische Stimmung*).

In Eric Saties „Gnossiemes" findet man Worte wie: „plan with care" (plane mit Vorsicht, *Aktionstrieb*), „very lost" (sehr verloren, *entrückte Stimmung*), „be alert" (sei wachsam, *wache Stimmung*).

## Antriebskombinationen in der Musik

Eine klarere Vorstellung der Qualitäten der einzelnen Phrasen führt den Interpreten zu mehr Ausdruckskraft und den Hörer zum besseren Verstehen der Musik. Zweier- und Dreier-Kombinationen (*Stimmungen* und *Bewegungstriebe)* können sich als Grundstimmung durch ein ganzes Musikstück hindurchziehen oder aber können, was viel häufiger ist, als musikalische Phrasen ineinander übergehen.

So kann ganz abrupt auf einen *Visionstrieb* eine *stabile Stimmung* folgen, oder es kann durch eine Transformation, z. B. durch ein sich einschleichendes Crescendo (ein Lauter-Werden, was mehr *Gewicht* entspricht) aus einer *mobilen Stimmung* ein *Leidenschaftstrieb* werden. Als Beispiele für solcherlei Phrasierungen von Stimmungen und/oder Trieben wären auch wiederum die Beethoven-Sonaten heranzuführen, in etwa der erste Satz der „Pathetique".

## Affinitäten von Musikepochen

Verallgemeinernd kann man bestimmte Epochen der Musikgeschichte unter Gesichtspunkten der *Antriebsqualitäten* betrachten. Mittelalterliche Musik zeichnet sich durch stark festgelegte Formen aus, innerhalb derer sich Komponisten und Musiker zu bewegen hatten. Der individuelle *Fluss* war also eher einzubinden in allgemeingültige Konventionen. Selten sind größere Schwankungen oder Überraschungen in Bezug auf das *Gewicht* oder die *Zeit* anzutreffen.

Tendenziell ähnlich verhält es sich mit der Barockmusik, wenngleich schon stärkere individuelle Ausdrucksweisen von Komponisten und Musikern deutlich wurden. Künstler wie Bach, Händel oder Vivaldi brachen viele der tradierten Formen auf, was zu mehr künstlerischer Freiheit führte, welche sich in der klassischen Epoche weiter fortpflanzte.

Der individuelle emotionale Ausdruck fand seinen Höhepunkt in der Romantik, in deren Werken aus der Antriebsperspektive *Fluss* und *Gewicht* die größte Rolle spielen. Letztere wurden im Impressionismus und Expressionismus tendenziell durch ein verstärktes harmonisches Experimentieren ausgetauscht, was in vielerlei Hinsicht einem Erforschen des *Raumes* entspricht.

Strömungen wie die Zwölftonmusik können als Versuche angesehen werden, die „ausufernden" Möglichkeiten zurück in feste Formen zu binden – vom *freien* oder fluktuierenden *Fluss* zurück zum *gebundenen Fluss*.

## Musikstile und Antrieb

Bisher habe ich mich mit meinen Beispielen auf Werke aus der klassischen oder auch sogenannten „ernsten" Musik beschränkt. Ich denke, durch die Tradition von Notation und Interpretation sind hier der Laban/Bartenieff-Arbeit ähnelnde Voraussetzungen gegeben, sich mit der Musik auseinanderzusetzen. Das heißt hingegen nicht, dass die Prinzipien der LBBS nicht auch auf andere Musikrichtungen anzuwenden wären.

Der Jazz ist zu nennen als stark antriebsgefärbte Musik, der *Fluss* (groove) und der Rhythmus (*Zeit* und *Gewicht*) spielen eine herausragende Rolle, woraus sich eine dem Jazz eigene Art des *Phrasierens* ergibt. Aber auch harmonische Prinzipien sind bedeutsam, die in meiner Wahrnehmung viel mit dem *Raum* zu tun haben. Jazzmusiker – und auch Musiker anderer Stile – sind häufig an ihrem individuellen Ton und an ihrer eigenen Art der *Phrasierung* zu erkennen, sprich ihrer Weise, mit *Fluss, Zeit, Gewicht* und *Raum* umzugehen. Auch Populärmusik und ethnische Musik sind hinsichtlich ihres Antriebs zu betrachten. Ähnlich wie im Tanz kann man regionale und historische sowie individuelle Unterschiede und Gemeinsamkeiten feststellen.

## Fazit

Die LBBS haben mir unzählige Impulse für meine musikalische Entwicklung gegeben. Denn letztlich sind Bewegung und Musik Phrasierung in Zeit und Raum und eben auch in Fluss und Gewicht. Vieles mehr wäre zu schreiben, doch soll dieses Kapitel lediglich einige Anstöße geben, die *Antriebsqualitäten* der LBBS in der Musik anzuwenden – und umgekehrt durch den bewussten Umgang mit Musik Erkenntnisse für die körperliche Bewegung zu gewinnen.

# Bartenieff Fundamentals für Reiter
## MONE WELSCHE UND SUSANNE ECKEL

„Reiten erfordert keine außergewöhnliche Muskelkraft, sondern ein gut funktionierendes Zusammenspiel von Bewegungsabläufen des Körpers.“ [426]

Reiten ist mehr als nur Sport. Es ist Kommunikation zwischen zwei Partnern, Mensch und Pferd, mit dem Ziel, sich über Fortbewegungsart und -weise zu verständigen. In dieser Beziehung trifft der Mensch die Entscheidungen über das Tempo und die Richtung der gemeinsamen Fortbewegung und vermittelt sie seinem Pferd durch bestimmte Signale, die aus den sogenannten Gewichts-, Schenkel- und Zügelhilfen bestehen.

## Voraussetzungen

Als Voraussetzung für eine erfolgreiche Kommunikation wird in der Fachliteratur ein gymnastiziertes und durchlässiges Pferd sowie ein ausbalancierter und differenzierter Reiter beschrieben[427], wobei besonders auf eine „ausgeprägte Körperbeherrschung“[428] Wert gelegt wird. „Der ausbalancierte und losgelassene Sitz ist Voraussetzung für korrekte Hilfengebung und Einwirkung auf das Pferd“[429], heißt es in den Richtlinien.

Das junge Pferd wird in der klassischen Reitlehre ohne Reiter an der Longe und später, genau wie das bereits ausgebildete Pferd, vor jeder Übungseinheit in einer Aufwärmphase auf die folgenden Lektionen vorbereitet. (Die Longe ist eine lange Leine, an welcher das Pferd zur Gymnastizierung und Bewegung im Kreis geführt wird.) Diese Aufwärmphase, in der das Pferd nicht nur die Muskeln erwärmt, sondern auch durch leichte Gymnastizierungsübungen „wach“ wird, ist wichtig, damit es die Hilfengebung des Reiters aufmerksam und durchlässig annehmen kann. Wie aber steht es um die Ausbildung des Reiters? Wie gelangt er zu einem ausbalancierten Sitz? Wie wärmt er sich und seinen Körper für die koordinativ anspruchsvolle Aktivität auf?

Wer mit der Ausbildung von Reitern und Reitschülern vertraut ist, weiß, dass diese in der Regel nicht **vor,** sondern **mit** dem Aufsteigen auf das Pferd beginnt. Jeder Reiter kennt den Begriff „Sitzschulung“ aus den eigenen Anfängen. Gleichgewichtsübung und die Vermittlung des unabhängigen und korrekten Sitzes in allen drei Gangarten des Pferdes stehen im Vordergrund der ersten Stunden. Der Reiter soll in der Lage sein, sich dem Rhythmus und der dreidimensionalen Bewegung des Pferdes anzupassen, bevor er versucht, das Pferd zu steuern. Nur so kann eine gute Kommunikation mit dem Pferd entstehen, ohne dass es in seinem Bewegungsablauf gestört wird.

Je nach Reitlehrer und Reitschule werden mit Koordinationsübungen unterschiedlich viele Stunden verbracht, bevor der Reiter sein Pferd allein in der Halle bewegen darf. Mit der Sitzschulung in der Anfängerzeit endet häufig die Arbeit am Gleichgewicht und der Koordination der Bewegungsabläufe des Reiters und das Hauptaugenmerk wird der Interaktion zwischen Pferd und Reiter zugewandt. Der Aspekt des eigenen körperlichen Aufwärmens, wenn diesem in den Longenstunden für den Reitschüler transparent Bedeutung beigemessen wurde, verliert an Beachtung, während die korrekte Einwirkung auf das Pferd in den Mittelpunkt rückt. Die Überprüfung und, wenn nötig, entsprechende Förderung der Körperwahrnehmung und Bewegungskompetenz – sprich Koordinationsfähigkeit – des Reiters finden häufig aus zeitökonomischen und organisatorischen Gründen nicht statt. (In den Richtlinien wird die Notwendigkeit eines Aufwärmens nicht benannt.) Letztlich liegt der Fokus vieler Reitschüler im Erlernen neuer Lektionen und nicht in der Verbesserung ihrer Wahrnehmungs- und Bewegungskompetenz – was um so erstaunlich ist, da der Reiter genau das von seinem Pferd erwartet: eine sensible Wahrnehmung und eine sehr gute Beweglichkeit und genau daran in jeder Trainingseinheit arbeitet.

Wie jeder Reiter weiß und sich sicherlich auch Nichtreiter vorstellen können, kann allein das Erreichen eines unabhängigen und ausbalancierten Sitzes auf einem sich dreidimensional bewegenden Tier eine große Herausforderung an den Menschen darstellen, der heutzutage in einer bewegungsarmen und bewegungsunfreundlichen Welt lebt. Unser Alltagsverhalten erzeugt häufig körperliche Einschränkungen wie Blockaden in der Wirbelsäule und in den Gelenken sowie eine allgemeine mangelnde Beweglichkeit. Wenn unter diesen Voraussetzungen – und das ist leider oft der Fall – auf dem Rücken der Pferde Entspannung gesucht und die Reiterei zum Hobby auserkoren wird, wird häufig schon in der Minute des Aufsitzens die mangelnde körperliche Beweglichkeit deutlich.

## Aufwärmübungen für den Reiter

Jeder Reiter sollte sich ausreichend Zeit für Aufwärmübungen nehmen – und dies trifft nicht nur für Anfänger zu. Auch der geübte Reiter, der direkt aus dem Büro auf den Pferderücken steigt, wird Verspannungen und Blockaden bemerken, die die Kommunikation mit dem Pferd beeinträchtigen. Trotzdem sehen wir im täglichen Reitsportbetrieb das Bild eines sich aufwärmenden Reiters vor dem Aufsteigen genauso selten wie einen sich dehnenden oder anderweitig vorbereitenden Reiter auf dem Pferd. Das Pferd wird vom Reiter durch Schritt reiten und in der darauffolgenden sogenannten Lösungsphase, in welcher der Reiter bereits durch Arbeit in Tempoübergängen oder leichten Seitengängen aktiv einwirkt, aufgewärmt.

Er selbst geht quasi „aus dem Nichts“ (Kaltstart) in die Arbeit über, die von ihm in folgenden Bereichen körperliche Präsenz verlangt:

- aufgewärmte Muskelpartien,
- entspannte und *durchlässige* Gelenke (Finger, Handgelenke, Ellbogen, Schulter, Wirbelsäule, Hüfte, Knie, Fuß),
- aktivierte *Körperverbindungen* um den unabhängigen, aufrechten und ausbalancierten Sitz zu erlangen, der Voraussetzung ist, um korrekte Hilfen geben zu können.

## Bartenieff Fundamentals-Prinzipien in der Reitausbildung

Die Bartenieff Fundamentals mit ihren grundlegenden Prinzipien und dem Aufgreifen der verschiedenen Körperverbindungen bieten eine neue und besonders effektive Herangehensweise an das Training von Körperwahrnehmung und Körperbeherrschung des Reiters, die so in anderen Reitgymnastiken nicht thematisiert wird.

Im Folgenden wird in kurzen Abschnitten dargestellt, inwiefern die *Prinzipien* und *Körperverbindungen* der Fundamentals in der Reitausbildung relevant sind und eine hilfreiche Unterstützung in der Ausbildung von Reitanfängern und Fortgeschrittenen bieten. Anschließend stellen wir ein konkretes Übungsprogramm vor, das die *Körperverbindungen,* die beim Reiten besonders wichtig sind, aufgreift und verdeutlicht. Dieses Programm zeigt, wie man Fundamentals-Körperarbeit sowohl in der Reitausbildung, als auch in der eigenen Trainingseinheit sinnvoll und ökonomisch integrieren kann, um die eigene Wahrnehmung und Beweglichkeit oder die der Reitschüler zu verbessern.

Folgende Prinzipien stehen in der Ausbildung des Reiters im Vordergrund:

- vertikale Durchlässigkeit
- dynamische Aufrichtung
- Atemunterstützung
- innere Unterstützung vom Zentrum

## Vertikale Durchlässigkeit

Durchlässigkeit ist im Reitsport ein wichtiges Thema. Es wird im Zusammenhang mit der Ausbildung und dem Aufwärmen des Pferdes genutzt, aber auch im Reitunterricht angesprochen, wo wir von der Durchlässigkeit des Reiters sprechen. Mit Durchlässigkeit meinen wir, dass der Reiter in der Lage ist, die Bewegung des Pferdes durch seinen Körper – besonders durch seine Wirbelsäule – schwingen zu lassen. Aufwärts von den Sitzbeinhöckern über das Becken zum Scheitelpunkt, abwärts von den Sitzbeinhöckern zum Fußgelenk, ohne die Aufrichtung der Wirbelsäule zu verlieren.

Für den Reiter ist die Durchlässigkeit zwingend notwendig, da sich nur so der ausbalancierte Sitz einstellt, der es ermöglicht, locker und mit guter Körperspannung mit den Bewegungen des Pferdes mitzugehen und an den gewünschten Stellen einzuwirken (zum Beispiel durch Rollen und Senken des Beckens und Anspannen der unteren Rückenmuskulatur = Gewichtshilfe). Konkrete Aufwärmübungen zum Thema Durchlässigkeit werden in der gängigen Sitzschulung nicht gegeben. Vielmehr geht es um das Ausbalancieren auf dem Pferderücken, was nicht zwangsläufig in Durchlässigkeit resultiert. So bleibt es jedem Reiter selbst überlassen, locker, aufrecht und trotzdem durchlässig zu werden – oder eben nicht.

Dabei ist die *vertikale Durchlässigkeit* ein wichtiges Aufwärmthema, da viele Menschen durch das viele Sitzen im Beruf im Rücken besonders steif und alles andere als durchlässig sind. Durch die schwungvolle Bewegung des Pferdes, vor allem im Trab, kann es passieren, dass der unaufgewärmte, steife Reiter mit extremer Anspannung der Rückenmuskulatur reagiert, um dem Schwung entgegenzuwirken, weil es ihm nicht möglich ist, ihn locker durch den Rücken durchgehen zu lassen. Das Pferd wird den Gegendruck spüren, sich in seiner Bewegung behindert fühlen und seinen Rücken verspannen, was seine Bewegung härter und noch schwieriger zu sitzen werden lässt. Es entsteht ein Teufelskreis, der sich häufig kaum auflösen lässt. Aufwärmübungen, die insbesondere die Beweglichkeit der Wirbelsäule fördern, können den Rücken auf die schwungvolle Bewegung des Pferdes vorbereiten und Verspannungen vorbeugen.

## Dynamische Aufrichtung

Die *dynamische Aufrichtung* ist ein weiteres Prinzip, das für die Reitausbildung besonders wichtig ist. Der gesamte Sitz des Reiters baut auf der *dynamischen Aufrichtung* auf. Dies wird besonders im Bereich der Wirbelsäule deutlich: Sie soll durchlässig und elastisch sein (s o.), um mit der Bewegung des Pferdes gehen zu können, aber auch aufgerichtet und unter Spannung, um angemessene Hilfengebung zu ermöglichen und auf das Pferd durch An- und Entspannung einwirken zu können. Das ist nicht möglich, wenn der Reiter zwar durchlässig, aber nicht unter der nötigen Spannung steht, um die Hilfengebung „in" das Pferd weiterzugeben.

Eine mangelnde *dynamische Aufrichtung* kann sich einerseits in einem passiv-beweglichen und zusammengesackten Sitz zeigen. Der Reiter sitzt im *passiven Gewicht* und kann keine Einwirkung auf das Pferd geben, da er nicht in der Lage ist, eine angemessene Spannung in seiner Muskulatur aufzubauen. Auch das Gegenteil kann der Fall sein. Dann ist zwar eine Aufrichtung zu sehen, allerdings eher im Sinne eines steifen geraden Sitzes als einer *dynamischen Aufrichtung*.

Durch diese Überspannung wird das Erreichen der vertikalen Durchlässigkeit beeinträchtigt oder sogar unmöglich. Beweglichkeits- und Wahrnehmungsübungen zur An- und Entspannung der Muskulatur sind hilfreich, um einen guten Tonus finden zu können und dadurch sowohl die *dynamische Aufrichtung*, als auch die *vertikale Durchlässigkeit* vorzubereiten.

### Atemunterstützung

Auch die *Atemunterstützung* ist ein Prinzip, das in der klassischen Reitausbildung nicht explizit angesprochen wird, in den Korrekturen vieler guter Reitlehrer allerdings häufig auftaucht. Bei vielen Reitern kann man beobachten, dass sie die Luft fast anhalten, wenn sie sich sehr konzentrieren, oder aber sehr flach atmen. Häufig wird die flache Atmung auch dann sichtbar, wenn es zu Schwierigkeiten in der Kommunikation zwischen Reiter und Pferd kommt. Der Reiter reagiert genauso angestrengt und angespannt wie sein Pferd.

Die Anspannung des Reiters überträgt sich auf das Pferd, das auch schon angespannt, vielleicht aufgeregt oder gestresst ist. So hat das Pferd keine Möglichkeit, sich zu beruhigen und nachzugeben. Der Reiter ärgert sich noch mehr und auch hier entsteht ein Teufelskreis, der allerdings oft durch eine gute *Atemunterstützung* aufgelöst werden kann. Durch das Ausatmen mit einer bewussten kurzen Entspannungsphase reguliert sich der Muskeltonus des Reiters, was sich wiederum – in diesem Fall positiv – auf das Pferd auswirkt, das die Entspannung des Reiters spürt und seinerseits mit Entspannung reagieren kann.

Darüber hinaus verspannt sich durch die sehr flache oder sogar angehaltene Atmung der Rücken des Reiters, was wiederum die *vertikale Durchlässigkeit* blockiert. In schwierigeren Lektionen kann Summen oder Töne singen sehr hilfreich sein, um die Atmung zu überprüfen. So ist gut zu hören, ob die Atmung gleichmäßig weiter fließt oder ins Stocken gerät, was auf mangelnde *Atemunterstützung* und/oder Verspannungen hindeutet und eine falsche Hilfengebung befördert.

Eine freie, tief ins Becken fließende Atmung hilft weiterhin, einen sicheren und geschmeidigen Sitz zu erlangen. Gerade wenn das Pferd unruhig ist, sich im Rücken verspannt und den Reiter durch einen erschrockenen Satz aus dem Sattel zu heben droht, lässt ein freier Atem den Körperschwerpunkt tiefer ins Pferd sinken. Die Muskulatur um Hüfte und Gesäß entspannt sich auf diese Weise leicht, statt sich, wie häufig in einer solchen Situation, kräftig anzuspannen, um sich an den Pferdebauch zu klammern. Dies würden den Körperschwerpunkt des Reiters vom Pferderücken weg heben und die Gefahr des Sturzes erhöhen statt verringern. Häufig ist es für die Reiter schon hilfreich, die Aufmerksamkeit auf die Atmung zu lenken und die Auswirkungen von flacher oder tiefer Atmung auf den eigenen Körper und das Pferd wahrzunehmen.

### Innere Unterstützung vom Zentrum

Die *innere Unterstützung* vom Zentrum ist ein grundlegendes Prinzip, das in der Reitausbildung als Basis für die anderen Prinzipien gilt, die nur etabliert werden können, wenn der Reiter in der Lage ist, sein Zentrum zu aktivieren. Falls dies nicht der Fall ist, scheint der Reiter zusammenzusacken, die Verbindung zwischen dem Ober- und Unterkörper ist deutlich gestört. Es kann sich weder eine *vertikale Durchlässigkeit* noch eine *dynamische Aufrichtung* einstellen, da die Verbindung zur Körpermitte, die in der Reiterei essenziell ist, nicht ausreichend etabliert und stabil ist.

### Körperverbindungen in der Reitausbildung

Bartenieff unterscheidet verschiedene *Körperverbindungen*, die im Verständnis der Entwicklung eines gut koordinierten Körpers auch für die Reitausbildung relevant sind. Neben den oben beschriebenen Prinzipien braucht es elastische Verbundenheit der Körperteile, um ganzkörperlich auf die Bewegung des Pferdes einzugehen und isoliert, d. h. ohne den ganzkörperlichen Ablauf zu stören, die differenzierten Hilfen mit einzelnen Körperteilen geben zu können. Folgende *Verbindungen* sollten in der Ausbildung des Reiters im Vordergrund stehen:

- *Kopf-Steißverbindung*
- *Ferse-Sitzhöckerverbindung* und Sitzhöcker-Steißbeinverbindung
- Hand-Schulterverbindung und *Schulterblattverankerung*

## Kopf-Steißverbindung

Wie schon beschrieben, ist eine weiche, durchlässige und elastische *Kopf-Steißverbindung* durch die Wirbelsäule für den Reiter eine grundlegende Voraussetzung. Bei Reitern, die Blockaden in der Wirbelsäule haben, wird sich dies im Bewegungsbild zeigen, je nachdem, wo die Bewegung des Pferdes nicht durch die Wirbelsäule durchgehen kann. Die Phänomene sind z. B. durch deutliches Kopfwackeln, übermäßige Bewegung des Beckens, Rundrücken oder Hohlkreuz zu sehen. Häufig kann beobachtet werden, dass der Reiter versucht, sich der Bewegung des Pferdes zu entziehen, und mit dem Oberkörper nach vorn geht, damit er die Bewegung des Pferdes nicht durch den Rücken schwingen lassen muss. Diese Haltung beeinflusst die Hilfengebung deutlich, denn die korrekte Ausführung von Gewichtshilfen ist so nicht möglich.

## Die Verbindung von Ferse zu Sitzhöcker zu Steißbein

Die *Ferse-Sitzhöckerverbindung* und der *Sitzhöcker-Steißbeinverbindung* beschreiben eine elastische Verbindung vom Becken (tiefer Sitz im Sattel) über die Hüftgelenke – über die Knie – die Fußgelenke und in die Ferse als tiefster Teil des Körpers. In der Reitausbildung möchten wir ein „langes“ Bein, d. h. kein an den Pferdekörper gedrücktes, angewinkeltes Bein, sondern ein entspannt anliegendes Bein, dessen tiefster Punkt die Ferse ist, damit sich der Reiter optimal der Bewegung des Pferdes anpassen kann und gleichzeitig in der Lage ist, die Schenkelhilfen angemessen geben zu können. Hierzu benötigen wir gelöste Gelenke, sodass der Unterschenkel seine Lage am Pferdebauch verändern kann, ohne dass sich der tiefe Sitz des Sitzknochens im Sattel verändert und die Verbindung unterbrochen wird. Gleiches gilt für die Beweglichkeit und Elastizität aller Gelenke der *Ferse-Sitzhöckerverbindung*.

In der Praxis finden wir den sogenannten Spaltsitz oder Stuhlsitz[430] als fehlerhafte Haltungen auf dem Pferd. Beide resultieren aus einer mangelnden elastischen *Verbindung* zwischen Becken und Bein. Im Stuhlsitz versucht der Reiter durch ein Zurücklehnen des Oberkörpers im Gleichgewicht zu sitzen, die Beine gehen nach vorn, um das Zurücklehnen der oberen Körperhälfte auszugleichen. Häufig berichten Reiter mit diesem Sitz, dass sie bequem auf dem Pferd sitzen, etwa so wie auf einem Gymnastikball, auf dem man sich mit vorgestreckten Beinen ausbalancieren kann. In diesem Sitz wird der Reiter nicht in der Lage sein, korrekte Schenkel- und Gewichtshilfen zu geben, da keine dynamische Aufrichtung besteht.

Im Spaltsitz sehen wir, dass der Reiter sich nach vorn lehnt, oft um den Schwingungen des Pferderückens auszuweichen. Da auch hier die Verbindung nicht elastisch ist, gehen die Unterschenkel nach hinten, um die Bewegung des Oberkörpers auszugleichen. Es entsteht ein sehr unsicherer Sitz, da der Reiter schnell das Gleichgewicht verlieren kann. Außerdem sind Pferde am hinteren Teil ihres Bauches keine Berührungen der Unterschenkel gewohnt und können mit Wegspringen oder Loslaufen reagieren. Im Spaltsitz hat der Reiter keine Möglichkeit, korrekt auf das Pferd einzuwirken, da er weder Gewichtshilfen geben kann (sitzt nicht im Sattel), noch die Schenkelhilfen an der richtigen Stelle gibt. Beide Beispiele zeigen deutlich, wie wichtig die Arbeit an den elastischen *Körperverbindungen* für den Reiter und auch für das Pferd ist.

## Die Verbindung von Hand zu Schulterblatt zu Steiß

Diese Verbindung zwischen der Basis der Wirbelsäule und den oberen Extremitäten steht in der Reiterei für die gute Voraussetzung, um korrekte Zügelhilfen zu geben. Wieder ist hier eine elastische Verbindung notwendig, um die Bewegung des Pferdes aufnehmen zu können, ohne die Unabhängigkeit von Hand und Arm zu verlieren, die für die Zügelhilfen notwendig ist. Insbesondere für Reitanfänger ist es oft schwierig, die Zügelhilfen koordiniert mit der Gewichtseinwirkung über das Becken zu verbinden und zu koordinieren. Häufig ist die Verbindung unelastisch und jede Bewegung des Beckens, die durch das Schwingen des Pferderückens entsteht, wird ungewollt an die Hände weitergeleitet, die dann stark zu wackeln beginnen und dem Pferd unweigerlich im Maul ziehen. Eine dynamische Verankerung der oberen Extremitäten am Becken (die *Schulterblattverankerung*) erlaubt also sowohl Unabhängigkeit als auch koordiniertes Zusammenspiel von Händen und Becken.

Ein weiteres Thema bei dieser *Körperverbindung* ist die Wahrnehmungsschulung der An- und Entspannung der Hände, Arme und Schultern. Auch bei fortgeschrittenen Reitern kann man beobachten, wie die Spannung, die über den Rücken in die Schultern zieht, ungefiltert durch den Arm in die Hand geht, die verkrampft und das Pferd im Maul stört. In der Kommunikation mit dem Pferd muss die Hand **immer** unabhängig von den anderen Körperbewegungen des Reiters sein, um das sensible Maul des Pferdes vor ungewollten Einwirkungen zu schützen. Vielen Reitern ist die Verbindung zwischen Kreuzbein, Schultern, Ellbogen, Handgelenk und Fingern nicht deutlich, sodass Wahrnehmungsübungen darauf vorbereiten, bei entstehenden Verspannungen die richtigen Körperpartien wieder entspannen zu können.

## Übungsprogramm

Das vorgestellte Übungsprogramm spricht sowohl Anfänger, die in der Ausbildung an der Longe zusätzlich zu Gleichgewichts- und Sitzübungen mit an die Fundamentals angelehnten Sequenzen optimal auf das Reiten vorbereitet werden, als auch die fortgeschrittenen Reiter an, die sich zu Beginn der Übungseinheit angemessen mit und ohne Pferd aufwärmen wollen. Es eignet sich sehr gut, um zu Beginn einer Reitstunde absolviert zu werden, während das Pferd etwa 10 Minuten am langen Zügel Schritt geht. Diese Aufwärmphase des Pferdes kann auch der Reiter zum Aufwärmen nutzen, um, auf dem Pferd sitzend, seine *Körperverbindungen* zu aktivieren.

Neben dem Gymnastizierungs- und Aufwärmeffekt des Reiters zeigte sich, dass viele Pferde, nachdem sie anfänglich nervös auf die ungewohnten Bewegungen ihres Reiters auf ihrem Rücken reagierten, zunehmend entspannter wurden. Nach einigen Tagen gingen sie ruhig und gelassen am langen Zügel, während ihre Reiter das Programm absolvierten. Dies wirkte sich positiv auf die Grundspannung des Pferdes aus und kann besonders bei ängstlichen Pferden eine gute Übung zur Gelassenheit sein.

Das Übungsprogramm (s. Tabelle 1) wurde in mehreren praktischen Workshops für Reitanfänger und auch Fortgeschrittene eingesetzt und hat sich als sehr effektiv und gut umsetzbar erwiesen. Insbesondere die fortgeschrittenen Reiter, die häufig sehr auf die Kommunikation mit dem Pferd konzentriert sind und sich selbst schnell aus dem Blick verlieren, konnten von dieser Herangehensweise profitieren. Bei allen verbesserten sich der Grundsitz und die Hilfengebung wie auch Kommunikation und Zusammenarbeit mit dem Pferd deutlich.

Tab. 1 Aufwärmen und Aktivieren der *Körperverbindungen* auf dem Pferd
Das Pferd geht 10 Minuten Schritt!

Zur Aktivierung der *Kopf-Steißverbindung*:

| | |
|---|---|
| Kreuzbein und Steiß | - mit den Händen auf Kreuz- und Steißbein reiben |
| Finger trommeln Kopf | - von vorne nach hinten auf dem Scheitel |
| Wirbelsäule lockern | - Länge in der Wirbelsäule halten! Verbindung von Scheitel zu Steiß vorstellen /spüren |
| *Verbindung* aktivieren | - langsam nach vorne abrollen (ausatmen), hochrollen (einatmen), leicht nach hinten strecken (ausatmen)<br>- seitwärts neigen, Arm zieht dabei über den Kopf (dabei ausatmen)<br>- drehen, eine Hand hält Zügel, die andere klopft vorsichtig auf Pferderücken |

Zur Aktivierung der *Fersen-Sitzhöckerverbindung*:

| | |
|---|---|
| Becken lockern | - Hände auf Unterbauch, Becken vor- und zurück rollen (eigenen Atemrhythmus finden)<br>- Sitzknochen im Wechsel heben und in den Sattel vertiefen, Verbindung zur Ferse dabei halten<br>- Becken im Wechsel re/li vorschieben, das Bein dabei locker und lang lassen |
| Füße lockern | - Füße kreisen und Zehen wackeln<br>- Fußspitze hoch, runter, auswärts, einwärts bewegen |
| Hüften lockern | - den ganzen Körper im Sattel drehen |
| *Verbindung* aktivieren | - Beine einzeln beugen (ausatmen) und zum Boden herunterziehen (einatmen), dabei ein vorgestelltes Gummiband vom Sitzknochen zur Ferse lang ziehen<br>- die Bewegung einmal von der Hüfte, einmal vom Fuß beginnen<br>- beide Beine hochziehen und lang strecken |

Zur Aktivierung der Hand-Schulterblatt-Steißverbindung (der *Schulterblattverankerung*):

| | |
|---|---|
| Hände lockern | - die Hände „waschen" und ausschütteln<br>- Daumen- und Kleinfingerseite ausstreichen<br>- andere Finger ausstreichen |
| Ellbogen lockern | - Arme locker ein- und ausknoten |
| Schultern lockern | - 3x vor-, dann 3x zurückkreisen (Reihenfolge ist wichtig, um die dynamische Aufrichtung im Rückwärtsrollen vorzubereiten)<br>- 3x hochziehen und die Schulterblätter mit einem Ausatmen „in die Gesäßtaschen sinken lassen"<br>- Hände hinten falten, Schultern und Hände sanft mit einem Ausatmen nach hinten- unten ziehen |
| Kreuzbein/Steiß wecken | - mit den Händen reiben |
| Verbindung aktivieren | - mit der Hand über andere Hand und Ellbogen zum Schulterblatt streichen<br>- mit beiden Händen am Rücken von der Schulterblattspitze zum Kreuzbein streichen, dies mehrmals in beide Richtungen wiederholen, die Atmung dabei fließen lassen<br>- einzeln oder gleichzeitig die Arme seitlich ausstrecken (T-Form), die Finger bewegen und dann mit den Fingerspitzen führend nach außen rotieren, mit dem Arm der Bewegung der Rotation nach unten-hinten folgen, die Rotation im Ellbogen, in den Schultern spüren und die Schulterblätter locker in die „Hosentaschen" fallen lassen, wenn die Hände neben dem Oberkörper angekommen sind. Den Arm ausschütteln und die Hand locker aufstellen (Zügelhaltung) ohne die Verbindung zum Schulterbein und Kreuzbein verlieren. |

In den Workshops nutzen wir ergänzende Bewegungsstunden, in denen wir mit den relevanten *Körperverbindungen* und Prinzipien auf dem Boden und auf dem Stuhl arbeiteten. Diese Stunden ermöglichten es, die Arbeit mit den *Körperverbindungen* zu vertiefen, Sequenzen mit Begleitung der Hände (s. Fundamentals-Kapitel) konnten unterstützend eingesetzt werden. Die Reiter konnten sich so nur auf die eigenen Bewegungsabläufe konzentrieren, ohne bereits von der Bewegung des Pferdes beeinflusst zu sein.

Im Rahmen von Workshops hat sich die Mischung von Bewegungsstunden, Aufwärmprogramm mit Pferd und Arbeit an Lektionen mit dem Fokus auf aktive und elastische *Körperverbindungen* als optimale Mischung gezeigt. Das Übungsprogramm ist für viele Reiter und Ausbilder sinnvoll, da es sich sehr gut in jede Reitstunde und Trainingseinheit einbauen lässt, nicht zu lang ist und sehr effektiv die wichtigen Themen wiederholt.

# LBBS im Volleyballunterricht
## ENRIQUE PISANI (DT. ÜBERARBEITUNG ANTJA KENNEDY)

Alle Aktivitäten im Volleyball oder jeder anderen Sportart haben allgemeine Grundlagen, weil der Körper und seine Gelenke grundsätzlich gleich sind. Es ist möglich, Bewegungen zu finden oder zu kreieren – sogenannte Schlüsselbewegungen –, auf deren Grundlage jede Technik vermittelt werden kann. Die taktischen Systeme und die Organisation in Annahme, Abwehr, „Block" und Angriff können vom Spieler besser verstanden werden, wenn das Spielfeld als Raumkonzept geklärt ist. (Die Volleyballbegriffe werden am Ende des Beitrags kurz erklärt.)

Ziel ist es, eine pädagogische Struktur (Methodik) zu entwickeln, die den Hintergrund für ein verinnerlichtes Bewegungsverständnis bereitstellt. Dieses soll das Erlernen und Verbessern der verschiedenen Volleyballtechniken erleichtern, das Verständnis für taktische Systeme unterstützen und das Verletzungsrisiko minimieren. Das traditionelle Aufwärmtraining sollte durch Aktivitäten ersetzt werden, die sich an Bewegungen orientieren, die grundlegende Aspekte aller Volleyballspieltechniken einbeziehen. Um eine Verbindung zwischen dem Training ohne und mit Ball zu schaffen, sollten alle Bewegungssequenzen, die erarbeitet werden, auf das Volleyballspiel bezogen werden. Vor dem taktischen Training sollte den Spielern das Verwenden der 27 *Raumrichtungen* von Laban (s. *Raum*) vermittelt werden.

## Vermittlung von Volleyball

Beim Volleyball, wie auch in jeder anderen Sportart, bilden sich mit der Zeit bestimmte Bewegungsmuster heraus (Techniken und Taktik), die auf den Regeln des Spiels fußen. Das traditionelle Training versucht, die Volleyballtechniken und die Verteilung der Spieler auf dem Spielfeld (taktische Situationen bzw. Systeme) zu optimieren.

Doch was ist wesentlich bzw. fundamental beim Volleyball? Um das zu klären, habe ich die Bewegungsmuster der besten Spieler der Welt mithilfe von LBBS analysiert. Diese Analyse hilft mir beim Verstehen und Beschreiben der Bewegungen. Darüber hinaus resultieren aus der Analyse Bewegungen, die die große Komplexität des Spiels auf die wesentlichen Elemente reduziert. Diese grundlegenden Bewegungen erleichtern die Vermittlung des Spiels wesentlich.

### Schlüsselelemente der Bewegungen beim Volleyball

Wenn Volleyball von den Bewegungen her definiert werden sollte, würde ich sagen: „Volleyball spielen ist Beugung und Beschleunigung aus dem untersten Teil des *Körpers*, um (den Ball) mit dem oberen Teil des *Körpers* zu erreichen."
Im Folgenden die Schlüsselelemente am Beispiel zielgerichteter Annahmebewegungen:

- Damit sich das Becken in Ballrichtung bewegen kann, wird der untere Bereich des Körpers verbreitert.
- Dazu ist auch eine starke Beugung im Knie- und Hüftgelenk notwendig.
- Um Knieprobleme zu vermeiden, sollte das Knie immer Richtung Zehenballen ausgerichtet sein.
- Das Bein, welches sich zum Ball bewegt, rotiert nach außen.
- Der Fuß befindet sich in Außenrotation und hat mit der Ferse Bodenkontakt.
- Die Arme befinden sich weit vom Körperschwerpunkt entfernt.
- Die Wirbelsäule ist etwas gekrümmt.
- Die Bewegung des Schulterblattes unterstützt die Armbewegung nach vorn.

**Bewegungsmuster**

„Das zentrale Nervensystem kennt Bewegungsmuster, aber keine (einzelnen) Muskeln“, erkannte John Hughlings bereits 1889 in seinem Werk „Jackson-Neurology“. Daraus ziehe ich den Schluss, dass das Trainieren der Muskelketten wichtiger ist als das Stimulieren eines einzelnen Muskels. Zudem ist es wichtig zu wissen, wie eine Bewegung durch den Körper wandert: wo sie beginnt, welchen Pfaden sie folgt und wo sie endet.

**Phrasierung**

Der Trainer fokussiert häufig die Hauptphase einer Bewegung, die im Volleyball in der Regel im Moment der Ballberührung geschieht. Da eine uneffektive Bewegung aber häufig durch eine schlechte Vorbereitung geschieht, hilft es mehr, die Aufmerksamkeit der Spieler auf die *Vorbereitungs-* und *Initiationsphase* (*Bewegungsansatz*) zu lenken. Es reicht nicht aus, wenn der Spieler einzig und allein auf die Entwicklung der Spielsituation konzentriert ist. Er muss auch ein Gefühl für die richtige Bewegungsvorbereitung entwickeln, weil dieses hilft, die Bewegungsqualität zu verbessern.

**Körperschwerpunkt**

Der effektivste Ausgangspunkt, um eine Bewegung zu initiieren, ist der Körperschwerpunkt – das sogenannte *Gewichtszentrum*. Der liegt etwas unterhalb des Bauchnabels vor dem Kreuzbein. Wenn der Spieler seinen Körperschwerpunkt nicht kontrollieren kann, wird er Kraft aus anderen Körperregionen generieren müssen. Dadurch wird seine Bewegung ineffektiv und unökonomisch. Die Kontrolle des Gewichtszentrums sollte ein zentrales Thema im Volleyballtraining sein.

**Kraft/Gewichtsantrieb**

Volleyball ist eine Sportart, in der wir uns beschleunigend und *kraftvoll* durch den Raum bewegen. Daher muss der Spieler lernen, auf verschiedenen Untergründen die Gewichtsantrieb und das Körpergewicht zu koordinieren. Eine gute Wahrnehmung ist notwendig, um das *Kraftvolle zielgerichtet* einzusetzen. Beim Angriff und bei den Bewegungen der Abwehr („Hechtbagger“ und „Abrollbewegungen“) hängt der Erfolg der Aktion davon ab, ob man das „Spiel“ mit dem Gewichtsantrieb beherrscht.

In Sprungaktionen, wie Angriff und Block, ist es wichtig, mit dem Bodenkontakt aufzunehmen. Dazu muss der Fuß von der Ferse bis zum Vorderfuß abgerollt werden. Die Abrollbewegungen während der Beschleunigungsphase und die Umkehrbewegung im Verlauf der Landung müssen wiederholt erfahren werden, bevor der junge Spieler eine Vielzahl von Sprüngen im Training durchführen kann.

**Stabilität/Mobilität**

Eines der größten Probleme junger Spieler ist, ihre Aktivitäten zu stabilisieren. Das Bewusstsein davon, dass erst *Stabilität* auf der einen Seite *Mobilität* auf der anderen Seite ermöglicht, muss unbedingt in die Bewegungserfahrung einbezogen werden.

Häufig geben die Trainer ihren Spielern ein Feedback über die Teile des Körpers, die sich bewegen, wie z. B. den Arm, der den Ball beim Aufschlag trifft. Dadurch erreicht der Trainer oft keine Verbesserung. Effektivere Korrekturen sind in der Regel, wenn der Trainer die Aufmerksamkeit auf den Teil des Körpers lenkt, der für die Stabilität während der Bewegungsausführung verantwortlich ist. Beim Aufschlag für Rechtshänder beispielsweise ist der Bodenkontakt der linken Ferse und die Unterstützung durch die gesamte linke *Körperhälfte* (Fuß, Bein, Rumpf und Arm) verantwortlich für die Stabilität, sodass der rechte Arm und die rechte Hand mobilisiert werden können, um den Ball zu treffen.

Die Möglichkeit, einen Teil des Körpers zu bewegen, hängt von der Stabilität bzw. der Balance von anderen Körperteilen ab; z. B. beim Angriffsschlag wird der rechte Schlagarm – durch das Strecken des linken Arms nach *vor-hoch* – stabilisiert. Und umgekehrt: Um *Stabilität* zu erreichen, muss der Spieler durchlässig und beweglich sein. Die Wechselwirkung zwischen *Stabilität* und *Mobilität* kann nur funktionieren, wenn es keine Blockaden oder erhöhte Muskelspannung gibt.

**Unterstützung durch die Atmung**

Die *Atmungsunterstützung* ist ein unterschätzter Aspekt, da sie unbewusst funktioniert, d. h. ohne dass man darüber nachdenkt. Es gibt gute Gründe, die dafür sprechen, sich näher mit der Atmung zu beschäftigen: Häufig blockieren die Spieler ihre Atmung, um eine Bewegung vorzubereiten oder einzuteilen. Dadurch erhöht sich die Spannung der Muskulatur, der Bewegungsfluss wird eingeschränkt und die Präzision der Bewegung verringert sich.

**Breite Spielposition**

Statt sich mit vielen Schritten zum Ball zu bewegen, ist es günstiger eine breitere Ausgangsposition der Füße zu wählen, aus der sich der Spieler mit maximal einem Schritt zum Ball hin bewegen kann. Durch die breite Spielposition kann jeder Spieler seinen Wirkungsbereich vergrößern – dies ist besonders bei der Feldverteidigung und bei der Annahme bedeutend.

Eine breit geöffnete Beinstellung gibt die notwendige *Stabilität*, um die *Mobilität* im Becken zu unterstützen und die Arme dahin zu bringen, wo der Ball gespielt werden muss. Außerdem spielt dieser Aspekt eine große Rolle für die Kontrolle des Raums um den Spieler herum und auch für die Abstimmung zwischen zwei oder mehr Spielern.

**Bewegung durch den Raum/Kinesphäre**

Bei der Bewegung durch den Raum ist die *Oberkörper-Unterkörperverbindung* wesentlich für zielgerichtete Bewegungen. Junge Spieler neigen dazu, Oberkörper und Arme sehr früh in Richtung Ball zu bewegen, aber den Rest des Körpers nicht. Die Bewegung ist sehr kurz und nicht flüssig. Bewegungen im Raum gliedern sich in neun Hauptrichtungen auf:

- am Ort
- vor
- rück
- links
- rechts
- rechts-vor
- links-vor
- rechts-rück
- links-rück

Neben den oben genannten räumlichen Bewegungen verändern die Spieler ständig die Ebene, in der sie im Raum handeln. Alle Bewegungen finden auf drei Ebenen statt:

- die *tiefe Ebene*, z. B. Feldverteidigung
- die mittlere Ebene, z. B. Annahme
- die *hohe Ebene*, z. B. Zuspiel oder Angriff

Die sich ständig verändernden Handlungsebenen sind ein herausragender Aspekt des Volleyballspiels. Junge Spieler haben damit häufig noch Probleme, weil sie Angst vor Verletzungen haben. Dies gilt besonders dann, wenn sie von einer hohen zu einer niedrigen Ebene wechseln müssen. Wenn wir die drei Ebenen mit den neun Bewegungsrichtungen kombinieren, haben wir 27 Möglichkeiten, uns im Raum zu bewegen. Am schwierigsten sind dabei kontrollierte Bewegungen nach rechts, links, rückwärts und schräg nach hinten. Wichtig ist daher, die Spieler zur Beherrschung dieser Räume zu befähigen.

## Übungen

Übungen in der Anwendung des „unteren Zuspiels“:

- Bewegung des unteren Körperbereiches
- Vorbereitung der Aktivitäten des Oberkörpers
- *Ebenenwechsel* – Bewegung zum (imaginären) Ball
- Ebenenwechsel – mit Ball
- „unteres Zuspiel“ aus dem Stand

### 1. Bewegung des unteren Körperbereichs

Diese Übung ist so ähnlich wie der *diagonale Kniezug*. In der Ausgangstellung auf dem Boden ist allerdings das rechte Bein gestreckt und nur das linke ist aufgestellt. Das erste Bein löst eine Rotationsbewegung in die rechte Diagonale aus und das linke Bein und die linke Hüfte folgen dem rechten Bein. Das rechte Bein kommt zurück, beugt sich, sodass es am Ende aufgestellt ist. Um dasselbe auf der anderen Seite zu wiederholen, streckt sich das linke Bein.

### 2. Vorbereitung der Aktivitäten des Oberkörpers

Ausgangsposition ist der Stand mit seitlich am Körper hängenden Armen. Die Arme schwingen und rotieren vor und rück in einer “8er-Figur“ am Körper vorbei, wobei sie sich vorne gestreckt eng fast berühren – so ähnlich wie beim Baggern. Bei den „8er-Schwüngen“ sollen die Arme aus den Schulterblättern heraus unterstützt werden (*Schulterblattverankerung*), ohne die Muskulatur des Nackens, besonders den oberen Teil des Trapezmuskels, einzusetzen.

### 3. Ebenenwechsel – Bewegung zum (imaginären) Ball

Ausgangsposition ist das Sitzen im Schneidersitz. Der Spieler dreht sich nach links und stützt die Hände am Boden ab, während er das Becken löst und anfängt, die Ebene zu wechseln. Wenn er eine halbe Drehung mit *Ebenenwechsel* ausgeführt hat, streckt er das linke Bein seitlich, um nach links das Gewicht darauf zu verlagern. Währenddessen löst er die Hände vom Boden und führt die Arme zusammen in die Position des unteren Zuspiels. Nach dem Wechsel der Ebene, von der tiefen in die untere mittlere Ebene, geht die Bewegung zum Spielen mit dem (imaginären) Ball über. Nach der *Gewichtsverlagerung* von einem zum anderen Bein stabilisiert das ausgestreckte Bein den Teil des Körpers, der zum Ball geht.

### 4. Ebenenwechsel – mit Ball

Diese Übung unterscheidet sich von der vorhergehenden nur durch die Hinzunahme des Balls. Der Ballwerfer steht zunächst hinter dem sitzenden Spieler, der sich durch halbe Drehung mit *Ebenenwechsel* dem Werfer zuwendet. Die Bewegung orientiert sich räumlich und zeitlich an der Flugkurve des Balls.

Wichtig bei dieser Übung ist das Zuspiel einfacher Ballflugkurven, um das neue Bewegungsmuster unter erleichterten Bedingungen zu erlernen. Erst wenn das neue Bewegungsmuster stabil erlernt ist, sollten spielgemäße Bälle und Situationen erarbeitet werden.

**5. Unteres Zuspiel aus dem Stand**

Vor dem Erlernen dieser Übung sollte die 3. Übung sicher beherrscht werden. Ausgangsposition ist der Stand. Der Spieler steht seitlich zum Werfer, aber schaut mit dem Kopf zum Ball. Die Vierteldrehung zum Ball geschieht mit einem *Ebenenwechsel* in die tiefe-mittlere Ebene (breite Spielposition), während der Ball auf den Spieler zufliegt. Auch hier steht wieder das räumliche und zeitliche Anpassen der Baggerbewegung an die Ballflugkurve im Vordergrund. Es ist sinnvoll, diese Übung in verschiedene Richtungen auszuführen: seitlich nach *links* und *rechts* wie auch *rechts-rück* und *links-rück*. Diese Übung trainiert die Vorbereitung und den Bewegungsansatz aus dem unteren Teil des Körpers.

Die ausgewählten Übungen in der Anwendung des „unteren Zuspiels" sollen folgende Zwecke erfüllen:

- Für den Anfänger sind die Bewegungen zum Erlernen des „unteren Zuspiels" geeignet.
- Für den Fortgeschrittenen können diese Übungen zum Erlernen weiterer Bewegungsmöglichkeiten, beispielsweise die verbreiterte Spielposition, bereichernd sein.

## Fazit

Alle Übungen, die mit den Prinzipien der LBBS für den Volleyballunterricht kreiert werden, sollten Komponenten der Schlüsselelemente (s. o.) des Volleyballspiels, die durch die LBBS geklärt wurden, enthalten. Fortgeschrittene Spieler sollten davor bewahrt werden, Techniken zu kopieren. Sie sollten eher ermutigt werden, ihren individuellen Stil zu finden und zu optimieren.

**Volleyballbegriffe in alphabetischer Reihenfolge:**

„Abrollbewegungen": Z. B. ist die schnelle Japanrolle eine Abwehrtechnik. Der Spieler macht beim Annehmen des Balles einen Ausfallschritt zur Seite und rollt sich dann über die linke oder rechte Schulter ab.

„Block": Einer oder mehrere Spieler (höchstens drei) springen in der Nähe des Netzes hoch und versuchen, mit ausgestreckten Armen und gespreizten Fingern dem gegnerischen Angriff als Hindernis entgegenzutreten und ihn so abzuwehren.

„Hechtbagger": Dieser kommt zum Einsatz, wenn der Ball nicht mehr im Laufen, sondern nur noch durch einen Hechtsprung erreicht werden kann, um z. B. einen schlecht abgewehrten Angriffsball aus dem „Aus" zu holen und ihn wieder ins Spiel zu bringen. Man unterscheidet dabei zwischen dem einarmigen und dem beidarmigen Hechtbagger.

„Unteres Zuspiel": Beim unteren Zuspiel (Bagger oder Manchette) wird der Ball mit durchgesteckten Armen von unten gespielt. Die Spielfläche liegt dabei auf den Innenseiten der Unterarme. Beidarmiges Spielen, mit einer leichten V-Stellung der Arme, ist nicht gefordert, erhöht jedoch durch die größere Auflagefläche die Ballkontrolle.

# Pilates und Bartenieff Fundamentals
ANJA SCHUHMANN

Pilates ist eine ganzheitliche Trainingsmethode, die sich in letzter Zeit immer größerer Beliebtheit erfreut und deshalb oft als neuer Fitnesstrend bezeichnet wird. Tatsächlich ist die Geschichte der Pilates-Methode genauso lang wie die der Laban/Bartenieff-Bewegungsstudien (LBBS). Im Folgenden möchte ich zunächst Pilates und seine Entstehungsgeschichte vorstellen, es dann mit der körperbezogenen Arbeit der LBBS, also Bartenieff Fundamentals (im Folgenden nur Fundamentals), vergleichen und schließlich Möglichkeiten aufzeigen, wie sich die beiden Methoden ergänzen können.

## Entstehungsgeschichte von Pilates

Joseph Hubertus Pilates wurde 1883 in der Nähe von Düsseldorf geboren. Er war ein schwächliches und kränkliches Kind, litt an Asthma und Rachitis. Um seinen eigenen Zustand zu verbessern, beschäftigte er sich schon früh mit Körpertraining und Bewegung. Er studierte sowohl westliche als auch östliche Bewegungsphilosophien und trainierte unermüdlich. Bald hatte er nicht nur seine eigenen Probleme überwunden, sondern war für viele zum Vorbild und Lehrer geworden: Er wurde Akrobat, posierte für Anatomiezeichnungen und ging 1912 nach England, um Boxer zu werden. Dort unterrichtete er unter anderem Scotland-Yard-Beamte in Selbstverteidigung.

Nach Ausbruch des 1. Weltkrieges wurde Pilates als „feindlicher Ausländer" interniert. Im Internierungslager wurde er zum Trainer und Pfleger für seine Landsleute und begann, seine Methode zu entwickeln. Ergänzend zu den Bodenübungen entwickelte er spezielle Geräte, um auch bettlägerigen Patienten ein Übungsprogramm zu ermöglichen: Er befestigte alte Bettfedern an den Betten der Patienten, sodass sie gegen den Federwiderstand die Muskeln ihrer unverletzten Körperteile kräftigen konnten. Diese Patienten erholten sich wesentlich schneller als solche, die sich auf dem Krankenlager nicht bewegten.

Nach dem Krieg kehrte Pilates nach Deutschland zurück und trainierte unter anderem in Hamburg Polizeibeamte. Dort traf er Rudolf von Laban und wurde von ihm in die Tanzszene eingeführt. Auch Mary Wigman und Hanya Holm haben Elemente der Pilates-Methode in ihre Arbeit integriert. Die deutsche Regierung wurde auf Pilates aufmerksam und bat ihn, die Armee zu trainieren. Dies lehnte er ab und emigrierte 1926 in die USA.

Auf der Reise nach New York lernte er seine zukünftige Frau Clara kennen. Sie war Krankenschwester und unterstützte Pilates mit ihren Kenntnissen sehr. Gemeinsam eröffneten sie in New York ihr Studio und wurden schnell zum Geheimtipp für Tänzer. George Balanchine und Martha Graham zählten zu ihren Kunden. Pilates entwickelte seine Methode immer weiter und veröffentlichte 1934 seine Ideen über Gesundheit in dem Büchlein „Your Health". 1945 folgte das Buch „Return to Life through Contrology", in dem er seine Bewegungslehre erklärte und bebilderte Anleitungen seiner Übungen gab.

Pilates bildete in seinem Studio einige Schüler aus, die seine Arbeit später weiterführten. Unter ihnen war auch Irmgard Bartenieff's Kollegin Eve Gentry, eine der Gründerinnen des Dance Notation Bureau in New York. Joseph Pilates arbeitete bis zu seinem Tod 1967 in seinem Studio in New York.

Seine Methode wurde von seinen Schülern weiterentwickelt und erfreute sich immer größerer Popularität: Nach den Tänzern entdeckten auch Schauspieler und Models diese Trainingsmethode, die die Muskeln lang und elegant anstatt kurz und massig werden lässt. Auch professionelle Sportler lernten die Vorteile von Pilates als Zusatztraining und zur Rehabilitation schätzen. Viele Physiotherapeuten begannen, mit Pilates zu arbeiten, und haben die Methode mit neuesten medizinischen Erkenntnissen bereichert.

Das breit gefächerte Pilates-Angebot heutzutage beinhaltet Gruppenkurse und Einzeltraining auf der Matte und mit Geräten in Pilates Studios, Fitnessklubs oder Physiotherapiepraxen. Außerdem gibt es spezielle Pilates-Kurse, unter anderem für Rückenprobleme, während und nach der Schwangerschaft oder besonders abgestimmt auf unterschiedliche Sportarten (z. B. Golf).

## Vergleich der Themen

In all dieser Vielseitigkeit gibt es einige Themen und Elemente, welche die Pilates-Methode vereint:

- Zielsetzung
- Übungsrepertoire
- Konzentration und die Verbindung von Körper und Geist
- Atmung
- Fokus auf das Zentrum
- Kontrolle
- Fließende Bewegungsabläufe

Anhand dieser Punkte kann man Pilates gut mit Fundamentals vergleichen.

### Zielsetzung

Bei Pilates steht die körperliche Entwicklung im Vordergrund: „Körperliche Fitness ist die erste Voraussetzung zum Glücklichsein" („Physical Fitness is the first Requisite of Happiness")[431], ist der erste Satz in Pilates' „Return to Life through Contrology". Im Folgenden erklärt er, dass für „Physical Fitness" ein ausgeglichen entwickelter Körper und ein gesunder Geist nötig sind. Der Geist wird bei Pilates in erster Linie durch Konzentration geschult und dazu benutzt, den Körper zu kontrollieren und optimal trainieren zu können. Dadurch kann die Vitalität des Körpers wieder hergestellt werden, was wiederum positive Auswirkungen auf den Geist hat.

Außerdem sind bei Pilates die gleichmäßige Entwicklung aller Muskeln und ihr harmonisches Zusammenspiel wichtig. Dies ist dem Fundamentals-Ziel von körperlicher *Verbundenheit* ähnlich. Beide Methoden arbeiten ganzkörperlich und beziehen auch die Effektivität von Bewegungen mit ein.

### Übungsrepertoire

Die ca. 500 Übungen auf der Matte und an den verschiedenen Geräten sind das Kernstück von Pilates. Die Pilates-Geräte sind Weiterentwicklungen der Originalkonstruktionen von Pilates aus dem Internierungslager, die mit Federwiderstand arbeiten. Für die Übungen auf der Matte legte Pilates selbst eine Abfolge von 34 Übungen fest, die auch heute noch von einigen Instituten für „klassisches" Pilates nahezu unverändert unterrichtet wird. „Moderne" Pilates-Trainer haben sich von dieser strengen Festlegung losgesagt und stimmen ihre Klassen auf individuelle Bedürfnisse ab. Doch auch sie orientieren sich an den Originalübungen oder Abwandlungen dieser Übungen.
Im Gegensatz dazu sind bei den Fundamentals die festgelegten Übungen – also die *sechs Basisübungen* und ihre Variationen – nur ein kleiner Teil des Materials. Die Fundamentals-*Themen*, -

*Prinzipien*, *-Verbindungen* und *-Muster* werden im Unterricht auf ganz unterschiedliche Arten, abhängig von der Lehrkraft und den Teilnehmern, vermittelt.

## Konzentration und die Verbindung von Körper und Geist

Pilates war der Meinung, dass der Geist den Körper formt. Man kann sagen, dass er den Geist dem Körper überordnete. Die Verbindung von Körper und Geist diente in erster Linie der Disziplin, die notwendig ist, um Pilates-Übungen auszuführen. Das mag für uns heute kaum ganzheitlich klingen, es ist aber wichtig zu bedenken, dass die original Pilates-Texte aus den Jahren 1934 und 1945 stammen. Zu jener Zeit war der Gedanke, dass der Geist bei „Physical Fitness" einbezogen wird, revolutionär. Heutzutage trägt Pilates-Training zum allgemeinen Wohlbefinden bei, weil es Menschen die Gelegenheit gibt, sich mit ihrem Körper auseinanderzusetzen. Im modernen Pilates-Training ist es wichtig, dass die Teilnehmer spüren, wie sich ihr Körper anfühlt, was ihnen leicht fällt oder schwierig ist, was ihnen gut tut und wie bestimmte Bewegungen besser funktionieren können. Das erfordert die Beteiligung des Geistes in Form von Konzentration.

Bei den Fundamentals wird die Verbindung von Körper und Geist noch ausführlicher thematisiert. Mit Improvisationen zu bestimmten Themen – z. B. *Innen/Außen* – können psychische Zusammenhänge angesprochen werden. Peggy Hackney formulierte den persönlichen Ausdruck und die komplette psychophysische Beteiligung als eines der Ziele der Fundamentals.[432]

## Atmung

Da Joseph Pilates unter Asthma litt, war der Atem für ihn sehr wichtig. Er verstand, dass sich die Lungen nach dem Ausatmen automatisch wieder mit Luft füllen. Deshalb betonte er den Prozess des Ausatmens ganz besonders: „Quetsche jedes Luftatom aus Deinen Lungen heraus, bis sie fast so luftleer sind wie ein Vakuum („Squeeze every atom of air from your lungs until they are almost as free from air as is a vacuum")."[433] Danach könne man fühlen, wie sich die Lungen wieder mit frischer Luft füllen. Das charakterisiert auch heute noch die typische Pilates-Rippenatmung: Beim Einatmen expandiert der Brustkorb zu den Seiten und nach hinten und beim Ausatmen entspannt er sich. Leider werden manchmal in Anlehnung an das Originalzitat von Pilates die Rippen zusammen- und Richtung Becken gezogen. Dies führt zu einer unnötigen Verspannung im Oberkörper. Richtig ausgeführt mobilisiert die Pilates-Atmung die Rippen und die Brustwirbelsäule und gibt ein Gefühl von Dreidimensionalität. Außerdem begünstigt diese Atmung die Aktivierung des Queren Bauchmuskels (M. transversus abdominis), der auch maßgeblich an der Stabilisierung der Lendenwirbelsäule beteiligt ist.

Sowohl bei Pilates als auch bei den Fundamentals dient der Atem häufig der Wahrnehmung, wenn man z. B. in eine bestimmte Körperregion „hineinatmet", um sich dieser bewusster zu werden. So können auch Verspannungen gelöst und größere Bewegungen ermöglicht werden. Ähnlich wie bei der *Atemunterstützung* in den Fundamentals wird der Atem bei Pilates oft zur Unterstützung von Bewegung eingesetzt. Das Ausatmen unterstützt beispielsweise die Aktivierung des Zentrums und der (äußeren) Bauchmuskulatur, deshalb werden manche Bewegungen mit einer Ausatmung initiiert. Ein Beispiel hierfür ist die Pilates-Übung „Aufrollen", die unten näher beschrieben wird.

Oft werden bei Pilates Bewegung und Atem koordiniert, d. h. der Atemfluss wird bewusst eingesetzt, um den Bewegungsfluss zu unterstützen. In der Pilates-Übung „Beinkreise", die ebenfalls unten beschrieben ist, erreicht man einen natürlichen Rhythmus und Bewegungsablauf, indem man jeweils bei der ersten Kreishälfte einatmet und bei der zweiten ausatmet. Hat man diesen natürlichen Ablauf für sich selbst gefunden, wird eine weitere Ähnlichkeit zu den Fundamentals deutlich: Es fühlt sich an, als ob die Bewegung auf dem Atem „reitet", so wie Bartenieff formulierte („Movement rides on the flow of breath.").[434]

## Fokus auf das Zentrum

Bei Pilates ist mit dem Zentrum (auch „Powerhouse“ genannt) die tiefe Rumpfmuskulatur gemeint: der Beckenboden, der Quere Bauchmuskel (M. transversus), die tiefe Schicht der Rückenmuskulatur (Mm. multifidii) und das Zwerchfell. Pilates selbst hat das zwar nicht so ausführlich formuliert, aber er machte den Anfang dafür mit dem Ausspruch „Bauchnabel zur Wirbelsäule“, der fast zum Pilates-Slogan geworden ist. Er hatte nämlich entdeckt, dass sich seine Wirbelsäule stabiler und sicherer anfühlte, wenn er vor Beginn jeder Übung den Bauch einzog. Wenn moderne Pilates-Trainer von Zentrums- oder „Powerhouse“-Aktivierung sprechen, ist damit eine bewusste, sukzessive Aktivierung vom Beckenboden hin zur tiefen Bauchmuskulatur gemeint. Dies ist der Fundamentals-Idee von *innerer Unterstützung* sehr ähnlich. Dabei geht es um die tiefe Bauchmuskulatur (M. transversus und M. obliques), die zusammen mit den Streckern der Wirbelsäule den „Container“ für den großen Lendenmuskel (M. psoas) bilden soll.[435]

Der Fokus auf ein stabiles Zentrum bei Pilates unterstützt auch Mobilität in den Gelenken, angefangen bei den Schulter- und Hüftgelenken. So werden, ähnlich wie beim Fundamentals–*Zentrum-distalmuster,* die Gliedmaßen durch das Zentrum unterstützt, was zur Integration des ganzen Körpers beiträgt.

## Kontrolle

Joseph Pilates nannte seine Methode „Contrology“, was zeigt, wie wichtig ihm Kontrolle war. Dieses Thema ist auch heute noch in Pilates-Klassen präsent: Bewegungen werden fast immer kontrolliert ausgeführt. Interessant ist aber, dass komplette Kontrolle nicht das höchste Ziel von Pilates war. Er sah Kontrolle über den Körper vielmehr als ersten Schritt, um letztlich den natürlichen Rhythmus und die Koordination auf einer unbewussten Ebene zu erreichen. Auch in diesem Punkt ist eine Ähnlichkeit zu den Fundamentals zu erkennen: Kontrolle wird hier zwar nicht so sehr thematisiert, ist aber doch erforderlich, um nichteffektive Bewegungsmuster wahrzunehmen und durch effektive ersetzen zu können. Diese werden wiederum in natürliche Bewegungsabläufe integriert, die dem Bewegenden dann immer zur Verfügung stehen.

## Fließende Bewegungsabläufe

Pilates-Übungen sollten immer geschmeidig und fließend ausgeführt werden, nie ruckartig oder verspannt. Dies ist sowohl auf die Gedanken von Joseph Pilates selbst zurückzuführen, der schrieb: „‚Contrology‘ ist dazu entworfen, Dir Geschmeidigkeit und natürliche Eleganz zu geben … („Contrology is designed to give you Suppleness, natural Grace ...“)[436], als auch auf die vielen Tänzer, die von den ersten Pilates-Kunden zu den ersten Pilates-Trainern wurden und die Methode mit ihren Ideen bereicherten. Viele Pilates-Enthusiasten sehen Pilates als einen „Tanz auf Matten“. Dies bedeutet jedoch nicht, dass Bewegungen immer langsam und ohne dynamische Variation ausgeführt werden müssen. Es gibt auch Übungen, die mit Schwung ausgeführt werden, z. B. „Rollen wie ein Ball“, oder Übungen, die kurze, plötzliche Bewegungen beinhalten, z. B. die „Hundred“.

Durch den Fokus auf innere *Verbundenheit* und *Durchlässigkeit* werden auch Fundamentals-Bewegungen eher geschmeidig und fließend ausgeführt. Dynamische Variationen sind jedoch sehr wichtig, z. B. beim Thema *Verausgabung/Erholung* oder für die äußere Expressivität.

## Pilates Übungen mit Bartenieff Fundamentals Ergänzungen

Im Folgenden einige Beispiele für Pilates-Übungen, die gut durch die Fundamentals-*Themen, -Prinzipien, -Verbindungen* und *-Mustern* kombiniert oder ergänzt werden können.

### Pilates-Übung: Aufrollen („Roll up")

**Ziel:** Stärkung der Bauchmuskulatur, Mobilisierung der Wirbelsäule
**Ausgangsposition:** In Rückenlage, die Beine liegen lang ausgestreckt auf dem Boden, die Arme sind schulterbreit über dem Kopf ausgestreckt.
**Ausführung:** Beim Einatmen die Arme senkrecht über die Schultern bringen. Beim Ausatmen das Zentrum aktivieren, den Kopf anheben und dann einen Wirbel nach dem anderen aufrollen, bis man im Sitzen ankommt (die Wirbelsäule bleibt rund, die Arme sind auf Schulterhöhe parallel zum Boden und der Blick ruht auf den Knien). Einatmen. Beim Ausatmen das Zentrum aktivieren, das Becken nach hinten kippen und einen Wirbel nach dem anderen wieder abrollen bis zur Ausgangsposition.
3 bis 5 Mal wiederholen.
**Abwandlung:** Um die Übung zu vereinfachen, kann man die Knie gebeugt halten und sich mit den Händen an den Oberschenkeln „entlanghangeln".

**Fundamentals Verbindung/Muster:** *Kopf-Steißverbindung/Spinalmuster.* Das Aufrollen ist ein Zug vom Kopf, das Abrollen ein Zug vom Steißbein. Mit diesem Fokus lässt sich die Wirbelsäule weicher rollen.
**Fundamentals Prinzip:** *Phrasierung.* Beim Aufrollen ist der *Bewegungsansatz* im Kopf, beim Abrollen im Steißbein. Wenn dieser *Bewegungsansatz* und die *Phrasierung* konsequent durchgehalten werden, kann einer der häufigsten Fehler bei dieser Übung vermieden werden: dass man ins Hohlkreuz kommt, indem man sich beim Abrollen mit den Schultern zurücklehnt oder beim Aufrollen das Becken nach vorn kippt.

### Pilates-Übung: Beinkreise („Leg Circles")

**Ziel:** Beweglichkeit im Hüftgelenk, Stabilität im Zentrum, Stärkung von Hüft- und Oberschenkelmuskulatur
**Ausgangsposition:** Rückenlage, die Wirbelsäule bleibt in ihrer natürlichen S-Kurve, ein Bein ist lang am Boden ausgestreckt, das andere ist senkrecht nach oben gestreckt (das Knie darf auch leicht gebeugt sein, wenn die Streckung unangenehm oder eine neutrale Position der Wirbelsäule sonst nicht möglich ist), die Arme liegen lang neben dem Körper.
**Ausführung:** Man zeichnet mit dem senkrecht nach oben gestreckten Bein Kreise in die Luft. Die Kreise sind nur so groß, dass das Becken in der neutralen Position am Boden liegen bleiben kann. Während der ersten Hälfte des Kreises wird eingeatmet, während der zweiten ausgeatmet. Das Zentrum bleibt aktiviert.
5 Kreise in jede Richtung

**Fundamentals Verbindungen/Muster:** Mitte-Peripherie-Verbindung,/Zentrum-distalmuster. Die Verbindung vom Nabel zu den fünf am Boden liegenden Extremitäten (zu beiden Armen, zum einen Bein, zum Kopf und zum Steiß) und ihre Verankerung im Boden unterstützt die Bewegungsfreiheit in der sechsten Extremität, dem oben kreisenden Bein.
**Fundamentals-Thema:** *Stabilität/Mobilität.* Die Stabilisierung des ganzen Körpers durch die Körperteile, die am Boden liegen, und die Stabilisierung des Beckens durch Aktivierung des Zentrums geben mehr Mobilität im Hüftgelenk für das kreisende Bein.

### Pilates-Übung: Schwimmen („Swimming")

**Ziel:** Kräftigung der Rückenmuskulatur, Koordination von Armen und Beinen
**Ausgangsposition:** Bauchlage, Arme und Beine sind lang ausgestreckt und schweben ebenso wie der Kopf einige Zentimeter über dem Boden, der Nacken bleibt lang, das Zentrum ist aktiviert.
**Ausführung:** Arme und Beine abwechselnd und diagonal zueinander heben und senken. Dabei ruhig weiteratmen.

**Fundamentals-Basisverbindungen:** *Schulterblattverankerung* und *Ferse-Sitzhöcker-Verbindung*. Das Schwierigste an dieser Übung ist, die Schultern nicht hoch zu den Ohren zu ziehen. Dies kann vermieden werden, indem man sich die Verbindung von den Schulterblättern zum Kreuzbein vorstellt und diese immer wieder aktiviert. Aufmerksamkeit auf der Ferse-Sitzhöcker-Verbindung hilft bei der effektiven Streckung und Bewegung der Beine durch den hüftnahen Anteil der hinteren Oberschenkelmuskulatur (ischio-crural).
**Fundamentals-Verbindungen/Muster:** *Diagonalverbindung Kontralateralmuster*. Vor Beginn der Übung visualisiert man eine lange Linie von der rechten Hand zum linken Fuß und dann von der linken Hand zum rechten Fuß. In der Bewegung werden die Linien abwechselnd aktiviert. Das schult die Koordination.

## Fazit

Wie man sieht, sind sich Pilates und die Fundamentals in vielen Punkten ähnlich und ergänzen sich gut. Die beiden Methoden können sich gegenseitig bereichern und es gibt immer mehr Kollegen, die Pilates und Fundamentals unterrichten. Man darf gespannt sein, welche Ideen, Verbindungen und Weiterentwicklungen die Zukunft der beiden Körperarbeiten bringt.

# Movement Pattern Analysis – Profil der Entscheidungs- und Handlungsmotivationen

**ANTJA KENNEDY UND MONE WELSCHE**

Beobachtet man Menschen in Entscheidungssituationen, kann man feststellen, dass es deutliche Unterschiede in der Art und Weise des Entscheidens gibt. Diese individuellen Entscheidungs- und Handlungsmotivationen werden mit der „Movement Pattern Analysis" (im Folgenden: „MPA") erfasst.

## Geschichtliches

MPA als Methode zur Analyse der Handlungs- und Entscheidungsmotivation baut auf den bewegungsanalytischen Theorien von Rudolf von Laban und deren Anwendungen in der britischen Industrie in Zusammenarbeit mit F. C. Lawrence (1895–1982), einem Pioneer im Bereich des „Human Resources Managements", auf.[437] Warren Lamb kam 1946 als Schüler zu Laban und wurde von diesem zu Beobachtungsstudien von Arbeitern, später auch Vorgesetzten und Managern, in der Industrie eingesetzt. Laban vertrat die Grundthese, dass Menschen sich mit ihren individuellen Präferenzen in gewissen Mustern verhalten und bewegen. Er hatte damals bereits einige Beobachtungskategorien ausgewählt und erprobt.

Allerdings war die Ausarbeitung einer strukturierten Methode noch in der Entwicklung und auch die Interpretation der Beobachtung war von Labans Eingebungen, Ideen und Intuitionen geprägt, was sie wenig strukturiert und manchmal nur schwer nachvollziehbar machte.[438] Mit der Gründung seiner eigenen Unternehmensberatung 1953 übernahm Lamb die Weiterentwicklung der Beobachtung und Interpretation des nonverbalen Verhaltens von Managern. Im Laufe seiner Tätigkeiten erarbeitete er die methodischen und theoretischen Strukturen, die es ermöglichten, das von Laban und Lawrence entwickelte Konzept zu erweitern. Die von Lamb entwickelte Methode, die zwischenzeitlich „Action Profiling" genannt wurde, stellt die heutige MPA dar.

Laban schreibt in seinem Buch „Die Kunst der Bewegung": „Man kann beobachten, dass alle praktischen Handlungen durch … Phasen des geistigen Antriebs eingeleitet werden, die sich in kleinen Ausdrucksbewegungen des Körpers, vor allem aber in der Körperhaltung, zeigen."[439]
Lamb präzisiert, dass im Fokus der MPA-Beobachtungen die „integrierten Bewegungen" oder auch „Posture Gesture Mergers" (im Folgenden: „PGMs") stehen. Dabei handelt es sich um ein nicht leicht zu erkennendes Bewegungsphänomen: der Übergang zwischen Geste und Veränderung der Körperhaltung – der flüchtige Moment, in dem sie verschmelzen oder sich integrieren.[440] Anders als einzelne Gesten oder Körperhaltungen können „PGMs" weder erlernt noch kontrolliert oder manipuliert werden, daher die These von Lamb, dass sie zu einem authentischen Bestandteil der Persönlichkeit des Menschen gehören.

Die Beobachtung der *Antriebs-* und *Formungsqualitäten* innerhalb der PGMs, deren quantitative Analyse und das Inbezugsetzen zu einem Interpretationsrahmen der Entscheidungsfindung bilden ein Motivationsprofil. Dies teilt sich in verschiedene Bereiche auf:

- Es gibt Auskunft über die generelle Herangehensweise an Entscheidungen (energetisch oder perspektivisch).
- Es bildet die Handlungsmotivation in den verschiedenen Phasen der Entscheidungsfindung ab.
- Es zeigt das bevorzugte Interaktionsmuster in den einzelnen Phasen auf.

- Es bildet den Umgang mit mehreren Entscheidungsprozessen sowie die Reaktionsbereitschaft auf Aktivitäten im Umfeld ab.

## Die generelle Herangehensweise

Die Entscheidungsfindung wird in zwei unterschiedlichen Herangehensweisen geordnet: eine energetische und eine perspektivische Initiative (s. Abb. 1). Eine hohe Motivation in der energetischen Herangehensweise spricht dafür, dass viel Energie eingesetzt wird, um die Dinge voranzutreiben. Eine schwerpunktmäßig perspektivische Herangehensweise hingegen ist als ein sich positionierendes und strategisches Vorgehen zu beschreiben. Beide Herangehensweisen ergänzen sich gegenseitig, allerdings können Entscheidungen sowohl eher energetisch als auch eher perspektivisch getroffen werden.

## Die Phasen der Entscheidungsfindung

Laban schreibt, dass „die vier Phasen des geistigen Antriebs, die einem zweckgerichteten Tun vorausgehen, … die Phasen der Aufmerksamkeit, der Absicht und des Entschlusses“[441] sowie der Genauigkeit[442] sind. Er ordnet jedem der genannten Phasen einen Bewegungsfaktor zu und setzt dabei die Faktoren in Bezug zu seiner Interpretation. Er weist darauf hin, dass diese Faktoren der Aktion nicht nur vorausgehen, sondern sie auch begleiten können.[443]

Lamb baut darauf auf und erweitert dieses Modell zu einem Interpretationsrahmen für Entscheidungsfindung. Die MPA unterteilt den Entscheidungsprozess in drei Phasen (Aufmerksamkeit, Absicht und Verpflichtung), denen jeweils in zwei verschiedenen Initiativen eine energetische (*Antrieb*) und eine perspektivische (*Form*) untergeordnet sind. Daraus ergibt sich ein Kategoriensystem von sechs verschiedenen Initiativen in drei Phasen der Entscheidungsfindung (s. Abb. 1). Den *Flussfaktor* behandelt er separat (s. u.) als Begleiterscheinung im gesamten Prozess.

| | **Phase** | |
|---|---|---|
| **Energetische Initiativen** | | **Perspektivische Initiativen** |
| Untersuchen | Aufmerksamkeit | Entdecken |
| | | |
| Überzeugen | Absicht | Bewerten |
| | | |
| Timing | Verpflichtung | Vorausschauen |

Abb. 1: Die Phasen und Initiativen des Entscheidungsprozesses im MPA

### Phase der Aufmerksamkeit („Attending“)

Laban schreibt: „Der *Bewegungsfaktor* des *Raums* kann assoziiert werden mit der Fähigkeit des Menschen, mit Aufmerksamkeit teilzunehmen. Die vorhersehende Tendenz ist hier, sich zu orientieren und einen Bezug zum Gegenstand des Interesses zu finden, was auf unmittelbare, *direkte* oder umsichtige, *flexibel* Weise geschehen kann.“[444]

Darauf aufbauend definiert Lamb in der MPA, dass in der Phase der Aufmerksamkeit die Situation der Entscheidung achtsam betrachtet wird, mit dem Bestreben, Informationen zu sammeln und Ideen zu entwickeln. Während im Untersuchen („Investigating“) Information durch detailorien-

tierte Recherche in einem bereits definierten und abgegrenzten Bereich gesammelt, strukturiert und analysiert wird, handelt es sich beim Entdecken („Exploring") um die Wahrnehmung alternativer Informationen und Quellen aus unterschiedlichen Blickwinkeln und auf breiter Ebene.
Die PGMs des *Raumantriebs* werden zur Initiative der Untersuchung und die *Formvariationen* der *horizontalen Fläche* zur Initiative Entdecken in Bezug gesetzt.

### Phase der Absicht („Intending")

Laban schreibt: „Der *Bewegungsfaktor* der Schwerkraft (des *Gewichts*) kann assoziiert werden mit der Fähigkeit des Menschen, mit *Absicht* teilzunehmen. Das Vorhaben, eine bestimmte Sache zu tun, kann einen Menschen manchmal fest (*kraftvoll*) und stark ergreifen, manchmal auch leise und *zart*."[445]

In der MPA wird in dieser Phase die Absicht in Bezug auf das Vorhaben geklärt. In der Initiative des Überzeugens („Determining") wird die Entschlossenheit durch den Aufbau einer inneren Überzeugung gebildet und vertreten. In der Initiative Bewerten („Evaluating") werden Wichtigkeit und Wert der Entscheidung beurteilt, Prioritäten gesetzt und gegeneinander abgewogen.

Die PGMs des *Gewichtsantriebs* werden zur Initiative Überzeugen und die *Formvariationen* der *vertikalen Fläche* zur Initiative Bewerten in Bezug gesetzt.

### Phase der Verpflichtung („Commitment")

Laban schreibt: „Der *Bewegungsfaktor* der *Zeit* kann assoziiert werden mit der Fähigkeit des Menschen, mit Entschluss teilzunehmen. Entschlüsse können entweder unerwartet und *plötzlich* gefasst werden, … oder sie können sich *allmählich* (*verzögernd*) entwickeln, …."[446]

In der MPA ist in der Phase der Verpflichtung nicht nur der Prozess, sich zu verpflichten, sondern darüber hinaus die Art und Weise der Umsetzung des Entschlusses gemeint. Im Timing stehen der zeitliche Ablauf und die taktische Umsetzung im Vordergrund. Beim Timing wird geklärt, ob jetzt die Gelegenheit ergriffen werden soll oder ob es besser ist, abzuwarten. Bei der vorausschauenden Initiative („Anticipating") hingegen wird die strategische Umsetzung der Entscheidung durch vorausschauende Planung, Einbezug bereits gemachter Erfahrungen und Entwicklung von Visionen vorangetrieben. Tendenzen werden aufgespürt und Ziele gesetzt sowie Pläne aktualisiert, um den Fortschritt zu messen.

Die PGMs des *Zeitantriebs* werden zum Initiative Timing und die *Formvariationen* der *sagittalen Fläche* zur Initiative Vorausschauend in Bezug gesetzt.

## Wie unterscheiden sich Entscheidungs- und Handlungsstil?

Bei den meisten Menschen sind die Motivationen für die einzelnen Schritte des Entscheidungsprozesses unterschiedlich verteilt. Während einige Menschen sehr motiviert sind, Informationen zu sammeln, haben andere vielleicht ein größeres Interesse, sich direkt mit der Umsetzung der Entscheidung zu befassen oder mit der Bildung ihrer Überzeugung zu beginnen. Die Verteilung der Motivationslagen innerhalb der drei Phasen ist ausschlaggebend für den Handlungs- und Entscheidungsstil des Menschen.
In Abbildung 2 werden beispielhaft und stark vereinfacht drei unterschiedliche Profile in Bezug zu den drei Phasen dargestellt.[447] Am Beispiel eines anstehenden Autokaufs werden die Charakteristika der unterschiedlichen Profile mit Beispielpersonen A, B, und C verdeutlicht.

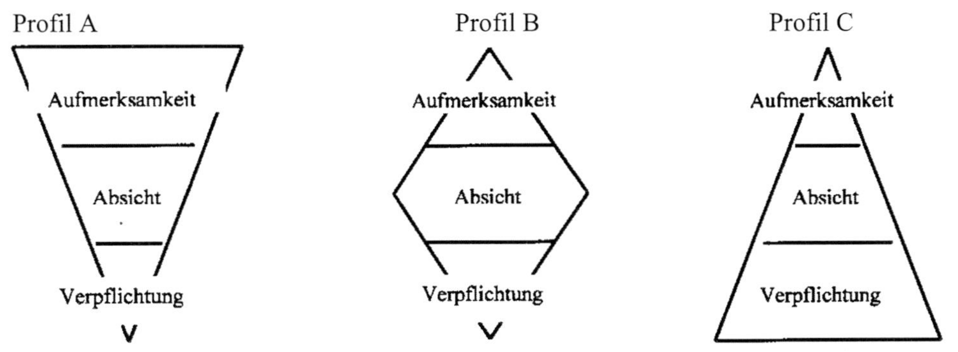


Abb. 2: Beispiele unterschiedlicher Gewichtungen im Entscheidungsprozess [448]

## Beispielprofile

Person A zeigt eine dominante Motivation für die Phase der Aufmerksamkeit, was darauf hinweißt, das A sehr motiviert ist, sich über die Hintergründe und Details der anstehenden Entscheidung zu informieren. A wird das Projekt eines Autokaufs mit einer gründlichen Recherche beginnen wollen. Fragen wie z. B. „Welche Modelle kommen in Frage? Was gibt es alles über Autokäufe zu wissen?“ werden am Anfang der Entscheidungsfindung stehen. Nach dem Einholen von Informationen kommt es zu einer Absichtsbildung, ob und welcher Wagen gekauft werden soll. Die Frage wann und wie sich A verpflichtet, wird erst geklärt, wenn A sich ausreichend informiert und die Absicht geklärt hat.

So kann es passieren, dass es bei A eher selten (oder mit einiger Verzögerung) zu der Aktion der Verpflichtung, sprich zum tatsächlichen Autokauf, kommt. Person A ist hoch motiviert und will erst einmal alle Informationen zu sammeln, was viel Zeit und Energie in Anspruch nimmt. Zusätzlich kann A im Prozess der Absichtsklärung beschließen, dass es für ihn eigentlich keinen Sinn macht, sich ein Fahrzeug zuzulegen. Wenn es bei A allerdings zu einer Verpflichtung kommt, dann ist diese durch Recherchen und Klärung der Absicht gründlich durchgearbeitet.

Person B dagegen wird primär motiviert sein, ihre Absicht zu klären, die Vor- und Nachteile zu bewerten und eine Überzeugung und Entschlossenheit zu bilden. B würde demnach den Entscheidungsprozess mit folgenden Fragen beginnen: „Wie wichtig ist es mir, ein Auto zu haben? Ist es richtig und sinnvoll, ein Auto zu kaufen?“ Da Person B anfänglich damit beschäftigt ist, zu klären, was wichtig und zweckmäßig ist, kann es vorkommen, dass wichtige Informationen fehlen. Nach der Bildung einer Absicht würde B diese durch das Sammeln von Informationen und Ideen unterstützen und die Umsetzung gleichzeitig anbahnen. Es besteht auch bei B die Möglichkeit, dass er zwar genau weiß, was er will, diese Absicht aber nicht zwangsläufig in Handlung umgesetzt wird und so die Verpflichtung, sprich die Umsetzung der Absicht, möglicherweise ausbleibt oder erst verspätet eintritt.

Person C hingegen wird jeden Entscheidungsprozess damit beginnen wollen, den Entschluss fassen zu wollen und sich zu überlegen, wann und wie man am besten ein Auto kauft. C wird mit folgenden Fragen beginnen: „Gibt es gerade günstige Angebote? Kaufe ich lieber jetzt oder später? Wie wirkt sich das auf meine Finanzplanung aus?“ Erst im Verlauf der Umsetzung oder vielleicht sogar nach einer vorläufigen Zusage wird C motiviert sein, die notwendigen Informationen einzuholen und seine Absicht zu klären, ob es gerade eigentlich wichtig und sinnvoll ist, ein Auto zu kaufen. Person C geht also direkt in die Realisierung ihrer Entscheidung, auf die Gefahr hin, dass nicht ausreichend für „Hand und Fuß“ gesorgt ist.

Gehen nun Person C, mit der größten Motivation in der Verpflichtung, und Person A, mit der größten Motivation in der Aufmerksamkeit, gemeinsam das Projekt Autokauf an, ist es sehr wahrscheinlich, dass Verständnisschwierigkeiten auftreten. A hat Schwierigkeiten zu verstehen, warum C schon auf dem Weg zum Autohaus ist, um ein günstiges Angebot wahrzunehmen, ohne vorher ausreichend Informationen zu sammeln. Auf der anderen Seite wird C wenig Verständnis für As gründliche und möglicherweise zeitintensive Recherche haben, da es möglicherweise gerade jetzt das günstige Angebot gibt, dem C nachgehen will. Wenn nun beide um ihre Motivationen wissen, können sie das Verhalten des anderen besser verstehen und sogar erkennen, dass sie voneinander profitieren können. Denn A hat vielleicht wichtige Informationen oder Alternativen, die C im Zuge seiner Umsetzungsorientierung übersehen würde, während C sicherstellt, dass nicht nur Recherche betrieben, sondern auch wirklich ein Auto gekauft wird.

Anhand dieser drei Extreme, die stark vereinfacht sind, wird deutlich, wie sich unterschiedliche Motivationen und Interessen auf den Entscheidungs- und Handlungsstil auswirken und diesen charakterisieren. Anhand der sechs Initiativen und deren Zusammenspiel entsteht ein Motivationsmuster, welches viel komplexer ist und dadurch noch verstärkt individuelle Unterschiede berücksichtigt.

## Interaktion im Entscheidungsfindungsprozess

Das MPA-Profil gibt nicht nur Einblick in die Handlungsmotivation, es bildet darüber hinaus den bevorzugten Interaktionsmodus mit beteiligten Personen während des Entscheidungsprozesses ab. Geht eine Person in den einzelnen Phasen der Entscheidung lieber im Austausch mit anderen („gemeinsam“*)*, unabhängig und für sich allein („privat“*)*, flexibel wechselnd zwischen Unabhängigkeit und Zusammenarbeit („vielseitig“) oder auf die Interaktionspräferenzen der anderen ein („neutral“)? Im folgenden Abschnitt wird gezeigt, wie sich der bevorzugte Interaktionsstil in den einzelnen Phasen unterschiedlich auswirken kann.

### Gemeinsam

In der Phase der Aufmerksamkeit werden gemeinsam Informationen gesammelt und austauscht, Alternativen gesucht und Ideen initiiert. In der Phase der Absicht wird versucht, eine gemeinsame Haltung und einen Konsens zu entwickeln und sich gemeinsam gegen Widerstände durchzusetzen. In der Phase der Verpflichtung wird gemeinsam der beste Zeitpunkt für die Umsetzung gesucht sowie im Austausch mit anderen die Resultate einer Entscheidung antizipiert und Konsequenzen besprochen.

### Privat

Die Phase der Aufmerksamkeit findet ohne den direkten Austausch mit anderen Menschen statt. Häufig werden die Ergebnisse der Forschung und des Entdeckens erst auf Nachfrage berichtet. Der Prozess der Absichtsklärung, in welchem die Entschlossenheit aufgebaut und Prioritäten abgewägt werden, findet allein statt. Wesentliche Überzeugungen und Bewertungen werden nach der eigenständigen Klärung anderen kund getan. Im Prozess der Verpflichtung wird unabhängig von anderen die Umsetzung geplant und durchgeführt. Zeitpläne und strategische Schritte werden auf Nachfrage anderen oftmals erst im Nachhinein darlegt.

### Vielseitig

In der Phase der Aufmerksamkeit wird je nach Bedürfnis des Forschers/Entdeckers aktiv zwischen „gemeinsam“ und „privat“ variiert. In der Phase der Absicht wird je nach Erfordernis aktiv „gemeinsam“ oder „privat“ Überzeugung aufgebaut und Evaluation betrieben. In der Phase der Verpflichtung werden je nach Gebot der Stunde beim Timing und Antizipieren andere aktiv in die Aktion eingebunden oder es wird allein gehandelt. Obwohl die Interaktion aktiv gestaltet wird, geschieht das nicht immer bewusst.

### Neutral

Hier wird der eigene Interaktionsstil den Präferenzen der anderen Menschen angepasst. Hat der Teampartner in der Phase der Aufmerksamkeit einen privaten Interaktionsstil, wird auch der Mensch mit einer Präferenz für den neutralen Interaktionsmodus in dieser Phase selbstständig agieren. Wird er in der Phase der Absicht von einem Teampartner zum Austausch über Überzeugungen und Prioritäten eingeladen, dann wird der Interaktionsstil „gemeinsam" übernommen.

Innerhalb eines Profils kann die Interaktionsmotivation durchaus von Phase zu Phase variieren. Zum Beispiel zieht Person A in der Phase der Aufmerksamkeit das gemeinsame Agieren vor, während sie in der Phase der Absicht lieber „privat" sein möchte und in der Verpflichtungsphase ihre Interaktionspräferenz zur „Vielseitigkeit" ändert.

Unterschiedliche Interaktionspräferenzen innerhalb eines Teams können für Konfliktpotenzial sorgen. In der Regel arbeiten Menschen am liebsten mit Kollegen zusammen, die ähnliche Interaktionspräferenzen haben, weil man die gleichen Bedürfnisse hat und sich ohne viel Worte – nonverbal – versteht. Häufig sind die Interaktionspräferenzen in den verschiedenen Phasen allerdings unterschiedlich gelagert und zudem noch unbewusst. Konflikte entstehen und den Menschen ist oft unklar, wie diese Konflikte zustande gekommen sind. Dann hört man manchmal Sätze wie: „Ich bin einfach davon ausgegangen, dass du mir das sagst, bevor du …" In diesem Fall ist der Adressat dieses Kommentars wahrscheinlich zum Zeitpunkt der Situation in einem privaten oder neutralen Interaktionsmodus gewesen und hat sein Umfeld nicht eingebunden.

Das Wissen um unterschiedliche Interaktionspräferenzen im Team kann der Entstehung von Konflikten vorbeugen. Die charakteristischen Verhaltensweisen der jeweiligen Interaktionsstile, z. B. eher diskussionsfreudig als potenzielles Merkmal des Stils „gemeinsam" und eher wortkarg oder verschlossen als potenzielles Merkmal des Stils „privat", werden dann weniger häufig übel und persönlich genommen, sondern können auf der Grundlage des Wissens um unterschiedliche Bedürfnisse anders verstanden werden. Darüber hinaus besteht die Möglichkeit, Regeln der Zusammenarbeit zu entwickeln und z. B. bestimmte Besprechungsstrukturen zu etablieren, die den verschiedenen Bedürfnissen Raum geben und trotzdem einen optimalen Informationsfluss garantieren.

## Entscheidungsdynamik („Dynamism")

Die Kategorie Entscheidungsdynamik gibt Auskunft über die Motivation des Menschen, mit einer gewissen Anzahl sich überschneidender Entscheidungen umzugehen. Person A mit einem niedrigen Level in der Entscheidungsdynamik schließt lieber einen Prozess ab, bevor der nächste beginnt. Person B mit einem hohen Level in der Entscheidungsdynamik ist motiviert, mehrere Prozesse gleichzeitig laufen zu haben und sich z. B. über eine neu anstehende Entscheidung zu informieren und gleichzeitig mit der Umsetzung einer anderen Entscheidung beschäftigt zu sein.

Dieser Faktor ist insbesondere im Kontext der Berufstätigkeit und der Passung von Stellenanforderung und Profil wichtig. Ist die Verantwortung, und damit häufig die Anzahl der Entscheidungen, zu niedrig, wird sich jemand mit einem hohen Level in Entscheidungsdynamik unterfordert und vielleicht gelangweilt fühlen. Geht der Job dagegen mit einem hohen Maß von Verantwortung einher, was in der Regel eine große Anzahl von sich überschneidenden Entscheidungen impliziert, kann sich jemand mit einem eher niedrigeren Grad in Entscheidungsdynamik überfordert und der Stelle nicht gewachsen fühlen.

Wie dynamisch ein Mensch mit mehreren Entscheidungsprozessen umgeht, zeigt sich in der *Antriebsladung* oder *Formqualitätsladung* in den PGMs.

## Identifizieren („Identifying")

Die Kategorie Identifizieren bildet den Grad an spontanem Reaktionspotenzial auf Aktivitäten im Umfeld ab. Jemand mit einem hohen Level im Identifizieren wird sich leicht in Aktivitäten einbeziehen lassen oder empfänglich für Stimmungen sein. Dies bringt einerseits ein hohes Maß an Ansprechbarkeit und Reaktionsbereitschaft auf das Umfeld mit sich, andererseits kann es ablenkend wirken und die Abgrenzung erschweren. Jemand mit einem niedrigen Grad im Identifizieren wird nicht so spontan reagieren und in die Aktivitäten anderer einsteigen, was je nach Situation von Vorteil oder Nachteil sein kann. Einerseits wirkt es unterstützend, wenn ein gewisser Abstand oder ein hoher Grad an Konzentration benötigt wird, andererseits besteht die potenzielle Schwierigkeit, vom Umfeld als nicht verfügbar oder interessiert erlebt zu werden.

Wie hoch der Grad des Identifizierens im Profil ist, wird durch den *Flussantrieb* und *Formfluss* in den PGMs beobachtet und bestimmt.

## Besonderheiten von MPA

Es ist nicht möglich, das Ergebnis des Profils aktiv zu beeinflussen. Da sich die MPA nicht auf Sprache und Selbstauskunft bezieht, ist sie unabhängig von Variablen wie z. B. dem Grad der Selbstwahrnehmung und -einschätzung sowie der Auskunftswilligkeit der befragten Person oder der Verständlichkeit der Fragestellung. Außerdem können die Bewegungen nicht erlernt werden. Wie schon erwähnt, ist eine PGM die Integration von Haltung mit Geste, die nicht „gestellt" werden kann.

Minimale Veränderungen in der Gewichtigkeit der einzelnen Initiative können sich im Laufe der Zeit einstellen. Die charakteristischen Ausprägungen des Profils verändern sich über die Jahre allerdings kaum, wie Erfahrungsberichte aus der Praxis zeigen.

Der theoretische Rahmen der MPA basiert auf dem Verständnis, dass es viele Wege der Entscheidungsfindung gibt, allerdings keinen richtigen oder falschen. Jedes Muster hat potenzielle Stärken und Schwächen. Die Wahrnehmung dieser individuellen Eigenschaften und Muster anhand des MPA-Profils verschafft Klarheit und Bewusstsein über den eigenen Handlungsstil und dessen Vor- und Nachteile. Die MPA ermöglicht das bewusste Einsetzen und Ausschöpfen der Stärken und eröffnet Optimierungsansätze für wichtige Entscheidungsprozesse in beruflicher und privater Hinsicht.

Die Kenntnis des eigenen Profils sowie die Wertschätzung anderer Entscheidungsstile im Sinne einer Ergänzung des eigenen Prozesses und der Optimierung der Teamarbeit können direkt und handlungsbezogen umgesetzt werden.

Wichtig bleibt festzuhalten, dass nahezu jeder Mensch in der Lage ist, in der Entscheidungsfindung vom präferierten Weg des eigenen Profils abzuweichen, wenn äußere Umstände es erfordern. Allerdings wird diese Abweichung häufig als anstrengend empfunden und wirkt sich somit langfristig sowohl auf die Produktivität als auch auf die Arbeitszufriedenheit aus.

## Anwendungsbereiche und Ausblick

Bis heute wurde diese Analyse der Entscheidungs- und Handlungsmotivation über 50 Jahre lang in mehr als 30 Ländern eingesetzt. Über 30.000 Menschen – schwerpunktmäßig Klientel des Senior Managements – nutzen MPA-Profile, einige Firmen und multinationale Konzerne seit mehr als 30 Jahren. Die Anerkennung und Berücksichtigung individueller Motivationen optimiert das Zusammenpassen von Profil, Aufgabenbereich und Team. Die MPA vermittelt Strategien zur Verbesserung von Produktivität, Arbeitszufriedenheit und Zusammenarbeit im Sinne einer kooperativen und komplementären Teamarbeit. Langzeiteffekte des Einsatzes der MPA zeigen sich insbesondere in Firmen, die MPA über größere Zeitspannen nutzten.[449]

Primäre Einsatzgebiete sind z. B.

- Stellenbesetzung, sodass Arbeitsanforderung und Motivationsprofil optimal zusammenpassen, da dies sich positiv auf die Produktivität und Arbeitszufriedenheit auswirkt;
- Teamzusammenstellung, denn durch eine möglichst ausbalancierte und auf die Aufgaben abgestimmte Zusammensetzung verschiedener Profile kann die Produktivität optimiert und Fehlentscheidungen vorgebeugt werden;
- Aufbau spezieller „Task Forces“, um Stärken im Kontext bestimmter Aufgabenstellungen zu nutzen;
- Führungsstilanalyse von Managern, um die eigene Wahrnehmung zu schulen und die Zusammensetzung des Managements wie auch der zuarbeitenden Mitarbeiter passend zum eigenen Profil zu gestalten.

Neben dem Einsatz im Businesskontext[450] bietet die MPA eine besondere Art der Selbst- und Fremdwahrnehmung auf einer sehr konkreten Ebene. So besteht eine Vielzahl von Möglichkeiten, das MPA auch im pädagogisch-therapeutischen Kontext, wie z. B. in der Paarberatung, einzusetzen, um durch die Analyse unterschiedlicher Handlungsmotivationen und Interaktionspräferenzen mögliche Wurzeln von Konflikten aufzudecken und ein verbessertes Verständnis füreinander zu entwickeln.

Durch die Abbildung der individuellen Motivation werden nicht nur die eigenen Stärken bewusster, auch wird deutlich gemacht, warum man sich mit einigen Menschen gut versteht und mit anderen weniger – denn unterschiedliche Motivationen im Handlungsprofil sind nicht nur im Arbeitskontext Auslöser für Streit und Missverständnisse. Auch im Privatleben wird durch den Einblick in die eigenen Handlungspräferenzen deutlich, warum man auf Menschen, die ein anderes Muster haben, häufig „allergisch“ reagiert – weil ihr Weg in den eigenen Augen keinen Sinn macht oder vielleicht sogar den eigenen Prozess behindert. Durch die Aussagen des MPA wird es möglich, die persönliche Ebene zu verlassen und zu verstehen, dass jemand „nur“ eine andere Herangehensweise an den Entscheidungsprozess hat. Diese entspricht zwar nicht der eigenen, aber gerade deshalb kann sie sehr hilfreich sein, da sie den eigenen Prozess komplementieren und so zu einer ausbalancierteren Entscheidung führen kann.

# Labanotation – eine Schrift für Tanz und Bewegung
## THOMAS SCHALLMANN

Es dauerte Jahrtausende von der Entwicklung von Schriften, bis die Beherrschung der Schriftsprache zum Allgemeingut wurde. (Noch heute gibt es auch in den hoch entwickelten Ländern Analphabetenraten um die 5 Prozent.) Auch die Entwicklung, Vereinheitlichung und Verbreitung der Musiknotation war ein langer, über Jahrhunderte währender Prozess. Vergleichbar lang war die Entwicklung von Tanzschriften: Bis in das Mittelalter hinein konnten Tanzschriften nachgewiesen werden. Auch heute werden verschiedene Schriftarten genutzt, ob regional für den Volkstanz und die Volkstanzforschung oder durch einen bestimmten, zeitlich und kulturell geprägten Tanz- und Ballettstil. Viele Menschen, die mit Tanz zu tun haben, machen sich ihre persönlichen Notizen, nutzen ihre selbst entwickelte Art und Weise des Aufschreibens von Bewegungen.

Als der Kreis um Rudolf von Laban in den zwanziger Jahren des 20. Jahrhunderts an die Entwicklung einer Tanzschrift ging, war dies ein Versuch, eine Schrift hervorzubringen, die, statt von regionalem und zeitlich begrenztem Tanzverständnis auszugehen, eine allgemeine Bewegungsschrift werden sollte, die sich gerade durch universelle Anwendbarkeit auszeichnen sollte. Es war der visionäre Versuch, entsprechend dem Tanzverständnis der Urheber des deutschen modernen Tanzes jede mögliche menschliche Körperaktion zur Tanzbewegung werden zu lassen und auch künftige Tanzstile mit dieser einen Schrift notieren zu können.

## Gedanken zur Labanotation (Kinetographie Laban)

Und so umfassend das Tanzverständnis der modernen Tänzer wurde und war, sollte auch die zu findende Tanzschrift alle Möglichkeiten des menschlichen Körpers erfassen können. So war der Ausgangspunkt nicht wie bei früheren Schriftformen der eigene, beherrschte und praktizierte Tanzstil und die Notwendigkeit, diesen zu verschriftlichen, sondern die Suche nach allumfassenden, nach grundsätzlichen Gegebenheiten, die Bewegung und Tanz bestimmen. Diese Suche nach Wesenhaftigkeit von Tanzbewegungen, nach den eigentlichen Koordinaten führten Laban und seine Mitarbeiter zur theoretischen Fundierung und zur Schriftentwicklung.

Die Erkenntnisse von Raum, Zeit, Körperbau und Dynamik als Bewegungskoordinaten, das Gebundensein des Menschen an die Erde, die Schwerkraft, die Verteilung des Körpergewichts auf bestimmte Körperteile wurden so für die *Kinetographie* kennzeichnend. Entsprechend des analytischen Bewegungsansatzes von Laban arbeitet auch die *Kinetographie Laban* mit der Analyse der Komplexbewegung in ihren Einzelaktionen. Der Bewegungsreichtum des Menschen ergibt sich durch Kombination, Variation und Differenzierungsvermögen einer relativ überschaubaren Anzahl von Grundaktionen, zu denen Körper, Gelenke und Körperteile in der Lage sind.

Schon die Quantität der Einzelinformationen für die Charakteristik einer Bewegung füllt schnell Seiten, will man eine Bewegung möglichst genau mit Worten beschreiben. Der gedankliche Komprimierungsvorgang der nur nacheinander verbal aufführbaren Bewegungsbeschreibung in eine Komplexbewegung, bei der die Einzelbewegungen und deren Charakteristika naturgegeben simultan ablaufen, ist äußerst kompliziert und ungenau. Die Undeutlichkeit unserer Umgangssprache für die Beschreibung von Bewegungen ist dabei eine zusätzliche Schwierigkeit.

Daher war es eine wichtige Entscheidung, sich
1. für die Entwicklung eines Zeichensystems zu entscheiden, was die objektive Analyse der Bewegung zur Grundlage hat,

2. die Gleichzeitigkeit der Bewegungsmerkmale in einer Gleichzeitigkeit von Zeichen ihre Entsprechung findet und sich
3. für ein von der Schriftsprache unabhängiges Zeichensystem zu entscheiden, also international bzw. global anwendbar zu sein.

## Tanzschrift contra Tanzfilm?

Angesichts der technischen Möglichkeiten, nämlich der hoch entwickelten Film- und Videotechnik, wird mitunter die Frage gestellt, inwieweit sich die Notwendigkeit und der Sinn einer Tanzschrift nicht längst erübrigt haben. Bei dieser Fragestellung wird übersehen, dass das eine nicht das andere ersetzen kann, weil sie zwei verschiedene Medien sind und völlig verschiedene Funktionen haben. Der Film hält das Gesamtereignis (optisch-akustisch) eines Tanzabends fest. Wir sehen, meist aus der Perspektive der Zuschauer, das künstlerische Gesamtwerk, das Produkt eines langen Arbeitsprozesses ist. In dieser Aufnahme sehen wir choreografischen Text, Interpretation, Gelungenes und Fehlerhaftes in einem Konglomerat, das das für das Publikum rezipierbare Kunstobjekt einer bestimmten Aufführung zeigt – wir sehen tänzerische Leistungen, wir sehen Tänzer, wir sehen durch Tanz und im Tanz geformte Körper. Diese Aufgabe kann keine Tanzschrift erfüllen – auch nicht die *Labanotation.*

Die *Labanotation* als Tanzpartitur ist ein Bewegungstext, der Bewegung vermittelt, ohne an einen bestimmten Körper und dessen Erscheinungsbild gebunden zu sein. Die Tanzpartitur will eine Anleitung, eine Anweisung für Bewegungsausführung sein. Nicht das Bild, wie eine Bewegung (von außen betrachtet) aussehen soll, sondern die körperlich-räumlich-zeitlich geordnete, festgelegte, analysierte Bewegungsstruktur wird übermittelt. Die *Labanotation* ist aufgeschlüsselt in einzelne Rollen für jeden Tänzer, sie gibt alle Bewegungen aus der Perspektive des Tänzers vor, sie gibt ihm einen Text, den er interpretieren kann, den er im Idealfall sich selbst erarbeiten kann.

Film und Schrift können sich so gegenseitig ergänzen, beide Medien sollten zur Aufbewahrung und Neueinstudierung genutzt werden. Es ist für den Tänzer wie für einen Musiker anregend, sich eine Interpretation anzusehen oder anzuhören – doch welcher Musiker spielt allein das Werk nach dem Hören der CD?

Zusätzliche Fragen bereitet der Film nicht nur bei Gruppenszenen, bei sich gegenseitig verdeckenden Körpern und Bewegungen, bei der Entscheidung, welcher Tänzer einer Gruppenszene richtig/am besten tanzt, wie die Richtungen der Bewegungen durch die Kameraperspektive verändert sind, wie ich Kamerabewegungen und deren veränderte Bewegungsansicht rekonstruiere ... Schnelle und Komplexbewegungen, unvollkommene oder fehlerhafte Bewegungsausführung, Unzuverlässigkeit unserer visuellen Wahrnehmung, neurologische Grenzen bei der Informationsflut von visuell wahrgenommenen Bewegungen, Unbewusstheit bei der Bewegungsnachahmung, technische Probleme der Filmaufnahme selbst sollen nur als Problemfelder genannt werden.

## Was kann und soll die Tanzschrift?

Nicht das Schreiben oder Lesen der Tanzpartitur ist der aufwendige Prozess, sondern die Analyse der gesehenen oder selbst getanzten Bewegung in ihren Einzelbestandteilen und ihre körperliche, räumlich-zeitliche und dynamische Determiniertheit. Und dieser Analyseprozess ist der praktischen Arbeit im Saal sehr nah: Neben dem Abgucken, dem Mitmachen und Nachahmen von gezeigten/getanzten Bewegungen gibt es viele verbale Hinweise, Korrekturen, Bewegungsverstärkungen und Übertreibungen, um die Bewegungen abzugleichen. Das Gesehene wird am eigenen Bild, an der eigenen Vorstellung oder der Erinnerung an früher oder gestern Gesehenes oder Getanztes gespiegelt. Ein langer und intensiver Arbeitsprozess geht einher mit Intuition, Selbstbefragung und Analyse: Welche Bewegung und welche Ausführung entspricht mehr meiner Bewegungsvorstellung, meinem beabsichtigten Ausdruck, was transportiert besser Idee und Geschichte?

Dieser Arbeitsprozess kann und sollte durch Aufschreiben begleitet werden, wenn explizit daraus Bewegungsanweisungen entstehen, die im Endprodukt allein nicht im Einzelnen so heraus lesbar und deutlich werden für spätere Wiederaufführungen, ohne die damals beteiligten Tänzer und Choreografen.

Die Tanzschrift kann außerdem helfen:
1.bei der Ideenfindung,
2.die Basis für unser (Tanz-)Wissen verbreitern,
3.das uns verfügbare Repertoire vergrößern (insbesondere zeitlich und räumlich ausdehnen),
4.auf andere Art Choreografien materialisieren und erhalten,
5.als Hilfsmittel beim Lehren, Einstudieren, Choreografieren und beim eigenen Rollenstudium (Interpretationsraum),
6.beim Entwickeln von Methoden des Tanzschaffens,
7.beim Kommunizieren über Bewegungen,
8.beim detaillierten Arbeiten,
9.bei Theoriebildung/Strukturuntersuchungen,
10.beim Archivieren und Aufheben von Tanzwerken,
11.bei der Feldforschung, dem Erhalten und Weiterentwickeln von Tanzkulturen.

## Wichtige Merkmale von Labanotation (Kinetographie Laban)

1. Das Zeichensystem der *Kinetographie Laban* ist in ihrer Gestalt bildhaft. Bei der Entwicklung der Zeichenformen war und ist man auf sinnfällige Gestalt bedacht, die ihrer jeweiligen Bedeutung nahe kommt.

2. Die Zeit verläuft wie auf einem Zeitstrahl von unten nach oben mit entsprechender Einteilung von Takt- und Notenlängen.

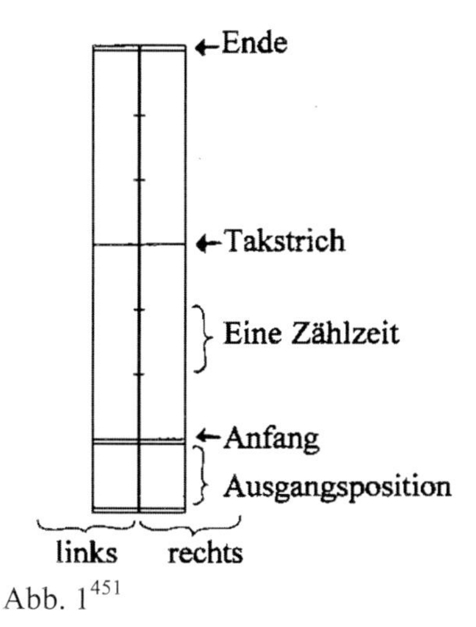


Abb. 1[451]

3. Für die einzelnen *Körperteile* sind horizontal angeordnete Spalten vorgesehen. Die vertikale Mittellinie teilt den Körper in eine rechte und eine linke Körperhälfte. Alles, was links (bzw. rechts) von dieser Linie steht, führt die linke (bzw. rechte) Körperseite aus. So stehen alle Aktionen, die in verschiedenen Körperteilen (*Körperaktionen*) gleichzeitig ablaufen, direkt nebeneinander, die nacheinander ablaufenden Bewegungen stehen übereinander.

4. Fußend auf früheren Tanzschriftentwicklungen gelang es, in einem einzigen Zeichen *Raumrichtung*, Beginn, Ende, Dauer einer Aktion und den agierenden Körperteil zu bezeichnen. Die Länge des Zeichens (senkrechte Ausdehnung) zeigt die Zeitdauer der Bewegung an. Das Problem der Notierbarkeit der dreidimensionalen Bewegungen wurde mit variierbarer Zeichenschraffur gelöst. Dies ermöglicht eine direkte Übersetzung von Zeichensprache in Bewegung und umgekehrt.

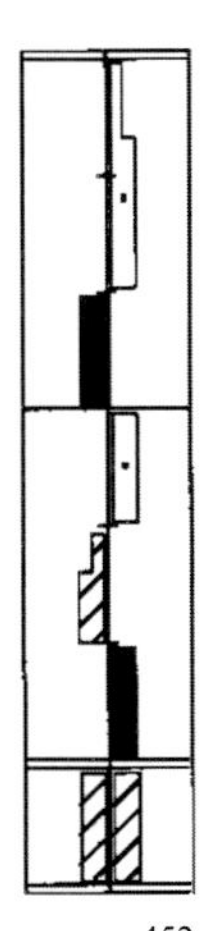

Abb. 2[452]

5. Die durch Spalten vorgesehene Unterteilung in Aktionen mit Körpergewicht und ohne Körpergewicht ist ein Ansatz, der grundsätzlich zur Klärung und Bewusstwerdung der Bewegung beiträgt.

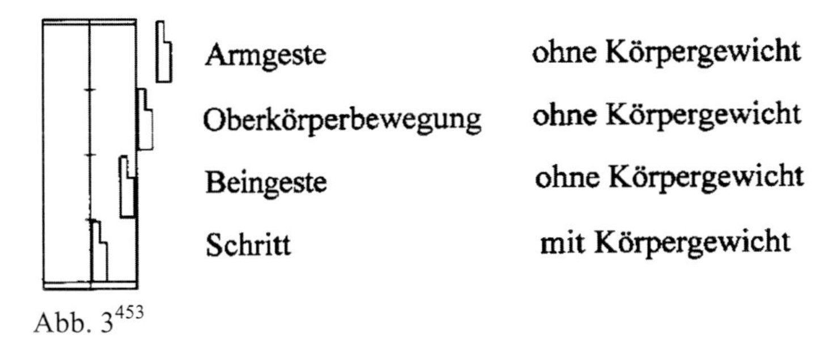


Abb. 3[453]

6. Die dynamischen Qualitäten (*Antriebe*) werden durch gesonderte Zeichen beschrieben.

7. Durch den Grundsatz der Analyse der Komplexbewegung wurde das Ziel verfolgt, mit einem begrenzten und überschaubaren Zeichenvokabular die Unendlichkeit und Mannigfaltigkeit menschlicher Bewegungen aufschreibbar zu gestalten.

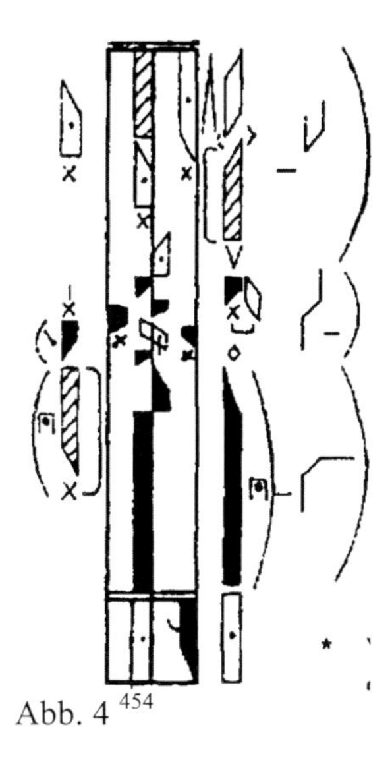

Abb. 4 [454]

## Fazit

Vor erst 80 Jahren stellte Laban die Anfänge der *Kinetographie* vor. Die Fragen der Anwendbarkeit und Nützlichkeit der *Labanotation* (oder anderer Schriften, die später entwickelt wurden) wird nicht allein unsere Generation der Tänzer und Tanzschaffenden beantworten. Offensichtlich verlaufen solche Prozesse in historischen Dimensionen. Für die gesamtgesellschaftliche Anerkennung von Tanz könnte die Aufhebung, Sammlung und Nutzung von Werken in Schriftform einen wesentlichen Beitrag leisten.

Patricio Bunster hat sinngemäß einmal gesagt: Die Arbeitsschritte am Theater sind beim Tanz ganz andere als beim Schauspiel oder bei der Oper. Wenn beim Tanz der Text gefunden ist, geht der Vorhang hoch, ist Premiere. Beim Schauspiel, bei der Oper und beim Konzert beginnt aber der Probenprozess mit dem (überlieferten) Text. Mit dem fertigen Text beginnt die eigentliche Arbeit an der Inszenierung und Interpretation. Für diesen Prozess ist beim Tanz meistens keine Zeit. Dessen sind wir uns normalerweise gar nicht bewusst. Und ich möchte hinzufügen: Wenn wir keine Tanzschrift haben und der Vorhang (der letzten Vorstellung) fällt, verlieren wir wieder den Text – und damit das Werk.

# Forsythes „Improvisation Technologies" und LBBS – ein Vergleich

**ANTJA KENNEDY UND CHRISTINE BÜRKLE**

William Forsythe erwähnt in vielen Interviews, dass er von Labans Arbeit angeregt worden sei. Valerie Preston Dunlop behauptet: „Wenn Laban noch leben würde, dann würde er so ähnlich arbeiten wie William Forsythe!"[455] Forsythe ist als Choreograf und Laban als Bewegungsforscher bekannt. Laban und Forsythe arbeiten beide mit Improvisation und experimentieren mit Festlegungen. Beide versuchen gewisse Prinzipien zu finden und zu kategorisieren.

## Grundsätzlicher Vergleich

Forsythe sieht sich selbst als „Laban-Hybrid",[456] da er Laban nicht pur verwendet, sondern „Laban gab seinen Gedanken einen Erfindungsraum".[457] Forsythe meint, dass Labans Theorien so reichhaltig seien, dass man nicht viel brauche, um seine Fantasie und Kreativität anzuregen. Forsythe hat, neben vielem anderen, Labans Erkenntnisse und Modelle als Ausgangspunkt für seine kreativen Forschungen für die Bühne verwendet. Zum Beispiel im 1.Teil von „ALIE/N A(C)TION", in dem er „Labans Raummodell" auf unterschiedliche Weise übersetzt[458] (s. unten). Forsythe wurde, wie schon erwähnt, nicht ausschließlich durch Laban angeregt, aber es ist spannend, die ähnlichen Stränge zu verfolgen, und einen Vergleich wert.

Der grundsätzliche Unterschied zwischen Laban und Forsythe ist der kulturelle, historische und philosophische Kontext, in dem sie aufwuchsen und ihre Kreativität entwickelten. Laban wollte Harmonie herstellen – in sich selbst und im Raum. Er wollte Kongruenz, z. B. dass (im Verhältnis von Körper und Raum) alle *Körperteile* in dieselbe *Raumrichtung* gehen. Forsythe dagegen fragmentiert den Körper, sodass isolierte Körperteile in verschiedene Richtungen gleichzeitig gehen. Dabei sieht Forsythe Fragmentierung nicht als disharmonisch an – es kann für ihn durchaus auch „harmonisch sein".[459]

Teile von Forsythes Sichtweisen von Bewegung sind auf der CD-ROM „Improvisation Technologies – A Tool for the Analytical Dance Eye" festgehalten. Die „Operations", die Forsythe für diese CD-ROM definiert, wurden über fünfzehn Jahre hindurch erprobt, entwickelt und schließlich benannt. Je nach Inhalt und Fokus der unterschiedlichen Bühnenstücke, in denen sie verwendet wurden, führten sie wieder zu neuen Arbeitsansätzen. Das macht deutlich, warum dieser Prozess bis heute anhält.

In diesem Beitrag werden wir die Kategorien der Laban/Bartenieff-Bewegungsstudien (LBBS) verwenden, um Forsythes Improvisationsvorschläge – oder „Operations" aus der CD-ROM – zu gliedern. Dies löst sich nicht immer ein, da Forsythe häufig mit zwei oder drei Kategorien Labans gleichzeitig arbeitet und er darüber hinaus eine ganz eigene Betrachtung von Bewegung hat, aber dieser Beitrag versteht sich als ein Ausgangspunkt für weitere Forschung in dieser Richtung. (Für das Verständnis des Textes wäre es sinnvoll, die CD-ROM anzusehen.)

## Raum und Form

Beide Künstler experimentierten ausgiebig mit *Raum*. Laban hat aus vielen Improvisationen eine Orientierungshilfe im Raum und die *Skalen*, festgelegte Raumordnungen, entwickelt. Er hat 27 *Signalpunkte* im *Raum* zur Orientierung und Beschreibung definiert, alle um das Körperzentrum geordnet (s. Teil 1, *Raum*, Abb. 3-17).

In Labans Buch „Choreutik" werden die drei Raummodelle *Oktaeder, Würfel* und *Ikosaeder* am Ende in einer Grafik zusammengefasst.[460] Wenn man dies als ein Raummodell betrachtet, sind es insgesamt 27 *Signalpunkte* oder jeweils 9 Punkte auf den drei Ebenen (tief, mittel und hoch). Forsythe wurde durch Laban zu seinem „9-Point-System", wie er es nannte, angeregt. Das „9-Point-System" auf drei Ebenen korrespondiert mit dem zusammengefassten Modell von Laban. Forsythe hat dieses „System" von seinen Tänzern immer wieder üben lassen, um zu anderen Spannungsverhältnissen im Körper, aber auch in Beziehung zum Raum, zu kommen. Bei seinem Bühnenstück „ALIE/N A(C)TION Part 1" hat Forsythe seine Interpretation von „Labans Raummodell" auf drei verschiedene Arten verwendet: 1. im aktuellen Raum, 2. im Körper der Tänzer und 3. als zweidimensionale Fläche im Raum.[461]

Laban geht in seinen Raumausführungen primär vom *Körper-* oder *Standardreferenzsystem (s. Teil 1)* aus. Mit der *Körperreferenz* bleiben die Raumrichtungen mit der Körperfront konstant, bei der *Standardreferenz* mit der Schwerkraftlinie. Die *Raumreferenz* – in der der Raum konstant bleibt – hat Laban selten verwendet. Forsythe experimentiert damit, das *Körper-* und *Raumreferenzsystem* flexibel zu verwenden. Auf der einen Seite gibt es eine *Raumreferenz,* in der alle 27 Richtungen mit wechselnder Körperfront in den Raum genommen werden können, auf der anderen Seite gibt es eine *Körperreferenz,* in der auch der Raum intakt zugeordnet bleibt. Zwischen beiden kann gewechselt werden.

Laban hat das Zentrum der Kinesphäre mit dem Körperzentrum (um den Bauchnabel) gleichgesetzt. Bei der *Labanotation* (s. Beitrag o.) wird das Zentrum einer Geste im jeweiligen Gelenk des Körpers, in der es stattfindet, betrachtet (z. B. hat eine Armgeste ihr Zentrum im Schultergelenk). Forsythe geht einen Schritt weiter und betrachtet das Zentrum in jedem Körperteil. Er definiert das Zentrum der Bewegung auch außerhalb des Körpers – also im Raum. Dies nennt er „a point of intension". Von diesem Punkt im Raum lässt Forsythe Linien in irgendeine Raumrichtung zeichnen – dies nennt er „extrude a line".

Dadurch entstehen viele Linien als *Spurformen*, die nicht durch das Körperzentrum gehen, und doch haben sie ein gedachtes Zentrum, welches sich meistens außerhalb des Körpers befindet. Sie können von diesem Punkt in den Raum gezogen und bearbeitet werden, zum Körper kommen oder sich von jedem Körperteil auch in den Umraum entwickeln. Die entstandenen *Spurformen* könnte man mit den 27 *Signalpunkten* Labans annähernd beschreiben, aber sie sind bei Forsythe auf keinen Fall dadurch limitiert, sondern können sich in unendlich viele Grade dazwischen bewegen. Falls notwendig, könnte auch dies mit der *Labanotation* beschrieben werden.

Wenn der Tänzer nicht von einem Punkt, sondern von einer Linie ausgeht, um in den Raum zu „zeichnen", dann nennt Forsythe das „extrude a plane". Dies ist jetzt keine Fläche im Sinne Labans, sondern eine zweidimensional flächige Spurform, die beispielsweise von einem Unterarm gerade oder auch gedreht und verdreht in den Raum gezeichnet werden kann.

Da Labans Zentrallinien (*Diametralen, Diameter* und *Diagonalen*) vom Körperzentrum ausgehen, sind sie erst im Raum als Spurform und am Ende im Körper sichtbar, z. B. wenn der Körper sich in der Diagonalen stabilisiert. So wird die *Spurform* unbeabsichtigt durch den Körper ersetzt. Forsythe hat eine ähnliche Idee verwendet, indem er die *Spurform* einer Linie beispielsweise bewusst durch jedes beliebige Körperteil ersetzt. Dies nennt er „rotating ins-cription".

Labans *Diagonalen* bilden für viele Skalen die Achsen. Bei der *Äquator-Skala* bewegt sich ein 6-Ring *bogenförmig* um eine der diagonalen Achsen. Forsythe verwendet eine analoge Vorstellung und beschreibt eine *bogenförmige* Bewegung um eine Linie, die vorher definiert wurde. Die Neigung dieser Linie, die dann die Achse bildet, ist bei Forsythe nicht von Wichtigkeit, sie kann jede

Neigung annehmen. Eine weitere Variante ist: zuerst den Bogen zu bewegen und dann die entsprechende Achse dazu finden, welches Forsythe „arc and axis" nennt.

Laban arbeitet in seinen Skalen mit vielen Spiegelungen; nicht nur rechts/links, sondern auch oben/unten und vor/rück – also manchmal durch zwei oder drei *Flächen* gespiegelt. Forsythe zeigt eine Entsprechung auf der CD-ROM im Kapitel „Isometries". Hier wird ein Bewegungselement aus einem komplexeren Bewegungsablauf gezogen, dessen Ausrichtung analysiert und durch ein oder zwei *Flächen* im Raum gespiegelt wird.

Laban wusste, dass seine Raummodelle (*Oktaeder*, *Würfel* und *Ikosaeder*) auch als kristalline Formen in Bergkristallen vorkommen.[462] In einem Interview beschreibt Forsythe, wie man mit einem Körperteil zu irgendeinem Punkt im Raum kommt und diesen Punkt mit demselben Körperteil zu einer Linie herauszieht („extrude a line"), dann räumlich reflektiert, von jener Perspektive aus die Linie mit anderen Körperteilen bewegt, wieder reflektiert usw. So entwickle man „crystalline dancing".[463]

Im Übrigen betont Forsythe, ähnlich wie Laban, die Wichtigkeit, den hinteren Raum beim Üben in die Bewegung einzubeziehen. Hier wagt man sich in „unbequeme" Raumrichtungen. Allerdings wollte Laban immer wieder zu einem Zustand der Balance zurück. Forsythe dagegen sucht die Grenzen des Machbaren – hier ist das Fallen nicht ausgeschlossen.[464]

## Körper

Die Körperdifferenzierungen artikulieren sich bei Laban und Forsythe auf sehr ähnliche Weise, nämlich über die Gelenke. Während Laban, wie Bartenieff, eher an der Harmonie und den organischen Verbindungen interessiert ist, experimentiert Forsythe vorwiegend mit Fragmentieren, Isolieren und Reorganisieren. Bei Forsythe gibt es auch Momente, in denen ein Körperteil Priorität bekommt und ein anderes sich dem fügen muss. Oder dass zwei verschiedene „operations" im Körper gleichzeitig stattfinden. Was vor allem auffällt, sind die vielen schnellen Wechsel der Bewegungsansätze in den unterschiedlichen *Körperteilen*, die eine hohe Präzision und Differenzierung der Bewegung voraussetzen.

Forsythe versucht aufeinander reagierende Bewegungsabläufe zu finden, z. B. bei „torsions" – in der eine extreme Rotation der Arme im Schultergelenk nahe gelegt und dann so damit gearbeitet wird, dass der restliche Körper reagiert. Hier entsteht eine ungewöhnliche *Gegenformung,* die eine aufeinander abgestimmte *Körperverbindung* erfordert, um in die Präzision dieses „Gegeneinanderlaufens" der Bewegung zu kommen. Bartenieff würde fragen: Wie gesund ist diese Art der Bewegung auf Dauer? Forsythe interessiert die Frage im künstlerischen Sinne: Wie kann der Körper diese Aufgabe bewältigen? Welcher Charakter von Bewegung entsteht daraus? Wie kann sich diese Dynamik entfalten? Auch wenn solchen Bewegungsabläufen anatomische Grenzen gesetzt sind, bleiben sie für Forsythe ein Ausgangspunkt für Entdeckungen neuer Koordinationsmöglichkeiten.

## Körper und Raum

Laban wollte Körper- und *Raumharmonie*, wobei der Körper meistens den Ausgangspunkt (z. B. für das Zentrum) und das Referenzsystem bildet (Laban geht eigentlich vom *Körper-* oder *Standardreferenzsystem* aus). Forsythe lässt den Raum häufig die Konstante sein; der Körper muss sich dem Raum anpassen. Forsythe verwendet nicht nur vielfach die Raumreferenz, sondern spielt damit, diese noch zu verändern, in dem z. B. die Wand zum Boden wird und der Körper sich dieser neuen Orientierung anpasst. Dies nennt Forsythe „spatial reorientation".

Laban definiert in „Choreutik“ nicht nur die normalen Zonen, in denen sich jedes Körperteil bewegt,[465] sondern auch eine *Superzone*, in der zusätzlich zu den Gliedmaßen der Rumpf verwendet wird.[466] Bei Forsythe gibt es eine Entsprechung unter der Operation „internal motivated movement“, in der durch die vom Rumpf initiierte Bewegung, im Gegensatz zur ausschließlich von den Gliedmaßen ausgeführten Bewegung, ein bedeutend anderes Volumen erreicht werden kann. Forsythe ist nicht an der *normalen Reichweite* in der Bewegung, die wir alltäglich verwenden, interessiert, sondern in seinen Improvisationen sucht er eher die Extreme: die *Superzone* in der *weiten Reichweite* oder das Gegenteil, das Minimale der *engen Reichweite* der *Kinesphäre*.

## Antrieb

Obwohl Laban viel zu *Antrieb* schreibt – sogar in seinem Buch Choreutik –, kann dieser Strang nicht als „Erfindungsraum“ auf der CD-ROM wiedergefunden werden. Die dynamische Vielfalt, die Forsythe möchte,[467] ist auf ihr nicht explizit benannt. Zu einem Aspekt der Dynamik sagt er: „Was die ‚lectures‘ nicht wirklich vermitteln, ist, wie man mit Zeit umgeht.“[468] Trotzdem weist Forsythe auf der CD-ROM implizit einen logischen Aufbau zu einem in dynamischer Vielfalt reagierenden Körper auf:[469] von den statischen Lektionen über die beweglicheren Beispiele der vier Tänzer bis zur hyperbeweglichen Performance seines Solos. In den Proben ermutigte Forsythe seine Tänzer oft zum Wechseln der Dynamik und wollte vor allem, dass sie damit spielerisch umgehen.

Bei einigen „operations“ wird *Antrieb* zu einer anderen Kategorie dazu genommen. Bei der Operation „time compression“ wird nicht nur alles kleiner, sondern oft auch beschleunigt und *plötzlicher*. Bei einer anderen Operation mit dem Namen „CZ“ werden zwei Körperteile aneinander gedrückt. Hier wird automatisch mit *Gewichtsantrieb* oder der *Dreier-Kombination* des *Drückens* gearbeitet.

## Andere Anregungen

Es gibt natürlich „operations“, die nicht von Labans Werk angeregt worden sind: beispielsweise „launch off a curve“. Hier wird eine Körperkurve gesucht (z. B. die Kurve des Daumens), um mit einem andern Körperteil diese Kurve als Anfang einer Spurform zu verwenden, die dann weiter in den Raum geführt wird.

Forsythes Arbeit lotet die Grenzen des tanzenden Körpers aus und entwickelt daraus eigene Gesetzmäßigkeiten oder „operations“. Er betrachtet Bewegung mit seinen Tänzern auf mannigfaltige Weise. Diese „operations“ können mit LBBS beschrieben werden. Jedoch stellen sich dann folgende Fragen: Wird man dann der Bewegungsidee noch genügend gerecht? Oder stößt man an die Grenzen der LBBS-Beschreibungsmöglichkeiten, sodass neue Parameter hinzugefügt werden müssen?

Wenn sich nun der Wunsch herstellt, neue Tanzentwicklungen mit LBBS zu untersuchen, muss es eine erweiterte Sicht im Hinblick auf Strukturierung und Organisation von Bewegung geben. Diese Adaption machen viele Schüler von Laban, um den Veränderungen von Bewegung – auch über die Entwicklungen des zeitgenössischen Tanzes hinaus – gerecht zu werden. Valerie Preston-Dunlop, die auch die Arbeit von Forsythe erforscht hat, demonstriert dies in ihrem Buch „dance and the performative a choreological perspective – Laban and beyond“.

## Fazit

Trotz der Unterschiede zwischen Laban und Forsythe ist es interessant, dass beide einen analytischen Ansatz haben, der eine hohe Präzision von den Tänzern fordert. Es geht beiden nicht darum, einen Stil zu kreieren, sondern das Wesentliche der tänzerischen Bewegung zu ergründen. Die Bausteine, die Forsythe über die Jahre mit seinen Tänzern erarbeitet hat, bieten einen Zugang zur Improvisation auf einer elementaren Ebene.[470] Die „operations" sind ein Analysewerkzeug[471] und ermöglichen, das zu beschreiben, was man soeben gemacht hat, und helfen, ein geistiges „Notationssystem" zu erstellen. Eine Entsprechung in schriftlicher Form mit Symbolen findet sich bei Laban. Er und seine Schüler erarbeiteten mehrere „Notationssysteme" (s. Teil 1).

Das Ziel in der Erforschung von Bewegung ist bei beiden, die Komplexität der Bewegung zu verkörpern und zu begreifen. Bei Forsythe kommt im künstlerischen Prozess dazu, Bewegung zu hinterfragen und zu verwerfen, um zu neuen Schichten der Motivation und zu neuen Ausdrucksformen in der Improvisation zu gelangen. Forsythe beschreibt das so: „Es geht darum, nicht einen geformten Körper, sondern einen in dynamischer Vielfalt reagierenden Körper zu entwickeln. Man muss jederzeit in der Lage sein, die jeweiligen Möglichkeiten einer bestimmten körperlichen Konfiguration zu erkennen. Irgendwann, und ich denke, es ist ein sehr langer Weg dorthin, erkennt man die Möglichkeiten intuitiv."[472]

Forsythe betont, dass er Labans Arbeit respektiert, da sie so komplex und tief greifend ist.[473] Er findet es hilfreich, damit zu arbeiten, auch um andere Menschen in einen Raum, den man sich visuell vorstellen kann, zu bringen.[474] Er würde es befürworten, wenn Labans Theorien in jedem Unterricht ihren Platz fänden, sodass mehr Menschen diese Zusammenhänge vertieft verstehen würden,[475] auch um mehr „Laban Hybrid"-Theorien zu entwickeln.

Abschließend sei noch anzumerken, dass Forsythe nach der Veröffentlichung der CD-ROM nie aufhörte, mit seinen Tänzern Bewegung zu erforschen und mit seiner Arbeit heute ganz andere Wege geht, um in die Improvisation einzutauchen. Auch Laban forschte nach seinen Veröffentlichungen immer weiter, bis an sein Lebensende. Wer weiß, wie Laban arbeiten würde, lebte er heute noch …

# Register Teil 2

Hier werden alle Seiten auf denen die LBBS-Fachbegriffe erwähnt werden aufgeführt.

# Abbildungsverzeichnis Teil 2

Radierung, Tusche- und Bleistiftzeichnungen von Elisabeth Howey
Entstanden während des Laban /Bartenieff-Bewegungsstudien Unterrichts von Antja Kennedy

# Anhang: Bewegtes Wissen

*Stichpunktbiografien Laban und Bartenieff*
*Kurzbiografien der Autoren*
*Bibliografie*
*Inhaltsverzeichnis DVD*
*Endnotenverzeichnis*

# Anhang

## Stichpunktbiografie Rudolf von Laban

**1879** geboren in Bratislava im damaligen Österreich-Ungarn, dem heutigen Slowenien
Vater: Rudolf, Feldmarschall bei Kaiser Franz, ist stationiert in Sarajevo, Mostar, Nevesinje oder Konstantinopel
Mutter: Marie, geborene Bridling, reist mit dem Vater
als Kind bei den Großeltern in Budapest aufgewachsen
Ab zwölf Jahren verbringt er die Ferien mit dem Vater, beobachtet Truppenparaden, Volkstänze wie auch Derwischtänze.
Gymnasium in Bratislava, öfter in Wien
Vater wird geadelt auf „de Varalja“ (auch auf den Sohn übertragbar).

**1899** Militärakademie in Wien – nach einem Jahr abgebrochen

**1900** heiratet Martha Fricke (Kunststudentin)
wohnt ein Jahr in München, dann in Paris, studiert Malerei an der École des Beaux Art, arbeitet als Maler, Illustrator und Karikaturist
Kontakt mit dem Delsartesystem und mit der Rosenkreuzerphilosophie

**1902** erstes Kind: Azraela
**1905** zweites Kind: Arpad

**1907** Martha Fricke stirbt, beide Kinder gehen zu Marthas Eltern.
Winter 1907 Vater stirbt, Laban fast mittellos

**1908–1910** Aufenthaltsort unklar – wahrscheinlich viele verschiedene Wohnorte
lässt sich dann in Nizza nieder, dort Zeitungsverkäufer, absolviert eine Lehre als Buchhalter, studiert mit Amateuren „Fest des Tigers“ ein
wohnt in Wien bei Mutter und Schwester
versucht, seine visuelle Kunst zu verkaufen

Mai **1910** Heirat mit Maja Lederer (Sängerin) in Bratislava, wohnt in München-Schwabing, arbeitet als Maler und Illustrator Kontakt mit Mensendick, Bode, Dalcroze und Freikörperkulturansätzen, studiert alte Tanznotationssysteme und Noverre

**1912** organisiert in der Karnevalszeit Paraden
entscheidet sich, ein „Leben für den Tanz“ zu führen
experimentiert mit Tanz ohne Musik
im August kreiert er erste Tanzarbeit – Teile aus „Die Erde“

Januar **1913** eröffnet das „Atelier für Tanz und Bühnenkunst“ in München
Juli: erste „Schule für Kunst“ auf dem Monte Verità, Ascona, mit Susanne Perrottet als Lehrerin
Marie Wiegmann (später Mary Wigman) kommt als Studentin.
Herbst 1913: eröffnet „Schule für Tanz-Ton-Wort“ in München, fängt an aufzuführen und hält praktische Vorträge mit Perrottet und Wiegmann

**1914** Marie Wiegmann (später Mary Wigman) wird Meisterschülerin.
Juli: bei Kriegsausbruch auf Monte Verità
Arbeit mit Wigman an *Raumharmonie* und Notation

**1915** große finanzielle Schwierigkeiten, zieht in die Nähe von Zürich mit Frau, Mutter, Schwester, Perrottet und Wiegmann – Selbstversorgerversuch
März: eröffnet „Schule für Bewegungskunst" in Zürich
Sommer 1915 „Labangarten" für Kinder (Lederer assistiert)

**1916** Aufenthaltserlaubnis für die Schweiz
Aufführungen der „Labanschule" überall in der Schweiz
Verbindungen zu den Dadaisten in Zürich, zum Cabaret Voltaire
Dussia Bereska kommt an die Labanschule

**1917** regelmäßige Aufführungen von Labanmitarbeitern in der Labanschule und in der Galerie DADA
August: eröffnet eigene Freimauerloge (auch offen für Frauen),
Aufführung von „Sonnenfest" für die OTO-Zusammenkunft auf dem Monte Verità

**1918** sehr krank mit Grippe (Epidemie)
aktiver Freimaurer
Vorbereitungen für erstes Buch
(Kriegsende)

**1919** immer wieder krank, große finanzielle Schwierigkeiten (borgt sich große Geldsumme von den Freimaurern), malt wieder, um zu verdienen
Labanschule wird von Perrottet und Wulf geführt.
November Trennung von Maja Lederer (sie geht mit fünf Kindern nach München) und zieht zu Bereska nach Nürnberg

**1920** eröffnet mit Bereska eine Labanschule in Stuttgart
Die Welt des Tänzers erscheint.

**1921** Labanschule wächst
Ballettdirektor am Nationaltheater Mannheim
erstes abendfüllendes abstraktes Tanzstück „Die Geblendeten"

**1922** weitere Stücke: „Himmel und Erde", „Schwingender Tempel", „Fausts Erlösung"
Tanzstudio eröffnet in Hagenbecks Tiergarten, Hamburg, und in Berlin

**1923** Tanzbühne Laban führt im Deutschen Schauspielhaus, Hamburg, auf.
weitere Stücke: „Tschaikowsky Serenade", „Lichtwende", „Gaukelei" „Komödie", „Wintermärchen" „Faust, erster Teil" und „Prometheus"

**1924** größere Europatournee, Tanzbühne in Zagreb aufgelöst aus finanziellen Gründen, Bereska geht nach Rom
weitere Stücke: „Agamemnons Tod" mit Hamburger Bewegungschören, „Les Petits Riens", „Sommernachtstraum" und „Phantastische Revue" für das Deutsche Schauspielhaus

**1925** Tournee mit Gertrud Loeszer
Hamburger Schreibstube eröffnet mit Gertrud Snell
weitere Stücke: „Don Juan", „Terpsichore"

**1926** Bücher *Gymnastik und Tanz*, *Des Kindes Gymnastik und Tanz* und *Choreographie* über Raumharmonielehre und eine Tanznotation werden publiziert
weitere Stücke: „ Dämmernde Rhythmen", „Narrenspiel"

Der Verband der Labanschulen e. V. zählt 21 Schulen und Bewegungschöre
Mai–Juli: Reise in USA
Dezember: Unfall während der Aufführung von „Don Juan" beendet Labans Tanzlaufbahn

**1927** lehrt in Deutschland, Schweiz und Österreich
Choreographisches Institut verschmilzt mit Laban-Zentralschule in Berlin
weitere Stücke: „Ritterballett", „Titan" und „Nacht" – immer assistiert von verschiedenen Meisterschülern (u. a. Bereska, Loeszer und Warsitz)
organisiert und leitet 1. Tänzerkongress, Magdeburg
„Titan" wird notiert von Albrecht Knust, Laban publiziert Artikel über seine Kinetographie

**1928** hält Meisterklassen und nimmt Prüfungen in Labanschulen ab
„Deutsche Gesellschaft für Schrifttanz" wird gegründet, eine Zeitschrift „Schrifttanz" erscheint
2. Tänzerkongress organisiert von Jooss in Essen
weiteres Stück mit Bereska „Die grünen Clowns"
erstes Buch über „Kinetographie Laban" erscheint

**1929** leitet und organisiert (mit vielen Assistenten) „Festzug des Handwerks und der Gewerbe" in Wien für 20.000 Akteure
50. Geburtstagsfeier für Laban in Essen – viele Tanzstücke und Artikel werden Laban gewidmet – er wird gefeiert als „Vater des Ausdruckstanzes".

**1930** weitere Stücke: „Orpheus" in der Staatsoper Hamburg, „Bacchanale" für Wagners „Tannhäuser" beim Bayreuther Festival
Laban und Wigman publizieren Pläne für eine Staatliche Hochschule für Tanz.
3. Tänzerkongress in München
September: einjähriger Vertrag als Ballettdirektor an der Berliner Staatsoper Unter den Linden
Stücke: „Die Polowetzer Tänze" in Borodins „Fürst Igor", „Walpurgis Bacchanale" in Wagners „Margarete", Tänze für Wagner („Die Meistersänger") und „Der Tanz der sieben Schleier" in Richard Strauss' „Salome"

**1931** weitere Meisterklassen und Abnahme von Prüfungen in der Folkwangschule, Essen
Stücke: Tänze für Johann Strauss „Die Nacht in Venedig"
(finanzielle Depression wird schlimmer, Tänzer verlieren Jobs, Nationalsozialisten auf dem Vormarsch)
Juli: Tänzerische Einlagen für „Tannhäuser" in Bayreuth
September: Vertrag an der Staatsoper für drei Jahre verlängert verschiedene „Tanzabende" mit dem Staatsopernballett und tänzerische Einlagen in Opern und Operetten z. B. „Eine Nacht in Venedig", „Der Zigeunerbaron", „Oberon", „Die Schalkhafte Witzwe", Die Geisha"

**1932** Das Budget der Staatsoper wird gekürzt, da die finanzielle Situation immer schwieriger wird.
weitere tänzerische Einlagen in Opern und Operetten für die Staatsoper z. B. „Carmen", „La Traviata",Sizilianische Vesper", „Idoneneo", „100000 Taler"
Teil einer Jury für Internationalen Tanzwettbewerb – Jooss gewinnt mit „Der Grüne Tisch".

Januar **1933** Machtergreifung der Nationalsozialisten
weitere tänzerische Einlagen in Opern und Operetten für die Staatsoper z. B. „Rienzi","Donna Diana"
Jurymitglied beim Internationalen Tanzwettbewerb in Warschau
Dezember: Reichskulturkammer etabliert – Gleichschaltung beginnt

**1934** Jurymitglied beim Wiener Internationalen Tanzwettbewerb
weitere tänzerische Einlagen in Opern und Operetten für die Staatsoper z. B. „Tannhauser“, „Die Perlenfischer“
Juli: Abschiedsmatinee an der Staatsoper – von Hitler besucht!
September: Direktor der Deutschen Tanzbühne, Potsdamer Straße, Berlin
organisiert „Deutsche Tanzfestspiele“
zeigt eigenes Stück „Dornröschen“ im Festival
(Jooss emigriert nach England mit Folkwang-Tanzkompanie.)

**1935** Vorbereitungen für den Tanzwettbewerb für die Olympischen Spiele
leitet Sommerlager der Deutschen Tanzbühne in Rangsdorf – Besuch von Goebbels
publiziert „Ein Leben für den Tanz“
2. Deutsche Tanzfestspiele in Berlin, organisiert von der Deutschen Tanzbühne und der Reichskulturkammer

**1936** wird zum Direktor der Deutschen Meisterwerkstätten ernannt, Berlin–Charlottenburg
Juni: Chortanzwoche
Generalprobe „Vom Tauwind und der neuen Freude“ in der Dietrich-Eckert-Freilichtbühne – Besuch von Goebbels, danach Verbot der Aufführung
Juli: leitet Internationalen Tanzwettbewerb in Berlin
geht krank in Kur
Keudell – sein einflussreicher Gönner im Ministerium – wird versetzt und durch den aktiven Nationalsozialisten Rolf Cunz ersetzt. (Keudell reicht Bekenntnis zum Nationalsozialismus aus, Cunz will mehr. Cunz stellt Unregelmäßigkeiten bei den Finanzen fest – ein Schwachpunkt von Laban. Er kontrolliert Laban und stellt ihm schriftlich Fragen. Er ist nicht mit Labans Plänen für die Meisterwerkstätten einverstanden und lässt sogar das Angestelltenverhältnis vom Ministerium überprüfen. Laban scheint davon nicht viel mitzubekommen.)
Kuraufenthalt verlängert
Herbst: nimmt einen Vertrag für beratende Tätigkeit bei den Deutschen Meisterwerkstätten an

**1937** Sommer: ohne Genehmigung einen Sommerkurs veranstaltet. Das Ministerium ist sehr verärgert!
Im Ministerium werden Vorwände gesucht, um ihn loszuwerden:
- dass Laban nicht mit Geld umgehen kann und
- den Freimaurern (O.T.O.) angehört (jetzt eine verbotene Organisation);
- Goebbels und Cunz sind von seiner Loyalität nicht mehr überzeugt (Er ist nicht der NSDAP beigetreten.)

März: Labans Vertrag bei den Meisterwerkstätten läuft aus.
Mitgliedschaft in der Reichskulturkammer wird mit der Begründung abgelehnt, er würde weder als Künstler, Pädagoge, Choreograf noch als Berater gebraucht. Er könne sich auf seine Vergangenheit als bildender Künstler besinnen. (Dies kommt einem Berufsverbot gleich.)
Vermutung: unter Hausarrest auf Schloss Banz (nicht bewiesen)
November: Einladung zu Kongress, reist nach Paris, schwer krank

Anfang **1938** in Paris durch Freunde gefunden, nach Dartington Hall in England zu den Elmhirsts (wo auch Jooss war) gebracht
Lisa Ullmann pflegt ihn und er erholt sich sehr langsam.
lernt Englisch (seine 4. Sprache)
fängt an, *Choreutik* zu schreiben

**1939** weiter langsame Erholung
Juli: bekommt Aufenthaltsgenehmigung für England
(September: Kriegsausbruch)

**1940** weiter langsame Erholung
Juni: Devon ist „Protected Area" – alle Ausländer müssen es verlassen.
zieht nach London mit Unterstützung der Elmhirst-Familie
Herbst: zieht nach Newton, Wales, mit Ullmann

**1941** unterrichtet mit Ullmann oder
konzipiert den Unterricht an verschiedenen Colleges für Ullmann
Dezember: wird Berater für Lawrence & Co. in der Industrie

**1942** „Laban/Lawrence Industrial Rhythm"-Methode wird präsentiert und in Dartington Hall eingesetzt
zweimal „Modern Dance Holliday Courses" in Moreton Hall
September: zieht mit Ullmann nach Manchester um

**1943–45** arbeitet weiter für Lawrence & Co. (bis 1952)
unterrichtet gelegentlich Kurse: z. B. jedes Jahr zweimal „Modern Dance Holiday Courses" in Moreton Hall oder in Sheffield

**1946** „Laban Art of Movement Guild" wird gegründet, deren Präsident er wird.
„The Art of Movement Studio" wird eröffnet, Ullmann Leitung, Laban als Lehrer mit Silvia Bodmer

**1947** unterrichtet im „The Art of Movement Studio" mit 14 Schülern
*Effort* wird mit F.C. Lawrence publiziert.
unterrichtet auf der Internationalen Sommerschule in Interlaken

**1948** Modern Educational Dance (Der Moderne Ausdruckstanz) wird publiziert.
unterrichtet Schauspieler in British Drama League, Geraldine Stephenson und Bradford Civic Playhouse Theatre School (zeitweilig) – bis 1952
produziert „The Slave" und „The Twelve Months" in Bradford

**1949** Vortrag über die heilende Wirkung von Bewegungskunst für Tanz- und Musiktherapeuten
unterrichtet „Modern Dance Holiday Course" in Dartington Hall
lernt Irene Champernowne (Psychotherapeutin) kennen
70. Geburtstagsfeier

**1950** Mastery of Movement (on the stage) (Die Kunst der Bewegung) wird publiziert.
Das Studio wird vergrößert.
unterrichtet mit Ullmann ein „Tanz Drama"-Kurs in London
unterrichtet Vier- Wochen-Kurs in Dartington Hall

**1951** ist länger krank, daher wenig arbeitsfähig
Winter: unterrichtet mit Ullmann Wochenendkurse im „Chorischen Tanz"

**1952** „Schwingender Tempel" wird wieder aufgeführt mit Ullmann und Bodmer.
unterrichtet mit Ullmann drei „Modern Dance Holliday Courses"

**1953** im Krankenhaus mit Typhus Abdominalis

arbeitet an „Effort and Recovery“ mit Marion North (nicht fertiggestellt)
arbeitet mit William Carpenter an der Beziehung seiner Bewegungsstudien zur Psychologie nach C.G. Jung
Studio zieht nach Adelstone, gespendet von William Elmhirst, Lehrerschaft: Laban, Ullmann, Stephenson, North, Preston

**1954** private therapeutische Einzelarbeit
gelegentliche Kurse mit Assistenz
75. Geburtstagfeier

**1955** „The Laban Art of Movement Centre“ als Forschungsinstitut wird gegründet, Laban ist Direktor.
unterrichtet gelegentlich mit Ullmann

**1956** schreibt und forscht im Centre, therapeutische Einzelarbeit
„Principles of Dance and Movement Notation“ wird publiziert mithilfe von Preston.
gibt Vorträge und gelegentlich Unterricht mit Assistenz

**1957–58** schreibt und forscht
hält gelegentlich Vorträge, z. B. in der Laban Guild, und Unterricht mit Assistenz

**1. Juli 1958** stirbt in Surrey, England, mit 79 Jahren

1966 *Choreutics*, Editiert & Ergänzt von Lisa Ullmann, wird publiziert.
„Choreutik – Grundlagen der Raumharmonielehre des Tanzes“, Florian Noetzel Verlag, Wilhelmshaven, 1991

1984 *A Vision of Dynamic Space,* zusammengestellt von Lisa Ullmann mit Zeichnungen und Zitaten von Laban, wird publiziert.

Hauptquelle:
Hodgson, John and Preston-Dunlop, Valerie: *Rudolf Laban – An Introduction to his Work and Influence,* Northcote House, Plymouth, UK, 1990.

## Stichpunktbiografie Irmgard Bartenieff

„Irmgard Bartenieff begegnete nie einer Idee, die sie nicht in Betracht zog, um sie möglicherweise zu einem späteren Zeitpunkt zu verwenden. Neben ihrer Arbeitsamkeit und ihrer Fantasie war es diese unglaubliche Aufnahmefähigkeit, die ihr half, die normale Arbeit von drei Leuten zu bewältigen." Carol-Lynne Moore

**24.2.1900** geboren als Irmgard Dombois, lebt in der Fasanenstr. 50 in Berlin
Vater arbeitet für den Preußischen Staat, Mutter und Vater kommen aus dem Rheinland.
Älteste von drei Kindern, Bruder stirbt im Alter von drei, Schwester (Gisela, geb. 10.08.1901) ist eineinhalb Jahre jünger.

**1910** Tanzunterricht bei einer russischen Dame

**27.04.1911** Umzug zum Kurfürstendamm 36 in Berlin

**1912** geht ins Gymnasium, nimmt Bewegungsunterricht bei Mensendick, Lehrer, liest viel und nimmt Gesangsunterricht, bekommt eine Herzkrankheit und muss sich ausruhen

**1915** acht Monate im Bett mit rheumatischem Fieber, danach beginnt sie wieder zu tanzen

**8.11.1918** Umzug zum Kürfürstendamm 167/168 in Berlin

**1919** schließt ihre Schulbildung mit dem Abitur ab
studiert hauptsächlich Biologie (Botanik) und Psychologie, aber auch Philosophie und Deutsch, arbeitet in den Botanischen Gärten unter Prof. Haberland

**1920** studiert in Freiburg von Ostern bis zum Winter

**14.11.1920** verliebt sich in den Studenten Helmut Berve (geboren 22.01.1896 in Breslau), ihr Vater will nicht, dass sie sich verloben, da Helmut sein Studium noch nicht beendet hat.

**24.3.1921** verkündet ihre Verlobung mit Helmut Berve

**26.1.1922** heiratet Helmut Berve, jetzt Dr. und Professor für Alte und Griechische Geschichte an der Universität von Erlangen, doppelte Hochzeitsfeier mit ihrer Schwester (Gisela Körner, geb. Dombois)
Umzug nach München, wohnt im künstlerischen Viertel, fängt an zu tanzen bei einem Lehrer, der mit Laban in den frühen zwanziger Jahren studierte, reist nach Rom, studiert den griechischen Kunststil mit ihrem Ehemann

**1925–27** begegnet Laban, schreibt später in ihrem Buch *Body Movement*: „Seine Arbeit war ein logischer Fokuspunkt für meinen Hintergrund ... Biologie, Kunst und Tanz", studiert an einer Labanschule: ein Jahr in Würzburg und ein Jahr in Berlin, studiert „Choreutik" (Raumharmonie) bei Gertrude Loesser und „Eukinetik" (Antrieb) bei Dussia Bereska, bekommt ein Labandiplom in „Laien-Tanz" und Notation

**Juni 1927** ist Teilnehmerin eines Bewegungschores bei einer Laban-Choreografie (wahrscheinlich *Titan*) und tanzt in einem „Schwarz-und-weiß-Kostüm“ im *Ritterballett,* welches beim Tänzerkongress in Magdeburg präsentiert wird

**1928** Scheidung von Helmut Berve, ihre Eltern unterstützen sie finanziell, nimmt an einer kleinen Tanzgruppe teil, trifft Michail (oder Misha) Bartenieff in München

**12.8.1929** heiratet Michail Sergeiwitsch Khan Bartenieff (geboren am 03.03.1900 in Cherson, Russland, gestorben 1975 in München), einen klassischen russischen Tänzer, Hochzeit ist sehr unkonventionell, Umzug nach Stuttgart, baut dort eine kleine Schule und eine Tanzgruppe auf

**23.10.1929** Geburt ihres ersten Sohns Igor John Bartenieff (stirbt 1992)

**1929–33** Umzug nach Berlin und lebt dort bis 1936, gründet eine Tanzgruppe *Romantisches Tanztheater Bartenieff* (fünf Tänzer) mit ihrem Ehemann Michail, unterrichtet modernen Tanz und Kinetographie Labans, während Michail Ballett unterrichtet, beide studieren Flamenco, sie erforscht die Tanznotation von Feuillet von 1700 und führt Barocktänze auf, ihre eigenen Choreografien haben eine Tendenz zu romantischen Themen und Traumgeschichten.

Oben: Zweite von links Irmgard, unten: rechts Michael Bartenieff

**1932** ist kurz in München, ansonsten wohnt sie in Berlin mit ihrer Familie und Tanzgruppe

**24.1.1933** Geburt des zweiten Sohns George Michael Bartenieff (wohnt heute in New York)

**1933** Nationalsozialisten verbieten die Aufführungen Irmgard und Michael Bartenieffs, weil er ein Halbjude ist, politischer Druck erzwingt das Ende ihrer Tanzgruppe, auch Albrecht Knusts Schule in Hamburg wird geschlossen, Knust kommt zu Irmgard nach Berlin und sie übersetzen die Feuillet *Choreographie ou L'Art de Décrive la Dance* in die Kinetographie Labans.

**1935** ihre Eltern ziehen nach Wiesbaden (Sonnenbergerstr.7, späterer Blumenstr. 4)

**3.6.1936** Ehepaar Bartenieff will emigrieren, sie reisen nach USA per Schiff, aber lassen die zwei Kinder zuerst in Deutschland bei der Mutter und der Schwester von Irmgard zurück, hält einen einleitenden Vortrag über Labanotation und trifft Irma Otto-Betz, im August kommen beide kurz nach Deutschland zurück

**1936** November: Ehepaar Bartenieff reist zum zweiten Mal mit einem Touristenvisum in die USA, die Kinder bleiben wieder bei der Schwester und gehen zu einer anthroposophischen Schule in Oberstdorf, Bayern
**1938** November: reist nach Oberstdorf, um ihre Kinder zu sehen, die Dokumente sind jedoch noch nicht bereit, fährt deshalb ohne die Kinder in die USA zurück

**1939** August: kurz vor Kriegsausbruch – auf dem letzten Schiff – reisen die zwei Kinder allein in die USA, ihre Tante Irma Hasenklever und ihre Mutter Alice Dombois helfen ihnen, Ehepaar Bartenieff bekommt Unterstützung von einem Flüchtlingsausschuss, um nach Kuba zu fahren und durch reguläre Einwanderungsverfahren wieder in die USA einzureisen

**1936–38** führt Labanotation mit Irma Otto-Betz ein: beim Brooklyn Museum, Hanya-Holm-Studio, der Neuen Schule und der Columbia University in New York sowie bei der Bennington-Sommer-Schule, steht mit Laban in Briefkontakt, um ihn über den Fortschritt der Ausbreitung seiner Arbeit in den USA auf dem Laufenden zu halten, gemeinsame Veröffentlichung der beiden Irmgards (Otto-Betz und Bartenieff): „Elementare Studien in Laban Tanz Schrift“, nur 250 Kopien werden gedruckt

**1938** die gemeinsamen Veröffentlichungen mit Irma Otto-Betz sind in einem Umzug innerhalb New Yorks verschwunden, dies beeinflusste ihre Beziehung zu Otto-Betz auf eine negative Weise, der Tanzkritiker John Martin unterstützt sie daraufhin nicht mehr

**1939–43** zieht nach Pittsfield, Massachusetts, studiert schwedische Massage, findet einen Job an einem Massageinstitut, unterrichtet Kinder, Bewegung für Laien und bei einem sommerlichen Tanzzeltlager

**1940 Mai:** fängt an, sich um Patienten mit Arthritis zu kümmern

**1941** zwei Monate Arbeit in Florida
Dezember: der staatenlose Status ihres Ehemanns hilft ihr (als Deutsche) in den USA im Krieg

**1943** Umzug zurück in die Stadt New York, schließt einen Physiotherapie-Zulassungskurs an der New York University ab, arbeitet für Dr. George Deaver am Bellevue-Krankenhaus

**1944** große Kinderlähmungsepidemie (Polio), ist Hauptkrankengymnastin für den Kinderlähmungsdienst im Willard-Park-Krankenhaus in New York

**1944–51** entwickelt den Ansatz der *Bartenieff Fundamentals*, um Patienten aktiver an ihrer eigenen Behandlung teilnehmen zu lassen, übernimmt das Motto von Dr. Deaver: „Aktiviere und motiviere den Patienten“, arbeitet mit *räumlicher* und *Antriebsintension*, um die Patienten aus ihrem *passiven Gewicht* in die Streckung zu bringen

**1946** typischer Tagesablauf: arbeitet acht Stunden im Willard-Krankenhaus und sieht dann noch private Patienten

**1951–55** Haupttherapeutin und Organisationsplanerin von Aktivitäten im Blythedale-Kinderkrankenhaus in Valhalla, New York,
entwickelt sowohl therapeutische als auch Freizeitaktivitäten für behinderte Kinder,
macht Entwicklungsstudien von Neugeborenen und Säuglingen in einem jüdischen Krankenhaus auf Long Island, später bringt sie in einem Kurs „Dehnen bei Kinderlähmung“ ihre Techniken an das Institut für Kinderlähmung in Kopenhagen, Dänemark, unterrichtet und arbeitet mit der Labanotation

**1950–54** verbringt fünf aufeinanderfolgende Sommer in England, um mit Laban und Warren Lamb zu studieren, trifft hier Judith Kestenberg,
reist auch nach Deutschland, um Mutter und Schwester zu besuchen und bei Dr. Leube in Freiburg „Bindegewebsmassage" zu studieren

**1956** arbeitet für Dr. Gurewitsch in New York mit Erwachsenen, die Rückenschmerzen haben, wird ermutigt, unkonventionelle Behandlungsmethoden auszuprobieren, z. B. Bindegewebsmassage

**1958** August: reist nach München
September: wird für ihre Arbeit geehrt

**1955–60** unterrichtet „Effort/Shape" für Tänzer und Tanztherapeuten an der Turtle-Bay-Musikschule in New York, trifft hier Marian Chace und nimmt als Studentin an Kursen teil

**1957–67** ist tanztherapeutische Forschungsassistentin bei Dr. Israel Zwerling in der Tagesklinik der Psychiatrieabteilung des Albert Einstein Medical College und später beim staatlichen Krankenhaus der Bronx, leitet die Entwicklung für systematische Beobachtung und Dokumentation von Patientenverhalten und verwendet Labans Begriffe, diese Pionierarbeit führt zu ihrer Anerkennung als eine der Begründerinnen der Tanztherapie, Fortsetzung der Arbeit als Krankengymnastin in ihrer privaten Praxis, spezialisiert auf Tanzverletzungen und Rückenprobleme

**1962** Scheidung von Michail Bartenieff

Irmgard mit 63 Jahren in Deutschland

**1964–66** Arbeiten mit Alan Lomax und Forrestine Paulay am Choreometrics-Projekt, eine Forschung zu den Wechselbeziehungen von Tanzbewegungen und alltäglicher Bewegung in verschiedenen Kulturen

**1965** führt das erste „Effort/Shape"-Programm ein beim Dance Notation Bureau, New York, mit Forestine Paulay und Martha Davis

**1971–1979** hat Gesundheitsprobleme und ist im Verlauf des Winters drei Monate in Hawaii, um an der Universität zu unterrichten

**1978** Das „Laban Institute of Movement Studies" wird mit einer Gruppe von Kollegen (wie Carol-Lynne Moore) gegründet, unterrichtet am Institut, führt eine private Physiotherapiepraxis und hält Vorträge in den USA bis zu den letzten sechs Monaten ihres Lebens

**4.2.1979** schreibt in einem Brief, dass sie nach Europa zurückgehen möchte, um ihre Arbeit dort zu verbreiten

**1981** ihr einziges Buch, zusammen mit Dori Lewis geschrieben: *Body Movement – Coping with the environment* (Körperliche Bewegung – Das Zurechtkommen mit der Umgebung) wird veröffentlicht (es existieren weitere unveröffentlichte Manuskripte)

**27. 8.1981** stirbt in New York und wird (nach ihrem letzten Willen) in Wiesbaden (Südfriedhof) beigesetzt

In den letzten 20 Jahren ihres Lebens veröffentlichte Bartenieff Artikel in folgenden Zeitschriften: Main Currents, Physical Therapy Review, Music Therapy, CORD Conference Proceedings, Dance Scope, und American Dance Therapy Association Proceedings.

Sie war Mitglied in folgenden Berufsverbänden:
American Physical Therapy Association, American Dance Therapy Association, Dance Notation Bureau, CORD (Congress on Research in Dance), The Society for Asian Music.

Sie war eine zugelassene (registered) Krankengymnastin und eine Tanztherapeutin (DTR) sowie ein „Master Member" der „Laban Art of Movement Guild" und ein „Associate Member" von ICKL (International Council of Kinetographie Laban).

Quellen:
1) „An interview with Irmgard Bartenieff", in: American Journal of Dance Therapy, 1981, Vol. 4, No. 1.
2) „A Tribute to Irmgard Bartenieff", June 13–15 1980, LIMS Publication.
3) Rubenfeld, Ilana: „Irmgard Bartenieff ", an interview, Somatics, Autumn 1977.
4) Siegel, Marcia B.: „Profile: Irmgard Bartenieff", The Kinesis Report, Vol, 2, 4, Summer 1980.
5) Parker, Fran.: „Living with change", New York University Paper, 1986.
6) Informationen aus Briefen von Sabrina Rott (Enkelkind von Irmgards Schwester).
7) Bemerkungen von Carol Boggy, Debra McCall, Diaz Also, Miguel Angel, Janis Pforsich.
8) Biografie von Irmgard Bartenieff auf der Webseite: www.limsonline.org.
9) Brief von Irmgard Bartenieff und Irma Betz an Laban im Dezember 1936, Tanzarchiv Leipzig, Rep. 028 IIa.1. Nr. 17a.
10) Von Brigitte Elles, Tochter der Schwester von Irmgard Bartenieff.
11) Bartenieff, Irmgard: Body Movement – Coping with the environment.
12) Information von Warren Lamb.

# Kurzbiografien

**Legende:**

BMC = Body-Mind Centering
CMA = „Certified Movement Analyst“ = Laban/Bartenieff-Bewegungsanalytiker
CLMA = „Certified Laban Movement Analyst“ = Laban/Bartenieff-Bewegungsanalytiker (EUROLAB und Integrated Movement Studies, USA)
EUROLAB = Europäischer Verband für Laban/Bartenieff-Bewegungsstudien
ISMETA = International Somatic Movement Education and Therapy Association
LBBS = Laban/Bartenieff-Bewegungsstudien
LIMS = Laban/Bartenieff Institute of Movement Studies, New York

## Autorin 1. Teil und Herausgeberin

### Antja Kennedy

CMA (1984 in Seattle, USA) und seit 1983 freischaffende Tanzpädagogin, Tänzerin, Choreografin und Bewegungsanalytikerin. *Bachelor in Dance*, Empire State College, New York City, USA; Zertifikat als Practitioner in *Movement Pattern Analysis* von Motus Humanus, Denver, USA; *Master in Movement and Bodywork*, Gaia Action Learning Academy. Sie ist Mitbegründerin der Tanzfabrik Berlin und hat dort zehn Jahre als Tänzerin, Pädagogin, Choreografin und Organisatorin gearbeitet.

Seit 1992 unterrichtet sie an mehreren staatlich anerkannten Tanzausbildungen (u.a. an der „Etage“, Berlin) und hatte Lehraufträge an verschiedenen Hochschulen, u. a. an der Hochschule für Musik und Darstellende Kunst, Frankfurt a. M. Im SS 2003 war sie Gastprofessorin an der Universität Hamburg im Fachbereich Sportwissenschaft. Im Juli/August 2001 *„CMA of the month“* auf der Webseite vom LIMS (www.limsonline.org). Im August 2002 deutsche Repräsentantin (gefördert vom Goethe-Institut) für LBBS beim Internationalen Kongress ENCONTRO LABAN in Rio de Janeiro, Brasilien.

Sie ist Gründungsmitglied von EUROLAB e. V. und arbeitete zwölf Jahre im Vorstand. Seit 1990 ist sie Lehrerin und seit 1995 Direktorin der EUROLAB Fortbildung Basic/Zertifikatausbildung in LBBS (www.laban-ausbildung.de). Seit 2000 unterrichtet sie u. a. bei **impuls,** Bremen, Fachschule für Gymnastik, Tanz und Bewegungstherapie mit staatlichem Abschluss im Fach: Tanz, ganzheitliche Körperarbeit und Pädagogik.

## Autoren 2. Teil

### Maja Berbier-Zurbuchen

CMA (2002 in Berlin) und gelernte Keramikmalerin, 1989–1995 Tanzausbildung in Bern, 1995–1996 Professional Diploma in Dance Studies am Laban Center/London. Unterrichtete Mutter-Kind-Turnen von 2007–2008. Arbeitet seit Januar 2008 als Bewegungsanalytikerin im Fitnessstudio Art of Wellness in Bremgarten bei Bern. Mutter von zwei Kindern.

### Eva M. Blaschke

CMA (1993 in Berlin), Tänzerin und Tanzpädagogin, ausgebildet in Modernem Tanz/New Dance (USA), Trapeztanz bei Clover Catskill und Gyrokinesis. Weiterbildungen in Vocal Dance, Kontaktimprovisation, Yoga. Unterrichtet seit 1992 Tanztechnik, Improvisation und Performance, mit dem Augenmerk, den persönlichen Ausdruck der Tanzenden zu steigern. Bühnenarbeit seit 1990 in verschiedenen Ensembles und in Soloarbeiten (www.eva-twin-lilith.de): Slices-Ensemble, Airborn Dancers (www.airborndancers.com), Performancebühne Berlin, babel embassy. 1996–97 und zurzeit im Vorstand von EUROLAB e. V.

### Dorothea Brinkmann

CMA (2002 in Berlin) und erstes Staatsexamen für Lehramt in Geschichte und Sport an der Gesamthochschule Universität Paderborn 1992. Staatliche Prüfung zur Motopädin an der Fachschule in Dortmund 1994. Seit 1994 als Motopädin tätig an einer Frühförderstelle in Würzburg. In 2008 Abschluss in neurophysiologischer Entwicklungsförderung NDT/INPP (Institut für Neurophysiologische Psychologie).

### Holger Brüns

CMA (2002 in Berlin), Regisseur, Schauspieler und Dramaturg. Ausbildung in Berlin bei Janina Szareck (Transformtheater), Paul Burian (Schaubühne) und Holger Madin (Schiller Theater), Sprecherziehung bei Irene Jarosch (Transformtheater), Atem und Stimme bei Margarete Said, Körpertraining bei Shanti Orjazabal und in der Tanzfabrik. Abschluss vor der Prüfungskommission der Bühnengenossenschaft. Arbeitet seit 1996 hauptsächlich als Regisseur und Lehrer zwischen Köln, Berlin, Lübeck, Rostock, Schwerin und Dresden. Gastdozent in der Tanztherapieausbildung des DITAT/ost in Rostock. Zurzeit im Vorstand von EUROLAB e. V.

### Angela T. M. Boeckh

CMA (1995 in Salt Lake City, USA), freiberufliche Musikerin, Musikpädagogin und Malerin in Berlin. Konzerttätigkeit seit 1976. langjährige Erfahrung in Eutonie, Tai Chi Chuan und Polarity. 1986–89 Kinderunterricht als Rhythmikerin. 1987–94 Leitung von Meditationskursen, Körperarbeit mit Sängern des „MendelssohnKammerChors“ Berlin. Seit 1987 Dozentin an der Musikschule Charlottenburg-Wilmersdorf (Berlin) in den Fächern Klavier und Kirchenorgel. Unterrichtstätigkeit im eigenen Studio seit August 2006.

### Christel Büche

CMA (1993 in Berlin), Dipl.-Sozialpädagogin und Tanz-Sozialtherapeutin. Ausgebildet im modernen Bühnentanz und im Kestenberg Movement Profile (KMP), Weiterbildung in Yoga. Seit 1990 ist sie freiberuflich tätig als Tanz- und Bewegungspädagogin. Sie unterrichtet Fortbildungen in LBBS für Bewegungsprofis aus den Bereichen Tanz, Sport, Gesundheit, Körperarbeit und Tanztherapie. Sie ist Ausbilderin beim Tanztherapie-Zentrum Berlin und in der Zertifikatsausbildung in LBBS. Sie war fünf Jahre im Vorstand von EUROLAB e. V.

### Christine Bürkle

Berührung mit Labans Lehre durch die Arbeit mit William Forsythe und ihrer Ausbildung zur Tanztherapeutin am IIDT (International Institute For Dance Therapy). Sie studierte klassischen Tanz an der John-Cranko-Schule in Stuttgart. Danach folgten Tanzengagements in Stuttgart, Zürich und zuletzt 14 Jahre in Frankfurt bei Forsythe. Seit 2002 ist sie freiberuflich als Tänzerin, prozessorientierte Choreografin, Lehrerin und Coach für ganz unterschiedliche Zielgruppen tätig und hat dabei ihre Erfahrungen mit Improvisation auf unterschiedlichste Weise untersucht und in ihre eigene Körper- und Tanzsprache übersetzt. Sie wirkte bei der Entwicklung der CD-ROM „Improvisation Technologies – A Tool for the Analytical Dance Eye“ mit und ist als eine der vier Tänzer/-innen darauf zu sehen.

## Jan Burkhardt

CMA (2001 in Berkeley, USA), Musiker und Tänzer. Ab acht Jahre Klavier gespielt, später weitere Instrumente. Physiotherapieausbildung. Seit zehn Jahren Hauptfeld: zeitgenössischer Tanz auf der Bühne und im soziokulturellen Kontext, Kollaboration mit diversen Künstlern, Kompanien und Institutionen. Tanzt, spielt und unterrichtet vor allem in Berlin, Bilbao und Istanbul.

## Susanne Eckel

CMA (2000 in New York City, USA), Physiotherapeutin und Manualtherapeutin. Arbeitet in einer Physiotherapiepraxis mit Schwerpunkt Orthopädie und Schmerztherapie in enger Kooperation mit einer Osteopathin. Sie trainiert Voltigierer und arbeitet mit Reitern an der Bewegungskoordination auf dem Pferd. 2003 bis 2007 im Vorstand von EUROLAB e. V. Seit drei Jahren unterrichtet sie im eigenen Studio Kurse und Workshops und verbindet darin die Bartenieff Fundamentals mit Elementen aus Pilates und physiotherapeutischer Rückenschule. (www.ruecken-in-bewegung.de)

## Bernd Gotthardt

Kurse in LBBS mit A. Kennedy (ca. 220 St. über fünf Jahre), Arzt in eigener freier Praxis in Berlin (www.bernd-gotthardt.de) seit 1995. Ausbildungen: Diplom osteopathische Medizin, Chirotherapie, craniofaziale Therapie, traditionelle Chinesische Medizin. Ergänzende Fortbildungen in Psychotherapie, autogenem Training, Hypnose. Seit ca. 25 Jahren Bewegungsbildung: Tanz-/Kontaktimprovisation, Tai Chi Chuan, Feldenkrais, Authentische Bewegung, BMC, Yoga, Capoeira. 1993–1999 Teilnahme an Performanceprojekten. Seit 1997 Leitung eines Experimentalprojekts (www.bewegungslabor-berlin.de). Lehrerfahrung in den Bereichen Anatomie, autogenes Training, Stressbewältigung und Bewegung.

## Barbara Anna Grau

CMA (1997 in Berlin), BSc Physiotherapie, Tanztherapeutin und Heilpraktikerin. Erstberuf Landschaftsarchitektin. Fortbildung in Gyrotonic®, Gyrokinesis® und Pilates, Spiraldynamik Advanced Diploma®. Leitet seit 1992 freiberuflich Kurse und Workshops für unterschiedliche Zielgruppen in Körperarbeit, Tanzimprovisation und bewegter Anatomie. Seit 1997 Einzelarbeit mit unterschiedlichen Schwerpunkten. 2003 Gründung des Studios Bewegungsraum Kreuzberg. Zurzeit tätig am Spiraldynamik Med Center in Zürich und in freier Praxis in Berlin (www.xtramove.de).

## Béatrice Graw

CMA (1993 in Berlin), Musik- und Tanzpädagogin und Jazzgeigerin. Studium in Salzburg (Orff-Methode und Violinpädagogik). Seit 1990 Weiterbildungen in Berlin in kreativem Kindertanz, modernen Tanztechniken, Contact-Improvisation. Körperarbeitstechniken: Felden-krais, Alexandertechnik, BMC, Amos Hetz Movement Studies sowie Resonanzlehre für Musiker (Thomas Lange). Seit 1992 Dozentin im Fach Violine an der Leo-Kestenberg-Musikschule in Berlin. Seit 1999 „Bewegungskunst"-Seminare für Instrumentalisten und Sänger. 2001 Lehrauftrag im Fach Physioprophylaxe an der Hochschule für Musik „Hans Eisler". 2004/2005 Ausbildung in Akupressur. Mitglied der deutschen Gesellschaft für Musikermedizin. Private Praxis für Bewegungskunst. (www.bewegungskunst-fuer-musiker.com)

### Patricia Kempf

CMA (2002 in Berlin), Dipl.-Sozialpädagogin (Abschluss 1989) und Tanz-Sozialtherapeutin (seit 1999) sowie Grundausbildung in systemsicher Einzel-, Paar- und Familientherapie (1999). Langjährige Berufserfahrung in sozialen und therapeutischen Tätigkeitsfeldern. Im Ortenaukreis (Offenburg) als Sozialtherapeutin und CMA im klinischen Bereich sowie freiberuflich tätig (Vorträge, Kurse und Einzelarbeit).

### Heike Klaas

CMA (1997 in Berlin), Tänzerin und Tanzlehrerin. Ballettausbildung 1983 in München an der Hochschule für Musik mit der künstlerischen Staatsprüfung abgeschlossen. Seit 1986 unterrichtet sie Kinder und Erwachsene. Sie war 2000/1 im Vorstand von EUROLAB e. V. und Assistentin für die Zertifikatsausbildung. Von 1998 bis 2008 unterrichtete sie an der Musikschule Greifswald und beim Hochschulsport der Universität Greifswald Ballett und Improvisation. Dazu leitete sie Tanzprojekte an der Grundschule und in den Kunstwerkstätten. Sie tanzt und choreografiert für verschiedene Kirchentanzprojekte. Lebt und arbeitet seit August 2008 in Hamburg. Sie begann im Oktober 2010 ein Studium in „Performance Studies" an der Universität Hamburg.

### Ute Lang

CMA (1979 in New York City, USA) und anerkannte Tanz- und Bewegungstherapeutin mit Ausbildungsberechtigung vom Berufsverband der TanztherapeutInnen Deutschlands und des Europäischen Verbands für Psychotherapie, ECP. Zusatzqualifikation „Heilkundliche Psychotherapie". Bildete sich in Kestenberg Movement Profile, BMC und Moving Cycle fort. Gründungsmitglied von EUROLAB e. V. und war vier Jahre Vorstandsmitglied. Mitinitiatorin und Lehrerin in der ersten europäischen Ausbildung in LBBS 1990 in Berlin. Seit 1986 unterrichtet sie LBBS im Kontext von Tanz- und Bewegungstherapie. Sie leitet die Bevaegelsesvaerkstedet in Kirke Hyllinge, Dänemark, und arbeitet mit Einzelklienten und Gruppen in eigener Praxis. (www.bevaegelsesvaerkstedet.dk)

### Barbara Moravec

CMA (1989 in New York City, USA). Im Erstberuf Übersetzerin. 1986 Erwachsenen-bildnerin. 1988 Praktikanten-Zertifikat in Initiatischer Therapie/Wegbegleitung (Dürckheim/Hippius, Rütte). Weiterbildungen u. a. in Focusing, Themenzentrierter Interaktion (TZI) und Führungskompetenz (Odenwald-Institut, Tromm). 1989–1999 Inner Work Studies bei Dr. Rick Jarow (USA/Europa). 1990–1992 im Vorstand von EUROLAB e. V., Mitglied der Tanztherapie Regionalgruppe Stuttgart (kollegiale Intervision und Fortbildung) seit 1997. Sie arbeitet seit 1990 in freier Gruppen- und Einzelpraxis (Schöpferische Selbsterfahrung, Meditation, personale Körperarbeit, Tanzen als Weg, Prozessbegleitung und ganzheitliches Coaching), in klinischen Settings und unterrichtet an Schulen, in der Lehrerfortbildung und als Dozentin/Lehrbeauftragte für berufliche Aus- und Weiterbildung. (barbara.move@gmx.net)

### Enrique Pisani

CMA (2001 in Salt Lake City, USA), Sportlehrer, Volleyballtrainer und Coach. Gebürtiger Argentinier und lebt zurzeit in Belgien. 1972 Ausbildung zum Sportlehrer in Buenos Aires. Über 20 Jahre als Trainer in verschiedenen Ligen tätig: Argentinien (1974–83), Italien (1983–87), Belgien (1987–96) und 1994 trainierte er die belgische Nationalmannschaft. Ergänzende Fort- und Ausbildungen: Core-Integration-Trainer, Neurofonctional Reorganization und BMC. Inzwischen berät er verschiedene Volleyballinstitutionen in Belgien, Frankreich, Italien und Argentinien, zusätzlich koordiniert er Sportprogramme für Kinder und Jugendliche.
(home.euphonynet.be/pisani-enrique)

## Bettina Rollwagen

CMA (1998 in Rotterdam, NL), Diplomsportlehrerin, Fachkraft der Spiraldynamik. zehn Jahre im Bereich Spiel, Musik, Tanz, Zusatzausbildungen im Reha-Sport und in Psychomotorik. Seit 1992 unterrichtete sie Psychomotorik-, Bewegungsfrühförderungskurse. Ab 1989 Fortbildungen in LBBS für den Hamburger ZV der Krankengymnasten und 1995 eine Zusatzqualifikation in LBBS für Motopäden beim DBM e. V. Seit 2000 Unterricht und Psychomotorik an einer Schule für Erziehungshilfe sowie Fortbildungen in LBBS bei Lernstörungen. 2007 Gründung des IBL, Instituts für Bewegungs- und Lernentwicklung, 2009/10 Lehrauftrag an der Universität Hamburg, FB Bewegungswissenschaften. (www.bewegteslernen.org)

## Thomas Schallmann

Kinetograph (Labanotation), Diplomtheaterwissenschaftler und Tanzpädagoge. Arbeitet als Bewegungspädagoge an verschiedenen Berufsfachschulen zur Ausbildung von Physio-, Ergo-, Gestaltungstherapeuten etc. Ausbildung in der Tanzschrift Kinetographie Laban/Labanotation 1982–89 bei Mária Szentpál in Budapest, Ungarn. Seit 1996 in der Lehrerfortbildung und als Lehrbeauftragter für Kinetographie Laban/Labanotation und Bewegungsanalyse an der Palucca-Schule, Hochschule für Tanz, Dresden, tätig. Notierung von Tänzen und Choreografien verschiedener Stile, Arbeit an Theatern, Publikationen und Tanzforschung. Mitarbeit an der Europäischen Akademie der Heilenden Künste. (www.tanzschreibstube.de)

## Kerstin Schnorfeil

CMA (1997 in Berlin), Gymnastiklehrerin, Lehrerin für kreativen Kindertanz, Tanztherapeutin (BTD). Seit 1984 freiberuflich mit Bewegungsgruppen, erst in Berlin, seit 1994 in Bremen. Seit 1997 Integration der LBBS in alle Arbeitsbereiche. Seit 1997 angestellt als Bewegungspsychotherapeutin in einer sozialpsychiatrischen Praxis für Kinder- und Jugendpsychiatrie, parallel dazu 2003 als Körpertherapeutin in der Jugendabteilung der Klinik am Korso in Bad Oeynhausen (Fachzentrum für gestörtes Essverhalten). Seit 2005 Bewegungspsychotherapie in der Kinder- und Jugendpsychiatrie im Klinikum Bremen-Ost. Seit 1996 Kleingruppen- und Einzelarbeit mit Frauen mit wenig Bewegungserfahrung.

## Anja Schuhmann

CLMA (2009 in Berlin), Pilates-Trainerin (Deutscher Pilates Verband, Pilates Method Alliance Zertifikat), BA in Modern Dance (2000, Columbia College Chicago). Seit 2000 als Pilates-Trainerin in verschiedenen Pilates-Studios, Fitnessklubs und Physiotherapiepraxen tätig, zunächst in Chicago und später in Osaka. 2007 eröffnete sie ihr eigenes Studio in Berlin – Studio A Pilates (www.studio-a-pilates.de).

## Elisita Smailus

CMA (1997 in Berlin), Tanz-Sozialtherapeutin (1989), Dipl.-Sozialwirtin (1987). EUROLAB-Vorstand (2002–2004). Diploma of Advanced Studies (DAS) TanzKultur, Uni Bern (2008). Z. Zt. im Master of Advanced Studies (MAS) TanzKultur, Uni Bern (2010/2011). Fortbildung in Vocal Dance & Voice Movement Integration mit P. Bardi, Amsterdam (2001–2003). Leitung der Bartenieff-Weiterbildung „Connected Body – Dynamic Space“ in Freiburg i. Brsg. (1998/2000/2002/2004). Lehrkraft für „Kreativen Tanz nach Laban/Bartenieff“ an der Schule für Bewegung, Zürich (1999–2005). Dozentin für „Basale Körperarbeit“ in der TanzSozio-Therapie (2004/2007/2010). 2008 Organisation eines Laban-Events auf dem Monte Verità im Rahmen der „Global Laban Celebration“. Im Anschluss jährlich im September ein weiteres Laban-Event (2009 Living Architecture, 2010 Dynamic Body). Co-Leitung einer jährlichen, italienischsprachigen Basisfortbildung „Corpo in Connessione – Forma Dinamica nello Spazio“ auf der Basis der LBBS im Tessin (seit 2008). (www.danceformance-labart.ch).

### Mone Welsche

GL CMA (University of Surrey, England), Doktor der Sportwissenschaft (FB Bewegungswissenschaften, Universität Hamburg), Dipl.-Pädagogin, Studium der Sondererziehung und Rehabilitation mit Schwerpunkt Bewegungserziehung und Bewegungstherapie an der Universität Dortmund, M. A. in Somatic Studies & Laban Analysis (University of Surrey, England), MPA Consultant (Warren Lamb, Carol-Lynne Moore), EUROLAB-Fortbildung „Basic“, Reitwartin FN, langjährige Tätigkeit als Bewegungstherapeutin in der Kinder- und Jugendpsychiatrie. Verschiedene Forschungsprojekte und Publikationen zu Themen der Bewegungsanalyse und Bewegungspädagogik/-therapie. Seit 2010 Junior-Professorin für Bewegungsdiagnose und -beratung an der Universität Hamburg, FB Bewegungswissenschaften, Abteilung Bewegungs- und Sportpädagogik.

## Zeichnungen

### Elisabeth Howey

LBBS Einführungskurse mit A. Kennedy (1992-94, in Berlin). Ausbildung zur Steinbildhauerin (1997). Diplom an der Hochschule für Kunst und Design Burg Giebichenstein in Halle (2006). Grafische und plastische Arbeiten. Auseinandersetzung mit dem Thema Bewegung, Figur und Körperwahrnehmung. Eigenes Tanz- und Bewegungstraining. Nationale und internationale Ausstellungstätigkeit. Graduiertenstipendium des Landes Sachsen-Anhalt. Arbeitsstipendium Herrenhaus Edenkoben (Pfalz). Arbeiten im öffentlichen Raum. Lebt und arbeitet in Leipzig. (www.elisabethhowey.de)

## Video/DVD

### Claudia Boukatouh-Stüwe

Fortbildung Basic in LBBS (2008 bis 2010 in Berlin). Seit 1986 Bewegungs- und Tanztraining. Diplom-Architektin (Hochschule der Künste 1996). Videodesignerin (Interaktives Videodesign 2000). Dokumentationen, Film und Schnitt im Event- und Bühnenbereich, Zeichentrickfilme im Bewegungsbereich für Animation und Performance; Fitness- und Gesundheitstrainerin (Trainerin für Wellness und Gesundheit 2009), u. a. Pilates, Aqua- und Entspannungstraining, mediengestütztes Training. (www.claudiabe.de und www.cetvideo.de)

# Bibliografie


### Rudolf von Laban

1920 *Die Welt des Tänzers,* Walter Seifert Verlag, Stuttgart/Heilbronn
1926 *Gymnastik und Tanz*, Verlag Gerhard Stalling, Oldenburg i. O.
*Des Kindes Gymnastik und Tanz,* Verlag Gerhard Stalling, Oldenburg i. O.
*Choreographie,* Eugen Diederichs Verlag, Jena
1928 *Kinetographie Laban (Hefte),* Universal-Edition und Schrifttanz Publikation
1935 *A Life for Dance*, Northcote House Publishers Ltd, 1975
*Ein Leben für den Tanz,* Verlag Paul Haupt, Bern und Stuttgart, 1989
1947 *Effort: Economy in Body Movement*, McDonald and Evans, Plymoth, G. B.
1948 *Modern Educational Dance,* Plays Publishers, Boston
*Der Moderne Ausdruckstanz*, Heinrichhofens Verlag, Wilhelmshaven, 1981
1959 *The Mastery of Movement on the Stage*, Plays Publishers, Boston
*Die Kunst der Bewegung,* Florian Noetzel Verlag, Wilhelmshaven, 1988
1956 *Principles of Dance and Movement Notation*, Plays Publishers, Boston
Kinetographie-Labanotion – Einführung in die Grundbegriffe der Bewegungs- und Tanzschrift, Florian Noetzel Verlag, Wilhelmshaven, 1995
1966 *Choreutics* Ed. and Ann. by Lisa Ullmann, Plays Publishers, Boston
*Choreutik – Grundlagen der Raumharmonielehre des Tanzes*, Florian Noetzel Verlag, Wilhelmshaven, bearbeitet von Claude Perrottet, 1991
1984 *A Vision of Dynamic Space,* zusammengestellt von Lisa Ullmann, Falmer Press, London

### Irmgard Bartenieff

1970 *Notes from a Course in Correctives*, Dance Notation Bureau, New York
1972 *Four Adaptations of Effort Theory in Research and Teaching*, with Martha Davis and Forrestine Paulay, Dance Notation Bureau Publication
1981 *Body Movement: Coping with the Environment*, with Dori Lewis, Gordon and Breach Science Publishers, New York and London
*Gems from Irmgard Bartenieff*, unveröffentlichtes Manuskript

### Weitere Bücher über Laban/Bartenieff-Bewegungsstudien in Englisch

Bloom, Katya: *The Embodied Self – Movement and Psychoanalysis*, Karnac Books, London, 2006
Bradley, Karen: *Rudolf Laban*, Routledge Performance Practitioners, Taylor and Francis, New York, 2009
Davies, Eden: *Beyond Dance. Laban's Legacy of Movement Analysis*, neue Auflage, New York/London, Routledge, 2006
Dell, Cecily: *A Primer for Movement Description: Using Effort/Shape and Supplementary Concepts,* Dance Notation Bureau Press, 1977
Dörr, Evelyn: *Rudolf Laban – The Dancer of the Crystal,* Scarecrow Press, Plymoth, UK., 2008
Goldman, Ellen: *As Others See Us – Body Movement and the Art of Successful Communication*, Gordon and Breach, 1994.
Foster, John: *The influences of Rudolf Laban,* Lepus Books, London, 1977
Hackney, Peggy: *Making Connections – Total Body Integration through Bartenieff Fundamentals,* Gordon and Breach, 1998
Hodgson, John and Preston-Dunlop, Valerie: *Rudolf Laban: An Introduction to his Work and Influence*, Plymouth, UK, 1990
Hodgson, John: *Mastering Movement – the life and work of Rudolf Laban*, Methuen, London, 2001

Hutchinson Guest, Ann: *Your Move: A New Approach to the Study of Movement and Dance*, Gordon and Breach, London, 1983
Hutchinson Guest, Ann: *Choreo-graphics*, Gordon and Breach, London, 1989
Hutchinson Guest, Ann and Curran, Tina: *Labanotation. The system of Analysing and Recording Movement*, 4. Auflage, New York/London, Routledge, Theatre Art Books, 2008
Kestenberg, J. S.: *The Use of Expressive Arts in Prevention: Facilitating the Contraction of Objects*, in: Loman , Susann, mit Rose Brandt: The Boy-Mind Connection in Human Movement Analysis, Antioch, New England graduate School, Keene, NH, USA, 1992
Lamb, Warren: *Posture and Gesture*, Gerald Duckworth & Co Ltd., 1965
Lamb, Warren, Watson, Elizabeth Watson and Jarrett, Clare: *Body code. The meaning of movement*, Princeton Book Company, 1987
Lewis, Penny and Loman, Susan: *The Kestenberg Movement Profile – Its Past, Present Applications and Future Directions,* Antioch, New England graduate School, USA, 1990
Longstaff, Jeffrey; Prototypes and Deflections in spatial cognition and Rudolf Laban's choreutics, in: *Laban and the performing Arts, Proceedings of Conference*, Bratislava 2006
Maletic, Vera: *body - space - expression,* Mouton de Gruyter, Berlin, 1987
Moore, Carol-Lynne and Yamamoto, Kaoru: *Beyond Words – Movement Observation and Analysis*, Gorden and Breach, London, 1988
Moore, Carol-Lynne: *Movement and Making Decisions – the Body-Mind Connection in the Workplace,* Rosen Book Works, 2005
Moore, Carol-Lynne: *The Harmonic Structure of Movement, Music, and Dance according to Rudolf Laban,* Edwin Mellen Press, Lampeter, UK, 2009
Newlove, Jean and Dalby, John: *LABAN for all,* Nick Hern Books, UK, 2004
Pforsich, Janis: *„Traditional" Bartenieff Fundamentals Sequences* (Stichpunkte aus dem Unterricht), unveröffentlichtes Manuskript, 1992
Preston-Dunlop, Valerie: *A Handbook for Modern Educational Dance,* Plays, Publishers, Boston, 1980
Preston-Dunlop, Valerie: *Point of Departure: The Dancers Space*, Lime Tree Studios, Kent, 1984
Preston-Dunlop, Valerie: *Rudolf Laban – An Extraordinary Life*, Dance Books, London, 1998
Preston-Dunlop, Valerie: *looking at dances: a choreological perspective on choreography*, Verve Publishing, 1998
Preston-Dunlop, Valerie: dance *and the performative: a choreological perspective – Laban and beyond*, Verve Publishing, 2002

### Weitere Bücher über Laban/Bartenieff-Bewegungsstudien im Deutschen

Bender, Susanne: *Die psycho-physische Bedeutung der Bewegung. Ein Handbuch der Laban Bewegungsanalyse und des Kestenberg Movement Profiles*, Berlin, Logos Verlag 2007
Böhme, Fritz: *Rudolf von Laban und die Entstehung des modernen Tanzdramas*, Edition Hentrich, 1996
Kennedy, Antja: *Methoden der Bewegungsbeobachtung*: Laban/Bartenieff-Bewegungsstudien, in: Methoden der Tanzwissenschaft – Modellanalysen zu Pina Bauschs „Le Sacre du Printemps", Gabrielle Brandstetter und Gabrielle Klein, transcript Verlag, Bielefeld, 2007
Kestenberg, J. S. und Kestenberg-Amighi, J.: *Kinder zeigen, was sie brauchen. Wie Eltern kindliche Signale richtig deuten*, Herder, Freiburg, 1993
Koch, Sabine C. und Bender, Susanne (Hrsg.): *Movement Analysis – Bewegungsanalyse. The legacy of Laban, Bartenieff, Lamb and Kerstenberg*, Berlin, Logos Verlag, 2007
Dörr, Evelyn: *Rudolf Laban: Das choreographische Theater*, Norderstedt b. Hamburg, 2004
Dörr, Evelyn: *Rudolf Laban – ein Portrait*, Books on Demand, 2005
Friedmann, Elly D.: *Laban, Alexander, Feldenkrais – Pioniere bewusster Wahrnehmung durch Bewegungserfahrung. Drei Essays*, Junfermann Verlag, 1993
Gleisner, Martin: *Tanz für alle*, Prometheus-Bücher, Leipzig, 1928

Müller, Hedwig und Stöckemann, Patricia: *... jeder Mensch ist ein Tänzer – Ausdruckstanz in Deutschland zwischen 1900 und 1945*, Anabas Verlag, Gießen, 1993
Perrottet, Claude: *Ausdruck in Bewegung und Tanz*, Verlag Paul Haupt, Bern und Stuttgart, 1983
Rollwagen, Bettina: *Laban/Bartenieff Bewegungsstudien für Kinder mit Lernstörungen. Neurbiologie und Praxis.* in: Koch, Sabine und Bender, Susanne (Hrsg.): Movement Analysis – Bewegungsanalyse, The Legacy of Laban, Bartenieff, Lamb and Kestenberg, Logos Verlag, 2007
Schlee, Alfred (Hrg.): *Schrifttanz – Eine Vierteljahresschrift,* Neudruck, Oberzauber-Schüller, Gunhild, Georg Olms Verlag, Hildesheim, 1991, Beiheft: *Methodik Orthographie* von Laban, Rudolf
Tanzarchivreihe 19/20, *Laban*
Voswinckel, Ulrike: *Freie Liebe und Anarchie, Schwabing – Monte Verità. Entwürfe gegen das etablierte Leben*, Edition Monacensia, Allitera Verlag, München, 2009

**Videos und DVD's über Laban/Bartenieff-Bewegungsstudien**

Hackney, Peggy: Video: *Discovering your Expressive Body* (ca. 1985)
Maletic, Vera: *Dance Dynamics: Effort and Phrasing*, Workbook and DVD, Companion, Ohio State University www.gradeanotes.com
Reisel, Magan: *Laban's Legacy – Rudolf Laban and his Language for Human Movement*, DVD, 2003

**1. Teil – Allgemein**

Bainbridge-Cohen, Bonnie: *Sensing, Feeling, and Action – The experimental Anatomy of Body-Mind Centering*, Contact Editions, Northampton, 1993
Calais-Germain, Blandine: *Anatomie der Bewegung – Technik und Funktion des Körpers*, Marix Verlag, Wiesbaden, 2005
Critchlow, Keith: *Order in Space – a design source book,* Thames and Hudson, London, 1969
ELAN, Tool für Beobachtung: www.lat-mpi.eu/tools/elan/download
Humphrey, Doris: *Die Kunst, Tänze zu machen*, Florian Noetzel, Wilhelmshaven, 1985
Kapit, Wynn and Elson, Lawrence: *Anatomie-Malatlas,* Arcis Verlag, München, 1977
Lippert, Herbert: *Anatomie – Text und Atlas*, Urban und Schwarzenberg, München, 5. Auflage, 1983
Lawlor, Robert: *Scared Geometry – Philosophy and practice*, Thames and Hudson Ltd, London, 1982
Meinel, Kurt und Schnabel, Günter: *Bewegungslehre/Sportmotorik – Abriss einer Theorie der sportlichen Motorik unter pädagogischen Aspekt*, Sport Verlag Berlin, 1998

**2. Teil – zu den Beiträgen**

**Labanotation / Kinetographie Laban**

Brown, Ann Kipling and Parker, Monika: *Dance Notation for Beginners – Labanotation*, Benesh Movement Notation, Dance Books Ltd., London, 1984

**Motorisch gestützter Lernförderunterricht**

Dufhues, Carolyn: *Zum Einfluss des Schulsports auf die Entwicklung exekutiver Funktionen,* Magisterarbeit, Universität Mainz, Frankfurt 2007.
Ratay, J., Hagermann, E.*: Superfaktor Bewegung*, VAK, Freiburg 2009.
Duus`*Neurologisch-topische Diagnostik, Anatomie – Funktion – Klinik*, Thieme, Stuttgart 2003

**Movement Pattern Analysis**

Lamb, W. and Turner, D.: *Management Behaviour*, London, Duckworth, 1969

Moore, Carol-Lynne: *Executives in Action. A Guide to Balanced Decision-Making*, London, Pitman. 1982
Ramsden, Pamala: *Top Team Planning*, London, Associated Business Programmes, 1973
Ramsden, Pamala: *The Power of Individual Motivation in Management*, Journal of General Management, 3(3), 52–66, 1975
Welche, Mone, Kennedy, Antja and Penfield, Kedzie: *Movement Pattern Analysis – Eine Bewegungsanalytische Methode zur Erfassung individueller Entscheidungs- und Handlungsmotivationen, in: Movement Analysis – Bewegungsanalyse*, the Legacy of Laban, Bartenieff, Lamb and Kestenberg, Ed. Koch, Sabine and Bender, Susanne, Berlin, Logos. 2007

**Pilates**

Friedman, P. and Eisen, G.: *The Pilates Method of Physical and Mental Conditioning*, New York, Viking Studio, 2005
Korte, A.: *Pilates – Das Drei-Stufen-Programm*, München, Gräfe und Unzer Verlag
Pilates, J. H. and Miller, W. J. (1998): *A Pilates' Primer: The Millennium Edition – Return to Life Through Contrology and Your Health,* Presentation Dynamics Inc., 2007
Ungaro, A.: *Pilates*, Starnberg, Dorling Kindersley Verlag GmbH, 2002

# Inhaltsverzeichnis der DVD zum Buch „Bewegtes Wissen“

Impressum
Kurzbiografien
Gestaltungen

Kategorien:
- Körper
- Form
- Raum
- Antrieb
- Phrasierung
- Beziehung
- Affinitäten

## AFFINITÄTEN

Körper, Antrieb, Raum und Form
- Dreier-Kombinationen

## ANTRIEB

- Faktoren/Elemente
- Zweier-Kombinationen (Stimmungen)
- Dreier-Kombinationen (Bewegungstriebe)
- Vierer-Kombinationen (Volle Antriebe)

### ANTRIEB Faktoren/Elemente

| | |
|---|---|
| Fluss | frei/gebunden |
| Gewicht | leicht/kraftvoll |
| Zeit | verzögernd/plötzlich |
| Raum | flexibel/plötzlich |

### ANTRIEB Zweier-Kombinationen

- wach/träumerisch
- stabil/mobil
- entrückt/rhythmisch

### ANTRIEB Dreier-Kombinationen

- Aktionstrieb (Gewicht, Zeit und Raum)
  - schweben/stoßen
  - gleiten/peitschen
  - tupfen/wringen
  - flattern/drücken
- Leidenschaftstrieb (Fluss, Zeit und Gewicht)
- Zaubertrieb (Fluss, Gewicht und Raum)
- Visionstrieb (Fluss, Raum und Zeit)

## BEZIEHUNG

**einzelner Körperteile zueinander**

Nähe/Distanz
Berührung
Unterstützung

**zu einem Gegenstand**

Unterstützung
Berührung
Nähe
ansprechen

**zu einer andere Person**

alle Stufen

## FORM

**Stille Formen**

linear, flach, kugelrund, verdreht

**Formveränderung**

Formfluss
zielgerichtet – gradlinig/bogenförmig
modellierend

**Formqualitäten 2 zu 1**

steigen/sinken
steigen-ausbreiten/sinken-schließen
ausbreiten/schließen
ausbreiten-vorstreben/schließen-zurückziehen
vorstreben-zurückziehen
vorstreben-sinken/zurückziehen-steigen
steigen/sinken

## GESTALTUNGEN

Improvisation zum Thema
- Körperhaltung
- Formqualität
- Flussantrieb
- Form
- Raumantrieb

Festgelegte Sequenz zum Thema
- A-Skala

## KÖRPER

**Körperaktionen**

Gesten, Gewichtsverlagerung, Drehung

**Körperhaltungen**

konkav/konvex

**Ganzkörperorganisationsmuster**

Zentrum-distalmuster
Spinalmuster
Homologmuster

## KURZBIOGRAFIEN

Katrin Bär
Eva Blaschke
Holger Brüns
Christel Büche
Jan Burkhardt
Susanne Eckel
Katrin Geller
Bernd Gotthardt
Antja Kennedy
Heike Klaas
Thomas Schallmann

## IMPRESSUM

Sponsoren: Europäischer Verband für Laban/Bartenieff-Bewegungsstudien (EUROLAB) e. V. und Antja Kennedy

Regie: Antja Kennedy
Kamera: Dorothea Griessbach, Antja Kennedy, Claudia Boukatouh-Stüwe
Schnitt: CETvideo/Claudia Boukatouh-Stüwe, Antja Kennedy
DVD Authoring: CETvideo/Claudia Boukatouh-Stüwe

Tänzer: Katrin Bär, Eva Blaschke, Holger Brüns, Christel Büche, Jan Burkhardt, Susanne Eckel, Katrin Geller, Bernd Gotthardt, Antja Kennedy, Heike Klaas, Thomas Schallmann

Aufgenommen in der Tanzfabrik Berlin, März und Mai 2007

Entstanden im Rahmen der Projektarbeit für Gaia Action Learning Academy

# Endnotenverzeichnis

## Teil 1

1 „Cogito ergo sum" (lat.), René Descartes (1596 bis 1650), französischer Philosoph, Mathematiker und Naturwissenschaftler in Meditationes de prima philosophia (1641).
2 Blech, Jörg: Bewegung – Die Kraft, die Krankheiten besiegt und das Leben verlängert, S. Fischer Verlag, F. a. M., 2007, S. 61.
3 Vgl. Laban, Rudolf: *Der moderne Ausdruckstanz*, übersetzt von Karin Vial unter Mitarbeit von Lisa Ullmann, Heinrichshofen Verlag, Wilhelmshaven, 1981, S. 23.
4 Hodgson, John and Preston-Dunlop, Valerie: *Rudolf Laban – an Introduction to his work and influence*; Northcote House Publishers, UK 1990, S. 126–127.

**Laban/Bartenieff-Bewegungsstudien im Überblick**
5 Laban, Rudolf: *Die Kunst der Bewegung*, Florian Noetzel Verlag, Wilhelmshaven, 1988, S. 23.
6 Laban: Die Kunst der Bewegung, S. 25.
7 Laban, Rudolf, (editiert und ergänzt von Lisa Ullmann): *Choreutik – Grundlagen der Raumharmonielehre des Tanzes*, Florian Noetzel Verlag, 1991, S. 55.
8 Laban: *Choreutik*, S. 56.
9 Laban: *Choreutik*, S. 14.
10 Laban: *Choreutik*, S. 61.
11 Laban, Rudolf, (Von Claude Perrottet, ins Deutsche übersetzt und mit der Motivschrift erweitert): *Kinetographie/Labanotation – Eine Einführung in die Grundbegriffe der Bewegungs- und Tanzschrift,* Florian Noetzel Verlag, 1995.

**Körper – der sich bewegende Mensch**
12 Vgl. Laban: *Die Kunst der Bewegung*, S. 59.
13 Laban: Die Kunst der Bewegung, S. 28.
14 Laban: Die Kunst der Bewegung, S. 31.
15 Vgl. Laban: Der moderne Ausdruckstanz, S. 44.
16 Vgl. Laban: *Die Kunst der Bewegung*, S. 35.
17 Vgl. Laban: *Die Kunst der Bewegung*, S. 94.
18 Vgl. Laban: *Die Kunst der Bewegung*, S. 136.
19 Laban: Die Kunst der Bewegung, S. 117.
20 Vgl. Bartenieff, Irmgard, Davis, Martha, Paulay, Forrestine: *Four Adaptations of Effort Theory in Research and Teaching*, Dance Notation bureau publication, 1970, S. 65.
21 Bartenieff, Davis, Paulay: *Four Adaptations*, S. 111.
22 Vgl. Bartenieff, Irmgard, *Body Movement – Coping with the environment*, Gordon and Breach, 1980, S. 110.
23 Laban: Die Kunst der Bewegung, S. 32.
24 Vgl. Hutchinson Guest, Ann: *Your Move: A New Approach to the Study of Movement and Dance*, Gordon and Breach, London, 1983, S. xxiii.
25 Vgl. Hutchinson Guest: *Your Move*, S. 196.

**Raum – der Weg der Bewegung**
26 Laban, Rudolf, (zusammengestellt von Lisa Ullmann): *A Vision of Dynamic Space*, Falmer Press, London, 1984, S. 37.
27 Laban: *Choreutik*, S. 8.
28 Laban: *Choreutik*, S. 8.
29 Vgl. Hutchinson Guest, Ann: *Choreo-graphics*, Gordon and Breach, London, 1989, S. 13.
30 Vgl. Humphrey, Doris, *Die Kunst Tänze zu machen*, Florian Noetzel, Wilhelmshaven, 1985, S. 98–118.
31 Hutchinson Guest: *Your Move*, S. 135.
32 Hutchinson Guest: *Your Move*, S. 186.
33 Vgl. Humphrey: *Die Kunst Tänze zu machen,* S. 119–122.
34 Laban: *Choreutik*, S.21.
35 Laban: *Choreutik*, S. 14.
36 Vgl. Hudgson, John: *mastering movement – the life and work of Rudolf Laban*, Methuen Publishing Ltd, GB, 2001, S. 56–61.
37 Vgl. Critchlow, Keith: *Order in Space – a design source book*; Thames and Hudson, London, 1969, S. 25.

38 Laban: *Choreutik*, S. 87.
39 Kapit, Wynn and Elson, Lawrence: *Anatomie-Malatlas*, Arcis Verlag, München, 1977, S.1.
40 Vgl. Anatomie-Malatlas, S. 1.
41 Vgl. Anatomie-Malatlas, S.1.
42 Vgl. Critchlow, Keith: *Order in Space*, S. 30.
43 Lawlor, Robert: *Scared Geometry – Philosophy and practice*, Thames and Hudson Ltd, London, 1982, S. 46.
44 Laban: *Choreutik*, S. 131.
45 Laban: *Choreutik*, S. 47.
46 Laban: *Choreutik*, S. 120.
47 Vgl. Preston Dunlop, Valerie: *Point of Departure: The Dancer's Space*, Lime Tree Studios, GB, 1984.
48 Laban: *Choreutik*, S. 87.
49 Vgl. Preston Dunlop: *Point of Departure.*
50 Vgl. Laban: Der moderne Ausdruckstanz, S. 23.
51 Laban: *Choreutik*, S. 53
52 Laban: *Choreutik*, S. 46
53 Laban, Rudolf: *Choreographie*, Eugen Diederichs Verlag, Jena, 1926, S. 24.
54 Laban: *Choreutik*, S. 51.
55 Vgl. Moore, Carol-Lynne: The *Harmonic Structure of Movement, Music and Dance According to Rudolf Laban*, Edwin Mellen Press, Lewiston, USA, 2009, S. 266–269.
56 Vgl. Bartenieff: *Body Movement*, S. 81.
57 Vgl. Preston-Dunlop: *Point of Departure.*
58 Vgl. Laban: *Choreographie*, S. 5.
59 Vgl. Laban: *Choreutik*, S. 74–84.
60 Vgl. Laban: *Choreutik*, S. 77.
61 Laban: *Choreutik*, S. 78.
62 Vgl. Preston Dunlop: *Point of Departure*, S. 39–41.
63 Laban: *Choreutik*, S. 76.
64 Laban: *Choreutik*, S. 76.
65 Laban: *Choreutik*, S. 83.
66 Laban: *Choreographie*, S. 50.
67 Vgl. Laban: *Choreographie.*
68 Vgl. *Choreutik* – der 1. Teil, der von Laban verfasst wurde.
69 Laban: Der moderne Ausdruckstanz, S. 106.
70 Vgl. Critchlow: *Order in Space*, S. 30.
71 Vgl. Critchlow: *Order in Space*, S. 14–15.
72 Vgl. Laban: *Choreutik*, S. 50–51 und S. 85.
73 Vgl. Laban: *Choreutik*, S. 86.
74 Vgl. Laban: *Choreutik*, S. 86.
75 Laban: *Choreutik* S. 87.
76 Vgl. Laban: *Choreutik*, S. 81–84.
77 Vgl. Preston-Dunlop, *Points of Departure*, S. 10–11.
78 Vgl. Laban: Kinetographie- Labanotation; S. 107.
79 Laban, Kinetographie- Labanotation; S. 107.
80 Laban, Kinetographie- Labanotation; S. 107.
81 Preston-Dunlop: *Point of Departure*, S. 10.
82 Laban, *Choreutik*, S. 109.
83 Hutchinson Guest, Ann; *Labanotation – the System of Analyzing and Recording Movement* (Fourth Edition), Routledge, New York, 2005.

**Antrieb – die Dynamik der Bewegung**

84 Vgl. Laban: Der moderne Ausdruckstanz, S. 20.
85 Begriff 1926 in einem Prospekt des Choreographischen Instituts Laban erwähnt. Vgl. Maletic, Vera: *Body, space, expression – The development of Rudolf Laban's movement and dance concepts*, Mouton de Gruyter, Berlin, 1987, S. 109.
86 Labans Übersetzung/Übertragungen von „Antrieb“. Vgl. Laban, Rudolf and Lawrence, F.C.: *Effort*, Macdonald and Evans, Plymoth, 1947.
87 Vgl. Laban: *Choreutik*; S. 62–73.
88 Vgl. Laban, Rudolf von: *Des Kindes Gymnastik und Tanz*, Verlag Gerhard Stalling, Oldenburg, 1926; Anlage: Praktische Übungen.
89 Vgl. Laban: *Choreographie*, S. 74.

90 Vgl. Laban: *Choreographie*, S. 74–77.
91 Vgl. Laban and Lawrence: *Effort*, S. 20.
92 Vgl. Laban, Rudolf: *The Mastery of Movement* (on the stage), Macdonald and Evans, USA, 1950, S. 84–89.
93 Evelyn Dörr: *Laban – Ein Portait*, Books on Demand GmbH, Norderstedt, 2005; S. 325.
94 Laban, *Effort*, S. 62.
95 Laban: Die Kunst der Bewegung, S. 84.
96 Vgl. Laban, (Ullmann): *A Vision of Dynamic Space*, S. 23.
97 Laban: Die Kunst der Bewegung, S. 82.
98 Laban: Der moderne Ausdruckstanz, S. 150.
99 Bartenieff: *Body Movement*, S. 55.
100 Vgl. Laban: Der moderne Ausdruckstanz, S. 76.
101 Bartenieff: *Body Movement*, S. 61.
102 Bloom, Katya: *The Embodied Self-Movement and Psychoanalysis*, Karnac, London, 2006; S. 72.
103 Laban: Die Kunst der Bewegung, S. 123.
104 Vgl. Bartenieff: *Body Movement*, S. 53.
105 Bloom: *Embodied Self*, S. 74.
106 Bloom: *Embodied Self*, S. 72.
107 Wird in der Laban-Literatur häufig mit „Schwerkraft" übersetzt, z. B. in: *Die Kunst der Bewegung*, S. 80.
108 Anmerkung von Claude Perrottet zu diesem Text.
109 Laban: Die Kunst der Bewegung, S. 123.
110 Warren Lamb verwendet statt „weight" im Englischen „pressure", also Druck – zunehmend oder abnehmend.
111 Vgl. Bartenieff: *Body Movement*, S. 53.
112 Bloom: *Embodied Self*, S. 72.
113 Bloom: *Embodied Self*, S. 81.
114 Laban: Die Kunst der Bewegung, S. 123.
115 Vgl. Bartenieff: *Body Movement*, S. 53.
116 Bloom: *Embodied Self*, S. 80.
117 Bloom, *Embodied Self*, S. 73.
118 Laban: Die Kunst der Bewegung, S. 123.
119 Vgl. Bloom: *Embodied Self*, S. 77.
120 Laut Peggy Hackney in einer Stunde!
121 Vgl. Bartenieff: *Body Movement*, S. 53.
122 Bloom: *Embodied Self*, S. 73.
123 Vgl. Bartenieff: *Body Movement*, S. 57.
124 Laban, Die Kunst der Bewegung, S. 84.
125 Bartenieff: *Body Movement*, S. 58.
126 Laban: The Mastery of Movement, S. 87–89.
127 Laban, Die Kunst der Bewegung, S. 87.
128 Bartenieff: *Body Movement*, S. 58.
129 Laban: The Mastery of Movement, S. 86.
130 Laban: The Mastery of Movement, S. 86.
131 Laban: The Mastery of Movement, S. 87.
132 Laban: The Mastery of Movement, S. 87.
133 Laban: Die Kunst der Bewegung, S. 86
134 Laban: *The Mastery of Movement*, S. 87. Übersetzung A. Kennedy.
135 Laban: Die Kunst der Bewegung, S. 86.
136 Bartenieff: *Body Movement*, S. 62.
137 Laban nannte für den Fluss zwar „Genauigkeit", dieses ist nun gerade im Leidenschaftstrieb gar nicht vorhanden!
138 Laban: Die Kunst der Bewegung, S. 124.
139 Laban: Die Kunst der Bewegung, S. 88.
140 Laban: Der moderne Ausdruckstanz, S. 75.
141 Laban: Die Kunst der Bewegung, S. 125.
142 Laban: Der moderne Ausdruckstanz, S. 82.
143 Vgl. Bartenieff: *Body Movement*, S. 63.
144 Vgl. Bartenieff: *Body Movement*, S. 63.
145 Vgl. Bartenieff: *Body Movement*, S. 63.
146 Vgl. Bartenieff: *Body Movement*, S. 56.
147 Vgl. Hackney: *Making Connections*, S. 220.
148 Vgl. Bartenieff: *Body Movement*, S. 56.

149 Vgl. Bainbridge-Cohen, Bonnie: *Sensing, Feeling, and Action – The experimental Anatomy of Body-Mind Centering;* Contact Editions, Northampton, 1993, S. 126.
150 Vgl. Bartenieff: *Body Movement*, S. 56.
151 Vgl. Hackney: *Making Connections*, S. 220.
152 Vgl. Laban: *Die Kunst der Bewegung*, S. 158.
153 Vgl. Laban: *Die Kunst der Bewegung*, S. 19.
154 Vgl. Laban: *The Mastery of Movement*, S. 128.
155 Vgl. Laban: *Mastery of Movement*, S. 129.
156 Mündliche Überlieferung in der Zertifikatsausbildung.
157 Vgl. Laban: *Die Kunst der Bewegung*, S. 124.
158 Vgl. Laban: Der moderne Ausdruckstanz, S. 49.
159 Vgl. Laban: *Die Kunst der Bewegung*, S. 124.
160 Vgl. Laban: *Choreutik*, S. 66.
161 Vgl. Laban: *Die Kunst der Bewegung*, S. 18.
162 Vgl. Laban, *Die Kunst der Bewegung*, S. 173.
163 Laban: Der moderne Ausdruckstanz, S. 24.
164 Laban, Die Kunst der Bewegung, S. 20.
165 Laban, Die Kunst der Bewegung, S. 20.

**Form – die Plastizität der Bewegung**

166 Laban: *Choreographie*, S. 1.
167 Laban, Rudolf: *Die Welt des Tänzers*, Walter Seifert Verlag, Stuttgart/Heilbronn, 1920, S. 214.
168 Laban: *Die Welt des Tänzers*, S. 214.
169 Laban: *Choreographie*, S. 2.
170 Laban: *Choreographie*, S. 3.
171 Laban: *Choreographie*, S. 3.
172 Laban: *Choreographie*, S. 17.
173 Laban: Der moderne Ausdruckstanz, S. 45.
174 Laban: Der moderne Ausdruckstanz, S. 45.
175 Laban: Der moderne Ausdruckstanz, S. 59.
176 Laban: Der moderne Ausdruckstanz, S. 59.
177 Laban, Rudolf: *Modern Educational Dance*, Third Edition, Revised by Ullmann, Lisa, Macdonald and Evans, USA, 1975, S. 46.
178 Vgl. Davis, Eden: *Beyond Dance – Laban's Legacy of Movement Analysis*; Brechin Books, London, 2001, S. 59.
179 Mündliche Aussage von Warren Lamb.
180 Vgl. Kestenberg, J S. and Kestenberg-Amighi, J.: Kinder zeigen, was sie brauchen – Wie Eltern kindliche Signale richtig deuten, Herder, Freiburg, 1993.
181 Vgl. Lewis, Penny and Loman, Susan: *The Kestenberg Movement Profile – Its Past, Present Applications and Future Directions*, Antioch New England graduate School, USA, 1990.
182 Vgl. Bartenieff: *Body Movement*; S. 23–48 (Carving Shapes in Space) und S. 83–100 (Affinities for Body, Space and Effort).
183 In England wird *Form* nicht als eigenständige Kategorie anerkannt.
184 Vgl. Hackney: *Making Connections*, S. 221, „Mode of Shape Change".
185 Vgl. Hackney: *Making Connections*, S. 222, „Shape Qualities".
186 Vgl. Hackney: *Making Connections*, S. 221, „Shape Flow Support".
187 Laban: Die Welt des Tänzers, S. 208.
188 Vgl. Preston-Dunlop, Valerie: *A Handbook for Modern Educational Dance*, Macdonald and Evans Ltd, USA, 1980, S. 90–93.
189 Hackney: *Making Connections*, Appendix, S. 221.
190 Laban: *Choreographie*, S. 94.
191 Meinel, Kurt und Schnabel, Günter: Bewegungslehre/Sportmotorik – Abriss einer Theorie der sportlichen Motorik unter pädagogischen Aspekt, Sport Verlag Berlin, 1998, S. 240.
192 Vgl. Kestenberg, J. S.: The Use of Expressive Arts in Prevention: Facilitating the Contraction of Objects, in: Loman, Susan mit Rose Brandt: *The Body-Mind Connection in Human Movement Analysis*, Antioch, New England graduate School, Keene, NH, USA, 1992.
193 Hackney: *Making Connections*, Appendix, S. 222.
194 Laban: Die Kunst der Bewegung, S. 90.
195 Hackney: *Making Connections*, Appendix, S. 222.
196 Laban, *Choreographie*, S. 84.
197 Vgl. Hackney: *Making Connections*, S. 221.

198 Vgl. Lewis, Penny and Loman, Susan (Ed.).: *The Kestenberg Movement Profile, Its Past, Present Applications and Future Directions*, Antioch New England Graduate School, 1990.
199 Vgl. Hutchinson: *Your Move*, S. 173.
200 Aus: Hutchinson: *Your Move*, S. 174.
201 Vgl. Dell, Cecily: A primer for Movement Description – using effort-shape and supplementary concepts, Dance Notation Bureau Press, New York, 1977, S. 45–58.

**Beziehung – sich beziehen in Bewegung**

202 Vgl. z. B. Voswinckel, Ulrike: *Freie Liebe und Anarchie, Schwabing – Monte Verità. Entwürfe gegen das etablierte Leben*, Edition Monacensia; Allitera Verlag, München, 2009, S. 92–93, 102.
203 Vgl. Schlee, Alfred: *Schrifttanz – Eine Vierteljahresschrift*, Neudruck Oberzauber-Schüller, Gunhild, Georg Olms Verlag, Hildesheim, 1991, Beiheft: Methodik Orthographie von Laban, Rudolf, S. 14–15.
204 Laban: Die Kunst der Bewegung, S. 75.
205 Laban: Die Kunst der Bewegung, S. 75.
206 Laban: Die Kunst der Bewegung, S. 76.
207 Laban: Die Kunst der Bewegung, S. 76.
208 Hutchinson: *Your Move*; S. 150, "Degrees of Relationship", Übersetzung: A. Kennedy.
209 Hutchinson: *Your Move*, S. 240.
210 Preston-Dunlop: A Handbook for Modern Educational Dance.
211 Preston-Dunlop: A Handbook for Modern Educational Dance, S. 156.
212 Preston-Dunlop: A Handbook for Modern Educational Dance, S. 157.
213 Preston-Dunlop: A Handbook for Modern Educational Dance, S. 157.
214 Preston-Dunlop: A Handbook for Modern Educational Dance, S. 158.
215 Vgl. Schlee: *Schrifttanz*, S. 15.

**Phrasierung – der zeitliche Ablauf der Bewegung**

216 Vgl. Hackney: *Making Connections*, S. 239.
217 Laban: *Gymnastik und Tanz*, Verlag Gerhard Stalling, Oldenburg, 1926, S. 48.
218 Vgl. Bartenieff: *Body Movement*, S. 71.
219 Laban: *Choreographie*, S. 75–76.
220 Laban: *Gymnastik und Tanz*, S. 73.
221 Vgl. Bartenieff: *Body Movement*, S. 74.
222 Vgl. Moore, Carol-Lynne: Movement and Making Decisions – The Body Mind Connection in the Workplace, Rosen Book Works, 2003, S. 28.
223 Vgl. Hackney: *Making Connections*, S. 240.
224 Vgl. Hackney: *Making Connections*, S. 241.
225 Hackney: *Making Connections*, S. 239.
226 Vgl. Hackney: *Making Connections*, S. 113.
227 Vgl. Hackney: *Making Connections*, S. 113.
228 Vgl. Hackney: *Making Connections*, S. 113.
229 Hackney: Notizen aus ihrem Unterricht; Vgl. Hackney: *Making Connections*, S. 113.
230 Laban: *Choreographie*, S. 76.
231 Laban: *Choreographie*, S. 76.
232 Aus dem Unterricht entnommen.
233 Maletic, Vera: *Dance Dynamics – Effort and Phrasing*, Workbook and DVD Companion; www.gradenotes.com; 2005, S. 59–75.
234 Vgl. Laban: *Die Kunst der Bewegung*, S. 121.
235 Laban: *Choreutik*, S. 73.
236 Aus dem Unterricht von Janis Pforsich, Lehrerin am LIMS, New York entnommen.
237 Laban: Die Kunst der Bewegung, S. 75.

**Affinitäten – Wechselwirkung der Kategorien**

238 Vgl. Laban: *Die Kunst der Bewegung*, S. 35.
239 Laban: *Choreutik*, S. 31.
240 Laban: *Choreutik*, S. 33.
241 Vgl. Laban: Der moderne Ausdruckstanz.
242 Laban: *Choreutik*, S. 89.
243 Laban: *Choreographie*, S. 78 - 79.
244 Laban: *Choreographie*, S. 78 – 79.
245 Dt.: „Wir sind Energiemuster in-Formation", Tara Stepenberg, privater Brief 2007.

246 Vgl. Laban: *A Vision of Dynamic Space*, S. 30–31.
247 Vgl. Laban: *Choreutik*, S. 30.
248 Vgl. Laban: Der moderne Ausdruckstanz, S. 41.
249 Vgl. Laban: *Choreutik*, S. 46.
250 Vgl. Laban: *Choreutik*, S. 42.
251 Vgl. Bartenieff: *Body Movement*, S. 90.
252 Vgl. Laban: *Die Kunst der Bewegung*, S. 124–128.
253 Vgl. Laban: *Die Kunst der Bewegung*, S. 83.
254 Vgl. Hackney: *Making Connections*, S. 217.
255 Vgl. Dörr, Evelyn: *Rudolf Laban - Das Choreographische Theater*, Books on Demand, Frankfurt 2004.

**Beobachtung von Bewegung**

256 Laban: Die Kunst der Bewegung, S. 91.
257 Vgl. Moore, Carol-Lynne and Yamamoto, Kaoru: *Beyond Words – Movement Observation and Analysis*, Gorden and Breach, London, 1988, S. 67–95.
258 Longstaff, Jeffrey: *Prototypes and Deflections in spatial cognition and Rudolf Laban's choreutics*, in Laban and the performing Arts, Proceedings of Conference, Bratislava 2006, S. 92.
259 Vgl. Moore/Yamamoto: *Beyond Words*, S.108–116.
260 Vgl. Moore/Yamamoto: *Beyond Words*, S. 224.
261 Vgl. Moore/Yamamoto: *Beyond Words*, S. 218.
262 Vgl. Laban: A Vision of Dynamic Space.
263 Vgl. Moore/Yamamoto: *Beyond Words*, S. 223.
264 Vgl. Moore/Yamamoto: *Beyond Words*, S. 226.
265 Vgl. Moore/Yamamoto: *Beyond Words*, S. 235.
266 Vgl. Laban: *Die Kunst der Bewegung*, S. 173.
267 Vgl. Laban: *Choreutik*, S. 74 ff.
268 Vgl. Laban: *Die Kunst der Bewegung*, S. 173.
269 Hutchinson: *Your Move*, S. 297.
270 Vgl Hutchinson: *Your Move*, S. 228–234.
271 Vgl. Brandstetter, Gabrielle & Klein, Gabrielle: *Methoden der Tanzwissenschaft – Modellanalysen zu Pina Bauschs „Le Sacre du Printemps"*, transcript Verlag, Bielefeld, 2007.
272 *ELAN*: http://www.lat-mpi.eu/tools/elan/download, abgerufen am April 2010.
273 Laban, Die Kunst der Bewegung, S. 103.

**Bartenieff Fundamentals – Grundlagen der Körperarbeit**

274 Vgl. Bartenieff: *Gems from Irmgard Bartenieff*, Unveröffentlichtes Manuskript, Privatbesitz Antja Kennedy, S. 4
275 Vgl. Bartenieff: *Gems from Irmgard Bartenieff*, S. 2.
276 Vgl. Bartenieff: Gems from Irmgard Bartenieff, S. 3.
277 Laban: Die Kunst der Bewegung, S. 13.
278 Bartenieff: Gems from Irmgard Bartenieff, S. 2.
279 Bartenieff: Gems from Irmgard Bartenieff, S. 2.
280 Hackney: *Making Connections*, S. 46.
281 Hackney: *Making Connections*. S. 40.
282 Bartenieff: Gems from Irmgard Bartenieff, S. 4.
283 Bartenieff: Gems from Irmgard Bartenieff, S. 3.
284 Vgl. Bartenieff; Gems from Irmgard Bartenieff, S. 4.
285 Bartenieff: Gems from Irmgard Bartenieff, S. 2.
286 Hackney: *Making Connections*, S. 39.
287 Bartenieff: Gems from Irmgard Bartenieff, S. 2.
288 Bartenieff: Gems from Irmgard Bartenieff, S. 3
289 Hackney: *Making Connections*, S. 47.
290 Bartenieff: Gems from Irmgard Bartenieff, S. 2.
291 Bartenieff: Gems from Irmgard Bartenieff, S. 2.
292 Bartenieff – mündliche Überlieferung.
293 Bartenieff: Gems from Irmgard Bartenieff, S. 3.
294 Calais-Germain, Blandine: *Anatomie der Bewegung – Technik und Funktion des Körpers*, Marix Verlag, Wiesbaden, 2005, S. 115.
295 Bartenieff: Gems from Irmgard Bartenieff, S. 4.
296 Bartenieff: Gems from Irmgard Bartenieff, S. 4.
297 Calais-Germain: *Anatomie der Bewegung*, S. 75.

298 Rollwagen, Bettina: *Laban/Bartenieff Bewegungsstudien für Kinder mit Lernstörungen.* Neurbiologie und Praxis, in: Koch, Sabine und Bender, Susanne (Hrsg.): „Movement Analysis – Bewegungsanalyse. The Legacy of Laban, Bartenieff, Lamb and Kestenberg, Logos Verlag, 2007, S. 144.
299 Aus dem Unterricht, ca. 1984.
300 Hackney: *Making Connections*, S. 51.
301 Lippert, Herbert: *Anatomie – Text und Atlas*, Urban und Schwarzenberg, München, 5. Auflage, 1983, S. 485.
302 Lippert: *Anatomie*, S. 485.
303 Hackney: *Making Connections*, S. 67.
304 Hackney: *Making Connections*, S. 74.
305 Hackney: *Making Connections*, S. 85.
306 Hackney: *Making Connections*, S. 111.
307 Hackney: *Making Connections*, S. 165.
308 Hackney: *Making Connections*, S.177.
309 Hackney: *Making Connections*, S. 210.
310 Vgl. Reisel, Magan: Laban's Legacy – Rudolf Laban and his Language for Human Movement, DVD, 2003, Interview Peggy Hackney.
311 Bartenieff: Gems from Irmgard Bartenieff, S. 4.
312 Vgl. Video von Peggy Hackney: *Discovering your Expressive Body* (ca. 1985).
313 Bartenieff: *Body Movement*, S. 107.
314 Vgl. Hackney: *Making Connections*, S. 234–235.
315 Bartenieff: *Body Movement*, S. 3.
316 Bartenieff: *Body Movement*, S. 3.
317 Bartenieff: Gems from Irmgard Bartenieff, S. 3.
318 Bartenieff: Gems from Irmgard Bartenieff, S. 3.
319 Bartenieff: Gems from Irmgard Bartenieff, S. 3.
320 Bartenieff: Gems from Irmgard Bartenieff, S. 3.
321 Bartenieff: Gems from Irmgard Bartenieff, S. 3.
322 Bartenieff: Gems from Irmgard Bartenieff, S. 4.
323 Mündliche Überlieferung.
324 Vgl. Calais-Germain.: *Anatomie der Bewegung*, S. 64.
325 Hackney: *Making Connections*, S.14–26.
326 Vgl. Bartenieff: Gems from Irmgard Bartenieff, S. 2.
327 Bartenieff: Gems from Irmgard Bartenieff, S. 3.
328 Bartenieff: Gems from Irmgard Bartenieff, S. 3.
329 Bartenieff: Gems from Irmgard Bartenieff, S. 2.

**Bartenieff Fundamentals – praktische Beispiele**

330 Vgl. Reisel, Magan: *Laban's Legacy*, Interview mit Hackney.
331 Bartenieff, Irmgard: *Notes on a Course in Correctives*, Dance Notation Bureau, 1970.
332 Unterrichtsmaterial: Liste von Janis Pforsich..
333 Vgl. Hackney: *Making Connections*, S. 99.
334 Vgl. Bartenieff: *Body Movement*, S. 234.
335 Vgl. Bartenieff: *Body Movement*, S. 235.
336 Vgl Hackney: *Making Connections*, S. 129.
337 Vgl. Bartenieff: *Body Movement*, S. 236.
338 Vgl. Pforsich, Janis: „Traditional“ Bartenieff Fundamentals Sequences, Stichpunkte aus dem Unterricht, 1992.
339 Aus dem Unterricht entnommen.
340 Vgl. Hackney: *Making Connections*, S. 71 f.
341 Vgl Bartenieff: *Body Movement*, S. 255.
342 Vgl. Bartenieff: *Body Movement*, S. 255.
343 Vgl. Hackney: *Making Connections*, S. 135.
344 Vgl. Bartenieff: *Body Movement*, S. 238.
345 Vgl. Hackney: *Making Connections*, S. 138.
346 Vgl. Bartenieff: *Body Movement*, S. 239.
347 Vgl. Hackney: *Making Connections*, S. 93.
348 Vgl. Hackney: *Making Connections*, S. 56.
349 Vgl: Hackney: *Making Connections*, S. 77 f.
350 Vgl. Hackney: *Making Connections*, S. 115.
351 Aus dem Unterricht entnommen.
352 Vgl. Bartenieff: *Body Movement*, S. 241.

353 Vgl. Hackney: *Making Connections*, S. 168–167.
354 Vgl. Hackney: *Making Connections*, S.182.
355 Vgl. Bartenieff: *Body Movement*, S. 243.
356 Aus dem Unterricht entnommen.
357 Vgl. Bartenieff: *Body Movement*, S. 246 f.
358 Vgl. Hackney: *Making Connections*, S. 181.
359 Vgl. Bartenieff: *Body Movement*, S. 248 f.
360 Vgl. Hackney: *Making Connections*, S. 192.
361 Vgl. Bartenieff: *Body Movement*, S. 252.
362 Vgl. Bartenieff: *Body Movement*, S. 253.
363 Vgl. Bartenieff: *Body Movement*, S. 257 f.
364 Vgl. Bartenieff: *Body Movement*, S. 256.
365 Vgl. Bartenieff: *Body Movement*, S. 258 f.
366 Vgl. Bartenieff: *Body Movement*, S. 250.
367 Laban: Die Kunst der Bewegung, S. 31.
368 Vgl. Laban: *Die Kunst der Bewegung*, S. 112.

# Teil 2

**Motorisch gestützter Lernförderunterricht auf der Grundlage der LBBS, Bettina Rollwagen**

369 Buchner, Christina: *Stillsein ist lernbar. Konzentration, Meditation, Disziplin in der Schule*, Freiburg, VAK, 2006, S. 14–23.
370 Dr. Eva Rass, Vortrag am 16.02.2009 in Rotenburg: Von 9.000 eingeschulten Kindern in Süddeutschland hatten fast 3.000 leichte bis gravierende Störungen in den fünf Sinnesbereichen der vestibulären, kinästhetischen, propriozeptiven, auditiven und visuellen Wahrnehmungen und daraus folgende fein- und grob motorischen Schwierigkeiten.
371 Siehe Rollwagen, B: *Laban/Bartenieff-Bewegungsstudien für Kinder mit Lernstörungen. Neurobiologie und Praxis*, In: Koch, S. C. und Bender S. (Ed): *Movement Analysis – Bewegungsanalyse. The Legacy of Laban, Bartenieff, Lamb and Kestenberg*, Berlin, Logos Verlag, 2007, S.144–148.
372 Siehe neurobiologische Forschungsergebnisse amerikanischer, englischer und deutscher Gehirnforscher der letzten fünfzehn Jahre: S. Goddard Blythe 2005; Goleman 2004; Davidson 2005; Varela 2005; Mathieu Ricard 2007, Dufhues 2007, Ratey 2008.
373 Siehe Spitzer, M.: *Lernen: Gehirnforschung und Schule des Lebens*, Heidelberg, 2002.
374 Goddard Blythe, 2005, S. 88–101.
375 Siehe Bainbridge Cohen, Bonnie: *Ontogenetic and Phylogenetic Developmental Principles. Manual of the School of Body-Mind Centering,* Amherst, 1977.
376 Davidson, R.: *Die Neurowissenschaft der Emotionen*, in: Goleman, D. (Ed.): *Dialog mit dem Dalai Lama. Wie wir destruktive Emotionen überwinden können*, dtv., München, 2005, S. 270–299.
Goleman, Daniel: *Emotionale Intelligenz,* Deutscher Taschenbuch Verlag, München,2004, S. 37 ff.
377 Bainbridge Cohen, Bonnie: *Perceiving in Action. On the Developmental Process underlying Perceptual-Motor-Integration*. Contact Quaterly, 1, Northhampton, 1984, S. 28.
378 Bartenieff, I.: *Laban Space. Harmony in Relation to Anatomical and Neurophysiological Concepts,* New York, No.1.
379 Vgl. Hackney, Peggy: *Making Connections*, S. 114.
380 Vgl. Kestenberg J. S., und Kestenberg Amighi, J.: *Kinder zeigen, was sie brauchen,* Freiburg, Herder, 1993, S. 114.
381 Vgl. Larsen, C.: *Gesunde Füße für ihr Kind*, Stuttgart, Trias, 2002.
Lauper, R.: *Von Kopf bis Fuß. Bewegung in der Schule,* Zürich, Pro Juventuto, 2004, S.107–116.
382 Buchner, C.: *Stillsein ist lernbar*, S. 52.
383 Ebenda.
384 Lamont, B.: *The Learning Process and Developmental Movement. The Impact of Movement on the Mind and its Growth*, Seattle, 1995, S. 1–2; Annunciato, N.: *Der Mittelpunkt des Zentrums*, Zentrum für integrative Förderung und Fortbildung, Essen, 2008, siehe Vortragsfolie.
385 Siehe Anmerkung 11.
386 Vgl. Kannegießer-Leitner, Ch.: *ADS, LRS und Co*, Rastatt, 2008, S. 64–78.
387 Vgl. Bainbridge Cohen, Bonnie: *Perceiving in Action. On the Developmental Process underlying Perceptual-Motor-Integration*, Contact Quaterly, 1, Northhampton, 1984.
388 Vgl. Koneberg L., und Förder G.: *Kinesiologie für Kinder,* München, Gräfe und Unzer, 2000, S. 53.

**"Ich kann, ich darf, ich will ...": Frauen mit Turner-Syndrom machen Selbsterfahrungen mit LBBS, Barbara Moravec**

389 Aus: Magazin der ullrich-turner-vereinigung deutschland e. V., 1.2006.

**LBBS und Motopädie – Bewegungsbeschreibung ohne Symptomzuordnung, Dorothea Brinkmann**

390 Reichenbach, Christina: *Bewegungsdiagnostik in Theorie und Praxis*, Borgmann Media, Dortmund. 2006, S. 132.

**Autonomie und Anpassung – zur Bedeutung des Erlebens der Schwerkraft in der Aufrichtung, Ute Lang**

391 Vgl. www.btd-tanztherapie.de, [abgerufen: Feb. 2008]

392 Vgl. Willke, E., Hölter, G., Petzold, H. (Hrsg.).: *Tanztherapie. Theorie und Praxis. Ein Handbuch,* Junfermann-Verlag, Paderborn, 1991.

393 Vgl. Whitehouse 1979, 1980; Bernstein 1980, 1981, 1991.

394 Mein besonderer Dank gilt an dieser Stelle Yvonne Herzberg-Kirchhoff, die mir bei der inhaltlichen Auseinandersetzung hilfreich zur Seite stand.

395 Vgl. Milz, 1992, S. 122.

396 Vgl. Bainbridge Cohen, Bonnie: *Ontogenetic and Phylogenetic Developmental Principles,* Massachusetts, 1977. oder Hartley, Linda.: *Wisdom oft he body moving*, North Atlantic Book Berkley.Ca, 1995.

397 Vgl. Mahler, M., Pine, F., Bergmann, A.: *Die psychische Geburt des Menschen,* Fischer Taschenbuch, Frankfurt a. M., 1978.

398 Vgl. Mahler, Margaret.: Die *moderne Säuglingsforschung hat zu Recht die von Mahler postulierte Phase der Symbiose zwischen Mutter und Kind kritisiert,* 1975.

399 Vgl. Mahler, M.: 1975, S. 94.

400 Vgl. Kestenberg, Judith: *Children and Parents – Psychoanalytical Studies in Development*, New York,1975.

401 Vgl. Kestenberg, J.: *Children and Parents*, 1975.

402 Vgl. Mahler, M., 1975.

403 Vgl. Mahler, M., 1975.

**Die Schätze des Körpers heben – Laban/Bartenieff-Bewegungsstudien und Osteopathie, Bernd Gotthardt**

404 *Glossary of Osteopathic Terminology*, in: Ward RC, exec. Ed., Foundations for Osteopathic Medicine, 2nd Ed., Philadelphia, 2003, S. 1242, Übersetzung B. Gotthardt.

405 Travell, Janet G., Simons, David G.: *Handbuch der Muskel-Triggerpunkte: Obere Extremität Kopf und Thorax*, Übers. von Gerlinde Böttcher, Ill von Barbara D. Cummings, 1.Aufl. Lübeck, Stuttgart, Jena, Ul,: G. Fischer, 1998, S. 5–6.

406 Lewis, Penny and Loman, Susan: *The Kestenberg Movement Profile – Its Past, Present Applications and Future Directions*, Antioch, New England Graduate School, 1982, p. 58.

407 Buchmann, J. et al.: *Manualmedizinische Diffferenzialdiagnose des Schwindels und des Tinnitus unter Einbeziehung osteopathischer Anschauungen*, in: Manuelle Medizin, 2009, 47, S. 23–32.

408 Mayer, J.: Osteopathische Narbenbehandlung, in: *Osteopathische Medizin*, 6. Jahrg., Heft 2/2005, Elsevier GmbH – Urban und Fischer, S. 11–18.

409 Liem, T.: *Kraniosakrale Osteopathie,* Stuttgart, 1998, S. 388–391.

410 Kurz, R.: *Körperzentrierte Psychotherapie der Hakomi-Therapie*, Essen, 1985, S. 85–86.

411 Upledger, J.: *Somatoemotional Release.* PalmBeach Garden, 1990, p. 3.

412 Lewis, P. and Loman, S.: *The Kestenberg Movement Profile*, p. 52–64.

**Bewegungschor in der Tradition Labans – am Beispiel „Elemental Man" von Thornton, Antja Kennedy**

413 Gleisner, Martin: *Tanz für Alle*, Prometheus-Bücher, Leipzig, 1928, S. 173.

**Persönliche Bewegungspräferenz und Entstehungsprozess einer Choreografie am Beispiel Bausch und Kresnik, Holger Brüns**

414 Laban, R.: *Kunst der Bewegung*, Wilhelmshaven, Noetzel Verlag, 1988, S. 95.

415 Hoghe, Raimund: *„Pina Bausch" Tanztheatergeschichten,* Frankfurt, 1986, S. 60/61.

416 Zitiert nach Jochen Schmit: *Pina Bausch,* Düsseldorf und München, 1998, S. 195.

417 Servos, Norbert: *Pina Bausch Tanztheater*, München, 2003.

418 Kraus, Hildegard (Hrsg): *Johann Kresnik*, (Regie im Theater – broschiert), Nov. 1990.

419 Laban, R.: *Kunst der Bewegung,* S. 124 (Wobei „intutitng" in der englischen Version im Deutschen falsch mit „schauen" übersetzt wird.)

420 Kraus, H. (Hrsg): *Johann Kresnik*, Nov. 1990.

421 Servos, N.: *Pina Bausch,* München, 2003.

**Eine auf die Bedürfnisse von Musikern zugeschnittene Methode der Körper- und Klangschulung, Béatrice Graw**

422 Laban, R.: *Kunst der Bewegung,* Wilhelmshaven, Noetzel Verlag, 1988.

423 Mit Konzentration auf das, was man tut, kann man den Zustand des Flow erreichen. *Flow – The Psychology of Optimal Experience*, 1990, Csikszentmihaly, Mihaly: (dt.) *Flow – das Geheimnis des Glücks*, Klett-Cotta, 1992.

424 Plath, J.: *Konstitutionelle Hypermobilität, Talentbedingung oder pathognomischer Nachteil,* in: Seidel/Lange (Hrsg.): Die Wirbelsäule des Musikers, Bad Kösen, 2001.
Affinitäten von Antriebsqualitäten und musikalischen Phänomenen, Jan Burkhardt

425 Laban, R.: *Die Kunst der Bewegung*, S. 24.

**Bartenieff Fundamentals für Reiter, Mone Welche und Susanne Eckel**

426 Deutsche Reiterliche Vereinigung (Hrsg.): *Richtlinien für Reitern und Fahren*, Band 1: Grundausbildung für Reiter und Pferd. Warendorf,: FN Verlag, 1994, S. 10.

427 Deutsche Reiterliche Vereinigung (Hrsg.): *Richtlinien für Reitern und Fahren*, 1994, S. 51.

428 Deutsche Reiterliche Vereinigung (Hrsg.): *Richtlinien für Reitern und Fahren*, 1994, S. 10.

429 Deutsche Reiterliche Vereinigung (Hrsg.): *Richtlinien für Reitern und Fahren*, 1994, S. 51.

430 Vgl. Deutsche Reiterliche Vereinigung (Hrsg.): 1994, S. 67.

**Pilates und Bartenieff Fundamentals, Anja Schuhmann**

431 Pilates, J. H. & Miller, W.J.: *A Pilates' Primer: The Millennium Edition – Return to Life Through Contrology and Your Health*, Presentation Dynamics Inc. 1998, S. 6.

432 Hackney, Peggy: *Making Connections*, 2002, S. 32.

433 Pilates, *A Pilates Primer*, 1998, S. 13 .

434 Mündliche Überlieferung.

435 Hackney: *Making Connections*, 2002, S. 126.

436 Pilates: *A Pilates Primer*, 1998, S. 9.

**Movement Pattern Analysis – Profil der Entscheidungs- und Handlungsmotivationen, Antja Kennedy & Mone Welche**

437 Laban, R. and Lawrence, F. C.: *Effort,* London, MacDonald and Evans, 1947.

438 Vgl. Moore, C.-L.: *Executives in Action. A Guide to Balanced Decision-Making*, London, Pitman, 1982.

439 Laban, R.: *Kunst der Bewegung*, S. 112–113.

440 Vgl. Lamb, W.: *Posture and Gesture,* London, Duckworth, 1965.

441 Laban, R.: *Kunst der Bewegung*, S. 122.

442 Laban, R.: *Mastery of Movement*, S. 126. (Fehler des Übersetzers!)

443 Laban, R.: *Mastery of Movement*, S. 126.

444 Laban, R.: *Kunst der Bewegung*, S. 122–123.

445 Laban, R.: *Kunst der Bewegung*, S. 123, (In Klammern meine Übersetzung des englischen Textes. AK)

446 Laban, R.: *Kunst der Bewegung*, S. 123.

447 Vgl. Moore, Carol-Lynne: *Movement and Making Decisions: The Body-Mind Connection in the Workplace*, New York, Rosen, 2005, S. 83.

448 Vgl. Moore, Carol-Lynne: *Movement and Making Decisions*, 2005, S. 45.

449 Vgl. Moore, Carol-Lynne: *Movement and Making Decisions,* 2005, S. 110.

450 Siehe hierzu auch Lamb, Warren and Watson, Elisabeth.: *Body Code – The Meaning of Movement*, Princeton Book Co., New Jersey, 1979; und Ramsden, Pamala.: *Top Team Planning- A study of the Power of Individual Motivation in Management,* Associated Business Programs Ltd., London, 1973.

**Labanotation – eine Schrift für Tanz und Bewegung, Thomas Schallmann**

451 Vgl. Brown, Ann Kipling and Parker, Monika: *Dance Notation for Beginners – Labanotation*, Benesh Movement Notation, Dance Books Ltd., London, 1984.

452 Vgl Brown and Parker: *Dance Notation for Beginners,* S. 54.

453 Vgl. Brown and Parker: *Dance Notation for Beginners,* S. 46.

454 Laban, Rudolf: *Kinetographie/Labanotation – Eine Einführung in die Grundbegriffe der Bewegungs- und Tanz-Schrift*, Florian Noetzel, Wilhelmshaven, 1995, S. 62.

**Forsythes „Improvisation Technologies" und LBBS – ein Vergleich, Antja Kennedy und Christine Bürkle**

455 Valerie Preston Dunlop: Mündliche Äußerung im EUROLAB-Workshop.

456 Forsythe, William: *Laban's Legacy* (DVD), produziert von Magan Reisel, USA, 2006, nach ca. 5 Min.

457 Forsythe, William: *Laban's Legacy* (DVD), nach ca. 5 Min.
458 Forsythe, William: *Laban's Legacy* (DVD), nach ca. 10 Min.
459 Forsythe, William: *Laban's Legacy* (DVD), nach ca. 18 Min.
460 Laban, R.: *Choreutik*, S. 27.
461 Forsythe, William: *Laban's Legacy* (DVD), nach ca. 10 Min.
462 Siehe z. B. Simon and Schusters: *Guide to Rocks and Minerals*, London, 1977.
463 Forsythe, William: *Laban's Legacy* (DVD), nach ca. 6:30 Min.
464 Vgl. Preston-Dunlop, Valerie and Sanchez-Colberg, Ana: *Dance and the Performative – a choreological perspective – Laban and beyond*, Verve Publishing, London, 2002, S. 88.
465 Laban, R.: *Choreutik*, S. 31–33.
466 Vgl. Laban, R.: *Choreutik*, S. 33.
467 Siehe Forsythe, William: Handbuch zur CD-ROM, *Improvisation Technologies – A Tool for the Analytical Eye*, Zentrum für Kunst und Mediengestaltung, Karlsruhe, 1994 und 1999, S. 27.
468 Siehe Forsythe, William: Handbuch zur CD-ROM *Improvisation Technologies*, S. 19.
469 Siehe Forsythe, William: Handbuch zur CD-ROM *Improvisation Technologies*, S. 21 und 27.
470 Siehe Forsythe, William: Handbuch zur CD-ROM *Improvisation Technologies*, S. 18 und 19.
471 Siehe Forsythe, William: Handbuch zur CD-ROM *Improvisation Technologies*, S. 18 und 19.
472 Siehe Forsythe, William: Handbuch zur CD-ROM *Improvisation Technologies*, S. 27.
473 Forsythe, William: *Laban's Legacy* (DVD), nach ca. 8 Min.
474 Forsythe, William: *Laban's Legacy* (DVD), nach ca. 6 Min.
475 Forsythe, William: *Laban's Legacy* (DVD), nach ca. 9 Min.